MANFRED BOMM
Kurzschluss

HOCHSPANNUNG In einem See am Rande der Schwäbischen Alb wird ein Angestellter des kleinen örtlichen Energieversorgers tot aufgefunden – mit einem Stein um den Hals im Wasser versenkt. Er hatte die Aufgabe, täglich die Entwicklungen an der Leipziger Strombörse zu verfolgen, um bei günstigen Notierungen den Bedarf für die nächsten Jahre zu ordern.

In der Wohnung des Ermordeten findet Kommissar August Häberle mehrere Videofilme. Der Tote hatte offensichtlich Dokumentarfilme über die Energiewirtschaft produziert und erst vor wenigen Tagen ein kritisches Interview mit einer hochrangigen Managerin eines Energieriesen geführt. Als Häberle kurze Zeit später von einem weiteren Leichenfund im fernen Mecklenburg-Vorpommern erfährt, wird er hellhörig: Genau wie in seinem Fall hatte man den Mann mit einem Stein um den Hals auf den Grund des Sees »geschickt« ...

Manfred Bomm, Jahrgang 1951, stammt aus Geislingen an der Steige. Als Journalist ist er eng mit der Polizei- und Gerichtsarbeit verbunden. Mit seinen überaus erfolgreichen »Kommissar Häberle«-Krimis gehört er zu den bekanntesten Autoren der deutschsprachigen Krimiszene.

Bisherige Veröffentlichungen im Gmeiner-Verlag:
Glasklar (2009)
Notbremse (2008)
Schattennetz (2007)
Beweislast (2007)
Schusslinie (2006)
Mordloch (2005)
Trugschluss (2005)
Himmelsfelsen (2004)
Irrflug (2004)

MANFRED BOMM
Kurzschluss
Der zehnte Fall für August Häberle

GMEINER Original

Personen und Handlung sind frei erfunden.
Ähnlichkeiten mit lebenden oder toten Personen
sind rein zufällig und nicht beabsichtigt.

Besuchen Sie uns im Internet:
www.gmeiner-verlag.de

© 2010 – Gmeiner-Verlag GmbH
Im Ehnried 5, 88605 Meßkirch
Telefon 07575/2095-0
info@gmeiner-verlag.de
Alle Rechte vorbehalten
2. Auflage 2010

Lektorat: Claudia Senghaas, Kirchardt
Herstellung/Korrektorat: Daniela Hönig / Katja Ernst, Sven Lang
Umschlaggestaltung: U.O.R.G. Lutz Eberle, Stuttgart
unter Verwendung eines Fotos von: fotolia.com /
burnt-out bulb © siloto
Druck: Fuldaer Verlagsanstalt, Fulda
Printed in Germany
ISBN 978-3-8392-1049-9

Gewidmet allen, die sich auch in einer globalen Welt der Heimat verbunden fühlen und die Bedeutung regionaler Produkte und Traditionen zu schätzen wissen.

Wenn wir uns nicht auf die eigenen Stärken besinnen und nur des schnellen Profits wegen die geschaffenen Werte über Bord werfen, wird vermeintlicher Reichtum nur zu einem einzigen Ziel führen: In den Abgrund menschlicher Seelen.

Mögen wir alle dazu beitragen, dies zu verhindern.
    Ein jeder an seinem Platz.

1

Auch das noch! Er war über 800 Kilometer gefahren – Stunde um Stunde – und nun tobten um ihn herum gewaltige Naturkräfte. Ein orkanartiger Sturm schlug in kurzen Abständen wie eine wild gewordene Bestie gegen die linke Breitseite des Wohnmobils, dessen hoher Aufbau alles andere als aerodynamisch geformt war. Georg Sander, Journalist aus den ›Südstaaten‹, wie er selbst seine heimatlichen Gefilde in Baden-Württemberg und Bayern zu nennen pflegte, hatte Mühe, das Gefährt in der Spur zu halten. Dass es an der Ostseeküste kräftig stürmen konnte, war ihm von vergangenen Urlauben noch gut in Erinnerung. Aber dies hier übertraf bei Weitem alles, was er jemals erlebt hatte. Der Regen peitschte waagrecht über die Straße, der Himmel war gleichmäßig grau. Sichtweite knapp 100 Meter. Keine guten Bedingungen für die Urlaubsfahrt in den Norden. Doris, seine Lebensgefährtin, saß angespannt auf dem Beifahrersitz und starrte durch die Windschutzscheibe. Er wusste, dass sie Extremwetterlagen wie diese nicht mochte. Als Journalist jedoch konnte er auch solchen Ereignissen etwas Spannendes abgewinnen. Doch jetzt, da sich der Sturm zum Orkan entwickelte und sie sich kurz vor der Auffahrt zur Fehmarnsundbrücke befinden mussten, beschlich ihn ein ungutes Gefühl. Plötzlich kamen ihm die Bilder umgestürzter Wohnwagen in Erinnerung, die dem Winddruck auf großen Brücken nicht standgehalten hatten. Mit einem Schlag jedenfalls war die Müdigkeit verflogen, mit der der Mittfünfziger bereits hinter Hamburg gekämpft hatte.

Dass Doris schwieg, war ein Zeichen für ihre aufkommenden Bedenken. Gleich würde sie ihn bitten, er solle die Fahrt unterbrechen.

Aber Sander war fest entschlossen, seinen Zeitplan einzuhalten. Wenn sie in zweieinhalb Wochen auch nur einen Teil der landschaftlichen Schönheiten Südnorwegens sehen wollten, dann musste er an diesem Fronleichnamstag unter allen Umständen den anvisierten Campingplatz in Puttgarden erreichen: die erste Etappe. Denn er hatte nicht nur die Route für eine abwechslungsreiche Rundreise festgelegt, er wollte nebenbei journalistisch tätig werden. Nicht für die Tageszeitung, bei der er beschäftigt war, sondern für einen Bekannten, der ihn um einen Gefallen gebeten hatte. Doris, die ihm regelmäßig streng untersagte, den Laptop mit in den Urlaub zu nehmen, legte zwar Wert darauf, dass er unterwegs nicht an seine Arbeit dachte, doch diesmal hatte er sie davon überzeugen können, sozusagen im Vorbeifahren etwas zu erledigen. Schließlich kam man nicht alle Tage nach Norwegen. Schon gar nicht, wenn allein die Anfahrt aus Süddeutschland ein Kraftakt war.

Das kleine Wohnmobil, das ohnehin allenfalls 130 Stundenkilometer schaffte, fuhr längst nur noch in Schrittgeschwindigkeit. Die Sturmgewalten drohten den Wagen, dessen Alkovenaufbau wie ein Brett den unbändigen Windkräften eine große Angriffsfläche bot, immer wieder rechts von der Straße zu zerren. Sander kämpfte mit der Lenkung gegen die Böen, doch sobald sie für den Bruchteil einer Sekunde nachließen, geriet der Wagen ruckartig nach links, was dann eine Lenkbewegung in die andere Richtung erforderte. Mit fatalen Folgen, weil sogleich eine neuerliche Böe diese Richtungsänderung noch verstärkte. Das Wohnmobil geriet in ein bedrohliches Schlingern, das in einem verhängnisvollen Aufschaukeln enden konnte. Sander versuchte, dies mit einer sanften Abbremsung auf Schrittgeschwindigkeit in den Griff zu bekommen. Er spürte den ängstlichen Seitenblick seiner Partnerin und nahm deshalb im Vorbeifahren die angezeigten Hinweise auf die Sturmgefahr nur oberflächlich zur Kenntnis. Was hatte er da gelesen?, durchzuckte es ihn. Erst als das Wohnmobil die Schilder bereits passiert hatte, wurde ihm bewusst, was da geschrieben stand: gesperrt für Fahrzeuge mit leeren Anhängern und hohen Aufbauten – oder so ähnlich.

Er war verunsichert. Vor ihm kein rotes Schlusslicht mehr, im Rückspiegel auch keine Scheinwerfer eines nachfolgenden Fahrzeugs. Er blickte fragend seine Partnerin an, die ihn wiederum mit ihren großen blauen Augen anstarrte.

Kaum hatte er den Blick wieder nach vorn gerichtet, wo die Scheibenwischer trotz schnellster Stufe Mühe hatten, die Sicht freizuhalten, zeichnete sich in der grauweißen Masse vor ihm ein rot-weißer Windsack ab, der, voll aufgebläht und wild waagrecht flatternd, vermutlich bald zerfetzt sein würde. Sander brachte den Wagen vollends zum Stillstand, hielt aber Kupplung und Bremse krampfhaft gedrückt.

»Und jetzt?«, fragte Doris, die mit ihm schon ganz Europa im Wohnmobil bereist hatte. Selten aber waren sie in eine solch extreme Wettersituation geraten.

Er zuckte mit den Schultern, während er in Gedanken das Gewicht des Fahrzeugs überschlug. 110 Liter Frischwasser waren 110 Kilo, hinzu kamen 15 Liter für die Toilettenspülung, jede Menge Getränke, Lebensmittel und ein Schrank voll Kleider. Und natürlich ein ziemlich voller Kraftstofftank. Die 3,4 Tonnen zulässigen Gesamtgewichts brachten sie vermutlich locker auf die Waage. Von einem leeren Fahrzeug konnte also keine Rede sein. Aber der 3,10 Meter hohe Aufbau? Diese gefährliche Breitseite, die dem Orkan auf der knapp einen Kilometer langen Brücke über den Fehmarnsund voll ausgesetzt war?

Sanders Blutdruck schoss in die Höhe. Umdrehen? Hier? Gerade erst hatte er noch das Schild wahrgenommen, dass es keine Wendemöglichkeit gab. Aber notfalls würde er es trotzdem riskieren. Er befand sich schließlich nicht auf der Autobahn. Allerdings würde dies bei den extrem schlechten Sichtverhältnissen schnell gehen müssen. Während der Orkan an dem stehenden Fahrzeug zerrte und es in allen Ritzen und Spalten pfiff und rauschte, warf Sander einen prüfenden Blick in den Rückspiegel, wo sich im gleichmäßigen Grau zwei Lichtpunkte abzeichneten. Scheinwerfer. Da war also noch jemand unterwegs, erkannte er und spürte eine gewisse Beruhigung. Seine Entscheidung stand fest: Er wollte weiter.

Doris beugte sich nach vorn, wie sie dies immer tat, wenn Regen oder Nebel die Sicht versperrten. Er schob den klobigen Schalthebel neben dem Lenkrad nach vorn, nahm den Fuß von der Bremse, gab zaghaft Gas und ließ die Kupplung langsam kommen.

Das Wohnmobil setzte sich zögerlich wieder in Bewegung. Sander umklammerte das Lenkrad, versuchte, die Spur zu halten. Vor ihm traten die beiden hoch aufragenden Metallbögen der kühnen Brückenkonstruktion aus dem gleichmäßigen Grau hervor, in dem sich die nasse Straße verlor.

Für einen Moment noch zweifelte er, ob die Entscheidung richtig war. Nacheinander krachten Orkanböen gegen die linke Seite, versetzten den Wagen einen halben Meter nach rechts, brachten ihn erneut ins Schwanken und drohten ihn beim nächsten Angriff entweder umzuwerfen oder in die Ostsee zu fegen.

Beinahe hätten sie den elektronischen Ton des Handys überhört, das in dem Fach unterm Radio lag. Vielleicht hatte es schon mehrere Male angeschlagen, aber die Sturmgeräusche waren derart heftig, dass längst auch der eingestellte Rundfunksender nicht mehr zu hören war. Doris griff nach dem Gerät und meldete sich.

Sander kämpfte unterdessen weiter mit den Naturgewalten und sah im Rückspiegel, dass sich die Scheinwerfer genähert hatten. Gleich würde er die Mitte der Brückenkonstruktion erreicht haben, die auf beiden Seiten mit dicken Stahlseilen an den hoch aufragenden Metallbögen hing. Hier, wo der Orkan ungehindert über die Wasserfläche in die Mecklenburger Bucht pfeifen konnte, war mit dem heftigsten Winddruck zu rechnen, hämmerte es in seinem Gehirn.

Doris hatte inzwischen das Telefongespräch beendet. »Büttner«, sagte sie knapp und legte das Gerät in die Ablage zurück. »Er wollte nur wissen, wo wir sind und ob wir es bis Samstag schaffen.« Sie sah ihren Partner nachdenklich von der Seite an. »Es sei ganz wichtig.«

Sander erwiderte nichts. Er hatte im Moment ganz andere Probleme. Außerdem war er hundemüde. Wenn sie es vollends schafften, heil über die Fehmarnsundbrücke zu kommen, würden sie den Campingplatz am Klausdorfer Strand, unweit von Puttgarden, noch vor Einbruch der Dämmerung erreichen. Dann wollte er nichts weiter als schlafen. Fast 16 Stunden waren sie jetzt unterwegs. Zwar hatten sie mehrere Pausen gemacht und unterwegs sogar ein längeres Schläfchen gehalten – aber nun reichte es ihm.

*

Die Mecklenburgische Seenplatte gilt als eines der letzten großflächigen Schutzgebiete Deutschlands. Sie zählt zu jenen Hinterlassenschaften der einstigen DDR, die als positiv zu werten sind. Während anderswo, wie etwa an den oberbayerischen Seen, in den Nachkriegsjahren der Tourismus boomte und nahezu jeder Meter Uferfläche vermarktet wurde oder in Privatbesitz kam, konnte sich im dünn besiedelten Mecklenburg-Vorpommern die Natur ausbreiten. Die ausgedehnten Wälder reichen bis an die Wasserflächen heran und die kaum befahrenen Straßen führen weit davon entfernt durch die Ebene. In den mit Schilf bewachsenen Seen, die über ein Labyrinth von Bächen und Kanälen miteinander verbunden sind, tummelten sich in diesen frühen Sommertagen jede Menge Wasservögel und Amphibien. Wäre es nicht so kühl gewesen, hätten längst Kanufahrer die Seen bevölkert. So aber störten nicht mal Radler und Wanderer die unberührte Natur.

Dass an diesem Freitagmorgen ein dunkler Geländewagen von einem dieser noch immer holprigen und schmalen Verbindungssträßchen in einen Forstweg einbog, hatte niemand bemerkt. Hier, zwischen Seewalde und Neu Drosedow, weit abseits der B 198, die Wesenberg mit Mirow verband, war zu dieser frühen Stunde ohnehin kein Mensch unterwegs. Und selbst wenn es einen Beobachter gegeben hätte, wäre das Fahrzeug nicht sonderlich aufgefallen. Es kam durchaus vor, dass ein Forstmann oder ein Angler in der Abenddämmerung oder, wie jetzt, in der Frische eines Sommermorgens diesen sandigen Weg befuhr.

Der Geländewagen war kurz vor Seewalde nach links in den unbefestigten Weg eingebogen, vorbei an einer hölzernen Sitzgruppe, die Radler und Wanderer zum Rasten einlud. Rechts hinter dem sanften Wiesenhang waren die wenigen Dächer von Neu Drosedow zu sehen, das sich in die leichte Senke duckte. Der Fahrer hatte den Kragen seiner braunen Lederjacke hochgezogen und sich die olivgrüne Schildmütze bis zu den Augenbrauen über die Stirn gedrückt. Er gab nur mäßig Gas, damit der Motor lediglich bedächtig dröhnte.

Wenige Kilometer später tauchten in diesem Morgengrau die Häuser von Neu Drosedow auf, einem idyllischen Weiler, der den Anschein erweckte, als seien nur noch einige wenige Bewohner in dieser Beschaulichkeit geblieben. Der Mann hinter dem Steuer vergewisserte sich mit flinken Augen, dass sich zu dieser frühen Stunde noch niemand im Freien aufhielt. Doch selbst wenn ihn jemand beobachtete, würde er keinen Argwohn erwecken – davon war er überzeugt. Er lehnte sich lässig in den Ledersitz zurück und folgte dem Weg, der ihn gleich wieder in den Wald hineinführte. Wäre ihm dies alles fremd gewesen, hätte er sich nicht in diese Einöde begeben, in der es keine Hinweisschilder gab und in der man nie wissen konnte, welches Aufsehen man erregen würde. Doch sein Geländewagen trug das Kennzeichen MST des heimischen Landkreises Mecklenburg-Strelitz. Niemandem würde er also verdächtig erscheinen. Jedenfalls beruhigte er sich damit, wenn seine innere Stimme ihn mahnte, Vorsicht walten zu lassen.

Der Geländewagen holperte über die Unebenheiten, während der Motor nur sanft vor sich hinbrummte. Der Mann ließ die linke Seitenscheibe nach unten gleiten, stützte den Ellbogen leger auf, und sog die frische Waldluft ein, die sich bisweilen, je nach Luftströmung, mit den Dieselabgasen des Autos mischte. Das Zwitschern der Vögel übertönte nahezu vollständig die Motorengeräusche. Ein traumhafter Morgen, dachte er – ein Morgen voller Leben, voll neuer Energie. Nichts konnte die Natur in ihrem ewigen Drang nach Leben stoppen. Und wenn der Mensch eines Tages allzu heftig in diesen unablässigen Kreislauf eingriff, dann würde er diese Macht und Kraft zu spüren bekommen, dachte der Mann. Und mit einem Mal fing sein Herz an, schneller zu schlagen. Hatte er nicht selbst eingegriffen in diesen Kreislauf des Lebens? Noch ehe er weiter darüber nachgrübeln konnte, traf sein Blick die schmale Lichtung, die sich links in der dichten Baum- und Gebüschreihe auftat. Ihm war diese Stelle seit Jahren vertraut – ein beliebter Platz, von dem man die Wasserfläche des Peetschsees einsehen konnte. Ein paar Holzbänke und ein rustikaler Tisch, fest im Boden verankert, waren zum Verweilen gedacht, umgeben von drei kräftigen Eichen. Der Mann im Geländewagen blickte instinktiv in die Rückspiegel, doch weder von hinten noch von vorn näherten sich Fahrzeuge oder Personen. Er bremste, legte den Rückwärtsgang ein und rangierte den Wagen vorsichtig über den sanft zum See abfallenden sandigen Hang. Selbst wenn jetzt jemand vorbeikäme, würde der Mann keinen Argwohn erwecken. Es gab genügend Angler, die zu dieser frühen Zeit solche Lichtungen am See ansteuerten, die direkt vom Fahrweg aus zu erreichen waren. Außerdem würde er seine

Angelrute bereitlegen, sodass nicht der geringste Zweifel daran aufkommen konnte, was er hier tat.

Er öffnete die Heckklappe des Wagens und atmete schwer, als er die Ladung sah, die insbesondere aus einem prall gefüllten blauen Plastiksack bestand, den er nur hatte unterbringen können, nachdem er die Lehnen der rückwärtigen Sitzgruppe nach vorn geklappt hatte. Er griff sich die Angelutensilien, für die links noch Platz gewesen war, und warf sie in den Sand. Dann blieb er stehen, lauschte erneut dem Zwitschern der Vögel, und ging die paar Schritte zum Wasser, das sich hier am seicht auslaufenden Ufer nur wenig bewegte. Die Oberfläche des Sees lag still da und spiegelte den grauen Morgenhimmel wider, der bereits eine bläuliche Verfärbung erkennen ließ. Weit draußen hoben sich die dunklen Umrisse von Tieren ab, bei denen es sich vermutlich um Enten handelte. Der Mann blieb am Wasser stehen, ließ seinen Blick über die weite Fläche streifen, die überall von dichtem Wald umgeben war. Auch dieser Zugang hier war kaum zehn Meter breit und wurde durch buschartigen Bewuchs begrenzt, sodass das weiterführende Ufer von keiner Seite einzusehen war.

Der Mann aber kannte sich aus. Oft genug war er hier gewesen. Man konnte mit Anglerstiefeln am Ufer entlangwaten und das Gebüsch, das ins Wasser ragte, so umgehen. Allerdings war es ratsam, die tiefen Stellen zu kennen. Ideale Bedingungen für sein Vorhaben.

Er ging zu der geöffneten Heckklappe zurück, reckte sich nach den Stiefeln, die er in eine Ecke der Ladefläche gezwängt hatte, und setzte sich auf die nahe Holzbank. Als er seine Schuhe auszog und in die Anglerstiefel stieg, die ihm bis zum Bauch reichten, spürte er plötzlich die innere Unruhe, die sich seiner bemächtigte. Auf die nächsten fünf Minuten kam es an. Nichts durfte schiefgehen. Höchste Konzentration war gefordert.

Die Anglerstiefel schränkten ihn in seiner Beweglichkeit erheblich ein. Er stellte die Lederschuhe auf die Ladefläche und griff nach einem schweren quaderförmigen Gegenstand, der in einen alten Kartoffelsack gehüllt war und den er rechts neben den blauen Sack gelegt hatte. 30 Kilo wog das Ding, schoss es ihm durch den Kopf. Er umfasste den rauen Sack mit beiden Händen, hob ihn hoch, hievte ihn aus dem Wagen und ließ ihn in den Sand sinken. Jetzt bloß keinen Fehler machen. Alles hatte er seit gestern fieberhaft in Gedanken durchgespielt. Er würde mit dem Wagen sofort in die nächste Waschanlage fahren und möglichst jedes Erd- und Sandüberbleibsel beseitigen. Anschließend musste er die Ladefläche reinigen und sowohl die Stiefel als auch seine Lederschuhe verschwinden lassen. Die Kriminaltechniker waren heutzutage in der Lage, aus winzigsten Spuren Rückschlüsse zu ziehen. Oder Schuhsohlen zuzuordnen. Auch wenn es niemals so weit kommen würde – nein, niemals, versuchte er sich zu beruhigen –, so musste trotzdem vorgesorgt und jedes Risiko ausgeschlossen werden. Auch wenn er bei allem, was er tat, den nötigen Rückhalt hatte.

2

Als Sander an diesem Freitagmorgen erwachte, fühlte er sich wie gerädert. Auch Doris klagte über Kopfschmerzen. Obwohl sie neben einer Heckenbegrenzung und einem Container ein sturmgeschütztes Plätzchen zugewiesen bekommen hatten, war die Orkannacht ziemlich unruhig gewesen. Jetzt, als sie an ihrem kleinen Tischchen im Wohnmobil saßen, hatte der Sturm deutlich nachgelassen. Am Himmel über Fehmarn nahmen die Wolken wieder Strukturen an und bald würde vielleicht sogar die Sonne durchblinzeln. Doch in den Nachrichten des Norddeutschen Rundfunks wurde vermeldet, dass die Fehmarnsundbrücke noch immer für Fahrzeuge mit hohen Aufbauten gesperrt sei.

»Da haben wir Glück gehabt«, meinte Doris, deren jugendliche Gesichtszüge im hellen Licht des Morgens besonders frisch wirkten, wie Sander dachte.

»Ja, das hätte uns einen ganzen Tag gekostet«, stellte er fest, während er sich ein Marmeladenbrot strich. »Und das hätte unseren Zeitplan ganz schön durcheinandergebracht.«

Doris erwiderte nichts. Sie hatte ohnehin Zweifel, ob sie es schaffen würden, in knapp zweieinhalb Wochen all die Punkte anzusteuern, die sie gerne sehen wollten: Das vielfältige Fjordland, die Städte Bergen und Alesund, den weltberühmten Geirangerfjord, den größten Gletscher und die größte Hochfläche Europas und, natürlich, den Preikestolen, jenes atemberaubende Hochplateau, das 600 Meter senkrecht aus dem Lysefjord ragt.

Dass sich Georg in den Kopf gesetzt hatte, in Kongsberg, was zufällig ziemlich genau an der geplanten Strecke lag, ein Interview mit einem Wasserkraftspezialisten zu führen und es auf Video aufzuzeichnen, hatte Doris ziemlich verärgert zur Kenntnis genommen. Andererseits war die Gelegenheit natürlich günstig, es auf diese Weise zu tun.

»Wieso hat's der Büttner eigentlich plötzlich so eilig?«, fragte sie unvermittelt, woraus Sander schloss, dass sie das Thema insgeheim noch immer beschäftigte.

»Er will seine Sache halt zum Abschluss bringen«, gab er sich einsilbig. Mehr, als dass dieser Büttner hobbymäßig an einer Dokumentation zur aktuellen Energiesituation arbeitete, wusste er auch nicht. Und dass dazu natürlich die Wasserkraft gehörte, die gerade in Norwegen einen hohen Stellenwert hatte, war klar. Immerhin deckte das Land damit 98 Prozent seines Energiebedarfs. Und längst belieferte es sogar andere Teile Europas. Sander hatte davon gehört, dass entsprechende Seekabel verlegt wurden.

Doch darüber wollte er jetzt nicht sprechen. Sie hatten Urlaub – und außerdem hielt ihm Doris ohnehin oft genug vor, viel zu sächlich zu sein und nur über Geschäftliches zu reden. Das wollte er nun nicht wieder herausfordern. Die Sache in Kongsberg durfte deshalb auch allenfalls zwei Stunden in Anspruch nehmen.

»Dieser Büttner«, blieb Doris jedoch hartnäckig, »der ist aber schon okay, oder?«

Sander stutzte, sah sie verwundert an und hielt inne, als er die Kaffeetasse zum Mund führen wollte. »Ja, natürlich. Wie kommst du denn drauf, dass er es nicht sein sollte?«

Sie zögerte. »Weil er gestern Abend gesagt hat, du sollst gut auf dich aufpassen.«

*

Der Mann am Peetschsee hatte den blauen Plastiksack zerknüllt auf die Ladefläche geworfen und dort auch seine nassen Anglerstiefel und den leeren Kartoffelsack verstaut. Als er sich hinters Steuer zwängte, spürte er den Schweiß unter seiner olivgrünen Schildmütze. Trotz des kühlen Morgens war es ihm heiß geworden. Während er den Motor startete, warf er noch einmal einen prüfenden Blick nach links auf den sandigen Untergrund, um sicherzustellen, dass er nichts hinterlassen hatte. Dann vergewisserte er sich, ob er unbemerkt in den Forstweg einbiegen konnte. Zu seiner Zufriedenheit bewegte sich dort nichts. Er hatte auch gar nichts anderes erwartet ob der frühen Stunde. Langsam fuhr er den Geländewagen die paar Meter aus der sandigen Fläche zum befestigten Weg, um schließlich vorsichtig zu beschleunigen. Er holte tief Luft, warf noch einen letzten prüfenden Blick in den Rückspiegel und versuchte, sich auf die kommenden Stunden zu konzentrieren. Er brauchte Kraft und Ausdauer. Links von ihm zogen die roh belassenen Holzstämme vorbei, die waagrecht auf Pfosten lagen und als Geländer den Fahrweg von dem dichten Bewuchs begrenzten. Nur einmal wurden sie von einer freien Stelle unterbrochen, die als ›Löschwasserentnahmestelle‹ gekennzeichnet war.

Der Mann begrenzte mit dem Tempomat die Geschwindigkeit auf 40 Stundenkilometer. Frische Waldluft kühlte seine Stirn. Den Geruch unzähliger Stauden und Gräser, nach Tannen und Holz, empfand er als beruhigend. Nach wenigen Minuten führte der Weg aus dem Waldgebiet hinaus und traf auf eine Asphaltstraße. Der Geländewagen bog ohne anzuhalten nach links ein, wo bereits die ersten Häuser und der Sendemast von Wesenberg auftauchten. Am Ortsrand warf der Mann einen kurzen Blick auf die landwirtschaftliche Anlage, die sich rechts der Straße entlangzog und wo in großem Stil Puten und Gänse gezüchtet wurden, wie er sich einmal hatte sagen lassen. Links deutete ein Hinweisschild auf den ›Findlingsgarten‹ hin. Von seinem letzten Besuch wusste er, dass dort verschiedene Steinarten ausgestellt und erläutert wurden. Außerdem gab es interessante Hinweise zum alljährlichen Storchenzug. Wesenberg schien an diesem Freitagmorgen noch zu schlafen. Er war zufrieden und entschied sich, so schnell wie möglich diese Gegend zu verlassen und die Autobahn anzusteuern. Unterwegs würde es in einer der autobahnnahen Städte sicher Gelegenheit geben, durch eine Waschanlage zu fahren. Außerdem konnte er auf einem Parkplatz die beiden Säcke in Mülleimern verschwinden lassen.

Er war zwischen Wesenberg und Neustrelitz rechts über eine Querverbindung zur B 96 abgebogen, vorbei an Klein Trebbow. Die Bundesstraße führte südlich durch die weiten Wälder des Naturparks Feldberger Seenlandschaft auf Fürstenberg zu. Zum ersten Mal an diesem Morgen kamen ihm einige Fahrzeuge entgegen, doch obwohl es mittlerweile kurz vor 7 Uhr war, hielt sich der Verkehr weiterhin in Grenzen – wie überall in diesem dünn besiedelten Landstrich. Der Mann am Steuer des Geländewagens konnte einigermaßen sicher sein, nicht in eine unerwartete Polizeikontrolle zu geraten. Er überlegte, ob er sich bereits in Fürstenberg nach einer Waschanlage umsehen sollte. Doch dann verwarf er diesen Gedanken wieder, denn es schien ihm angeraten zu sein, sich noch einige Kilometer zu entfernen. Man konnte nie wissen, wer später irgendwelche Zusammenhänge konstruierte, wenn die öffentliche Suche nach einem verdächtigen Fahrzeug losging. Immerhin aber hatte er dafür gesorgt, dass sein Fahrzeug kein fremdes Kennzeichen trug. Einheimische erweckten erfahrungsgemäß nicht sofort Argwohn.

Am besten, so entschied er für sich, würde er die Fahrzeugwäsche in Oranienburg vornehmen. Das war weit genug weg und bereits im Großraum Berlin, wo man anonymer war als in diesen Kleinstädten. Und das war jetzt wichtig.

3

»Wir nähern uns einer gefährlichen Obergrenze«, stellte der Mann an dem Besprechungstisch fest, der aus dunklem Holz bestand. Soeben hatte die freundlich lächelnde Sekretärin den drei Teilnehmern der kleinen vormittäglichen Runde Kaffee gebracht und eingeschenkt. »Deshalb sollten wir unser weiteres Vorgehen abstimmen«, erklärte der Wortführer, der den Knopf seines blauen Jacketts geöffnet hatte. Seine Krawatte war wie immer farblich auf die restliche Kleidung abgestimmt. Als Vorstandsvorsitzender des örtlichen Stromversorgungsunternehmens repräsentierte er immerhin eine angesehene Genossenschaft, die bisher alle Stürme auf dem Energiesektor erfolgreich überstanden hatte – und daran war er persönlich maßgeblich beteiligt gewesen. Als auf dem Strommarkt vor über zehn Jahren das Monopol gefallen war und ein nie zuvor gekannter Wettbewerb eingesetzt hatte, in dem die ganz Großen versuchten, die Kleineren auszubooten, waren viele Klippen zu umschiffen gewesen. Ohne Männer wie Rupert Bodling und sein Team wäre das Unternehmen vermutlich längst einer Heuschrecke zum Opfer gefallen. Möglicherweise hatte auch die Rechtsform einer Genossenschaft dazu beigetragen, dass derlei Angriffe abgewehrt werden konnten und manches einfacher zu bewältigen war, schließlich hatte Bodling es nicht mit kaltschnäuzigen Großaktionären, sondern mit vielen kleinen ›Genossen‹ zu tun. Und in seinem Aufsichtsrat saßen Vertreter des Mittelstands und die Bürgermeister der umliegenden Gemeinden. Ihnen allen war daran gelegen, ein regionales Unternehmen zu erhalten. Denn heimische Produkte lagen im Trend. Die Globalisierung hatte seit der großen Finanzkrise im vergangenen Herbst inzwischen vielen Menschen Angst gemacht. Skrupellose Geschäftemacher lauerten überall und waren nur darauf aus, in die eigene Tasche zu wirtschaften. Die Firmen- und Bankenpleiten in jüngster Zeit trugen ein Übriges zu der Verunsicherung bei.

»Diese Obergrenze«, fuhr Bodling fort, während die attraktive Sekretärin jedem der drei Männer einen aufmunternd provokanten Blick zuwarf und den Raum verließ. »Diese Obergrenze«, wiederholte er, um die Aufmerksamkeit wieder auf sich zu lenken, »ist die Schmerzgrenze, bis zu der unsere Kunden bereit sind, den Preis zu bezahlen, der uns diktiert wird.«

Die beiden anderen Männer, von denen einer deutlich jünger war als der Chef, machten betroffene Gesichter und rührten gedankenversunken in ihren Kaffeetassen. Schwere Vorhänge an den Fenstern dämpften jedes Geräusch in dem großen Büro.

»Sie denken über eine weitere Preiserhöhung nach?«, unterbrach Alfred Feucht die entstandene Stille. Er war der Ältere in der Runde und seit vielen Jahren für den kaufmännischen Bereich zuständig.

»Sie wissen selbst, Herr Feucht, wie sich der Energiesektor entwickelt hat«, dozierte Bodling und lehnte sich zurück, sodass die metallene Lehne des gepolsterten Stuhles wippte. »Wir werden uns diesen Stürmen nicht entziehen können.«

»Und diese Stürme, wenn ich diesen Vergleich aufgreifen darf«, ergänzte der jüngere Mann auf der anderen Seite, der inzwischen einen Schluck Kaffee getrunken hatte, »diese Stürme könnten nicht ganz spurlos an uns vorübergehen.«

Bodling sah ihn von der Seite an, ohne auf die Bemerkung einzugehen. »Tatsache ist doch, Herr Schweizer, dass die Börse in Leipzig das Maß aller Dinge ist. Aber das muss ich Ihnen nicht erläutern.«

Hasso Schweizer war Mitte 30 und zählte zu jenem Team, das ständig die Notierungen an der Strombörse verfolgte.

Alle drei Teilnehmer des freitäglichen Gesprächskreises hatten schon oft darüber diskutiert. In Leipzig wurde seit 2002 der Preis für die elektrische Energie durch Angebot und Nachfrage bestimmt. Ein Vorgang, den sich Laien kaum vorstellen konnten, schließlich war Strom nicht irgendwo zu bunkern – wie also sollte man ihn im Voraus kaufen? Und vor allem: Wie sollte es möglich sein, Strom an jeder beliebigen Stelle zu erwerben, wo doch alles an ein und demselben Netz hing?

Alfred Feucht musste an eine Bemerkung des Chefs denken, die dieser einmal nach einer Diskussion in einem kommunalpolitischen Gremium gemacht hatte: »Die meisten Menschen wissen nur, dass der Strom aus der Steckdose kommt. Aber was dahintersteckt, welche Mächte und Einflüsse, das kann sich keiner vorstellen.«

Jetzt, im Kreis dieser beiden engeren Mitarbeiter, wusste Bodling, dass er nur Experten um sich hatte. »Wir haben erlebt, wie der Ölpreis explodiert ist und wie das Gas nachgezogen hat«, stellte er fest und schob seine Brille zurecht. »Ich wage die Prognose, dass der globale Markt endgültig den Energiesektor vereinnahmt hat. Eine Einschätzung übrigens, die auch Herr Wollek mit mir teilt.« Wollek, der normalerweise auch an dieser Freitagsrunde teilnahm, jedoch noch bis Mittwoch Urlaub hatte, galt als profunder Kenner der Energieszene, insbesondere aber, was die Verflechtungen innerhalb der Stromkonzerne anbelangte. Vor vier Jahren hatte er sich beim Albwerk beworben, weil er aus familiären Gründen, wie er sagte, in den Raum Ulm ziehen wollte. Für Bodling war der Mann, den er damals ohne zu zögern einstellte, ein Glücksfall gewesen. Denn die Fachkenntnis, die der 45-Jährige zweifelsohne besaß, war in diesen Zeiten enorm wichtig.

Auch Hasso Schweizer hatte kurz an diesen sympathischen Kollegen gedacht, mit dem er gerne über die tagesaktuellen Probleme diskutierte.

»Herr Wollek«, fuhr der Chef fort, »geht davon aus, dass auch bei sinkenden Produktionskosten die Strompreise weiter steigen werden – also selbst dann, wenn die deutschen Kernkraftwerke länger laufen oder die osteuropäischen noch mehr Energie liefern.«

»Sie meinen, man zieht raus, was rauszuziehen ist«, stellte Schweizer fest.

»Entschuldigen Sie«, unterbrach ihn Feucht von der anderen Seite des Tisches, »aber das war doch zu erwarten. Drei Dinge braucht die Weltbevölkerung am dringendsten – Wasser, Luft und Energie. Und wer damit verdienen kann, tut dies gnadenlos.«

Bodling nickte bedächtig. »Und da spielt es keine Rolle, ob ein paar Millionen auf der Strecke bleiben.« Er bezog sich damit nicht auf eine Geldsumme, sondern auf Menschenleben.

Feucht bekräftigte: »Da geht es um Leben und Tod.«

»Wer sich in den Weg stellt, der muss weichen«, meinte der Jüngere, dessen Handy in diesem Moment eine SMS vermeldete.

4

Der Mann mit der braunen Lederjacke und der olivgrünen Schildmütze war über die nahezu leere vierspurige Straße auf Oranienburg zugefahren. Die Sonne blendete von links. Er entschloss sich, die nächste Großtankstelle anzusteuern, in der Hoffnung, dass es dort auch eine Autowaschanlage gab.

Bereits nach wenigen Kilometern hatte er in einem dieser großen Gewerbegebiete, wie sie überall im Osten aus dem Boden gestampft worden waren, gefunden, was er suchte. Er bog ab und steuerte direkt auf die gläserne Waschanlage zu, in die gerade ein Auto verschwunden war. Ein paar Minuten später war auch er mitten in diesem Getöse aus Bürsten und Wasserstrahlen. Während er um sich herum dieses Inferno verfolgte, war er sich gewiss, dass jedes Stäubchen aus der Mecklenburger Seenplatte beseitigt werden würde. Kein noch so penibler Spurensucher würde noch etwas finden können. Es sei denn, durchzuckte es ihn, im Reifenprofil steckten Sandkörner, die in den kriminaltechnischen Laboratorien mit Proben vom Ufer des Peetschsees verglichen werden könnten. Wenn er Glück hatte, kam er in einen Regenschauer. Er nahm sich vor, bei der nächsten Gelegenheit auf einen Feldweg abzubiegen, damit sich das Profil mit neuem Schmutz und Staub füllen konnte. Außerdem musste er dringend die Ladefläche auskehren, die Stiefel beseitigen, seine Schuhe reinigen und vor allem den Fußraum des Autos putzen, einschließlich der Pedale, an denen es genügend Ablagerungen geben würde.

Keine Panik, beruhigte er sich selbst, während der Geländewagen von einem Warmluftsturm angeblasen wurde und die Wassertropfen auf der Windschutzscheibe auseinanderstoben. Er musste besonnen vorgehen, einen Schritt nach dem anderen tun – und vor allem nicht auffallen. Unter keinen Umständen auffallen. Nichts tun, was später irgendjemanden an dieses Auto erinnern konnte. Womöglich würden sie in einigen Wochen eine Fernsehfahndung ausstrahlen: Wer hat am Soundsovielten auf den Autobahnen zwischen Mecklenburg-Vorpommern und Süddeutschland ein verdächtiges Fahrzeug gesehen?

Mein Gott, versuchte er seine Gedanken zu zügeln, was gab es nicht tagtäglich Verdächtiges und Merkwürdiges entlang der Fernverkehrsstraßen? Er war doch nur ein ganz normaler Geländewagenfahrer mit MST-Kennzeichen. Zumindest hier im Raum Berlin fiel er damit nicht auf. Später, irgendwo hinter der Hauptstadt, würde er es ändern. Schon jetzt quälte ihn der Gedanke, wie er das bewerkstelligen konnte. Sicher nicht auf einem Autobahnparkplatz. Aber auch nicht in einem Waldstück. Dies, das war ihm bewusst, würde einer der kritischsten Momente seines Planes sein. Noch kritischer konnte es nur werden, wenn er in eine Polizeikontrolle geriet. Aber auf Autobahnen war dies eher unwahrscheinlich, erst recht an einem Vormittag. Deshalb musste er so schnell wie möglich wieder auf die Autobahn zurück.

*

Georg Sander liebte diese langen Fahrten mit dem Wohnmobil. Viel zu oft waren sie in der Vergangenheit nur in Südtirol oder im Tessin gewesen, endlich hatten sie sich mal wieder zu einer größeren Aktion durchgerungen. Wie damals, in der Jugendzeit, als er mit seinem klapprigen VW-Bus und einigen Freunden übers Wochenende nach Venedig gefahren und bei der Heimfahrt beinahe wegen eines Sekundenschlafs in eine Baustellenabsperrung gerast wäre, so zog es ihn auch jetzt hinaus – auf die ›große lange Straße der Einsamkeit‹, wie er es, einem alten Schlagertitel folgend, gerne ausdrückte. Auch bis zum Nordkap war er damals einmal gefahren, beinahe Tag und Nacht, rund um die Uhr. Die Straßen in Norwegen waren noch holprig, kurvig und schmal gewesen. Doch es hatte ihm nichts ausgemacht.

Jetzt, viele Jahre später, kam ihm die Entfernung bereits in Dänemark endlos weit vor. Mit der Fähre waren sie von Puttgarden gleich drüben im dänischen Rødbyhavn gewesen, doch der Landweg bis zur nächsten Fähre in Helsingør – der sogenannten Vogelfluglinie folgend – wollte kein Ende nehmen. Wie am Tag zuvor zerrte der Sturm jetzt wieder am Wohnmobil und peitschte der Regen von allen Seiten gegen das Fahrzeug. Das Autobahn-Gewirr um Kopenhagen präsentierte sich grau in grau und Sander konzentrierte sich bei den vielen Einmündungen und Abzweigungen nur auf die Schlusslichter seines Vordermannes. Die weibliche Stimme aus dem Navigationssystem empfahl ihm die jeweilige Fahrspur, was Doris mit ihrer Landkarte auf den Knien kritisch überprüfte. Sander wusste dies zu schätzen und befolgte deshalb auch eher ihren Rat als den der Computerstimme. Das schien ihm klüger zu sein – nicht nur, weil es in der Navigationssoftware mehr als genug Fehler gab, sondern Doris zu einer gewissen Eifersucht neigte, wenn er der Frauenstimme im Gerät mehr Glauben schenkte als ihr.

Doris nahm mit Erleichterung zur Kenntnis, dass auch die zweite Fähre an diesem Freitagnachmittag ein großes und stattliches Schiff war und sich von der rauen See nicht allzu sehr ins Schaukeln bringen lassen würde. Damit blieb sie wohl von Übelkeit verschont.

Als sie das Schiff im schwedischen Helsingborg wieder verließen und sich trotz Navigationsgerät nur mühsam in dem unübersichtlichen Spurenverlauf im Hafengebiet zurechtfanden, staunte Sander über die vielen deutschen Kennzeichen. Derzeit waren sie wohl alle wieder unterwegs – die Abenteurer, die zur Mitternachtssonne auf der E 6 zum Nordkap fuhren. Lebhaft hatte er noch in Erinnerung, wie er damals, vor über 30 Jahren, auf den Campingplätzen alle paar Tage die gleichen

Touristen getroffen hatte, die in ähnlichen Etappen gereist waren. Wohnmobile hatte es noch wenige gegeben, dafür waren selbst ausgebaute VW-Busse der Renner gewesen. Die meisten Urlauber aber nächtigten in Zelten oder in den Hütten, die auch heute noch den Pkw-Touristen zur Verfügung standen, wie er vor Kurzem im Reiseführer gelesen hatte.

»Wir werden einige von denen da noch öfter sehen«, meinte Sander, als er sich in die Kolonne der Fahrzeuge mit deutschen Kennzeichen einreihte. »Die meisten fahren zwar zum Nordkap, davon bin ich überzeugt, aber viele kurven sicher auch im Süden rum.«

Doris nickte. Seit sie sich intensiv mit den Reisevorbereitungen befasst hatte, war ihr klar, dass Norwegen eigentlich das typische Camperland war. Auch wegen der enorm hohen Lebenshaltungskosten. Ein Gaststättenbesuch kam vermutlich gar nicht infrage.

»Beim letzten Mal«, grinste Sander und schaltete die Scheibenwischer wieder auf den Schnellgang, »da bin ich mir manchmal vorgekommen, als würde ich verfolgt.«

Er konnte nicht ahnen, welche Bedeutung diese Feststellung bald haben sollte.

5

Rupert Bodling schaute auf die Uhr. »Ich will Ihre Zeit nicht länger strapazieren«, sagte er lächelnd. »Schließlich bin ich froh, dass Sie heute überhaupt gearbeitet haben.« Er spielte auf den Brückentag an: auf den Freitag nach Fronleichnam, das in Baden-Württemberg ein gesetzlicher Feiertag ist.

Schweizer lehnte sich zurück. »Ein paar müssen schließlich die Stellung halten«, meinte er entspannt. »Kollege Wollek hat dringend ein paar Tage Urlaub gebraucht – und Frank Büttner hat wohl sein Wochenende verlängert.«

»Was Herrn Büttner anbelangt«, wandte Feucht vorsichtig ein, »da tu' ich mich gerade ein bisschen schwer.« Er wartete eine Reaktion Bodlings ab, doch der trank seine Tasse leer und gab sich desinteressiert.

Feucht sah sich genötigt, das näher zu erläutern. »Er will's wohl in manchen Dingen genau wissen«, stellte er sachlich fest. Nur ein Kaufmann konnte so trocken und emotionslos sein.

Schweizer schlug die Beine übereinander, was so gedeutet werden konnte, als wolle er auf Distanz gehen und gespannt abwarten, wie Bodling reagierte.

Der Chef lächelte gelassen. »Es kann nie schaden, den Dingen auf den Grund zu gehen.«

Schweigen breitete sich aus, das Feucht mit einem verlegenen Räuspern beendete und dann anfügte: »Es ist wie so oft im Leben: Man besteigt voller Enthusiasmus einen schmalen Grat, um selbst am höchsten zu sein, doch plötzlich stellt man fest, dass die Luft dort oben ziemlich dünn und der Rückweg voller Gefahren ist.«

Schweizer grinste in sich hinein. Nicht schlecht, wie Feucht dies ausdrückte, dachte er. Ob diese Formulierung wohl von ihm stammte?

Bodling wollte nicht weiter darauf eingehen. »So kann das nur ein Bergfreund wie Sie ausdrücken, Herr Feucht. Aber ich denke, dass Herr Büttner genügend Seilschaften hat, die ihn notfalls halten.« Er sah die beiden Männer an und beendete das freitägliche Treffen. »Ein schönes Wochenende wünsch' ich.«

*

Im Laufe des Freitagabends war das Wetter besser geworden. Die Sonne stand noch bis 23.30 Uhr am Himmel und bescherte bei abziehendem Regen einen traumhaften Regenbogen, der sich über den gesamten Campingplatz spannte. Hier in Fjällbacka, irgendwo abseits der schwedischen Autobahn in Richtung Norwegen, hatten Georg Sander und seine Partnerin ihre zweite Tagesetappe beendet und vom Wohnmobil aus den bräunlichen Schein der tief stehenden Sonne bewundert, die noch zu später Stunde die Häuser auf der anderen Seite des Campingplatzes in ein sanftes Licht tauchte. Die 1.500 Kilometer, die sie nordwärts gefahren waren, machten sich nun im Juni bereits am Sonnenstand deutlich bemerkbar. Es wurde überhaupt nicht mehr richtig dunkel.

Im Laufe der Nacht klarte der Himmel auf und allen Befürchtungen zum Trotz, wonach sich mit Skandinavien stets Kälte, Regen und Stürme verbanden, wurde es an diesem Samstagmorgen sogar sommerlich warm. Sander drängte deshalb zum Aufbruch. Bei solchen Witterungsverhältnissen konnten sie gut und gern einige 100 Kilometer zurücklegen. Vor allem aber wollte er am Nachmittag in Kongsberg sein.

6

Sie folgten zunächst der Beschilderung bis Oslo, um dann jedoch rund 80 Kilometer vorher durch den Unterwassertunnel westwärts nach Drammen abzubiegen. Er musste sich eingestehen, dass es ein eigenartiges Gefühl war, die Oslobucht zu unterqueren. Doch es sollte nur der Erste von einer Vielzahl von Tunnels sein, die sie in den kommenden beiden Wochen benutzen würden. Die Norweger, so schien es, hatten ihr ganzes Land untertunnelt. Dass es dort sogar mit 24,5 Kilometern den längsten Straßentunnel der Welt gab, war Sander bislang nicht bewusst gewesen. Was mussten das für geniale Straßenbauer sein – und vor allem: Welche immensen Summen steckten dahinter? Im Laufe der Reise musste Sander jedoch erkennen, dass trotz der vielen gut ausgebauten Straßen keine allzu großen Tagesetappen zu bewältigen waren – schon gar nicht auf beschaulichen Nebenstrecken. Die waren ziemlich kurvig, bergig und bisweilen so schmal, dass sich Sander mit dem Wohnmobil im Begegnungsverkehr schwertat.

Nachdem er die ersten norwegischen Kronen beim Verlassen des Unterwassertunnels loswurde – nämlich umgerechnet 19 Euro für die Maut –, staunte er, wie dynamisch und modern sich die Stadt Drammen präsentierte: Vierspurige Straßen und die Eisenbahn überquerten auf großzügig angelegten Brücken einen breiten Fluss. Sander hielt sich an die Ansage des Navigationssystems und ließ sich von Doris jedes Mal bestätigen, dass er auf der richtigen Spur fuhr. Ein Tunnel brachte sie wieder aus der Stadt hinaus und mitten hinein in eine Landschaft, die ans Allgäu erinnerte: Weideland, umgeben von Wäldern. Sie fuhren über eine Nebenstraße nach Stollenborg. Dort, so war ihm gesagt worden, befinde sich das große Wasserkraftwerk von Kongsberg, von dem der heimische Stromversorger seine Energie beziehe. Doch dieses Stollenborg bot sich den Durchreisenden als kleines, verschlafenes Nest dar, in dem zumindest von der Straße aus weder ein Fluss noch ein Kraftwerk zu sehen waren. Ziemlich enttäuschend, wie Sander kundtat.

Er überlegte, ob er jemanden fragen sollte, verwarf aber den Gedanken, zumal er keiner der beiden in Norwegen anerkannten Schriftsprachen – Bokmål und Nynorsk – beherrschte. Zwar wusste er, dass fast jeder Norweger des Englischen mächtig war, in Wahrheit hatte er jedoch keine Lust zu einer Konversation. Er brauchte diesen Frederiksen, um den es ja letztlich ging, auch nur anzurufen.

Während Doris bereits eine erste dezente Unmutsäußerung über den in ihren Augen sinnlosen Zeitverlust von sich gab, entschied er, die paar Kilometer vollends weiter in die nächste Stadt, nach Kongsberg, zu fahren. Tatsächlich tauchte links der Straße ein breiter Fluss auf, an dem sich ein Kraftwerk befinden musste. Zumindest deutete eine Leitungstrasse darauf hin, deren dicke Drähte sich über einen Hang spannten. Sander mutmaßte, dass es postalisch dem nahen Stollenborg zugeordnet war.

»Wir sind richtig«, stellte Sander erleichtert fest, womit er jedoch keine Begeisterung auslöste. Vermutlich hatte Doris insgeheim gehofft, dieser Stopp würde an ihr vorübergehen.

Doch nachdem Georg davon überzeugt war, die Kraftwerksgebäude hinter dem dichten Bewuchs ausgemacht zu haben, hielt er an, um die Wohnadresse von Ingo Frederiksen in sein Navigationsgerät einzugeben.

Die Anweisungen der Computerstimme brachten sie ins beschauliche Stadtzentrum, wo eine Straßenbrücke über den reißenden Fluss führte, der hier wild tosend auf seiner ganzen Breite einen zwei, drei Meter hohen Absturz überwand. Sander hätte dies gerne fotografiert oder auf Video festgehalten, aber der Straßenverlauf bot keine Chance, das Wohnmobil gefahrlos abzustellen.

Er folgte stattdessen den weiteren Anweisungen, erklomm einen leichten Anstieg und wurde in eine Nebenstraße geschickt, in der die Bebauung immer spärlicher wurde. »Sie haben Ihr Ziel erreicht«, behauptete die Computerstimme, als eine weitere Querstraße auftauchte, an der sich die typischen nordischen Holzhäuser hinter viel Grün verbargen. Eine Hausnummer hatte das Navigationsgerät nicht akzeptiert, sodass Sander auf Doris' Hilfe angewiesen war.

Die Frederiksens bewohnten ein schneeweiß gestrichenes Holzhaus, das dicht mit Sträuchern und Sommerblumenstauden bewachsen war. Sander hatte bereits den ganzen Tag über gestaunt, wie üppig sich die Natur in den nordischen Breiten präsentierte. Von seiner früheren Fahrt ans Nordkap hatte er das anders in Erinnerung. Aber damals hatte er sich schnell nordwärts zum Polarkreis und darüber hinaus bewegt und in seinem jugendlichen Elan vermutlich noch kein Auge für die Natur gehabt.

Ingo Frederiksen, ein Abkömmling deutscher Großeltern aus Schleswig-Holstein und in Dänemark aufgewachsen, war ein großer blonder Mann, den der Norden geprägt hatte. Sander hatte sich einiges über ihn berichten lassen: Anfang 40, verheiratet, zwei Kinder, spricht fließend Deutsch.

Die Begrüßung fiel knapp, aber durchaus herzlich aus. Frederiksen führte die Besucher durch die hölzerne Diele in das Wohnzimmer. Spielzeug, das auf dem Holzboden lag, deutete darauf hin, dass die Kinder nicht weit sein konnten.

Frederiksen bot ihnen einen Platz auf einer abgewinkelten Polstergruppe an. »Meine Frau ist mit den Kindern runter in die Stadt«, sagte er und es klang wie eine Entschuldigung. »Hatten Sie eine gute Reise?«, fragte er und bot den Gästen etwas zu trinken an, was diese aber dankend und mit dem Hinweis ablehnten, sich nicht lange aufhalten zu wollen.

»Herr Büttner hat mir gesagt, worum es geht«, kam Frederiksen deshalb sofort zur Sache. »Sie haben die Aufnahmegeräte dabei?«

»Ja, natürlich«, entgegnete Sander. »Es geht wohl um ein Statement für seinen Film.«

Frederiksen schlug die langen Beine übereinander, die in engen Jeans steckten. »Er geht die Sache ziemlich mutig an, scheint mir«, grinste er überlegen. »Aber er tut auch gut daran. Wir hier in Norwegen sehen uns als Vorreiter, ja, so sagt man doch, als Vorreiter für den Klimaschutz. Wir tragen zwar mit unserer Ölförderung letztendlich auch zur Verschmutzung unserer Umwelt bei – aber wir werden dies nicht mehr lange tun. Die Vorräte gehen zur Neige – wie überall auf der Welt.«

Sander hatte sich kundig gemacht und wusste Bescheid: »Norwegen investiert die Ölmilliarden in die Erforschung zukunftsträchtiger Energien.«

»Ganz genau, so ist es. Wir sind nicht Dubai.« Wieder grinste Frederiksen. »Dort setzen sie ihre Petrodollars buchstäblich in den Sand. Mit Prunkbauten und Inseln, die sie künstlich aufschütten. Ein Irrsinn. Sie glauben, damit für die Zeit nach dem Öl auf Tourismus setzen zu können. Ein Irrglaube.«

Sander und seine Partnerin nickten. Sie hatten den unglaublichen Bauboom in den Emiraten schon mit eigenen Augen gesehen.

»Norwegen ist der drittgrößte Ölexporteur der Welt«, sagte Frederiksen stolz. »Dieser Ölreichtum, der meinem Land beschert ist, bedeutet auch Verantwortung. Und zwar Verantwortung für die ganze Welt. Norwegen ist mit den ersten Ölfunden in den späten 60er-Jahren reich geworden. Staatsverschuldung gleich null. Das müssen Sie sich mal auf der Zunge zergehen lassen, Herr Sander. Staatsverschuldung gleich null. Denken Sie an Ihr Land.« Er wartete keine Antwort ab, sondern fuhr fort: »Wir hier in Norwegen investieren einen Teil der Ölmilliarden in die Erforschung der neuen Energien. Mit der Wasserkraft, die uns nahezu unendlich zur Verfügung steht, versorgen wir nicht nur uns selbst, sondern bereits weitere Länder. Und jetzt entwickeln wir ein Osmosewerk. Wenn das in großem Stil funktioniert, dürfte dies revolutionär sein.«

Sander hatte zwar schon etwas davon gehört, konnte aber nichts damit anfangen.

Sein Gegenüber bemerkte dies und erklärte: »Osmose – das bedeutet Energiegewinnung aus dem Zusammenwirken von Salz- und Süßwasser, um es vereinfacht auszudrücken. Endlich ergäbe die gigantische Menge Salzwasser auf diesem Planeten einen Sinn.«

Genau, erinnerte sich Sander. So war es. Als er das zum ersten Mal gehört hatte, war er von dieser Idee fasziniert gewesen. Denn oft schon hatte er am Meer gestanden und sich Gedanken darüber gemacht, welchen Sinn dieses viele Salzwasser haben könnte.

Frederiksen sprach entschlossen weiter: »Wenn Sie überlegen, wie der weltweite Kapitalismus den Energiesektor beherrscht, dann kann ich Herrn Büttner nur bestärken und sagen: Legt den Burschen endlich das Handwerk.«

Sander staunte, wie offen dieser Mann, der doch selbst in der Energiebranche Karriere gemacht hatte, mit diesem Thema umging. Der Norweger war, so hatte er sich informiert, nach dem Studium der Elektrotechnik sechs Jahre lang bei den größten Energiekonzernen Europas gewesen, in Großbritannien, Frankreich, Italien und Deutschland. Dabei hatte er die Tochter eines Experten aus der Stromwirtschaft kennengelernt, sie geheiratet und überredet, mit ihm nach Norwegen zu ziehen. Vier Jahre war dies inzwischen her.

Frederiksen hatte auf eine Antwort gewartet, doch sein Gegenüber war für ein paar Sekunden in Gedanken versunken. Er forderte Sander deshalb auf: »Holen Sie Ihr Aufnahmegerät, dann machen wir das Ding.« Wieder verzog er das Gesicht zu einem Lächeln: »Aber sagen Sie dem Herrn Büttner, dass er sich genau überlegen soll, worauf er sich einlässt.«

Sander nickte und erhob sich, um das Videogerät aus dem Wohnmobil zu holen.

Frederiksen folgte ihm und sagte: »Aber auch Sie sollten sich bewusst sein, was das bedeuten kann.«

Doris war verunsichert.

7

Während sich über Nordeuropa langsam ein stabiles Hochdruckgebiet aufbaute und den Nordkapfahrern den Blick auf die Mitternachtssonne versprach, waren die Junitage in Deutschland ziemlich kühl. Vielleicht machte sich die Schafskälte bemerkbar, die den alten Bauernregeln zufolge um diese Jahreszeit noch einmal für Abkühlung sorgte.

Das Wochenende war deshalb für viele Ausflügler enttäuschend verlaufen. Und auch dieser Montag verhieß keine durchgreifende Änderung.

Der Fischreiher segelte elegant über die stille Wasserfläche. Drüben am Schilfgürtel schwamm ein Erpel aufgeregt hinter einem Entenweibchen her. In der Luft lag das Zwitschern von Vögeln, die jetzt, in diesen frühen Sommertagen, ihr Revier behaupteten. Auf der hölzernen Aussichtsplattform, die am bewaldeten Ufer auf den See hinausgebaut war, stützte sich ein Mann am Geländer ab und beobachtete das Erwachen der Natur. Er hatte den Rollkragen seines Pullovers hochgezogen und die blaue Windjacke zugeknöpft. Obwohl kein Wölkchen den Morgenhimmel trübte, war es kalt. Die Sonne würde noch eine halbe Stunde brauchen, bis sie hoch genug war, um über den Berghang in das tief eingeschnittene Tal zu scheinen. In den Gesang der Vögel und das Schnattern der Enten mischte sich das unablässige Rauschen des Straßenverkehrs, der sich knapp 200 Meter entfernt an der Talaue entlangschlängelte. Dort, auf halber Hanghöhe, verlief auch die Eisenbahnstrecke, auf der gerade ein schneeweißer ICE der bereits sonnigen Hochfläche entgegenstrebte.

Wenn Herbert Braun an diesem Ort stand, fühlte er sich jedes Mal eins mit der Natur. Oft lauschte er minutenlang reglos ihren Geräuschen. Dann nahm er wieder sein Fernglas vor die Augen, um den Enten, Fischreihern und Blesshühnern zuzuschauen, wie sie auf der pastellfarben schimmernden Seeoberfläche ihre Bugwellen hinter sich herzogen.

Selten nur verirrte sich hier draußen, vor den Toren dieser Kleinstadt, ein morgendlicher Spaziergänger auf den Waldwegen. Meist war Braun allein. Er liebte diese Sommermorgen über alles. Es waren jene Momente, die ihn den täglichen Stress vergessen ließen, der ihn überfiel, wenn er am Schreibtisch saß und sich den Problemen des Tourismus zuwandte, der in dieser Gegend nicht so recht in Schwung kommen wollte. Dabei boten die steil abfallenden Hänge entlang der nordöstlichen Schwäbischen Alb viele reizvolle Winkel. Doch die Großstädter aus den Bereichen Reutlingen und Stuttgart zog es eher nach Bad Urach als Richtung Geislingen, wenn auch die Stadt wegen ihrer Eisenbahnsteige weithin bekannt war. Aber irgendwie, so schien es Braun, hatten es hier die Städte und Gemeinden in den vergangenen Jahrzehnten verpasst, auf sich aufmerksam zu machen. Und dies, obwohl die Kreisstadt Göppingen mit Hohenstaufen einen geschichtsträchtigen Ort deutscher Vergangenheit aufzuweisen hatte.

Brauns Gedanken verselbstständigten sich – und er ließ sie gerne gewähren. Es war sein ganz persönliches Brainstorming, wie solche Gedankenspiele heutzutage großspurig und vor allem auf Englisch in den Unternehmen genannt wurden. Er konnte in solchen Momenten alles um sich herum vergessen, auch wenn er gerade mit dem Fernglas auf den prächtigen Pappeln gegenüber einen Fischreiher ins Visier nahm. Deshalb bemerkte er auch den Mann nicht, der sich auf dem weichen Pfad näherte und plötzlich hinter ihm stand. Braun erschrak, als er die Stimme hörte: »Sie sollten Ihr Fernglas weiter nach links richten.«

Er riss sein Fernglas von den Augen und drehte sich irritiert um. Vor ihm stand ein Mann mittleren Alters, die Hände tief in einen zerknitterten olivgrünen Parka gesteckt. Das Gesicht war unrasiert, die dunklen Haare nicht gekämmt.

»Entschuldigen Sie, wenn ich Sie erschreckt habe«, sagte der Mann, »aber Sie sollten wirklich mal dort rüberschauen. Ich glaube, da ist jemand ertrunken.«

*

Sander hatte bereits die zweite Nacht ziemlich unruhig geschlafen. Das vorgestrige Interview mit Frederiksen, das aus Fragen bestand, die Büttner vorgegeben hatte, war ziemlich brisant gewesen. So offene und deutliche Antworten hatte Sander nicht erwartet. Wenn auch nur ein Teil davon stimmte, dürfte es bei einer Veröffentlichung für ziemlichen Wirbel sorgen. Sander hatte noch am Samstagabend bei der Weiterfahrt mit dem Gedanken gespielt, selbst als Journalist in das Thema einzusteigen. Aber erstens hatte er Urlaub und zweitens, so meldete sich sein Gewissen, hatte er Büttner versprochen, nichts davon an die Öffentlichkeit dringen zu lassen. Büttner wollte diese Bombe selbst platzen lassen, sich dann aber mit allen Hintergründen Sander offenbaren. So war es vereinbart – und so würde es auch laufen.

Doris zeigte sich erleichtert über Georgs Einsicht und mied es, während den langen Stunden der Fahrt das Thema noch einmal anzusprechen. Überhaupt war das Motorengeräusch im Wohnmobil ohnehin viel zu laut, um eine angeregte Diskussion führen zu können.

Nachdem das Gespräch mit Frederiksen länger gedauert hatte, als erwartet, war seine Partnerin sauer gewesen. So würden sie ihre Tagesetappen nicht bewältigen können, hatte sie vorwurfsvoll festgestellt und darauf gedrängt, den geplanten Abstecher zum südwestlichen Zipfel nach Stavanger und dem legendären Felsen Preikestolen – was ins Deutsche übersetzt Predigerstuhl oder Kanzel hieß – kurzerhand zu streichen. Sie wollten deshalb gleich Bergen ansteuern. Der Weg dorthin entlang der südlichen Ausläufer der atemberaubenden Hochfläche

Hardangervidda erwies sich zwar als grandios und aussichtsreich, aber zog sich unerwartet in die Länge. Bei Sonnenuntergang, was erst spätabends war, rollte das Wohnmobil schließlich über Serpentinen hinab nach Røldal, wo es im engen Tal unweit einer dieser in besonderer Holzbauweise errichteten historischen Stabkirchen einen Campingplatz gab. Unterwegs war Sander im Rückspiegel ein Wohnmobil aufgefallen, das stets den gleichen Abstand einhielt. Aber das musste nichts bedeuten. Hier gab es nur diese eine Straße und ältere Fahrer waren meist froh, wenn sie einen anderen vor sich hatten, an dem sie sich orientieren konnten.

Die Nacht war traumlos gewesen. Jetzt, an diesem frühen Montagmorgen, steuerten sie nordwärts nach Odda, einem einst herrschaftlichen Erholungsort am Sørfjord, wo jedoch Schmelzhütten das Idyll ziemlich zerstört haben und man wohl gerade mit den Hinterlassenschaften eines großen Industriebetriebs kämpfte, wie Sander an einem verfallenen Werksgelände erkannte.

Einen weiteren Einblick in die meisterliche Tunnelbaukunst der Norweger bekamen sie hier, wo der gesamte Bergrücken den Folgefonna nasjonalpark unterirdisch durchquert, um den Verkehr im zerklüfteten Küstengebiet näher an Bergen heranzubringen.

Sander entdeckte im Rückspiegel zwei Wohnmobile und ein Wohnwagengespann. Sie konnten ihn nicht überholen. Er verlor sie alsbald auch aus den Augen und hätte später nicht einmal sagen können, ob sie auch auf der Fähre nach Gjermundshamn gewesen waren.

Sander und Doris waren ein gutes Stück vor Bergen auf dem Campingplatz Haukeland untergekommen, der witzigerweise Lone hieß – genauso wie jenes Flüsschen auf der Schwäbischen Alb, an dessen Quelltopf Doris aufgewachsen war. Auch dort entdeckte Georg jetzt, am frühen Montagmorgen, wieder einige Fahrzeuge und Autokennzeichen, die er in den vergangenen drei Tagen schon einmal gesehen hatte.

Seine Videokassette, davon überzeugte er sich, steckte noch immer unterm Holzrost seines Betts im Alkofen. Ein sicheres Versteck, wie er glaubte.

8

Rund 2.000 Kilometer entfernt, weit im Süden Deutschlands, sah zu diesem Zeitpunkt Herbert Braun in zwei ängstliche Augen. Für einen Moment war er irritiert und überlegte, ob er den Mann schon einmal irgendwo gesehen hatte. Doch er konnte das Gesicht nicht zuordnen. »Bitte, was?«, war alles, was er hervorpressen konnte, während sein Fernglas am Lederriemen um den Hals baumelte.

»Da liegt einer«, erwiderte der andere außer Atem. »Da drüben.« Er deutete mit dem Zeigefinger auf das dicht bewachsene Ufer des Weiherwiesensees.

Braun überlegte kurz, wie ernst der Unbekannte zu nehmen war, ob es sich um einen Landstreicher oder um einen Verrückten handelte. Dann aber entschied er, dem Drängen des aufgeregten Mannes nachzugeben.

»Der ist ertrunken, ganz sicher ertrunken«, stammelte der Fremde und eilte mit energischen Schritten von der Aussichtsplattform. Braun fingerte bereits vorsorglich nach seinem Handy, das in einer der vielen Taschen steckte. Wenn es tatsächlich sein musste, würde er die Einsatzkräfte schnell verständigen können.

Der Unbekannte lief so schnell er konnte, ohne zu rennen.

»Los, kommen Sie«, rief er Braun zu, der ein paar Schritte zurückgeblieben war. »Vielleicht können wir ihn noch retten.« Es klang eine Spur aufgeregter als zuvor, fast panisch.

Brauns Zweifel schwanden. Er hetzte ihm hinterher. Um keine wertvolle Zeit zu verlieren, zog er im Gehen sein Handy heraus, hob die Tastensperre auf und wählte 110. Der Fremde war inzwischen zehn Schritte voraus. Braun folgte ihm auf dem Forstweg entlang des Sees talabwärts und hielt das Handy ans Ohr. Als sich die Einsatzzentrale in der Kreisstadt meldete, war er ziemlich außer Atem. Er nannte seinen Namen und erklärte mühsam, dass vermutlich im Weiherwiesensee am Stadtrand von Geislingen jemand ertrunken sei. Wo genau, das stelle er gerade erst fest, doch halte er es für angebracht, schon mal einen Notruf abzusetzen. Kaum hatte er dies gesagt, deutete der Mann vor ihm nach rechts in einen Trampelpfad, der zum sumpfigen Ufer führte.

»Ich glaub, ich weiß, wo es ist«, beeilte sich Braun, das Gespräch fortzusetzen, während er dem anderen folgte. »Zwischen der Forellenzuchtanlage und der Aussichtsplattform – dem Uferweg nach.« Er atmete schwer. »Aber beachten Sie, dass der Forstweg ganz vorn mit einer Schranke gesperrt ist.« Braun war in den schmalen, stark verwachsenen Trampelpfad eingebogen und musste sich Zweige vom Gesicht fernhalten. »Bleiben Sie kurz dran«, bat er seinen Gesprächspartner in der Einsatzzentrale.

Dem diensthabenden Polizeibeamten war die beschriebene Örtlichkeit ein Begriff. Für Schranken im Gelände gab es in jedem Einsatzfahrzeug entsprechende Schlüssel. Braun hielt mit der einen Hand das Handy ans Ohr und drückte mit der anderen die Äste beiseite. Er sprang über feucht-weiches Erdreich, erreichte frische Stauden und schließlich den Schilfgürtel. Dort war der Mann vor ihm wild gestikulierend stehen geblieben. Wo der Untergrund immer nasser und instabiler wurde und sich mit dem bewachsenen Uferstreifen im Wasser verlor, schien jene Stelle zu sein, an der sich etwas Schreckliches zugetragen haben musste. Braun presste sein Handy noch fester ans Ohr, um dem Diensthabenden in der Notruf-Leitzentrale informieren zu können. Noch zwei, drei Meter und er hatte den Fremden erreicht.

Der deutete, schwer atmend, ins Schilf: »Hier, schauen Sie.«

Braun brauchte ein paar Sekunden, bis er zwischen dem dichten Bewuchs erkennen konnte, was gemeint war. Zuerst sah er ein Kleidungsstück, das im Wasser zu schwimmen schien, als habe es jemand achtlos weggeworfen. Es war das Rückenteil einer Jacke, das wie aufgeblasen zwischen dem Schilf aufragte.

»Sehen Sie doch«, gab sich der andere ungeduldig und gestikulierte heftig.

Braun schluckte. Mit einem Schlag wurde ihm bewusst, dass es nicht nur ein schwimmendes Kleidungsstück war, das er sah. Langsam formte sich ein Bild, das keinen Zweifel aufkommen ließ: In der Jacke steckte ein lebloser Körper. Kopf und Beine waren unter der Wasseroberfläche verschwunden, sodass nur der Rücken und das Gesäß sichtbar waren.

Herbert Braun war für den Bruchteil einer Sekunde wie gelähmt. Erst die Stimme im Handy, die laut nachfragte, was denn geschehen sei, holte ihn in die Realität zurück. »Ich glaube …«, er suchte nach einer passenden Formulierung, »… ich glaube, hier ist jemand ertrunken.« Noch einmal versuchte er die Position zu schildern, doch mehr als ein unklares Gestammel, mit dem kaum etwas anzufangen war, wurde es nicht.

Glücklicherweise hatte sich der Angerufene bereits bei Brauns erster Beschreibung die Zufahrtsmöglichkeiten notiert und die Einsatzkräfte losgeschickt. »Schon alles unterwegs«, gab er zurück. Eine Antwort bekam er nicht mehr.

9

»Meine Herren, ich hoffe, Sie hatten ein gutes Wochenende«, begann Rupert Bodling das montägliche Gespräch und fuhr sich mit dem Zeigefinger nachdenklich über den Oberlippenbart. »Das Wetter war ja nicht gerade berauschend.«

Es hatte sich in den vergangenen Jahren so eingebürgert, dass jede Woche mit einer kleinen Konferenz begonnen und wieder abgeschlossen wurde. Freitagnachmittags war ein Rückblick vorgesehen, das montägliche Gespräch galt den Aufgaben, die unmittelbar bevorstanden. Bodling griff tagesaktuelle politische Themen auf und erwähnte das Geplänkel, das im Vorfeld der im Herbst anstehenden Bundestagswahl zunehmend das Geschehen in Berlin beherrschte. »Wenn man die Nachrichten so verfolgt«, dozierte er und rührte in seiner Kaffeetasse, »dann könnte man über weite Strecken den Eindruck gewinnen, als glaubten die Herrschaften in Berlin, Deutschland allein sei der Nabel der Welt. Dabei sind wir doch nur ein Handtuch auf dem Globus.«

Seine Zuhörer waren dieselben wie am Freitagnachmittag. Feucht nickte zurückhaltend, Schweizer ließ keine Reaktion erkennen.

»Wir dürfen uns nichts vormachen«, erklärte Bodling. »Für uns bedeutet die momentane Situation, dass wir weiterhin äußerst wachsam sein müssen.«

Feucht, sein kaufmännischer Leiter, nickte angespannt und knüpfte an diese Bemerkung an: »Wachsamkeit und vor allem, dass wir die spekulativen Ausschläge rechtzeitig erkennen und gegebenenfalls sofort für uns nutzen. Davon wird mehr denn je unser Geschäftsergebnis abhängen.« Er hätte auch Überleben sagen können, doch er formulierte es genauso vorsichtig, wie es Bodling bei der in drei Wochen anstehenden Genossenschaftsversammlung tun würde.

Die Blicke der beiden Männer waren auf Hasso Schweizer gerichtet, der mit seinem hellen Jackett weitaus lockerer und legerer wirkte als sie. Er verzog das Gesicht zu einem Lächeln. »Na ja, Sie wissen selbst, wie schnell sich die Lage ändern kann. Wenn man es genau nimmt, darf man den ganzen Tag über die Notierungen nicht aus den Augen lassen.« Zumindest was die Versorgung der privaten Haushalte anbelangte, wurden die Strommengen schon für die nächsten eineinhalb Jahre im Voraus geordert. Wer also günstig einkaufte, konnte den Tarif für die Privatkunden über einen längeren Zeitraum stabil halten.

»Deshalb haben wir Sie«, erwiderte Bodling süffisant lächelnd, um dann nachzuhaken: »Ihr Kollege Büttner hat nicht gesagt, dass er sich heute verspätet?«

Bereits als Schweizer allein zu dieser montäglichen Besprechung erschienen war, hatte sich der Geschäftsführer über das Fernbleiben des zweiten Mannes aus diesem Team verwundert gezeigt. Büttner war vorige Woche zu einem Informationsbesuch in Leipzig gewesen und hätte heute wieder erscheinen sollen.

»Nein, er hat sich nicht gemeldet. Aber vielleicht hat er inzwischen angerufen.« Kaum hatte Schweizer dies gesagt, erhob sich Feucht, dessen Nadelstreifenanzug ebenso korrekt saß wie die dezent blaue Krawatte. Als sei er dazu aufgefordert worden, öffnete er die Tür zum Vorzimmer und fragte die blonde Aushilfssekretärin, die in der vergangenen und in dieser Woche für ihre beiden Kolleginnen eingesprungen war, ob sich Büttner gemeldet habe. Sie verneinte, worauf Feucht wieder an den Besprechungstisch zurückkehrte.

»Das erscheint mir merkwürdig«, stellte Bodling sachlich fest und schaute auf seine Armbanduhr. »Vielleicht sollten wir mal bei ihm zu Hause anrufen.«

Über Feuchts Gesicht huschte ein Lächeln. »Ich schlage vor, wir warten noch.«

Schweizer sah die beiden Männer ratlos an und zuckte mit den Schultern. »Keine Ahnung, was das bedeutet. Frank, ich meine Herr Büttner, ist normalerweise sehr korrekt. Wenn er sich verspätet, ruft er an.«

Feucht überlegte, ob er etwas bemerken sollte, entschied dann aber, es für sich zu behalten. Nicht jedes Gerücht musste gleich verbreitet werden. Und ob wirklich etwas dran war, dass sich Büttner vor einigen Wochen von seiner Frau getrennt hatte, war bisher von niemandem bestätigt worden.

*

Blaulichter zuckten, das Heulen von Martinshörnern erfüllte das enge Tal. Zwei Streifenwagen der Polizei, ein Notarztfahrzeug und ein Kastenwagen des Roten Kreuzes waren von der nahen Bundesstraße rechts in den schmalen Weg eingebogen, der zu dem Weiherwiesensee führte. Unterwegs hatte ein Rettungssanitäter mit einem Spezialschlüssel die Metallschranke geöffnet, die 100 Meter hinter der Fischzuchtanlage die Zufahrt in dieses Naturschutzgebiet versperrte.

Die Helfer und die Polizeibeamten versuchten sofort, die Person aus dem Wasser zu bergen, doch es gelang ihnen nicht, sie mit vereinten Kräften und im seichten Ufermorast watend an Land zu ziehen. Die Männer, deren Hosen bis zu den Knien durchnässt und verschmutzt waren, vermuteten, dass ein schwerer Gegenstand den Kopf des leblosen Körpers nach unten zog. Ohne technische Hilfe sahen sie keine Chance, ihn herauszuhieven. Die Hektik ebbte ab, nachdem der Notarzt, tief im morastigen Wasser stehend, kein Lebenszeichen mehr festgestellt hatte. Jede Hilfe kam also ohnehin zu spät.

Mittlerweile war auch die Feuerwehr eingetroffen, die zwei kleine Schlauchboote zu Wasser ließ. Ein schneller Versuch, den Leichnam damit ans feste Ufer zu bringen, scheiterte jedoch ebenfalls. Deshalb entschied der polizeiliche Einsatzleiter, professionelle Taucher der Wasserschutzpolizei hinzuzuziehen – auch wenn es mehr als eine Stunde dauern würde, bis diese aus dem 70 Kilometer entfernten Stuttgart eintrafen.

Der Polizeiführer vom Dienst meldete unterdessen per Funk: »Kripo ist unterwegs.«

»Okay«, bestätigte einer der Uniformierten über sein tragbares Gerät.

»Frage«, kam es schlecht verständlich zurück, weil der Polizeifunk noch immer nicht digitalisiert war, »handelt es sich um eine männliche oder weibliche Person?«

Der Beamte, der bis zu den Knöcheln im weichen Erdreich eingesunken war, entschied: »Vermutlich männlich. Ob Suizid oder nicht, lässt sich im Moment nicht sagen. Der Oberkörper ist vermutlich mit einem Gegenstand beschwert worden.«

»Habe klar.« Es klickte im Lautsprecher.

Herbert Braun war inzwischen an den Beamten herangetreten, mit dem er bereits einige Worte gewechselt hatte. »Nach Selbstmord sieht das ja nicht gerade aus«, meinte er und spürte den Kloß im Hals.

Der Polizist zuckte mit den Schultern. »Kann man nie wissen. Es gibt so Verrückte, die binden sich selbst einen Stein um den Hals und springen damit ins Wasser. Alles schon dagewesen.«

Allein beim Gedanken an so etwas überkam den Naturfreund ein Schauer. Er hatte Mühe, seinen Blick von dem aufgeblähten Kleidungsstück abzuwenden.

*

»Sie sollten mal die Dokumentation über Enron lesen«, empfahl Rupert Bodling seinen beiden Mitarbeitern, während er einen Schnellhefter von einem Aktenstapel nahm, der links von ihm lag. Die beiden anderen wussten, was gemeint war: Enron, das US-amerikanische Energieunternehmen, war vor einiger Zeit in die Schlagzeilen geraten, weil es an der Strombörse offenbar durch die Eingabe falscher Kaufs- und Verkaufsdaten einen künstlichen Stromengpass provoziert hatte. Die Folge, so wurde gemutmaßt, waren mehrere größere Stromausfälle in Kalifornien gewesen. »Wir dürfen nicht vergessen«, fuhr Bodling fort, »dass alles, was in den USA gelaufen ist, früher oder später zu uns rüberschwappt. Ich empfehl Ihnen, sich das zu Gemüte zu führen.«

»Bislang hat man das ja bei uns für eher unwahrscheinlich gehalten«, gab Alfred Feucht mit der kühlen, zurückhaltenden Art eines scharfen kaufmännischen Rechners zu bedenken.

»Was machbar ist, wird gemacht«, meinte Hasso Schweizer lässig. »Ich wette eine Million, dass bei uns schon solche Schweinereien laufen.«

Bodling sah ihn skeptisch von der Seite an. »Ich will Ihnen gar nicht widersprechen, nur sollten wir mit solchen Äußerungen außerhalb dieses Raumes vorsichtig sein. Denn eines ist klar, meine Herrschaften ...« Er senkte die Stimme, als habe er Angst, abgehört zu werden. »Wir könnten ein potenzielles Opfer dieser Machenschaften sein.«

Feucht nippte an seiner Tasse. Er hatte den Eindruck, dass der Chef das Thema auffallend oft ansprach.

Schweizer runzelte die Stirn. »Entschuldigen Sie, Herr Bodling, aber Totschweigen und Schönreden hilft uns nicht weiter. Wir sind ein gut eingeführtes und traditionsreiches Unternehmen. Und wir sollten uns nicht zum Spielball der Großen machen.«

»Ganz so einfach kriegen die uns nicht«, unterbrach ihn Feucht. »Als Genossenschaft kann uns keine dieser Heuschrecken schlucken. Vergessen Sie nicht: Eine Genossenschaft funktioniert nach anderen Gesetzmäßigkeiten als eine Aktiengesellschaft.«

Schweizer ging nicht darauf ein. Er kannte die Strukturen und brauchte nicht belehrt zu werden. Trotzdem erschien ihm das Treiben an der Strombörse, das er tagtäglich von Berufs wegen verfolgen musste, immer suspekter. Seit 2002 diese Einrichtung in Leipzig geschaffen worden war, hatte er den Eindruck, dass stets neue undurchsichtige Gebilde entstanden, die nicht allein zum Wohle der Menschheit mit Energie handelten. Da wurden Millionen von Kilowattstunden per Mausklick hin- und hergeschoben, ohne dass sie der Käufer tatsächlich gebraucht hätte. Seit Jahren schon verkamen Wirtschaftsgüter zu reinen Spekulationsobjekten. Sogar Emissionsberechtigungen, worunter man bestimmte Schadstoffmengen verstand, die die Industrie in die Luft blasen durfte, wurden auf diese Weise gehandelt. Schweizer hatte den Eindruck, dass es überhaupt nichts mehr gab, was nicht in irgendeiner Weise von den globalen Monopolyspielern zum Zwecke des Geldvermehrens gehandelt wurde. Es war eine Parallelwelt entstanden, von der der ehrlich werktätige Mensch keine Ahnung hatte. Ihn ließ man gerade mal über die normale Aktienbörse ein bisschen daran teilhaben – nur mit dem Ziel, ihm das Geld aus der Tasche zu ziehen. Schweizer musste plötzlich an die sogenannten Börsenspiele denken, die vor Jahren von den Geldinstituten veranstaltet worden waren, um das Normalvolk an Aktien heranzuführen. Wenig später hatten die vielen ›Internetbuden‹ Pleite gemacht, die kurzfristig eine wundersame Geldvermehrung erhoffen ließen. Ganz zu schweigen von der viel gepriesenen Telekom-Aktie, die ein einziger Flop wurde. Und spätestens seit vergangenen Herbst, als eine Bank nach der anderen hopsgegangen war, musste doch das Vertrauen der Bevölkerung in alles, was im weitesten Sinne mit Finanzen zu tun hatte, vollständig geschwunden sein.

»Man muss in der Tat stutzig werden, wenn man sich mal eine Aufstellung über die Aktionäre der EEX besorgt«, durchbrach Bodling die entstandene Stille.

Die EEX, das wussten die Gesprächsteilnehmer, war die besagte Leipziger Strombörse, eine öffentlich-rechtliche Einrichtung, die von einer privatrechtlichen Aktiengesellschaft getragen wurde – im internationalen Sprachverkehr European Energy Exchange genannt.

Er holte mehrere Blätter aus einer Klarsichthülle. »Hier«, er deutete auf eine fett gedruckte Aufstellung, »zweitgrößter Aktionär ist die Landesbank Baden-Württemberg mit 22,64 Prozent.«

»Weil die so viel mit Strom am Hut haben«, stellte Feucht ironisch fest.

»Hier, die Deutsche Bank – einmal 0,32 und dann noch 0,25 Prozent. Nicht viel, aber immerhin. Oder Heidelberg-Cement AG mit 0,5 Prozent.«

Feucht las mit und deutete auf einen anderen Namen: »Morgan Stanley Capital Group Inc. aus Großbritannien mit 0,5 Prozent.«

»Und da«, ergänzte Bodling, »ein paar weitere Banken.«

»Ich hab irgendwo gelesen«, hakte Schweizer nach, »dass die Zahl der Teilnehmer an der Börse ständig steigt.«

»Auch dazu hab ich Zahlen gefunden«, erklärte der Chef und zog ein weiteres Blatt aus der Klarsichthülle. »2005 waren es 132 Teilnehmer, bis Mitte 2008 schon 214. Und das Handelsvolumen für Strom hat sich am Spot- und Terminmarkt gewaltig erhöht.«

»Aber irgendwie unterliegt das Ganze einer Kontrolle«, versuchte der kaufmännische Leiter das zu relativieren.

Über Bodlings Gesicht huschte ein eher mitleidiges Lächeln. »Natürlich. Sie kennen doch die Kontrollmechanismen: Bundeskartellamt, Bundesnetzagentur – internationale Kontrolle durch die EU-Kommission und so weiter. Muss ich mehr dazu sagen?«

Schweizer grinste. »Wie effektiv solche Einrichtungen sind, kann man allein an den Benzinpreisen ablesen.« Keiner der beiden anderen sagte etwas dazu.

»Hat man eigentlich noch immer nichts von Büttner gehört?«, fragte Bodling plötzlich dazwischen. »Ich hatte gehofft, er würde uns heute etwas über die neueste Entwicklung berichten können.«

»Wann ist er denn von Leipzig zurückgekommen?«, wollte Feucht wissen.

»Mittwoch bereits. Er hatte für den Tag nach Fronleichnam Urlaub beantragt. Deshalb war vereinbart, dass er uns heute von seinem Aufenthalt in Leipzig berichtet«, gab sich Bodling leicht verärgert.

Feucht ging erneut ins Vorzimmer, um sich zu erkundigen, ob Büttner inzwischen etwas von sich hatte hören lassen.

»Nichts«, kam er an den Konferenztisch zurück. »Ich lass mal bei ihm anrufen.«

10

Für die Taucher der Landespolizeidirektion Stuttgart war es kein Problem gewesen, den Toten aus dem Weiherwiesensee zu bergen. Bei dem Gewicht, das ihn nach unten gezogen hatte, handelte es sich um einen etwa 30 Kilogramm schweren quaderförmigen Stein, der mit einem drei Meter langen Seil um den Hals des Mannes gebunden gewesen war. Rudolf Schmittke, der Leiter der örtlichen Kriminalaußenstelle, warf einen Blick auf den Toten, der jetzt mit weit aufgerissenen Augen auf dem Rücken lag, umgeben von geknickten Schilfhalmen. Die Kleider waren vom morastigen Untergrund des flachen Gewässers stark verschmutzt. Der Mann trug Jeans und eine dunkelgrüne Freizeitjacke, seine schwarzen Haare waren kurz geschnitten.

Draußen auf dem See waren die Enten zu hören. Unterdessen galt Schmittkes Interesse dem Stein, den die Taucher neben den Toten gelegt hatten. Auf den ersten Blick schien es so, als sei an der dünnsten Stelle ein Loch gebohrt worden, durch das das Seil gezogen und verknotet werden konnte.

»Gute Arbeit«, kommentierte einer der Taucher sarkastisch.

Schmittke, der große blonde Kriminalist, der auch in solchen Fällen nicht den Hauch einer Emotion zeigen konnte, nickte. »Stellt sich halt die Frage – hat er es selbst getan oder hat einer nachgeholfen?« Seine leise gesprochenen Worte vermischten sich mit dem Rattern eines Güterzugs, der auf der anderen Talseite die Geislinger Steige erklomm. Schmittke hatte die Feststellung nur für sich selbst getroffen. Erst danach wurde er lauter, um das Bahngeräusch übertönen zu können: »Weiß man etwas über die Identität?«

Einer der Uniformierten schüttelte den Kopf. »Von uns kennt ihn keiner. Aber vielleicht hat er Ausweispapiere bei sich.«

Schmittke entschied, die nassen Kleidungsstücke nicht zu durchsuchen. Er wollte dies den Kollegen der Spurensicherung überlassen. Für ihn sah das nicht unbedingt nach einem Selbstmord aus.

Der Mann, der die Leiche gefunden hatte, hieß Arthur Speidel und war mit zur Polizeidienststelle gekommen. Er hatte Mühe, seine innere Unruhe zu verbergen. »Ich hab meinen Augen nicht getraut«, wiederholte er zum dritten Mal, als er dem Außenstellenleiter der Kriminalpolizei gegenübersaß.

Eine Sekretärin brachte zwei Tassen heißen Kaffees, stellte sie auf den schmucklosen Tisch und verließ das Besprechungszimmer wieder.

Schmittke wartete, bis sein Gegenüber einen kräftigen Schluck genommen hatte, und stellte dann die Frage, die er sich bisher verkniffen hatte: »Sie waren heute schon früh am See draußen?« Es klang eher wie eine Feststellung.

Der Mann, der seinen olivgrünen Parka geöffnet hatte, kratzte sich am unrasierten Kinn und runzelte die Stirn. »Na ja, ich bin arbeitslos – was soll ich schon tun, wenn ich nicht schlafen kann?«

»Sie wohnen im Rorgensteig«, entgegnete Schmittke. Die Adresse hatte er bereits von den uniformierten Kollegen erfahren. Der Rorgensteig war eine kleine Ansiedlung direkt am Stadtrand, gerade mal ein paar 100 Meter vom Fundort der Leiche entfernt.

»Aber nicht da, wo Sie denken, Herr Kommissar«, wehrte der Mann ab, »nicht in diesem Übergangswohnheim.«

Schmittke nickte verständnisvoll. »Sie sind in einem Alter, da findet man nicht mehr so leicht einen Job.«

»56 bin ich«, gab der Mann an. »War mal Installateur. Gas, Wasser, Heizung. Das heißt, ich bin's immer noch, nur will mich keiner mehr haben. Der Betrieb hat irgendwie Pleite gemacht. So genau weiß man nicht, was da gelaufen ist. Jedenfalls hat die Ehefrau des Chefs am Tag nach der Insolvenzanmeldung gleich wieder weitergemacht. Mit der Hälfte der Belegschaft.«

Schmittke konnte sich an den Fall entsinnen. Er war damals durch die Zeitung gegangen. Seit in diesem Lande die Wirtschaft über allem stand und die Politiker über jeden Arbeitsplatz jubilierten – und sei er noch so schlecht bezahlt – hatte die soziale Kälte zugenommen.

»Aber Sie bekommen Unterstützung?«

»Demnächst läuft das Arbeitslosengeld I aus – mehr brauch ich dazu nicht zu sagen.«

Schmittke konnte sich dies vorstellen. »Sind Sie verheiratet, Herr Speidel?«

»Ja, meine Frau jobbt auf 400-Euro-Basis und macht auch sonst noch ein paar Dinge. Putzfrauendienste und so.«

»Und Sie sind heut früh also da raus …?«

»Nicht nur heute. Seit das Wetter einigermaßen ist, geh ich morgens immer dorthin.«

»Sie waren also auch gestern dort?«, versuchte Schmittke, das Gespräch in die gewünschte Richtung zu bringen.

Speidel nahm noch mal einen Schluck und sah den Kriminalisten verunsichert an. »Was tut dies denn zur Sache?«
Schmittke lächelte. »Keine Sorge, bin nur dabei, mir ein Bild zu verschaffen. Wenn Sie gestern ebenfalls dort gewesen wären, stellt sich die Frage, ob Sie dann den Toten schon entdeckt hätten, sollte er bereits im Wasser gelegen haben.«
Der Mann legte seine Stirn in Falten. »Gestern war ich gar nicht dort. Es war Sonntag, da muss meine Frau nicht arbeiten. Und auch am Samstag bin ich nicht raus.«
»Und am Freitag?«
Speidel zuckte mit den Schultern. »Ich geh nicht immer bis ans Wasser. Ist ein ziemlich verwachsener Weg, wie Sie gesehen haben. Fragen Sie mich jetzt aber nicht, welcher Teufel mich heut früh geritten hat, dass ich da runter bin.«
»Einen Grund dafür gab's also nicht?«
»Wie ich doch sagte: Ich geh mal hier und mal dort entlang.« Er trank seine Tasse leer.
»Und in den Tagen davor, da ist Ihnen nichts Außergewöhnliches aufgefallen? Fahrzeuge, Personen?«
Speidel zögerte und lehnte sich mit verschränkten Armen zurück. »Nee, nichts, was mir im Gedächtnis geblieben wäre.« Er wischte sich mit dem Handrücken die Nase ab. »Na ja – bis auf vorletzte Woche ... aber das spielt sicher keine Rolle.«
Schmittkes Interesse war trotzdem geweckt. Weil der Mann nicht weiterredete, hakte er vorsichtig nach: »Manchmal sind es Kleinigkeiten, ganz unbedeutende Ereignisse, die von Bedeutung sein könnten.«
»Na ja, es war vorletzte Woche, da haben sie schon frühmorgens an einem dieser Hochspannungsmasten rumgeschraubt. Sie wissen doch, direkt über den See hinweg verläuft eine Leitung. Direkt über die Plattform hinweg.«
»Wer hat da rumgeschraubt?«
»Die vom Albwerk«, erwiderte Speidel. »Zwei, drei Mann. Sie hatten so einen Hubsteiger dabei.«

»Haben Sie mit denen gesprochen?«
»Nein – hätte ich sollen?«
Schmittke schüttelte schweigend den Kopf. Er hoffte inständig, dass die Obduktion der Leiche einen Selbstmord ergeben würde. Falls nicht, stand ihm ziemlich viel Arbeit ins Haus. Aber wenigstens würde er von diesem Lokalreporter verschont bleiben. Georg Sander, seit Jahr und Tag für Polizei- und Gerichtsreportagen zuständig, war nämlich am Donnerstag für zweieinhalb Wochen in den Urlaub gefahren. Schmittke hatte das zufällig mitbekommen und war froh darüber.

Auch Herbert Braun konnte nichts Wesentliches zu dem Geschehen am See beitragen. Er hatte geduldig in einem Aufenthaltsraum gewartet, bis Schmittke ihn in das Besprechungszimmer bat. »Ich geh so gut wie nie an dieser Stelle ans Ufer«, erklärte er. »Schon gar nicht zu dieser Jahreszeit. Dort brüten Enten und Blesshühner und viele Vogelarten, die man nicht stören sollte.«
Schmittke hatte davon gehört, dass sich Braun im Naturschutz engagierte. »Darf ich nur zum Verständnis fragen, was Sie um diese Morgenstunde am See gemacht haben?«
Brauns Gesicht wurde ernst. »Mich hat dasselbe Schicksal ereilt wie den Herrn, der vor mir hier war.« Er hatte zuvor draußen mit ihm kurz gesprochen.
»Sie sind auch arbeitslos?«
»Ja – und noch zwei Jahre älter als der Herr Speidel. Aber ich hab eine Aufgabe gefunden, die mich befriedigt. Zwar kann ich davon nicht leben, aber wissen Sie, irgendwann stellt sich doch die Frage, was wirklich wichtig ist. Ich hab mir die Zeit bis zur Rente zwar anders vorgestellt, aber nun leben wir halt vom Ersparten. Wer was auf die Seite gebracht hat, kriegt ja nichts mehr in diesem Land, wenn er keine Stelle mehr findet.«
Schmittke nickte.

»Ja«, fuhr Braun nachdenklich fort. »Ist es nicht unglaublich, dass die ganze Welt nur noch nach Profit trachtet? Der Planet wird ausgebeutet bis zum Kollaps. Und dieser Kollaps wird kommen, davon bin ich überzeugt, Herr Schmittke.«

Der Kriminalist ließ ein paar Sekunden verstreichen. »Darf ich fragen, welche Aufgabe Sie gefunden haben?«

»Naturschutz«, erwiderte Braun. »Ich bin Naturschutzbeauftragter des Landkreises.« Er lächelte.

Dem Kriminalisten wurde plötzlich klar, woher er den Namen des Mannes kannte. »Wenn Sie da draußen am See Ihre Rundgänge machen – ist Ihnen da der Herr Speidel schon mal begegnet?«

»Nein, überhaupt nicht. Aber ich komm nicht regelmäßig her, auch nicht zu bestimmten Uhrzeiten. Außerdem war ich bis vorletzten Sonntag eine Woche lang weg.«

»Verreist?«, fragte der Kriminalist eher beiläufig.

»Ja, aber in deutschen Landen. Zu mehr reicht's nicht mehr. MeckPomm, Seenplatte und so. Ein bisschen Tapetenwechsel muss ab und zu sein. Tolle Gegend da oben, wenn Sie Freude an der Natur haben.«

Dr. Gerhard Kräuter war ein erfahrener Gerichtsmediziner. Und er konnte mit der Gelassenheit und Distanz, wie es seinem Berufsstand gebührte, an die Arbeit gehen – an eine Arbeit, die den Normalbürgern Angst und Schrecken einjagte. Kräuter, ein schlanker Mann mittleren Alters und mit leicht sächsischem Dialekt, hatte das Talent, auch die entsetzlichsten Befunde sachlich und emotionslos darzulegen. Und wenn er vor Gericht sein Gutachten über die Todesursache eines Mordopfers erläuterte, als doziere er vor Medizinstudenten, dann überlegte sich mancher Zuhörer, wie es wohl tief in der Seele dieses Mannes aussehen mochte.

Es war gegen 13 Uhr, als Kräuter das Ergebnis der Obduktion an die Staatsanwaltschaft meldete: »Tod durch

Erwürgen.« Nüchtern fügte er hinzu: »Es besteht kein Zweifel, dass der Mann bereits tot war, als er im See versenkt wurde. Mit hoher Wahrscheinlichkeit liegt er zwischen 3 und 14 Tagen im Wasser.«

Als diese Nachricht wenig später bei der Kriminalaußenstelle in Geislingen eintraf, rätselten Schmittke und zwei seiner Kollegen noch immer, wer der Tote sein könnte. In seinen Taschen hatte sich nichts gefunden, was auf seine Identität schließen ließe. Zwar steckte in der Gesäßtasche ein Geldbeutel, doch enthielt er weder einen Ausweis noch irgendwelche Kreditkarten. Und es gab auch kein Handy, wie es den Kriminalisten in solchen Fällen oft genug eine große Hilfe gewesen war.

»Na also, endlich mal wieder was los in der Provinz«, seufzte Schmittke. Es war ironisch gemeint und klang alles andere als begeistert. Er griff zum Telefonhörer, um pflichtgemäß die Direktionsleitung in Göppingen anzurufen. In diesen Tagen war es allerdings nicht einfach, dort einen Verantwortlichen zu erreichen. Denn Kripo-Chefin Manuela Maller hatte unerwartet schnell wieder das Weite gesucht und der designierte Nachfolger Thomas Kurz sollte erst im Laufe der Woche in sein Amt eingeführt werden. Immerhin war es den Verantwortlichen in Stuttgart gelungen, die ebenfalls frei gewordene Stelle des Direktionsleiters wieder zu besetzen, nachdem dieser altershalber hatte ausscheiden müssen.

Während Schmittke am Telefon darauf wartete, den neuen Direktionsleiter Hans Baldachin an die Strippe zu bekommen, befassten sich seine beiden Kollegen mit Gedankenspielen zur Identität des Toten. Vermutlich habe der Mann nicht in der näheren Umgebung gewohnt, meinte der etwas korpulentere Beamte, der für seine pragmatische Art bekannt war. »Sonst hätte den längst jemand bei uns als vermisst gemeldet«, stellte er fest.

»Oder aber er lebte allein«, konstatierte sein jüngerer, drahtiger Kollege, der mit einem Zeigefinger über den Oberlippenbart strich. »Das soll heutzutage ja vorkommen«, fügte er mit einem Anflug von Sentimentalität hinzu.

»Mensch, Mike, fang nicht schon wieder damit an. Wie alt bist du? 28 oder was – mein Gott, da werden sich doch noch ein paar scharfe Weiber finden.«

Mike Linkohr war längst dafür bekannt, bei der Suche nach der Traumfrau immer wieder aufs Neue auf die Nase zu fallen. Erst vor Kurzem hatte seine Seele offenbar einen weiteren Knacks erlitten. Sein jetziges Schweigen deutete darauf hin.

»Früher hat man zu so einem wie dir gesagt, er soll sich in Wasseralfingen eine gießen lassen«, grinste der Kollege aufmunternd und überlegte, ob Linkohr überhaupt wusste, dass dies eine Anspielung auf die Glockengießerei in Wasseralfingen bei Aalen war.

Linkohr musste schmerzlich an seine letzte Verflossene denken: Mariella. Irgendwann hatte er es sattgehabt, dass sie meist von ihrem Bruder begleitet wurde, der darüber hinaus ein gestörtes Verhältnis zur Polizei zu haben schien. Weshalb, das hatte Linkohr nicht ergründen können. Er musste sich jetzt ablenken, und da kam ihm ein neuer großer Fall gerade recht. Dann war es ohnehin besser, wieder frei und ungebunden zu sein. Endlich sah auch seine Junggesellenbude wieder so aus, wie er sie mochte – das hieß: ziemlich unaufgeräumt. Trotz des Chaos fand er stets, was er suchte. Das war bei Mariellas angeblicher Ordnung ganz anders gewesen.

»Das wird schon wieder«, klopfte ihm der Kollege väterlich auf die Schulter, während Schmittke noch immer telefonierte. Offenbar musste Direktionsleiter Hans Baldachin höchstpersönlich die weitere Vorgehensweise entscheiden. Linkohr hoffte inständig, dass es eine Sonderkommission unter der Leitung von Hauptkommissar August Häberle geben würde. Häberle galt schließlich als Spezialist für besonders knifflige

Fälle. Er hatte bis vor wenigen Jahren landesweit internationale Verbrecher gejagt, es dann aber vorgezogen, wieder in die Provinz zurückzukehren. Immerhin war er Mitte 50, besaß hier ein schmuckes Häuschen und wollte nicht länger die umständliche Fahrerei nach Stuttgart in Kauf nehmen und täglich fast zwölf Stunden von seiner Frau getrennt sein.

Linkohrs Stimmung stieg, als er aus Schmittkes Bemerkungen am Telefon herauszuhören glaubte, dass tatsächlich Häberle nach Geislingen entsandt werden sollte. Mit diesem erfahrenen Kommissar in einer Sonderkommission zusammenzuarbeiten, war jedes Mal trotz des Stresses ein Vergnügen. Und wenn Linkohr richtig gezählt hatte, würde dies bereits der zehnte Fall sein, den sie gemeinsam bearbeiteten. Er hatte nicht den geringsten Zweifel, dass Häberle auch heute großen Wert darauf legen würde, ihn in die Sonderkommission aufzunehmen.

Schmittke legte auf und wandte sich den beiden Kriminalisten zu: »Häberle wird kommen. Er bringt noch ein paar Kollegen mit rauf.«

Linkohr nickte begeistert. Mit einem Schlag war der Liebeskummer vergessen. Er wusste, was jetzt zu tun war: Im Lehrsaal mussten eiligst Computerarbeitsplätze eingerichtet werden. Deshalb verließ er den Raum, um die nötigen Vorbereitungen zu treffen.

Der im Dienst ergraute Kollege wollte sich unterdessen um mögliche Vermisstenfälle in der näheren und weiteren Umgebung kümmern. Irgendwo musste der Mann schließlich fehlen. Wenn schon nicht daheim, dann vielleicht am Arbeitsplatz.

»Kräuter soll uns mal eine Personenbeschreibung mailen«, entschied Schmittke. »Vielleicht kann er von dem Toten sogar ein Porträt anfertigen, damit wir es der Presse oder einem dieser Regionalfernsehsender zur Verfügung stellen können.«

»Okay«, brummte der Angesprochene. »Ich sag auch dem Dr. Wozi Bescheid, falls der eine Pressekonferenz plant.«

»Wem, bitte?«, staunte Schmittke und sah sein Gegenüber irritiert an.

»Dr. Wolfgang Ziegler«, kam es süffisant lächelnd zurück. »Als der noch in Stuttgart war, war das sein Spitzname. Hat mir kürzlich einer erzählt. Hast du das denn nicht gewusst?«

Schmittke schüttelte grinsend den Kopf. Gemeint war der Leitende Oberstaatsanwalt in Ulm. Der ließ erfahrungsgemäß keine Gelegenheit aus, vor Kameras und Mikrofone zu treten. Man musste ihm allerdings zugestehen, dass seine ruhige und sachliche Ausdrucksweise jegliche Aufgeregtheit im Keim ersticken konnte. Mit vertrauenserweckender Miene gelang es ihm stets, selbst schrecklichste Geschehnisse distanziert und nüchtern darzustellen. Außerdem kam es in seinem Zuständigkeitsbereich nicht alle Tage vor, dass eine Leiche mit einem Stein beschwert in einem Tümpel versenkt wurde. »Vielleicht wäre es sinnvoll«, schlug Schmittkes Kollege nach einigen Sekunden des Überlegens vor, »schon mal die Radiosender zu verständigen und eine Personenbeschreibung des Toten zu verbreiten.«

Schmittke zögerte. »Das muss der Ö veranlassen.« Doch ein Blick auf die Armbanduhr ließ befürchten, dass Uli Stock, der Zuständige für Öffentlichkeitsarbeit, noch in der Mittagspause war. Während Schmittke dem gemütlich dreinblickenden Kollegen empfahl, es deshalb auf dem Handy zu versuchen, erschien an der offenen Tür ein junger Mann, der gerade erst die Kommissarslaufbahn erklommen hatte. »Entschuldigt, stör ich?«

»Nein, komm nur rein«, forderte ihn Schmittke auf und erläuterte so kühl, wie nur er es in solchen Momenten konnte, dass alles auf einen Mord hindeute.

Der Hinzugekommene lehnte sich lässig an den Türrahmen. »Dann wird euch interessieren, was unsere Spurensicherung zum Stein und zum Seil rausgefunden hat.«

Schmittke wippte mit der Lehne seines Bürosessels, ohne etwas zu sagen.

»Das Seil ist handelsüblich«, fuhr der Jungkriminalist fort. »In jedem Baumarkt zu kriegen. Aber bei dem Stein, das hat uns ein Landschaftsgärtner bestätigt, handelt es sich um Würzburger Muschelkalk.«

Schmittke zog ein erstauntes Gesicht. »Würzburger Muschelkalk? Und was sagt uns das?«

»Um ehrlich zu sein: nicht viel. Das Zeug ist derzeit ziemlich beliebt, wenn Gärten angelegt werden. Für Trockenmauern und so. Vorgärten, Teiche. Die Steine gibt's in unterschiedlicher Größe.«

Der Ältere in der Runde verschränkte die Arme und gab sich locker: »Das bedeutet, dass ich mir so 'n Ding an jeder Ecke holen kann.«

»Entweder irgendwo aus einer Trockenmauer klauen oder von irgendeinem Lagerplatz mitnehmen.«

»Und wie binde ich das Seil an den Stein?«, fragte Schmittke pragmatisch dazwischen, obwohl er am Tatort selbst gesehen hatte, wie es befestigt gewesen war.

»Das ist das Außergewöhnliche. Da hat einer ein Loch durchgebohrt, sieben Millimeter stark – und dann das Seil durchgezogen.«

»Ein Heimwerker also«, stellte der Dienstälteste fest.

»Oder ein Profi«, ergänzte Schmittke.

»Das trifft wohl eher zu«, meinte der junge Kommissar, der sich jetzt von der Tür gelöst hatte, um mit dem Gesäß an den Besuchertisch zu lehnen. »Meist sind es doch Handwerker, die einen Geländewagen fahren, oder seh ich das falsch?«

Der Ältere grinste. »Oder Hausfrauen, die damit zum Supermarkt zuckeln und dort die große Kiste in keinen Parkplatz reinkriegen.«

Schmittke wollte nicht darauf eingehen. »Habt ihr denn Spuren von einem Geländewagen gefunden?«

»Noch können wir's zwar nicht sicher sagen«, antwortete der junge Mann, »aber die Jungs meinen, die Reifenabdrücke, die sie im weichen Untergrund gefunden haben, könnten auf ein schweres Fahrzeug hindeuten. Und nachdem man dort nicht mit einem Lkw rankommt, schließen sie auf einen Geländewagen.«

Der Praktiker sah ihn zweifelnd von der Seite an. »Wenn ich mich aber richtig entsinne, gibt's an diesem Zufahrtsweg eine Schranke, die abgeschlossen ist.«

»Richtig beobachtet, Kollege«, bestätigte der engagierte Nachwuchsermittler. »Aber sie lässt sich links durchs hohe Gras locker umfahren. Gibt dort genügend Platz. Tun wohl viele, so wie das aussieht.« Er schien auf eine Reaktion zu warten, doch diese blieb aus. Leicht verwundert fuhr er deshalb fort: »Wir haben in der Nähe des Tatorts eine ganze Menge Gerümpel gefunden. Coladosen, zerschlagene Sektflaschen, Pornoheftchen, Plastiktüten von Aldi und sogar einen alten Stromzähler.«

»Einen was, bitte?« Endlich war Schmittkes Neugier geweckt. Er setzte sich aufrecht hinter seinen Schreibtisch.

»Stromzähler«, wiederholte der Kollege. »So ein klobiges Ding mit Zählwerk und rotierender Scheibe, hat jeder von uns daheim. Einfach ins Gebüsch geworfen.«

»Hat da einer seinen Haushalt aufgelöst und sein Zeug auf diese Weise entsorgt?«, fragte der Dienstälteste dazwischen.

»Ich würd eher sagen, da hat einer ein Haus abgerissen. Denn nur dann braucht man so ein Ding nicht mehr. Aber ich geh mal davon aus, dass das E-Werk, wenn's vor dem Abriss die Leitung abklemmt, den Zähler normalerweise ausbaut und mitnimmt.«

Schmittke nickte. »So denke ich mir das auch. Wie weit war der Zähler vom Fundort der Leiche entfernt?«

»15, 20 Meter. Dort, wo man gerade noch mit einem Fahrzeug hinkommt.«

»Diese Dinger haben doch eine Eichnummer oder ein Typenschild oder so was. Damit muss sich feststellen lassen, wo der Zähler zuletzt montiert war.«

»Davon gehe ich aus«, bestätigte der junge Kollege, der sich jetzt vollends auf den Besuchertisch setzte. »Dürfte nicht schwer sein, denn Eigentümer des Zählers ist das Albwerk. So steht's drauf.«

Schmittke wurde hellhörig. Der Name dieses Unternehmens war heute schon einmal gefallen. Speidel, der Mann, der auf den Toten gestoßen war, hatte von zwei oder drei Elektrikern berichtet, die er vorletzte Woche an einem Strommast am See gesehen haben wollte. Aber die würden vermutlich kaum einen Zähler ins Gebüsch werfen, ermahnte ihn eine innere Stimme.

»Außerdem«, fuhr der Jüngere fort, »haben die Kollegen jede Menge Papier zusammengeklaubt. Ziemlich nass und schmutzig alles. Sie wollen es noch auswerten. Vieles davon kann schon Wochen dort rumliegen. Zum Beispiel …«, er faltete einen Notizzettel auseinander, »es ist ein Parkschein vom Dienstag, 2. Juni aus Mirow.«

Schmittke und der andere sahen sich verwundert an. »Mirow?«, wiederholte der Chef, »das klingt irgendwie russisch.«

»Ist es aber nicht«, entgegnete der auf dem Tisch sitzende Kollege. »Absolut deutsch. Mecklenburg-Vorpommern. Weit im Norden.«

*

Kriminalhauptkommissar August Häberle fuhr gegen 14 Uhr mit dem weißen Dienst-Audi in die 25 Kilometer vom Direktionssitz Göppingen entfernte Kleinstadt Geislingen – oder besser gesagt: Er kroch von einer roten Ampel zur nächsten. Zu diesem Zeitpunkt war es dem Pressesprecher nach mehreren Versuchen gelungen, der Staatsanwaltschaft das Einverständnis abzuringen, eine Personenbeschreibung des unbekannten Toten an die Medien zu versenden. Allerdings hatte Ziegler auf neutralen Formulierungen bestanden. Das Wort

Tötungsdelikt musste gestrichen werden. Deshalb hieß es nun in den 14-Uhr-Nachrichten der Ulmer Regionalsender Radio 7 und Donau 3 FM lediglich, dass man in einem Teich bei Geislingen einen unbekannten Ertrunkenen gefunden habe, dessen Identität bislang nicht zu klären gewesen sei. Häberle drehte das Autoradio lauter, um die nun folgende Personenbeschreibung besser zu hören. Insgeheim bezweifelte er aber, dass der Aufruf um Hinweise erfolgreich sein würde. Immerhin war der Mann bereits seit mindestens drei Tagen tot, sodass ihn längst jemand hätte vermissen müssen. Andererseits gestand sich der Ermittler ein, gab es genügend Singles, deren Verschwinden nicht sofort jemandem auffiel. Normalerweise müsste sein plötzliches Fernbleiben zumindest die Arbeitskollegen stutzig machen. Aber was war bei einem Mordfall schon normal? Häberles Gehirn projizierte ihm schlaglichtartig jede Menge Verbrechen, die er während seines langen Berufslebens aufgeklärt hatte und bei denen es immer Ungewöhnliches und Merkwürdiges gegeben hatte. Wenn der menschliche Geist ausrastete, war meist eine Verkettung unglücklicher Umstände vorausgegangen. Es sei denn, man hatte es mit Killern oder Auftragsmorden zu tun, bei denen es galt, jemanden bewusst und zielgerichtet aus dem Weg zu räumen. Aber auch dann, so sinnierte er, waren Ereignisse zusammengekommen, die den Kurzschluss oder den Kollaps des persönlichen Systems ausgelöst hatten. Sozusagen wie bei einem Computersystem, das unter bestimmten Voraussetzungen zusammenbrechen konnte.

Häberle war so sehr in seine Gedanken vertieft, dass er bei der Ankunft am Geislinger Stadtrand nicht mehr hätte sagen können, an wie vielen Ampeln er hatte halten müssen. Er ertappte sich dabei, wieder mal während der Fahrt zu einem neuen Tatort über die Untiefen der menschlichen Seele nachgedacht zu haben. In welche psychische Ausnahmesituation musste jemand geraten, dass er einen anderen Menschen umbrachte, die Leiche zu einem abgelegenen See transportierte und dann mit einem Stein um den Hals im Wasser versenkte? Das sah nicht nach einer Affekthandlung aus. Nicht nach einer Beziehungstat. Ein Eifersüchtiger schießt, sticht zu oder würgt – aber er ist anschließend nur in den seltensten Fällen in der Verfassung, die Leiche weit übers Land zu fahren und kaltblütig verschwinden zu lassen. Wenn es so war, wie ihm der Direktionsleiter kurz die ersten Erkenntnisse der Spurensicherung und des Gerichtsmediziners geschildert hatte, dann ließ alles auf ein berechnendes Vorgehen schließen. Der Täter hatte sein Opfer nicht nur in den See geworfen, sondern auch dafür gesorgt, dass es unterging. So handelte man nicht im Affekt. Das erforderte Planung, vor allem aber eine gewisse Skrupellosigkeit. Denn es bestand stets die Gefahr, beim Transport oder Ausladen der Leiche beobachtet zu werden.

Als Häberle das Backsteingebäude der Kriminalaußenstelle Geislingen betrat, wurde er von den dortigen Kollegen freundschaftlich begrüßt. Im Lehrsaal, wo sich in solchen Fällen die Sonderkommission niederließ und bereits rege Geschäftigkeit herrschte, kam Mike Linkohr auf ihn zu.

»Mensch, Linkohr«, grinste Häberle und schüttelte ihm die Hand. »Endlich mal wieder was für uns zwei.«

»Wir werden's hinkriegen«, erwiderte der schnauzbärtige Kriminalist und ging wie selbstverständlich davon aus, dass er dem großen Ermittler wieder assistieren durfte. Häberle ließ daran auch gar keinen Zweifel aufkommen, sondern lobte sofort die Vorbereitungen, die Linkohr getroffen hatte: Tische waren zusammengeschoben, Computer bereitgestellt und miteinander verkabelt. Während bereits weitere Kriminalisten ihre Arbeitsplätze einrichteten, bat Schmittke den Chefermittler zu sich ins Büro, ließ die Tür aber offen.

»Die Kollegen der Spurensicherung sind noch draußen«, erklärte er den Sachstand. »Sie haben schon einiges sichergestellt.« Er verwies auf die Reifenspuren und den Parkschein aus Mirow.

»Keine persönlichen Gegenstände?«, hakte Häberle nach. Er verschränkte die Arme vor der voluminösen Brust, wodurch sich das Jeanshemd unter der Freizeitjacke bedrohlich spannte.

»Nichts. Nur einen Geldbeutel mit knapp 20 Euro, aber keine Karten oder sonst was.«

»Handy?«

Schmittke schüttelte den Kopf. »Nichts. Es sieht so aus, als habe der Täter dafür gesorgt, dass sein Opfer nicht so schnell identifiziert werden kann.«

Häberle überlegte. »Und wenn er ihn ausrauben wollte, hätte er ihm den Geldbeutel abgenommen.«

»Das hätte er aber auch tun können, wenn er nur Dokumente beseitigen wollte.«

Der Chefermittler nickte. »Stimmt«, beschied er knapp, als das Telefon auf dem Schreibtisch schrille Töne von sich gab und Schmittke sich sofort meldete.

Er lauschte, machte sich Notizen und versprach, sich um die Angelegenheit zu kümmern. Er legte auf und sah einem gespannten Häberle in die Augen. »Da glaubt jemand, den Toten zu kennen.« Schmittke blickte auf seine Notizen: »Soll Frank Büttner heißen, von seiner Frau getrennt leben und im Albwerk arbeiten.«

11

Eigentlich hatte sich Häberle den Fundort der Leiche anschauen wollen, wie er das immer tat, um die Atmosphäre auf sich wirken zu lassen, mit der der Täter konfrontiert gewesen war. Doch jetzt erschien es ihm weitaus wichtiger, möglichst schnell die Identität des Opfers herauszufinden. Er ließ sich mit dem Chef des Albwerks verbinden und erklärte, gleich bei ihm zu sein. Der Sitz des genossenschaftlich organisierten Unternehmens war nur knapp einen Kilometer entfernt. Häberle stellte den Wagen auf dem Kundenparkplatz des dazu gehörenden Elektromarktes ab, um sich im Ladengeschäft den Weg zum Verwaltungstrakt zeigen zu lassen. Dort empfing ihn im ersten Obergeschoss die überaus freundliche Vorzimmerdame des Vorstandsvorsitzenden, die ihm zulächelte und ihn in das geräumige Büro führte.

Rupert Bodling zeigte sich vom schnellen Erscheinen des Kommissars angetan und bot ihm einen Platz am Besprechungstisch an. »Wenn sich das bewahrheiten sollte, sind wir zutiefst betroffen«, begann er das Gespräch mit ernster Miene, um hinzuzufügen: »Möchten Sie einen Kaffee?«

Häberle lehnte dankend ab. »Wenn es sich um Ihren Mitarbeiter handelt, werden wir das schnell klären können.«

»Ich geh natürlich davon aus, dass Sie unseren Hinweis zunächst vertraulich behandeln«, entgegnete Bodling und spielte mit einem blauen Kugelschreiber. »Denn es könnte ja sein – was wir noch immer hoffen –, dass wir uns irren. Allerdings …« Er suchte nach einer passenden Formulierung. »Allerdings sind sich seine direkten Kollegen ziemlich sicher, nachdem sie vorhin in den Radionachrichten die Personenbeschreibung gehört haben und Herr Büttner nicht zur Arbeit erschienen ist.«

»Und Herr Büttner hätte heute arbeiten sollen?«, erkundigte sich Häberle und verschränkte die Arme, wie er dies immer tat, wenn er angestrengt einem Gespräch folgte.

»Ja, wir waren schon heute Vormittag in Sorge. Er sollte uns von einer Informationsreise nach Leipzig berichten, wo er bis vergangenen Mittwoch war.«

»Aber heute ist bereits Montag.«

»Herr Büttner hatte den Brückentag als Urlaub angehängt und wollte heute wiederkommen.«

»Leipzig?«, hakte der Kommissar nach.

»Ja, Leipzig. Wegen der Strombörse.« Bodling wurde bewusst, dass der Kriminalist damit vermutlich wenig anfangen konnte. »Dort wird die elektrische Energie gehandelt.« Er stockte kurz. »Und der Preis gemacht.«

Mit einem Schlag kam Häberle die Stromnachzahlung in Erinnerung, die ihn im Dezember geschockt hatte. Allerdings war für seinen Wohnort die EnBW zuständig, die Energieversorgung Baden-Württemberg. Das Albwerk hingegen, so glaubte er zu wissen, beschränkte sich auf den weiter südlich gelegenen Landstrich, war jedoch zusätzlich am Kaiserstuhl engagiert und seit Kurzem wohl auch am Bodensee. Die Firmengeflechte in Deutschland, diese Erfahrung hatte Häberle bei seinen vielfältigen Recherchen in Wirtschaftskreisen gemacht, erschienen dem Laien manchmal äußerst verworren und undurchsichtig.

»Was genau macht Herr Büttner bei Ihnen?«

»Herr Büttner gehört zu einem dreiköpfigen Team, das die Entwicklung an der Börse im Auge behält«, erklärte Bodling. »Dazu müssen Sie wissen, dass wir als regionales Versorgungsunternehmen von den Börsenpreisen abhängig sind. Je günstiger wir unseren Strom einkaufen, desto konkurrenzfähiger sind wir.«

Häberle zögerte. »Und desto größer Ihr Gewinn.« Es klang provokativ.

»Was heißt Gewinn, Herr Häberle?«, trug Bodling eine äußere Gelassenheit zur Schau. »Wir müssen uns am Markt orientieren. Seit sich jeder Verbraucher seinen Stromversorger selbst aussuchen kann und die Medien nahezu täglich reißerisch berichten, wer wieder angeblich der Günstigste sein soll, kann es sich kein Unternehmen mehr leisten, satte Gewinne einzustreichen.«

Häberle wollte eine Grundsatzdiskussion vermeiden. Jedenfalls hatte er davon gehört, dass zumindest die Branchenriesen noch immer kräftig Kasse machten. Aber auch diese Genossenschaft, so schoss es ihm durch den Kopf, zahlte bisher alljährlich eine gute Dividende an ihre Mitglieder aus. Bis zu 20 Prozent sollten es in der Vergangenheit gewesen sein, doch waren die Anteile streng limitiert und auf 500 Euro begrenzt. Keiner der ›Genossen‹ konnte also von seiner Dividende reich werden.

Häberles Feingefühl war ausgeprägt genug, um solche Themen im Moment nicht anzusprechen.

»Was wissen Sie von Herrn Büttners persönlichem Umfeld?«, fragte er deshalb weiter.

Bodling überlegte. »Nicht sehr viel – und manches auch nur vom Hörensagen. Herr Büttner ist ein außerordentlich gewissenhafter Mitarbeiter.«

Häberle räusperte sich. »Sie können uns aber seine Wohnadresse sagen.«

Bodling schlug einen Schnellhefter auf. »Ich habe mir die Daten geben lassen. Er wohnt am Kolpingweg.«

Häberle schielte auf das Blatt und las Straßennamen und Hausnummer. Tolle Aussichtslage, dachte er. »Ist er verheiratet?«

Über Bodlings Gesicht huschte der Ansatz eines Lächelns, das der Chefermittler nicht zu deuten vermochte. »Die Kollegen glauben zu wissen, dass er sich erst kürzlich von seiner Frau getrennt hat.«

Häberle nickte. Eine Trennung war schließlich heutzutage nichts Außergewöhnliches mehr. »Weiß man denn, wo wir seine Exfrau erreichen können?«

Der Albwerk-Chef sah dem Kriminalisten fest in die Augen. »Offiziell wissen wir das nicht. Aber seine Frau ist wohl Inhaberin einer Zeitarbeitsfirma in Ulm. Time-Sharing heißt das Unternehmen.«

Häberle zeigte sich dankbar für diese Informationen und bat um die Namen von Büttners engsten Kollegen.

»Das sind Hasso Schweizer und Markus Wollek«, entgegnete Bodling, ohne zu zögern. »Zusammen mit Büttner bilden sie das Dreierteam, das die Entwicklung an der Börse beobachtet, analysiert und die zukünftige Entwicklung abzuschätzen versucht. In der heutigen Zeit ein sehr wichtiger Job.«

Häberle hatte unterdessen aus einer der vielen Taschen seines Jacketts einen Notizblock herausgezogen und sich die Namen aufgeschrieben. »Kann ich mit den beiden reden?«, fragte er.

»Mit Herrn Schweizer ja – aber Herr Wollek hat noch bis einschließlich übermorgen Urlaub. Ob er verreist ist, weiß ich nicht. Sie können es ja mal bei ihm zu Hause versuchen. Er wohnt in Breitingen, kleine Ortschaft im Alb-Donau-Kreis. Richtung Langenau.«

Häberle verzichtete auf eine genaue Beschreibung. Als Wanderer und Freizeitradler kannte er sich in der näheren und weiteren Umgebung aus. Die Ortschaft lag im weithin bekannten Lonetal, jener Gegend, in der man eine der ältesten kulturellen Zeugnisse der Menschheitsgeschichte gefunden hatte: Den sogenannten Löwenmenschen, eine kleine aus Knochen geformte Skulptur, die sich im Hohlenstein fand, vielleicht 15 Kilometer flussabwärts von diesem Breitingen.

»Mal angenommen, es handelt sich bei dem Toten um Herrn Büttner«, kam Häberle wieder zur Sache, »könnten Sie sich vorstellen, wer ihm nach dem Leben getrachtet hat?«

Bodling machte eine nichts ahnende Geste. »Sie dürfen mir glauben, dass ich mir darüber seit einer halben Stunde Gedanken mache. Keine Ahnung. Wie gesagt, sein Privatleben ist mir völlig fremd.«

»Und beruflich? Es könnte doch sein, dass in diesem hart umkämpften Geschäft mit allen Bandagen gekämpft wird.«

»Dass mit allen, vor allem aber mit harten Bandagen gekämpft wird, Herr Häberle, das dürfen Sie wohl glauben – aber Herr Büttner hat nur seinen Job getan. Wenn ihm deswegen jemand nach dem Leben trachtet, würde dies an der Geschäftspolitik unseres Unternehmens nichts ändern, falls Sie das meinen.«

»Ein Stromversorger wie das Albwerk hat es in diesen Zeiten besonders schwer«, gab sich Häberle verständnisvoll. »Wie viele solche«, er suchte die richtigen Worte, »solche kleinen Stromversorger gibt es in Deutschland noch?«

»800«, antwortete Bodling schnell, »etwa 800, meist jedoch Stadtwerke und eher seltener Genossenschaften wie wir.« Und er fügte hinzu: »Wir sind davon eine der größten.«

»Keines dieser Unternehmen produziert aber selbst Strom?«

»Doch, doch«, betonte Bodling. »Und zwar auf vielfältige Weise. Blockheizkraftwerke, Fotovoltaik, Wind, Wasser – oder durch Beteiligungen an großen Kraftwerken. Aber den überwiegenden Teil des Bedarfs müssen wir natürlich beziehen.« Er ließ entspannt die Arme über die Seitenlehnen seines Stuhles baumeln. »Gehandelt wird der Strom, wie ich sagte, an der Leipziger Börse. Und produziert werden diese riesigen Mengen in unzähligen Elektrizitätswerken in ganz Europa. Das sind Kohle- und Gaskraftwerke, natürlich auch Atom- und Wasserkraftwerke. Sie alle speisen ihre elektrische Energie in ein einziges Verbundnetz ein, das den gesamten Kontinent abdeckt. Allerdings – und da wird es für den Laien schwierig, das gebe ich zu – kann natürlich keine größere Menge eingespeist werden, als augenblicklich verbraucht wird. Strom lässt sich nicht speichern. Zumindest nicht in dieser Form und in dieser Menge; schön wär's, wenn das ginge. Das funktioniert nur in Akkus, wie wir sie von Handys kennen, oder von der Autobatterie.«

Häberle hatte keine so ausführliche Antwort erwartet, aber er wollte den Redefluss des Vorstandsvorsitzenden nicht bremsen. Schließlich interessierte ihn das Thema auch privat.

»Sie kennen doch die Formulierung: Das Gerät zieht soundsoviel Watt. Es zieht also den Strom aus der Leitung«, fuhr Bodling fort. »Und wo Energie entnommen wird, muss im gleichen Augenblick etwas eingespeist werden.« Bodling versuchte in solchen Momenten, die Herstellung von Strom und seine Verteilung möglichst laienhaft verständlich zu erläutern. »Elektrizität entsteht, das haben wir in der Schule gelernt, wenn sich eine Spule mit ihrem Eisenkern in einem Magnetfeld dreht«, dozierte er weiter. »Dazu muss man aber wissen, dass sich diese Spulen – oder sagen wir besser: Turbinen – umso schwerer in ihrem Magnetfeld bewegen lassen, je größer die Menge an Elektrizität ist, die im anschließenden Netz gebraucht wird. Das heißt, mit jeder Glühbirne, mit jedem Gerät, das eingeschaltet wird, muss mehr Energie in Form von Öl, Kohle, Gas oder Kernkraft hinzugeführt werden, um die Turbine trotz des größeren Widerstands gleichmäßig betreiben zu können. Am augenscheinlichsten wird dies im Auto. Je mehr elektrische Verbraucher Sie einschalten, also Scheinwerfer, Scheibenwischer, Radio, Heckscheibenheizung, Sitzheizung und so weiter, desto mehr Sprit verbraucht Ihr Fahrzeug. Denn zum Betrieb der Lichtmaschine, für deren Umdrehungen im stärker werdenden Magnetfeld dann mehr Kraft aufgewandt werden muss, bedarf es zusätzlicher Energie.«

Häberle nickte, wollte aber wieder auf das Stromnetz zu sprechen kommen. »Und um Verbrauchsschwankungen europaweit ausgleichen zu können«, gab er sich informiert, »muss das gesamte Netz im Gleichgewicht bleiben.«

»So ist es«, erwiderte Bodling, »sobald irgendwo ein Kraftwerk in die Knie geht, weil der angeforderte Verbrauch nicht befriedigt wird, kann dies auf weite Teile Europas verheerende Auswirkungen haben. Mit einem Schlag müssen anderswo die Anlagen hochgefahren werden; und wenn das nicht ausreicht, bricht das Netz zusammen. Ein Dominoeffekt.«

Häberle nahm still zur Kenntnis, dass er nicht von einer Kettenreaktion gesprochen hatte. Denn dieses Wort war im

Zusammenhang mit Energiewirtschaft und Kernkraftwerken negativ besetzt.

»Und wie sind in diesem Netzwerk die alternativen Energien zu sehen?«, wollte der Ermittler wissen.

»Wenn Sie Fluss- oder Pumpspeicherkraftwerke meinen, da wird rings um uns herum kräftig Strom produziert, wenn man von jahreszeitlichen Schwankungen absieht. Auch wir bedienen uns eines solchen Angebots – in Norwegen.«

»In Norwegen«, echote Häberle.

»Ja, wir haben uns Bezugsrechte gekauft«, erklärte Bodling mit gewissem Stolz in der Stimme. »Die speisen ihren Strom im Norden ins Netz und wir im Süden holen uns exakt die bestellte Menge heraus.«

»Und wer prüft, dass da nicht mehr Bezugsrechte verkauft werden, als Wasserkraftstrom zur Verfügung steht?«

»Eine unabhängige Agentur. Keine Sorge, Herr Häberle, das ist nachvollziehbar.«

»Aber die Durchleitung durch die fremden Netze kostet Geld«, wandte Häberle ein.

»So ist es«, nickte der Firmenchef, »ist aber von der Netzagentur geregelt.«

Häberle wollte nicht noch tiefer in diese Materie einsteigen. Nur eines interessierte ihn sehr: »Und wie verhält es sich mit der Wind- und Sonnenenergie?«

Bodling runzelte die Stirn. »Sie brauchen nur mal auf die Hochfläche der Schwäbischen Alb zu sehen, wie viele Windkrafträder wir inzwischen haben. 50 an der Zahl. Wir als Versorgungsunternehmen sind verpflichtet, den produzierten Strom zu einem gesetzlich festgelegten Preis abzunehmen – wie im Übrigen auch bei der Solarenergie. Staatlich subventioniert sozusagen. Wissen Sie, das ist alles recht und gut, aber eine kontinuierliche Versorgung kriegen Sie damit nicht zustande. Der Wind bläst eben nicht ständig, zumindest nicht in unseren topografischen Lagen. Das mag an der Küste anders sein. Stichwort: Offshore, also Anlagen, die im Meer stehen. Wir könnten zwar mit der Leistung der bei uns stehenden Rotoren rein theoretisch an einem normalen Tag weit mehr als die Hälfte unseres Strombedarfs abdecken – aber eben nur theoretisch, wenn der Wind kontinuierlich und optimal blasen würde. Aber das tut er natürlich nicht.«

Häberles Interesse stieg. Er hätte sich gerne noch länger über dieses Thema unterhalten, spürte jedoch die Ungeduld in sich, die ihn zur Eile drängte. Denn er brauchte möglichst schnell die Gewissheit, ob der Tote tatsächlich dieser Büttner war. »Noch eine letzte Frage«, sagte er deshalb und stand auf, während Bodling dies auch tat. »Vorletzte Woche sollen Monteure von Ihnen an diesem See da draußen gewesen sein.«

Bodling stutzte. »Monteure? Das wäre mir neu.«

»Ja, Monteure.« Häberle sah in unsicher gewordene Augen. »Wir haben einen Zeugen, der will sie beobachtet haben – an einem Hochspannungsmast.«

»Ach, das meinen Sie«, entgegnete Bodling sichtbar erleichtert. »Da war irgendetwas an einem Isolator. Eine Kleinigkeit. Völlig unbedeutend.«

Häberle nahm es kommentarlos zur Kenntnis und ging zur Tür. Noch bevor sie vom Hausherrn geöffnet werden konnte, fiel ihm etwas ein: »Kommen Ihnen eigentlich häufig Stromzähler abhanden?«

Der Firmenchef blieb verwundert stehen und wusste nichts mit dieser Frage anzufangen. »Stromzähler?« Er zögerte. »Stromzähler aus Privathaushalten?«

»Ja, diese schwarzen Kästen mit der rotierenden Scheibe.«

Bodling konnte die Frage nicht zuordnen. »Hat das etwas mit dieser Geschichte zu tun?«

Der Kommissar zuckte mit den Schultern und lächelte gutmütig. »Wenn wir am Anfang eines Falles immer wüssten, was alles damit zu tun hat, wären wir froh. Wir haben halt so ein Ding gefunden, so einen Zähler.«

»Bei der Leiche?«

»Dort draußen am See. Deshalb die Frage: Kommen solche Zähler häufig abhanden?«

»Müsste ich nachfragen. Aber diese schwarzen Kästen, von denen Sie sprechen, werden ohnehin nach und nach ausgemustert. Wir stellen auf digitale um. Müssen wir sogar. Denn künftig soll der Kunde ablesen können, wie viel Strom er augenblicklich verbraucht. Der Gesetzgeber will das so.« Er bemerkte, dass Häberle kein großes Interesse mehr an diesem Thema hatte. »Aber wenn der Diebstahl der alten Kästen ein großes Thema wäre, wüsste ich das«, kam Bodling wieder zur Sache. »Die ganze Zählersache liegt in der Kompetenz unserer Prüfstelle. Zähler sind zum Großteil unser Eigentum – es sei denn, es handelt sich um sogenannte private Unterzähler, wenn Hausbesitzer den Verbrauch einzelner Räume oder Gebäudeteile intern abrechnen wollen. Ich kann mir aber nicht vorstellen, dass ein Hauptzähler verschwindet.«

»Von denen jeder sicher eine Nummer hat?«

»Ja, natürlich. Nummer und Code. E steht für Elektrizität, A für Baden-Württemberg, 51 für unsere Prüfstelle und dann folgt das Jahr der letzten Prüfung. Wenn Sie uns das aufgefundene Gerät zur Verfügung stellen, können wir ziemlich schnell feststellen, ob es aus unserem Netzbereich stammt und wo es zuletzt installiert war.« Bodling griff nach der Klinke der Vorzimmertür. »Falls Sie die Themen Zähler und Stromabrechnung interessieren, kann ich Ihnen auch einen Gesprächspartner vermitteln. Sie können sich kaum vorstellen, was unsere Außendienstmitarbeiter von der Inkassoabteilung mitmachen und sich anhören müssen.«

»Mit säumigen Zahlern, meinen Sie?«

»Vor allem dann«, griff Bodling die Feststellung des Kommissars auf, »wenn's so weit ist, dass der Strom abgestellt werden muss – was übrigens erst nach mehrmaligen

Mahnungen der Fall ist. Da werden unseren Leuten schon mal Prügel angedroht.«

»Herr Büttner hatte damit aber nichts zu tun?«

»Nein, Herr Büttner ist bei seiner Tätigkeit nicht mit der Kundschaft in Berührung gekommen. Der ...«, fügte Bodling an, »der hat es mit ganz anderen Kalibern zu tun. Mit ganz anderen. Die holen zwar keinen Prügel raus, sind aber nicht minder gefährlich.«

Häberle ließ die Worte auf sich wirken.

12

Sie fühlte sich schlapp, doch war sie darauf bedacht, gegenüber ihren Mitarbeiterinnen stets kraftvoll und energiegeladen zu wirken. Gaby Büttner wollte sich nicht eingestehen, dass ihr 50. Geburtstag mit Riesenschritten auf sie zukam. So sehr sie sich auch bemühte, die Zeit zu verlangsamen, umso mehr wurde ihr schmerzlich bewusst, dass es ein vergeblicher Kampf gegen die Naturgesetze war. Sobald derlei Gedanken aufkamen, stürzte sie sich noch heftiger in ihre Arbeit, um die Angst vor dem Älterwerden zu verdrängen. Inzwischen musste sie sich eingestehen, dass es eine sinnlose Flucht war.

Seit sie vor acht Jahren Inhaberin dieser Zeitarbeitsfirma geworden war, blieb kaum noch Zeit für Privates. Dass ihr Mann kein Verständnis dafür aufgebracht hat, obwohl das Geschäft florierte, hatte sie nervlich nicht mehr verkraftet. Sie fühlte sich missverstanden und letztlich auch missachtet.

Ihre Schmerzgrenze war zwar hoch gewesen, aber dass der Tag kommen und sie ihn verlassen würde, hatte sie längst gespürt. Übermorgen würde es vier Wochen her sein, stellte sie fest, als ihr Blick auf den Terminkalender fiel. Seither war viel geschehen. Sehr viel. War sie anfangs in tiefe Depressionen versunken, so gab es nun seit Kurzem einen Lichtblick. Wenn sie daran dachte, schien ihr Körper Glückshormone zu produzieren und einen sanften Teppich über die rebellierenden Gedanken zu legen, die ihr den nahenden runden Geburtstag so drohend erscheinen ließen.

Sie hatte gerade ihre Handtasche auf den Schreibtisch gestellt, um zum wiederholten Male den kleinen Taschenspiegel herauszukramen, mit dem sie den Zustand ihres Makeups überprüfte, als eine junge Mitarbeiterin die angelehnte Bürotür aufschob.

»Entschuldigen Sie«, machte sich die knapp 17-Jährige bemerkbar, die in Ermangelung einer Lehrstelle hier einen Hilfsjob gefunden hatte.

Gaby Büttner fühlte sich ertappt und steckte den Spiegel rasch wieder in die Handtasche zurück. »Ja?«, fragte sie leicht gereizt.

»Die Speidel hat sich schon wieder krankgemeldet«, erklärte das Mädchen, um sofort wieder im Nebenraum zu verschwinden.

»Hat sie selbst angerufen?«, wollte die Chefin wissen und stellte die Handtasche neben sich auf den Boden.

»Nein, ihr Mann«, kam die Antwort durch die angelehnte Tür.

Gaby Büttner machte sich Notizen. Wenn sie sich richtig entsann, war es das dritte oder vierte Mal, dass diese Frau montags nicht an ihrem Arbeitsplatz erschien. Immer montags. Das konnte kein Zufall sein.

»Die ist immer noch bei dieser Firma im Donautal eingesetzt?«, vergewisserte sie sich, worauf das Mädchen im Vorzimmer bestätigte: »Ja, immer noch.«

Die Frau lehnte sich in ihrem Schreibtischsessel zurück, sodass die bewegliche Lehne nachgab. Personen wie diese

Speidel konnten jede Menge Ärger bereiten. Kaum hatte man für sie mühsam einen Job gefunden, mit dem sie einigermaßen zurechtkamen, begannen sie ihn wieder aufs Spiel zu setzen. Zwar waren Zeitarbeiter in der Industrie sehr begehrt, weil die Firmen mit ihnen kein direktes Vertragsverhältnis eingingen und sich somit geschickt um Tarifverträge mogeln konnten, doch wurde auf Zuverlässigkeit trotzdem allergrößten Wert gelegt. Gab es Probleme, landeten die Beschwerden schneller als es den Betroffenen lieb war auf dem Schreibtisch der Chefin dieser Zeitarbeitsfirma. Hatte sie anfangs noch sehr viel Verständnis für die vermittelten Personen aufgebracht, so war dies im Laufe der Jahre zusehends dahingeschmolzen. Viel zu oft war ihre soziale Ader, mit der sie einst das kleine Unternehmen aufgebaut hatte, ausgenutzt worden. Inzwischen traf sie unter den Bewerbern, die ihr die Agentur für Arbeit andiente, eine strenge Auswahl. Und eigentlich, so dachte sie jetzt, hatte sie bei dieser Speidel anfangs ein sehr gutes Gefühl gehabt, ihr persönlich geholfen und ihr sogar einmal einen Gefallen erwiesen. Die Frau, die offenbar dringend Geld brauchte, war ihr als arbeitswillig erschienen und hatte ihr ein bisschen leidgetan. Natürlich war der Job in einer Putzkolonne, die im Industriegebiet Donautal Büroräume reinigte, nicht gerade vom Feinsten.

Gaby Büttner versuchte, sich die Frau vorzustellen, die sie schon lange nicht mehr gesehen hatte. Ein Gesicht wollte ihr dazu einfach nicht einfallen, dafür aber das Gespräch, das sie mit ihr geführt hatte: Der Mann seit Langem arbeitslos, sie offenbar von der Alkoholsucht geheilt, sofern man dies so bezeichnen konnte. Eigentlich tragische Verhältnisse. Am Rande der Gesellschaft spielten sich eben oft Dramen ab, von denen niemand wirklich Kenntnis nahm – und die von den Politikern nicht für möglich gehalten oder schöngeredet wurden. Die Firmenchefin schloss für einen Moment die Augen und dachte über ihre eigene Theorie nach, wonach es in diesem Lande viele Parallelgesellschaften gab, die nur wenige Verknüpfungspunkte miteinander hatten. Einen davon stellte ihre Zeitarbeitsfirma dar, die einerseits vielen Menschen zu einem Job verhalf, andererseits aber den Firmen meist billige, vor allem aber nicht an Tarifverträge gebundene Arbeitskräfte vermittelte, von denen viele durch alle Raster fielen.

Der schrille Ton des Telefons holte sie in die Realität zurück. Gaby Büttner nahm wieder eine aufrechte Sitzhaltung ein, während sie zum Hörer griff. Ihr blasses Gesicht deutete ein Lächeln an. »Hallo«, sagte sie und fügte hinzu: »Einen Augenblick.« Sie legte den Hörer beiseite, ging zur Tür und zog sie vollends zu.

»Jetzt sind wir ungestört«, erklärte sie, als sie wieder hinterm Schreibtisch saß und den Hörer in der Hand hielt. »Schön, dass du anrufst.«

Die Männerstimme zögerte. »Es ist ... es ist, glaub ich, etwas Schreckliches geschehen.«

Gaby Büttner spürte, wie diese wenigen Worte ihren ganzen Körper erfassten und alle Energie herauszogen. Sie starrte zur gegenüberliegenden Wand, an der ein ausgefranstes Poster der letztjährigen Landesgartenschau von Neu-Ulm hing. Etwas Schreckliches geschehen, hallte es in ihrem Gehirn nach. Etwas Schreckliches.

Der Anrufer schwieg. Er wartete auf eine Antwort, doch die Frau war in diesem Augenblick nicht in der Lage, etwas zu erwidern. Die Stille in der Leitung dehnte sich für beide zu einer halben Ewigkeit aus.

Dann, endlich, drang die Stimme des Mannes an ihr Ohr. »Frank ist tot.«

Sie hielt den Atem an.

13

Rupert Bodling war bei dem Gespräch mit Häberle ins Schwitzen gekommen. Er lockerte seine Krawatte, zog das Jackett aus und warf es über die Lehne seines Schreibtischsessels. Er musste seine Gedanken ordnen. Büttner hatte es tatsächlich mit ganz anderen Kalibern zu tun. Und wenn er jetzt umgebracht worden war, wenn es stimmte, was dieser Kommissar angedeutet hatte, dann hatte der Konkurrenzkampf eine völlig neue Dimension angenommen. Bodling ließ sich in seinen Schreibtischsessel sinken, drückte einen Knopf und bat die Sekretärin, ihm eine Tasse Kaffee zu bringen. Er schloss die Augen, um sich der Tragweite dieser Ereignisse bewusst zu werden. Andererseits, so hämmerte es in seinem Gehirn, malte er vielleicht auch nur selbst den Teufel an die Wand. Bislang gab es nicht die geringsten Hinweise darauf, dass Büttners Tod mit seiner geschäftlichen Tätigkeit zu tun hatte. Möglicherweise gab es private Gründe. Die meisten Morde, so erinnerte er sich, waren Beziehungstaten. Eifersucht. Rache. Habgier. Hingegen waren berufliche oder gar politische Intrigen als Motive für einen Mord doch eher die Seltenheit. Oder aber, quälten ihn seine Gedanken, es wurden Verbrechen dieser Kategorien präziser geplant oder vertuscht. Vielleicht kam ja nur die Spitze des Eisbergs ans Tageslicht und viele Morde in Wirtschaftskreisen blieben unerkannt. Wie oft schon hatte man gelesen, dass irgendwelche Manager oder auch Politiker bei rätselhaften Verkehrsunfällen ums Leben gekommen waren? Einer war sogar mal in der Badewanne eines Hotels ertrunken.

Bodling erschrak über derlei Gedanken und wurde durch die aufgehende Tür in die Realität zurückgeholt. Er öffnete die Augen und lächelte der Sekretärin zu, die mit einem Tablett auf ihn zukam. Sie sieht heute wieder verdammt gut aus, dachte er. Silke Rothfuß, Mitte 30, verstand es vortrefflich, ihre Figur auf dezente Weise zu betonen, während ihr knieumspieltes dunkles Kleid sie mit einem Flair vornehmer Zurückhaltung umgab. Sie nutzte die Tage, an denen sie aushilfsweise tätig war, um geschickt auf sich aufmerksam zu machen.

»Ihr Kaffee«, sagte sie mit charmantem Lächeln und stellte das Gedeck auf Bodlings Schreibtisch. »Stress heute?«, fragte sie anteilnehmend.

»Das kann man wohl sagen«, bejahte der Chef und nahm einen Schluck des viel zu heißen Kaffees.

Die Frau war bereits ein paar Schritte entfernt, als sie durch Bodlings Frage gestoppt wurde: »Wie war das noch mal genau mit den freien Tagen von Herrn Büttner? Und wann kommt eigentlich Herr Wollek wieder?«

»Moment, ich habe mir das heut früh alles notiert.« Silke Rothfuß verschwand im Vorzimmer und kam Augenblicke später mit einem Notizblock an seinen Schreibtisch zurück. »Herr Büttner war von Montag bis Mittwoch vergangener Woche in Leipzig. Soweit wir wissen, ist er bereits am Sonntag gefahren. Und von Donnerstag bis zum jetzigen Wochenende hatte er Urlaub eingetragen. Er hätte also heute wieder erscheinen sollen.«

Bodling nickte. Erstaunlich, dachte er. Sie ist nur als Aushilfe beschäftigt, wenn es sich – wie im Moment – nicht vermeiden ließ, dass die beiden angestammten Sekretärinnen gleichzeitig Urlaub hatten, und kann sich verblüffend schnell in aktuelle Geschehnisse einarbeiten. Er schätzte dies besonders an ihr.

»Und Herr Wollek hat regulären Urlaub«, fuhr die Frau fort und warf ihre langen blonden Haare mit einer heftigen Kopfbewegung nach hinten. »Seit zwei Wochen. Noch bis einschließlich übermorgen.«

»Kann man ihn erreichen?«

»Wollek?« Sie verschränkte ihre Arme und hielt dabei den

Block in der Hand. Ohne auf eine Antwort zu warten, erklärte sie: »Er ist wohl mit seinem Wohnmobil weggefahren. Aber wir könnten es mal auf seinem Handy probieren. Vielleicht ist er auch schon zurück.«

»Mit dem Wohnmobil – jetzt?« Bodling sah sie ungläubig an, während er sich zurücklehnte und Tasse samt Untertasse hielt. »Er hat doch schulpflichtige Kinder, wenn ich mich recht entsinne.«

»Hat er, ja«, erwiderte Silke Rothfuß, »aber er musste ein paar Dinge mit seiner alten Tante erledigen, irgendwo hinter Dresden.«

»Alle fahren ins Ossiland«, kommentierte Bodling grinsend und stellte die Kaffeetasse auf seinen Schreibtisch. »Aber dann sieht man wenigstens, wo unser Geld hinfließt.«

»Na ja«, gab die Sekretärin charmant lächelnd zurück, »ganz so kritisch sollten Sie es nicht sehen. Es war schließlich auch alles desolat da drüben.«

»Aber 20 Jahre bauen wir inzwischen auf. Wenn Sie das rückblickend betrachten, verhält sich das wie das Kriegsende 1945 zum Jahr 1965 im Wessiland. Und unsere Väter hatten niemanden, der sie gesponsert hat, auf jeden Fall niemanden, der einen Soli-Zuschlag für sie gezahlt hätte.« Bodling entschied, sich gegenwärtig auf keine weitere Diskussion einzulassen. Er wechselte deshalb abrupt das Thema. »Hab ich das richtig in Erinnerung, dass Wollek sogar von drüben kommt?«

Sie stutzte für einen Moment. Wie konnte ihr Chef vermuten, dass ausgerechnet sie die Personalakte im Kopf hatte? »Ich«, sie überlegte, was sie antworten sollte, »ich glaube nicht. Kommt er nicht aus dem Norden? Soll ich nachsehen lassen?«

Bodling schüttelte den Kopf. Das war gerade unwichtig. Wollek, so entsann er sich, war jedenfalls aus familiären Gründen in den süddeutschen Raum gezogen, nachdem er zuvor bei einem der großen Stromkonzerne bereits in jungen Jahren Karriere gemacht hatte. Es war mit ein Verdienst Wolleks, dass der Einkauf an der Leipziger Börse so reibungslos, vor allem aber meist preisgünstig klappte. »Versuchen Sie, ihn anzurufen«, entschied Bodling. »Sie haben seine Nummer?«

»Ja, natürlich«, erwiderte sie eine Spur kühler und wollte noch etwas hinzufügen. Doch durch die angelehnte Tür zum Vorzimmer klang blechern eine Melodie, die von ihrem Handy herrührte. »Entschuldigen Sie bitte«, sagte sie knapp und verließ den Raum.

Bodling ließ die Worte seiner Aushilfssekretärin nachwirken. Er hatte überhaupt keine Ahnung gehabt, dass Wollek ein Camper war. Dabei interessierte ihn dieses Thema rein persönlich. Es war ein nie erfüllter Jugendtraum geblieben, einmal mit einem Wohnmobil durch Europa zu fahren. Bodling nahm sich vor, mit Wollek in einer ruhigen Stunde darüber zu reden.

*

Wolfgang Taler war ein Mann der Tat. Der Niedersachse hatte in all den Jahren, in denen er zwischen Stuttgart und Ulm tätig war, schnell das Ärmelaufkrempeln der Schwaben gelernt. Er verkörperte wie kaum ein anderer zwei Eigenschaften auf geniale Weise: Einerseits konnte er als Frohnatur wortreich und mit gewissem Witz jeden noch so komplizierten Sachverhalt laienhaft darlegen, andererseits blieb es bei ihm nicht bei großen Sprüchen. Einer seiner Lieblingssätze lautete: »Da gehen wir hin und machen das.« Taler hatte sich als Geschäftsführer der regionalen Gasversorgungsgesellschaft, der er bis vor Kurzem noch gewesen war, bereits zu einem Zeitpunkt mit den Energiemärkten auseinandergesetzt, als dies in den Medien noch kein großes Thema war. Er kannte die Mechanismen, die dazu geführt hatten, dass sich der Gaspreis am Öl orientierte. Deshalb war er ein Berufsleben lang nie müde geworden, die Vorzüge des Gases zu preisen – auch wenn ihm die ›Ölseite‹ immer wieder vorhielt, dass sich seine betriebswirtschaftlichen

Berechnungen nicht eins zu eins auf die Nutzung von Heizöl umsetzen ließen.

Ein Mann wie Wolfgang Taler konnte nicht einfach in den Ruhestand gehen. Zwar war er jetzt Pensionär, doch hatte es sich so ergeben, dass just zu diesem Zeitpunkt die Kommunalwahlen anstanden und er sogleich für den Kreistag und den Gemeinderat kandidierte. Ganz typisch für ihn: wenn schon, dann alles.

Außerdem war er weiterhin als energiepolitischer Berater gefragt. Zu welchen innovativen Ideen er in der Lage war, hatte er vor Jahrzehnten bereits bewiesen. Damals hatte er nahezu weltweit Schlagzeilen gemacht, weil er mithilfe eines Nilhechts konstant die Qualität des Trinkwassers überprüfte. Und das funktionierte ganz einfach: Ein Aquarium, das in seinem Büro stand, wurde aus der Trinkwasserleitung gespeist. Wären dort auch nur die geringsten Schadstoffe angekommen, hätte dies das Wohlbefinden des höchst sensiblen Nilhechts sofort beeinträchtigt. Und weil dies, wie Taler damals entdeckte hatte, mit elektrischen Sensoren gemessen werden konnte, hätte die Elektronik sofort Alarm geschlagen.

Hätte es damals, in den frühen 80er-Jahren, das allgemeine Talkshow-Fieber schon gegeben, wäre Taler mit seinem Nilhecht vermutlich in den Fernsehstudios der ganzen Welt vertreten gewesen.

An diesem Montagnachmittag hatte der frischgebackene Pensionär einen lange geplanten Termin mit den Spitzen des Albwerks. Telefonisch hatte ihm allerdings Bodlings Sekretärin mitgeteilt, dass nur der kaufmännische Leiter Alfred Feucht zur Verfügung stehe. Der Geschäftsführer selbst sei aufgrund des Todesfalls eines Mitarbeiters verhindert. Taler wollte nicht nachfragen, was geschehen war, sondern zeigte sich damit einverstanden, die Angelegenheit mit Feucht allein zu besprechen.

»Wir sind der Auffassung, dass wir einen entscheidenden

Schritt weitergekommen sind«, begann Feucht das Gespräch, das in einem kleinen Konferenzzimmer in der Chefetage stattfand. Er bot seinem Gegenüber Kaffee aus einer bereitgestellten Kanne an.

»Nun ja«, begann Taler und ließ sich einschenken, »damit hab ich gerechnet. Die Zeit ist reif, mein lieber Herr Feucht. Wenn nicht jetzt, wann dann?« Er verzog sein Gesicht zu einem Grinsen, während der blasse Feucht sich in sachlicher Zurückhaltung übte und sich auch Kaffee eingoss.

»Und ich sag Ihnen«, fuhr der Pensionär fort, »reihum sitzen sie alle in den Startlöchern. Und wenn es uns gelingt, die Nase vorn zu haben, schauen die ziemlich dumm aus der Wäsche.«

»Die Finanzkrise hat das Engagement, so wie ich es einschätze, durchaus gedämpft«, gab sich der Betriebswirtschaftler eher pessimistisch.

»Was heißt gedämpft?« Taler nahm einen Schluck des heißen Kaffees. »Wenn etwas gedämpft wird, das eigentlich aufstreben will, dann kommt es erst recht mit aller Macht ans Tageslicht. Wie die Schneeglöckchen und Krokusse, die viel zu lang unter der Schneeschicht gewartet haben. Aber wenn ihre Zeit gekommen ist, dann kann sie nichts mehr stoppen. Ich sag Ihnen, Herr Feucht: Wenn unsere Bottiche erst mal da oben stehen, läuft das Ding wie geschmiert.«

Taler verstand es trefflich, seine Zuhörer durch Optimismus und Verniedlichung der Probleme in seinen Bann zu ziehen. Wenn er von Bottichen sprach, dann meinte er die Kessel- und Tankanlage, die im neuen Gewerbegebiet droben auf der Albhochfläche einmal Methangas produzieren sollte. Und zwar nicht aus landwirtschaftlichen Produkten, wie dies bei der Erzeugung von sogenanntem Biogas oft kritisiert wurde, sondern aus teilweise minderwertigem Holz. Weil diese innovative Technologie, die für den großen Dauereinsatz zuerst noch konzipiert werden musste, eine gewisse Signalwirkung für den Energiesektor haben würde, hatte Taler schon vor Monaten von einem Leuchtturm-Projekt gesprochen. Er war zufrieden gewesen, es noch vor seiner Pensionierung anleiern zu können, doch nun als Pensionär wollte er es beratend weiterbegleiten.

»Die Vorbehalte, die uns vonseiten mancher Politiker entgegengebracht werden, sind weiterhin spürbar«, stellte Feucht fest.

»Je mehr Torpedos gegen uns abgeschossen werden, desto mehr dürfen wir uns bestätigt fühlen«, erwiderte Taler schlagfertig. »Wir greifen die Riesen halt auch mächtig an. Aber was stört es eine deutsche Eiche, wenn ein Eber sich an ihr kratzt?«

Feucht verzog keine Miene. »Sie wissen selbst, wie sehr wir auf Zuschüsse des Landes und des Bundes angewiesen sind«, gab er mit der Sachlichkeit und stoischen Beharrlichkeit eines Buchhalters aus der Ärmelschonerzeit zu bedenken. »Das Land hat zwar zugesagt, aber der Bund zögert.«

»Da machen Sie sich mal keine Sorgen«, beruhigte Taler und sah durchs Fenster zu den Albhängen hinüber, die nach dem langen harten Winter ganz schnell grün geworden waren. »Dass sich da ein paar Herren in die Hosen machen, mag sein. Aber, lieber Herr Feucht, passen Sie mal auf: Das Ding kriegen wir hin. Wir haben kompetente Mitgesellschafter an Bord – da kegelt uns keiner mehr raus.«

Feucht überlegte. Sein Zögern verunsicherte Taler. »Oder gibt es etwas, das ich noch nicht weiß?«, fragte er leicht irritiert.

Feucht rang nach Worten und nickte vorsichtig.

*

Arthur Speidel hatte die Regionalnachrichten des Südwestrundfunks gehört. Die Leiche, die er heute früh in den Weiherwiesen gefunden hatte, war kurz erwähnt worden – und dass die Kriminalpolizei inzwischen von einem Tötungsdelikt ausgehe. Er steckte sich eine Zigarette an und sah durch das kleine Fenster des Wohnzimmers auf die triste Wand des gegenüberliegenden Gebäudes. Hier im Rorgensteig, einer kleinen Ansiedlung am Stadtrand, gleich unterhalb des Friedhofs, schien die Zeit stehen geblieben zu sein. Und seit er arbeitslos geworden war, wurde ihm jeden Tag aufs Neue mehr bewusst, dass diese Umgebung ganz und gar nicht dazu angetan war, sein Wohlbefinden zu steigern.

»Du sollst nicht immer nur aus dem Fenster starren«, hörte er plötzlich die keifende Stimme seiner Frau hinter sich, die den Verkehrslagebericht des Radiomoderators übertönte.

Speidel sog den herben Qualm seiner Zigarette tief in die Lungen, wohl wissend, dass jeder einzelne dieser Züge verheerende Spätfolgen haben würde, und drehte sich langsam um. »Du sollst mich nicht immer maßregeln«, gab er genervt zurück, während Roswitha, seine Frau, einen Stapel Zeitschriften der Regenbogenpresse auf den gläsernen Couchtisch warf und sich in einen abgegriffenen Sessel fallen ließ. Sie schlug die Beine, die in enge Jeans gezwängt waren, übereinander und rückte ihre Brille zurecht. »Haben sie denn im Radio gesagt, wer der Tote ist?«

Speidel inhalierte den Rauch, wie dies nur ein Süchtiger tun kann, der gegen alle Warnhinweise auf die lebensgefährlichen Risiken resistent war. »Bisher nicht, nein. Um ehrlich zu sein, ist mir das auch egal.«

»Ich hoffe, du wirst in nichts reingezogen«, sagte Roswitha, doch es klang so, als ob ihr Interesse an der Sache nicht sonderlich groß war. Um diesen Eindruck zu bekräftigen, begann sie, in einer Zeitschrift zu blättern.

»Wieso sollte ich in etwas reingezogen werden? Ich hab den Kerl dort liegen sehen und es diesem Naturschützer gemeldet.«

»Wieso eigentlich dem? Und wieso hast du nicht selbst die Polizei gerufen?« Sie würdigte ihn keines Blickes, sondern besah sich die Bilder auf einer bunten Doppelseite. »War dein Handy mal wieder nicht geladen?«

Speidel entschied sich dafür, diese Provokation zu überhören. Seit er meist nutzlos zu Hause herumsaß, aus dem Fenster stierte oder zum wiederholten Mal im Internet nach einem Job suchte, spürte er, wie sie sich gegenseitig auf die Nerven gingen. Manchmal bedurfte es nur eines einzigen Wortes, um die gereizte Stimmung wie ein Pulverfass explodieren zu lassen. Dann war es Zeit, sich in den kleinen Vorgarten zu verziehen, wo er im Herbst damit begonnen hatte, eine kleine Böschung mit Natursteinen abzustützen.

Wieder ließ er den krebserregenden Rauch rau und doch so angenehm durch seine Atemwege ziehen, die nach all den Tausenden von Zigaretten vermutlich schlimmer aussahen als der Schlot einer Fabrikanlage aus dem vorletzten Jahrhundert. »Ich hab den Braun nebenan auf der Aussichtsplattform stehen sehen«, sagte er langsam. »Und wenn du eine Leiche findest, dann bist du ziemlich froh, jemanden bei dir zu haben.«

Seine Frau nickte, ohne aufzusehen. Sie befeuchtete sich den Zeigefinger der rechten Hand und blätterte weiter. »Du bist in letzter Zeit oft da rausgegangen«, stellte sie vorwurfsvoll fest.

Er drückte die Kippe in den Aschenbecher und räusperte sich. »Was heißt das, oft da rausgegangen? Wohin soll ich von hier aus schon gehen? Vielleicht runter in die Stadt, um mir dauernd irgendwelche Dinge anzuschauen, die wir uns nicht mehr leisten können?« Er musste sich zurückhalten. Nein, provozieren ließ er sich heute nicht. »Oder soll ich über den Friedhof spazieren?«

»Entschuldige.« Endlich sah sie ihn mit ihren großen blauen Augen an. Ihre braunen Haare waren frisch geschnitten. Sie wirkt richtig jugendlich, dachte er. Auch wenn der Alkohol Spuren hinterlassen hat. »Sei nicht gleich eingeschnappt«, gab sie sich versöhnlich. »Es ist doch kein Vorwurf. Ich mein nur, dass du in letzter Zeit oft da draußen warst – ist ja auch nichts Schlimmes.«

»Solange du damit nicht sagen willst, dass ich den Kerl ersäuft hab ...« Er unterdrückte ein Grinsen.

»Also bitte! Das ist doch völliger Quatsch.«

»Wieso denn? Vielleicht ist der Tote einer von diesen Arroganzlingen, die sich in den Betrieben aufspielen, als hätten wir noch tiefstes 19. Jahrhundert. Kapitalismus aus der Gründerzeit in Vollendung.«

Sie zögerte. Wenn Arthur so daherredete, konnte er emotional und aufbrausend werden. »Das würd ich dir einfach nicht zutrauen«, sagte sie mit gekünsteltem Lächeln.

»Was nicht zutrauen?«

»Dass du einen umbringst.«

»Meist tun es die, denen man es am wenigsten zutraut«, gab er sachlich zurück und kämpfte mit seinem inneren Schweinehund, der ihn dazu drängte, eine neue Zigarette anzuzünden.

»Aber du kanntest den Mann gar nicht«, sagte Roswitha und lehnte sich zurück. Es sah ein bisschen so aus, als räkele sie sich im Polster des Sessels. Ihr enger Pullover brachte die weiblichen Formen zur Geltung.

»Nein, ich ihn nicht.«

»Du hast also sein Gesicht gesehen?«

»Nur kurz, als sie ihn herausgezogen haben.« Arthur Speidel kratzte sich am schlecht rasierten Hals.

»Und du hast alles zu Protokoll gegeben?« Sie wandte sich einem großformatigen Titelbild zu, das eine familiäre Szene aus irgendeinem Monarchenhaus zeigte.

»Da gab's nicht viel zu Protokoll zu geben«, erwiderte er lustlos und wollte das Thema beenden. »Wie geht's dir denn?«, fragte er deshalb unvermittelt, während sie ein neues Magazin aufschlug.

»Wie soll's mir schon gehen? Kreuzschmerzen ohne Ende.

Ob ich steh oder sitz.« Roswitha sah ihn genervt an. »Bin mal gespannt, was der Arzt nachher sagt.«

»Was wird er schon groß sagen? Du solltest einen gescheiten Job haben, wird er dir empfehlen. Nicht bei Wind und Wetter draußen auf Leitern steigen und dich beim Putzen verrenken.«

»Du sagst das so dahin!«, wandte sie vorwurfsvoll ein. »Wenn ich mir meinen Job raussuchen könnte, würd ich nicht bei diesem Ragallen-Weib Sklavendienste ableisten. Aber mehr als mich in eine Zeitarbeitsfirma zu vermitteln, fällt denen bei der Arbeitsagentur nicht ein.«

Er schwieg. Immerhin brachte sie ein paar Euro nach Hause.

Roswitha war jahrelang Abteilungsleiterin in einer großen Wäscherei gewesen. Als der Betrieb aus wirtschaftlichen Gründen schließen musste, stand sie auf der Straße. Und jetzt, da ihr Mann Arthur ebenfalls den Job verloren hatte, war sie, der Not gehorchend, auf Stellensuche gegangen. Ein halbes Jahr war das nun her und die neue Arbeit, die oft im Freien verrichtet werden musste, hatte ihr in den kalten Wintermonaten stark zugesetzt. Außerdem fraßen die Fahrtkosten ins 33 Kilometer entfernte Ulm einen Teil des ohnehin spärlichen Lohns auf. Oft genug hatte sie während der Fahrt an die großspurigen Forderungen der Politiker denken müssen, wonach Arbeitnehmer heutzutage mobil sein sollten. Aber wer ihnen die immensen Fahrtkosten ersetzt, darüber wurde nichts ausgesagt. Es bedurfte sogar eines Gerichtsentscheids, um die abgeschaffte Pendlerpauschale wieder einzuführen – obwohl ohnehin unklar blieb, welch steuerlicher Winkelzug in Berlin ausgebrütet wurde, damit letztlich wieder der Arbeitnehmer die Zeche bezahlen musste. Denn Erleichterungen, das war Roswitha längst klar geworden, betrafen ohnehin immer nur die anderen. Meist jene, die sowieso schon genügend hatten. Den Kleinen versuchte man weiszumachen, dass bereits eine Vergünstigung in Höhe von fünf Euro pro Monat ein tolles Entgegenkommen sei, mit dem gewiss die Konjunktur angekurbelt werden könnte. Unweigerlich kam ihr bei solchen Gedanken auch eine Freundin in Erinnerung, die als Angestellte eines Reisebüros jeden Rabatt, den sie auf eine Reise erhalten hatte, als sogenannten geldwerten Vorteil versteuern musste. Dabei handelte es sich meist nur um Beträge von 200 bis 300 Euro pro Jahr – wenn überhaupt. Hingegen reisten die Bonzen, Lobbyisten oder Vorstände von Luftfahrtgesellschaften auch mal schnell um die halbe Welt, und zwar gnadenlos auf Kosten ihrer Firma. Roswitha mochte nicht so recht glauben, dass derlei geldwerte Vorteile ähnlich versteuert wurden, wie beim kleinen Arbeiter oder Angestellten. Die Ungerechtigkeit, daran bestand für sie gar kein Zweifel, nahm in dieser Republik von Jahr zu Jahr neue Dimensionen an.

Nein, an Gerechtigkeit glaubte sie schon lange nicht mehr. Und erst recht nicht in einem Land, in dem sich die Parteien zu einem geschlossenen System entwickelt hatten, das in keiner Weise mehr ihren Vorstellungen von Demokratie entsprach. Politiker heuchelten doch nur ihr Interesse am Gemeinwohl, während sie in Wahrheit ihre eigene Wiederwahl im Visier hatten. Und sonst gar nichts.

»Du solltest den Job wieder aufgeben«, meinte Arthur und unterbrach damit die entstandene Stille.

Sie blickte von ihrer Zeitschrift auf, in der sie ohnehin kein Wort gelesen hatte, und nickte langsam. »Ich will dich damit nicht belasten, aber ich spüre, wie mich das kaputt macht.«

Auch er nickte. Seit Längerem hatte er bemerkt, wie sie sich in den vergangenen Monaten veränderte. Ihre Freude an dem kleinen Vorgarten, den er ihr verschönern wollte, war geschwunden. Jetzt, wo der nahende Sommer endlich zu spüren war, hätte sie ohne die Belastung durch den Job längst die Pflanzkübel auf die Terrasse gestellt. Doch die Begeisterung an der Natur war vom grauen Alltag aufgefressen worden. Wie bei so vielen Menschen, dachte er. Für die wirklich wichtigen Dinge des Lebens blieb keine Zeit mehr. Keine Zeit und keine Muße. Die gesellschaftlichen Verhältnisse, wie sie sich in den vergangenen zehn Jahren herausgebildet hatten, ließen keinen Spielraum mehr. Das spiegelte sich in jedem Lebensbereich wider, ganz besonders in der Wirtschaft. Es gab keine wirklichen Innovationen mehr. Die Köpfe waren blockiert, die gesamte geistige Schaffenskraft wurde von Leistungsdruck und der Gier nach Macht und Einfluss aufgesogen. Nach oben kam nur noch, wer die stärksten Ellbogen hatte. Deshalb waren die einflussreichen Stellen nicht mehr von den kreativen Denkern besetzt, sondern von Theoretikern, Taktikern, Großschwätzern und geistig minderbemittelten Emporkömmlingen, die ihre Unsicherheit mit Arroganz übertünchten. Oder sie hatten sich als Erbe ins gemachte Nest gesetzt, ohne den Job, der ihnen auf diese bequeme Weise vom Himmel beschert worden war, auch nur andeutungsweise zu beherrschen. Gerade in jüngster Zeit hatte sich allüberall gezeigt, dass die Nachkommenschaft eines Tüftlers und Schaffers allein noch nicht dazu befähigt, den Betrieb der Väter und Großväter weiterzuführen. Arthur Speidel blickte aus dem Fenster, ohne dort etwas wahrzunehmen. Es war dieser Blick ins Leere, der seine Frau so beunruhigte. Arthur konnte stundenlang so dasitzen und vor sich hin starren.

Doch wenn Gedanken wie die jetzigen sich seiner bemächtigten, dann begann sich in seinem Kopf ein ganzes Karussell zu drehen. Mein Gott, warum kapierte denn niemand in diesem Land, wohin dies alles führte, in welchen Abgrund! Gerade jetzt, da sich die Weltwirtschaftskrise ausbreitete wie eine Pestepidemie, wäre es doch überlebensnotwendig, auf die Ressourcen in den Köpfen zu setzen und dieses Potenzial an Ideen zu nutzen – oder den Teamgeist zu fördern, der zu ungeahnten Höhenflügen fähig wäre, würde man ihn unterstützen. Stattdessen trampelte man alles mit der Knute nieder, die man aus dem Sack des 19. Jahrhunderts geholt hatte. Oder legte den Menschen Fesseln an, um das vermeintlich Letzte aus ihnen herauszupressen. Die Folge war ein Erstarren – und damit ein Absturz ins Bodenlose. Welche wahre Innovation hatte es denn in den letzten Jahren in diesem Land gegeben? Außer immer neuen bürokratischen Hemmnissen und Gängelungen der Arbeitnehmer, außer Parteiengezänke und Pöstchenschacher? Nichts. Arthur Speidel schien es so, als würde die gesamte geistige Energie dazu verschwendet, eine gewisse Schicht der Menschheit kleinzuhalten und zur Arbeit anzutreiben, damit andere per Mausklick bequem ihr vermeintliches Vermögen, das auch nur auf dem Papier oder der Computerfestplatte existierte, vermehren konnten. Die Chefin dieser Zeitarbeitsfirma, bei der seine Frau einen Job gefunden hatte, war bei näherem Betrachten der Prototyp einer rücksichts- und hemmungslosen Ausbeuterin, für die die gesellschaftlichen Verhältnisse der jüngsten Vergangenheit einen idealen Nährboden bereitet hatten. Sie konnte einem schön ins Gesicht reden, doch in Wirklichkeit galt ihr Interesse nur sich selbst.

»Die Büttner geht über Leichen«, sagte Roswitha plötzlich, als habe sie seine Gedanken gelesen. Dies allerdings war auch nicht schwer gewesen, nachdem sie ein paar Sekunden lang beobachtet hatte, wie er sich seinem grübelnden Schweigen hingegeben hatte.

Er starrte noch immer zur gegenüberliegenden Hauswand. »Weißt du, was ich mir oft überlege?«, fragte er langsam. »Ich überleg mir, weshalb alle stillhalten, weshalb sich so viele Menschen zu Sklaven machen lassen. Dabei«, er dachte für einen Moment nach, »dabei bin ich mir sicher, dass sich da etwas zusammenbraut, was gefährlich werden könnte.«

Sie schwieg.

»Etwas zusammenbraut«, wiederholte er deutlich leiser. »Wundert es dich da, wenn dann einer von dieser Sorte plötzlich im See liegt?«

14

Inzwischen bestand kein Zweifel mehr: »Der Tote ist dieser Büttner«, sagte Linkohr, als Häberle den Lehrsaal betrat, in dem nahezu ein Dutzend Kriminalisten die Erkenntnisse der Spurensicherung aufarbeitete und die Protokolle sichtete. Der Chefermittler ging von einem zum anderen, wechselte ein paar Worte und zeigte sich zufrieden.

Dann rollte er einen der Bürostühle an Linkohrs Schreibtisch und setzte sich zu dem jungen Kollegen.

»Wir haben eine Streife zu Büttners Wohnung geschickt«, berichtete der Assistent und kratzte sich am Oberlippenbart, wie er es oft aus Verunsicherung tat. »Aber es hat dort niemand geöffnet. Und keiner der Nachbarn hat ihn in den letzten Tagen gesehen. Sein Auto, das normalerweise auf der Straße parkt, ist weg. Und Post und Zeitungen stecken seit Freitag im Kasten.

»Seit Freitag«, wiederholte Häberle. »Wenn er bis Mittwoch beruflich in Leipzig war, muss er also noch daheim gewesen sein. Zumindest, bevor am Freitagmorgen die Zeitung ausgetragen wurde. Donnerstag war Feiertag, da gab es keine.« Er überlegte. »Und was ist mit seiner Frau?«

»Wir sind gerade dabei, sie ausfindig zu machen«, erklärte Linkohr.

»Sie hat eine Firma in Ulm«, berichtete Häberle aus dem

soeben mit Bodling geführten Gespräch. »Time-Sharing heißt sie.«

Linkohr nickte. Er hatte dies bereits recherchiert. Irgendjemandem würde jetzt die unangenehme Aufgabe zufallen, die Frau zu verständigen, dachte er. Ganz so schlimm jedoch dürfte dies nicht werden, schließlich hatte sie sich von dem Mann getrennt, sodass die emotionalen Bindungen vermutlich eher gering waren.

»Und wir beide«, entschied Häberle, »fahren mal zu seiner Wohnung.«

Linkohr hatte das erwartet und schob einige Blätter auseinander, die ungeordnet auf seinem Schreibtisch lagen. »Er wohnt im Kolpingweg«, las er vor. »Am Stadtrand, Villengegend, tolle Lage. Sogar ein früherer Oberbürgermeister hat dort gewohnt.«

Häberle nickte. Bodling hatte ihm die Adresse bereits genannt. Und wo sich diese Wohngegend befand, brauchte ihm niemand zu erklären. Es gab in seinem Zuständigkeitsbereich kaum eine Straße, die er nicht kannte. Ein Polizist, das hatte er den jungen Kollegen schon viele Male nahegelegt, musste sich in seinem Gebiet auskennen. Deshalb stand die Forderung der Verwaltungsoberen, die Beamten sollten mobil und flexibel sein, in krassem Widerspruch zu den Erfordernissen an der Basis. Land und Leute zu kennen, die Mentalität der Menschen und ihre Charaktere. Das war ein hoher Erfahrungsschatz, der einen wirklich erfahrenen Kriminalisten auszeichnete. Aber Häberle hatte es längst aufgegeben, dies den Verantwortlichen für die Personalpolitik vorzutragen. Er redete gegen eine Wand. Und die Politiker verbreiteten mit schöner Regelmäßigkeit Zahlen von angeblich zusätzlich eingestellten Polizeianwärtern – doch draußen in den Revieren oder bei den Ermittlungsgruppen kam kaum etwas davon an. Ganz im Gegenteil: Man hatte in den letzten Jahren das bewährte System der örtlichen Polizeiposten ausgedünnt. Vermutlich versickerten immer mehr Polizisten in den personalhungrigen Verwaltungsetagen, wo Statistiken erarbeitet und sogenannte Präventionsprogramme ersonnen wurden, einschließlich der unvermeidlichen und gähnend langweiligen PowerPoint-Präsentationen.

»Wie sieht's mit der Todesursache aus?«, hakte Häberle nach. »Hat Kräuter schon Genaueres mitgeteilt?«

»Hat er«, eiferte sich Linkohr und griff zu einer ausgedruckten E-Mail. »Seine erste Einschätzung, dass der Mann erwürgt wurde, hat sich bei der weiteren Obduktion bestätigt. Punktförmige Blutungen – die Medizinmänner sagen auch Petechien dazu – in den Bindehäuten. Ein klares Zeichen dafür. Außerdem eine Einblutung am Kehlkopf.« Der Kriminalist fasste die wichtigsten Erkenntnisse des Gerichtsmediziners zusammen: »Außerdem ist eines der beiden oberen Schildknorpelhörner abgebrochen, was als Hinweis aufs Würgen gilt, das nach einer Minute zur Bewusstlosigkeit führt.« Linkohr räusperte sich. »Erwürgen heißt ja nicht ersticken«, ergänzte er, denn dies war ihm noch von der Ausbildung her in Erinnerung geblieben. »Beim Erwürgen wird die Blutzufuhr zum Gehirn unterbrochen.«

Häberle ließ den engagierten Kollegen ausreden. Manchmal war es einfach notwendig, über das Schreckliche zu sprechen, um es verarbeiten zu können.

»Beim Erwürgen muss der Täter besonders kaltblütig vorgehen«, dozierte Linkohr weiter. »Kein Stich, kein Schuss, sondern Aug in Aug mit dem Opfer, ihm den Hals zudrücken. Es kann fünf Minuten dauern, bis der Tod eintritt, hat Kräuter gesagt.« Er mochte sich dies gar nicht vorstellen.

»Und wie erklärt er sich die seltsame Haltung der Leiche im Wasser?«, lenkte Häberle von diesem Szenario ab.

»Fäulnisgase. Sie bilden sich schon nach drei, vier Tagen im Körper. Der Auftrieb ist so stark, dass auch dieser Stein, der um den Hals gebunden war, die Leiche nicht vollständig auf den Grund ziehen konnte. Damit erklärt sich die gekrümmte Haltung, mit der sie im Wasser lag. Kopf und Beine im Wasser – der mit Gasen aufgeblähte Rumpf aber schwimmt oben.«

Der Chefermittler hatte schon oft davon gehört. Wie schnell sich Fäulnisgase bildeten, war sehr stark von der Außentemperatur abhängig. Das Wasser in den Weiherwiesen dürfte noch ziemlich kalt sein, sodass der Mann durchaus schon mehrere Tage auf dem Seegrund gelegen haben konnte, ehe sein Körper an die Wasseroberfläche trieb.

Linkohr gab die Antwort, ohne danach gefragt worden zu sein: »Kräuter grenzt den Zeitpunkt der Tat grob ein: Seit mehreren Tagen bis maximal zwei Wochen ist er tot. Der Verwesungsprozess hat bereits begonnen.«

Häberle reichte es. Obwohl er durch den Umgang mit Leichen im Laufe der Jahre abgebrühter geworden ist, war es jedes Mal aufs Neue höchst unerfreulich, sich die Protokolle der Gerichtsmediziner bildlich vor Augen zu führen. Zu vermeiden jedoch war dies nicht. Denn was bei einer Obduktion ans Tageslicht kam, war oftmals von immenser Bedeutung für die weitere Ermittlungsarbeit. Allein der Todeszeitpunkt war bei der Überprüfung von Alibis entscheidend.

»Dieser Stein«, kam es Häberle plötzlich in den Sinn, »dieser Stein, der die Leiche nach unten ziehen sollte – wie schwer war der eigentlich?«

»Ich glaube ...«, Linkohr griff zu einem anderen Blatt Papier. »30,6 Kilogramm. Er ist auf dem Weg zum LKA.«

Häberle zeigte sich zufrieden. Beim Landeskriminalamt würden die Experten versuchen, noch einige Spuren zu sichern, sofern dies überhaupt möglich war.

Schmittke eilte zum Schreibtisch der beiden Kriminalisten und unterbrach sie. »Schwenger hat den Beschluss zum Öffnen der Wohnung geschickt.«

Gemeint war der örtliche Amtsrichter.

»Na also, worauf warten wir noch?«, fragte Häberle eher rhetorisch. Die beiden Männer sahen ihn an. »Und? Ist noch was?«, gab er sich beim Aufstehen irritiert.

»Na ja«, entgegnete Linkohr. »Es hat da einen Anruf gegeben.« Er schichtete erneut einige Blätter um.

Häberle blieb stehen und sah gespannt von einem zum anderen. »Einen Anruf?«

»Ja, aus Norwegen«, gab Linkohr zurück und suchte nach seinen Aufzeichnungen. »Ein Herr Frederiksen oder so ähnlich hat sich nach Herrn Büttner erkundigt.« Endlich hatte er Adresse und Telefonnummer gefunden. »Er macht sich Sorgen, weil er seit über einer Woche kein Lebenszeichen mehr erhalten hat.«

»Und wer ist dieser Frederiksen?«, wollte Häberle wissen, während auch Schmittke ungeduldig auf Linkohrs Erläuterungen wartete.

»Sein Schwiegersohn.«

Häberle hatte sich wieder einmal erfolgreich um die Pressekonferenz gedrückt. Nachdem sein Lieblingsjournalist Georg Sander ohnehin nicht da sein würde, wie er erfahren hatte, war ihm an einer Teilnahme nicht sehr viel gelegen. Vermutlich kamen wieder jede Menge Medienvertreter, die von Polizei- und Ermittlungsarbeit keine Ahnung hatten, weil es die meisten jungen Journalisten, so jedenfalls Häberles Eindruck, in die Kultur- oder Sportredaktionen zog. Einige wenige fanden im Lokalen noch Freude daran, kommunalpolitische Zusammenhänge zu recherchieren. Doch vielen fehlte inzwischen das Gespür für die Geschichte, wie es ihm einmal ein altgedienter Journalist geklagt hatte. Und mit Geschichte war nicht Historisches gemeint, sondern die Freude daran, einen interessanten, bisweilen auch komplexen Sachverhalt mit Begeisterung leserfreundlich aufzubereiten. Es gab sogar Journalisten, die nicht mal zur Kenntnis nahmen, dass ein katastrophaler Hagelschlag inmitten des Sommers tatsächlich etwas Berichtenswertes war, obwohl er der Landwirtschaft fatale Folgen bescherte.

Entsprechend waren auch die Fragen, die in Pressekonferenzen gestellt wurden. Häberle war es leid, jedes Mal aufs Neue die Grundzüge polizeilicher Ermittlungsarbeit darzustellen. Und außerdem hatte er sich nie in den Vordergrund gedrängt, wenn Mikrofone und Kameras aufgebaut wurden. Das überließ er anderen.

Pressesprecher Uli Stock von der Göppinger Direktion hatte eine knapp zehnzeilige Pressemitteilung formuliert und sie nach mehrfacher Abstimmung mit dem Leitenden Oberstaatsanwalt Dr. Wolfgang Ziegler um die Hälfte kürzen müssen.

Entsprechend lang waren dafür die Gesichter der Journalisten, die in den Lehrsaal der benachbarten Feuerwehr gekommen waren. Sie hatten mit detaillierteren Schilderungen gerechnet.

»Dafür hätt mr net komma müssa«, murrte die Dame des lokalen Fernsehsenders Filstalwelle, die mit Kameramann angerückt war. Neben ihnen waren lediglich ein Jungredakteur der Geislinger Zeitung sowie ein Journalist und eine Journalistin der beiden Stuttgarter Tageszeitungen anwesend.

»Wir danken Ihnen für Ihr Interesse«, begann Stock, der an der Oberkante einer U-förmigen Tischformation zwischen Ziegler und Direktionsleiter Baldachin saß. »Den äußeren Sachverhalt entnehmen Sie bitte der ausgeteilten Pressemitteilung«, sagte er knapp und zog ein Gesicht, dem anzusehen war, dass er jetzt lieber Feierabend gemacht hätte.

»Meine Damen und Herren«, ergriff Ziegler das Wort und blickte in die Kamera. »Wie Sie wissen, haben wir es mit einem Tötungsdelikt zu tun. Der Tatort ist uns nicht bekannt, auch wissen wir nicht genau, wann die Person getötet wurde. Aufgefunden hat sie ein Spaziergänger heute Morgen gegen 6 Uhr.« Ziegler erläuterte die Todesursache und dass die Leiche des Mannes mit einem Stein beschwert worden war.

Die Journalisten lasen mit, denn diese Angaben hatte Stock schriftlich verteilen dürfen.

»Uns geht es in erster Linie nun darum, weitere Zeugen zu finden. Wir wollen wissen, wer in den vergangenen Tagen am Weiherwiesensee verdächtige Beobachtungen gemacht hat, insbesondere einen Geländewagen oder ein anderes größeres Fahrzeug gesehen hat. Wir haben nämlich im weichen Untergrund entsprechende Reifenspuren gefunden.« Er machte eine Pause, um den Journalisten Zeit zum Mitschreiben zu geben. »Bei dem Toten, das wissen wir, handelt es sich um einen 48-jährigen Mann aus Geislingen, der von seiner Frau getrennt lebt. Wie es sich derzeit darstellt, ist sein Fahrzeug verschwunden. Es handelt sich den Erkenntnissen zufolge um einen schwarzen Geländewagen der Marke Ford Kuga. Wir sollten also wissen, wo dieses Fahrzeug abgestellt wurde. Möglicherweise ist der Getötete damit zu einem Treffen mit dem Täter gefahren. Oder der Täter hat sich des Fahrzeugs seines Opfers bemächtigt, ist entweder damit noch unterwegs oder er hat es irgendwo abgestellt.«

»Eine Zwischenfrage«, stoppte der Jungredakteur den Redefluss. »Hatte denn das Opfer einen Autoschlüssel dabei?«

Ziegler sah etwas hilflos zum Direktionsleiter, der dies als Aufforderung für eine Antwort verstand: »Nein, das hatte er nicht. Er hatte außer einem Geldbeutel mit ein paar wenigen Euro nichts bei sich. Keine Schlüssel und auch kein Handy, falls es Sie interessiert.«

Die Journalisten notierten es. Der junge Redakteur, der offenbar Sander nachzueifern versuchte, wie Ziegler es empfand, hakte nach: »Also auch keinen Hausschlüssel?«

»Auch keinen Hausschlüssel«, bestätigte der Direktionsleiter.

»Zu einem möglichen Motiv«, wechselte der Staatsanwalt das Thema, »können wir Ihnen leider noch nichts sagen. Wir stehen erst ganz am Anfang und ermitteln in alle Richtungen.«

Die Vertreterin einer der beiden Stuttgarter Zeitungen wollte ebenfalls Konkreteres hören: »Was sagt denn seine Exfrau? Außerdem gibt's doch sicher auch andere Familienangehörige – oder Arbeitskollegen.«

»Haben Sie bitte Verständnis dafür, dass wir Ihnen dazu zum gegenwärtigen Zeitpunkt nichts sagen können«, wiegelte Ziegler mit ruhiger und sachlicher Stimme ab. »Sobald wir uns ein Gesamtbild verschafft haben, werden wir Sie unterrichten. Wir haben noch eine weitere Bitte an Sie.« Er griff zu einem Schnellhefter. »Unser Herr Stock hat der Pressemappe ein paar Fotos beigelegt, die den Stein zeigen, der dem Opfer mit einem Seil um den Hals gebunden war. Es wäre sehr hilfreich, wenn Sie das Bild veröffentlichen könnten. Vielleicht vermisst jemand so einen Stein. Es handelt sich um sogenannten Würzburger Muschelkalk.«

»Ob es jemandem auffällt, wenn ihm ein Stein gestohlen wird, wage ich zu bezweifeln«, murrte der Mitarbeiter der anderen Stuttgarter Tageszeitung.

»Sagen Sie das nicht«, konterte der Direktionsleiter. »Diese Gesteinsart wird in der Gartengestaltung immer öfter für Trockenmauern benutzt, zumindest hierzulande. Wenn in so einer Mauer plötzlich ein Stein fehlt, müsste das auffallen.« Er grinste. »Zumindest einem schwäbischen Häuslesbesitzer dürfte es auffallen.«

»Wenn man ihn nicht vom Lagerplatz einer Baustofffirma geklaut hat«, blieb der Zeitungsmann hartnäckig.

Ziegler wollte sich auf keine weitere Diskussion einlassen und erklärte: »An unserer Bitte, einen entsprechenden Hinweis zu veröffentlichen, mögen Sie erkennen, dass wir momentan jede Möglichkeit ausschöpfen müssen.« Es hörte sich so an, als wolle er das Gespräch zu einem schnellen Ende bringen. Deshalb stellte die Journalistin der Filstalwelle eine schnelle Frage: »Kann es sein, dass der Beruf des Opfers auch eine Rolle spielt?«

Wieder gab Ziegler dem Direktionsleiter zu verstehen, die Antwort zu geben. »Ich weiß natürlich nicht, was Sie recherchiert haben«, wandte sich dieser an die Journalistin. »Aber alles, was man dazu sagen würde, wäre verfrüht und spekulativ.«

Die Frau wollte sich nicht abwimmeln lassen. »Welche Rolle spielt eigentlich der Herr Braun?«

Die drei Männer an der Oberkante sahen sich verblüfft an. Ziegler überlegte kurz. Er hatte sich ohnehin bereits gewundert, dass keiner aus der Journalistenrunde die Frage nach dem Beruf des Opfers gestellt hatte. Offenbar waren sie bereits bestens informiert. Wie immer halt, stellte er verärgert fest. Somit war zu befürchten, dass wieder viel Hintergründiges verbreitet wurde – trotz Sanders Abwesenheit, dem er so etwas am ehesten zutraute.

»Dieser Herr Braun«, griff Ziegler schließlich den Einwurf auf, »spielt genauso sehr oder genauso wenig eine Rolle wie alle anderen auch. Sie werden verstehen, dass ich mich zu einzelnen Personen zum jetzigen Zeitpunkt nicht äußere.« Er versuchte, ruhig zu bleiben, was ihm aber angesichts der Tatsache, dass die Journalisten wieder mal hinter seinem Rücken Informationen gesammelt hatten, recht schwer fiel.

Die Frau vom Lokalfernsehen gab sich ohnehin nicht zufrieden. »Als Naturschützer hat Herr Braun sicher ganz andere Interessen als die Energielobby«, erklärte sie nüchtern.

»Aber ich bitte Sie«, fuhr ihr Ziegler dazwischen, »konstruieren Sie mir bitte keine Zusammenhänge, wo es keine gibt.« Er hüstelte. »Oder besser gesagt: Wo zum jetzigen Zeitpunkt keine zu erkennen sind.«

Der Jungredakteur gab der Kollegin Schützenhilfe: »Es wäre ja nicht das erste Mal, dass jemand behauptet, eine Leiche gefunden zu haben, obwohl er selbst der Täter ist.«

Ziegler atmete schwer. Er war nicht länger bereit, sich auf diesem Niveau zu unterhalten. »Erlauben Sie mir den Hinweis, nicht Herr Braun hat den Toten gefunden, sondern eine andere Person.« Er verkniff sich, den Namen zu nennen, obwohl ihm klar war, dass ihn die Journalisten längst kannten.

Der Zeitungsmann lehnte sich selbstgefällig zurück und zuckte grinsend mit den Schultern: »Ich mein ja nur ... aber dieser See da draußen scheint doch ziemlich interessant zu sein.«

Für einen Moment war es absolut still im Raum. Die drei Männer, die den Vorsitz übernommen hatten, sahen sich erneut einigermaßen hilflos an. Stock beugte sich zu Ziegler und flüsterte ihm etwas ins Ohr.

15

Markus Wollek war ein groß gewachsener Mann und sportlich. Er hatte das schneeweiße Wohnmobil in die hohe Garage rangiert, die eigens für dieses Gefährt an das schmucke Einfamilienhaus angebaut worden war. Seine Frau Luisa, nur wenig kleiner, aber schlanker als er, begrüßte ihn mit einem Kuss auf die Wange. Er folgte ihr mit einem handlichen Koffer ins wohltemperierte Haus. Zum Abend hin war es wieder kühl geworden und gerade hier, auf der Hochfläche der Schwäbischen Alb, hatte sich die Schafskälte, von der in historischen Kalendern die Rede ist, besonders unangenehm mit Nieselregen bemerkbar gemacht.

»Schön, dass du schon da bist«, freute sich Luisa. Ihr Mann hatte von unterwegs angerufen, sodass sie bereits auf sein Eintreffen vorbereitet war und eine Kanne Kaffee bereitgestellt hatte. »Die Kinder sind mit Frau Neubrand zum Musikunterricht gefahren«, sagte sie. Er nickte. Wie immer montags hatten sie im wöchentlichen Wechsel mit der Nachbarin eine Fahrgemeinschaft organisiert.

Wollek wusch sich die Hände, fuhr sich übers Gesicht und blickte in den Spiegel. Er war blass, die lange Fahrt mit dem Wohnmobil war stressig gewesen. Zwischen den unzähligen Lastwagen, die sich werktags insbesondere auf den Ost-West-Tangenten Deutschlands zu endlosen Kolonnen formierten, war es ziemlich anstrengend, sich mit einem nicht gerade beschleunigungsstarken Fahrzeug dem Verkehrsfluss anzupassen. Die Lastzüge auf der rechten Spur fuhren zu langsam, aber zum Ausscheren auf die linke Spur reichte oft die Lücke zwischen den herannahenden Pkws nicht.

Wollek kämmte sich, zupfte an seinem Jeanshemd und kam ins Esszimmer, wo der eingegossene Kaffee seinen Duft verbreitete.

»Und – wie geht's dir, Lieschen?«, fragte er lächelnd. Lieschen war der Kosename, den er vom ersten Tag ihres Kennenlernens an aus Luisa gemacht hatte. Noch immer ist sie so hübsch wie damals, dachte er. Das dunkle Kleid stand ihr prächtig, und ihr Lächeln hatte nichts von diesem geheimnisvollen Charme verloren, der ihm bereits beim ersten Blickkontakt aufgefallen war.

»Ich hab die Tage ohne dich überstanden«, grinste sie spitzbübisch, während er den ersten Schluck des belebenden Gebräus genoss.

»Och«, gab er sich enttäuscht, »und ich dachte, du verzehrst dich nach dem Tag des Wiedersehens.«

»Du alter Angeber«, erwiderte sie, keck eine Augenbraue hebend. »Du turtelst mit deiner Tante rum und ich sitz auf dem Land und kümmer mich um die Kinder.«

»Rumturteln ist gut. Klara ist inzwischen hochgradig dement und wird demnächst 91. Es macht überhaupt keinen Sinn, sie zu besuchen. Ich hab das jetzt auch mit der Heimleitung so besprochen.«

»Das kannst du mir später in aller Ruhe erzählen«, schlug sie vor, und berichtete, was es von den Kindern Neues zu vermelden gab. Die alte Tante, die eigentlich nicht wirklich seine Tante war, sondern eine entfernte Verwandte, interessierte sie persönlich nur am Rande. Markus kümmerte sich um sie, weil es niemanden gab, der sich verantwortlich fühlte. Und ob es jemals etwas zu erben gab, stand in den Sternen. Aber seit Klara in diesem Pflegeheim in Pirna lebte, ein paar Kilometer östlich von Dresden, fuhr er zwei-, dreimal im Jahr dort hin, um auch gegenüber der Heimleitung sein Interesse zu dokumentieren. Die paar Tage, die er dann unterwegs war, nutzte er für eine persönliche Auszeit, weshalb er sich auch nie im Hotel einquartierte, sondern das Wohnmobil auf den gepflegten Campingplatz am Rande der Stadt fuhr. Einmal waren auch Luisa und die Kinder dabei gewesen. Vom Campingplatz aus hatten sie Radtouren entlang der Elbe unternommen.

»Hat dich eigentlich Bodling erreicht?«, fragte Luisa plötzlich.

»Bodling?«, staunte Markus. »Wann?«

»Na ja, vor einer halben Stunde etwa.«

»Hat er gesagt, was er will?«, zeigte sich ihr Mann interessiert.

»Nein, hat er nicht. Ich hab ihm vorgeschlagen, er soll dich auf dem Handy anrufen. Hat er das nicht getan?«

»Nein – das heißt, ich hab's nach unserem Gespräch wieder abgeschaltet.«

Sie wollte nichts dazu sagen. Es war in ihren Augen eine unsinnige Angewohnheit, das Handy abzuschalten und es nur für eigene Gespräche zu nutzen. Aber obwohl sie Markus schon zigmal gebeten hatte, das Gerät ständig anzulassen – es nutzte nichts. Er wolle nicht immer erreichbar sein, schon gar nicht im Urlaub, argumentierte er. Dass aber auch sie ihn einmal dringend würde sprechen wollen, ließ er nicht gelten. »Früher hat's das auch nicht gegeben«, pflegte er auf ihre Vorhalte zu entgegnen. Er sei einst in Marokko gewesen und seine Eltern hätten zwei Wochen lang nichts von ihm gehört, weil damals nicht mal übers Festnetz habe telefoniert werden können.

Wenn jetzt aber Bodling nach ihm verlangte, erschien es ihm geboten, sich bei ihm zu melden. »Ich ruf ihn kurz an«, entschied er und verschwand in seinem Büro, wo eines der Mobilteile in der Ladeschale steckte. Er ließ sich in den Schreibtischsessel fallen, drückte die Nummer Bodlings, von dem er überzeugt war, dass er sich noch in der Firma aufhielt. Dabei wanderte sein Blick über den Terminkalender, in dem einige wichtige Geschäftstermine mit gelbem Leuchtstift angestrichen waren.

Bodling hob unerwartet schnell ab. Kaum hatte sich auch Wollek gemeldet, kam der Chef sofort zur Sache: »Wir brauchen Sie dringend. Büttner ist tot.«

Wollek schluckte schwer und schwieg.

»Könnten Sie in der nächsten Stunde kommen?«, fragte Bodling in die entstandene Stille hinein. Es klang aber weniger nach einer Frage, als nach einer Aufforderung.

»Büttner ist tot?«, wiederholte Wollek mit trockener Kehle, als wolle er es noch einmal hören.

»Büttner ist tot«, bestätigte Bodling ungeduldig. »Umgebracht. Wir haben die Kripo im Haus.«

Wollek holte tief Luft und sah durchs Fenster in die Dämmerung hinaus. »Ich versteh nicht so recht. Er wurde umgebracht? Und was ... was hat das mit uns, ich meine – mit mir zu tun?«

»Wir müssen das bereden, dringend«, drängte Bodling. Es war ein Tonfall, wie ihn Wollek an seinem Chef nicht gewohnt war. Deshalb unternahm er auch gleich gar keinen weiteren Versuch, mehr von ihm zu erfahren.

»Okay, ich komme«, sagte er schließlich und legte auf.

Als er wieder im Esszimmer stand, war sein Gesicht aschfahl geworden.

»Ist was?«, fragte seine Frau besorgt.

Er ließ sich langsam auf dem Stuhl neben ihr nieder. »Büttner ist tot«, erwiderte er abwesend.

»Büttner, dein Kollege?«

Er nickte und holte tief Luft.

»Du meinst aber nicht, dass sie ihn …?« Luisa wollte es nicht aussprechen. Schlagartig kam ihr in Erinnerung, was Markus noch vor seiner Abreise erzählt hatte – über den gnadenlosen Konkurrenzkampf, der seit Monaten tobte, und über seinen Bruder Uwe.

Markus Wollek zuckte ratlos mit den Schultern.

*

Georg Sander und seine Partnerin Doris waren viele Stunden zu Fuß in Bergen unterwegs gewesen, hatten auf dem Fischmarkt einen Fischteller gegessen und waren mit der Standseilbahn zum Aussichtspunkt Floyen hinaufgefahren. Die Stadt hatte sich bei herrlichstem Wetter traumhaft präsentiert – insbesondere das Hanse-Viertel Bryggen, ein von der UNESCO anerkanntes Weltkulturerbe. Es war allein die Postkartenansicht dieser rekonstruierten Häuserzeile, die das Bild dieser Stadt ins Bewusstsein der ausländischen Besucher rückte und einen bleibenden Eindruck hinterließ.

Weil Sander gelesen hatte, dass es in Bergen so gut wie aussichtslos war, einen Parkplatz für das Wohnmobil zu finden, hatten sie es auf dem Campingplatz stehen lassen und waren die 20 Kilometer mit dem Linienbus gefahren. Eine zwar etwas aufwendige Angelegenheit, weil mit Umsteigen in Nesttun verbunden, dafür aber nervenschonender.

Gerade, am frühen Abend, wieder zum Wohnmobil zurückgekehrt, fühlten sie sich müde und schlapp. Doris war ins Toilettengebäude rübergegangen, während Sander sich in den nach hinten gedrehten Beifahrersitz lümmelte und einige Tagebucheinträge machte. Er ließ sich erst ablenken, als das Handy, das in der Armaturenbrettablage verstaut war, eine SMS meldete. Sander sah, dass sein Redaktionskollege Michael Rahn eine Botschaft geschickt hatte – wie er dies immer dann tat, wenn's von daheim eine Neuigkeit gab. ›Hallo, Nordlandfahrer‹, las Sander, ›du hast einiges verpasst: Mord im Weiherwiesensee. Haben aber alles im Griff. Schöne Tage noch.‹

Sander konnte den Blick vom Display nicht lösen. Er las den Text noch einmal. Sein Herz begann wie wild zu pochen. Noch einmal überflog er die Kurzmitteilung, prägte sie sich ein und beschloss, sie sofort zu löschen.

16

Hasso Schweizer hatte sich den Abend anders vorgestellt. Als er heute früh die Kurzmitteilung erhalten hatte, inmitten der Besprechung mit Bodling, hatte er sich für einen Moment gefühlt wie ein Teenager. ›Ich hab Sehnsucht. Sehen wir uns um 19 Uhr bei mir?‹, war auf dem Display zu lesen gewesen. Mit einem Schlag hatte er sich nicht mehr auf das Gespräch konzentrieren können. Am liebsten hätte er sofort geantwortet, und entsprechende Worte zurückgeschrieben. Doch er hatte noch endlos lange 20 Minuten warten müssen, bis die Konferenz beendet war. Gaby verstand es, ihn immer wieder aufs Neue zu überraschen. Seit ihre Beziehung enger geworden war, verging kein Tag, an dem sie nicht mehrere Botschaften miteinander austauschten.

Doch diesmal wurde die Freude, die mit einem Gefühl von Schmetterlingen im Bauch einherging, um die Mittagszeit von der Nachricht getrübt, dass Frank, ihr Mann, tot aufgefunden worden war. Schweizer hatte sich verpflichtet gefühlt, es ihr am Telefon schonend beizubringen, noch ehe es die Polizei tun konnte. Und deshalb war er gleich nach Büroschluss nach Ulm gefahren, um ihr beizustehen. Allerdings fiel es ihm schwer, sich in ihre Gemütslage hineinzuversetzen. Schließlich war sie vor einem Monat ausgezogen, um ein neues Leben anzufangen, wie sie es immer formulierte. Ein neues Leben – ohne Frank, ohne seine Hobbys, ohne seine vielen Dienstreisen.

Spätestens, als ihre Tochter zu ihrem Mann, Gabys Schwiergersohn, nach Norwegen gezogen war, hatte sie den Entschluss gefasst, sich selbst zu verwirklichen. Ihre Zeitarbeitsfirma boomte ohnehin und bedurfte des vollen Einsatzes. Je schlechter die wirtschaftliche Lage, desto größer war in der Industrie die Nachfrage nach Arbeitskräften, die man nach Belieben anheuern und feuern konnte, wenngleich – angesichts der globalen Finanzkrise, deren Folgen in diesen Frühjahrswochen noch lange nicht abzuschätzen waren – auch der Bedarf an zeitlich begrenzten Arbeitsverhältnissen nachließ.

Hasso Schweizer, den leichte Kopfschmerzen plagten, strich mit den Händen über die weiche Lehne des Sessels. Er versuchte, einen Gedanken zu verdrängen, der ihn an traumhafte Stunden in dieser Wohnung erinnern wollte. Nein, dafür war jetzt kein Platz. Er sah in das blasse Gesicht von Gaby, in dem ihre fast 50 Jahre kaum eine Spur hinterlassen hatten. Hasso wusste, wie sehr sie sich vor diesem runden Geburtstag fürchtete. Niemals hätte er voriges Jahr, als sie mit Frank zu einem Betriebsfest gekommen war, ihr Alter richtig eingeschätzt.

Inzwischen hatte er sich mit dem Altersunterschied von fast 15 Jahren abgefunden. Nie zuvor war ihm die Bedeutung des Spruchs, wonach man nur so alt sei, wie man sich fühle, so sehr bewusst geworden wie in den vergangenen Wochen. Und Gaby, daran hatte er keinen Zweifel, genoss es, dass er so dachte. Sie ließ es ihn mit der Art, wie sie sich an solchen Abenden kleidete, immer wieder spüren. Heute jedoch saß sie ihm in Jeans gegenüber, dazu ein schlabberiger Pullover, der ihn an die alternative Szene erinnerte. Sie stand noch sichtlich unter dem Eindruck des Besuchs in der Ulmer Gerichtsmedizin, wo sie am Spätnachmittag die Leiche ihres Mannes hatte identifizieren müssen.

»Im Betrieb sind alle schockiert«, sagte er, nachdem sie beide geschildert hatten, was sie bislang wussten. »Hat man dich schon vernommen?«, fragte er vorsichtig nach.

»Vernommen?«, wiederholte sie ungläubig. »Wieso sollte man mich denn vernehmen? Ich hab gesagt, er ist's – das reicht doch, oder?«

Hasso Schweizer zuckte mit den Schultern und fühlte den kuscheligen Sessel am Körper. So, wie er diesen Sessel schon bei anderen Gelegenheiten gespürt hatte, auf nackter Haut. Da war er wieder, dieser Gedanke, den er jetzt nicht brauchen konnte.

Es war still im Zimmer, ungewöhnlich still. Sie hatte nicht einmal das Radio angestellt, das bisher immer, wenn er da war, den Raum dezent beschallt hatte. Meist mit dem Ulmer Regionalsender Radio 7.

»Man wird wahrscheinlich wissen wollen, ob du dir vorstellen kannst, wer das getan hat.«

»Weißt du«, begann sie, »in mir ist ein Gefühl, das sich nur schwer beschreiben lässt.« Gaby schlug ihre Beine übereinander. »Wie oft hab ich mir gewünscht, ihn los zu sein, dann hab ich's geschafft, dann bin ich weg, dann bin ich frei. Und nun, wo er tot ist, spüre ich so etwas wie Mitleid. Ich weiß nicht, ob du das nachvollziehen kannst.«

Schweizer nickte und nahm einen Schluck Mineralwasser.

»Er hat dir immerhin einmal ziemlich nahe gestanden. Das steckt man nicht einfach weg.«

»Das steckt man nicht einfach weg«, wiederholte sie seine Worte. »Und ich will es auch nicht wegstecken. Frank ...« Sie stockte. »Ich hab Frank einmal geliebt. Sehr sogar. Doch irgendwann hat er sich verändert.«

Gaby brauchte nicht ins Detail zu gehen. Oft genug hatten sie darüber gesprochen. Als die Tochter vor vier Jahren nach Norwegen gezogen war, hatte es einen Bruch gegeben. Vielleicht war auch Frank mit dem Weggang seines geliebten Kindes nicht fertig geworden. Jedenfalls wandte er sich plötzlich verstärkt seinem Hobby zu, das bis dahin für ihn eher nebensächlich gewesen war.

»Die Filme«, gab sich Schweizer informiert.

»Natürlich die Filme.« Sie runzelte die Stirn, als wolle sie an dieses Kapitel nicht mehr erinnert werden. »Er hat mir zwar immer zu erklären versucht, das sei alles rein geschäftlich – okay, gut verdient hat er damit. Hab ich dir ja schon erzählt ...« Gaby atmete tief durch. »Auch ich hab da wohl Fehler gemacht mit diesen Weibern.«

Sie brauchte es ihrem Geliebten nicht zu erzählen. Stundenlang hatten sie sich darüber unterhalten.

»Ich hab ihn einfach machen lassen. Blauäugig, wie ich war. Aber ich wusste doch nicht, dass er's so weit treiben würde.«

Schweizer schwieg. Gaby fühlte sich als Opfer ihrer eigenen Gutmütigkeit. »Konnte ich denn wissen, dass die Weiber nur vordergründig einen Job brauchten, um's hier treiben zu können?«, fuhr sie fort und stellte fest: »Alles eingeschleuste Nutten aus dem Rotlichtmilieu vom Osten«, sagte sie mit einem Unterton, der Abscheu und Enttäuschung zum Ausdruck brachte.

Hasso nickte und meinte. »Und da sitzen Messer und Kanonen verdammt locker.«

»Und hinterher erfahr ich, dass Frank mit einigen schweinische Filme dreht.« Sie bebte innerlich vor Zorn.

*

Der äußere Kolpingweg mit seiner Südwesthanglage galt als beliebte Wohngegend. Von hier aus schweifte der Blick über den Talkessel der Stadt hinweg und das Filstal hinab in Richtung Göppingen. Die Wälder an den Hängen schimmerten in allen Grüntönen. Doch an diesem frühen Abend, als Häberle und Linkohr in dieser stillen Wohnstraße aus ihrem Audi stiegen, schlugen ihnen frische Luft und Nieselregen entgegen.

»Dort«, deutete Linkohr auf ein schmales Einfamilienhaus, das von zwei größeren Luxusvillen umgeben war, die sich hinter hohem Strauchbewuchs an den sanften Hang schmiegten.

Die beiden Kriminalisten folgten einem geschmackvollen, mit geschwungener Natursteinmauer begrenzten Gartenweg, der vorbei an frisch grünenden Stauden zur Haustür führte. Dort hatte bereits ein kräftiger Handwerker seine blaue Werkzeugkiste auf die Steinstufen gestellt und damit begonnen, nach geeigneten Utensilien zu kramen.

»Wunderbar, Sie sind schon da«, begrüßte ihn Häberle, schüttelte ihm die kräftige Hand und stellte Linkohr vor.

»Wenn die Polizei ruft, immer zu Diensten«, grinste der Handwerker, der noch, wie Häberle es empfand, einer vom alten Schlag war – einer, der gelernt hatte, kräftig zuzupacken, der nicht nur sein eigenes Fachgebiet beherrschte, sondern sogar Freude dabei empfand, bei jeglichen Problemen nach einer Lösung zu suchen. Keiner also, der zuerst den Laptop einschaltete, Arbeitszeit und Materialaufwand eintippte, um dies mit irgendwelchen Einheitswerten zu multiplizieren, Kilometergeld zu addieren und die Steuer auszuwerfen. Häberle grauste es beim Gedanken an solche Handwerker, denen man im Rahmen der heutigen Ausbildung zwar Betriebswirtschaft beigebracht, sie dabei aber zu Totrechnern gemacht hatte. Was waren das doch für Kerle, die sogar mit dem eigenen Sohn anrücken konnten, der als echter Zupacker in die Fußstapfen des Seniors trat, und bei denen zuallererst der gute Umgangston mit der Kundschaft zählte! Leider hatte Häberle zunehmend den Eindruck, bei vielen Handwerkern nur noch das Dollar- oder Eurozeichen in den Augen aufblitzen zu sehen.

Dieser Kerl aber, der vor ihm stand, war ihm sympathisch. Nicht nur, dass er jede Wohnungstür öffnen konnte, egal, um welches Schloss es sich handelte oder wie oft es verriegelt war – nein, dieser Mann war Tag und Nacht einsatzbereit, wenn ihn die Polizei brauchte. Außerdem verstand er sein Fach so meisterlich, dass der Schaden an den Türen stets gering blieb.

»Wieder ein netter Fall?«, fragte der Mann eher beiläufig, während Häberle mehrmals den Klingelknopf betätigte. Eine reine Routinemaßnahme. Es könnte schließlich sein, dass sich jemand völlig legal in dem Gebäude aufhielt. Doch bei allem, was sie über Büttner wussten, gab es niemanden, der dafür infrage käme.

Häberle deutete dem Handwerker mit einem Kopfnicken an, dass er sich über das Türschloss hermachen konnte.

»Netter Fall ist gut«, griff der Chefermittler die Bemerkung des Mannes auf. »Die Leiche in den Weiherwiesen.« Er ging davon aus, dass sich der Leichenfund bereits in der Stadt herumgesprochen hatte.

»Ach ja«, gab der Mann zu verstehen. Er kniete vor der Tür und hantierte mit Metallinstrumenten, die Linkohr an seinen letzten Zahnarztbesuch erinnerten. »War was im Radio«, fuhr der Handwerker abwesend fort und lauschte angestrengt, während er einen dünnen Stift in das Sicherheitsschloss steckte und langsam darin stocherte und drehte.

Die Fälle, deretwegen er für die Polizei tätig werden musste, interessierten ihn nur am Rande. Außerdem wollte er diskret sein. Ihm genügte, was in den nächsten Tagen darüber in der Zeitung zu lesen sein würde.

Zwei Minuten später schwenkte die weiße Alutür nach innen auf. »Bitte schön«, grinste der Handwerker. »Soll ich warten?«

Häberle überlegte kurz. »Lässt sich's wieder schließen?«

»Ich denke, ja. Ich könnt's versuchen.«

»Wir rufen Sie, wenn wir soweit sind«, entschied Häberle. Er wollte sich zunächst mit Linkohr einen Überblick verschaffen und dann die Spurensicherung verständigen. Bis diese Spezialisten alles gesichtet haben würden, vergingen vermutlich Stunden.

Der Handwerker verabschiedete sich. »Rufen Sie mich einfach auf meinem Handy an. Die Nummer haben Sie.«

Häberle knipste das Licht in der Diele an und betrat mit Linkohr das Gebäude. Die Tür lehnten sie nur an.

»Nicht schlecht«, kommentierte Linkohr und strich sich mit Zeigefinger und Daumen über den Oberlippenbart, als wolle er dessen korrekten Sitz prüfen. Eine Wohnung ganz im Stil der Zeit: Rauputz, hellbraune Fliesen, Garderobe aus Glas und Edelstahl, dazu passend ein Schubladenschränkchen, auf dem ein Trockengesteck stand. Zwei Türen angelehnt, drei geschlossen. Häberle drückte die erste auf und erblickte das Wohnzimmer, in dem sich die moderne Leichtigkeit des Mobiliars fortsetzte. Eine breite Glasfront fing das Abendlicht ein. Es war zwar bereits 20.15 Uhr, doch sorgte der hohe Sonnenstand um diese Jahreszeit für eine lange Tageshelle.

Häberle schritt über den dicken beigefarbenen Teppich, der die Fliesen bedeckte, um den Blick an der Bücherlast der weißen Regalwand entlangstreichen zu lassen. Jede Menge technische Sachbücher, aber auch historische Dokumentationen, stellte er fest und ging um die ebenfalls in Weiß gehaltene lederne Sitzgruppe herum. Sauberkeit und Ordnung erinnerten ihn an ein Möbelhaus. Entweder war Büttner ein überaus penibler Mensch gewesen oder er hatte sich eine Haushälterin leisten können. Jedenfalls sah es für die Wohnung eines alleinstehenden Mannes ungewöhnlich ordentlich aus, dachte Häberle.

Und auch Linkohr, der Küche und Schlafzimmer inspizierte, kam zum gleichen Ergebnis: »Als ob hier schon lange keiner mehr gewohnt hätte«, sagte er, als er ins Wohnzimmer kam, wo Häberle gerade über den großen Breitbildmonitor staunte, der an die Längswand des Zimmers geschraubt war. Auf einem schmalen Schränkchen standen zwei Steuergeräte, deren Displays Uhrzeit und irgendeine Kanal- oder Frequenzeinstellung anzeigten, mit der Häberle nichts anzufangen wusste. Er war schon froh, wenn er daheim im Kabelnetz die unseligen Verkaufs- und Sexsender auf die hinteren Kanäle verbannen konnte, um beim nächtlichen Durchzappen nicht ständig auf Barbusige zu stoßen, deren pralle Oberweiten zum Kauf von Armbanduhren oder Küchengeräten animieren sollten. Häberle musste für einen Moment an diese unwürdige Fleischbeschau denken, deren Sinn ihm nicht einzuleuchten vermochte, denn sie war doch eher dazu angetan, zumindest die männliche Zuschauerschar vom eigentlichen Konsumartikel abzulenken. Deren Objekt der Begierde war ganz sicher nicht das Küchengerät. Wie verdummt musste eigentlich ein Teil der Gesellschaft sein, um sich auf diese Weise zum nächtlichen Teleshopping animieren zu lassen? Meist behaupteten die Damen mit wippendem Busen, dass nur noch zwei oder drei Stücke des jeweiligen Produkts auf Lager seien und man deshalb schnell anrufen und bestellen müsse, falls man noch zum Zuge kommen wolle.

So ein Schwachsinn, durchfuhr es Häberle, während ihn

Linkohr von der Seite ansah und überlegte, was der Chef augenblicklich dachte.

»Ob sich so ein Ding lohnt?«, holte sich der Kommissar selbst wieder in die Realität zurück.

»Fürs Fernsehprogramm wahrscheinlich nicht«, entgegnete Linkohr und besah sich ebenfalls den schwarzen Monitor. »Aber für Kinofilme – also DVDs schon.«

Häberle nickte. Er war noch nie auf die Idee gekommen, Kinofilme auf diese Weise anzuschauen. Wenn ihn ein Film wirklich interessierte, was nicht sehr oft vorkam, dann ging er mit seiner angetrauten Susanne viel lieber ins Kino und sah ihn sich aktuell an – auch wenn er dort kullernde Bierflaschen oder die Kommentare pubertierender Jünglinge als äußerst störend empfand. Früher hätte sich noch jemand getraut, für Ruhe zu sorgen, doch seit die Gesellschaft alle Werte über Bord geworfen hatte, konnte man dies nicht mehr erwarten.

Er verzog das Gesicht zu einem Grinsen. »Waren Sie schon oben?«, fragte er seinen Kollegen.

Linkohr schüttelte den Kopf.

»Wie sieht denn das Schlafzimmer aus?«, wollte Häberle wissen.

»Sehr ordentlich. Im Schrank nur Männerkleidung.«

»Vielleicht hat sich der Hausherr ja inzwischen eine andere Bleibe gesucht.« Häberle ging voraus in die Diele, von wo die Treppe ins erste Obergeschoss hinaufführte. Dabei überlegte er, wie es wohl in Linkohrs kleiner Wohnung aussah. Eine Mitbewohnerin gab es derzeit wohl nicht, obwohl man sich bei dem jungen Kriminalisten darüber nie sicher sein konnte. Allerdings hatte er, wie es im Kollegenkreis hieß, seit mindestens zwei Wochen nicht mehr von einer Frau geschwärmt – und das war beinahe bedenklich, dachte Häberle, während er die obere Diele erreichte, über der sich die holzverkleidete Dachschräge zum First erhob. Auch hier fiel den beiden Kriminalisten die moderne Stilrichtung der Regale und Schränkchen auf. Doch kaum hatte Häberle eine der Türen geöffnet, bot sich ein unerwarteter Kontrast: Auf Tischen und alten Kommoden, die sich entlang der Wände aneinanderreihten, standen Monitore und Computer, alte Videorekorder neben modernen DVD-Playern sowie Lautsprecherboxen und ein riesiges Mischpult. Auf dem Boden stapelten sich Aktenordner und Schnellhefter, jede Menge alte Zeitungen und Zeitschriften – und in Kisten entdeckte Häberle Kabel mit den unterschiedlichsten Steckverbindungen. Ein dicker Vorhang dämpfte das Licht und an der Stirnseite des Zimmers hing ein Poster, das eine nackte Schönheit zeigte, die vor einem idyllischen Waldsee auf einem Stein saß. Ihre Beine waren übereinandergelegt, in den Händen hielt sie einen Herbststrauß, als sei er ein Feigenblatt, mit dem sie ihre Blöße zu verbergen versuchte. Ihr Blick, so befand Häberle, hatte etwas Provozierendes, etwas Erotisches.

»Toll, was?«, hörte er plötzlich Linkohrs Stimme hinter sich.

Er wandte den Blick von dem Poster und lächelte. »Ich bin zwar oft in der Landschaft unterwegs, aber so jemand ist mir noch nirgendwo begegnet.«

Linkohr hatte sich inzwischen über die Geräte hergemacht. »Das sieht nach einem kleinen Filmstudio aus.«

»Sie meinen, Büttner hat die Kleine selbst in Szene gesetzt?« Häberle ging an der langen Reihe der Computer entlang.

»Kann doch sein. Da – schauen Sie mal, da hat er noch mehr davon.« Er deutete auf ein halbes Dutzend gerahmter Bilder auf einem Regal. »Das ist immer dieselbe Frau.«

»Stimmt«, konstatierte der Chefermittler. Die Frau – dreimal nackt – stehend, kniend, von hinten. Dreimal leichtgeschürzt – im schwarzen Ledermini und mit bauchfreier Bluse, in extrem kurzen abgeschnittenen und ausgefransten Jeans sowie in einem hauchdünnen Strandkleid.

»Seine Neue vielleicht«, überlegte Linkohr laut und es klang wie ein neidvoller Seufzer.

»Mich würde ja brennend interessieren, was der Kerl hier für Filme zusammengebastelt hat«, brummte der Chef.

»Jedenfalls keine Landschaftsfilme.«

»Oh doch«, erwiderte Häberle und zeigte auf das Poster. »Landschaft auch, aber mit rassigem Vordergrund.« Der Kommissar bückte sich zu den Aktenordnern, die sich in der Mitte des Raumes türmten. Er öffnete einen davon und stutzte: »Was soll jetzt das?«

Linkohr drehte sich um und kam näher, während Häberle drei, vier weitere Ordner nacheinander aufschlug. »Der Mann hat sich auch noch mit etwas Ernsterem befasst.«

Linkohr besah sich die Schriftstücke, die alle offenbar auf die Energiewirtschaft bezogen waren. Grafiken zeigten den Stromverbrauch der letzten Jahrzehnte, in seitenlangen Abhandlungen erläuterten Experten die Zukunftsaussichten für Energieunternehmen. »Fehlt bloß noch, dass er eine Nackte ins Umspannwerk gestellt und zwischen Isolatoren geknipst hat«, meinte Häberle.

»Elektrisierend wär's auf jeden Fall«, kommentierte Linkohr süffisant.

»Vielleicht sollten wir versuchen, sein Lieblingsmotiv ausfindig zu machen«, grinste der Kommissar und spöttelte: »Das wär doch eine Herausforderung für Sie, oder?«

Linkohr wusste nicht, ob er lachen sollte. Beinahe wäre er rot geworden, was ihm äußerst peinlich gewesen wäre.

»Wir werden uns seine Telefondaten geben lassen. Wahrscheinlich hat er ja mal mit ihr telefoniert«, fuhr Häberle fort und riskierte einen weiteren Blick auf das Poster.

Linkohr blätterte unterdessen in einem Schnellhefter, der seitenweise handschriftliche Aufzeichnungen enthielt.

»Unsere Computerfreaks werden all das Zeug hier genauer unter die Lupe nehmen«, entschied der Chefermittler. Den

Gedanken, einen der Rechner einzuschalten, hatte er schnell wieder verworfen. Man benötigte sicher irgendwelche Passwörter, die nur von Experten herauszufinden waren.

»Hier hat er ein paar Telefonnummern notiert«, befand Linkohr und zeigte auf das vorderste Blatt in dem Schnellhefter. »Null-Dreier-Vorwahl. Sieht nach Ossi-Land aus.«

Häberle wollte sich gerade dieser Entdeckung zuwenden, als ein Geräusch sie aufschreckte. Kurz und dumpf klang es und kam nicht von draußen. Es war, als schlage Holz gegen Holz. Die beiden Kriminalisten sahen sich für einen Moment ratlos an. Häberle forderte seinen Kollegen mit einer Kopfbewegung auf, ihm leise in die Diele zu folgen. Sie näherten sich lautlos der geschwungenen Treppe und blickten vorsichtig nach unten, wo das diffuse Licht der Abenddämmerung nur noch für spärliche Beleuchtung sorgte. Häberle ging langsam, Stufe für Stufe, nach unten. Linkohr blieb dicht hinter ihm. Sie ließen den schmalen Blickwinkel, der sich ihnen auf die untere Diele bot, nicht aus den Augen. Linkohr überlegte, ob er seine Waffe ziehen sollte, die unterm Freizeitjackett steckte. Sein Chef, so vermutete er, hatte seine sicherlich im Büro gelassen.

Dann jedoch verwarf Linkohr den Gedanken, denn sie hatten mittlerweile bereits die letzten vier Stufen erreicht, von der aus sie die anderen Türen überblicken konnten. Nichts deutete darauf hin, dass sich seit vorhin etwas verändert hatte. Doch plötzlich stieg ihnen ein ungewöhnlich beißender Geruch in der Nase. Chemisch und aggressiv.

»Riechen Sie das?«, entfuhr es Häberle viel zu laut. Seine ansonsten ruhige und sonore Stimme wirkte plötzlich nervös. Linkohr nickte schnell. Die Dämpfe, die den Raum erfüllten, ließen Schlimmes befürchten. Mit einem Mal wurde ihnen klar, wonach es roch.

17

Es war ein angenehmer Juniabend in Kongsberg. Die Sonne, die bis spät in die Nacht hinein am Himmel stand, hatte die Luft erwärmt. Lange Tage wie diese wussten die Frederiksens zu genießen. Dann saßen sie in ihrem Garten, zwischen den üppig blühenden Sommerstauden, tranken ein Gläschen Württemberger Rotwein, den sie regelmäßig von ihren Reisen aus Deutschland mitbrachten, und lauschten dem Rauschen des Flusses, der das Tal beherrschte.

Ingo und seine Frau Lea betrachteten das Gartenidyll als ihr kleines Paradies. Die beiden Kinder besuchten in Kongsberg den Kindergarten, doch achtete Lea strikt darauf, dass sie zweisprachig aufwuchsen. Irgendwann, daran ließ sie keinen Zweifel aufkommen, wollte sie wieder nach Deutschland zurückkehren. Sie hoffte inständig, dass Ingo eines Tages ihrem Drängen nachgab. Aber solange er hier diesen guten Job hatte, wäre es töricht, in ihr von Krisen gebeuteltes Heimatland rückzuwandern, über dessen politische Situation man ohnehin nichts Gutes hörte. Sie verfolgte das aktuelle Geschehen über die Fernsehsender, hatte oftmals auch stundenlang übers Internet das Radioprogramm des Südwestrundfunks laufen.

In den Regionalnachrichten von SWR 4 war am Nachmittag von dem schrecklichen Verbrechen in ihrer Heimatstadt berichtet worden. Dass es ihr Vater sein könnte, den man in diesem Teich gefunden hatte, wäre ihr nicht in den Sinn gekommen. Zwar hatte er sich die letzten Tage am Telefon nicht gemeldet, aber es kam öfter mal vor, dass er spontan geschäftlich verreisen musste und einfach vergaß, sie anzurufen.

Doch nun, da Ingo durch seinen Anruf bei der Geislinger Polizei erfahren hatte, dass man Leas Vater tot aufgefunden hatte, allem Anschein nach ermordet, war in ihr eine Welt zusammengebrochen – eine heile Welt, wie sie es noch bis vor zwei Stunden empfunden hatte. Getrübt war sie nur durch die Trennung der Eltern gewesen, doch hatte sie den Eindruck, dass es für beide Teile die beste Lösung war. Ihre Mutter konnte sich einer neuen beruflichen Herausforderung widmen – und ihr Vater wollte, wie er ihr mehrfach erzählt hatte, sein Wissen als profunder Kenner der Energiebranche sinnvoll nutzen. Was er darunter verstand, hatte sie ihm allerdings nicht entlocken können. Und jetzt nahm er sein Geheimnis mit ins Grab.

Lea war mit geröteten Augen ins Wohnzimmer zurückgekommen. Ihre zerwühlten Haare spiegelten ihr Inneres wider. Eine Stunde lang hatte sie mit ihrer Mutter telefoniert und dabei hemmungslos geweint. Der Gedanke, dass es jemanden gab, der ihren Vater kaltblütig umgebracht hatte, ließ in ihr einen unbändigen Zorn aufsteigen, eine Ohnmacht, ein Gefühl der Hilflosigkeit und der Rache.

Ingo und die beiden Kinder – ein Mädchen und ein jüngerer Bub – saßen auf der abgewinkelten Couch. Lea kämpfte noch immer mit den Tränen, zögerte und ließ sich erschöpft neben ihrem Mann nieder. Es schien ihr, als sei ihr alle Energie entzogen worden.

Ingo nahm seine Frau in die Arme, während die Kinder ungewöhnlich still sitzen blieben. Sie hatten den Großvater nur höchst selten gesehen und die lange Fahrt in den Süden als äußerst langweilig empfunden.

»Weiß man schon etwas Genaueres?«, fragte Ingo so beruhigend wie möglich, um die Stille zu durchbrechen.

Lea schnäuzte und atmete schwer. »Mutti sagt, dass er zuletzt seine Filmerei auch für andere Dinge genutzt hat.« Sie schloss die Augen.

»Für andere?«

»Nicht nur für seine Dokumentationen, in die er sich schon seit über einem Jahr reinkniet.« Ihre Stimme wurde schwach und die Kinder begannen mit der Tischdecke zu spielen.

»Ich denke ...« Ingo zögerte. »Ihn haben die Dokumentationen intensiv beschäftigt.« Er sprach langsam, um nicht den Eindruck zu erwecken, dass ihn die Gründe, die zum Tode seines Schwiegervaters geführt hatten, mehr interessierten als Leas derzeitiger Gemütszustand. Er hatte beschlossen, vor den Kindern keine weiteren Details zu nennen. Sie sollten ihren Opa möglichst in guter Erinnerung behalten, auch wenn sie sich später vermutlich nicht mehr genau an ihn würden entsinnen können.

»Mutti hat auch gesagt, er habe sich mit seiner Filmerei viel Ärger eingehandelt, zumindest zu jener Zeit, als sie noch bei ihm war«, fuhr Lea mit tränenerstickter Stimme fort.

»Ach?« Ingo versuchte, sein Erstaunen zu verbergen. »Was heißt das – Ärger?«, fragte er ruhig und strich seiner Frau über die Haare.

»Er hat eben das eine oder andere verhindern wollen.« Sie hob die Augenbrauen. »Und außerdem ...«, sie überlegte, »... außerdem hat Mutti gesagt, du sollst dich in Acht nehmen. Jetzt erst recht.«

*

Wollek wirkte abgekämpft und verschwitzt. Auch Bodling und Taler hatten ihre Jacketts beiseitegelegt und versuchten, gegen die Anspannung der vergangenen Stunden anzukämpfen. Das indirekte Licht im Chefbüro vermochte ihren blassen Gesichtern keine Farbe zu verleihen. Wollek ließ sich noch einmal von Bodling den bisherigen Lauf der Dinge schildern.

»Verzeihen Sie, dass ich Sie zu so später Stunde noch hergebeten habe«, fuhr der Chef fort und forderte die Mitarbeiter mit einer Handbewegung auf, sich Mineralwasser einzuschenken. »Es gibt bisher keinerlei Erkenntnisse, dass Büttners Tod in einem Zusammenhang mit seiner beruflichen Tätigkeit stehen könnte. Aber heute Nachmittag hat bereits die Presse angerufen und ein paar Fragen in diese Richtung gestellt.«

Wolfgang Taler gab sich unbeeindruckt und grinste. »Sie haben ja Glück, dass der Sander nicht da ist.«

Bodling erwiderte nichts. Er kannte natürlich den Lokaljournalisten Georg Sander, hatte aber bisher keine schlechten Erfahrungen mit ihm gemacht.

»Ich denke«, fuhr Taler fort, »wir sollten es erst mal auf uns zukommen lassen. Um es mal so zu sagen: Meine Herren, es gibt keinen Grund, dass wir uns ducken.«

Wollek nickte. »Gab's denn schon Kontakte mit seiner Frau – ich meine: Mit seiner Ex?«

Bodling zuckte mit den Schultern. »Von unserer Seite aus nicht. Warum auch? Die Kripo will übrigens morgen Vormittag seinen Geschäftscomputer überprüfen, vielleicht sogar die Festplatte mitnehmen. Ich hab erklärt, dass es dagegen nichts einzuwenden gibt.«

Wollek zeigte sich irritiert. »Das heißt, Sie gehen auch davon aus, dass es etwas mit uns zu tun hat.«

»Meine Herren«, fuhr Taler mit seiner optimistisch-lässigen Art dazwischen. »Mit uns hat das zunächst einmal gar nichts zu tun. Damit das klar ist. Und wenn hier jemand ein Ding gedreht hat, dann haben wir das nicht zu verantworten. Keiner von uns.«

Wollek pflichtete ihm bei: »Hat man denn schon überprüft, was Frank – ich meine – Herr Büttner in Leipzig getan hat? Oder besser gesagt: War er überhaupt dort?«

»Er war«, reagierte Bodling schnell. »Wir haben im Hotel angerufen und die haben uns bestätigt, dass er dort war und auch an den Vorträgen und Veranstaltungen teilgenommen hat.«

»Er ist also kaum daheim und wird umgebracht«, stellte Wollek fest.

»Das kommt drauf an, was die Gerichtsmedizin sagt«, erklärte Taler. »Aber wenn man's genau nimmt, bleibt in der

Tat nur ein Zeitraum zwischen Mittwochabend und dem heutigen frühen Morgen. Viereinhalb Tage also, wenn ich richtig rechne.«

Bodling machte mit seinem Gesichtsausdruck deutlich, dass er über diese Details nicht reden wollte. »Gestatten Sie, dass ich Ihre Aufmerksamkeit auf etwas anderes lenke.«

Taler hatte bereits darauf gewartet. Seit er am Nachmittag mit Feucht gesprochen hatte, wusste er, dass es etwas gab, was den Geschäftsführer stark belastete. Taler zögerte aber, es im Augenblick anzusprechen, weil er Zweifel daran hegte, ob auch Wollek schon davon wusste.

Sie nippten an ihren Wassergläsern.

»Was ich Ihnen jetzt sage, meine Herren, muss vorläufig unter uns bleiben.« Bodling lehnte sich zurück und sah einen nach dem anderen an – so, als wolle er sie damit zu absoluter Geheimhaltung verdonnern. Er legte noch einmal eine Pause ein, um dann fortzufahren: »Es gibt eine Sache, die mich seit einer Woche beschäftigt und von der ich nicht weiß, wie ernst sie wirklich zu nehmen ist. Aber ich denke, dass es Zeit wird, sich damit auseinanderzusetzen. Ich will es kurz machen: Wir werden erpresst. Um es genauer zu sagen, unser Unternehmen wird erpresst.«

Wollek sah seinen Chef mit finsterem Gesichtsausdruck an. Taler, für den diese Offenbarung nichts Neues war, nickte in die Runde.

Bodling erwartete von keinem eine Antwort, sondern fuhr fort: »Herr Taler und ich sind zu der Meinung gelangt, dass der Erpresser seine Informationen aus unserem Unternehmen haben muss.«

18

Blaulichter zuckten. In der Kühle eines noch hellen Juniabends drängten sich ein paar Schaulustige vor den rot-weißen Absperrbändern. Obwohl die Feuerwehr ohne Martinshorn angerückt war und es sich um ein dünn besiedeltes Villengebiet handelte, hatte der Einsatz für Aufsehen gesorgt. Ein paar Nordic-Walker, die hier regelmäßig ihre Runden drehten, mussten vor der Absperrung eine Zwangspause einlegen.

Häberle und Linkohr beobachteten von der Straße aus den Feuerwehreinsatz. Atemschutzträger waren mit Speziallöschgeräten in den Keller des Gebäudes gelaufen, während draußen Männer mit zwei C-Rohren bereitstanden, um notfalls jede Menge Wasser auf eine Brandstelle spritzen zu können. Noch war dies nicht erforderlich.

Funkgeräte knackten und krächzten, Dieselaggregate dröhnten, Abgase hingen in der Luft. Häberle erkannte den hauptamtlichen Feuerwehrkommandanten Jörg Bergner, der erst im Dezember aus Stuttgart in die Provinz gekommen war und bei dieser Gelegenheit auch der Kriminalpolizei einen Antrittsbesuch abgestattet hatte.

Der quirlige Mann, der einen hellgrünen Helm und eine Uniformjacke mit der Aufschrift ›Einsatzleiter‹ trug, hatte sich gerade selbst ein Bild vom Inneren des Gebäudes verschafft. »Alles erledigt, Gefahr gebannt. Die Räume sind belüftet.«

Häberles angespanntes Gesicht verzog sich zu einem Lächeln: »Danke. Was war's denn?«

»Nitroverdünnung, vermute ich mal«, antwortete Bergner. »Kommen Sie mit runter.«

Die beiden Kriminalisten folgten dem Feuerwehrmann zum Haus und hinab in den Keller, wo starke Gebläse für Frischluft sorgten. Trotzdem hatten sie noch immer diesen beißenden Geruch nach sprithaltiger Chemikalie in der Nase.

»Vorsicht auf der Treppe«, sagte der Feuerwehrmann und deutete auf das Wasser, mit dem die mit Nitroverdünnung gelegte Spur weggespült worden war.

»Wir haben das Ding drei Minuten vor der Katastrophe unschädlich gemacht«, erklärte der Kommandant, als sie das Untergeschoss erreicht hatten. Die architektonische Aufteilung entsprach ziemlich genau der Wohnung über ihnen. Die Türen jedoch waren aus Metall, der Boden bestand aus kaltem, roh belassenem Beton.

Der Einsatzleiter führte die Kriminalisten zu dem Raum, in den die Wasserspur mündete. Drei Feuerwehrmänner waren gerade dabei, Pfützen zusammenzukehren und mit großen Tüchern aufzuwischen. Sie wichen beiseite, um den Hinzukommenden Platz zu machen. Alte Kleiderschränke, die an beide Breitseiten gestellt waren sowie eine Werkbank unter dem Lichtschachtfenster engten den Raum erheblich ein.

»Hier«, deutete der Kommandant auf eine schwarze Handlampe, die auf dem Boden lag. Ihr gummiertes Kabel schlängelte sich ungeordnet zur Wand und war mit einer Schaltuhr verbunden, die jetzt unterhalb einer Steckdose lag.

»Eine simple Zeitbombe«, kommentierte er sachlich. »Schaltuhr, Nitroverdünnung und zerschlagene Glühbirne.«

Die Kriminalisten erkannten sofort, worauf er hinauswollte: In der Handlampe steckte eine Glühbirne, deren dünner Glaskolben offenbar vorsichtig zerschlagen worden war. Darauf jedenfalls deuteten die am Boden liegenden Splitter hin. Die freien Glühdrähte der Birne hingegen waren unbeschädigt. Wären sie durch die Schaltuhr unter Strom gesetzt worden, hätte dies ausgereicht, die ausgeschüttete Nitroverdünnung, beziehungsweise das zündfähige Luftgemisch, explosionsartig in Brand zu setzen. Die Flammen hätten sich augenblicklich über die Nitro-Spur durchs Treppenhaus in die Wohnräume ausgebreitet. Innerhalb weniger Sekunden wäre das Feuer nach oben geschossen.

»Sie war auf 21 Uhr eingestellt«, zeigte der Feuerwehrmann auf die haushaltsübliche Schaltuhr, die seine Männer gerade noch rechtzeitig aus der Steckdose gezogen hatten.

Häberle entschied, das Feld den Kollegen der Spurensicherung zu überlassen.

»Es scheint so, als hätten wir mächtig Dusel gehabt«, stellte er beim Hochgehen fest.

Linkohr überlegte kurz. »Aber als wir gekommen sind, hat's noch nicht gerochen.«

»So ist es«, bestätigte sein Chef. Sie verließen das Gebäude und inhalierten die frische Abendluft. »Da hat einer nicht gemerkt, dass er nicht allein da drin war.«

»Sie meinen …?« Erst in diesem Augenblick wurde Linkohr klar, welcher Gefahr sie ausgesetzt gewesen waren. »Sie meinen, der hat dort unten in aller Ruhe die Lunte gelegt, während wir ganz oben waren?«

Häberle blieb im Vorgarten stehen, um zwei Feuerwehrmännern Platz zu machen. »Nur so kann's gewesen sein«, knurrte er. »Aber der, der die Bude hat abfackeln wollen, muss einen Schlüssel gehabt haben.«

»Oder er ist nach uns gekommen«, gab Linkohr zu bedenken. »Die Tür war offen und er konnte problemlos in den Keller.«

»Glaub ich nicht. Es wäre ein viel zu großer Zufall gewesen, wenn er mit Schaltuhr und Nitrolösung anrückt und wir ihm just zu diesem Zeitpunkt die Tür geöffnet haben. Nein, er muss darauf vorbereitet gewesen sein, die Tür öffnen zu können.«

Linkohr stutzte. »Gibt es eigentlich noch einen zweiten Eingang?«

Der Kommandant, der im Vorbeigehen die Frage gehört hatte, erklärte: »Ja, unten geht's in den Garten raus. War aber verschlossen. Allerdings war dort ein Fenster offen.«

»Ach«, staunte Häberle und blieb stehen, da von der Haustür her die Stimme eines Mannes das Dröhnen der Motoren und Dieselaggregate übertönte: »Entschuldigen Sie, Herr Häberle.« Es war einer der Feuerwehrmänner. »Vielleicht interessiert es Sie. Wir haben da etwas gefunden.«

Häberle und Bergner drehten sich zu dem jungen Uniformträger um, der einen kleinen Gegenstand in der Hand hielt. Aus der Entfernung sah es aus wie eines dieser billigen Einwegfeuerzeuge.

»Das lag draußen vor dem offenen Fenster«, erklärte der Feuerwehrmann beim Näherkommen, wobei er den Gegenstand zwischen Daumen und Zeigefinger hielt. »Ein USB-Stick«, fuhr er fort.

*

»Entschuldigen Sie, wenn ich Sie jetzt noch störe«, sagte der Mann, der an Brauns Wohnungstür geklingelt hatte. Arthur Speidel war nicht unangekündigt gekommen. Vor einer halben Stunde hatte er ziemlich aufgewühlt bei Braun angerufen und gebeten, ihn wegen der Sache von heute Morgen kurz besuchen zu dürfen.

»Kommen Sie rein«, sagte Herbert Braun und nahm den Mann, der immer noch unsicher wirkte, mit in das rustikal eingerichtete Esszimmer, das sich an einer Seite zur Küche hin öffnete und nur durch eine Arbeitsplatte davon abgegrenzt wurde. Brauns Ehefrau sortierte gerade das Essgeschirr in die Spülmaschine, als die beiden Männer eintraten.

»Das ist Herr Speidel«, stellte ihr Braun den Besucher vor.

Sie wusste Bescheid, trocknete die Hände ab und begrüßte ihn. »Lasst euch nicht stören«, lächelte sie und wandte sich wieder ihrem Geschirr zu, während Speidel seinen olivgrünen Parka auszog und auf einen freien Stuhl warf.

Kaum hatten sie Platz genommen, kam Speidel, noch immer unrasiert und ungepflegt, als sei er seit heute Morgen nicht mehr daheim gewesen, gleich zur Sache: »Ich bin Ihnen dankbar, dass Sie mir Ihre Telefonnummer gegeben haben. Vielleicht ist es auch aufdringlich, wenn ich Sie um diese Zeit noch belästige, aber ...«

»Kein Problem«, beruhigte ihn Braun. »So ein Tag geht nicht spurlos an einem vorbei.«

»Ich werde das Bild ein Leben lang nicht vergessen. Dieser Mann – wie er im Wasser lag. Das steckt man nicht einfach weg.« Er roch nach Zigarettenqualm.

Braun nickte. »Darf ich Ihnen etwas zum Trinken anbieten?«

»Nein, danke. Ich will Sie nicht lange belästigen. Es ist nur ... Wissen Sie, wir haben uns dort draußen ja nie zuvor gesehen.« Er verkrampfte seine Finger und seine Augenlider zuckten nervös. »Genauso gut hätten auch Sie den Mann finden können.«

Braun verschränkte die Arme und blickte in glasige Augen.

»Aber nun war's ich, der ihn gefunden hat«, machte Speidel weiter. Seine Stimme klang leise und verriet Unsicherheit. »Ausgerechnet ich hab ihn gefunden. Und als ich bei der Kriminalpolizei war, und die mich so viel gefragt haben, war ich wie gelähmt. Wissen Sie, ich bin noch nie verhört worden.«

Brauns Frau ließ die Klappe der Geschirrmaschine zufallen und schaltete das Gerät ein. Dumpf war das Rauschen des Wassers zu hören.

»Ich bin auch noch nie verhört worden«, beruhigte ihn Braun.

»Im Umgang mit den Behörden tue ich mich schwer. Seit ich mit dem Arbeitsamt und dem Jobcenter und all dem Zeug zu tun hab, fühle ich mich sowieso verlassen und hintergangen.« Speidel fuhr sich mit dem rechten Handrücken über die Nase. »Wenn man in meinem Alter keinen Job mehr hat, ist man der letzte Arsch. Entschuldigen Sie, wenn ich das so sage.«

Braun nickte zustimmend. Er hatte diese Phase auch durchgemacht, dann aber eine sinnvolle Betätigung beim Naturschutz gefunden. Dies brachte ihm zwar eine innere Befriedigung und das Gefühl, gebraucht zu werden, doch wirklich leben konnte er davon nicht. Bis er den ersten Rentenanspruch haben würde, musste er auf seine mühsam ersparten Rücklagen zurückgreifen, die glücklicherweise reichten, um gelegentlich eine kleine Reise zu unternehmen. Schließlich hatte er ein Leben lang gehofft, eines Tages einen sorgenfreien Ruhestand zu genießen. Dass ein Großteil des finanziellen Polsters bis dahin weg sein würde, wäre ihm nie in den Sinn gekommen.

Brauns Wissen über die Natur, das er sich im Laufe von Jahrzehnten angeeignet hatte, war in Fachkreisen weithin bekannt. Und weil er sich damit in den Dienst der Allgemeinheit stellte und ehrenamtlich als Naturschutzbeauftragter tätig war, erntete er immer wieder Lob und Anerkennung. In Euro jedoch ließ sich dies nicht umsetzen. Damit galt er zwar als Vorbild für ehrenamtliches Engagement, wie es die Politiker landauf, landab propagierten. Doch wer konnte sich schon, wenn er keinen richtigen Job mehr hatte, davon ernähren? Natürlich war es für die Politiker bequem, vieles aufs Ehrenamt abzuschieben, weil damit Kosten, vor allem im Naturschutz und im sozialen Bereich, gespart werden konnten. Doch seit im Zuge der allgemeinen Wirtschafts- und Finanzkrise plötzlich Milliarden in irgendwelche Konjunkturprogramme gepumpt wurden, um den insbesondere von Bänkern verursachten Absturz abzumildern, stellte sich Braun immer öfter die Frage, woher dieser wundersame Geldregen eigentlich kam. Bis vor einem Dreivierteljahr hatte es in allen Bereichen dieser Gesellschaft geheißen, es sei kein Geld vorhanden. Aber womöglich ratterten bereits heimlich die Gelddruckmaschinen. Gewundert hätte es ihn nicht, zumal er erst kürzlich gelesen hatte, dass die USA tatsächlich neue Dollars produzierten. Braun mochte gar nicht daran denken, was dies fürs Finanzgefüge bedeutete. All die Konjunkturprogramme und Bürgschaften waren doch nichts anderes als Finanzgebilde, die auf der Hoffnung fußten, dass es wieder aufwärts gehen würde. Genau so, wie die verantwortungslosen globalen Banken-Monopolyspieler es getan hatten. Was aber, wenn der Versuch, verzocktes Geld durch neue Spekulationen zu ersetzen, daneben ging?

Dies alles war Braun schlagartig durch den Kopf gegangen, während sein Gegenüber nach Worten suchte. Bereits heute Morgen waren sie sich beide bewusst geworden, dass sie ein ähnliches Schicksal ereilt hatte. Nur, so schien es Braun, war dieser Speidel offenbar nicht damit fertig geworden.

»Ich möchte nur in nichts hineingezogen werden«, riss Speidels Stimme ihn wieder zurück.

Braun sah, wie seine Frau die Küche verließ. »Wieso sollten Sie in etwas hineingezogen werden?«, fragte er verständnislos. »Wir beide haben den Mann da draußen gefunden – und fertig. Wir werden vielleicht irgendwann, wenn der Täter gefasst ist, zu einer Gerichtsverhandlung als Zeugen geladen. Damit hat sich's aber.«

Speidel zögerte. »Ich weiß nicht, wie ich's sagen soll ...« Er ließ seinen Blick durch das Zimmer streifen. »Aber je mehr ich darüber nachgedacht habe – heute Mittag –, umso mehr beschäftigt es mich.«

Braun sah ihn von der Seite an und wartete, was kommen würde.

»Es ist so ...« Wieder hielt Speidel inne und spielte verkrampft mit seinen Fingern, deren Haut rau und furchig erschien. »Es ist so, dass ich beim Verhör nicht alles gesagt habe.«

Brauns Gesicht verriet Anspannung. Er sagte nichts.

19

Bodling hatte den BMW in die Garage gefahren und das elektrische Tor betätigt. Seit einigen Tagen blieb er im Wagen sitzen, bis es sich mit einem metallenen Klicken schloss. So lange beobachtete er mithilfe der beiden Rückspiegel die Garagenöffnung, damit sich niemand unbemerkt in das Gebäude schleichen konnte. Seit es diese Briefe gegeben hatte, fühlte er sich beobachtet und verfolgt. Auch wenn es vermutlich reine Einbildung war, wie er sich einzureden versuchte, so konnte er dieses unangenehme Gefühl nicht einfach abstreifen. Seiner Frau und den Kindern hatte er nichts davon erzählt, schließlich wollte er keine unnötigen Ängste schüren. Immerhin bezogen sich die Drohungen nur auf das Unternehmen. Für die Familie, das hoffte Bodling inständig, bestand keine Gefahr.

Er zog den leichten Mantel und sein Jackett aus, hängte beides an die Garderobe, löste die Krawatte und versuchte, so entspannt wie möglich zu wirken, als er die nur angelehnte Tür zum geräumigen Esszimmer öffnete. Seine Frau Anette beschäftigte sich mit den beiden Kindern, die die erste und dritte Schulklasse besuchten. Die Hausaufgaben schienen erledigt zu sein, stellte Bodling mit einem Blick auf Malbücher und bunte Stifte fest. Er drückte seiner Frau einen Kuss auf die Stirn und streichelte den Kindern, einem Mädchen und einem Jungen, über die Haare. Dann bedauerte er, dass es spät geworden sei, aber es habe eine wichtige Besprechung gegeben. Anette hatte sich mit derlei Terminen ihres Mannes längst abgefunden. Sie werde jetzt die Kinder ins Bett bringen, sagte sie, und danach das Abendbrot zubereiten. Bodling sah auf eine digitale Uhr, die auf einer Ablage stand. Es war inzwischen 22 Uhr geworden. Ziemlich spät für die Kinder.

Er lächelte und setzte sich an den Tisch. Sein Sohn zeigte ihm stolz, wie bunt er die vorgefertigten Tiere eines Bauernhofs ausgemalt hatte, während das Mädchen seinerseits Aufmerksamkeit für ein ganz in Blau gehaltenes Haus anmahnte. Ihr Vater gab sich allergrößte Mühe, sich darauf zu konzentrieren, obwohl sein Inneres aufgewühlt war und er gegen Gedanken ankämpfte, die er jetzt nicht mehr aufkommen lassen wollte. Er ließ sich noch einmal die Malkünste seiner Sprösslinge zeigen, während Anette die Buntstifte in eine Schatulle sortierte und die Kinder schließlich aufforderte, mit ins Bad zu kommen. Einigermaßen widerwillig befolgten sie diese Bitte, die schließlich im Befehlston wiederholt werden musste, ehe sie fruchtete.

Bodling versprach, noch im Kinderzimmer vorbeizuschauen. Dann zog er seine Schuhe aus, schlupfte in Filzpantoffeln und holte sich aus dem Kühlschrank ein Pils. Den ersten Schluck genoss er noch stehend, nahm dann aber das Glas mit ins Wohnzimmer, wo er sich in einen der rostbraunen Sessel fallen ließ. Tage wie diesen hasste er. Keinen einzigen Augenblick hatte er sich um sein Kerngeschäft kümmern können, wie er es immer bezeichnete. Aber wenn es einen Zusammenhang zwischen Büttners Tod und den Drohungen gab, dann bestand die Gefahr, dass sich alles noch ausweitete. Wahrscheinlich war es falsch gewesen, die Angelegenheit bisher nicht ernst genommen zu haben. Andererseits hatten sie vorsorglich den Hausjuristen zurate gezogen, der keinen dringenden Handlungsbedarf gesehen hatte. In diesen Zeiten musste behutsam vorgegangen werden. Viel zu schnell würden gerade Energieversorgungsunternehmen in negative Schlagzeilen geraten. Und an nichts hatte die jeweilige Konkurrenz größeres Interesse, als wenn einem Wettbewerber etwas Schlechtes widerfuhr. Mit Wettbewerber war in der Unternehmenssprache der erbittertste Konkurrent gemeint.

Bodling nahm einen zweiten Schluck des eiskalten Bieres, hörte die Kinder im Bad kreischen und lachen, dazwischen die mahnende Stimme seiner Frau, und lehnte sich zurück. Seine Augen trafen die fünfstrahlige Deckenlampe, die mit ihren Halogenstrahlern wie eine gefährliche Krake über ihm hing, wie ein Angreifer aus einer fernen Welt, der sich jeden Augenblick auf ihn stürzen würde. Bodling schob diese Schreckensfantasie auf seine angespannten Nerven. Aber vielleicht lauerte tatsächlich jemand in seinem Unternehmen, der nur darauf wartete, ihn ausbooten – oder, noch schlimmer, aussaugen zu können. Dass in der Wirtschaft mit harten Bandagen gekämpft wurde, war ihm in den Jahren, seit er an der Spitze eines erfolgreichen Unternehmens stand, längst bewusst geworden. Man musste auf der Hut sein – vor den legalen Versuchen, aus dem Spiel geworfen zu werden wie vor den illegalen, derer es zuhauf gab, und vor denen die Heerscharen der gnadenlosen Geschäftemacher und erfolglosen Winkeladvokaten nicht zurückschreckten.

Dagegen machten sich Internetbetrüger noch wie harmlose Klosterschüler aus. Auch wenn es dem Gesetzgeber nicht mal gelang, ihnen das Handwerk zu legen. Erst kürzlich hatte ein guter Freund von ihm darüber geklagt, bei der Suche nach einer kostenlosen Software für Videobearbeitung auf die Homepage eines Mannheimer Anbieters gestoßen und getäuscht worden zu sein. Im guten Glauben, nichts bezahlen zu müssen, habe er seine Adresse und sein Geburtsdatum angegeben und dann auf den Button ›Anmelden‹ geklickt. Dass er damit angeblich ein Software-Jahresabonnement für 98 Euro bestellt haben sollte, wurde ihm erst klar, als gleich zwei Minuten später eine E-Mail eintraf und er zur sofortigen Überweisung des Betrags aufgefordert wurde. Erst beim zweiten Aufrufen der Homepage hatte Bodlings Freund die versteckten und kleingedruckten Hinweise gefunden, wonach man mit der Anmeldung dieses Jahresabonnements bestellte und gleichzeitig auf das Widerrufsrecht verzichtete. Trickreich waren diese Hinweise auf der Homepage ganz rechts außen platziert gewesen, wohin man bei einem herkömmlichen Monitor erst hätte scrollen müssen. Bodlings Freund war noch wochenlang mit Mahnungen bombardiert worden, bis ein eingeschalteter Jurist dem Treiben ein Ende setzte. Meist jedoch, so hatte der Belästigte von anderen Opfern erfahren, meldete sich sogar noch ein Rechtsanwalt, um die angeblichen Forderungen einzutreiben. Bodling vermochte nicht nachzuvollziehen, dass es tatsächlich Anwälte gab, die sich für solche Geschäfte hergaben. Aber wahrscheinlich war es bei den freien Juristen wie in allen anderen Berufen auch: Überall tummelten sich zweifelhafte Gestalten in einer Grauzone.

Das Geschäftsleben war ruppig und gnadenlos geworden. Von einem fairen Miteinander war schon lange nicht mehr die Rede. Er selbst hatte in seinem bisherigen Berufsleben stets Wert auf gegenseitigen Respekt gelegt und war damit nie schlecht gefahren.

Bodling versuchte, diese Gedanken zu verdrängen und sich auf die Familie zu besinnen. Doch er spürte, dass es ihm zunehmend schwerer fiel, beim Verlassen des Firmengeländes innerlich abzuschalten. Er nahm eines der Malbücher zur Hand und blätterte darin. Seine Kinder hatten sich tatsächlich sehr viel Mühe gegeben, die vorgezeichneten Figuren und Gegenstände akkurat auszumalen.

»Rupert«, hörte er plötzlich die Stimme seiner Frau. »Rupert, kannst du bitte mal kommen.«

Er legte das Malbuch zurück – doch bevor er auch nur zwei Schritte getan hatte, war er im Bruchteil einer Sekunde von völliger Finsternis umgeben. Lautlos, als ob er mit einem Schlag die Sehkraft verloren hätte. Es dauerte eine ewige Schrecksekunde lang, bis ihm sein Verstand signalisierte, dass sämtliche Lichter im Haus erloschen waren. Er tastete vorsichtig nach der Rückenlehne des Sessels.

»Rupert, was ist denn los?«, drang die aufgeregte Stimme seiner Frau durch das Dunkel. Die Kinder schrien.

*

Herbert Braun schaute seinem Gegenüber in die Augen. »Wie meinen Sie das?«, kam er vorsichtig auf die Bemerkung Speidels zurück, der gesagt hatte, bei der kriminalpolizeilichen Vernehmung etwas verschwiegen zu haben.

»Es beunruhigt mich«, erklärte Speidel. »Weil man leicht in etwas hineingezogen wird, wenn man vergessen hat, etwas zu sagen.«

»Wenn Sie etwas vergessen haben, wird sich das schnell richtigstellen lassen.« Braun überlegte, ob er die Frage riskieren konnte, worum es sich denn handele. Er entschied sich dafür: »Und was ist es ... ich meine ...« Er rang nach einer passenden Formulierung. »Sie müssen mir nichts sagen.«

»Es ist nichts Weltbewegendes, nein, wirklich nicht. Aber wie man die Polizei so kennt, kann sich daraus schnell eine unangenehme Sache entwickeln.«

Braun schwieg und lauschte dem Rumoren der Geschirrspülmaschine. Er wollte seinem Besucher Zeit lassen, die Gedanken zu sortieren.

»Ich hab die Dummheit begangen und dort draußen ... da am See ... einen alten Stromzähler weggeworfen. Ins Gebüsch, dort, wo auch anderer Krempel liegt, den die sicher inzwischen gefunden haben. Ich weiß«, fügte er schnell hinzu, »dass Sie das nicht verstehen werden. Man wirft dergleichen nicht einfach weg.«

Braun runzelte die Stirn. Wie oft schon hatte er sich über diese Umweltsünder geärgert! Es war für ihn unfassbar, dass noch immer Abfall ins Gelände geworfen wurde. Früher, daran konnte er sich gut entsinnen, war dies gang und gäbe gewesen. Die Städte und Gemeinden selbst hatten den

Hausmüll schließlich auch in Schluchten und Senken entsorgt – ohne Rücksicht darauf, dass wild-romantische Winkel aufgeschüttet wurden und für immer verloren gingen. Mit dem erwachenden Umweltbewusstsein in den 70er-Jahren hatte sich dies zwar gebessert, doch gab es offenbar nach wie vor genügend Zeitgenossen, die sich ihres Abfalls auf illegale Weise entledigten. Braun musste plötzlich an seine Kindheitstage denken, als die Mutter bei Sonntagsfahrten im bescheidenen Kleinwagen die Seitenscheibe heruntergekurbelt und eine Tüte voll Müll hinausgeworfen hatte. Vorzugsweise hatte sie dies auf den bewaldeten Steilstrecken entlang der Albkante getan – dann mit der Bemerkung: »Das werf ich jetzt die Halde hinab.« So, als ob etwas beseitigt wäre, nur, weil es nicht mehr zu sehen war. Nach dem Motto: Aus den Augen, aus dem Sinn.

Und genau so, dachte Braun verständnislos, handelte dieser Mann noch heute. Alle Appelle, die Umwelt sauber zu halten, waren an ihm abgeprallt. Für einen Moment verspürte Braun Zorn, doch er wollte Speidel nicht in noch größere Aufregung versetzen. Deshalb zügelte er seinen Ärger und griff zu den Armlehnen des Stuhles. »Sie haben also einen Stromzähler in den See geworfen?« Seine Stimme klang distanziert.

»Nicht in den See, nein«, widersprach Speidel sofort. »Nur ans Ufer, dort, wo sowieso schon einiges rumlag.«

Der Naturschützer atmete tief ein. Wäre die Situation nicht so angespannt gewesen, hätte er spätestens jetzt ein paar deutliche Worte gesagt. »Und woher haben Sie das Ding?«, fragte er stattdessen.

»Das ist eine etwas komplizierte Geschichte, um ehrlich zu sein.« Speidel biss sich kurz auf die Unterlippe. »Es ging mir darum, den Stromverbrauch meiner Gartenlichter zu messen. Ich hab unseren Garten umgestaltet – das heißt, ich bin gerade dabei, es zu tun. Die Lampen sind aber schon längere Zeit drin. Strahler im Gebüsch und so. Indirekt beleuchtet.

Mit Halogen und normalen Glühbirnen. Vielleicht kennen Sie sich da aus.«

Braun nickte verständnisvoll. Er wollte den Redefluss nicht stoppen.

»Ja, und um rauszukriegen, wie viel Strom mich das kostet, wollte ich schon damals, als ich die Dinger installiert hab, so einen Zähler dazwischenschalten.« Er verzog das Gesicht zu einem gequälten Lächeln. »Für einen Bastler wie mich kein Problem.«

Er brach ab, weil Brauns Ehefrau kurz in der Küche erschien, um zwei Teller zu holen. Erst als sie wieder außer Sichtweite war, fuhr er fort: »Na ja, ich hab dann meine Frau gebeten, ihre Chefin, die Frau Büttner, zu fragen, ob ihr Mann so etwas vom Albwerk besorgen könnte. So einen alten Zähler, hab ich gedacht. Der musste ja nicht mehr geeicht sein.«

»Sie haben gewusst, dass ihr Mann dort beschäftigt war«, stellte Braun fest, ohne es als Frage klingen zu lassen.

»Ja, natürlich, das haben wir gewusst, meine Frau und ich. Der hat sich tatsächlich bereit erklärt, mir den Gefallen zu tun – und hat sich dann wohl …« Speidels Stimme verstummte, als seien ihm die Worte im Hals stecken geblieben. Denn in diesem Augenblick war er von völliger Dunkelheit und Stille umgeben. Auch Braun vermochte nichts zu sagen. Schwärze und Stille. Selbst die Geschirrspülmaschine hatte ihr dumpfes Stampfen und Rauschen eingestellt.

»He, was ist denn da los?« Es war Frau Brauns panische Stimme. Die beiden Männer schwiegen verstört.

20

Die Feuerwehr war mit dem Stadtlöschzug ausgerückt, wie üblich mit vier Fahrzeugen. Doch zu löschen gab es hier nichts. Beißender Qualm zog durch die Nacht. Im Lichtkegel der Handscheinwerfer und der zuckenden Blaulichter sah es aus, als schwebten körperlose Wesen in der Luft.

Kommandant Jörg Bergner besah sich den verkohlten Transformator durch den Maschendrahtzaun. Die Straßenlampen, die entlang des weitläufigen Sportgeländes standen, an dessen Rand sich das große Umspannwerk befand, waren alle erloschen. Das Sportclub-Heim konnte in der Finsternis nur erahnt werden, weil sich das Streulicht von den Autoscheinwerfern der nahen Landstraße in der Umgebung verlor.

Während nebenan auf dem Bahndamm der Strecke Stuttgart–Ulm ein Güterzug durch die Nacht ratterte, bahnte sich ein hagerer Mann mittleren Alters einen Weg durch die Feuerwehrleute und erklärte, dass er dem Chef etwas Wichtiges sagen wolle. Man führte ihn zum Kommandanten.

»Hat Schlag gemacht, dann Licht aus«, sagte der Mann, bei dem es sich offenbar um einen Türken handelte. »Wohne dort«, fuhr er aufgeregt fort und zeigte zur gegenüberliegenden Seite des Umspannwerks. »Hat Schlag gemacht – ich gucken, weißt, dann hier Feuer. Riesige Flamme. Dann habe sofort Feuerwehr gerufen.«

Der Kommandant nahm ihn zur Seite und trat näher an ihn heran, um sich trotz des Zuggeräusches Gehör verschaffen zu können. »Es hat ein offenes Feuer gegeben?«

»Ja«, entgegnete der Mann, der einen dunklen Arbeitsmantel trug. »Großes Feuer. Ganz groß.«

»Und haben Sie sonst noch etwas gesehen?«

»Nix gesehen. Kein Auto, kein Person. Nix. Lampen an Straße gleich aus. Auch in Haus bei mir.«

Der Kommandant wollte noch etwas fragen, doch wurde ihm von einem seiner Kollegen ein weiterer Mann zugewiesen. »Grüß Gott«, stellte sich dieser vor, »Müller mein Name, i bin dr technische Leiter vom Albwerk.« Der niederbayerische Dialekt war nicht zu überhören. »Sie san der Einsatzleiter?«, fragte er gleich.

»Ja, Bergner«, begrüßte ihn der Kommandant mit Handschlag und bat den Türken, sich für einen Moment zu gedulden.

»Mir hob'n jetzt olles obg'scholtet«, meldete Müller, ein schlanker Mann Mitte 50. »Es hot uns sowieso olles ausi g'hau'n.«

»Als wir hier eingetroffen sind«, schilderte Bergner die Situation, »da hat's nur noch gequalmt. Ein Löschangriff wäre aber sowieso nicht infrage gekommen, solange unklar war, ob noch Spannung drauf war.«

Müller deutete zur Anlage, zu der von beiden Hangseiten mächtige Überlandleitungen herabführten. Im Licht der Scheinwerfer, die Feuerwehr und Technisches Hilfswerk gerade installierten, war zu erkennen, dass einer der miteinander verdrahteten Transformatoren starke Verkohlungen und Beschädigungen aufwies.

»Do müass'n S' schau'n, ob net was ausg'lauf'n is«, meinte der Techniker vom Albwerk. »In den Transformatoren is Isolieröl drin.«

»Wenn alles abgeschaltet ist, werden wir das sofort veranlassen«, bestätigte Bergner, gab über Funk eine entsprechende Anweisung an seine Hilfskräfte, die einen Schaumteppich um den verkohlten Isolator legen wollten, und wandte sich wieder Müller zu: »Wie kann's passieren, dass so ein Ding explodiert?«

»Überhaupt net«, erwiderte der Experte schnell, als sei eine solche Frage völlig abwegig. »Nöt mol, wenn an Blitz einischlögt. Hier können S' von äußeren Einflüssen ausgehn.«

Als sei's ein Stichwort gewesen, tauchten in diesem Moment im diffusen Umgebungslicht der Scheinwerfer die Umrisse einer kräftigen Gestalt auf.

Kommandant Bergner war sich ziemlich sicher, diese Person erst vor wenigen Stunden schon einmal gesehen zu haben.

»So schnell sieht man sich wieder«, hörte er die sonore Stimme, die ihm tatsächlich vertraut erschien. Es war Häberle, der ihm zuwinkte und sich sogleich dem Albwerkstechniker Müller sowie dem schüchtern abseitsstehenden Türken zuwandte. Unterdessen rauschte auf dem Bahndamm ein beleuchteter Doppelstock-Nahverkehrszug durch die Nacht. Der Himmel über der dahinter liegenden Stadt war ungewöhnlich schwarz, wie es Häberle erschien. Kein Streulicht von unzähligen Lampen erhellte ihn. Die Stadt und ihre Umgebung lagen in einer seltenen Finsternis. Normalerweise, so hatte ihm Müller einmal erklärt, könne das Albwerk bei einer Störung innerhalb weniger Minuten auf eine andere Versorgungsleitung umschalten. Doch im Moment, da der Schaden im Umspannwerk Eybacher Tal möglicherweise auch weiter entfernte Verteilungseinrichtungen in Mitleidenschaft gezogen hatte, war dies nicht möglich. Außerdem erschien dies auch nicht ratsam zu sein, solange keine Klarheit über die Ursache bestand.

Häberle malte sich in Gedanken aus, wie die Bevölkerung reagierte. Wenn das Stromnetz längere Zeit ausfiel, waren all die Bequemlichkeiten der Zivilisation mit einem Schlag nichts mehr wert. Die meisten Telefone waren tot, weil nahezu jeder Haushalt inzwischen eine Anlage mit mehreren Mobilteilen hatte, die von einem Netzteil gespeist wurden. Und weil viele Menschen augenblicklich zum Handy griffen – im irrigen Glauben, auf diese Weise telefonieren zu können – brachen auch die Funknetze zusammen. Denn jede Funkzelle, mithilfe derer Handys im Umkreis von wenigen Kilometern versorgt werden, kann nur eine bestimmte Anzahl eingeloggter

Geräte aufnehmen. Häberle hatte dies einmal bei einem eng begrenzten lokalen Hochwasser erlebt. Schon damals waren die Handynetze völlig überlastet gewesen. Seither wusste er: Auf Handys war im Katastrophenfall kein Verlass. Ganz zu schweigen davon, wie schnell Behörden aus welchen Gründen auch immer ganze Netze teilweise oder komplett abschalten konnten. Dazu brauchte man nur die vielen Sendemasten von der Stromversorgung zu trennen. Genau so, wie es gerade durch die Explosion sicher geschehen war.

Solche Gedanken schossen Häberle durch den Kopf, während er das Areal des ausgeleuchteten Umspannwerks in sich aufzunehmen versuchte und in der Nase den Ruß der Stromaggregate spürte. Wäre nicht schon später Abend, würden auch in den Geschäften und Supermärkten die Menschen in der Dunkelheit sitzen und Kassen nicht mehr funktionieren. Mancher Kunde würde vielleicht der Verlockung erliegen, sich in den Regalen zu bedienen und im Dunkeln zu verschwinden. Aufzüge blieben stecken, Computer stürzten ab, Daten gingen verloren. Nur dort, wo automatisch Notstromaggregate ansprangen, wie etwa in einer Klinik, konnte die Stromversorgung sichergestellt werden. Manche Institutionen oder Einrichtungen, das wusste Häberle, verfügten auch über Akkus, mit der kurze Ausfälle überbrückt werden konnten. So etwas hatte er einmal bei den Fernvermittlungsstellen der Telekom gesehen.

»Und wovon gehen Sie aus?«, richtete er sich nach ein paar Sekunden des Schweigens an den technischen Leiter des Albwerks.

»Wenn S' mich so frog'n«, antwortete dieser, »dann kann es nur an Onschlog g'wes'n sein. Unsere Onlag'n jedenfalls san in Ordnung.«

Noch in der Nacht war die Sonderkommission auf 30 Beamte aufgestockt worden. Die meisten hielten sich an diesem frühen Dienstagmorgen mit Kaffee wach. Häberle und sein engstes Team hatten sich keine Minute Schlaf gegönnt. Sie hatten noch diskutierend beieinander gesessen, als die Meldung von der Explosion im Umspannwerk eingegangen war. Im Polizeigebäude hatte eine Notstromanlage die Energieversorgung sichergestellt.

Die Gesichter wirkten blass und übernächtigt. Häberle hatte frische Butterbrezeln holen lassen und munterte seine Kollegen auf: »Für mich besteht kein Zweifel, dass wir's mit einem ziemlich komplexen Tatgeschehen zu tun haben.« Er lehnte sich in den Türrahmen des Lehrsaals, während die Mitglieder der Sonderkommission, darunter auch ein halbes Dutzend Frauen, an den zusammengerückten weißen Schreibtischen saßen oder mit verschränkten Armen im Raum standen. Der Duft frischen Kaffees machte sich breit. »Die Bereitschaftspolizei rückt in einer halben Stunde an, um das Gelände beim Umspannwerk weiträumig zu durchsuchen.« Allerdings musste er sich insgeheim eingestehen, dass dies nichts weiter als eine Routinemaßnahme war. Es bestand allenfalls eine winzige Chance, dass der oder die Täter Spuren hinterlassen oder etwas weggeworfen hatten. Die Kollegen dachten offenbar ähnlich, denn keiner von ihnen ging darauf ein.

»Wie sieht's mit den Sprengstoffexperten des LKA aus?«, fragte stattdessen einer dazwischen. Nach Explosionen war es üblich, dass Fachleute des Landeskriminalamts aus Stuttgart die Zusammensetzung einer möglichen Bombe zu analysieren versuchten.

»Auch schon unterwegs«, bestätigte Häberle. »Außerdem ist im Hause Büttner bereits ein Brandsachverständiger zugange. Der aus Kirchheim am Neckar.« Alle wussten, um wen es sich handelte. Dieser Mann hatte erst voriges Jahr einen Großbrand aufklären können.

Eine Sekretärin brachte zwei weitere silberne Kaffeekannen, die sie auf die Tische stellte; dort lagen bereits mehrere Tüten frischer Butterbrezeln.

»Das Albwerk, so hat mir heute Nacht der Geschäftsführer erklärt, sieht sich seit zwei Wochen einer Erpressungsserie ausgesetzt«, erklärte Häberle und löste damit allgemeine Verwunderung aus. Keiner der Kriminalisten hatte bisher davon gehört.

»Die haben das verständlicherweise auf kleiner Flamme kochen wollen«, fuhr der Chefermittler fort. »Es gibt schließlich immer mal Verrückte, die so etwas tun.«

»Und wie muss man sich das vorstellen – erpresst?«, hakte ein älterer Beamter nach, während Häberle einen Schluck heißen Kaffees nahm.

»Anonyme Briefe«, erklärte er dann, »drei Stück. Im Bereich dreier unterschiedlicher Postleitzahlbezirke aufgegeben.« Seit es für die einzelnen Gemeinden keinen individuellen Poststempel mehr gab, waren die Sendungen nur noch mit der Nummer des jeweiligen Briefverteilzentrums gekennzeichnet. »Hier bei uns in Salach, in Neu-Ulm und in Reutlingen«, fügte er hinzu. »Die Originalbriefe hab ich gleich zum LKA bringen lassen – auch wenn kaum zu erwarten ist, dass sich noch verwertbare Spuren dran finden. Zig Leute haben sie vermutlich schon in den Fingern gehabt.«

Nun tauchte auch Häberles Assistent Mike Linkohr wieder auf. Er war in den frühen Morgenstunden heimgegangen, um wenigstens ein paar Stunden schlafen zu können. Zumindest hatte er dies behauptet. Was er jedoch unter ›heimgehen‹ verstand, war im Kollegenkreis wieder einmal Grund für Sticheleien. Ob der ewige Junggeselle, der mit keiner Frauenbekanntschaft jemals länger als ein paar Monate glücklich gewesen war, wieder eine neue Flamme hatte, sorgte schon seit Tagen für Gesprächsstoff. Trotz geschickter Fragen der in Vernehmungen geübten Kollegen war dies bislang nicht herauszufinden gewesen.

Er wirkte jedenfalls unausgeschlafen, huschte an Häberle vorbei und lehnte sich an die rückwärtige Wand des Lehrsaals.

»Und worum ging's in den Briefen?«, hakte ein älterer Kriminalist ungeduldig und Brezel kauend nach.

»Es wird kein Lösegeld gefordert, falls Sie das meinen.« Häberle sah in die Runde. »Es geht um die Preispolitik, um den Strompreis. Ich hab die Briefe einscannen lassen und sie in den gespeicherten Ermittlungsakten zugänglich gemacht. Ihr könnt sie nachlesen. Es wird zunächst indirekt, im letzten Brief aber unverblümt damit gedroht, dass etwas Aufsehenerregendes geschehen werde, wenn das Albwerk nicht innerhalb von drei Tagen eine Strompreiserhöhung bekannt gebe.«

Keiner der Polizeibeamten wusste zunächst etwas damit anzufangen. »Und wem, bitt schön, soll das nützen?«, durchbrach einer die entstandene Stille.

Häberle grinste. »Wem schon? Den großen Konzernen natürlich – wem sonst? Sicherlich nicht dem Kunden. Wenn so ein kleiner Stromversorger viel günstiger ist, egal wie er dies auch anstellen mag, dann wird doch bei der heutigen Spar-Hysterie kein einziger Kunde zu einem Großen wechseln wollen. Deshalb sind so kleine Versorgungsgebiete, solche Inseln der regionalen Selbstständigkeit, den Großkonzernen ein Dorn im Auge.«

»Sie meinen, da wird mit allen Mitteln gekämpft, wenn's sein muss, mit solchen?«, fragte einer aus der Runde.

»Nicht nur mit solchen«, entgegnete der Chef. »Sondern noch mit ganz anderen. Da bin ich mir ziemlich sicher.«

Niemand wollte widersprechen.

»Für mich besteht keinerlei Zweifel, dass der Tod von Büttner und dieser Anschlag auf das Umspannwerk heut Nacht in direktem Zusammenhang stehen«, stellte Häberle fest und trank seine Tasse leer. Er stellte sie auf einen Tisch und fingerte sich eine Brezel aus einer aufgerissenen Papiertüte.

»Gehen wir also die bisherigen Fakten durch«, fuhr er fort. »Wir haben aus Büttners Haus jede Menge Unterlagen retten können. Und zwar Unterlagen, die irgendjemand beseitigen wollte. Und beinahe wäre ihm dies auch gelungen.«

»Wir haben sein ganzes Arbeitszimmer ausgeräumt«, meldete sich ein junger Kriminalist eifrig zu Wort. »Computer, Speichermedien und Akten. Die Kollegen sichten bereits, was Büttner in den letzten Tagen auf dem Computer gemacht hat. Er soll heftig gechattet haben, sagen die Jungs.«

Häberle nickte. Er wusste, was damit gemeint war, überlegte jedoch, wie viele der Kollegen seines Jahrgangs eine Ahnung davon hatten, wie dies funktionierte. Er selbst hatte es noch nicht versucht, sich aber von den Experten erläutern lassen, worum es dabei ging. Wie bei einem normalen Gespräch konnte man sich in sogenannten Chatrooms in Echtzeit unterhalten – mit dem Unterschied, dass die Kommunikation schriftlich ablief, nicht mündlich. Wer noch wusste, wie diese früheren, mechanischen Fernschreiber funktionierten, konnte sich wenigstens das Prinzip vorstellen.

»Und mit wem hat er gechattet?«, wollte einer der Kollegen wissen, dem diese moderne Art des Kommunizierens offenbar geläufig war.

»Mit jemandem, der sich Katimaus nennt«, erwiderte Häberle grinsend. Er hatte sich diesen originellen Namen gemerkt. »Das muss nichts bedeuten«, wirkte er dem Gelächter seiner Kollegen entgegen. Ihre Reaktion verriet, woran sie dachten. »In diesen Chatrooms legt man sich einen Spitznamen, einen sogenannten Nickname, zu, um anonym zu bleiben.«

»Für unsere Experten wird's ein Leichtes sein, die IP-Adresse des Computers rauszukriegen, von dem aus kommuniziert wurde«, wusste einer der Kriminalisten Bescheid.

»Natürlich. Und zwar noch mindestens ein halbes Jahr lang«, zeigte sich Häberle informiert. Sie alle wussten aus früheren Verfahren: Bei jedem Einloggen ins Internet wird dem Computer eine mehrstellige Nummer zugewiesen, unter der sämtliche Transaktionen und Aktivitäten des jeweiligen Anschlusses gespeichert werden. Es gab in dieser global vernetzten Gesellschaft nichts mehr, was nicht irgendwo Spuren hinterließ. Die Speicherkapazitäten waren inzwischen ins Unermessliche gestiegen. Alles, was die Staatssicherheit der einstigen DDR notiert und gespeichert hat, erschien aus heutiger Sicht wie der lächerliche Versuch von Kindern, ein handschriftliches Tagebuch über andere zu führen.

Und wenn wieder irgendwo ein angeblicher Datenskandal aufgedeckt wurde, bei Supermarktketten, Telekommunikationsunternehmen oder der Eisenbahn, dann war das doch nur die Spitze des Eisberges, pflegte Häberle zu sagen. Alle Welt legte in solchen Fällen große Aufgeregtheit an den Tag, als ob es völlig aus der Luft gegriffen wäre, dass überall und ständig Daten gehortet wurden. Mag das noch so verboten sein – was machbar ist, wurde gemacht.

»Und dieser Speicherstick, den die Feuerwehr gefunden hat?« Es war Linkohrs Stimme. Sie klang müde und abgespannt.

»Der gibt uns tatsächlich Rätsel auf, wenn man es so sagen will«, sagte Häberle. »Wir können drüber spekulieren, wer ihn verloren hat. Jedenfalls hat das, was drauf gespeichert ist, weder mit Strom noch mit Büttners Sinn für die schöne Weiblichkeit etwas zu tun.«

»Sondern?«

»Mit Bibern.«

»Mit was bitte?«

»Bibern. Es ist eine lange Abhandlung über den Biber samt Fotos drauf gespeichert. Und darüber, dass er unter strengstem Naturschutz steht.«

»Ich versteh das richtig«, unterbrach Linkohr, »Sie reden von einem Nagetier.«

»Ja, Biber«, wiederholte Häberle. »Sie können's selber nachlesen. Vor 150 Jahren galt er in Deutschland als ausgestorben und nun hat man irgendwo im Bayerischen versucht, ihn wieder anzusiedeln. Ziemlich erfolgreich, wie es heißt. Aber, wie gesagt, Sie können's selbst nachlesen.«
Ungläubiges Gelächter war zu hören.

*

Wolfgang Taler hatte noch in der Nacht von der Explosion im Umspannwerk gehört, war jedoch nicht hinausgefahren. Dass er jetzt am Vormittag den Chef des Stromversorgungsunternehmens nicht antraf, irritierte ihn. Wie immer war Taler ohne sich anzumelden, ins Sekretariat vorgedrungen.

»Tut mir leid«, lächelte ihn Silke Rothfuß charmant an. Ihre langen blonden Haare schmiegten sich um ihre schmalen Schultern. »Herr Bodling kommt später. Ich weiß nicht, ob Sie wissen, was heute Nacht ...«

»Schon gut«, unterbrach sie Taler und grinste. »Es muss ja nicht immer der Chef sein. Manche Dinge erledigt man besser im Vorzimmer.« Wieder war es seine vollmundige Art – diese Mischung aus Frohnatur und einem ausgeprägten Selbstbewusstsein, die jeglichen Widerstand zu brechen vermochte. Als Berater des Unternehmens in Sachen Energie genoss er ohnehin hier im Hause großes Ansehen und durfte sich sogar des Sekretariats bedienen. Er zog die Tür hinter sich zu, nahm lässig einen Besucherstuhl und rückte ihn an den Schreibtisch von Silke Rothfuß heran. »Schön, Sie wiederzusehen«, schmeichelte er. »Wo sind denn Ihre Kolleginnen?«

»Hätten Sie lieber mit denen geplaudert?«, kam es provokant zurück. »Die eine hat Urlaub und die andere hat ausgerechnet diese Woche dringend was Privates erledigen müssen. Deshalb habe ich mal wieder randürfen.«

Er blieb noch für einen Moment stehen und lächelte sie auffordernd an: »Wir könnten unseren Plausch ja in einem Kaffeehaus fortsetzen – oder bricht dann der Laden hier zusammen?« Er spürte, dass er mit diesem Vorschlag auf keine große Gegenliebe stieß und setzte sich.

»Na ja«, erwiderte sie genauso frech, »zusammenbrechen nicht gerade. Aber ich denke, Herr Bodling wäre nicht sehr begeistert, wenn keiner das Telefon abnimmt.«

»Okay, passen Sie auf. Herr Bodling hat mich gebeten, rauszufinden, ob hier im Betrieb alles seinen geordneten Weg geht.« Sein Gesichtsausdruck wurde ernst. »Das hat nichts mit Ihnen zu tun. Aber er hat gemeint, Sie könnten mir ein paar Dinge erzählen – über den organisatorischen Ablauf und über interne, na, sagen wir mal, Zusammenhänge, die nicht jeder gleich versteht.« Er sah ihr in die Augen. »Sie sind oft genug da und haben hinreichend Einblicke, um mir ein bisschen was erzählen zu können. Es ist doch besser, wir klären hausintern mögliche Ungereimtheiten, bevor die Polizei drin rumkruschtelt.« Manchmal versuchte er, einige schwäbische Wortfetzen einfließen zu lassen, um besonders vertrauenerweckend zu wirken.

»Was heißt rumkruschteln?«, wiederholte sie und tat so, als ob ihr dieser Begriff fremd wäre.

»Sie können sich ja vorstellen, was da los ist bei der Polizei. Da fliegt uns ein Umspannwerk um die Ohren, es liegt eine Leiche im See da draußen; das hat denen keinen gemütlichen Dienstag beschert, denke ich mal. Wissen Sie«, er lehnte sich zurück, »es gibt ja ein paar Leute im Haus, die an den Entscheidungsprozessen beteiligt sind. Das ist neben Bodling selbst der Büttner, den's nicht mehr gibt, der nicht mehr viel ausplaudern kann – und das ist der Herr Feucht, das ist Herr Wollek, der Herr Schweizer, Ihre beiden Kolleginnen, die jetzt nicht da sind – und vielleicht noch Sie.« Er zuckte kurz mit der rechten Backe, wie er dies immer tat, wenn er etwas ironisch verstanden wissen wollte.

Ihre Gesichtsfarbe veränderte sich. »Ich?«, wiederholte sie und spielte mit einem Kugelschreiber. »Ich bin in keine Entscheidungsprozesse eingebunden – ich am allerwenigsten. Ich bin nur die Aushilfe.«

»Okay, Mädchen«, sagte er, wohl wissend, dass sie dies vermutlich nicht gern hörte. »Vielleicht hab ich es falsch ausgedrückt: nicht eingebunden, aber darüber informiert, was so läuft im Hause hier.«

»Und warum fragen Sie den Herrn Bodling nicht selbst? Er kommt sicher in ein, zwei Stunden wieder.«

»Der Chef will, dass ich das mache; ich sagte es Ihnen doch schon.« Er versuchte locker und lässig zu wirken – eine Art, die ihm in seiner langjährigen Berufslaufbahn immer weitergeholfen hatte. »Die beiden Herren Büttner und Wollek waren wohl außer Haus. Der eine bei einer Tagung in Leipzig, wenn ich das richtig verstehe; der andere, Herr Wollek, hatte Urlaub, stimmt das?«

Sie nickte eifrig und fummelte mit der Computermaus über die Schreibtischplatte, weil auf dem Monitor der Bildschirmschoner erschienen war und eine Landschaftsaufnahme zeigte.

»Was für ein schönes Bild Sie da haben! Ist das von Ihnen?«, fragte er interessiert, stand auf und näherte sich dem Monitor, wo jedoch bereits wieder das Schreibprogramm zu sehen war.

Sie wirkte für einen Moment verunsichert. »Ach so, ja, nein – hab ich nicht gemacht. Hat ein Bekannter von mir geknipst. Im letzten Urlaub. Der Kollegin hat's auch gefallen, deshalb hab ich's ihr auf ihrem Computer eingerichtet.«

»War das in Deutschland?«, wollte Taler wissen. »Irgendwie kam mir das gerade bekannt vor.«

»Äh, ja. Deutschland, neue Bundesländer.« Kaum hatte sie dies gesagt, ärgerte sie sich über ihr Gestammel.

»Ach ja, da gibt es jede Menge unberührte Landschaften. Wo waren Sie denn da?«

Sie zögerte. »Es war ganz weit oben, weiß gar nicht mehr so genau, wie das geheißen hat. Mein Bekannter ist gefahren. Wir haben in einer Stadt gewohnt, die hieß Malchow oder so ähnlich.«

»Ach, Malchow, schöne Gegend. Seenplatte, Mecklenburg-Vorpommern, tolle Gegend.« Taler nickte dabei, ging wieder einen Schritt zurück und wechselte das Thema: »Dieser Büttner, so hört man, soll ja eine interessante Nebenbeschäftigung gehabt haben. Filme und so 'n Zeugs. Jedenfalls hat mir das der Herr Bodling erzählt.«

»Ja, ich glaube, Filme. Das kann sein. Ich hab mit Herrn Büttner wenig Kontakt gehabt und ich kann dazu kaum etwas sagen.«

»Es sollen wohl Filme über seinen Job gewesen sein – und sogar irgendwelche Dokumentarfilme über Stromversorgung und die aktuelle Situation«, half ihr Taler auf die Sprünge, rückte sich seinen Stuhl zurecht und setzte sich wieder.

»So habe ich das auch gehört. Hat Herr Bodling mal angedeutet. Büttner hat ihm mal eine DVD mitgebracht, wenn ich mich richtig entsinne. Aber was da drauf war, weiß ich nicht. Hat mich nicht sonderlich interessiert.« Sie warf ihre Mähne über die Schultern und bewegte die Maus hin und her.

»Er war also nicht nur geschäftlich unterwegs«, konstatierte Taler und schlug die Beine übereinander. »Manchmal dann wohl auch wegen seiner Filme. Herr Bodling hat seine Recherche toleriert und gefördert.« Taler ließ es nicht nach einer Frage, sondern nach einer Feststellung klingen und wartete gespannt auf eine Antwort.

Doch Silke Rothfuß hatte längst ihr Selbstbewusstsein wieder gefunden: »So genau weiß ich das auch nicht. Ich bin nicht ständig hier. Warten Sie doch auf Herrn Bodling, der wird's Ihnen sicher sagen. Wir führen hier keine Urlaubslisten – das macht die Personalabteilung. Ich kann nicht sagen, ob jemand regulären Urlaub hat oder ob er freigestellt wurde für Sonderprojekte.«

»Aber wenn's um eine Dienstreise geht, dann läuft das über diese Schreibtische hier?«

»Ja schon, natürlich.« Sie zog mit der linken Hand ihren Rocksaum lang, der knapp überm Knie endete. »Dienstreiseanträge muss Herr Bodling abzeichnen. Mehr kann ich Ihnen beim besten Willen nicht sagen.« Dann lehnte sie sich zurück und wirkte entschlossen: »Und die Dienstreiseanträge darf ich Ihnen nicht raussuchen. Es sei denn, Herr Bodling wünscht das.«

Taler zuckte gelassen mit den Schultern. Eigentlich hatte er nur austarieren wollen, wie weit er gehen konnte. »Das können Sie halten, wie Sie wollen, Frau Rothfuß. Kein Problem. Aber was mich noch interessieren würde: Herr Wollek hatte Urlaub – daran besteht kein Zweifel?«

»Ja, so ist es. Er sollte übermorgen am Donnerstag wieder hier sein, hat aber seinen Urlaub gestern Abend abgebrochen. Er war ohnehin bereits wieder daheim.«

»Er soll mit dem Wohnmobil unterwegs gewesen sein«, bemerkte Taler.

»Das ist sehr wahrscheinlich«, sagte sie vorsichtig.

»Mit Frau? Ich meine, er hat Kinder?

»Soweit ich weiß, war er allein unterwegs in Pirna – das liegt bei Dresden. Dort hat er eine pflegebedürftige Angehörige im Pflegeheim besucht.«

»Das hat er erzählt.« Taler sagte es, als wolle er es selbst bestätigen.

»Ja.« Sie sah ihm fest in die Augen. »Warum soll er das nicht erzählen? Die einen sind gesprächiger, so wie er, die anderen, wie Herr Büttner, halten sich eher zurück.«

»Weiß man denn, warum er gerade jetzt gefahren ist?«

»Keine Ahnung. Es ging wohl, wenn ich das richtig in

Erinnerung hab, um irgendeine organisatorische Sache im Pflegeheim.«

»Und das hat keinen Aufschub geduldet«, stellte Taler sachlich fest. »Denn sonst wäre er sicher mit Ehefrau und Kindern dorthin gefahren.« Er ließ ein paar Sekunden verstreichen, was der jungen Frau sichtlich unangenehm war. »Aber in Leipzig war er nicht?«, fragte er langsam nach.

Sie überlegte. »Woher soll ich das wissen? Wahrscheinlich nicht. Was hätte er dort auch sollen?«

»Hätte doch sein können, dass er an diesem Seminar an der Strombörse teilgenommen hat. So weit ist's von Dresden nach Leipzig ja nun auch wieder nicht.«

»Ich kann mir nicht vorstellen, dass er das getan hat. Er hatte ganz normalen, regulären Urlaub. Wenn er zu einer Tagung gegangen wäre, wäre es eine Dienstreise gewesen und dann muss es Herr Bodling wissen, nicht ich.«

Taler nickte verständnisvoll, als das Telefon anschlug. Silke Rothfuß lächelte, sagte »Entschuldigen Sie!« und nahm ab. Es war nur ein kurzes Gespräch, in dem sie dem Anrufer lediglich erklären musste, dass der Chef später komme.

Wolfgang Taler erkannte die Gelegenheit, das Thema zu wechseln. »Und Hasso Schweizer – was wissen Sie von ihm?«

»Eigentlich noch weniger«, gab sie sich wider Erwarten kooperativ.

»Na ja, sagen wir mal so: Herr Schweizer hat immerhin Anlass für manches Gerücht und manchen Klatsch und Tratsch gegeben, wie man so hört im Haus.« Über Talers rundes Gesicht huschte wieder das spitzbübische Lächeln.

»Was Sie so gehört haben, weiß ich nicht«, antwortete sie kurz. »Klatsch und Tratsch gibt es in jeder Firma. Mag sein, dass manchmal ein Körnchen Wahrheit dran ist, aber wissen Sie, ich halte mich davon fern. Ich krieg das sowieso nur am Rande mit.«

»Ich denke, er hat sich wohl etwas der Frau Büttner zugetan gefühlt, seit sie sich von ihrem Mann getrennt hat.«

»Damit wissen Sie mehr als ich. Ehrlich, dazu kann ich überhaupt nichts sagen. Ich kenne Herrn Schweizer nur beruflich. Was er privat macht, da hab ich wirklich keine Ahnung. Außerdem ist er doch, soweit ich das weiß, solo. Warum also soll er kein«, sie lächelte verlegen, »ja, warum soll er kein Verhältnis haben?«

»Die Frau Büttner soll sich in Ulm selbstständig gemacht haben«, warf Taler ein.

»Was die Frau Büttner macht, geht mich nichts an«, antwortete Silke Rothfuß eine Spur schnippischer. »Wissen Sie, man hört da so manche Dinge – dass sie die Zeitarbeiter ausnutzt und damit viel Geld macht und so. Aber genau weiß ich das nicht. Da müssten Sie den Herrn Schweizer selbst befragen.«

»Herr Wollek und Herr Schweizer sind im Haus?«

»Herr Wollek war heute bereits hier. Er kümmert sich mit Herrn Müller zusammen um diese Sache im Umspannwerk. Sie haben vielleicht mitgekriegt, dass es noch immer nicht überall wieder Strom gibt.«

»Und der Herr Schweizer?«

»Sitzt drüben in seinem Büro. Einer muss ja hier noch was tun. Fürs Kerngeschäft, wie man so schön sagt.«

»Hm«, brummte Taler nachdenklich und atmete tief durch. »Und Sie, gnädige Frau?« Er hob die Stimme leicht an. »Darf ich fragen«, er überlegte, wie er es formulieren sollte, »darf ich fragen, was Sie so tun, wenn Sie nicht bei Herrn Bodling im Vorzimmer sitzen und nicht mit mir Kaffee trinken gehen wollen?« Er ging voll in die Offensive.

»Außerhalb der Geschäftszeit können wir gerne Kaffee trinken gehen«, erwiderte sie völlig unerwartet. Taler war für einen Moment sprachlos, was selten vorkam.

»Ich freue mich drauf«, sagte er schließlich. »Aber trotzdem würde mich interessieren, was so eine hübsche junge Frau tut, wenn sie Feierabend macht.«

Sie überlegte, drei, vier Sekunden lang, besah sich nervös ihre Fingernägel und gab sich distanziert: »Ich glaube, das hat nun wirklich mit dieser Sache nichts zu tun. Das eine ist beruflich und das andere ist privat – und das habe ich immer getrennt und werde es auch weiterhin tun. Das sollten Sie bitte zur Kenntnis nehmen. Ich gehe gerne mit Ihnen Kaffee trinken.« Sie sah ihn fest an. »Aber mehr bestimmt nicht.«

Er überlegte, worauf sie dies bezogen haben wollte, verwarf aber den Gedanken, sie einfach direkt danach zu fragen. Stattdessen versuchte er, sein Interesse an ihr auf andere Weise zu zeigen. »Sie sind ein Naturmensch«, sagte er deshalb unvermittelt. »Sie mögen die Natur, Sie gehen gern in die Landschaft hinaus. Vielleicht joggen Sie oder Sie schwimmen gern – oder Sie machen einen anderen Outdoorsport. Vielleicht reiten.«

Sie schüttelte langsam den Kopf. »Wenn Sie's beruhigt: Ich fahre gern Rad.«

»Ach deswegen Ihre Begeisterung für Mecklenburg und die Seenplatte dort oben. Tolle Radgegend, gar keine Frage, wunderbar eben, endlose Natur.« Taler schwärmte, als sei er der Fremdenverkehrsdirektor dieser Landschaft.

Silke Rothfuß ließ sich tatsächlich aus der Reserve locken. »Ja, Ruhe, vor allen Dingen kein Stress – und sehr viel unberührte Natur. Weite Strecken unbewohnt und darüber hinaus stimmt meist das Preis-Leistungsverhältnis noch. Nicht so wie in Italien, wo Sie manchmal den Eindruck haben, nur eine Touristengans zu sein, die man rupft.«

Taler lachte laut auf. »Da haben Sie recht.« Die Atmosphäre war nun locker genug, um eine ernste Frage nachzuschieben: »Mal angenommen, Sie würden gefragt – von der Kripo oder von wem auch immer –, wem Sie den Mord an Herrn Büttner zutrauen würden. Was würden Sie spontan sagen?«

Ihre Gesichtszüge veränderten sich. Sie wandte ihren Blick von ihm ab und schaute zum Fenster hinüber und hinaus auf die freie öde Fläche des städtischen Sportplatzes. »Was soll ich dazu sagen? Ich würde auf jeden Fall sagen ...« Sie überlegte. »Ich würde auf jeden Fall sagen, klipp und klar sagen, dass es keiner aus der Firma war. Keiner.«

»Keiner«, wiederholte er, »keiner und keine?« Wobei er bei dem Wort keine das E am Ende besonders betonte. Sie sah ihn entgeistert an und schwieg.

Vielleicht hatte er sich jetzt sein erhofftes Rendezvous vollständig versaut, dachte er und stand seufzend auf. Er spürte, wie sie ihn von der Seite beobachtete. »Ach ja, da fällt mir noch etwas ein«, wechselte er erneut das Thema. »Sie haben sich kürzlich einen alten Zähler besorgt.« Er blieb stehen und zog ein treuherziges Gesicht.

»Ich? Wie – ich meine, wie kommen Sie denn da drauf?« Silke Rothfuß verlor wieder für einen Moment, wie es schien, ihre kühle Distanziertheit.

»Man hat da so ein Ding gefunden«, erwiderte Taler so lässig, als sei dies alles ein kleiner Scherz. »Da stand die Nummer drauf und der Herr Sauter drunten von der Zählerprüfstelle hat registriert, dass er das alte Ding an Sie rausgegeben hat.«

»Ach, natürlich, jetzt entsinne ich mich.« Silke Rothfuß rückte mit ihrem Stuhl näher an den Schreibtisch heran, sodass ihre Beine vollends unter dem Möbelstück verschwanden. »Natürlich. Das muss im Herbst gewesen sein – eine Bitte von Herrn Büttner. In den Ferien, als ich eine Woche hier ausgeholfen hab. Er hat mich damals beiläufig gefragt, ob ich ihm auf dem offiziellen Dienstweg einen alten Zähler besorgen könne, so einen, der ausgemustert wurde.«

Taler sah aus dem Fenster und tat so, als ob ihn dies alles nicht sonderlich interessiere. »Und wieso hat Herr Büttner das Gerät nicht direkt bei der Prüfstelle geholt?«

»Er wollte den korrekten Weg einhalten. Bei uns wird alles

ordnungsgemäß registriert, wenn es um Materialien geht. Auch wenn sie noch so alt sind. Außerdem hat Herr Büttner mit dem Herrn Sauter unten wohl nicht so gekonnt.«

»Der hat dann aber den Zähler nicht auf Herrn Büttner geschrieben, sondern auf Sie«, fuhr Taler fort.

»Entschuldigen Sie, aber ist das nun ein Verhör, oder was soll das werden?«, empörte sie sich plötzlich und drehte sich auf ihrem Stuhl abrupt zur Seite. Taler sah noch immer gelangweilt aus dem Fenster. »Alles, was geschehen ist, hat seine Ordnung.«

»Ich sagte doch, Frau Rothfuß, manchmal ist es vielleicht ratsamer, etwas zu fragen, bevor es die Polizei tut.« Seine Stimme war nun ungewohnt ruhig.

»Vor der Polizei? Ich verstehe nicht so recht, worauf Sie hinauswollen.«

»Die Polizei hat sich bei Herrn Bodling nach der Zählernummer erkundigt«, erklärte Taler, stand auf und kam dicht an ihren Schreibtisch heran. »Wir werden gar nicht umhinkommen, zu sagen, wohin wir den Zähler gegeben haben.« Er sah sie von oben herab an und bewunderte insgeheim ihre schönen Haare und ihr Gesicht, das trotz der jetzigen Blässe seine Ausstrahlung nicht verloren hatte. »Und wir werden sagen müssen, dass Sie ihn bekommen haben.«

»Das ist doch kein Problem«, erwiderte die Sekretärin. »Herr Büttner wollte den Zähler, ich hab ihn besorgt und weitergeben – und damit hat sich die Sache für mich.«

Taler überlegte, ob er noch einen Schritt weiter gehen sollte. Zu verlieren hatte er ohnehin nichts mehr. Denn dass es zu einem entspannten Abend mit ihr kommen würde, war jetzt wohl eher unwahrscheinlich.

»Sie haben aber von Sauter noch etwas anderes bekommen«, entschied er sich für einen weiteren Vorstoß.

»Ja, ich weiß«, gab sie deutlich schnippischer zurück. »Auch das ist kein Geheimnis. Eine alte Schaltuhr war das, so ein riesiges Gerät, wie man es früher wohl in die Zählerkästen reingebaut hat. Auch für Herrn Büttner. Sauter hat mir beide Geräte in einer großen Schachtel hier raufgebracht – und Büttner hat sie mitgenommen.« Ihre Stimme wurde nervös und klang aufgeregt. »Das ist kein außergewöhnlicher Vorgang, Herr Taler, und das wird Ihnen der Herr Bodling so bestätigen können. Bei uns wird nichts einfach so mitgenommen, sondern es geht alles seinen geordneten Gang.«

Taler nickte und lächelte sie an. »Und wozu Herr Büttner diese Gerätschaften gebraucht hat, hat er Ihnen natürlich nicht gesagt?«

»Nein, hat er nicht. Erstens geht mich das nichts an und zweitens hat's mich nicht interessiert. Darf ich wenigstens fragen, wo man den Zähler gefunden hat?«

»Das dürfen Sie. Der Zähler lag am Ufer des Weiherwiesensees. Ich hoffe, Ihnen ist klar, was das bedeutet.« Er ging zur Tür und öffnete sie. »Sie sollten sich deshalb genau überlegen, was Sie dem Herrn Kommissar Häberle erzählen. Denn fragen wird er Sie bestimmt danach.«

Im Hinausgehen drehte er sich noch einmal um, griff in die Innentasche seines Jacketts und steckte ihr, überlegen lächelnd, eine Visitenkarte in die Tastatur: »Nur für den Fall, dass Sie in Schwierigkeiten geraten. Programmieren Sie mich in die Kurzwahl Ihres Handys.« Er grinste. »Kann nie schaden – das dürfen Sie mir glauben.«

21

»Wir haben ein paar dieser Telefonnummern gecheckt, die wir in den Unterlagen von Büttner gefunden haben«, berichtete einer aus der Runde der Kriminalisten, während Häberle die Lehne eines freien Stuhles schnappte und ihn an den Tisch des Kollegen zog.

»Irgendetwas wird uns ja weiterbringen«, hoffte Häberle und setzte sich. Die beiden anderen rückten näher zu ihm hin und Linkohr postierte sich hinter dem Chef.

»Es sind größtenteils Nummern in den neuen Bundesländern«, erklärte der Wortführer, der bereits am frühen Morgen damit begonnen hatte, die Anschlüsse zu checken. »Eine – die hier – ist die Strombörse in Leipzig. Die hier«, er zeigte mit dem Kugelschreiber auf die nächste, »hier handelt es sich um die Nummer eines Henry Mariotti in Leipzig. Dort meldet sich allerdings niemand. Die«, wieder deutete er auf eine Nummer, »ist auf den gleichen Namen registriert, aber in Mirow.«

»Mirow«, entfuhr es Linkohr. »Mirow, das haben wir doch schon irgendwo gehört.«

Häberle drehte sich zu ihm um. »Stimmt. Mirow. Das klingt so russisch. Ja, klar.«

Ein anderer Kollege gab ihm bereits Schützenhilfe: »Der Parkschein – der Parkschein, den wir am See gefunden haben. Mirow, der Parkschein«, wiederholte der Beamte immer wieder aufgeregt.«

»Ja, natürlich«, bekräftigte ein anderer, worauf sich allgemeine Begeisterung erhob.

Häberle konnte sich jetzt ebenfalls entsinnen. »Moment, liebe Kollegen«, verschaffte sich der Wortführer wieder Gehör. »Das mag zwar ein wichtiger Schritt sein, aber möglicherweise ist die Freude verfrüht. In Mirow meldet sich auch niemand. Wie heiß der Knabe noch mal?«, hakte er nach.

»Mariotti, Henry Mariotti«, bekam er zur Antwort.

»Dann probieren wir's doch mal bei den dortigen Kollegen. Welche Dienststelle ist für dieses Mirow zuständig?«

»Haben wir schon gecheckt – Neustrelitz«, kam eine Stimme aus der Reihe der Kollegen. »Ich habe die Nummer.«

»Und? Rufen wir doch die Ossiländer mal an«, empfahl Häberle grinsend.

»War gerade dabei«, erwiderte der Angesprochene und griff wieder zum Hörer. Unterdessen wandten sich seine Kollegen einer weiteren Nummer zu.

»Die hier gehört der Firma Estromag Magdeburg.«

»Estromag«, knurrte Häberle, »das ist doch eine von den ganz Großen.«

»Ja, eine von den ganz Großen – und wir haben da sogar eine Durchwahlnummer direkt in die Vorstandsetage. Dort führt eine Frau das Regiment.«

»Ach«, staunte Häberle, »eine Frau? Doch nicht etwa ein Fall für den Kollegen Linkohr?«

Lautes Lachen erfüllte den Raum, während Linkohr die Bemerkung ignorierte. Seine Gedanken waren sowieso gerade abgeschweift. Denn obwohl er sich derzeit auf kein neues Abenteuer einlassen wollte, war da doch eine Frau, die ihm seit Samstag nicht mehr aus dem Kopf ging. Allerdings hatte sie ihn mit den Geheimnissen der Vollwert- und Naturkost vollgelabert; etwas, das ihm nicht so sehr lag, auch wenn sie ihn mit ihren heißen Blicken und ihrer aufregenden Figur völlig verrückt machen konnte. Aber immer nur Vollwertkost, diese Körnchen, dieser Brei und dieses Gemüse – nein, das würde er auf die Dauer vermutlich nicht durchhalten. Außerdem war sie Lehrerin und er hatte bei ihrem Rendezvous am Sonntag den Eindruck gewonnen, als wolle sie versuchen, ihn mit allerlei pädagogischen Tricks in ihre Richtung zu erziehen, was ihm ganz und gar nicht behagte. Ihn wunderte ohnehin, dass sie als Lehrerin überhaupt in der Lage war, ihre pädagogischen Fähigkeiten auszuspielen, hatte er doch gehört, dass dies manchen Lehrern nicht einmal bei den Grundschülern gelang.

»Sie heißt Vogelsang-Klarsfeld«, sagte der ermittelnde Kollege. »Sie ist dort die Vorstandsvorsitzende.«

»Vogelsang – was?«, spottete Häberle, der sich des Eindrucks nicht erwehren konnte, dass sich hinter solchen Doppelnamen meist kratzbürstige Emanzen verbargen.

»Vogelsang-Klarsfeld. Verena mit Vornamen«, wiederholte der Kollege mit einem Unterton, der an Häberles Gedanken anzuknüpfen schien. »Wir haben noch nicht mit ihr gesprochen, sondern uns nur von der arroganten Vorzimmerdame ihren Namen sagen lassen.«

»Hoffentlich habt ihr ihn euch buchstabieren lassen, nicht dass er falsch im Protokoll auftaucht und wir mächtigen Ärger kriegen«, witzelte ein anderer und fügte mit Blick auf Häberle hinzu: »Vielleicht wäre sie ja mal wieder eine Dienstreise wert.«

Immerhin hatte der Chef schon einige Male dienstliche Alleingänge unternommen und war in halb Europa umherkutschiert – zwar meist mit dem Segen seiner Vorgesetzten, manchmal aber auch hart an der Grenze der Legalität oder fast schon drüber. Den Kollegen fielen auf Anhieb seine Abstecher in die Slowakei, nach Südfrankreich, Südtirol oder Lugano ein.

»Ruhe«, verschaffte sich der telefonierende Beamte die nötige Stille, um seinen Gesprächspartner besser verstehen zu können. »Ruhe, bitte.« Er hob die linke Hand, um diese Forderung zu unterstreichen.

»Was sagen Sie da?«, fragte er in den Hörer zurück, was sofort die Aufmerksamkeit der anderen erregte. »Das kann doch nicht sein – und Sie sind sich absolut sicher? Der Herr Mariotti? Und wann?« Er lauschte, sodass auch die anderen Kollegen vollends verstummten, als wollten sie mithören, was der Polizeibeamte am anderen Ende der Leitung zu berichten hatte. »Das ist ja ein Ding«, entfuhr es dem Kriminalisten. »Und da bestehen keinerlei Zweifel? Okay, ja.« Er hörte noch einmal angestrengt zu. »Ja, wir schicken einen Bericht, am besten per Fax oder Mail. Machen wir. Halten Sie uns bitte auf dem Laufenden. Wir bleiben in Kontakt. Tschüss.«

Er legte auf und sah in die Runde. Nach zwei, drei Sekunden des Schweigens, während denen er nicht wusste, wie er anfangen sollte, zeigte sich Häberle ungeduldig: »Und, dürfen wir uns auch an der Verwunderung beteiligen?«

»Ihr werdet's nicht glauben, aber der Kollege in Neustrelitz hat gesagt, Mariotti sei heut in den frühen Morgenstunden aus dem Peetschsee gezogen worden. Tot. Vermutlich erwürgt.«

Schweigen im Saal.

»In einem See?«, staunte Häberle und zog ein ungläubiges Gesicht.

Der Beamte, der telefoniert hatte, griff zu seinen Notizen und buchstabierte den Namen des Sees, den keiner im Raum jemals gehört hatte. »Versenkt mit einem Stein«, fügte er an. »Wie bei uns.«

»Da haut's dir's Blech weg«, kommentierte Linkohr, wie er dies im Zustand allergrößten Erstaunens zu tun pflegte.

»Puh!«, entfuhr es Häberle, doch er kam nicht dazu, mehr zu sagen.

Denn das war noch nicht alles, was der Kollege erfahren hatte: »Es kommt noch dicker. Dieser Mariotti hat eine Zweitwohnung in Leipzig – zu ihr gehört diese Nummer, die wir auch haben. Und die Wohnung ist in der Nacht zum Sonntag vollständig ausgebrannt. Mit Sicherheit Brandstiftung, meinen die Kollegen. Mit irgendeiner Nitrolösung angezündet, mithilfe einer Schaltuhr.«

Den Kriminalisten verschlug es endgültig die Sprache.

*

Taler war noch auf dem Flur des Firmengebäudes mit Feucht zusammengetroffen. Sie wechselten ein paar belanglose Worte und Taler sah sich veranlasst, den Grund seiner Anwesenheit zu nennen. Er erklärte, dass Bodling ihn beauftragt habe, hausintern einige Recherchen anzustellen, um sich über dieses oder jenes Klarheit verschaffen zu können, noch ehe sich möglicherweise die Kriminalpolizei für Ungereimtes – falls es dies überhaupt gab – interessieren würde. Ohne sich auf ein längeres Gespräch einzulassen, verschwand Taler im Treppenhaus nach unten.

Feucht ging nicht, wie üblich, am Sekretariat des Chefs vorbei, sondern zog sich sofort in sein Büro zurück. Er wollte ein Telefonat führen – und zwar nicht vom Festnetz der Firma aus, sondern mit seinem Handy. Man konnte nie wissen, welche Bezüge die Kriminalpolizei irgendwann herstellen und dann daraus womöglich völlig falsche Schlüsse ziehen würde. Er wählte eine Nummer, die er im Internet recherchiert hatte. Nach wenigen Augenblicken hörte er eine Dame mit sächsischem Akzent, worauf Feucht ordnungsgemäß seinen Namen nannte und die Bitte äußerte, mit Frau Vogelsang-Klarsfeld verbunden zu werden. Er hatte sich in seinem Notizbuch vergewissert, dass er den Namen richtig in Erinnerung hatte. Mit Doppelnamen tat er sich ebenso schwer wie mit den Trägerinnen eines solchen.

»Einen Moment, bitte«, flötete die Frauenstimme, worauf klassische Musik ertönte und er nacheinander in mehreren Sprachen um Geduld gebeten wurde.

Nach zwei Minuten, während denen Feucht mit den Fingern auf die Tischplatte getrommelt hatte, meldete sich eine forsche Frauenstimme. »Ja, hallo.«

»Hier Feucht, Albwerk Geislingen, guten Tag, Frau Vogelsang-Klarsfeld«, sagte er so seriös, wie er es nur klingen lassen konnte.

»Feucht, ja, Feucht, ich erinnere mich. Guten Tag.«

Es herrschte Stille in der Leitung und keine weitere Höflichkeitsfloskel folgte – nur ein Abwarten auf das, was kommen würde. Typisches Managergetue, dachte Feucht, das sollte wohl einschüchternd wirken.

»Entschuldigen Sie, wenn ich Ihre Zeit in Anspruch nehme«, fasste er sich ein Herz, obwohl er in solchen Fällen nie verlegen war. Aber wenn er es mit weiblichen Managern zu tun hatte, verspürte er eine innere Sperre. Ein einziges falsches Wort, so warnte er sich selbst, und die Damen fühlten sich in ihrer Ehre verletzt und schalteten auf Durchzug. Das mochte auch ein Stück weit Selbstschutz sein, ganz gewiss aber Unsicherheit im Umgang mit männlichen Managern. So gesehen war jedes Aufeinandertreffen, egal ob persönlich oder am Telefon, zunächst nur ein gegenseitiges Beschnuppern.

»Wir haben da ein kleines Problem, was unsere geschäftlichen Kontakte anbelangt«, machte Feucht vorsichtig weiter und hätte sich angesichts dieser Formulierung bereits ohrfeigen können. Wieso musste er denn die geschäftlichen Beziehungen ausdrücklich betonen? Sie hatten bei Gott gar keine anderen gehabt.

Er zögerte kurz, entschied sich aber, gleich zur Sache zu kommen: »Soweit ich weiß, hat unser Herr Büttner Kontakt mit Ihnen gehabt.«

Nach einer kleinen Pause, die sich für ihn endlos dehnte, kam es unterkühlt zurück: »Ich kann mich entsinnen, ja. Aber erlauben Sie mir den Hinweis, dass der Kontakt nicht gerade angenehm war.«

»Das räume ich gerne ein«, versicherte Feucht langsam und ruhig. »Im Geschäftsleben ist das leider manchmal so.«

»Dann erlauben Sie mir die konkrete Frage, weshalb Sie mich jetzt anrufen?«

Feucht wusste, dass er achtsam sein musste. Diese Frau schien nur darauf aus zu sein, ihm einen Fehler anhängen zu können. Wie eine Schlange, dachte er. Wie eine giftige

Schlange, die in ihrem sicheren Versteck lauerte und nur darauf wartete, zuzubeißen. Er versuchte, sich für einen Moment seine Gesprächspartnerin vorzustellen. Mitte 40 vielleicht, Hosenanzug, Nadelstreifen. Kurzer Haarschnitt, kantige Gesichtszüge. Eine Domina hinterm Schreibtisch.

»Nun ja, unser Herr Büttner«, fuhr Feucht fort, »der hat, das wissen wir, einige kritische Fragen gestellt – und kritische Fragen zu stellen, gehört heute zum Alltagsgeschäft.«

»Um mir dies zu sagen, haben Sie mich angerufen? Ich nehme das weder ihm noch Ihnen oder Ihrem Unternehmen übel.« Es klang überheblich. So, als ob sie sagen wolle: Na, Kleiner, lassen wir dich noch ein Weilchen leben.

»Es geht darum …«, beeilte sich Feucht, die Oberhand zu gewinnen, während er bereits spürte, wie er unter seinem Jackett zu schwitzen begann. »Es geht darum …«, wiederholte er, nach Worten ringend. »Um es deutlich zu sagen, es könnte sein, dass sich die Kriminalpolizei mit Ihnen in Verbindung setzt.«

Schweigen am anderen Ende der Leitung.

»Sind Sie noch da?«, fragte er nach einer Weile vorsichtig nach.

»Kriminalpolizei, sagten Sie«, kam es forsch zurück. »Wie darf ich das verstehen?«

»Büttner ist tot«, entschied sich Feucht für eine undiplomatisch schnelle Erklärung.

Wieder herrschte diese unerträgliche Stille in der Leitung. Warum sagte sie nichts, warum, verdammt noch mal, konnte sie nicht ein einziges Mal emotional werden?, dachte er.

Endlich eine Resonanz, wenngleich noch kühler, noch distanzierter: »Und warum sagen Sie das mir? Muss uns das etwas angehen?«

Feucht holte tief Luft und stierte aus dem Fenster. Er bemühte sich, genau sounterkühlt zu wirken. »Ich dachte, es macht Sinn, Sie zu informieren, damit nicht unnötig Dissonanzen zwischen unseren Häusern entstehen.« Er glaubte förmlich zu spüren, wie sie jetzt mitleidig vor sich hinlächelte. Was scherte sie als Chefin eines der größten Energiekonzerne der Republik ein solch kleines Unternehmen, irgendwo in der südlichen Provinz, wie Feucht gelegentlich selbst witzeln konnte. Und doch, da war sich Feucht ziemlich sicher, konnte es sie nicht kalt lassen, wenn die Branche – wie und warum auch immer – in das Visier der Staatsanwaltschaft geriet. Hatte Büttners Tod auch nur im Geringsten etwas mit den Verflechtungen der Energiekonzerne zu tun, wäre dies ein gefundenes Fressen für die Medien, die ohnehin nur darauf lauerten, Unregelmäßigkeiten aufzudecken. Wobei das Wort Unregelmäßigkeiten dann möglicherweise nur unvollständig wiedergeben konnte, was hinter den Kulissen geschah, überlegte Feucht, versuchte aber, sich sofort wieder auf das Telefonat zu konzentrieren.

»Ein Haus wie das unsere«, meldete sich die Frauenstimme wieder, »vermag sehr wohl zu unterscheiden zwischen dem, was auf offizieller Ebene eingeleitet wird und dem, was einzelne Mitarbeiter tun. Vergleichen Sie's mit der Politik: Es gibt Hinterbänkler, die laut rufen, wenn sich die vermeintliche Chance ergibt, endlich mal Gehör zu finden – aber zu entscheiden haben sie trotzdem nichts.«

Feucht legte in Gedanken jedes Wort auf die Goldwaage. Jetzt schwieg er.

»Ich gehe davon aus«, fuhr sie fort, »dass wir uns beide in der Einschätzung einig sind, dass man diesen Fall – oder wie man es sonst bezeichnen kann – auf kleiner Flamme kochen sollte, wenn Sie verstehen, was ich meine.«

»Darin stimmen wir voll und ganz überein«, gab sich Feucht erleichtert, ohne es sich anhören zu lassen.

Er wollte das Gespräch bereits dankend beenden, als Frau Vogelsang-Klarsfeld unerwartet nachschob: »Das alles geht natürlich nur, wenn Ihr Herr Büttner der Staatsanwaltschaft keinen Anlass geboten hat, tiefer in die Angelegenheit einzusteigen.«

Feucht fühlte sich erneut in die Ecke getrieben. »Ich denke, das hat er nicht getan.«

»Dann hoffe ich für uns, dass genügend Vorkehrungen getroffen sind, die so etwas verhindern.«

Noch während Feucht über die Bedeutung dieser Worte nachdachte, beendete die Frau das Gespräch: »Dann also besten Dank, Herr Feucht. Wir hören wieder voneinander.« Sie wartete keinen Gruß ab und legte auf.

Er hielt das stumme Gerät noch für ein paar Sekunden nachdenklich in der Hand. Dass genügend Vorkehrungen getroffen sind, hatte sie gesagt. Vorkehrungen, das konnte viel bedeuten, grübelte er. Eine Vorkehrung in letzter Konsequenz konnte schließlich auch sein, einen Informanten und seine Beweismittel zu beseitigen. Feucht atmete schwer.

22

Häberle gähnte und sah auf die Uhr am Armaturenbrett. Es war 9.55 Uhr. Als er gestern den Termin in Ulm ausgemacht hatte, konnte er ja nicht ahnen, dass er sich die Nacht um die Ohren schlagen würde. Aber das Gespräch mit Frau Büttner erschien ihm so wichtig, dass er es nicht verschieben wollte. Am Telefon war sie ziemlich wortkarg und distanziert gewesen; er wusste aus jahrelanger Erfahrung, wie unterschiedlich die Menschen auf den Tod eines Angehörigen reagierten. Allerdings lebte Frau Büttner seit vier Wochen von ihrem Mann getrennt, doch wenn der Hass nicht grenzenlos war, dann konnte auch sie die Nachricht von dem Mord nicht einfach wegstecken.

Als Häberle am Stadtende Gas gab und mit mehr als den erlaubten 60 Stundenkilometer die erste Steigung beim Friedhof erklomm, versuchte er, die Erkenntnisse und Ereignisse der vergangenen Stunden zu ordnen. Ein richtiges Bild allerdings wollte sich daraus nicht zusammensetzen. In seinem Mosaik fehlten noch zu viele Steine, ja, er hatte in der Nacht sogar den Eindruck gewonnen, dass Steine wieder weggenommen und neue Löcher aufgerissen worden waren.

In der lang gezogenen Linkskurve, nach der das Tempo auf 80 Stundenkilometer begrenzt war, was er ohnehin wegen eines vorausfahrenden Sattelzuges nicht erreichte, blickte er durch den dichten Bewuchs rechts hinüber in die Weiherwiesen, wo sie gestern um diese Zeit Büttners Leiche geborgen hatten. Und jetzt, keine 24 Stunden später, war in einem See irgendwo in Mecklenburg-Vorpommern, 500, 600 Kilometer von hier entfernt, ein Mann auf ähnliche Weise umgebracht worden – ein Mann, zu dem Büttner zweifellos in gewissem Kontakt stand. Von seinem Instinkt getrieben, drückte Häberle am Handy, das in der Halterung am Armaturenbrett steckte, die Kurzwahl für Linkohrs Anschluss. Augenblicke später hatte er den jungen Kollegen bereits am Apparat. »Mir fällt da etwas ein«, sagte der Chefermittler, während ihm der vorausfahrende Lkw an der Steigung oberhalb der Schimmelmühle kräftig Ruß entgegenblies. »Versuchen Sie mal rauszukriegen, was der Herr Mariotti gearbeitet hat, wo er beschäftigt war.«

»Sie denken an Leipzig?«, kam es zurück.

»Richtig erkannt, Herr Kollege, Leipzig und Strombörse. Und wenn Sie schon dabei sind, dann fragen Sie die Kollegen dort oben, wie es in der Wohnung von Mariotti aussieht – in der in Mirow, die nicht abgefackelt worden ist. Computer, Akten und so weiter. Und wie es mit Angehörigen so steht.«

»Okay«, bestätigte Linkohr knapp, »und ich werd den Kollegen sagen, sie sollen aufpassen, dass Mariottis zweite Wohnung nicht auch in Schutt und Asche fällt.«

Häberle lächelte. Sein Assistent dachte mit. Linkohr hatte in den sechs Jahren, seit sie gemeinsam für die großen Fälle zuständig waren, sehr viel gelernt. Er könnte mein Nachfolger werden, überlegte Häberle, und drückte die Austaste.

Dann rief er seine Ehefrau Susanne an, die er heute früh nur kurz gesehen hatte. »Es tut mir leid, dass ich so schnell wieder weg bin«, sagte er ruhig. »Hast du schon gefrühstückt?«

»Ich bin gerade dabei.«

»Es kann wieder spät werden.« Es war ihm ein Bedürfnis, ihr dies zu sagen, aber Susanne war es in den langen Jahren der Ehe längst gewohnt, dass ihr August während großer Fälle meist nur zum Essen und für ein paar Stunden Schlaf heimkam. Die ersten Stunden nach einem Verbrechen waren die entscheidenden, hatte er ihr schon viele Male gesagt. Wenn alle Wunden noch offen waren, wenn alle nervös und aufgeregt umherrannten – die Zeugen, die Angehörigen, die Geschädigten und natürlich der Täter –, dann war die Chance groß, dass irgendjemand von den Beteiligten einen entscheidenden Fehler beging. Denn manche, die glaubten, so cool und abgebrüht wirken zu können, wie man es von den Mördern in den Kriminalfilmen und Kriminalromanen her kannte, die täuschten sich gewaltig. In den Büchern las es sich so einfach, wie ein Täter die Polizei austrickste und sich in Vernehmungen ganz gelassen und kühl den bohrenden Fragen entzog. Doch dies in der Realität durchzuhalten – dabei im Hinterkopf immer U-Haft, Beweislasten und neue Erkenntnisse –, das war nicht einfach. Und oft genug erleichterte ein Täter, noch kurz bevor er überführt war, sein Gewissen mit einem Geständnis. Nicht selten hatte Häberle erlebt, dass ein Mörder plötzlich froh und dankbar war, endlich seine schreckliche Geschichte erzählen zu können. Der Ermittler versuchte, sich in sein Gegenüber zu versetzen. Dem triumphierenden Gefühl, einen Widersacher umgebracht oder einen unliebsamen Zeugen getötet zu haben, folgte immer die böse

Ernüchterung, die millionenfach schlimmer war als der Kater beim Erwachen nach einer durchzechten Nacht. So etwas ging wieder vorbei, doch der Albtraum eines Verbrechens blieb. Da konnte man sich noch so sehr wünschen, alles sei nicht passiert und man hoffte, bald zu erwachen. Dieses Erwachen gab es nicht. Man war schon wach, gnadenlos wach, mitten in der Realität. Und dann war nichts mehr, wie es einmal war – und es würde auch nie mehr wieder so werden. Auch nach 20 oder noch mehr Jahren Gefängnis nicht. Die Blutspur blieb – für immer und ewig.

Dies alles schoss ihm innerhalb weniger Sekunden durch den Kopf, während Susanne mit ein paar wenigen Worten wieder einmal Verständnis für seinen Job aufbrachte. Er dankte ihr dafür und versprach, sie zum Abschluss des Falles, was ganz gewiss spätestens am Wochenende sein werde, zum Forellenessen einzuladen.

Als er einigermaßen pünktlich das Büro der Zeitarbeitsfirma Time-Sharing ganz in der Nähe der Ulmer Justizvollzugsanstalt erreichte, hätte er nicht mehr sagen können, wie er dorthin gekommen war. Viel zu sehr war er in seine Gedanken versunken gewesen. Wieder einmal hatte sich gezeigt, dass das Unterbewusstsein in der Lage war, den richtigen Weg zu finden und – hoffentlich – alle Verkehrsregeln einzuhalten.

Gaby Büttner war eine Frau mit blondem Pagenschnitt, der sie jünger erscheinen ließ, als sie in Wirklichkeit war. Auch ihr eng anliegendes Kleid, das ihr bestens stand, wie Häberle empfand, trug zu der Mischung aus jugendlichem Charme und distanzierter Autorität bei. Sie ließ die Tür zum Vorzimmer zufallen und bot dem Kriminalisten einen Platz am Besuchertisch an.

»Es tut mir leid, wenn ich Sie störe«, sagte Häberle, dessen voluminöser Oberkörper das Jeanshemd unter der Jacke wieder einmal bedrohlich auseinanderzwängte. »Meine Kollegen aus Ulm haben Sie ja bereits gestern behelligt. Wir wissen alle, wie belastend solche Momente sind.« Er sah ihr in die Augen. Sie wirkte nervös und er überlegte, wie sehr sie der Tod ihres Mannes wohl mitgenommen hatte.

»Wissen Sie«, erwiderte sie kühl. »Es gibt Dinge, die lassen sich nicht mehr ändern. Ich müsste lügen, wenn ich sagen würde, Franks Tod ginge mir sehr nahe.« Sie sortierte einige Blätter und legte sie exakt aufeinander. »Wie ich Ihren Kollegen schon sagte – ich bin vor vier Wochen ausgezogen. Daran mögen Sie erkennen, dass es mit unserer Beziehung nicht zum Besten stand.«

»Für uns sind Sie ...«, versuchte Häberle zur Sache zu kommen, »eine wichtige Zeugin oder Informantin, da leider das, was wir von Ihrem Mann wissen, noch nicht sehr viel ist, außer, dass er im Stromgeschäft tätig war und wohl irgendwelche Filme gedreht hat.«

»Filme gedreht, ja«, bekräftigte sie. »Wie ein Besessener hat er sich in letzter Zeit darauf gestürzt. Wie ein Besessener.« Ihr Tonfall ließ unüberhörbar vermuten, dass sie diese Nebenbeschäftigung gehasst hatte.

Häberle musste sofort an die Fotos denken, die sie gestern Abend gesehen hatten, und überlegte, was die Frau wusste. »Wir haben davon gehört«, sagte er bedächtig und versuchte, so behutsam wie möglich vorzugehen. »Welcher Art waren denn die Filme, die er gemacht hat?«

Über ihr Gesicht huschte so etwas wie ein mitleidiges Lächeln. »Ich denke, Sie sind darüber informiert, oder?« Sie wartete keine Antwort ab. »Strom. Sein ganzes Leben bestand nur aus Strom. Beim Frühstück, beim Mittagessen, beim Nachtessen, am Sonntag, unterwegs – nur Strom. Ich sagte doch, wie ein Besessener hat er sich reingekniet, weil er an jeder Ecke irgendwelche Machenschaften vermutet hat. Manchmal hatte ich den Eindruck, er leide unter Verfolgungswahn: Kernkraftwerkslobby, Windkraft, Wasserkraft, Solarenergie, Fotovoltaik, oder wie das heißt, Wasserstoff, was weiß ich!«

Häberle ließ sich seine Verwunderung nicht anmerken. Er hatte eigentlich mit etwas anderem gerechnet. »Und darüber hat er Filme gedreht?«, fragte er langsam und ruhig nach, während sie ihre innere Unruhe nicht verbergen konnte.

»Ja, aber gesehen hab ich nie etwas. Das hat mich überhaupt nicht interessiert.«

»Und in wessen Auftrag hat er das gemacht?«

»In keinem, das war sein Privatvergnügen. Seit er eine neue Videokamera hatte und eine entsprechende Software mit allem Schnickschnack – übrigens für sündhaft teures Geld –, hat er nur noch daran rumgemacht und seine freien Tage dazu genutzt, irgendetwas herauszufinden, aber fragen Sie mich nicht, was. Ich hab hier meinen Job gehabt – und er den seinen. So haben wir uns geeinigt und uns auch getrennt.«

»Ihre Trennung«, knüpfte Häberle an das Gesagte an, »die hatte keine anderen Gründe?«

»Wir haben uns auseinandergelebt. Nicht, was Sie denken. Es gab bei ihm keine andere Frau und bei mir keinen anderen Mann.«

»Sie haben eine Tochter in Norwegen«, wechselte der Ermittler das Thema.

»Ja, Lea. Sie ist mit einem Dänen verheiratet und vor vier Jahren nach Norwegen gezogen. Er hat dort einen guten Job in einem Wasserkraftwerk.«

Häberle schaute interessiert. »In der Branche Ihres Mannes also?«

»Strom, ja. Die beiden haben sich kennengelernt, Lea und Ingo, ich meine Herr Frederiksen, die haben sich kennengelernt, als wir einmal bei einer Tagung in Rostock waren. Lea und ich haben da auch mitfahren können.«

»Ihr Schwiegersohn«, zeigte er sich interessiert, »hatte auch geschäftlich mit Ihrem Mann zu tun?«

»Ich denke ja. Aber wie ich Ihnen vorhin bereits sagte, diese Stromsache interessiert mich reichlich wenig. Das ist sowieso seit zehn Jahren ziemlich undurchsichtig. Ich weiß nicht, ob Sie informiert sind, dass damals das Monopol der Versorgungsunternehmen gefallen ist – und diese ganze Liberalisierung begonnen hat.« Sie nestelte an ihrem Kleid. »Liberalisierung und Privatisierung; recht und schön. Aber nennen Sie mir einen Bereich, Herr Häberle, in dem so was wirklich funktioniert. Bei allen Institutionen, die man privatisiert und umgekrempelt hat, bezahlt doch letztendlich der Kunde die Zeche. Geschäftemacher sind überall am Werk. Und soll mir keiner sagen, dass alles kundenfreundlicher geworden ist. Nehmen wir nur mal die Bahn. Ich frage Sie allen Ernstes, was ist da kundenfreundlicher geworden, wenn überall nur noch Automaten rumstehen, die man ab 50 nicht mehr bedienen kann, weil man sie nicht versteht. Kundenfreundlicher ist gar nichts geworden.« Sie winkte ab. »Stattdessen wurde dem staatlich legitimierten Lug und Trug Tür und Tor geöffnet. Oder glauben Sie, es blickt noch ein Mensch durch, wo der Strom heutzutage billiger ist? Da sind höhere Grundgebühren, dort zahlt man weniger für die Kilowattstunde, anderswo gibt's eine Vertragsbindung, dann wieder nicht. Da Ökostrom oder Naturstrom, aus Wasserkraft oder aus Fotovoltaik. Sie können nicht wirklich vergleichen – und das ist nicht nur beim Strom so. Das geht beim Telefon so weiter, ist beim Gas nicht anders oder bei Versicherungen. Überlegen Sie doch mal, Herr Häberle, wenn Sie dieser Geiz-ist-geil-Mentalität nachspringen wollen, dann sind Sie nur noch damit beschäftigt, Preise zu vergleichen. Und bis Sie endlich den günstigsten Anbieter für irgendetwas gefunden haben, haben sich die Preise wieder verändert. Manchmal hab ich den Eindruck, die Menschheit soll auf diese Weise beschäftigt und abgelenkt werden, um sich nicht politisch zu engagieren.«

Häberle nickte eifrig. Die Frau hatte gewiss recht.

»Das alles zieht sich ebenso quer durchs Geschäftsleben«, machte sie weiter, als wolle sie sich damit Frust und Enttäuschung von der Seele reden. »50 Prozent meines Jobs hier ist nur Verwaltungsarbeit. Und wenn Sie glauben, sich auf ein freies Wochenende freuen zu können, dann liegen garantiert irgendwelche Briefe vom Finanzamt da oder von der Industrie- und Handelskammer, oder von was weiß ich von welchen Institutionen, und Sie verbringen wieder Stunde um Stunde damit, irgendwelche Formulare auszufüllen. Und wenn ich dann das Gesülze vor den Bundestagswahlen höre, dann staune ich nur, wie das Volk das alles hinnimmt.«

»Politisch engagiert hat sich Ihr Mann aber nie?«, fragte Häberle plötzlich, um wieder an den Grund seines Besuches zu erinnern.

Frau Büttner stutzte. »Wie kommen Sie denn da drauf? Dafür hätte er niemals Zeit gehabt. Man hat ihn zwar vor einigen Monaten gefragt, ob er für den Gemeinderat kandidieren würde, aber er hat abgelehnt. Ich glaube, dass ihm keine der Parteien sympathisch gewesen wäre. Wenn wir uns in etwas einig waren, dann in der Einschätzung, dass die Verhältnisse derart verhärtet sind, dass es Augenwischerei wäre, zu glauben, man könnte daran etwas ändern. In der großen Politik wollen alle Steuern senken, jedes Mal vor der Wahl. Nachher wird immer das Gegenteil getan. Oder sie wollen den Bürokratismus abbauen – und es geschieht genau das Gegenteil. Oder sie wollen die Steuererklärung vereinfachen, aber nicht mal das kriegen sie hin.«

»Wenn sich Ihr Mann nur für das Thema Strom interessiert hat«, fasste Häberle zusammen, »dann könnte es doch sein, dass in seinem beruflichen Engagement das Motiv für das Verbrechen liegen könnte.«

»Ich sagte Ihnen bereits, er hat sich da reingekniet. Ich habe eigentlich von den Strukturen, um die es da ging, keine Ahnung.«

»Sie haben also keinerlei Bezug zum Albwerk?«, wollte Häberle wissen.

»Wie kommen Sie darauf?«

»Ja, es könnte doch sein. Es gibt da sicherlich Betriebsfeste oder sonstige Aktivitäten, zu denen auch die Partner eingeladen sind.«

Sie zögerte. »Mein Mann hat Privates und Berufliches getrennt und so handhabe ich das auch hier.« Die Antwort kam für Häberles Gefühl etwas zu schnell.

»Ihr Beruf«, griff er die Bemerkung auf, »dürfte in diesen Zeiten Hochkonjunktur haben. Zeitarbeit boomt, wie man so hört.«

»Wundert Sie das?«, fragte sie erstaunt. »Wer geht in diesen wirtschaftlich schwierigen Zeiten noch eine feste Bindung mit einem Arbeitnehmer ein? Sie kriegen nur Ärger, wenn Sie den wieder loswerden möchten. Lesen Sie doch nach, wie derzeit vor den Arbeitsgerichten prozessiert wird. Als Unternehmer haben Sie schneller einen Prozess am Hals, als Ihnen lieb ist. Wir hingegen können die Leute flexibel einsetzen – heute hier, morgen dort.«

Häberles soziales Feingefühl gebot ihm Widerspruch, auch wenn ihm im Moment nicht nach politischer Diskussion zumute war. »Ohne Absicherung«, wandte er ein.

»Was heißt Absicherung, Herr Häberle? Die Leute sollen froh sein, dass sie einen Job haben.«

Der Ermittler hatte mit dieser Argumentation gerechnet. Seit sich die Verhältnisse gewandelt hatten, noch lange vor der globalen Krise und mit dem Zutun der Rot-Grünen, konnte man unter dem Deckmäntelchen des Schaffens von Arbeitsplätzen so ziemlich alles anstellen. Und jetzt wurde diese Entwicklung geradezu atemberaubend beschleunigt, nachdem angeblich einige wild gewordene Banker das kapitalistische System an die Wand gefahren hatten. Jedes Mal, wenn er versuchte, sich in die Situation eines Arbeitnehmers in der freien Wirtschaft einzudenken, überkam ihn ein Schauer. Vielleicht wäre er in seinem Alter längst arbeitslos geworden, oder sie hätten ihn hinausgemobbt. Inzwischen hatten doch auch die Politiker in den Chor jener eingestimmt, die Flexibilität predigten. Nur machte es eben einen Unterschied, ob man Umzug und neue Wohnung bezahlt bekam und diverse Aufwandsentschädigungen erhielt, einschließlich Dienstwagen, oder ob man mit minimalstem Lohn abgespeist wurde und dann noch in Kauf nehmen musste, irgendwo ganz neu anzufangen. Was hatten die, die von Flexibilität sprachen, schon für eine Ahnung, was dies in der Praxis für einen Familienvater bedeuten konnte?

»Der Staat selbst reguliert, was einem Arbeitnehmer zuzumuten ist«, fuhr Frau Büttner fort. »Wir hatten schwarze, rote, grüne und gelbe Koalitionen – da hätte jede Regierung für sich etwas ändern können. Keine hat's gewollt. Schauen Sie doch in die Arbeitsgerichtsrechtsprechung mal rein, Herr Häberle. Sie werden staunen. Und Sie wissen selbst, dass erlaubt ist, was die Gesetze zulassen.«

Er wollte nicht widersprechen.

»Wenn Sie heute in einem Betrieb arbeiten, der keinem Arbeitgeberverband angehört, dann sind Sie als Arbeitnehmer beschissen dran. So ist das. Ihr Chef braucht sich in vielen Branchen an keine Tarife zu halten – es sei denn, er bezahlt Ihnen zwei Drittel weniger, als der Tarif es vorsähe. Dann können Sie mal dran denken zu prozessieren.« Über ihr Gesicht zuckte ein hämisches Grinsen, was sie nicht sympathisch machte, befand Häberle. »Und ob Sie's glauben oder nicht, aber es ist Realität in diesem Lande: Wenn im Arbeitsvertrag nicht ausdrücklich die Arbeitszeit festgelegt ist, gilt immer noch die 48-Stunden-Woche – ja, Sie haben richtig gehört. Die 48-Stunden-Woche.«

Häberle hatte schon mal davon gehört und es damals bereits als unerhört empfunden, zumal doch unablässig betont wurde, wie sozial dieses Land sei.

»Und wenn Sie für Überstunden oder Sonntagsarbeit einen

Ruhetag zugestanden bekommen, dann bedeutet das in der Sprache unserer neunmalklugen Justiz noch lange nicht, dass dies ein zusätzlicher freier Tag ist – denn dieser Ruhetag kann auch ein ohnehin arbeitsfreier Samstag sein. So sieht das nämlich aus in diesem Land, Herr Häberle. Und deshalb sind nicht die Zeitarbeitsfirmen wie unsereiner die bösen Buben, sondern jene, die das per höchstrichterlicher Rechtsprechung zulassen.«

Häberle musste sich eingestehen, viel zu wenig darüber zu wissen, schließlich waren solche Dinge glücklicherweise bei den Beamten ganz anders geregelt – trotz der angehobenen Wochenarbeitszeit. Er nahm sich aber vor, das zum Anlass für ein Gespräch mit einem befreundeten Arbeitsrechtler des Deutschen Gewerkschaftsbundes zu nehmen.

»Darf ich fragen, wie viele Beschäftigte Sie haben?«, kam er nach Sekunden des Nachdenkens wieder auf das Thema zurück.

»Derzeit über 80«, erklärte Frau Büttner.

»Sicher auch aus weiterem Umkreis«, stellte Häberle fest.

»Sie denken, aus dem Raum Geislingen?« Sie hatte offenbar sofort erkannt, worauf er hinauswollte. Häberle nickte.

»Natürlich auch von dort«, antwortete sie schnippisch. »Von überall her. Wie gesagt, die Leute sind froh, wenn sie Arbeit haben. Aber aus Geislingen, wenn Sie's genau wissen wollen, hab ich derzeit nur eine ... eine Frau.« Gaby Büttners Gesichtszüge verkrampften sich zu einem gekünstelten Lächeln. »Sie fällt mir spontan ein, weil sie absolut unzuverlässig ist. Eine, die an allem rumnörgelt und so viele Fehltage hat wie kaum jemand anderer. Und was auffällig ist: immer montags.«

»Gestern also auch«, meinte Häberle.

»Gestern auch, natürlich. Und heute ist sie wieder nicht aufgetaucht. So etwas kann sich kein Betrieb leisten, auch meiner nicht.«

»Darf ich fragen, um wen es sich handelt?«
»Speidel heißt sie. Roswitha Speidel.«
Häberle sagte nichts.

»Um ehrlich zu sein«, machte Frau Büttner weiter, »der würde ich alles zutrauen, nur nichts Rechtes. Anfangs hat das alles wunderbar geklappt mit ihr. Ich hab ihr sogar hin und wieder etwas zukommen lassen oder einen Gefallen getan ...« Sie stockte für einen Moment. »So kann man sich täuschen. Okay, ihr Mann scheint arbeitslos zu sein, vielleicht verbittert – aber nur weil unser gesellschaftliches System so etwas wie dieses Hartz IV hervorgebracht hat, kann ich hier doch nicht so tun, als sei ich von der Caritas, oder?«

Häberle wollte etwas fragen, als es an der Tür klopfte und sie zaghaft geöffnet wurde. »Entschuldigen Sie, Frau Büttner.« Es war die verschüchterte junge Sekretärin aus dem Vorzimmer. »Aber es ist dringend.«

Die Chefin wandte sich leicht gereizt ihr zu: »Sie wissen doch, dass ich einen Besucher habe.«

»Dringendes Telefonat«, zeigte sich die Sekretärin dezent hartnäckig, um leise hinzuzufügen, als solle es Häberle nicht hören: »Die Frau Rothfuß.«

Musste er den Namen kennen?, überlegte er. Er nahm sich vor, ihn bei sich abzuspeichern. Dann bedankte er sich für das Gespräch, während sich Gaby Büttner das Telefongespräch einigermaßen widerwillig durchstellen ließ.

23

Linkohr war in diesen späten Vormittagsstunden über die Alb nach Breitingen gefahren. Hier, in diesem Teil der Hochfläche, die viele Senken und Mulden aufwies und wo sich weite Felder und ausgedehnte Wälder abwechselten, schien es ihm jedes Mal, als sei dies ein Stück heile Welt. Die Örtchen waren meist fein herausgeputzt, hatten aber ihren ländlichen Charakter aus der Zeit des Modernisierungswahns der 60er- und 70er-Jahre herübergerettet. Statt vieler kleiner landwirtschaftlicher Betriebe, die es einst gab, dominierten jetzt die Großbauern, die sich rechtzeitig an den Brüsseler EU-Vorgaben orientiert hatten. Ob dies auf Dauer sinnvoll war, würde die Zukunft zeigen.

Linkohr musste unweigerlich an seinen Chef denken, der bei längeren Überlandfahrten gerne über Gott und die Welt dozierte.

Wollek hatte darum gebeten, das Gespräch mit dem Polizeibeamten in seiner Wohnung führen zu dürfen. Er wolle die Gerüchteküche nicht noch weiter anheizen, war seine Begründung gewesen, als ihn Linkohr heute früh im Albwerk telefonisch erreicht hatte.

Der Jungkriminalist hatte eingewilligt, zumal es auch Häberles Ansinnen entsprach, die Menschen in ihrer gewohnten Umgebung aufzusuchen. Ein einziger Blick in ein Wohnzimmer sagte oftmals mehr über die Persönlichkeit und den Charakter aus als ein langes Gespräch.

Linkohr hatte sich den Weg zu dem Einfamilienhaus schildern lassen und auch sogleich gefunden: vorbei an einer Firma für Gartengestaltung, dann noch ein paar Querstraßen weiter. Kaum war er dem Dienst-Polo entstiegen, kam ihm ein großer Mann entgegen, der einen Freizeitpullover trug. »Sie sind aber überpünktlich«, begrüßte ihn der Hausherr und ging wie selbstverständlich davon aus, dass es sich bei dem Besucher um Linkohr handelte. Sie schüttelten sich die Hände.

»Pünktlichkeit ist der halbe Job«, erwiderte Linkohr, während er seinem Gesprächspartner durch die Diele in das Esszimmer folgte. Spielzeug auf dem Boden deutete auf Kinder hin, die jedoch nirgendwo zu hören oder zu sehen waren. Auch Frau Wollek war offenbar nicht daheim, dachte Linkohr und setzte sich auf den angebotenen Polsterstuhl dem Mann gegenüber.

»Ich hab mich bereits gewundert, dass Sie nicht schon gestern auf mich zugekommen sind«, begann Wollek das Gespräch. Er war frisch rasiert und trug seine schwarzen Haare kurz und etwas nach hinten geföhnt. Ihren matten Glanz führte Linkohr auf etwas Gel zurück. So, wie viele der heutigen Manager frisiert sind, dachte er.

»Wir müssen in solchen Fällen zuerst das direkte Umfeld abchecken«, erklärte Linkohr und knöpfte seine legere Freizeitjacke auf. »Danach sind uns allerdings oft die Arbeitskollegen eine wertvolle Hilfe.«

»Ich werde versuchen, mein Möglichstes dazu beizutragen«, zeigte sich Wollek kooperativ. »Wie Sie bereits wissen, hatte ich Urlaub – und hab das streng genommen noch immer. Aber nachdem mich Herr Bodling gestern Nachmittag von dem schrecklichen Geschehen informiert hat, bin ich runtergefahren.« Damit meinte er den Weg nach Geislingen, das an den nördlichen Abhängen der Schwäbischen Alb in fünf Täler gebettet war.

»Sie haben mit Herrn Büttner eng zusammengearbeitet«, begann Linkohr und verwarf den Gedanken, sich während des Gesprächs Notizen zu machen. Das hemmte, wenn er allein war, den Redefluss und irritierte das Gegenüber. Allerdings verlangte der Verzicht darauf äußerste Konzentration, um auch kleine Nuancen hinterher richtig protokollieren zu können.

»Ich denke, Herr Bodling hat dies alles bereits gesagt«, gab sich Wollek gelassen. »Wir, also Herr Schweizer, Herr Büttner und ich, sind unter anderem hauptsächlich für den Stromeinkauf zuständig. Wie das funktioniert, brauch ich Ihnen wohl nicht im Detail zu erläutern.«

Linkohr schüttelte den Kopf. Sie hatten sich in der Sonderkommission bereits ausführlich damit auseinandergesetzt.

»Mich würde insbesondere etwas zu Herrn Büttners Persönlichkeit interessieren.«

»Sehr behilflich kann ich Ihnen dabei nicht sein. Und dass sich seine Frau von ihm getrennt hat, dürfte Ihnen bekannt sein.« Er dachte nach. »Er hat unter dem Wegzug seiner Tochter nach Norwegen gelitten, das wissen Sie sicher auch. Ich schätze Herrn Büttner sehr – solange ich eben hier bin –, aber über das Geschäftliche hinaus sind so gut wie keine Kontakte zustande gekommen. Und um ehrlich zu sein, auch ich bin nach Geschäftsschluss gerne daheim, hier bei der Familie und auf dem Land.«

»Das Stromgeschäft ist, so wie man hört, ziemlich hart geworden.« Linkohr wollte zunächst die geschäftliche Seite abklopfen.

»Hart ist noch gelinde ausgedrückt, Herr Linkohr. Gnadenlos, würd ich mal sagen, ist es geworden. Gnadenlos. Und die Kleinen haben schwer zu kämpfen.«

»Sie arbeiten aber trotzdem für einen Kleinen seit vier Jahren«, stellte Linkohr fest und glaubte, ein angedeutetes Lächeln in Wolleks Gesicht zu erkennen.

»Wir wollten aufs Land. Außerdem hat meine Frau Verwandtschaft hier, in Günzburg und in Riedheim, ich weiß nicht, ob Sie das kennen. So ein kleines Nest im Donauried, mitten drin.«

»Sie waren an der Strombörse in Leipzig tätig?«

»Nur kurz. Ich wollte einfach mal reinschnuppern, damit man weiß, wie das dort funktioniert und wie die Mechanismen sind. Ich war nur ein knappes Jahr dort, aber diese Hektik ist nichts für mich. Junge Leute mögen das eine Weile durchhalten, aber irgendwann sucht man sich einen sicheren Job.«

»Und der ist beim Albwerk sicher, der Job?«

»Das Albwerk, Herr Linkohr, ist eines der gesündesten

Unternehmen dieser Branche – und dies ohne hohe Strompreise. Es ist genossenschaftlich strukturiert, wenn Sie wissen, was dies bedeutet. Allerdings ...« Er legte seine Stirn in Falten. »Ja, allerdings hat auch uns die globale Krise gebeutelt. Die Stromabgabe ist im ersten Quartal dieses Jahres geradezu dramatisch eingebrochen. Wie sich dies auf den Geschäftsverlauf auswirken wird, bleibt abzuwarten.«

Linkohr nickte. Die Strukturen in der Strombranche hatte er sich gestern von Kollegen der Sonderkommission erläutern lassen.

Wollek fuhr fort: »Ein ehemaliger Hochschulprofessor, um genauer zu sein: Der Rektor der Hochschule für Wirtschaft und Umwelt Nürtingen-Geislingen, war noch bis letztes Jahr der Aufsichtsratsvorsitzende hier, ein Guru sozusagen, was das Genossenschaftswesen anbelangt.«

Auch darüber war Linkohr bereits unterrichtet. Dr. Eduard Mändle war gemeint, der zwar bei der letztjährigen Hauptversammlung altershalber aus dem Aufsichtsrat ausgeschieden war, aber gewiss weiterhin als Grand Senior im Hintergrund wirkte. So hatten es die Kollegen der Sonderkommission jedenfalls geschildert.

»Darf ich fragen, wo Sie vorher tätig waren?«, erkundigte sich der junge Kriminalist vorsichtig und besah sich beiläufig die Glasvitrine, die ihm gegenüber an der hell-bräunlich gestrichenen Wand stand. Sie enthielt, soweit er es von seinem Platz aus überblicken konnte, Bergkristalle und verschiedenfarbige Steine. Einige sahen aus, als seien sie vulkanischen Ursprungs. Auf Lanzarote hatte er einmal so etwas gesehen.

»In diesem Job kommen Sie viel rum in der Welt«, erwiderte Wollek, als habe er Linkohrs Gedanken erraten. »Möchten Sie etwas zu trinken?«

»Danke, nein«, wehrte Linkohr ab. Er wollte das Gespräch nicht unterbrechen und nicht unnötig in die Länge ziehen.

»Wo waren wir stehengeblieben?«, Wollek lächelte. »Ach ja,

der Job. Wenn man's zu was bringen will, ist das wie in jedem Job. Man muss raus und den Mut haben, immer mal wieder Neues zu beginnen. Früher war das so: Man war angesehen, wenn man ein Berufsleben lang dem gleichen Arbeitgeber die Treue gehalten hat, kriegte Urkunden und einen warmen Händedruck. Doch wenn Sie heute mit 40 oder 45 was anderes suchen und nur sagen können, dass Sie seit 15, 20 Jahren in ein und demselben Betrieb waren, dann wird jeder Personalchef müde lächeln und Sie fragen, wo Sie überhaupt Erfahrung gesammelt hätten. Sie haben zwar treu und brav geschafft, um es mal salopp zu sagen, aber letztlich sind Sie der Depp.«

Linkohr nickte. Wollek sprach fast wie Häberle. Fehlte bloß noch, dass er gegen die allgegenwärtigen Schwätzer wetterte. Aber dies, da war sich der Jungkriminalist sicher, würde Wollek nicht tun, denn schließlich hatte dieser sich bestimmt längst in die Etagen der Wichtigtuer und Schwätzer hochgehangelt, vermutlich unter Einsatz der Ellbogen.

»Sie waren also bei verschiedenen Energieunternehmen?«, blieb Linkohr hartnäckig, ohne aufdringlich zu wirken.

»E.ON, Vattenfall, EnBW – klar«, zählte er stolz auf. »Zuletzt bei Estromag, auch einer der ganz Großen, der europaweit die erste Geige spielen will.«

»Und Sie selbst kommen aus dem Norden?«

»Ich bin praktisch in Bremen aufgewachsen. Gewohnt hab ich dort nur bis zum Ende meines Studiums, danach ging's mit den berufsbedingten Umzügen los.«

»Ihre Frau ist aber aus der hiesigen Gegend?«

»Aus Gundremmingen.« Er lächelte. »Jetzt macht's bei Ihnen klick, was? Kernkraftwerk Gundremmingen. Sie war dort Sekretärin, als ich auch dort war. Wie's dann halt so kommt ...«

Gundremmingen, das wusste Linkohr aus einem der zurückliegenden Fälle, lag am Rande des Donaurieds, direkt an der Donau.

»Jetzt waren Sie ein paar Tage verreist«, stellte Linkohr fest und hoffte, dass Wollek weiterhin so kooperativ blieb, wenn die indirekte Frage nach einem Alibi kam. Aber daran führte kein Weg vorbei. Ein Persönlichkeitsbild war bei den Ermittlungen nur vollständig, wenn es auch Rückschlüsse darauf zuließ, wo sich der Befragte zum Zeitpunkt der Tat aufgehalten hat.

»Ich war in Pirna«, entgegnete Wollek weiterhin ruhig. »Ich betreue mehr oder weniger eine weit entfernte Verwandte – man sagt halt Tante dazu –, 91 Jahre alt, völlig dement. Sie ist in einem Pflegeheim untergebracht, aber als amtlich bestellter Betreuer müssen gelegentlich einige Formalitäten erledigt werden.« Wieder lächelte er. »Aber was dies anbelangt, lässt sich das lückenlos nachvollziehen, falls es notwendig werden sollte.«

»Ist nicht nötig, danke. Sie waren allein unterwegs?«

»Ja, das hat sich nicht auf die Pfingstferien vorverlegen lassen, leider. Eine Vertragsgeschichte. Aber es macht auch mal Spaß, allein unterwegs zu sein – mit dem Wohnmobil, müssen Sie wissen. Ich mach das gelegentlich. Urlaub von der Familie, wenn Sie so wollen.«

»Auf Campingplätzen, denk ich.«

»Ja, natürlich. Diesmal war's Pirna, kann ich nur empfehlen. Ein sehr schöner, gepflegter Platz, tolle sanitäre Anlagen. Sauber, absolut sauber. Ganz im Gegensatz zu den Schmuddelplätzen, die man heutzutage immer noch antrifft. Schmuddelplätze und Abzocke. Da kommen die Camper mit 60.000-Euro-Kisten daherkutschiert und sollen, überspitzt gesagt, mit einem Donnerbalken zufrieden sein. Eine Zumutung, kann ich Ihnen sagen.«

»Was bezahlt man heutzutage auf so einem Superplatz?«

»In Pirna waren es 16 Euro, inklusive Strom. Pro Tag.«

»Wie lange waren Sie denn dort?«

»Vier Nächte«, erwiderte Wollek. »Von Donnerstag auf

Freitag, auf Samstag, auf Sonntag, auf Montag – ja, vier. Ich wollte ein paar Tage Ruhe haben und an der Elbe entlang spazieren. Noch besser wäre eine Radtour gewesen, aber dazu war's ein bisschen zu windig.«

»Sie haben ein Rad dabeigehabt?«

»Nein, aber das können Sie dort für einen Tag mieten, wäre kein Problem gewesen.«

»Sie sind sicher inzwischen darüber informiert, dass das Albwerk erpresst wird?«

»Herr Bodling hat das gesagt, ja. Bis heut Nacht hat dies wohl keiner der Herren so richtig ernst genommen.«

»Keiner der Herren?«

»Herr Bodling und Herr Feucht, meine ich damit. Aber hätt ich's gewusst, hätt ich's auch nicht ernst genommen. Was glauben Sie, wie viele Drohungen diese Großkonzerne täglich kriegen! Wenn Sie da jedes Mal zur Polizei rennen würden, kämen Sie aus der Ermittlungsarbeit nicht mehr raus. Irre gibt es mehr als genug, Herr Linkohr, aber das brauche ich Ihnen wohl nicht zu sagen.«

Nein, dachte Linkohr – und dabei zählte sein Berufsleben noch keine zehn Jahre. »Es gibt nichts, was es nicht gibt«, zitierte er Häberle. Und eine Kirchenfrau hatte einmal gesagt, genau so, wie es das Gute im Menschen gebe, so gehöre auch das abgrundtief Böse dazu. Es sei Aufgabe der Menschen selbst, sich dagegen zu wehren. Doch der Staat, so blitzte in Linkohr ein Gedanke auf, versagte mit seiner unendlichen Liberalität gerade in diesem Bereich. War mal wieder eine schreckliche Tat geschehen, die ganz Deutschland aufrüttelte, dann standen die Politiker scheinheilig vor den Kameras und versicherten, dass man Konsequenzen ziehen werde. Bevor aber solche auch nur ansatzweise erwähnt wurden, hatte sich die Horde der Effekthascher, worunter auch die Medien zu zählen waren, schon Aufregenderem zugewandt.

»Aber jetzt hat der Erpresser Taten folgen lassen«, meinte

Linkohr in Bezug auf den Anschlag auf das Umspannwerk vergangene Nacht.

»Er hat damit zumindest Aufsehen erregt. Der reine Sachschaden ist vergleichsweise gering, würde ich mal sagen. Bis heut Abend dürfte das meiste davon behoben sein.«

»Und wer oder was könnte dahinterstecken?«

»Irgendeiner dieser Aufrührer, wie wir sagen. Aus den Reihen der Verweigerer. Es gab vor einigen Monaten einige Protestler, die nicht mehr bereit waren, die Stromkosten zu zahlen. Nicht, weil sie kein Geld gehabt hätten, sondern aus Protest gegen die angeblich überhöhten Strompreise. Analog dazu hat's das bei den Gasversorgern gegeben. Aber vor Gericht hat dieser Protest natürlich nicht standgehalten. Wir haben das auch ziemlich gelassen hingenommen«, zeigte sich Wollek zufrieden. »Wir haben Mahnungen geschickt und dann mit dem Abklemmen der Versorgungsleitung gedroht. Das hat in den meisten Fällen geholfen. Allerdings, das dürfen Sie mir glauben, sind wir nicht mit brachialer Gewalt gegen diese Nichtzahler vorgegangen, sondern haben sogar in einigen Fällen den Winter vorbeigehen lassen, damit die Leute nicht im Kalten oder im Dunkeln sitzen mussten.«

»Noch eine letzte Frage, dann lasse ich Sie auch schon wieder in Ruhe«, kam Linkohr zum Schluss und benutzte dabei Formulierungen, die er viele Male von Häberle gehört hatte. »Gibt es eigentlich innerhalb des Betriebs Spannungen, ich meine, irgendwelche Antipathien oder Animositäten zwischen Mitarbeitern?«

»Wo gibt's die nicht, Herr Linkohr? Was in den einzelnen Abteilungen läuft, darüber kann ich Ihnen überhaupt nichts sagen. Ich weiß nur so viel, dass es bei unserer Abteilung wunderbar läuft.«

»Und Kontakte, na, sagen wir mal, persönlicher Natur?«

»Mit Büttner? Ich sagte Ihnen doch, dass es die zu ihm nicht gab. Und was Schweizer anbelangt, nun ja, der ist geschieden.«

Wieder das Lächeln. »Der hat ganz andere Interessen, wenn man es so ausdrücken darf.«

»Und Beziehungen innerhalb des Betriebs?«

Wollek zögerte einen Augenblick. »Sie meinen Affären? Da dürfen Sie mich nicht fragen. Was da so untereinander läuft, wer mit wem? Das meinen Sie doch? Nein, da kann ich Ihnen nicht weiterhelfen. Früher hat man das noch mitgekriegt, wenn die Kollegen mal ein privates Telefongespräch geführt und angefangen haben zu flüstern. Flöten hat man dazu gesagt. Aber heutzutage hat jeder sein Handy, geht mal schnell raus und telefoniert oder man schickt sich still und heimlich Mails. Das merkt niemand mehr. Was glauben Sie, was da tagtäglich durchs Netz gejagt wird?«

Ein Glück, dachte Linkohr, dass noch nicht alles auf virtueller Ebene möglich war.

»Aber was Sie vielleicht interessieren könnte«, Wollek erweckte damit Linkohrs Aufmerksamkeit, »Kollegen von Ihnen haben, soweit ich das mitgekriegt habe, bei uns wegen einer Zählernummer nachgefragt. Man hat wohl so ein Gerät an dem See gefunden.«

Linkohr erinnerte sich schlagartig. Möglich, dass der Sonderkommission die Antwort schon vorlag.

»Den Zähler hat sich Herr Büttner geben lassen, irgendwann im Herbst«, fuhr Wollek fort. »Und inzwischen wissen wir, dass er auch noch eine alte Schaltuhr mitgenommen hat.«

Linkohr versuchte, diese Hinweise einzuordnen. Aber was machte dies für einen Sinn, wenn Herr Büttner eines der Geräte anschließend ins Gelände geworfen hat? »Weiß man denn, wozu er das alles gebraucht hat?«

Wollek zuckte mit den Schultern. »Keine Ahnung. Der Kollege Büttner war ein Tüftler, um es mal so auszudrücken.«

»Wie muss man das verstehen?«, hakte Linkohr nach.

»So ganz genau weiß ich das nicht. Aber gesprächsweise

hab ich mitgekriegt, dass er sich wohl ein Film- und Tonstudio eingerichtet hat. Doch fragen Sie mich bitte nicht, ob er dafür einen Stromzähler und eine uralte Schaltuhr gebraucht hat. Die Schaltuhr müsste sich ja in seiner Wohnung finden.«

Linkohr wollte nichts dazu sagen. Ihm fiel spontan der Speicherstick ein, den ein Feuerwehrmann vor einem Fenster von Büttners Haus gefunden hatte. »Könnten Sie sich vorstellen, dass er sich auch für die Natur interessiert hat?«

Wollek hob eine Augenbraue. »Natur? Wie meinen Sie das?«

»Nun ja, für Pflanzen, Tiere, Umwelt.« Linkohr wusste nicht so recht, wie er es möglichst unverfänglich formulieren sollte.

»Wer tut das nicht – sich für die Natur interessieren?«, entgegnete Wollek zögernd.

Linkohr entschied, einen Schritt weiter zu gehen: »Zum Beispiel für Tiere, die vom Aussterben bedroht sind.«

»Ich weiß nicht, worauf Sie hinauswollen.« Wollek ließ seine Arme über die Seitenlehne des Sessels baumeln. »Helfen Sie mir auf die Sprünge«, forderte er Linkohr auf und ergänzte: »Falls Sie wissen wollen, ob ich auch schon an diesem Weiherwiesensee war, muss ich Sie enttäuschen. Ich fühl mich zwar inzwischen an und auf der Schwäbischen Alb heimisch, aber mit der Flora und Fauna habe ich's nicht so sehr. Mich interessieren eher die historischen Bauwerke.«

»Kirchen und Schlösser?« Linkohr täuschte Neugier vor, obwohl ihm viel mehr eine andere Frage unter den Nägeln brannte.

»Nein, nicht Kirchen und Schlösser, sondern zum Beispiel der Ödenturm.«

Der Jungkriminalist, der sich die Empfehlung Häberles zu eigen gemacht hatte, die engere Heimat zu erkunden, wusste natürlich, was gemeint war: Der historische Buckelquader-Turm, der seit rund 800 Jahren am Albtrauf oberhalb Geislingens allen Stürmen trotzte und während der Sommermonate auch bestiegen werden konnte. »Darf ich fragen, was Sie mit dem Turm zu tun haben?«

Wollek lächelte. »Nennen Sie mich Turmwächter.« Er bemerkte Linkohrs Verwunderung und erklärte weiter: »Ein paar Mal im Jahr schiebe ich dort oben Dienst. Sonntags. Vorletztes Jahr hat der Schwäbische Albverein, der den Turm betreut, Ehrenamtliche gesucht, die sich ein bisschen engagieren wollen – na ja, dann hab ich mich mal gemeldet. Ist eine ziemlich interessante Sache, weil Sie im Laufe des Tages alle möglichen Leute kennenlernen, die zu Ihnen hochsteigen. Wenn Sie wollen, schauen Sie kommenden Sonntag vorbei. Von 10 bis 17 Uhr bin ich oben.«

Linkohr nahm sich vor, dies tatsächlich zu tun, falls bis dahin der Fall geklärt sein sollte und er seine neue Vollwertkost-Bekannte zu einem Spaziergang überreden konnte. Vielleicht würde ihm das sogar gelingen, denn Wandern war schließlich gesund und passte sicher in ihr Wellness-Konzept.

»Das Albwerk«, fügte Wollek an, »macht sich ohnehin für den Erhalt von Kulturdenkmälern stark. Es sponsert sogar den Strom für die Strahler, die den Ödenturm und die nahe Burgruine Helfenstein bei Nacht erleuchten.« Er lächelte Linkohr entspannt zu: »Da sage noch einer, die Stromversorger seien alles böse Buben.«

24

Häberle war nach seiner Vernehmung in Ulm wieder auf der Rückfahrt nach Geislingen. Unterwegs rief er die Kollegen der Sonderkommission an, um sich über die neuesten Entwicklungen informieren zu lassen. Ein Kriminalist berichtete, dass sich Arthur Speidel gemeldet und eine ergänzende Aussage gemacht habe.

»Er hat den Zähler weggeworfen«, fuhr die Stimme im Lautsprecher fort. »Seine Frau hat ihn über die Frau Büttner beim Albwerk besorgt. Er wollte damit den Stromverbrauch seiner Gartenlichter prüfen, das hat aber nicht geklappt. Außerdem hat er sich noch so eine alte Schaltuhr geben lassen, um die Lichter automatisch an- und auszuschalten. Dieses Teil hat er noch herumliegen.«

»Seid ihr bei ihm draußen gewesen?«, gab sich der Chefermittler interessiert, während er viel zu dicht auf einen Sattelzug auffuhr, der die Steige von der Hochfläche bei Amstetten in das Rohrachtal hinabkroch.

»Waren wir«, bestätigte der Angerufene. »Speidels Angaben erscheinen glaubhaft. Er hat im Herbst seinen Vorgarten umgekrempelt und tatsächlich Strahler installiert. Kein Solarzeugs, das nur ein paar Stunden brennt, sondern richtige 230-Volt-Lampen.«

Häberle fragte: »Er hat seinen Garten umgekrempelt?«

»Ja, sind aber nur ein paar Quadratmeter. Er wohnt im Rorgensteig – vermutlich kennen Sie die beengten Verhältnisse dort. Aber das kann sich sehen lassen.«

»Hat er denn auch etwas gemauert?« Häberle drosselte das Tempo, um den Sicherheitsabstand zum Sattelzug zu vergrößern.

»Gemauert?« Sein Gesprächspartner war irritiert. »Gemauert, ja, wie man das heutzutage halt so macht. Nicht mit Beton und Zement, sondern so … « Ihm fielen die passenden Worte offenbar nicht ein.

»So eine Trockenmauer«, ergänzte Häberle. »Naturstein auf Naturstein, mit vielen Ritzen und Fugen für das Kleingetier.«

»Ja, so könnte man es ausdrücken.«

»Und um welche Steine es sich dabei handelt – das haben

Sie vermutlich nicht gefragt?« Häberle wollte es nicht vorwurfsvoll klingen lassen und bemühte sich um einen eher ironischen Unterton.

»Nein, Sie meinen doch nicht …?« Der andere schien verstanden zu haben.

»Exakt, Herr Kollege.« Häberle grinste. »Würzburger Muschelkalk. Ich werd mir das mal anschauen.« Er ließ sich die genaue Adresse Speidels geben, denn das Wohngebiet Rorgensteig würde er in zwei Minuten erreichen.

Er bog am Friedhof links von der Bundesstraße ab, musste kurz einen entgegenkommenden Tankzug abwarten und war gleich darauf bei der angegebenen Hausnummer. Das Gebäude, das die Speidels bewohnten, fügte sich mit seiner mausgrauen Fassadenfarbe nahtlos in die Umgebung ein. Es wirkte gepflegt – und der schmale Vorgarten, der sich auch an den Giebelseiten entlangzog, war tatsächlich frisch angelegt. Häberle stellte den Wagen an einer Stelle ab, die ihm breit genug erschien und ging im kühlen Nieselregen die paar Schritte zum Grundstück. Deutlich war das Rauschen der Rohrach zu hören, die hier inmitten der Bebauung an einem natürlichen, etwa zehn Meter tiefen Geländeabsturz zu einem wahren Wildbach wurde.

Der Chefermittler blieb für einen Augenblick im Vorgarten stehen und sog den frischen Duft des Rindenmulchs ein, der in dicken Schichten in den Pflanzbeeten lag. Junge Stauden hatten bereits kräftige Blätter geschoben. In zwei Reihen zogen sich geschwungene Trockenmauern über die sanft ansteigende Böschung. Ob dies Würzburger Muschelkalk war?, überlegte Häberle und musste sich eingestehen, nie zuvor einen Garten unter solchen Gesichtspunkten betrachtet zu haben. Er ging über ein paar Stufen zur hölzernen Haustür, deren verwitterte Oberfläche dringend einen Anstrich notwendig gehabt hätte.

Auf Häberles Klingeln öffnete ein unrasierter Mann, der ihn mit glasigen Augen musterte und von einem Schwall Zigarettenqualm umgeben war. Der Kommissar stellte sich vor, entschuldigte sich für die Störung und gab zu verstehen, dass er über die vorausgegangene Vernehmung durch den Kollegen Schmittke informiert war. »Tut mir leid, wenn ich Sie so unangemeldet belästige«, fuhr er fort. »Darf ich für einen Moment reinkommen?«

Speidel knurrte etwas, trat zurück und ging dem Kriminalisten voraus in den dunklen Flur, von wo er ihn in das Wohnzimmer führte. Dort saß eine Frau in ein weiches Sofa versunken und blätterte in einer Illustrierten. Sie rückte ihre Brille zurecht und sah auf. »Das ist ein Kommissar von der Kripo«, sagte ihr Mann, während Häberle sich ihr zuwandte und ihr die Hand schüttelte.

»Lassen Sie sich nicht stören«, sagte er. »Ich war gerade auf der Fahrt von Ulm nach Geislingen und habe mir überlegt, dass ich mal kurz bei Ihnen vorbeischauen könnte.« Er ließ sich in einem Sessel neben Speidel nieder. »Sie haben heute meinen Kollegen etwas berichtet«, kam er gleich zur Sache. »So etwas nenn ich vorbildlich.« Er verschränkte seine Arme und versuchte zu erkennen, welches Magazin vor der Frau auf dem Couchtisch lag.

Speidel strich sich übers stoppelbärtige Kinn. »Mir hat das keine Ruhe gelassen – die Sache mit dem Zähler. Auch wenn ich jetzt vielleicht Ärger wegen Umweltverschmutzung kriege. Ich geb's ja zu, es ist eine Sauerei, so ein Gerät einfach wegzuwerfen.«

»Es hat wohl nicht geklappt, was Sie vorhatten?«

»Nein, man kann so ein Ding nicht einfach in die Leitung hängen. Jedenfalls hab ich's nicht hingekriegt.«

»Aber die Schaltuhr haben Sie noch?«

»Ja, aber um ehrlich zu sein, das ergibt keinen Sinn. Diese Dinger sind so groß und klobig, da kauf ich mir besser im Baumarkt eine kleine Schaltuhr, die in jede Steckdose reinpasst.«

So hatte sich das Häberle auch gedacht. »Aber Ihr Garten sieht gut aus«, lobte er. »Das haben Sie im Herbst alles machen können?«

»Glück gehabt«, grinste Speidel und seine Frau nickte. »Wir hatten zwar einen frühen Wintereinbruch, aber die wichtigsten Arbeiten hab ich noch geschafft.«

»Diese Steinmauer«, machte der Ermittler vorsichtig weiter, wohl wissend, dass Speidel möglicherweise schnell kombinieren würde, was die Frage sollte, »diese Steinmauer, die so geschwungen ist, die haben Sie selbst gesetzt?«

»Nicht ganz, um ehrlich zu sein. Wir haben einen Profi hinzugezogen. Der hat einen Vorschlag gemacht und die Steine geliefert. Sündhaft teuer, kann ich Ihnen sagen. Wollte immer noch mehr Geld haben. Deshalb hab ich's dann selbst gemacht.«

Häberle bemerkte, wie sich der Blick der Frau versteinerte. »Aber Löcher bohrt mein Mann keine rein«, keifte sie energisch, ohne danach gefragt worden zu sein.

Häberle hatte damit nicht gerechnet und war deshalb für einen Moment konsterniert. Doch er konnte dies meisterhaft überspielen. Er lächelte und erwiderte: »Wenn ich das denken würde, hätte ich das Thema gar nicht angesprochen. Wir Kriminalisten neigen nämlich dazu, eher unauffällige Fragen zu stellen.«

Zufrieden war die Frau damit nicht, aber sie befeuchtete Zeigefinger und Daumen und blätterte in ihrem Magazin weiter.

»Natürlich interessiert es mich dienstlich«, fuhr Häberle fort, »denn bisher hab ich mich nie mit Gartenmauern befasst. Ist das vielleicht sogar Würzburger Muschelkalk?«

Speidel stützte seine Ellbogen an den Seitenlehnen des Sessels ab und legte sein Kinn auf die zusammengeballten Hände. »Sie werden lachen, Herr Kommissar, aber es ist tatsächlich Würzburger Muschelkalk. Nur wird Sie das nicht sonderlich weiterbringen, denn die meisten Trockenmauern, die derzeit hierzulande angelegt werden, sind aus Würzburger

Muschelkalk. Der verwittert nicht so schnell, ist frostbeständig und somit viel, viel beständiger als unser Kalkstein von der Alb. Wir haben auch zuerst gedacht, nehmen wir doch heimisches Gestein – aber was nützt es Ihnen, wenn das langsam vor sich hinbröselt. Deshalb hat uns der Herr Kneisel den Würzburger Muschelkalk empfohlen.«

»Kneisel?«, wiederholte Häberle und sah die beiden an.

»Kneisel, ja«, bestätigte Speidel, »ein großer Gartenbaubetrieb.«

Häberle versuchte, sich den Namen einzuprägen. »Eine Firma aus der Gegend?«, wollte er wissen.

»Breitingen, auf der Alb«, entgegnete Speidel. »Aber ich muss Sie gleich enttäuschen. Falls der Stein, mit dem Sie's zu tun haben, auch Würzburger Muschelkalk ist, werden Sie sich schwer tun. Wie gesagt, den finden Sie überall. Den können Sie fast an jeder Ecke aus einem Garten klauen. Zumindest in den Neubaugebieten. Sie können im Vorbeigehen einen Stein unterm Arm mitnehmen.«

Das hatte Häberle insgeheim befürchtet. Er wartete ein paar Sekunden, um sich dann an Frau Speidel zu wenden: »Sie arbeiten in dieser Firma von Frau Büttner und haben den Zähler und die Schaltuhr besorgt.«

»Ja und?«

»Dann haben Sie ein relativ gutes Verhältnis zu ihr?«

Sie musterte ihn abschätzend. »Gutes Verhältnis? Das war einmal. Wissen Sie, man kann sich in einem Menschen täuschen, aber das werden Sie in Ihrem Job oft genug erleben.«

Er nickte. Wie recht diese Frau doch hatte. »Es ist also kein gutes Verhältnis.«

»Jetzt nicht mehr. In den ersten Wochen war's das schon. Ich hab geglaubt, wir würden auf der gleichen Wellenlänge liegen, wenn Sie verstehen, was ich meine. Aber mittlerweile, das kann ich Ihnen sagen, weiß ich, dass sie eine Sklaventreiberin ist. Und seit Anfang des Jahres ist sie unausstelich.« Sie machte eine abschätzige Handbewegung. »Aber seit wir wissen, dass sie von ihrem Alten weg ist, wundert mich das nicht. Muss den Frust rauslassen. Und wo kann sie das besser als bei denen, die von ihr abhängig sind?«

»Das bist du nicht«, fuhr Speidel dazwischen. »Das bist du nicht. Wir lassen uns nicht erpressen oder ausnutzen. Wir nicht.«

»Erpressen?«, staunte Häberle.

»Erpressen, ja«, wurde Speidel energisch. »Erpressen, weil dieses Weib meint, für uns sei es überlebenswichtig, dass meine Frau arbeitet. Man muss sich nicht in jedem Fall alles gefallen lassen – auch in diesen Zeiten nicht.«

Häberle musste ihm zustimmen. »Den Herrn Büttner kannten Sie aber nicht?«, fragte er vorsichtig nach.

Sie schüttelte den Kopf. »Nein, nie gesehen. Ich hab erst durch seine Frau erfahren – damals, anfangs, als man mit ihr noch reden konnte –, dass er beim Albwerk schafft. Das hat sie mir nur erzählt, weil ich aus Geislingen komm.« In ihrem Gesicht deutete sich ein Lächeln an, das aber sofort wieder verschwand.

»Sie sagten, ihr Verhalten habe sich verändert. Hat Frau Büttner in den letzten Wochen, wenn Sie mit ihr zu tun hatten, auch Äußerungen über ihren Mann gemacht?«

»Wir hatten in den letzten Wochen nichts mehr miteinander zu tun. Ich bin draußen im Donautal beschäftigt und nur gelegentlich ins Büro gekommen. Aber Kolleginnen haben mal erzählt, sie hätte ganz schön Stress mit ihrem Alten.«

»Ach?«, machte Häberle und beobachtete Arthur Speidel, der das Gespräch aufmerksam verfolgte und sich eine Zigarette anzündete. »Und womit haben Ihre Kolleginnen diese Annahme begründet?«

Sie schlug ihr Magazin zu. »Na ja, ich weiß nicht, ob ich das so sagen darf.« Sie sah Hilfe suchend zu ihrem Mann, der langsam nickte. Dann fasste sie sich ein Herz: »Die Frau Büttner soll mal gesagt haben, sie werde ihren Alten irgendwann an die Wand klatschen, dass er zur Hölle fährt.«

Der Kommissar prägte sich diesen Satz ein. An die Wand klatschen, dass er zur Hölle fährt. »Das hört sich nicht gerade nach einer harmonischen Ehe an, in der Tat«, erwiderte er. »Und hat man auch gesagt, was der Grund dafür sein könnte?«

»Gründe dafür könnte es mehrere geben – aber wissen Sie, Herr Kommissar, wenn ich Ihnen jetzt Gerüchte erzähle, bin ich womöglich mal dran wegen falschen Anschuldigungen oder wie das heißt.«

»Keine Sorge«, lächelte Häberle und schlug die Beine lässig übereinander. »Was wir hier reden, bleibt unter uns. Ich werde es als das bewerten, was es ist, nämlich ein Gerücht, wie Sie sagen.«

Arthur Speidel nickte, als wolle er damit seine Frau ermuntern, mehr zu erzählen. Dann zog er kräftig an seiner Zigarette.

»Na ja«, fuhr sie fort. »Es hat wohl vor einigen Monaten, möglicherweise im Dezember, so glauben meine Kolleginnen, einen kräftigen Krach gegeben zwischen den beiden. Was da genau war – ich weiß es nicht. Aber man munkelt«, sie senkte ihre Stimme, als wolle sie damit zum Ausdruck bringen, wie geheim das Folgende sein würde, »ja, man hat so Geschichten erzählt, sie vermittle nicht nur normale Arbeitskräfte, wenn Sie verstehen, was ich meine.« Wieder der Hilfe suchende Blick zu ihrem Ehemann, der erneut nickte. »Es sind damals tatsächlich auffallend viele junge Frauen aus dem Osten aufgetaucht. Polinnen, Russinnen, Tschechinnen und von noch weiter her. Das ist uns allen aufgefallen. Die meisten waren nur ganz kurz in Arbeitsgruppen eingeteilt und dann hat man sie nicht mehr gesehen.« Roswitha Speidel drückte ihre Brille fester auf die Nase und wirkte dabei wie ein verlegenes Mädchen. »Das muss nichts weiter bedeuten.«

»Muss es auch nicht«, beruhigte Häberle, obwohl ihm klar

war, was sie gemeint hatte. »Und es wurde gemutmaßt, der Herr Büttner habe damit etwas zu tun?«, hakte er nach.

Sie nickte. »Es hat geheißen, er würde Filme drehen. Zeugs halt, das man im Internet kaufen kann.« Offenbar scheute sie sich davor, gewisse Dinge beim Namen zu nennen.

Häberle wollte nicht weiter nachfragen. Wenn an diesen Gerüchten etwas dran war, würden es die Computerexperten mithilfe Büttners Festplatte oder anderen Speichermedien rauskriegen. Dies brachte ihn auf einen anderen Gedanken. »Was mich noch interessieren würde«, gab er sich zurückhaltend und wandte sich an Arthur Speidel: »Sie sind auf der Suche nach einem Job. Haben Sie's schon übers Internet versucht?«

»Vergessen Sie's! Schauen Sie doch mal rein. Da finden Sie zwar auch übers Arbeitsamt jede Menge Stellenangebote, aber alles nur Zeitarbeitsgeschichten. Vergessen Sie's!«

»Sie sind Naturfreund?« Häberle musste sich eingestehen, dass dieser Themenwechsel durchaus Argwohn erwecken konnte.

»Ich?« Speidel reagierte wie vermutet. »Weil ich gestern früh da draußen war?« Er lächelte. »Was heißt Naturfreund? Was soll ich denn tun, wenn ich morgens nicht schlafen kann? So ein frischer Morgen macht den Kopf frei.«

»Sieht man da draußen eigentlich Biber?« Häberle fuhr nun volles Risiko.

»Biber?« Speidels Gesichtszüge veränderten sich. Er schien mit dieser Frage überhaupt nichts anfangen zu können. »Biber«, wiederholte er. »Haben Sie's nicht gelesen? Die Biber sind da. Aber das war zu erwarten – seit Jahren schon. Diese feuchte Landschaft da draußen bei den Weiherwiesen und entlang der Rohrach ist für die Viecher ein wahres Paradies.«

Häberle hatte neulich in der Zeitung gelesen, dass tatsächlich ein Biber aufgetaucht war. Naturfreunde werteten dies als Erfolg für die Wiederansiedlung des streng geschützten

Nagers im nahen Bayern. Von dort waren ganze Biberfamilien der Donau aufwärts bis Ulm gefolgt – und andere hatten sich den Weg entlang der Lone gesucht, worauf die zahlreichen angenagten und gefällten Uferbäume schließen ließen. Experten hatten gerätselt, wie lange es wohl dauern würde, bis es Europas größter Nager vom Wassersystem der Donau zu den nordwärts fließenden Flüssen schaffen würde. Immerhin musste er dazu die eher trockene Hochfläche der Alb überwinden. Als schmalste Stelle dafür hatten die Naturfreunde die zehn Kilometer zwischen dem Lone-Quelltopf in Ursprung und dem Geislinger Rohrachtal ausgemacht. Und tatsächlich war es erst vor Kurzem zumindest einem dieser Tiere gelungen, trotz so gefährlicher Hindernisse wie der Eisenbahn und der Bundesstraße 10, dieses Feuchtgebiet zu erreichen.

»Aber dass sie den einzigen Biber, der jetzt aufgetaucht ist, gleich ausgewiesen haben, finde ich ziemlich lächerlich«, beeilte sich Speidel zu sagen. »Anstatt ihn der Natur zu überlassen und sich zu freuen, dass wir einen haben, haben sie ihn ins Auto gepackt und fünf Kilometer weiter flussabwärts gefahren – so ein Schwachsinn.«

Häberle hatte dies vor einigen Tagen auch mit Verwunderung und Heiterkeit gelesen. Bloß weil sich der Biber in der nahen Stadt in einen Hinterhof verirrt hatte, war eines Vormittags gleich der Biberbeauftragte des Landes aus dem fernen Mühlacker herzitiert worden; genau so, wie es eben der deutschen Gründlichkeit und Reglementierungswut entsprach. Weil kein einziger der örtlichen Naturexperten entscheiden wollte, was zum Schutz des Tieres getan werden konnte, war allen Ernstes ein Fachmann mehr als 100 Kilometer nach Geislingen gefahren. Häberle hatte bei der morgendlichen Lektüre des Zeitungsartikels gemeinsam mit Ehefrau Susanne darüber nur den Kopf schütteln können. »Wenn wir keine anderen Probleme haben«, hatte er bemerkt. Die Experten, die so lange darauf gewartet hatten, endlich einen Biber im Rohrachtal zu haben, befürchteten, er würde sich weiter flussabwärts orientieren und in den Verdolungen innerhalb des Stadtgebiets jämmerlich umkommen, weshalb ihnen gleich die Zwangsdeportation in den nächsten Ort sinnvoll erschienen war. Häberle überlegte, ob sie damit nicht eine Familie getrennt hatten.

»Sie beschäftigen sich damit?«, unterbrach Häberle die nachdenkliche Stille.

»Nur am Rande. Und auch nur, weil sie den Biber gleich da vorn irgendwo in einem Hinterhof eingefangen haben.« Er sah den Kommissar zweifelnd an. »Wenn Sie mehr dazu wissen wollen, fragen Sie am besten den Herrn Braun. Soweit ich mich an den Zeitungsbericht erinnere, war der an der ganzen Biberaktion beteiligt. Wieso interessiert Sie das eigentlich?«

»Nur so, weil Sie so dicht an der Rohrach wohnen. Hab mir gleich gedacht, dass Sie die Sache mit dem Biber mitgekriegt haben.« Er lächelte und verabschiedete sich.

25

Linkohr, inzwischen von Breitingen zurück, hatte sich vorgenommen, einen kleinen Abstecher zu Herbert Braun zu machen. Er rief während der Fahrt seine Kollegen in der Sonderkommission an, erbat Brauns Adresse und Telefonnummer, und hatte ihn anschließend gleich an der Strippe, um ihm zu sagen, dass er bald vorbeikommen wolle.

Das schmucke Einfamilienhäuschen der Brauns stand in einer ruhigen Wohnstraße im Nachbarort Kuchen. Linkohr parkte hinter einem Geländewagen, der entlang der Umfassungsmauer des Grundstücks abgestellt war. Nie zuvor war dem jungen Kriminalisten die Gestaltung von Vorgärten derart ins Auge gestochen wie seit gestern. Er überlegte, ob es sich bei den Mauersteinen um Würzburger Muschelkalk handelte. Jedenfalls waren sie nicht gemauert und nicht zementiert. Die Fachleute sprachen dann wohl von einer Trockenmauer.

Braun führte den Besucher in das rustikal eingerichtete Esszimmer. »Sie haben Glück, dass Sie mich noch angetroffen haben«, erklärte er und bot dem Kriminalisten einen Platz an. »Ich treffe mich nachher mit ein paar Rentnern, die mir beim Aufstellen der neuen Wanderschilder für den Albtraufgänger behilflich sind.«

Linkohr konnte mit dieser Bemerkung nichts anfangen, was Braun spürte und deshalb stolz erklärte: »Wir haben jetzt durchgängig am Albtrauf entlang einen Wanderweg ausgeschildert – von Aichelberg bis in die Böhmenkircher Gegend.«

Der Kriminalist kapierte: Der Weg war nicht für Draufgänger gedacht, sondern für Wanderer, die am Trauf entlang gehen konnten. Originell, stellte er insgeheim fest. Ihm fiel ein, dass sich Braun nicht nur um Naturschutz kümmerte, sondern auch um den Tourismus. Sicher keine leichte Aufgabe, beides unter einen Hut zu bringen.

»Darf ich Ihnen etwas anbieten?«, fragte Braun, doch Linkohr lehnte dankend ab. Er war eigentlich nur einer plötzlichen Eingebung gefolgt und damit einer Empfehlung Häberles nachgekommen, der die jungen Kollegen immer wieder aufforderte, sich nicht nur an den Akteninhalten zu orientieren, sondern an den Menschen.

»Haben Sie noch ein paar Fragen?«, drängte Braun auf Eile. Er hatte sich bereits eine leichte Windjacke angezogen, wohl um gegen den leichten Nieselregen gewappnet zu sein.

»Nur ein paar Dinge am Rande noch«, erklärte Linkohr. Er hatte sich während der Fahrt eine Strategie ausgedacht. »Wir können uns zur Bedeutung dieses Weiherwiesensees noch kein richtiges Bild verschaffen. So sehr bekannt ist er ja wohl nicht.«

»Da haben Sie recht. Während der Vegetationszeit sieht man ihn von der Straße aus nicht – und auch im Winter fällt er kaum auf. Aber vielleicht wissen Sie, dass ihn die Stadt Geislingen sogar auf der Vorderansicht des Stadtprospekts verewigt hatte. Zehn Jahre lang. Erst seit einigen Wochen gibt es einen neuen.«

Linkohr kannte die Broschüre nicht. »Die Stadt hat mit diesem See geworben?«, hakte er ungläubig nach.

»Ja, als ob man hier baden oder Boot fahren könnte«, schmunzelte Braun. »Wahrscheinlich sind sogar mal ein paar Auswärtige mit ihren Bootsanhängern hergekommen, wer weiß. Aber vielleicht verstehen wir beide das auch gar nicht. Die Marketingfritzen haben manchmal seltsame Ideen.« Braun zog seine Mundwinkel nach unten. »Denn jetzt sind sie ins andere Extrem verfallen und bilden auf dem neuen Stadtprospekt diesen komischen Handtuchhalter ab.«

In diesem Fall wusste Linkohr Bescheid. Der Volksmund bezeichnete das seltsame, drei Stockwerk hohe Metallgestell, dessen Sinn sich niemandem wirklich erschloss, seines Aussehens wegen als gigantischen Handtuchhalter. Linkohr hatte schon oft, wenn er an dem Verkehrsknoten Sternplatz an einer roten Ampel stand, darüber gerätselt, ob es ein Kunstwerk oder eher ein Werbeträger sein sollte. Denn abgesehen von einer Art Bahnhofsuhr, deren Notwendigkeit er ebenfalls nicht nachzuvollziehen vermochte, prangten gelegentlich Werbebanner zwischen den Metallteilen.

Wenn sie also nun dieses absonderliche Ding aufs Titelblatt des Stadtprospekts gesetzt hatten, wie man dies anderswo mit den absoluten Highlights tat, dann mussten die verantwortlichen Tourismusstrategen den landschaftlichen Besonderheiten eine gewaltige Portion Ignoranz entgegengebracht haben, schoss es Linkohr durch den Kopf. Doch das war nicht sein Thema.

»Aber vielleicht ist es Ihnen gar nicht so unrecht, wenn der See nicht mehr im Vordergrund steht«, hielt er seinem Gesprächspartner entgegen.

»Da schlagen zwei Herzen in meiner Brust, Herr Linkohr. Einerseits kann der See eine reizvolle Ecke für Touristen sein, sozusagen Natur pur mit Blick auf die Eisenbahnsteige auf der anderen Talseite und dem gewaltigen Felsen, dem Geiselstein, praktisch neben ihnen.« Er überlegte, wie er es formulieren sollte. »Andererseits muss ich als Naturschutzbeauftragter sagen, dass dieser See möglichst unberührt bleiben sollte. Wenn ich's genau nehme, müsste ich gegen jedwede Art der Verrummelung sein.«

»Der See ist bestimmt ein Paradies für alle möglichen Tierarten – sicher auch von geschützten«, lenkte Linkohr das Gespräch in die gewünschte Richtung.

»Das kann man wohl so sagen«, zeigte sich Braun interessiert und schielte auf seine Armbanduhr. »Ein Biotop allererster Klasse«, betonte er. »Klares Wasser aus der Rohrachquelle, naturnahes Ufer und eine intakte Pflanzenwelt.«

»Und neuerdings sogar Biber«, stellte Linkohr eifrig fest.

»Auch das.« Brauns Gesichtszüge nahmen ein gequältes Lächeln an. »Und das nicht ohne Probleme. Vielleicht haben Sie's in der Zeitung verfolgt.«

Linkohr hatte keine Ahnung. Aber nachdem klar geworden war, dass der aufgefundene Speicherstick Berichte über Biber enthielt, hatten die Kollegen darüber diskutiert. Dies war auch der Grund gewesen, weshalb er Braun aufgesucht hatte.

»Es scheint ein wahres Biberfieber ausgebrochen zu sein«, meinte Linkohr in Anlehnung an die Überschrift eines Zeitungsartikels, den die Kollegen im Büro aufgehängt hatten.

»Biberfieber«, grinste Braun. »Wir müssen den Umgang damit erst wieder lernen. Die Zivilisation hat das Tier zurückgedrängt und hierzulande sogar ausgerottet – und jetzt, wo es wieder da ist, gibt's hie und da Ärger mit Landwirten oder überängstlichen Anwohnern entlang der Ufer. Natürlich fällt der Biber Bäume, um Staudämme zu bauen. Die braucht er, um den Eingang zu seiner Nesthöhle am Ufer zu überfluten. Dass der erhöhte Wasserspiegel die Uferzone durchnässt, liegt in der Natur der Sache und sorgt für die Ansiedlung weiterer Lebewesen, die dort vor der Begradigung unserer Bäche immer waren.«

Linkohr hörte interessiert zu. Einen Moment musste er an seinen Chef Häberle denken, der ihm bei jeder Gelegenheit nahelegte, sich mit der Natur abzugeben, die bis ins kleinste Detail hinein so wunderbar durchdacht und ausgeklügelt war – solange der Mensch in dieses System nicht eingriff. »Und weshalb sind die Anwohner dagegen?«, wollte er wissen.

»Übertriebene Angst vor einer Überschwemmung. Bloß weil ein paar Biber einen Bach aufstauen, befürchten sie, dass bei plötzlichem Starkregen ihre Keller überflutet werden. Mein Gott, Herr Linkohr, wenn wir uns gegen jede Eventualität absichern wollen, müssen wir die Natur abschaffen.« Er lächelte. »Aber bevor wir das tun können, wird sie uns abschaffen.«

»Es gibt aber schon einige Leute, die sich ganz aktuell bei uns mit Bibern auseinandersetzen?«

»Klar gibt es die. Ich zum Beispiel. Oder hätten Sie gewusst, dass jedes Forstamt inzwischen einen Biberbeauftragten hat, um die Ausbreitung zu beobachten und zu forcieren? Vor allem aber, um darauf zu achten, dass ihr Schutz eingehalten wird? Es dürfen nämlich keine Dämme zerstört werden. Das kann Tausende von Euro Bußgeld nach sich ziehen.«

»Man hat eine ganze Biberverwaltung aufgebaut«, spöttelte

Linkohr, wohl wissend, dass Naturschützer derlei Ironie oftmals gar nicht verstanden.

»Wir sind in Deutschland, vergessen Sie das nicht. Es gibt sogar einen Landesbiberbeauftragten – aber fragen Sie mich nicht, ob es auch einen Bundesbiberbeauftragten gibt.«

Linkohr wollte nichts dazu sagen, mutmaßte aber, dass gewiss bei der EU in Brüssel die Stelle eines Biberbeauftragten geschaffen worden war. Möglicherweise musste dieser die Norm für einen europäischen Biber ausarbeiten: Größe, Gewicht, Beschaffenheit des Fells. Bei Tomaten, Gurken und Traktorensitzen gab es ja etwas Ähnliches, hatte er mal irgendwo gelesen. Er wollte noch etwas anderes wissen und hakte deshalb nach: »Aber es interessieren sich natürlich auch Privatmenschen für den Biber?«

»Ja, natürlich, die letzten Zeitungsartikel haben dafür sensibilisiert«, gab sich Braun begeistert. »Ich werde ganz oft darauf angesprochen, gerade da draußen am See. Alle wollen den Biber sehen. Aber vielleicht haben Sie es gelesen, wir haben das einzige Exemplar, das bisher nachgewiesen werden konnte – übrigens stolze 17 Kilogramm schwer, wir haben ihn gewogen – weiter talabwärts gebracht. Das widerspricht zwar den Bedingungen des Wiederansiedlungsprogramms, weil man die natürliche Ausbreitung haben wollte, aber der Kerl hätte vermutlich das vier Kilometer lange Stadtgebiet mit den Verdolungen und Einlaufrechen kaum unbeschadet durchqueren können.«

Einen Biber-Shuttle hatten sie also eingerichtet, dachte Linkohr spöttisch.

»Können Sie sich erinnern, ob sich in letzter Zeit jemand auffallend stark für Biber interessiert hat?«

Braun schien diese Frage abwegig zu sein. »Hat das denn etwas mit dem Toten zu tun?«

»Leider können wir zum jetzigen Zeitpunkt überhaupt nichts ausschließen.«

»Wie gesagt«, fuhr Braun fort und blinzelte wieder nervös

zu seiner Uhr, »ich werd eigentlich dauernd danach gefragt. Auch der Sander von der Zeitung, das ist der Lokaljournalist hier, hat sich vor einigen Wochen ausführlich informiert.«

»Oder hat jemand schriftliches Material zum Thema Biber gewollt?«

»Ne«, schüttelte Braun langsam und nachdenklich den Kopf. »Aber ich denke, das können Sie zuhauf aus dem Internet ziehen.«

Braun hatte sicher recht, überlegte Linkohr. »Dann will ich Sie nicht länger belästigen. Sie haben es eilig.«

»Man darf Rentner nicht warten lassen«, entgegnete der Naturschützer. »Rentner haben nie Zeit.«

Linkohr erhob sich, doch fiel ihm eine weitere Frage ein: »Sie sagten, die Rohrach sei ein ziemlich sauberes Gewässer und naturnah. Keine Probleme also?« Der Jungkriminalist musste sich eingestehen, dass er kein konkretes Thema dazu im Auge hatte. Aber erfahrungsgemäß lagen Naturschützer immer mit jemandem im Clinch.

»Probleme?«, wiederholte Braun und stand ebenfalls auf. »Bis zum See hat die Rohrach vielleicht gerade mal einen Kilometer hinter sich. Keine Kläranlage, kein immissionsträchtiger Industriebetrieb – nur die landwirtschaftliche Düngung droben auf der Hochfläche. Nein, bis zum See können wir nicht klagen. 200 bis 300 Meter weiter unten haben wir diese Forellenzuchtanlage, die natürlich den weiteren Flussverlauf mit jeder Menge Fischkot anreichert. Außerdem gab es Zeiten, da wurde für die Fischzucht viel zu viel Wasser der Rohrach entnommen – womit das Flussbett auf ein paar 100 Meter völlig trocken gefallen ist.«

»Und Kraftwerke?«, fiel Linkohr plötzlich Strom ein.

»Sie meinen Flusskraftwerke? Nein, keines. Obwohl es ein Stück weiter unten einen kräftigen Geländeabsturz gibt, diesen Wasserfall im Rorgensteig. Eine Turbine, soweit ich das weiß, hat's früher mal bei der WMF gegeben.«

Linkohr nickte. Dass der weltweit bekannte Haushaltswarenhersteller die Wasserkraft zumindest früher zur Stromgewinnung genutzt hatte, war ihm geläufig. Immerhin hatte es entlang der Rohrach einst auch viele Mühlen gegeben. Keine einzige davon war mehr in Betrieb.

»Und dann natürlich das Albwerk«, fuhr Braun informationsfreudig fort. »Das dortige Wasserkraftwerk läuft seit 1910, seit fast 100 Jahren. Es war so etwas wie die Keimzelle des Stromversorgungsunternehmens. Damals gab's ja noch keine Verbundnetze und der Strom wurde vor Ort gemacht.« Braun geleitete seinen Gast zur Diele. »Es wäre ein Segen, wenn wir das wieder schaffen würden. Strom vor Ort produzieren.«

»Dann müssten wir aber die Wasserkraft voll ausschöpfen – zum Leidwesen der Natur, oder?« Linkohr blieb stehen und drehte sich zu Braun um.

»Da sind wieder die beiden Herzen, die in meiner Brust schlagen. Leidwesen, ja, wenn ich mir überlege, dass jedes Flusskraftwerk ein Eingriff in die Natur ist. Aber andererseits ist Elektrizität die sauberste Energie überhaupt, vorausgesetzt, sie entsteht aus erneuerbaren Quellen, also aus Wasser, Wind und Sonne. Sie produziert keine Abgase und keine radioaktiven Rückstände. Also schonen wir damit die Natur. Und Strom, Herr Linkohr, der Hunger nach Strom wird auf dieser Welt in den nächsten Jahren explosionsartig steigen.«

»Immerhin hat die EU die Abschaffung der Glühbirne beschlossen«, merkte Linkohr spöttisch an.

»Ein Tropfen auf den heißen Stein«, räumte Braun ein. »Wenn die Weltwirtschaftskrise etwas Positives bewirkt hat, dann ein Umdenken in der Automobilindustrie. Das meine ich mit dem Stromhunger. Denn plötzlich zaubert man Pläne für Elektroautos aus der Schublade. Daimler mit einem amerikanischen Hersteller von Super-Akkus, so hab ich's gelesen. Die haben doch alle längst daran geforscht. Wenn nicht, dann wären sie wirklich mit Dummheit geschlagen gewesen, wie man so schön sagt.« Die beiden Männer waren an der Haustür angelangt. »Aber man hat versucht, die alte Verbrennungsmotorentechnik so lange wie möglich hinzuziehen – im Gleichschritt mit der Öllobby, die natürlich spekuliert, dass mit der Verknappung der Ölvorräte der Preis in die Höhe geschraubt werden kann. Aber ich sag Ihnen, Herr Linkohr, die Wende steht bevor. Sogar die Strommultis wollen sich mit riesigen Fotovoltaik-Anlagen in der Sahara engagieren – und die Windkraft wird an allen Küsten von Atlantik und Nordsee erheblich zunehmen, das können Sie mir glauben.«

Der Kriminalist ließ sich die Tür öffnen, worauf ihm ein kühler Luftschwall ins Gesicht blies. »Na ja«, zeigte er sich zweifelnd, »ob das mit den Elektroautos so schnell geht, da bin ich nicht ganz so optimistisch wie Sie.«

»Sie sollten eines nicht übersehen, auch die Stromlobby lässt nicht mit sich spaßen.«

Linkohr nahm diese Äußerung zur Kenntnis. Ganz nach Art seines Chefs hatte er sich aber die wichtigste Frage bis zum Schluss aufgehoben, um sie eher beiläufig zu stellen: »Irgendwo habe ich gelesen, dass Sie meinen Kollegen erzählt haben, Sie seien kürzlich im Urlaub gewesen.« Linkohr sah ihn nicht an, sondern ließ seinen Blick durch den schmalen Vorgarten streifen, in dem viele Stauden dicht beieinander gepflanzt waren.

»Ein bisschen was muss man sich gönnen«, erwiderte Braun. »Wir waren im Norden. Mecklenburg-Vorpommern und Brandenburg. Teilweise günstige Preise für den Urlaub, und die Landschaft größtenteils noch naturbelassen, wie kaum eine andere Ecke hier.«

»Ja«, gab sich Linkohr informiert, »und es gibt Ortsnamen, die haben wir Wessis hier unten im Süden noch nie gehört. Schwarze Pumpe heißt ein Ort, hab ich mal gelesen. Oder Malchow und Mirow.«

»Genau – Mirow«, kam die von Linkohr erwartete Reaktion. »Wir waren in Mirow; eine ganz tolle Ecke, kann ich Ihnen sagen. Ausgangspunkt für eine Schifffahrt durch die Seenplatte. Durch einen kleinen Teil halt.«

Linkohr drehte sich wieder zu ihm um. »Da waren Sie jetzt erst?«

»Anfang Juni, ja. Es war herrlich, den frühen Sommer dort zu erleben.«

Linkohr hatte genug gehört. Er bedankte sich und machte sich auf den Weg zur Sonderkommission.

26

Und auch an diesem Dienstagvormittag, an dem das Wohnmobil mit Georg und Doris an Bord den Bereich Bergen in Richtung Nordosten verlassen hatte, um das Gletschergebiet anzusteuern, war die Mini-Digital-Videokassette, wie sie Sanders alter Kamerarekorder benötigte, an dem sicheren Ort oberhalb der Fahrerkabine verwahrt.

Sander ertappte sich dabei, mehr als je zuvor auf den nachfolgenden Verkehr zu achten. Welch ein Unsinn, ermahnte ihn eine innere Stimme. Wer würde ihnen hier schon folgen? Ihnen, den Wohnmobil-Touristen, die nichts anderes wollten wie Tausende andere, die auf denselben, vor allem aber auf den meist einzigen Straßen fuhren.

Es war eine lange Etappe gewesen. Doris hatte den CD-Player leiser gestellt und über Gott und die Welt geredet. Die Landkarte lag auf ihren Knien, draußen verwandelte sich die Fjordlandschaft in eine karge und raue Hochebene, auf der, zwischen Oppheim und Vikøyri, vereinzelt noch Schnee lag.

Sander gab sich Mühe, den Erzählungen seiner Partnerin zu folgen. Denn seit er die Nachricht seines Kollegen Rahn gelesen hatte, drehten sich seine Gedanken nur um den Mord im fernen Geislingen. Wieso war Rahn auch nicht auf Details eingegangen?

»Halt bitte mal an«, befreite ihn Doris' Stimme aus der Grübelei.

»Wie?«

»Ich hab Hunger«, sagte sie, um vorwurfsvoll anzumerken: »Hörst du mir überhaupt zu?«

Er versicherte ein wenig zu hastig, dass er alles gehört habe, verlangsamte das Tempo und bog nach links zu einem Picknickplatz ab. Ein nachfolgendes Wohnmobil fuhr vorbei und verlor sich schnell in der kargen Hochebene hinter kleinen Felsformationen. Er parkte das Fahrzeug leicht schräg, damit sie vom Fenster des Wohnraums aus auf einen nahen, tiefblauen Stausee sehen konnten.

Sie waren über Dale und Voss gekommen und zwischen Vangsnes und Hella über den Sognefjord geschippert, dem größten Norwegens überhaupt. Während Doris sich über Töpfe und Geschirr hermachte, sog Sander draußen die frische Luft in sich ein. Er war müde und sehnte das Tagesziel herbei – das Gletschergebiet des Jostedalsbreen.

Das weiße Auto, das in den Parkplatz einbog, hatte er zunächst gar nicht bemerkt. Es war ein Mittelklassewagen mit Ludwigshafener Kennzeichen. Wieder ein Deutscher, durchzuckte es ihn – und er musste unweigerlich an seine Videokassette denken.

Wären sie nicht in einem nordischen Land gewesen, wo die Welt noch weitgehend in Ordnung schien, hätte er das Wohnmobil in so gottverlassener Gegend nicht einfach an den Straßenrand gestellt. Jetzt musterte er den jungen Mann, der dem Ford entstieg, ein paar entspannende Armbewegungen machte und gleich auf ihn zukam.

Sander lächelte und ging ihm lässig entgegen. Nach einem freundlichen »Hallo« begann der knapp 30-Jährige, sein Leid über das norwegische Mautsystem zu klagen, hinter dem er keine Logik erkenne. Insbesondere für die Einfahrt in größere Städte müsse man sich offenbar erfassen lassen. Sander sah den schlanken, groß gewachsenen Mann skeptisch von der Seite an und erklärte, dass sie bisher die großen Städte gemieden hätten. Doris hatte den Vorhang am Küchenblock leicht zur Seite geschoben. Sander verschränkte die Arme und fröstelte. »Und Sie«, fragte er den jungen Mann, »was haben Sie für ein Ziel?«

»Kristiansund«, erwiderte der andere. »Ein Wasserkraftwerk. Ich bin auf der Suche nach einem Job.«

Sander musterte den Fremden genauer. Hatte er ihn schon einmal gesehen? »Einfach so? Auf Jobsuche?«, wiederholte er.

»Habe einen Cousin in Stavanger, der mir hilft. Ich bin Ingenieur und versuche, hier oben was Neues zu machen.«

»Und Sie?«, fragte der junge Mann plötzlich, während Doris die hintere Tür des Wohnmobils öffnete und grüßte.

Sander verstand nicht so recht. »Wir? Ach so, ja. Wir fahren bis zum Geirangerfjord und dann wieder zurück.«

»Nicht zum Nordkap?« Die Frage ging beinahe im Motorengeräusch dreier Wohnmobile unter.

»Nein«, sagte Sander und fühlte sich irgendwie unwohl. Er trat drei, vier Schritte zurück, eher beiläufig, doch er wollte einen Blick auf das Kennzeichen des weißen Fords werfen, um es sich einzuprägen – für alle Fälle. »Uns fehlt dazu leider die Zeit«, fuhr er leicht abgelenkt fort.

»Das sollten Sie aber unbedingt tun, gerade jetzt, zur Sommersonnenwende.«

Sander nickte, als ihm Doris ungeduldig signalisierte, dass der Kaffee fertig war. »Dann viel Erfolg bei der Jobsuche«, rief er dem jungen Mann zu, ließ ihn stehen und verschwand im Wohnmobil. Er warf die Tür hinter sich zu und verriegelte sie von innen.

»Wieso schließt du uns ein?«, fragte Doris verwundert und nahm an dem gedeckten Tisch Platz.

»Man kann nie wissen«, erwiderte Georg, setzte sich ebenfalls und beobachtete den Mann durch die Windschutzscheibe. Der joggte zweimal über den Parkplatz, stieg wieder in sein Auto und fuhr davon.

»Was hat der eigentlich von dir gewollt?«, fragte Doris. Sie packte zwei Stückchen Kuchen aus, die sie heute früh in einem Supermarkt gekauft hatte.

»Wie?« Sander war bereits wieder in Gedanken. »Eigentlich nichts.«

*

Es gab Pizza-Schnitten und entsprechend roch es auch. Häberle hatte einen italienischen Lieferservice beauftragt, um seine Mannschaft zu versorgen. Denn die meisten der Kollegen verzichteten an solchen Tagen auf eine Mittagspause. Während sie sich zwischen Bildschirmen, Akten und Notizzetteln über die Pizzen hermachten, im Stehen oder Sitzen aßen, lehnte sich der Chefermittler an einen Fenstersims und berichtete von seinem Gespräch mit Frau Büttner – vor allem aber, dass sie nur die Filme zum Thema Strombranche erwähnt hatte, die ihr Mann gedreht hatte. »Entweder«, so resümierte Häberle und schob sich ein dickes Stück Pizza in den Mund, »sie hat davon tatsächlich nichts gewusst oder sie hat einen Grund, es uns zu verschweigen.« Er überlegte ein paar Sekunden. »Eher Letzteres«, sinnierte er und blickte zu seinem Kollegen Linkohr, der sich an den Tisch dreier Kollegen gesetzt hatte und gerade Mineralwasser in einen Pappbecher goss. »Die Frau Speidel«, fuhr Häberle fort, »die bei dieser Büttner arbeitet, hat mir da ein paar interessante Dinge erzählt. Daraus könnte man allerhand schließen.«

»Da sind wir aber gespannt«, forderte ihn ein Kollege mit vollem Mund auf.

»Die Unternehmerfrau hat möglicherweise den Begriff Zeitarbeit ziemlich wörtlich ausgelegt.«

Jemand stieß einen Pfiff aus. »Ein Fall also für den Kollegen Linkohr«, stichelte einer.

Der überhörte das.

»Jedenfalls will die Speidel«, fuhr Häberle fort, »davon erfahren haben, dass voriges Jahr immer wieder Mädels aus dem Südosten aufgetaucht sind, aber wohl weniger, um in irgendwelche Putzkolonnen gesteckt zu werden, als vielmehr dem Herrn Büttner zu Diensten zu sein.«

»Für Pornofilme«, stellte eine Männerstimme fest.

»Ob Porno oder anständige Aktfotos, weiß ich natürlich nicht.«

»Wäre doch eine verdienstvolle Aufgabe für Mike, das zu recherchieren«, frotzelte ein anderer.

»Leider schon geschehen«, warf eine junge Kollegin ein. »Tut mir leid, Mike, aber wir waren wohl schneller.« Die Kommissarsanwärterin grinste und blickte sich triumphierend um. »Unsere EDV in Göppingen hat ein paar ganz interessante Entdeckungen gemacht.«

»Dann lassen Sie mal hören«, forderte Häberle sie gespannt auf.

»Es sieht tatsächlich so aus, als ob sich Büttner für zwei Themenkomplexe interessiert hat. Zum einen war das die Strombranche, in die er sich mit wirklich gut gemachten Dokumentarfilmen reingekniet hat. Wir haben allerdings nur ein paar Ausschnitte bisher abspielen können. Profihaft, das Ganze, muss man sagen. Das andere aber waren Sexfilme. So wie es aussieht, nichts wirklich Pornografisches, auch nichts mit Kindern und so. Er hat seine Models überwiegend in freier Natur gefilmt, fast schon ein bisschen künstlerisch angehaucht.«

»Na, na«, witzelte ein junger Kollege, »ich weiß nicht, ob du das beurteilen kannst. Dazu sollten wir eine sachkundige Jury einsetzen.«

»Mit Mike als Vorsitzendem«, rief jemand zur Heiterkeit aller dazwischen.

Häberle grinste ebenfalls, wollte aber wieder zur Sache kommen. »Gibt es denn Anhaltspunkte, wer diese Mädels sind?« Um nicht allzu ernst zu wirken, fügte er an: »Vielleicht interessiert das ja auch den Kollegen Linkohr.« Er zwinkerte ihm zu.

»Gibt es«, erwiderte die Ermittlerin und tupfte sich mit der Papierserviette den Mund sauber. »Aber nicht aus der Gegend. Wir haben eine Adresse bei Leipzig ausfindig gemacht – auch eine Telefonnummer, ein Handy. Aber es meldet sich niemand.«

»Und die Filme zum Thema Strom?«, wollte der Chefermittler wissen.

»Er hat wohl einige Interviews geführt«, antwortete einer aus der Runde, »gemeinsam mit einem anderen Mann. Wir prüfen gerade, ob dies der Mariotti war, der auf dieselbe Weise ins Jenseits befördert worden ist wie er selbst. Interviews mit diversen Menschen aus der Stromszene. Zuletzt war er wohl sogar bei ganz hohen Managern zugange. Wie er das geschafft hat, darüber dürfen wir vorläufig rätseln.«

»Wo war er denn?«, hakte Häberle nach.

»Bei Estromag in Magdeburg. Da gibt's ein Interview, das wir aber nur in Fragmenten haben, weil es noch nicht bearbeitet und zusammengeschnitten ist. Er hat da wohl mit der Vorstandsvorsitzenden gesprochen – einer Frau ...« Der Kriminalist schob einige Blätter hin und her. »Mit einer Frau Vogelsang-Klarsfeld.«

»Ach?«, staunte Häberle, wobei ihm ein Stück Pizza beinahe im Hals stecken geblieben wäre. Der Name war ihm noch in Erinnerung.

»Vogelsang-Klarsfeld – Verena mit Vornamen«, wiederholte der Angesprochene ergänzend.

»Die Vogelsang-Klarsfeld«, erklärte einer aus dem Team, »ist in der Branche sehr bekannt. Sie gilt als knallharter Brocken bei Verhandlungen.«

»Wenn's ums Schlucken von Kleinen geht?«, erwiderte Häberle spontan.

»Büttner hat sie tatsächlich mit sehr kritischen Fragen konfrontiert, auch zu diesem Thema, ja. Wir haben da eine Szene gesehen, in der sie den kleinen Versorgungsunternehmen keine Chance mehr gibt. So deutlich hat sie's zwar nicht gesagt, aber wer genau hinhört, weiß, was sie meint.«

»Aber nichts Spezifisches zum Albwerk?«

»Nein, zumindest in dieser Szene nicht.«

Häberle überlegte. »Und welchen Umgang hat Herr Büttner ansonsten gepflegt, ich meine im Internet, in Chatrooms und was weiß ich wo?«

»Mit diesem Mariotti hat er ziemlich viel gemailt und gechattet, überwiegend aber zum Thema Strom«, kam eine Antwort. »Aber auch ganz normal, denn der Herr Mariotti hat an der Strombörse in Leipzig gearbeitet, war dort mit den Notierungen und all dem Zeugs beschäftigt, von dem ich wenig verstehe.«

»Er war also an der Strombörse tätig«, zeigte sich Häberle zufrieden und sah auffordernd zu Linkohr hinüber. »Ich warte auf Ihren Kommentar.«

Dieser zögerte einen Moment, dann wusste er, was gemeint war. »Da haut's dir's Blech weg«, grinste er schließlich wunschgemäß. »Mariotti schafft an der Strombörse und wird auf dieselbe Weise umgebracht wie sein Kollege in Geislingen, der auch mit Strom zu tun hat.«

»Und dies auf ganz kritische Weise sogar«, ergänzte Häberle.

»Büttner war nicht irgendein Stromer, sondern einer, der Insiderwissen hatte und sich sogar kritisch damit auseinandergesetzt, ja, es sogar dokumentiert hat.«

»Was hat man denn in den beiden Wohnungen von Mariotti gefunden – haben die Kollegen aus dem Ossiland schon reagiert?«, wollte Linkohr wissen.

»Na ja«, fühlte sich eine weitere Kollegin angesprochen, »in Leipzig war nichts mehr zu retten. Komplett ausgebrannt. Und in seiner Wohnung in Mirow haben die Kollegen zwar einiges sichergestellt, aber uns bislang nichts Konkretes mitgeteilt. Sie sind übrigens davon überzeugt, dass die Fäden hier bei uns zusammenlaufen.«

»Und woher nehmen sie die Gewissheit?«, knurrte Häberle.

Die angesprochene Kollegin zuckte mit ihren schmalen Schultern. »Konkret haben sie sich dazu nicht geäußert. Vielleicht hoffen sie das auch nur.«

Häberle kämpfte innerlich mit dem Gedanken, selbst bei den Kollegen vorbeizuschauen. Aber noch bestand dafür keine Veranlassung.

Linkohr sah die Gelegenheit gekommen, einen ihm wichtig erscheinenden Hinweis endlich anzubringen: »Vielleicht haben die Kollegen ja gar nicht so unrecht. Erinnert ihr euch an den Parkschein, den die Spurensicherung gestern am See entdeckt hat? Aus diesem Ort, der so russisch klingt. Mirow?« Er blickte in die Runde und sah ein paar nickende Köpfe. »Was glaubt ihr, wer erst kürzlich dort oben war?«

Niemand antwortete.

»Unser Freund Braun, der Naturschützer«, antwortete Linkohr stolz und bekräftigte: »Der war in Mirow. Hat er mir gerade vorhin selbst erzählt.«

Ein Kollege frotzelte: »Da haut es dir aber mächtig das Blech weg.« Allgemeines Gelächter erfüllte den Raum, was Linkohr gar nicht komisch fand.

»Ich bin doch noch gar nicht fertig«, merkte er gelassen an. »Vor Brauns Haus parkte ein Geländewagen. Ich hab das Kennzeichen bereits checken lassen, er gehört ihm. Ich wollte ihn nicht direkt danach fragen. Er soll sich in Sicherheit wiegen.«

Häberle wischte sich die fettigen Finger mit einer Papierserviette ab. »Das war sehr klug. Jetzt haben wir eine ganze Menge neuer Mosaiksteine, liebe Kollegen, aber was für ein Bild wir daraus zusammenpuzzeln können, ist noch immer ein Rätsel. Wenn wir ein paar Steinchen gefunden haben, die zusammenpassen, wird sich eines zum anderen fügen. Das ist immer so im Leben.« Sein Gesicht nahm jene positiven Züge an, die alle Kollegen so sehr schätzten. »Man braucht nur Geduld«, philosophierte er weiter, »Geduld und den festen Glauben, dass man immer neue Mosaiksteinchen findet.« Er wandte sich einer Gruppe junger Kollegen zu, von denen die Hälfte weiblichen Geschlechts war. »Niemals locker lassen, dranbleiben, hartnäckig sein. Wenn man was wirklich will, dann kriegt man das auch.« Kaum hatte er es gesagt, wurde ihm klar, dass es in den Ohren der jungen Männer möglicherweise zweideutig geklungen haben konnte. Doch er verkniff sich ein Grinsen und sah wieder in die Runde: »Es gibt Mosaiksteine, die aneinander passen könnten. Allerdings liegen noch welche rum, die absolut nicht zum Bild passen wollen.«

Linkohr eiferte sich: »Sie meinen jene mit dem Biber?«

Häberle war für einen Moment sprachlos. Sein junger Kollege schien seine Gedanken erraten zu haben.

27

Silke Rothfuß hatte für diesen Abend eigentlich etwas anderes vorgehabt. Doch sie sagte die Teilnahme am zweiwöchentlichen Yogakurs kurzfristig ab, um eine Frau zu treffen, mit der sie unbedingt sprechen musste. Sie wusste zwar nicht genau, wie sie ihr Anliegen vorbringen sollte, doch irgendwie würde sich dies gesprächsweise ergeben. Seit gestern Nachmittag drehten sich die Gedanken der Mittdreißigerin nur noch um den Tod Büttners und die vielen Gespräche, die es im Betrieb gegeben hatte. Bodling und die anderen aus der Chefetage wurden zunehmend nervöser und es erschien ihr so, als befürchteten sie, in den Strudel des Verbrechens hineingezogen zu werden.

Silke Rothfuß hatte die Frau, die sie in dem gemütlichen Dorfwirtshaus in Luizhausen treffen wollte, voriges Jahr beim Betriebsfest in Begleitung ihres Mannes gesehen.

Dass sie sich für das rustikale Gasthaus in Luizhausen entschieden hatten, lag an der räumlichen Entfernung, die sich damit für beide ziemlich genau teilte. Außerdem liebte die Frau, die aus Ulm kam, die schwäbische Küche, die der Wirt dieses Lokals pflegte – dazu noch mit Angeboten, bei denen das Preis-Leistungs-Verhältnis stimmte.

Silke Rothfuß war von der Umgehungsstraße abgebogen, um das altehrwürdige Gasthaus Löwen-Post anzusteuern, dessen Vorplatz neu gestaltet worden war. Das Gebäude präsentierte sich mit Blumen- und Pflanzenschmuck und war fein herausgeputzt, obwohl es gewiss schon vielen Generationen von Reisenden hier oben auf der kargen Albhochfläche als Einkehr- und Übernachtungsort diente. Sogar Napoleon hatte angeblich eine Nacht hier verbracht.

Die Blondine stellte ihren gelben VW Eos auf dem geschotterten Parkplatz neben zwei anderen Autos ab, nahm die

Handtasche vom Beifahrersitz und begab sich in den Nieselregen. Beim Öffnen der Tür fühlte sie sich inmitten eines ländlichen Idylls. Wie in einem liebevoll eingerichteten Museum waren hier antiquarische Möbel, alte Arbeitsgeräte aus der Landwirtschaft und Radios drapiert, dazwischen Blumengebinde und allerlei anderes Dekorationsmaterial. Es roch nach altem Holz. Die Frau entdeckte einen matten Spiegel, besah sich darin und war mit ihrem Äußeren zufrieden. Dann wandte sie sich jener Tür zu, an der ein Schild mit der Aufschrift ›Gaststube‹ angebracht war. Ohne zu zögern trat sie ein und stellte fest, dass sich das rustikale Ambiente fortsetzte, das aus unzähligen alten Radiogeräten, Musikschränken samt Plattenspieler und bäuerlichen Utensilien bestand. Auf den Fenstersimsen standen Grünpflanzen, die Decke war mit Stroh und Gehölzen dekoriert.

Der grauhaarige Wirt, der hinterm holzvertäfelten Tresen Bier zapfte, sah kurz auf und lächelte. »Grüß Gott, nur hereinspaziert, schöne Frau«, sagte er, um sich sofort wieder dem Zapfhahn zuzuwenden.

Silke grüßte zurück, ließ den Blick durch das Lokal streifen, in dem sie zwei besetzte Tische registrierte, an denen ihr einige junge Männer zugrinsten. Diese ignorierend, wandte sie sich selbstbewusst, wie sie war, dem optisch leicht abgetrennten zweiten Teil des Raumes zu. Dort saß die gesuchte Gesprächspartnerin in einer Ecke, abseits eines Musikschranks aus der Mitte der 50er-Jahre, in dem Radiogerät und Schallplattenspieler eingebaut waren. Für einen Moment überlegte sie, ob die Musik, die dezent zu hören war, aus einem dieser historischen Apparate kam.

Dann jedoch hatte sie die Frau erreicht, die knapp 15 Jahre älter war als sie. »Hallo«, lächelte sie und reichte ihr zur Begrüßung die Hand. »Schön, dass es geklappt hat.«

»Um ganz ehrlich zu sein, mich hat die reine Neugier getrieben«, erwiderte Gaby Büttner. Sie hatte Bodlings Aushilfssekretärin anders in Erinnerung gehabt. Beim Betriebsfest, als sie sich kennengelernt hatten, war ihr die aufreizende Kleidung der jungen Frau aufgefallen und deshalb unangenehm in Erinnerung geblieben. Silke war mit ihrem kurzen Faltenrock offenbar darauf aus gewesen, die anwesenden Herren auf sich aufmerksam zu machen. Jetzt jedoch trug sie legere Jeans und eine Freizeitjacke, auf der feine Wassertropfen glitzerten.

»Danke nochmals, dass Sie gekommen sind«, sagte die junge Frau, rückte den verschrammten Wirtshausstuhl an den Vierertisch heran und setzte sich. Zufrieden stellte sie fest, dass die Musik und die Gespräche der anderen Gäste laut genug waren, sodass sie nicht zu befürchten brauchte, von jemandem belauscht zu werden. »Ich weiß, dass Sie seit gestern vieles durchgemacht haben«, zeigte Silke Rothfuß Verständnis, um ihr Anliegen behutsam vorzutragen. »Ich hab mir lange überlegt, ob ich Sie einfach so anrufen kann. Aber«, sie sah der Frau fest in die Augen, »gerade, wo so etwas Schreckliches passiert ist – mit Ihrem Mann –, halte ich es für notwendig, etwas zu unternehmen.« Sie beugte sich über den Tisch, um leiser fortfahren zu können. »Damit nicht noch Schlimmeres passiert.« Sie hatte gar nicht bemerkt, dass der Wirt plötzlich neben ihr stand.

28

Häberle hatte zwar die Angaben Schweizers in den Protokollen studiert, doch hielt er es für geboten, den Kollegen des getöteten Büttners selbst aufzusuchen. Er war an diesem regnerischen Juniabend zu ihm nach Hause gefahren, um zu vermeiden, dass er allzu oft im Albwerk in Erscheinung trat.

Außerdem wollte er das persönliche Umfeld des Mannes kennenlernen. Das erforderte eine Anfahrt von etwa 20 Kilometern quer über die Alb. Schweizer wohnte in Heroldstatt, einer schmucken, aufstrebenden Gemeinde unweit von Laichingen. Häberle nutzte die Zeit während der Autofahrt, sich die Personen ins Gedächtnis zu rufen, die in den vergangenen 36 Stunden eine Rolle gespielt hatten. Dass er wieder einmal in ein Beziehungsgeflecht eingedrungen war, obwohl nach außen hin eine schöne heile Welt zu bestehen schien, hatte ihn nicht sonderlich gewundert. Sobald man an den Oberflächen kratzte und sich die Mühe machte, hinter die Kulissen zu blicken, stieß man auf Merkwürdigkeiten und Geheimnisvolles, auf Affären und Skandälchen.

Von Hasso Schweizer wusste der Ermittler bisher relativ wenig. Außer, dass es im Albwerk ziemlich konkrete Gerüchte gab, wonach der Mann ein Techtelmechtel mit der Frau des getöteten Büttners angefangen hatte. Aber das musste nichts heißen. Immerhin lebte sie in Trennung und Schweizer war geschieden.

Häberle hatte den Ort schneller erreicht als erwartet. Denn die feinen Umgehungsstraßen in diesem Bereich der Albhochfläche ermöglichten ein schnelleres Vorwärtskommen als drunten im dicht besiedelten Filstal, wo man im letzten südlichen Zipfel der Region Stuttgart seit Jahr und Tag um bessere Straßenverhältnisse kämpfte.

Er bog nach rechts ab und folgte der Beschilderung über eine Brücke. Eine regennasse, leicht ansteigende Wohnstraße führte ihn durch ein gepflegtes Ortszentrum, an dem sich schmucke Häuschen aneinanderreihten. Ein angenehmer Kontrast zu den lauten und hektischen Kommunen entlang der Filstalachse, wo Dieselruß an grauen Fassaden klebte.

Hier oben schien man sofort freier atmen zu können, dachte Häberle und fand auf Anhieb die gesuchte Querstraße mit der entsprechenden Hausnummer. Er parkte vor einem Zweifamilienhaus, dessen Vorgarten junge Pflänzchen und Stauden aufwies. Mit wenigen Schritten hatte er die weiße Aluhaustür erreicht, die bereits nach dem ersten Klingeln geöffnet wurde.

Hasso Schweizer war auf den Besuch des Kommissars vorbereitet gewesen. Er begrüßte ihn per Handschlag und führte ihn in ein hell eingerichtetes Wohnzimmer, in dem klassische Musik zu hören war. »Dass ich mal das Vergnügen mit Ihnen haben würde, hab ich erwartet«, sagte Schweizer, während sie beide in weißen Ledersesseln Platz nahmen.

»Mit meinen Kollegen hatten Sie bereits Kontakt«, begann Häberle. »Mir geht es nur noch um ein paar kleine Details.« Er verzog das Gesicht zu einem sympathischen Lächeln. »Wir hätten das auch telefonisch erledigen können, aber ich hab's lieber, man sitzt sich gegenüber.« Er musterte seinen Gesprächspartner, der ziemlich selbstbewusst wirkte. Die halblangen schwarzen Haare wirkten frisch gefönt, das bunte Freizeithemd und die grüne Cordhose waren ein Zeichen dafür, dass er sich einen entspannten Feierabend gönnen wollte, dachte der Kommissar.

Schweizer schlug die Beine übereinander. »Man weiß das ja von den Fernsehkrimis: Der Kommissar will die Bösewichte selbst kennenlernen«, grinste er.

»Ob Bösewicht oder nicht – wenn die Unterscheidung so einfach wäre, bräuchten wir keine Nachtschichten einzulegen«, entgegnete Häberle. Während sein Blick über die offenen Regale wanderte, fiel ihm zwischen langen Bücherreihen ein gerahmtes Bild auf. Es zeigte eine Frau, die ihm sofort bekannt erschien. Um sich dies nicht anmerken zu lassen, wandte er sich wieder Schweizer zu, der offenbar bereit war, in die Offensive zu gehen.

»Bösewichte treiben's doch meist mit den Frauen des Opfers.«

Häberle war überrascht, meinte dann aber: »Landläufig denkt man so, ja. Und wird irgendwo einer umgebracht, wissen gleich alle, wer das war.«

»Ich«, stellte Schweizer stirnrunzelnd, aber spöttelnd fest, »hab ein Verhältnis mit der Frau des Opfers und bring ihren Alten um – so einfach ist das doch. Motive gibt es viele, vor allem, weil er ein enger Kollege von mir war.«

Häberle versuchte, das Verhalten des Mannes einzustufen, tat sich aber schwer. »Es gibt also eine Beziehung zwischen Ihnen und Frau Büttner?«, wurde er ernster.

»Beziehung?«, überlegte Schweizer auch eine Spur nachdenklicher. »Wir telefonieren und treffen uns gelegentlich, seit wir uns beim letzten Betriebsfest kennengelernt haben.«

»Darf ich Sie ganz direkt fragen: Waren Sie der Grund, dass sie ihren Mann verlassen hat?«

»Nein, das war ich sicher nicht«, entgegnete Schweizer schnell. »Die Trennung stand bereits im Raum, bevor ich Gaby, also Frau Büttner, getroffen habe.«

»Sie selbst aber«, Häberle verschränkte die Arme, »also Frau Büttner, meine ich, die scheint diese Beziehung mit Ihnen nicht ganz so locker zu sehen.«

»Was heißt da locker? Was würde es bringen, wenn wir das verheimlichen? Man würde sich doch nur in Verdacht bringen, oder sehe ich das falsch?«

»Frau Büttner jedenfalls hat mir von dieser Beziehung nichts erzählt und meine Frage, ob sie einen Bezug zum Albwerk habe, sogar eher ausweichend beantwortet.«

»So, hat sie das?«

»Lassen wir es«, entschied Häberle. »Das ist auch nur ein Randthema. Viel mehr würde mich interessieren, was Sie von Herrn Büttner wissen. Wie war er als Kollege? Was hat man privat gesprochen?«

»Er war ein ruhiger Kollege, wenn man so will. Kollegial, sehr kollegial sogar. Aber fragen Sie mich bitte nicht, was er privat gemacht hat. Gefilmt, ja, doch das werden Sie schon wissen.«

»Ein bisschen davon ist uns schon bekannt geworden, ja.«

»Seit vergangenem Sommer – es muss nach dem Urlaub

gewesen sein – hat er sich wohl in ein Dokumentationsprojekt reingekniet. Oder so etwas Ähnliches. Ganz genau weiß ich es nicht. Ich hab es so verstanden, dass es ein Informationsfilm über die deutsche Stromversorgung werden sollte. Zum Vorführen bei Besuchergruppen.«

Häberle nickte. »Hat er das im Auftrag des Albwerks gemacht?«

»Keine Ahnung. Aber ich denke schon. Denn wie man so gehört hat, ist er für diese Sache in halb Deutschland rumgereist.«

»Das heißt, Herr Bodling müsste informiert gewesen sein.«

»Bodling oder Feucht, einer von beiden ganz sicher.« Schweizer sah den Kommissar misstrauisch an. »Sie glauben aber nicht, dass Büttners Tod damit etwas zu tun hat?«

»Wie ich Ihnen schon sagte – auszuschließen ist gar nichts. Jedenfalls muss es jemanden geben, der Grund hatte, ihn zu beseitigen.«

Schweizer strich mit den Fingern an den Knöpfen seines Hemdes entlang. »Na ja, wie soll ich es sagen«, überlegte er, »aber so einen Grund werden Sie nicht bei uns im Albwerk finden – wenn, dann anderswo.«

»So? Und wo, bitte?«

»Bei den ganz großen Kalibern der Branche. Dort, wo's richtig um Knete geht, wo manipuliert wird und wo die Mafiosi sitzen.«

Die beiden Männer schwiegen sich zwei, drei Sekunden lang an.

Häberle riskierte einen gewagten Einwurf: »In Magdeburg.«

Schweizers Gesichtszüge verrieten eine gewisse Verwunderung. »Sie sind gut informiert«, anerkannte er. »Estromag, sag ich nur. Schon mal was von einer Frau Vogelsang-Klarsfeld gehört?«

»Sie meinen, dort gäbe es einen Grund, Herrn Büttner umzubringen?«

»Nur so in den Raum gestellt«, gab sich Schweizer wieder distanziert. »Nehmen Sie's als Hinweis aus der Bevölkerung, oder wie Sie es sonst nennen mögen.«

»Was hat diese Dame mit dem Albwerk zu tun?«

»Direkt natürlich nichts. Aber vielleicht ist ihr der Kollege Büttner zu nahe gekommen.« Er lächelte für einen Moment. »Nahe gekommen, was das Berufliche anbelangt«, schob er nach.

Der Ermittler sah den Zeitpunkt für eine konkrete Nachfrage gekommen: »Und was halten Sie von Herrn Mariotti?«

Schweizers Gesichtszüge schienen einzufrieren.

*

Silke Rothfuß war zufrieden. Nach dem zweiten Glas Rotwein hatten sie sich immer besser verstanden. Zwar fühlte sie sich auf der Rückfahrt nach Geislingen ziemlich angesäuselt und hoffte inständig, in keine Alkoholkontrolle zu geraten. Aber immerhin hatte der Wein gewisse Hemmungen beseitigt und sie beide beflügelt, einen Plan zu schmieden. Silke konzentrierte sich auf die Straße, bemühte sich, korrekt in der Spur zu bleiben, um nicht andeutungsweise den Eindruck zu erwecken, Schlangenlinie zu fahren. Mittlerweile war es dunkel geworden und der Regen hatte aufgehört. Auf der B 10 herrschte wenig Verkehr. Zwischen Urspring und Amstetten behielt sie Tempo 80 bei, obwohl die lang gezogenen Kurven eine höhere Geschwindigkeit zugelassen hätten. Erst jetzt fielen ihr die Scheinwerfer eines Wagens auf, der ihr dicht folgte. Der Fahrer unternahm keine Anstalten, sie zu überholen. Instinktiv trat sie fester aufs Gaspedal. Doch nach der Beschleunigung ließ sie den Wagen wieder auf Tempo 80 ausrollen.

Sie wusste, dass es in ihrem Zustand töricht wäre, unnötig schnell zu fahren. Ihr Reaktionsvermögen, daran bestand gar kein Zweifel, war nach einem halben Liter Wein deutlich eingeschränkt. Der Gedanke daran machte sie unsicher. Denn wenn sie zu langsam fuhr, konnte dies ebenso den Argwohn einer Polizeistreife erwecken wie zu schnelles Fahren. Dieser Zwiespalt zwischen korrektem und übervorsichtigem Verhalten war es gewiss, der Alkoholsünder dazu verleitete, unbewusst Fehler zu begehen. Insgeheim ärgerte sie sich, ein zweites Glas getrunken zu haben. Wie oft schon hatte sie gelesen, wie eine kurze Promillefahrt Menschen ins Unglück stürzen konnte. Und selbst wenn nichts passierte und sie günstigstenfalls nur in eine Kontrolle geriet, wären die Folgen weitreichend: Monatelang keinen Führerschein, womöglich zum Besuch irgendwelcher Kurse verdonnert oder zur Absolvierung eines medizinisch-psychologischen Tests gezwungen, den der Volksmund Idiotentest nannte. Ganz zu schweigen von Gebühren und Bußen, den Taxikosten und dem bürokratischen Ärger.

Auf der Gefällstrecke ins Rohrachtal reduzierte sie das Tempo auf die vorgeschriebenen 60, was hier erfahrungsgemäß um diese Nachtzeit kein Mensch tat. Sie fiel also schon wieder auf, obwohl sie sich absolut korrekt verhielt.

Der Hintermann hatte sich so weit genähert, dass die Scheinwerfer im Rückspiegel nicht mehr zu sehen waren. Eine zivile Polizeistreife würde dies nicht tun, redete sich Silke Rothfuß ein. Als ein Lastwagen entgegenkam und die Scheinwerfer das hintere Auto trafen, konzentrierte sie sich auf den inneren Rückspiegel, um die Umrisse des Fahrers zu erkennen. Doch sie konnte weder den Wagentyp erkennen, noch feststellen, ob hinter dem Steuer ein Mann oder eine Frau saß.

In der Talaue passte sie sich dem erlaubten Tempo 80 an, und spürte, dass sie der Wagen hinter ihr immer mehr beschäftigte. Sie überlegte krampfhaft, seit wann er ihr folgte. Was heißt denn das?, mahnte eine innere Stimme. Dich verfolgt keiner. Du siehst Gespenster, du bist übernervös. Betrunken.

Bemerkt hatte sie ihn erst hinter Urspring. Aber möglicherweise war er gleich aufgetaucht, nachdem sie in Luizhausen auf die Umgehungsstraße aufgefahren war. Oder womöglich hatte er auf dem Parkplatz vor dem Gasthaus darauf gewartet, ihr folgen zu können.

Tausend Gefahren zuckten ihr durch den Kopf. Vielleicht war es sogar einer der Männer aus dem Lokal gewesen. Möglicherweise hatte man sie den ganzen Abend über belauscht.

Unsinn, versuchte sie, diese finsteren Gedanken zu zerstreuen. Sie durchfuhr die Rechtskurve, die an den Weiherwiesen entlangführte. Spätestens unten in der Stadt, so beruhigte sie sich, würde der Verfolger eine andere Richtung wählen. Und falls nicht, dann konnte sie ein paar Haken durch die Seitenstraßen schlagen und notfalls direkt zum Polizeirevier fahren. Doch kaum war dieser Gedanke entstanden, verwarf sie ihn energisch. Niemals würde sie in ihrem alkoholgeschwängerten Zustand bei der Polizei aufkreuzen können.

Während sie ihren gelben Eos gemächlich über das letzte Gefälle in die Stadt hineinrollen ließ und feststellen musste, dass der Fahrer hinter ihr auch dem Verlauf der B 10 folgte, anstatt zur historischen Altstadt abzubiegen, hatte sich in ihrem Kopf eine neue Idee entwickelt. Sie brauchte doch nur am Handy, das in der Freisprecheinrichtung am Armaturenbrett steckte, eine Kurzwahltaste zu drücken und wäre sofort mit Taler verbunden, der ihr heute früh angeboten hatte, ihr im Notfall helfen zu können. Sie hatte die Nummer vorsorglich entsprechend programmiert.

Aber noch ist es kein Notfall, mahnte ihre innere Stimme. Mach dich nicht verrückt.

Unter den Straßenlampen, die sich entlang der Jet-Tankstelle einerseits und der Aral-Tankstelle andererseits stadteinwärts zogen, versuchte sie erneut, im Rückspiegel die Person im hinteren Fahrzeug zu erkennen. Vermutlich ist's ein Mann, dachte sie. Bei seinem Auto handelte es sich um eine schwarze Limousine, deren Kühlergrill weder auf einen Mercedes noch auf einen BMW schließen ließ. Wahrscheinlich ein Japaner. Mehr jedoch war der Silhouette des Wagens nicht zu entnehmen.

Abschließen. Wo, verdammt noch mal, befand sich der Knopf für die Zentralverriegelung? Ihre Augen suchten krampfhaft nach der Kontrollleuchte – doch da war nichts, was auf den Schließmechanismus hindeutete. Wenn jetzt die Ampel beim Kaufland noch in Betrieb war und das Rotlicht sie zum Anhalten zwang, war sie dem Fremden hilflos ausgeliefert. Nein, dann würde sie einfach nicht stoppen, entschied sie.

Der Unbekannte hatte inzwischen etwas mehr Abstand gelassen. Zufrieden stellte Silke Rothfuß fest, dass die Ampel vor ihr abgeschaltet war. Sie gab wieder etwas Gas, rollte am Turm der Stadtkirche vorbei und beschloss, an der nächsten Kreuzung rechts abzubiegen. Dann würde sich zeigen, ob der Kerl ihr tatsächlich folgte.

Sekunden später näherte sie sich der Kreuzung, wo die Ampel grün zeigte. Sie setzte den Blinker und bog in den verkehrsberuhigten Altstadt-Bereich ein. Im Rückspiegel sah sie, dass auch das hintere Fahrzeug den Blinker betätigt hatte und ihr tatsächlich gefolgt war. Ihr Herz begann plötzlich zu rasen. Es konnte kein Zufall sein, dass der Mann denselben Weg hatte – ausgerechnet durch das kurze Stück des Tempo-20-Bereichs, in dem zu dieser späten Stunde kein Mensch mehr unterwegs war. Durch die große Fensterfront des hell erleuchteten Eckcafés in der Fußgängerzone erkannte Silke Rothfuß einige Gäste. Sie trat kräftig aufs Gaspedal und beschleunigte ihren Eos innerhalb einer geringen Wegstrecke auf 70, schoss über den Zebrastreifen und wollte gerade wieder abbremsen, weil sie an der nächsten Querstraße die Vorfahrt achten musste, da zuckte ein rötlicher Blitz. Es war ihr, als habe sie ein lautloser Schuss getroffen. Sämtliches Blut schien ihr aus den Gliedern zu entweichen. Dennoch war sie in der Lage, zwei Dinge gleichzeitig zu tun: Sie bremste, weil sich die vorfahrtsberechtigte Querstraße näherte, und sie blickte in den Rückspiegel, wo ein zweiter Rotlichtblitz zuckte und das nachfolgende Auto für den Bruchteil einer Sekunde erhellte.

Radar. Ja, es war eine Radarfalle gewesen, stellte die Frau fest und spürte Erleichterung, obwohl dies ihr sicher einen Monat Fahrverbot einbringen würde. Aber es war kein Schuss und kein Anschlag gewesen.

Ihr Herz raste noch schneller, als sie an der Einmündung nur kurz stoppte, um sich zu vergewissern, dass es keinen Querverkehr gab und sie nach links in die Bahnhofstraße einbiegen konnte. Dort war zwar das Tempo auf 40 begrenzt, aber weil wohl kaum eine weitere Messstelle eingerichtet sein würde, trat sie das Gaspedal voll durch. Aus Zorn, aus Angst, aus Verzweiflung.

Das Telefon. Sie brauchte nur diese eine Taste zu betätigen. Warum sollte sie es nicht tun? Er hatte gesagt, dass er ihr notfalls beistehen werde. Noch einmal zögerte sie, doch angesichts der bedrohlichen Scheinwerfer im Rückspiegel traf sie instinktiv die Entscheidung. Augenblicke später zwei Freizeichen im Lautsprecher – dann die Stimme: »Der Anschluss, den Sie gewählt haben, ist momentan nicht erreichbar. Sie können aber nach dem Signalton eine Nachricht hinterlassen.«

Silkes Herz schlug noch schneller. »Hallo«, presste sie aus ihrem trockenen Hals. »Hallo, Hilfe.« Ihre Augen zuckten vom Rückspiegel zur Straße und wieder zurück. Die Scheinwerfer des Eos strichen an der tristen, jedoch bewachsenen Stützmauer vorbei, die rechts die Bahntrasse abstützte. »Ich werd verfolgt …« Sie musste sich auf ein Auto konzentrieren, das aus einer Seitenstraße von links in ihre Fahrtrichtung eingebogen war. »Und geblitzt wurde ich auch«, stammelte sie mit zitternder Stimme. Aber was nützte es, auf eine Mailbox zu sprechen, von der sie nicht wusste, wann sie abgehört werden würde? Sie beendete die Verbindung.

Sollte sie 110 drücken? Ihr Zeigefinger verharrte. Wenn sie das tat, war sie einer Menge unangenehmer Fragen ausgesetzt. Und wenn sie es nicht tat, möglicherweise noch mehr. Rechts zog der Bahnhof vorbei.

Während ihr ein erneuter Blick in den Rückspiegel die drohende Gewissheit verschaffte, dass der Unbekannte hartnäckig hinter ihr blieb, versetzten ihr die schrillen Töne des Handys einen zweiten Schreck. Sie verlangsamte das Tempo und versuchte, auf dem beleuchteten Display Name oder Nummer des Anrufers abzulesen. Doch soweit sie es sehen konnte, stand da nur ›Unbekannter Anrufer‹. Noch bevor sie den Bahnhofsbereich passiert hatte, drückte sie die grüne Taste. »Hallo«, meldete sie sich leise, als könne ihr der Anrufer gefährlich werden.

Aus dem Lautsprecher schallte ihr das hämische Lachen eines Mannes entgegen, der mit spöttischem Unterton sagte: »Wer so flitzt, der wird geblitzt.«

Die Stimme war verstellt, aber sie glaubte, sie zu erkennen.

*

»Und so was nennt man Juni«, schimpfte Häberle, als er zu später Stunde mit feuchter Kleidung die Räume der Sonderkommission betrat, wo die verbrauchte Luft sich mit Kaffeeduft vermischte. Auch er goss sich eine Tasse ein und ließ sich seufzend auf einem Bürosessel neben Linkohr nieder.

»Wir haben ein paar Neuigkeiten«, erklärte der junge Kriminalist. »Die Sprengstoffmenschen vom Landeskriminalamt haben das Zeug analysiert, mit dem man uns in Büttners

Haus abfackeln wollte. Es ist dasselbe, das am Umspannwerk benutzt wurde.«

Häberle zeigte sich wenig beeindruckt. »Habt ihr denn etwas anderes erwartet?«, fragte er die Kollegen, die sich inzwischen um den Schreibtisch gruppiert hatten und ihn aus ziemlich grauen und erschöpften Gesichtern anschauten. »Was ist es denn für'n Zeug?«

»Eine Nitrolösung, die man in jedem Baumarkt kaufen kann. Wird zur Reinigung von Steinböden und manchmal auch für altes Holz benutzt.«

»Baumarkt«, überlegte Häberle. »Irgendwie klingt das doch alles nach einem Handwerker oder Hobbybastler. Da durchbohrt einer einen Stein, benutzt handelsübliche Seile, um eine Leiche dranzubinden – und auch der Stein selbst deutet auf einen hin, der mit Haus, Hof und Garten eng verbunden ist.«

»Eben ein schwäbischer Häuslesbauer«, bemerkte ein Kollege, der hörbar nördlich der Mainlinie entsprang.

»Kleine Mengen von dem Zeug«, fuhr Linkohr fort, »kann man auch zum Reinigen von Plastikgehäusen benutzen. Computer, Drucker und so weiter. Der Umgang erfordert aber eine gewisse Sorgfalt.« Er hatte sich einige Notizen gemacht und nahm sie nun zur Hand. »Das Zeug ist nicht nur leicht entflammbar, sondern entwickelt auch Dämpfe, die schwerer sind als Luft und die sich in einem geschlossenen Raum am Boden anreichern. Bei einer bestimmten Zusammensetzung entsteht ein explosives Gemisch, das sich bereits durch einen winzigen Funken entzündet.«

»Zum Beispiel durch den Glühfaden einer Glühbirne«, ergänzte Häberle. »Da wäre uns aber ein mächtiges Feuerwerk um die Ohren gezischt.«

»Aber wir wissen inzwischen noch mehr«, machte Linkohr weiter, während sich einige Kollegen wieder ihren Computern und Telefonen zuwandten, weil sie die Neuigkeiten bereits kannten. »Auch in Leipzig wurde dieselbe Nitrolösung benutzt.«

»Gleiche Nitrolösung in Leipzig, gleicher Stein an der Leiche.«

»Und beide Leichen im Stromgeschäft«, ergänzte Linkohr, um gleich anzufügen, dass es noch weitere Erkenntnisse gab. »Die Stuttgarter haben die Drohbriefe untersucht und analysiert. Verwertbare Spuren: Fehlanzeige. Auch nichts, was sich als DNA verwerten ließe. Dafür ist den Kollegen etwas aufgefallen. Der Schreiber dieser drei Briefe scheint mit der neuen deutschen Rechtschreibung in einem Punkt auf Kriegsfuß zu stehen.« Linkohr angelte sich die Fotokopien, auf denen er mit Leuchtstift Markierungen vorgenommen hatte. »Er schreibt grundsätzlich kein scharfes S.« Der Jungkriminalist schob die Papiere zu Häberle hinüber, mit dem drei weitere Kriminalisten die Ausführungen verfolgten. »Hier: Straße mit zwei S statt mit scharfem S. Und sogar die freundlichen Grüße, mit denen er seltsamerweise seine Schreiben jedes Mal beendet, sind mit zwei S geschrieben.«

Häberle dachte nach. »Ganz so außergewöhnlich ist das auch wieder nicht.« Er spürte Linkohrs Enttäuschung. »Im internationalen Schriftverkehr ist das doch üblich, oder?«, fragte er die Umstehenden.

»Aber nicht korrekt«, blieb Linkohr hartnäckig. »Es gibt aber eine bestimmte Menge Leute, die meinen, das scharfe S sei komplett abgeschafft worden. Und unser Drohbriefschreiber gehört wohl dazu.«

»Oder es ist ein Schweizer«, konterte Häberle, wohl wissend, dass er jetzt für Erstaunen sorgte. Die Männer sahen ihn auch fast alle verwundert an. »Ich meine nicht den Schweizer vom Albwerk«, fügte er grinsend an, »sondern die Schweizer, also Bewohner der Schweiz. Dort wird nämlich seit jeher ganz aufs scharfe S verzichtet.«

»War ja nur so eine Feststellung unserer Schriftexperten«, stellte Linkohr leicht gekränkt fest.

»Wir werden's im Auge behalten«, munterte ihn Häberle auf. »Manchmal sind's ja tatsächlich die kleinen Dinge, die plötzlich große Bedeutung haben.«

Linkohr brachte zum Ausdruck, dass er nicht so schnell kapitulierte. »Vielleicht reißt Sie etwas anderes mehr vom Sitz«, begann er und musste ein Gähnen unterdrücken. »Telefonverbindungsdaten«, lautete dann sein Stichwort. »Büttner hat von seinem Festnetz aus rege mit der deutschen Energiewirtschaft telefoniert. Alle Großen finden sich unter seinen angerufenen Telefonnummern. E.ON, Vattenfall, EnBW, Estromag – sogar das Enel in Südtirol. Auch Wasserkraftwerke in Norwegen.«

»Und sicher die Frau Vogeldings-Springinsfeld oder so ähnlich«, ergänzte der Chefermittler süffisant.

»Verena Vogelsang-Klarsfeld«, stellte Linkohr richtig. »Die auch«, bestätigte er. »Vielleicht sollten wir ihr mal auf den Zahn fühlen.«

»Ich weiß, das wär eine reizvolle Herausforderung für Sie«, frotzelte Häberle, was die Umstehenden mit Gelächter quittierten, »aber die Dienstreise dorthin habe ich mir vorgenommen. Und nachdem Sie sich so ausgezeichnet in die Materie vertieft haben, sind Sie der richtige Mann, um hier die Fäden in der Hand zu halten.« Er grinste seinen jungen Kollegen an, der nicht so recht wusste, was er darauf antworten sollte.

Linkohr entschied sich deshalb, mit seinen Berichten fortzufahren: »Auch Büttners Handy, das unauffindbar ist, weist ähnliche Verbindungsdaten auf, viele zu seiner Exfrau und zu diesem Mariotti. Nichts Neues – nur eben eines ...« Linkohr wartete auf eine Reaktion von Häberle, doch der hatte sich, wie üblich, mit verschränkten Armen zurückgelehnt, sodass die elastische Lehne des Stuhls weit nach hinten gedrückt wurde.

»Und das macht stutzig«, kommentierte Linkohr bereits im Voraus das, was er anschließend erklärte: »Das Handy von Büttner ist noch in Betrieb, also nach wie vor am Netz. Zumindest zeitweilig ist es eingeloggt, sagt der Netzbetreiber.«

»Ach«, wurde Häberles Interesse geweckt. »Und wo wird es eingeloggt?«

»Es war am Montagmorgen ab 6.08 Uhr für knapp drei Minuten in der Funkzelle von Wesenberg eingeloggt – und drei Stunden später südlich von Berlin, auch nur für wenige Minuten.«

»Wesenberg?«, griff Häberle den genannten Ortsnamen auf.

»Liegt in Mecklenburg-Vorpommern – und nun kommt's: Grenzt ziemlich dicht an diesen Peetschsee, aus dem sie den Mariotti gezogen haben.«

Häberle grinste. »Sagen Sie's ruhig«, forderte er seinen jungen Kollegen auf, der zunächst gar nicht begriff, worum es ging. »Jetzt, wo Sie Grund hätten, sich's Blech weghauen zu lassen, sagen Sie's nicht«, hielt ihm Häberle frotzelnd vor. »Was ist denn los? Wieder eine neue Flamme, die's nicht hören will?«

Linkohr musste schlagartig an die Vollwertkostfrau denken, die er seit Sonntag nicht mehr gesehen hatte. Aber immerhin waren einige SMS von ihr gekommen. »Ich wollte mir mein Erstaunen für die nächste Feststellung aufheben«, erwiderte er auf Häberles Vorwürfe. »Warum fragen Sie eigentlich nicht, wohin mit dem Handy telefoniert wurde?«

»Weil ich davon ausgehe, dass Sie's mir gleich berichten werden«, konterte Häberle zur Heiterkeit der anderen, die bereits wussten, was kommen würde.

»Sowohl in Wesenberg als auch später in der Gegend von Berlin wurde eine Nummer angewählt, zu der beide Male keine Verbindung zustande kam. Aber wir wissen, wem sie gehört.«

»Und?«, gab sich Häberle ungeduldig.

»Eine Handynummer, angemeldet auf – und nun halten Sie sich fest – Verena Vogelsang-Klarsfeld.«

29

Es war wieder eine kurze Nacht gewesen. Häberle hatte trotzdem Frühstück gemacht und seine Susanne damit überrascht. An Tagen wie diesen, wenn er erst spät nach Hause kam, wollte er wenigstens morgens die Gemeinsamkeit pflegen. Die Stunde, die sie beieinander saßen und plauderten, gab ihm Ruhe und Kraft. Und oft schon hatte ihn Susanne auf neue Ideen gebracht. Manchmal war es einfach sinnvoll, die Meinung eines Außenstehenden zu hören. Häberle wusste, wie schnell man betriebsblind werden konnte, wenn man sich mit vielen Kleinigkeiten befassen musste und den Blick fürs Wesentliche verlor.

Besonders interessant fand Susanne seine Erzählungen zum scharfen S und dass die Schriftexperten dies für bemerkenswert erachteten. »Dann lass dir doch von all deinen Verdächtigen irgendwelche Schriftsätze oder Briefe zeigen, dann siehst du sofort, wer keines verwendet«, schlug sie ihm vor, während sie das weiche Ei köpfte, das August ihr zubereitet hatte.

»Verdächtige«, wiederholte er. »Um ehrlich zu sein, habe ich's doch nur mit Verdächtigen zu tun. Kein einziger meiner Zeugen ist wirklich nur Zeuge, wenn man es genau nimmt. Selbst dieser Speidel, der vorgestern früh die Leiche entdeckt hat, ist nicht hasenrein. Über seine Frau gibt's immerhin nicht gerade freundschaftliche Bande zu Frau Büttner – und irgendwie wohl auch zu Büttner selbst.«

»Aber du meinst doch, das hat mit der Strombranche zu tun«, warf sie ein. »Außerdem sind da die Drohbriefe, von denen du sprichst.«

»Drohbriefe ans Albwerk«, begann er aufzuzählen und strich sich ein Marmeladenbrot. »Merkwürdige Sexfilme und seriöse Dokumentarfilme von Büttner, ein Hasso Schweizer, der mich an Estromag verweist und der kreidebleich wurde, als ich ihm gesagt hab, dass sein Leipziger Kollege Mariotti auch im See geendet hat.«

»Vergiss den Naturschützer nicht«, unterbrach Susanne seinen Redefluss.

»Braun, ja, der vorletzte Woche in MeckPomm war und zwar exakt in dieser Stadt, von der wir am Tatort einen Parkschein gefunden haben. Außerdem hat er mit Bibern zu tun. Passend dazu finden wir einen USB-Stick vor dem Haus, das abgefackelt werden sollte. Die Welt ist verrückt.« Er sagte dies mit der Ruhe und Gelassenheit, die Susanne so sehr an ihm schätzte.

»Und was hältst du von den Herrschaften im Albwerk?«, fragte sie.

Er lächelte. »Seriöse Gesellschaft, würde ich meinen. Der Feucht ein Kaufmann wie aus dem Bilderbuch, mit Zahlen alt geworden. Der kann dir sicher die Bilanzen der letzten zehn Jahre vorwärts und rückwärts aufsagen. Vor allem aber wird er sie lesen können. Im Gegensatz zu mir.« Häberle musste sich eingestehen, so komplexe Zahlenwerke wie einen Geschäftsbericht nicht durchschauen zu können. Er schaffte dies nicht einmal mit seiner eigenen Steuererklärung. Umso mehr war es ihm unverständlich, dass es Menschen gab, die ein Berufsleben lang glänzende Augen kriegten, wenn sie sich in Zahlen vertiefen durften. Als ob Zahlen das Leben wären. Natürlich waren sie das nicht, aber, so hatte er es sich einmal sagen lassen müssen, vieles in der Naturwissenschaft ließ sich in mathematische Muster pressen. Die Frage war doch nur: Hatte sich die Natur an Zahlen gehalten – oder hatte der Mensch seine Zahlenwerke so ersonnen, dass sie zu den Naturgesetzen passten? Häberle beeilte sich, diese Gedanken loszuwerden. »Der Wollek macht seinen Job und fühlt sich auf dem Land wohl. Hat sich hier integriert und spielt den Turmwächter auf'm Ödenturm.« Er sah sie auffordernd an. »Falls der Fall bis Sonntag geklärt ist, können wir ihn dort oben besuchen.«

»Das würde mich freuen – und ich bin davon überzeugt, dass du es bis Sonntag schaffst«, sagte sie und fasste ihn am Arm. »Aber, sag mal.« Sie sah ihn ernst an. »Und der Bodling? Der ist absolut clean?«

Häberle mochte es, wenn seine Susanne in die Jugendsprache verfiel. »Clean?«, wiederholte er deshalb grinsend. »Der ist die Seriosität in Person. Ein glänzender Fachmann und eine absolut integre Persönlichkeit. Da kannst du die Tagediebe in den Chefetagen vieler Aktiengesellschaften vergessen.« Am liebsten hätte er noch deutlichere Worte gesprochen, aber Susanne wusste längst, was er von der deutschen Wirtschaftselite hielt. Ihn wunderte nur, dass die Regierungen der ganzen Welt plötzlich Milliarden locker machten, um den Kapitalismus, wie er in seiner bisherigen Form versagt hatte, weiterhin am Leben zu halten, anstatt nach Alternativen zu suchen, die keinesfalls in den vorbehaltlosen Sozialismus führen mussten.

»Du sagst doch immer, dass manchmal das Unmögliche möglich ist«, hielt Susanne ihm vor und schob das leer gelöffelte Ei beiseite.

»Natürlich sage ich das«, gab er ihr recht. »Aber man hat ja so sein Bauchgefühl.« Er blickte in ein verständnisloses Gesicht. »Dennoch werd ich mir den Bodling zur Brust nehmen müssen. Es gibt da nämlich tatsächlich ein paar Dinge zu klären.«

»Die wären?«

Er wischte sich mit einer Serviette den Mund ab. »Zum Beispiel, ob die ihren Strom, der mit Wasserkraft hergestellt wird, aus jenem norwegischen Kraftwerk beziehen, in dem Büttners Schwiegersohn arbeitet.«

»Der arbeitet in Norwegen?«

»So haben wir es jedenfalls ermittelt – und ich gehe mal davon aus, dass die Familie zur Beerdigung anreisen wird.« Aber da würde er vermutlich kaum hier sein, dachte Häberle und überlegte, ob er Susanne schon in seine Dienstreisepläne einweihen sollte. Er beschloss, es zu tun, zumal sie sicher bereits damit gerechnet hatte. »Ich werd wohl nicht umhin kommen, mich mal da oben umzusehen«, sagte er und blickte durch das Fenster in den grauen Morgen hinaus.

»In Norwegen?«, staunte Susanne, die es durchaus gewohnt war, dass ihr Mann zu außergewöhnlichen Dienstreisen neigte.

»Nein, so weit fahre ich nicht, Schatz«, beruhigte er. »Aber wahrscheinlich zu Estromag nach Magdeburg und nach Mecklenburg-Vorpommern.«

Sie schien für einen Moment irritiert zu sein. »Kann ich daraus schließen, dass du deinen Täter dort oben vermutest?«

»Möglich ist alles, aber zumindest gibt es ein paar Dinge zu klären, die ich nicht den Kollegen vor Ort überlassen kann.«

Sie unterdrückte ein Lächeln. »Weil sie die schwäbische Mentalität nicht verstehen?«

»Was heißt Mentalität?« Er frotzelte zurück. »Die halten uns doch laufend für ein bisschen unterbemittelt, bloß weil wir alles können außer Hochdeutsch.« Oft genug hatte er sich schon darüber aufgeregt, dass Schwäbisch außerhalb des Ländles belächelt wurde und in der Rangliste unbeliebter Dialekte gleich hinter Sächsisch rangierte. Dabei hatte gerade Schwaben außerordentlich bedeutsame Persönlichkeiten, vor allem auch Tüftler und Denker hervorgebracht.

Möglicherweise würde die Welt noch heute zu Fuß gehen, hätte es nicht den Schorndorfer Gottlieb Daimler gegeben, pflegte er immer zu sagen, um dann fairerweise hinzuzufügen, dass damals auch ein Badenser eine Rolle gespielt hatte, nämlich Carl Benz, der denselben Geistesblitz gehabt hatte wie sein schwäbischer Kollege.

»Nein, ganz ehrlich«, fügte Häberle nach dieser Denkpause an, »wer in einem Fall drin ist und die beteiligten Personen kennt, kann ganz andere Fragen stellen, als ein Kollege, der nur auf dem Wege der Amtshilfe tätig wird.«

Er hätte ihr dies nicht zu sagen brauchen, weil sie im Laufe seines Berufslebens oft genug Ähnliches von ihm gehört hatte. »Wenn ich morgen reise«, fügte er an, »bin ich zum Wochenende wieder zurück.«

Susanne nickte verständnisvoll, wusste sie doch, wie gern ihr August Auto fuhr und regelmäßig die Chance nutzte, mal wieder aus der Provinz herauszukommen. Sie musste ihm also einen Koffer packen. »Da fällt mir ein«, unterbrach sie seine Pläne und zögerte. »Es mag ja komisch klingen, aber dass eine Firma mit Drohbriefen gezwungen wird, ihre Preise zu erhöhen, ist seltsam. Ich denke, in Zeiten, in denen jeder für blöd erklärt wird, wenn er teurer einkauft als anderswo, will doch kein Mensch höhere Preise erzwingen. Oder sehe ich das falsch?«

Ihr Mann zuckte mit den Schultern. »Der Normalverbraucher nicht. Aber die Konkurrenz. Stell dir vor, da versaut so ein Kleiner die Preise, weitet sein Versorgungsgebiet aus, piesackt die Großen und maßt sich womöglich an, mit vergleichsweise günstiger, auch noch regenerativer Energie neue Märkte zu erobern – was glaubst du, wozu manche Kreise in der Lage sind?«

Sie wollte nicht widersprechen. August konnte, wenn es sein musste, stundenlang von Fällen der Wirtschaftskriminalität reden, die nie vollständig aufgeklärt wurden. Und kam es zu einem Prozess, dann waren die Richter nicht selten damit zufrieden, wenn der Angeklagte eine Art Teilgeständnis ablegte und somit den Juristen eine monate- oder jahrelange Beweisaufnahme ersparte. Man nannte dies einen Deal, der meist auf den Gerichtsfluren ausgehandelt wurde. Und zur Belohnung für ihr kooperatives Verhalten bekamen solche Angeklagten auch noch trotz millionenschwerer Betrügereien eine Bewährung zugebilligt. Ganz zu schweigen davon, dass, soweit Häberle sich entsinnen konnte, nach der jüngsten globalen Wirtschaftskrise kein einziger, der sie ob seiner maßlosen Gier mit angezettelt hatte, jemals vor den Kadi gezerrt wurde. Aber was hatten denn die Banker und Konstrukteure abenteuerlicher Spekulationsangebote anderes getan, als arglosen Anlegern Geld aus der Tasche zu ziehen? Eigentlich gab das Strafgesetzbuch genügend her, um diese Burschen zumindest anzuklagen: Betrug, Unterschlagung, Untreue, arglistige Täuschung – zum Beispiel. Aber anstatt mit dem eisernen Besen der Juristen durchzufegen, benahmen sich die Politiker wie aufgescheuchte Hühner, die plötzlich Milliardenbürgschaften locker machten, um Unternehmen zu retten, deren Verantwortliche sich bereits vor ihren Villen in der Karibik sonnten.

Susanne riss ihn wieder aus den düsteren Gedanken, die sich regelmäßig seiner bemächtigten, wenn Stichworte fielen, die in ihm sein Gerechtigkeitsgefühl weckten. »Da kann alles Mögliche dahinterstecken«, meinte sie. »Ich hab gelesen, das Albwerk feiert demnächst sein 100-jähriges Bestehen. Könnte das nicht ein Marketinggag sein?«

»Was? Ein Marketinggag – die Drohung?« Er hatte an vieles gedacht, nur nicht an dieses.

»Nun«, gab ihm Susanne zu bedenken. »Andere werben mit ›Geiz ist geil‹, da würde es sich doch gut machen, wenn ein Unternehmen wegen seiner niedrigen Preise erpresst wird. Das ließe sich doch genial vermarkten, oder?«

Häberle wusste nicht so recht, ob er lachen sollte oder ob Susanne dies tatsächlich ernst meinte. »Und wie würden dann die beiden Toten in dieses Konzept passen?«, fragte er vorsichtig nach und ergänzte grinsend: »Doch wohl kaum, um die Ernsthaftigkeit des Marketinggags zu unterstreichen.«

Susanne schlug ihm freundschaftlich auf den Oberarm. »Mensch, August, du sagst selbst immer, nichts sei unmöglich.« Es gefiel ihm, wenn sie ihn aufmuntern konnte. »Man muss querdenken, forderst du immer«, ergänzte sie. »Vielleicht haben die beiden Ermordeten die Drohbrief-Werbeaktion ersonnen und sind von der Konkurrenz ausgeschaltet worden.«

»Ja, ja«, erwiderte er und lachte schallend. »Und der Werbespot mit einigen leichtgeschürzten Mädels war bereits in der Produktion. Sozusagen als Auflösung gedacht – nach dem Motto: Nackte Tatsachen zur Erpressung.«

Seine Frau lachte laut und fügte an: »Oder: Unser Strom – voller Spannung.«

30

»Okay, danke, Herr Kollege«, beendete Linkohr an diesem Mittwochvormittag ein Telefongespräch aus Mirow. Ein Ermittler der dortigen Polizei hatte ihm berichtet, dass ein Teil der in Mariottis Wohnung sichergestellten Videos gesichtet worden sei. Den Schilderungen zufolge handelte es sich um ähnliches oder gar identisches Material, wie es auch Büttner gespeichert hatte. Die beiden Herren schienen also in regem Kontakt gewesen zu sein. Jedenfalls war auch in Mariottis Daten der Aliasname Katimaus aufgetaucht. Und mit diesem

Mäuschen hatte sich, wie Linkohr geläufig war, auch Büttner in Chatrooms getummelt.

»Die Telefonverbindungsdaten Mariottis lassen keine Neuigkeiten erkennen«, stellte Linkohr fest, als Häberle den Lehrsaal betrat. Abgesehen von diversen Anrufen in den dortigen Nahbereich gab es in jüngster Vergangenheit nur Kontakte zur Leipziger Strombörse, also seinem Arbeitsplatz, und zu Büttner. Auffallend war eine Nummer, die den Kollegen in Mirow zufolge dem Leipziger Rotlichtmilieu zuzuordnen war. Linkohr hatte die Adresse notiert. »Scheint dieselbe zu sein, wie wir sie auch bei Büttner gefunden haben«, sagte er, um sich seinen Notizen zuzuwenden: »Aber das ist möglicherweise interessant. Er hat hin und wieder mit einem Uwe Wollek telefoniert.«

»Wollek?«, staunte Häberle. »Uwe Wollek? Unser Wollek heißt doch anders …?«

»Ja, unserer heißt Markus und wohnt in Breitingen. Dieser Uwe Wollek wohnt in der Nähe von Quedlinburg – eine kleine Stadt am Nordrand des Harzes. Sachsen-Anhalt.«

Der Chefermittler zog ein nachdenkliches Gesicht. »Ein Verwandter unseres Markus?«

Linkohr zuckte mit den Schultern. »Keine Ahnung, aber so häufig kommt der Name sicher nicht vor. Ich hab versucht, dort anzurufen, aber es meldet sich nur die Mailbox mit dem Hinweis, dass er gerade Urlaub macht und nicht erreichbar ist.« Linkohr beeilte sich, seine weiteren Rechercheergebnisse mitzuteilen: »Unsere Kollegen in Quedlinburg haben sich erkundigt. Dieser Wollek wohnt allein in Westerhausen, ein kleines Nest, und ist in der Chemiebranche tätig. Irgendwas mit Öl, Gas und Energie, meinen sie.«

Häberle ließ sich die Anschrift in Westerhausen geben und beschloss, während seiner geplanten Dienstreise dort vorbeizuschauen. »Und was wissen die sonst noch über Mariotti?«, hakte er nach.

Linkohr war für einen Moment verwundert. Eigentlich hatte er für seine Ermittlungsarbeit ein Lob erwartet. Er bemühte sich, die Enttäuschung zu überspielen und erklärte, dass es bislang keine Erkenntnisse auf ein Handy Mariottis gebe. Der Mann hatte allein gelebt, stammte wohl auch aus Mirow und hatte sich eine kleine Wohnung in Leipzig gemietet, die er während der Woche benutzte. Bis jetzt war es der Polizei nicht gelungen, Angehörige ausfindig zu machen.

Häberle klopfte dem jungen Kollegen anerkennend auf die Schulter. Kurz vor halb zehn hatte sich um ihn herum ein knappes Dutzend Männer und Frauen über die Protokolle der vergangenen beiden Tage hergemacht, um Zusammenhänge und Merkwürdigkeiten herauszuarbeiten. Einige der Ermittler telefonierten, zwei diskutierten. Häberle ging von einem zum anderen, um sie mit Handschlag zu begrüßen und mit ein paar freundlichen Worten aufzumuntern.

»Was stimmt dich denn so optimistisch?«, wollte ein Kollege wissen. Erfahrungsgemäß ließen solche positiven Äußerungen Häberles darauf schließen, dass er bereits eine bestimmte Vorstellung von der Auflösung des Falles hatte.

Der Chefermittler grinste vielsagend. »Ich füll schon mal vorsorglich einen Dienstreiseantrag aus.« Er kam wieder an Linkohrs Schreibtisch heran. »Und Sie, junger Kollege, halten mich auf dem Laufenden. Denn sobald sich meine Dienstreise in gewissen Kreisen herumgesprochen hat, dürfte der eine oder andere ziemlich nervös werden.«

Die Kriminalisten sahen ihren Chef verständnislos an. Doch Häberle schwieg und genoss die Ratlosigkeit. Er wollte sich zu seiner Theorie nicht äußern, denn sonst liefen die weiteren Ermittlungen erfahrungsgemäß nur noch in eine Richtung. Viel besser war es, die Kollegen ihre eigenen Wege gehen zu lassen und erst abschließend daraus ein Resümee zu ziehen. Deshalb war es wichtig, dass die einzelnen Stoßrichtungen koordiniert und dokumentiert wurden. Das erforderte zwar viel Schreibkram und hatte gar nichts mit der Arbeit der Fernsehkommissare zu tun, die man höchst selten am Computer sitzen sah. Die Realität bestand aus akribischer Kleinarbeit, vor allem aber aus einem Gespür für Ungereimtheiten. Und diese konnten sich aus kleinsten Nebensächlichkeiten oder beiläufigen Bemerkungen eines Zeugen ergeben. Man musste nur genau zuhören und beobachten können. Leider ein Talent, das im Zeitalter hektischen Getues und Gerennes, des Wichtigmachens und Dauerschwätzens, mehr und mehr verloren ging, bedauerte Häberle. Er jedoch wollte diese Tugenden so gut es ging an die jungen Kollegen weitergeben. Doch ob denen in einem System, das nur damit beschäftigt war, sich abzuschotten und die Pfründe einiger politisch gepuschter Emporkömmlinge zu sichern, noch eine Chance gegeben wurde, wagte er zu bezweifeln. Es sei denn, das aufgeblähte Gebilde aus Lug und Trug kippte und das Volk bemerkte, wie es in den letzten Jahrzehnten klein gehalten wurde. Häberle grauste es bei dem Gedanken, welche Folgen die sozialen Verwerfungen haben konnten. Da waren die beiden Morde, mit denen er es jetzt zu tun hatte, womöglich wirklich Peanuts. Aber bevor es so weit sein würde, war er sicher bereits im Ruhestand.

*

»Wo ist eigentlich Frau Rothfuß?«, fragte Rupert Bodling verwundert, als seine engsten Mitarbeiter Alfred Feucht, Hasso Schweizer und Markus Wollek zur Besprechung in sein Büro kamen.

»Keine Ahnung«, fühlte sich der überaus korrekte Feucht zu einer Antwort genötigt, während sie am runden Besprechungstisch Platz nahmen.

»Komisch«, stellte Bodling fest. »Sie hat doch keine Nachricht hinterlassen?« Die Frage richtete sich an die anderen Männer, die wortlos mit den Schultern zuckten oder den Kopf schüttelten.

»Normalerweise sagt sie Bescheid, wenn sie sich verspätet«, erklärte Feucht, der die Jacke seines grauen Anzugs öffnete.

Bodling sah auf die Armbanduhr. »Schon 10 Uhr. Wir sollten sicherstellen, dass die Anrufe umgeleitet werden.«

Feucht stand auf, verschwand im Vorzimmer und drückte dort am Telefon einige Tasten. »Erledigt«, beschied er und kehrte an seinen Platz zurück.

»Ich will's kurz machen«, begann Bodling und knöpfte ebenfalls sein Jackett auf. Die Ereignisse der vergangenen Tage waren nicht spurlos an ihm vorübergegangen. Er wirkte abgespannt und nervös. »Wir sollten uns auf eine einheitliche Sprachregelung einigen«, fuhr Bodling fort. »Wir haben nichts zu verbergen und müssen in diesem Sinne auch nach außen hin auftreten.« Er sah von einem zum anderen. Alle deuteten zaghaftes Kopfnicken an. »Gerade in diesen Zeiten, das muss uns bewusst sein, werden die Medien wie die Geier über uns herfallen.« Er spielte nervös mit seinem Füllfederhalter. »Ein deutliches Zeichen dafür ist, dass die Boulevardpresse bereits Blut geleckt hat. Für heute Nachmittag hat sich ein Journalist von Bild angekündigt. Ich werde mit ihm reden, weil ich das für sinnvoller halte, als abzublocken. Denn berichten werden die auf jeden Fall, egal ob wir etwas dazu sagen oder nicht.«

»Aber bisher hat sich die Polizei mit ihren Verlautbarungen zurückgehalten«, warf Feucht ein.

Bodling sah ihn ernst von der Seite an. »Die Polizei ja. Aber wir hätten es mit einer schlechten Presse zu tun, wenn sie sich damit abspeisen ließe. Auch die unterliegen inzwischen einem gnadenlosen Konkurrenzkampf. Wenn es die einen nicht schreiben, tun es die anderen. Das ist doch überall so. Mit dem Argument, man sei gezwungen, etwas Unmoralisches zu tun, weil es andere ohnehin täten, können Sie inzwischen alles begründen. Selbst eine seriöse Heimatzeitung kann sich heutzutage solchen Strömungen nicht entziehen.« Er erinnerte sich an ein Gespräch mit Sander. Der hatte ihm vor wenigen Wochen erst erklärt, dass er als Lokaljournalist tagtäglich eine schmale Gratwanderung habe: Hielt er sich bei einem großen Kriminalfall zurück, wurde ihm vorgeworfen, ein Provinzler zu sein, der sich nicht traue, jeden Blutstropfen zu beschreiben. Tat er jedoch genau dieses, wurde er als Skandaljournalist beschimpft. Zwar wollten die Leser jedes Detail über weit draußen in der Welt verübte Verbrechen erfahren – oder, meist noch beliebter, tagtäglich über Liebesaffären von Stars und Sternchen informiert werden –, doch wenn sich all dies in der unmittelbaren Nachbarschaft abspielte, dann durfte die Heimatzeitung, um Gottes willen, kein Sterbenswörtchen darüber verlauten lassen.

Bodling beschloss, dass gerade nicht der richtige Zeitpunkt war, so tief in die Materie einzusteigen. Vielleicht hätte er es getan, wenn dieser Sander dagewesen wäre. Aber der genoss bekanntermaßen seinen Urlaub, irgendwo im Norden. »Ich schlage vor«, fasste er seine Gedanken zusammen, »wir gehen in die Offensive. Ich halte überhaupt nichts davon, etwas zu verschweigen – warum auch?«

Wollek nickte bedächtig, während Schweizer mit dem Stuhl wippte und seine Zustimmung zum Ausdruck brachte: »Es war gewiss verdienstvoll, was Kollege Büttner getan hat, deshalb haben wir keinen Grund, uns davon zu distanzieren. Jetzt schon gar nicht mehr.«

Feucht schluckte und wagte einen zaghaften Einwand: »An ein bisschen Schadensbegrenzung, wenn ich das so sagen darf, sollte uns aber durchaus gelegen sein.«

»Wieso Schadensbegrenzung«, mischte sich Wollek eine Nuance zu energisch ein, wie von den anderen empfunden wurde. »Welchen Schaden sollen wir denn begrenzen? Ich kann nicht erkennen, wo wir uns was vorzuwerfen hätten.«

»Wir brauchen uns nichts vorzumachen«, entgegnete Bodling, der Mühe hatte, seine innere Unruhe zu verbergen. »Aber wir müssen uns leider zwei grundlegende Fehler eingestehen. Erstens, dass wir die Drohbriefe nicht ernst genug genommen haben, und zweitens, dass Herr Büttner möglicherweise einen Schritt zu weit gegangen ist. Besser wäre es sicher gewesen, die Recherche verdeckt zu führen und die ganze Filmereigeschichte irgendwelchen professionellen Kamerateams und Journalisten zu überlassen.«

»Was natürlich, wenn ich das so einwerfen darf, immense Kosten verursacht hätte«, gab Feucht mit der stoischen Ruhe eines Controllers zu bedenken.

Schweizer fuhr sich nachdenklich übers Kinn. »Er hat zwar wenig an die große Glocke gehängt – davon kann man ausgehen –, aber intern hat er in der Branche sicher mächtigen Wirbel verursacht.«

Wollek schien zu zweifeln. »Andererseits muss man fairerweise eingestehen, dass er natürlich nur ein kleines Licht war. Ich kann mir kaum vorstellen, dass es die Großen beeindruckt, wenn, verzeihen Sie den Ausdruck, ein Provinzler daherkommt und ein paar unangenehme Fragen stellt.« Er sah von einem zum anderen. »Oder gibt es Erkenntnisse, die anderes belegen?«

Die Männer schwiegen.

Bodling kratzte sich am Oberlippenbart und lehnte sich zurück. »Sie haben sicher mitgekriegt, dass ich Herrn Taler gebeten habe, sich hausintern umzuhören.« Er stieß auf keine erkennbaren Reaktionen. »Das hat nichts mit Misstrauen oder Bespitzelung zu tun, sondern diente dazu, mir ein allgemeines Bild von uns zu verschaffen. Er hat mir seine Meinung vergangene Nacht gemailt. Demnach hat sich wohl diese Sache mit dem Zähler und der Schaltuhr aufgeklärt. Da brauchen wir uns nichts vorzuwerfen. Mein Vorschlag deshalb: Wir geben der Kriminalpolizei und der Staatsanwaltschaft alle nötigen Auskünfte, ohne Vorbehalte. Und ich habe bereits zugestimmt, dass Büttners Arbeitsplatz samt Computer überprüft werden darf. Davon habe ich den Betriebsrat in Kenntnis gesetzt, rein vorsorglich.« Bodling sah in ausdruckslose Gesichter. »Und Sie, meine Herren, sind ebenso angehalten, alle Angaben zu machen, ohne Wenn und Aber. Wir wollen auch in diesem Fall nach außen hin dokumentieren, dass wir ein seriöses Unternehmen sind und uns ganz deutlich von anderen abheben.«

Nach einer kurzen Pause, während der er seinen Füllfederhalter in den Händen drehte, fügte er energisch hinzu: »In diesem Hause gibt es keine Mauscheleien oder Dinge, die man unter den Teppich kehrt. Ich hoffe, wir haben uns verstanden.«

So deutlich hatten sie ihren Chef noch nie sprechen hören. Während sie das Büro verließen, sagte Bodling wie zu sich selbst: »Und jetzt will ich aber wissen, was mit Frau Rothfuß los ist.«

31

Ingo Frederiksen war der große Blonde aus dem Norden, wie man ihn sich vorstellte. Er und seine Frau Lea hatten am gestrigen Dienstagabend den Flieger von Oslo über Düsseldorf nach Stuttgart genommen und sich mit dem Taxi nach Geislingen bringen lassen. Die Nacht im Hotel Krone verlief für beide traumlos, denn die Ereignisse der vergangenen Tage hatten sie an den Rand der Erschöpfung gebracht. Ingo war von heftigen Vorwürfen geplagt, die er sich selbst machte und über die er mit Lea nicht sprechen wollte. Ein

Glück, dass sie während des Interviews mit Sander nicht anwesend gewesen war. Sie wusste zwar, dass er sich mit ihm über heikle Themen unterhalten hatte, doch deren Brisanz war ihr nicht klar geworden. Im Moment war es auch besser, nicht darüber zu reden, entschied Frederiksen. Er wollte sie nicht unnötig beunruhigen. Außerdem musste das Interview mit dem Fall gar nichts zu tun haben. Dieser Sander war noch in Norwegen unterwegs und hätte es frühestens in zwei Wochen nach seiner Rückkehr Büttner übergeben können. Vermutlich wusste der Journalist gar nicht, was sich mittlerweile in Geislingen zugetragen hatte. Letztlich wollte Ingo es Sander überlassen, das Videomaterial auszuwerten. Dazu bedurfte es nicht seines eigenen Zutuns – schon gar nicht, wenn dadurch möglicherweise seine weitere Karriere in der Energiebranche auf dem Spiel stand.

Ursprünglich war geplant gewesen, auch die beiden Kinder mit nach Deutschland zu nehmen, doch dann hatte sich ein befreundetes Ehepaar bereit erklärt, sie in Obhut zu nehmen. Lea hätte die beiden zwar gerne dabei gehabt, aber Ingo hielt es für nicht angebracht, sie mit dem Verbrechen am Großvater und der Beerdigung zu belasten.

Ingo Frederiksen hatte vom Hotel aus mit der Kriminalpolizei telefoniert und um einen Termin gebeten, den Häberle dem Ehepaar sofort gewährte.

Der Chefermittler bat die beiden Besucher in sein kleines Büro, ließ ihnen Kaffee servieren und führte zunächst, wie es seine Art war, ein allgemeines Gespräch, um behutsam auf den Grund des Zusammentreffens zu kommen.

Lea Frederiksen, die zu leichtem Übergewicht neigte, wirkte nervös und hatte gerötete Augen. »Mein Vater hat niemandem etwas getan«, kämpfte sie mit den Tränen, während Ingo ihre linke Hand ergriff, um sie zu drücken.

»Hat er auch nicht, ganz sicher nicht«, beruhigte Häberle sie, obwohl er sich eingestehen musste, dies nur so dahinzusagen. Was Büttner tatsächlich getan hatte, welche seltsame Geschäfte er getätigt hatte, das vermochte er in Wirklichkeit nicht zu bewerten.

»Leas Vater hat bei keinem der Telefongespräche jemals etwas gesagt, das uns beunruhigt hat«, erklärte Frederiksen.

»Wir haben zuletzt am Samstag vorletzter Woche etwas von ihm gehört – und danach hat er sich nicht mehr gemeldet«, ergänzte Lea, deren graues Kleid zu ihrer tief traurigen Stimmung passte. »Er hat gesagt, dass er nach Leipzig reisen werde, um an einem Seminar der Strombörse teilzunehmen. Von Montag bis Mittwoch letzter Woche.«

»Haben Sie erfahren, ob er dort war?«, fragte Frederiksen langsam.

»Ja, da war er«, bestätigte Häberle ruhig und wandte sich an die Frau: »Wie oft haben Sie mit Ihrem Vater üblicherweise Kontakt gehabt?«

»Alle zwei Tage, mindestens. Seit er allein gewohnt hat, war ihm sehr viel daran gelegen, mit mir zu reden.«

»Das war vorher anders?«

»Da hat er das nicht so gebraucht. Wenn man zu zweit ist, ist das anders ...«

»Ihr Vater hat sich beruflich sehr engagiert?«

»Ja, und mein Schwiegervater«, antwortete Frederiksen kühl, »hatte außerdem ein sehr gutes Gefühl für Gerechtigkeit. Sagt man doch so, oder?«

»Und er war sozial eingestellt«, fügte Lea an. »Er hat sogar mal mit dem Gedanken gespielt, in die Politik zu gehen.«

»Für die Sozialisten«, bekräftigte Frederiksen. »Der Kapitalismus, so hat er schon vor Jahren gemeint, sei am Ende.«

»Und die Kleinen würden ausgesaugt«, griff die Tochter das Thema auf, mit dem sie sich offenbar auch befasste. »Die Energie wird immer teurer, hat er gesagt. Zum einen durch die Steuern, zum anderen durch Manipulationen an dieser Börse.«

Häberle machte sich beiläufig einige Notizen.

»Als wir uns an Weihnachten getroffen haben«, fuhr Frederiksen fort, »da haben wir sehr lange über diese Krise gesprochen und er meinte, auch das sei manipuliert.«

Lea ergänzte: »Er hat wörtlich geäußert: Da hat jemand an einem ganz großen Rad gedreht.«

Häberle hakte nach: »Wie hat er das gemeint – am großen Rad drehen?«

»Dass versucht werden soll, Überproduktionen auf Kosten der kleinen Leute abzubauen«, antwortete Lea schnell und schwer atmend. »Jahrelang, hat mein Vater gesagt, jahrelang sei weltweit eine Scheinwirtschaft aufgebläht worden – durch Banker und Industriebosse. Sei es, um sich selbst zu bereichern oder um je nach Belieben Regierungen zu puschen, weil ja immer gerade irgendwo Wahlkampf ist.«

»Die Politiker haben seiner Meinung nach gar keine Rolle mehr gespielt«, fuhr Frederiksen fort. »Die haben den Industriebossen das Steuer in die Hand gegeben und sie alles machen lassen. Hauptsache, sie wurden wiedergewählt. Und jetzt ist es so weit aufgebläht, dass die Blase geplatzt ist.« Bei manchen deutschen Formulierungen tat er sich schwer, aber er beherrschte die Sprache dennoch ausgezeichnet.

»Erst vorletzte Woche haben wir am Telefon darüber diskutiert«, ergänzte seine Frau. »Der neueste Coup sei der Trick mit der Kurzarbeit, mit dem in ganz Deutschland eine Riesensauerei laufe.«

Der Kommissar runzelte die Stirn und beugte sich interessiert vor.

»Mein Vati«, fuhr sie fort, »war der felsenfesten Überzeugung, dass die Wirtschaftsbosse die selbst verschuldete Krise dazu nutzen, den Staat vollends zu plündern. Die Kurzarbeit, die der Staat subventioniert, sei zwar in ganz großen Produktionsbetrieben nachvollziehbar – nicht aber in vielen kleinen.«

»Und wie hat er das gemeint?«, wollte Häberle wissen, der bisher davon ausgegangen war, Kurzarbeit diene dazu, Entlassungen vorläufig zu vermeiden.

»Dort, wo es keinen Betriebsrat gibt und die Arbeiter Freiwild sind«, zitierte Lea ihren Vater, »da muss zwar der Chef mit jedem Einzelnen eine Vereinbarung zur Kurzarbeit abschließen, aber welcher Einzelkämpfer in einem solchen Betrieb widerspricht dem Chef? Schon gar in diesen Zeiten? Also willigt jeder ein, soll also weniger arbeiten und wird unter Druck gesetzt, trotzdem die höchste Leistung zu erbringen. Genial, nicht wahr, Herr Kommissar? – Der Betrieb muss weniger Lohn bezahlen, der Arbeiter wird gezwungen, alles zu geben und einen Großteil des Lohnausfalls bezahlt der Staat.«

Häberle hatte sich vorgenommen, bei Gelegenheit auch mit einem Arbeitsrechtler darüber zu reden. In den Medien jedenfalls waren ihm bislang keine Berichte über derlei Schwindeleien aufgefallen. Aber wo es um Geld und die eigene Bereicherung ging, war nichts unmöglich. Und dass die Agentur für Arbeit nicht jeden einzelnen Antrag auf Kurzarbeit auf seine Notwendigkeit hin würde überprüfen können, leuchtete ihm ein. Vermutlich gab es mehr Betrüger, als man sich vorstellen konnte. »Wenn ich Sie richtig verstehe, befürchten Sie, dass Ihr Vater wegen seiner ... ja, sagen wir mal ... etwas kritischen Einstellung gegenüber der freien Marktwirtschaft in Gefahr geraten ist?«, resümierte der Chefermittler.

»Sagen Sie es ruhig deutlich: Wegen seiner kritischen Einstellung zum Kapitalismus«, entgegnete die Tochter des Ermordeten.

»Hat er deshalb auch die Vorgänge in der Strombranche so kritisch beleuchtet?«

»Ja, natürlich. Und er hat sogar Unterstützung von seinem Chef gekriegt. Sie wollten aufdecken, was so alles gedreht wird.«

Häberle befürchtete, dass es wohl unumgänglich war, das gesamte Videomaterial Büttners zu sichten. Vermutlich würde dies Tage, wenn nicht sogar Wochen oder Monate in Anspruch nehmen. Er überlegte, ob die Tochter auch über die anderen Aktivitäten ihres Vaters informiert war. »Sie werden verstehen, dass wir alles über Ihren Vater wissen sollten. Die Auswertung eines Teils seiner Computerdaten hat ein paar Dinge erbracht, die nicht nur mit der Strombranche zu tun haben.«

Sie trank einen Schluck Kaffee und sah Hilfe suchend zu Ingo. Der holte tief Luft und erklärte: »Sehr viel wissen wir darüber nicht. Lea hat nur in Gesprächen mit ihrer Mutter erfahren, dass es auch anderes gegeben hat.«

Sie zögerte. »Er hat wohl nicht nur Filme über die Strombranche gemacht, wie Mutti mal angedeutet hat.«

Ihr Mann Ingo versuchte, die peinliche Situation zu retten: »Er soll ein paar Videos mit Models gedreht haben.«

»Models«, wiederholte Häberle überrascht.

»Ja, Models – für irgendwelche Agenturen.«

»Er hatte sich in den Kopf gesetzt, mit solchen Filmen nebenher Geld verdienen zu können«, beeilte sich Lea zu sagen. »Seit er allein war, hat er sich in sein Hobby vertieft. Sie werden ja, wie ich denke, seine technische Einrichtung gesehen haben.«

Häberle nickte, entschied sich aber, keine weiteren Details über den Besuch in Büttners Haus zu schildern, sondern das Thema zu wechseln: »Wie war denn das Verhältnis Ihrer Eltern nach deren Trennung zueinander?«

»Gespannt«, erwiderte die Frau schnell. »Die Trennung hat sich schon lange angebahnt. Nicht wegen einer Affäre oder so. Nein. Es hat sicher unter anderem daran gelegen, dass ich mit Ingo nach Norwegen gegangen bin.« Sie blickte ihren Mann an. »Wir haben uns kennengelernt, als Mutti und ich zu einer Tagung nach Rostock mitdurften und Ingo auch dort war.«

Ihr Mann lächelte sie an.

»Als wir weg waren«, fuhr Lea fort, »da hat es in der Ehe meiner Eltern einen Bruch gegeben. Plötzlich waren sie allein. Mutti hat sich selbstständig gemacht, Vati hat mit seiner Filmerei angefangen – und das war auch die Zeit, als sich jeder in eine andere Richtung weiterentwickelt hat. Die unterschiedlichen Auffassungen zu Politik und Gesellschaft brachen auf. Sie können sich vorstellen, dass seine antikapitalistische Einstellung, wenn ich das mal so sagen darf, nicht gerade zum Unternehmertum meiner Mutti gepasst hat.«

Häberle hatte sich dies bereits gedacht. »Erlauben Sie bitte, dass ich noch ein paar andere Fragen stelle, die für uns von Bedeutung sind«, gab er sich betont höflich und wandte sich an den Mann: »Sagt Ihnen der Name Mariotti etwas – Henry Mariotti?«

Frederiksen zögerte. »Mariotti? Natürlich. Henry Mariotti war ein Bekannter von meinem Schwiegervater. Bekannter oder sogar ein guter Freund. Er hat viel von ihm erzählt.«

»Und was zum Beispiel?«

»Dass sie zusammen Filme drehen und dass sie sich gegenseitig beim Sammeln von Informationen behilflich sind. Mariotti hatte direkten Zugang zu …« Er stockte und war sich unsicher, ob er darüber sprechen durfte. »Was ist mit Mariotti?«

Häberle ließ sich nicht darauf ein. »Er hatte direkten Zugang – wozu?«

Frederiksen sah Lea an, die ihm zunickte. »Nun«, sagte er langsam. »Soweit ich weiß, hatte Mariotti Zugang zu den ganzen Orders an der Strombörse. Wer wie viel ordert, Optionen reserviert – oder wie das auch immer funktioniert. Wissen Sie, ich bin nur ein kleiner Ingenieur in einem Wasserkraftwerk.«

Häberle wollte jetzt nicht tiefer in die Materie einsteigen. Es gab sicher morgen oder übermorgen, wenn es sein musste, Gelegenheit, die beiden detaillierter vernehmen zu lassen.

»Es sind seit Montag schon viele Namen genannt worden«,

fuhr er deshalb fort. »Auch eine Dame spielt eine gewisse Rolle.« Häberle musste auf seinem Notizblock nachschauen. Dort hatte er den Namen vorsorglich notiert. »Verena Vogelsang-Klarsfeld.«

Bei der Nennung des Namens glaubte er, ein Zucken in Frederiksens Gesicht wahrgenommen zu haben.

»Frau Vogelsang-Klarsfeld«, wiederholte Frederiksen so schnell, dass anzunehmen war, ihm sei der Name nicht das erste Mal untergekommen. »Die Vorstandsvorsitzende von Estromag. Den Namen kennt in der Branche jeder, in halb Europa.«

»Mir persönlich war er nicht geläufig«, gab Häberle zu. »Deshalb würde mich interessieren, wie die Dame in dieses Beziehungsgeflecht zwischen Strombörse, Albwerk, Büttner, Mariotti und Ihrem Wasserkraftwerk eingebunden ist – oder auch nicht.«

Er zuckte mit den Schultern und knöpfte sein dunkles Jackett auf, weil es ihm heiß geworden war. »Ob es da ein Beziehungsgeflecht gibt, weiß ich nicht. Aber gewiss ein Netzwerk, wie man heutzutage sagt. Aber Frau Vogelsang-Klarsfeld«, er verzog sein Gesicht zu einem gequälten Lächeln, »sie bewegt sich in der Hierarchie fünf Etagen über uns.«

»Und doch scheint es Direktkontakte zu geben.«

»Zu wem?«

Häberle gab sich ahnungslos. »Wenn wir das so genau wüssten. Jedenfalls taucht der eindrucksvolle Namen immer mal wieder in unseren Akten auf.«

Frederiksen wagte offenbar keine Nachfrage.

»Das kann man ruhig sagen«, entschied seine Ehefrau, die offenbar unter dem psychischen Druck der vergangenen Tage endlich ein Ventil brauchte, das ihr Erleichterung verschaffte. »Mein Vater hat den Namen auch erwähnt.« Sie sah ihn von der Seite zweifelnd an. »Ich kann mich genau entsinnen. Sein Kollege Wollek soll mal beiläufig gesagt haben, dass er sie persönlich kenne.«

32

Bodling befand sich in heller Aufregung. So hatten ihn seine engsten Mitarbeiter selten erlebt. Mehrmals war versucht worden, Silke Rothfuß zu Hause zu erreichen, doch dort ging niemand ans Telefon. Und die Anrufe aufs Handy wurden mit dem automatischen Hinweis, dass der Teilnehmer vorübergehend nicht erreichbar sei, auf die Mailbox umgeleitet. Weil die junge Frau als äußerst zuverlässig galt und, soweit Bodling sich entsinnen konnte, niemals unentschuldigt zu spät gekommen war, geschweige denn fehlte, hatte er einen Mitarbeiter der Zählerkontrolle gebeten, bei ihr vorbeizufahren. Silke Rothfuß bewohnte eine Einliegerwohnung im Nachbarort Kuchen, oberhalb der Bahnlinie an einem sonnigen Hang.

Bodling ließ sich in seinen Bürostuhl fallen. »Sie sind sich absolut sicher, an der richtigen Adresse zu sein?«, fragte er den Anrufer und hoffte, dass alles ein Irrtum war. Doch der Mann, den er selbst zur Wohnung von Frau Rothfuß geschickt hatte, ließ keinen Zweifel aufkommen. Er wiederholte den Straßennamen und die Hausnummer und betonte: »Der Name Rothfuß steht auch am Briefkasten am Gartenpfosten.«

»Und wo ist sie?«, gab sich Bodling ungeduldig, sprang auf und drehte sich zum Fenster, wie er es in großer Aufregung immer zu tun pflegte.

»Keine Ahnung. Die Nachbarn sagen, sie hätten sie heute noch nicht gesehen.«

»Andere Hausbewohner gibt es nicht?«

»Ein berufstätiges Ehepaar, meinen die Nachbarn. Aber die beiden sind wohl bei der Arbeit.«

»Und alles in Unordnung, sagen Sie?«, wiederholte Bodling wie in Trance, was er gleich zu Beginn des Gesprächs erfahren hatte. Er verdrängte den Gedanken, seiner Aushilfssekretärin könnte etwas zugestoßen sein.

»Ja, so sieht's aus, wenn man durch ein Fenster schaut. Viel Zeug liegt auf dem Boden rum und die Schränke stehen alle offen«, sagte sein aufgeregter Mitarbeiter und erklärte weiter: »Die Einliegerwohnung hat einen eigenen Zugang auf der Rückseite, wo's in den Garten runtergeht.«

Bodling hörte gar nicht richtig zu. »Danke«, sagte er und spürte seine trocken gewordene Kehle. Er legte auf und blieb wie erstarrt stehen.

Jetzt konnte es richtig gefährlich werden. Auch für ihn.

33

»Würzburger Muschelkalk«, sinnierte eine junge Frau aus der Sonderkommission. »Wieso nimmt man eigentlich solche Steine, um hier in der Schwäbischen Alb Gartenmauern zu errichten? Wir haben schließlich selbst genügend Steine.«

»Gute Frage«, entgegnete ihr Kollege, der sich neben sie gesetzt hatte. »Steine hat die Schwäbische Alb mehr als genug. Nur sind es halt Kalksteine. Und die verwittern ziemlich stark. Sind nicht frostsicher, sagen die Experten.«

»Dann sind die beiden Steinblöcke, mit denen wir's zu tun haben, also keine Seltenheit.«

»So kann man es ausdrücken«, grinste der junge Mann. »Wir haben deshalb nur die Aufgabe, rauszufinden, wo zwei dieser Steine fehlen.«

Seine Kollegin wusste nicht so recht, ob sie sich auch amüsieren sollte. Jedenfalls hatte Häberle darum gebeten, dass sie beide die mögliche Herkunft dieser Steine in Erfahrung bringen sollten. Eine geradezu hoffnungslose Aufgabe, meinten sie. Doch Häberle bestand darauf, auch diese Spur, und mochte sie noch so sinnlos erscheinen, zu verfolgen.

Linkohr sollte sich des Speichersticks annehmen, tat dies dann auch mit etwas mehr Begeisterung als seine beiden Kollegen. Er zog sich in eines der kleinen Büros zurück, steckte den Stick in den USB-Anschluss des Computers und klickte die Dateien an. Sie waren mit Biber eins bis drei gekennzeichnet.

Der Jungkriminalist öffnete die erste Datei, worauf sich ein Dokument mit einer ausführlichen Abhandlung über den Biber als das streng geschützte Nagetier Mitteleuropas auftat. Er las einige Sätze, überflog den restlichen Text und scrollte die Bildschirmdarstellung dazu weiter. Doch mehr als allgemeine Hinweise sprangen ihm nicht ins Auge.

Das zweite Dokument befasste sich mit der Ansiedlungspolitik und den Erfolgen, die man dabei seit Jahren in Bayern verzeichnen konnte. Erst das dritte Dokument erweckte Linkohrs Aufmerksamkeit. Der Biber – die Verbreitung in den neuen Bundesländern. Es handelte sich, wie er sofort erkannte, um einen Artikel vom November 2007. Der Autor erläuterte darin, wie das Nagetier in weiten Gebieten der Mecklenburger Seenplatte wieder heimisch geworden war. Linkohrs Interesse stieg mit einem Mal. Natürlich konnte dies alles Zufall sein, aber es war bemerkenswert, dass dieser Landstrich schon wieder erwähnt wurde. Er rief den Naturschützer Braun an, erfuhr jedoch von dessen Frau, dass er sich auf einer Erkundigungstour in den Weiherwiesen befinde und von Speidel begleitet werde. Sie gab Linkohr die Handynummer, sodass der Kriminalist sofort in Erfahrung bringen konnte, wo er die beiden Männer finden würde. Es schadete schließlich nichts, an diesem frischen Spätvormittag ein bisschen ins Gelände zu fahren, dachte er bei sich. Eine knappe Viertelstunde später parkte er den

Dienstwagen unweit der Fischzuchtanlage und ging die paar 100 Meter über den Forst- und Wanderweg zu Fuß zur Aussichtsplattform, wo er sich mit Braun und Speidel verabredet hatte.

Das Rattern eines Zuges war zu hören, dazwischen die Verkehrsgeräusche der Bundesstraße. Die Luft war kühl und frisch und die Stauden am Wegesrand gediehen prächtig. Aus dem See ragte das Schilf in die Höhe, dazwischen zogen Enten und andere Wasservögel kleine Bugwellen hinter sich her. Wie still und friedlich kann die Natur sein, wenn sie der Mensch nicht störte, dachte Linkohr. Häberle hatte ihn bei Ermittlungsfahrten oft genug auf die Schönheiten der Landschaft aufmerksam gemacht.

Braun und Speidel standen ganz vorn an der Aussichtsplattform und deuteten auf interessante Objekte, die sie auf der von Schilf umwachsenen Wasserfläche erspähten.

»Guten Morgen, die Herren«, machte sich Linkohr beim Näherkommen bemerkbar. Sie drehten sich um und begrüßten ihn mit Handschlag. »Ich möchte Ihre Studien nicht stören«, sagte Linkohr, »aber nachdem ich Sie beide zusammen treffen kann ...«

»Dazu noch am Tatort«, unterbrach Braun humorvoll, »wo sich der Täter doch immer an den Tatort hingezogen fühlt – da macht es sich wirklich gut, dass wir hier sind.«

Linkohr sah beide provozierend an und zog den Reißverschluss seiner Windjacke bis nach oben. »Und das Spezialeinsatzkommando hat sich bereits in den Hecken verschanzt.«

Braun erwiderte ebenso spontan: »Oder sie ziehen eine weitere Leiche aus dem See. Wer weiß, was da noch alles drin liegt.«

Der Polizist lehnte sich gegen das hölzerne Geländer und beobachtete eine wegfliegende Ente, die nur mühsam an Höhe gewann. »Ich brauche zwei Naturmenschen, die mir etwas über Biber erzählen können.«

»Das haben wir erst gestern getan«, staunte Braun und fügte grinsend an: »Oder hat Sie das Biberfieber gepackt?«

Linkohr wollte nicht lange um den heißen Brei herumreden: »Werden Sie häufig auf Biber angesprochen, Sie als Naturschutzbeauftragter?«

Braun nestelte an seiner Jeansjacke. »Seit das in der Zeitung stand, schon, ja. Das hab ich Ihnen ja bereits gestern gesagt. Die Leute interessiert das erstaunlicherweise sehr.« Er sagte dies, als wolle er damit die Bedeutung seiner Arbeit unterstreichen. »Aber Unterlagen oder so was hat bisher keiner von mir gewollt, falls Sie noch mal darauf hinauswollen.«

Linkohr fühlte sich bei der Wiederholung ähnlicher Fragen ertappt. Speidel schielte zu ihm hin, wandte aber sofort den Blick wieder ab, als sich seitlich ein Fischreiher im Tiefflug näherte und am Ufer landete. Drüben ratterte ein langer Güterzug die Steige hinauf, unterstützt von einer roten Schublok.

»Aber Anfragen gibt es schon?«, blieb Linkohr hartnäckig.

»Klar, wenn ich hier am See bin, werd ich darauf angesprochen, oder beim Einkaufen. Manchmal ruft auch jemand an, weil er meinen Namen in der Zeitung gelesen hat.«

»Wer hat Sie denn in letzter Zeit angerufen?«

Speidel drehte sich um. »Ich zum Beispiel«, erklärte er ernst.

»Ja, er. Seit wir uns am Montag unter misslichen Bedingungen kennengelernt haben, hat sich auch Herr Speidel nach dem Verhalten der Biber erkundigt.«

Linkohr sah den permanent unrasierten Mann an, interessierte sich dann aber wieder für Braun: »Und wer hat sich sonst noch gemeldet?«

Der Naturschützer überlegte und umklammerte dabei das Holzgeländer. »Der Oberbürgermeister wollte wissen, wie sich die Population in der Innenstadt entwickeln kann und der Polizeirevierleiter Watzlaff hat sich erkundigt, wie beim Auffinden eines angefahrenen Tieres vorzugehen sei.«

»Und sonst?«

»Das Albwerk ...« Braun zögerte kurz. »Das ist für Sie vielleicht von Interesse. Das Albwerk wollte wissen, ob der Biber auch Holzmasten annagt und fällt.«

»Und, tut er das?«

»Um ehrlich zu sein, Erkenntnisse dazu hab ich keine. Aber ich denke, eher nicht. Denn Biber ernähren sich von Rinden. Und da es sich bei Masten ja um entrindetes Holz handelt, wird er sie vermutlich verschmähen.«

»Da Sie ja selbst die unberührte Natur in Mecklenburg-Vorpommern schätzen, stellt sich auch die Frage, ob die Biber dort schon angekommen sind?«

»Sind sie«, erwiderte Braun mit gewissem Stolz. »Die Biber haben weite Teile der Seenlandschaft bereits besiedelt – wohl mit zunehmender Tendenz.«

Linkohr sah eine günstige Gelegenheit für eine Nachfrage gekommen: »Hat sich denn danach mal jemand erkundigt?«

Braun zögerte und ließ seinen Blick über die stille Seefläche streifen. »Beim Stichwort Albwerk fällt mir dies tatsächlich ein. Im Zusammenhang mit der Frage nach den Holzmasten hat die Dame wissen wollen, wie sich die Population in der Mecklenburger Seenplatte gestaltet.«

»Die Dame?«, hakte Linkohr gleich nach.

»Ja, es war eine Dame, die angerufen hat. Aber den Namen hab ich mir beim besten Willen nicht merken können.«

»Und wie haben Sie ihr weitergeholfen?«

»Ich hab ihr gesagt, sie soll im Internet nachsehen«, erklärte Braun. »Einfach bei Google Biber und Mecklenburg-Vorpommern eingeben – und Sie finden jede Menge Artikel dazu.«

Linkohr riskierte es, möglicherweise schlafende Hunde zu wecken: »Diese Frau, könnte die Rothfuß geheißen haben?«

Braun zuckte ratlos mit den Schultern und sah Hilfe suchend

zu Speidel. Der jedoch blickte unbeteiligt zu den hohen Pappeln auf der anderen Seite des Sees.

*

Häberle war nach Bodlings Anruf sofort mit den Kollegen der Spurensicherung in das Wohngebiet nach Kuchen gefahren, um die Wohnung von Silke Rothfuß aufzusuchen. Über die Nachbarn war es bereits gelungen, das Ehepaar ausfindig zu machen, das den Großteil des Gebäudes bewohnte. Weil es sich dabei um die Hausbesitzer handelte, konnten sie mit einem Ersatzschlüssel die Einliegerwohnung öffnen.

Häberle deutete den Kollegen an, ihm vorsichtig zu folgen. Von der kleinen Diele, die mit vielen Dekorationsgegenständen geschmackvoll geschmückt war, zweigten vier Türen ab, die alle nur angelehnt waren. Bereits beim ersten Blick erkannte Häberle, dass jemand in aller Eile Schränke und Schubladen durchsucht hatte. Papiere, Schachteln und andere Behältnisse lagen auf dem gefliesten Boden verstreut. Der Chefermittler drückte die Tür rechts neben sich vorsichtig auf. Es war das Wohnzimmer, in dem nicht mehr von Unordnung, sondern von einem Chaos gesprochen werden konnte: Die Türchen einer Schrankwand waren geöffnet, überall lagen Bücher, Schnellhefter und Blätter, dazwischen auch zwei zerschlagene Tassen.

»Da hat einer kräftig rumgekruschtelt«, stellte Häberle fest und blieb stehen, um keine Spuren zu verwischen. Auf dem Teppich und der rostroten Ledercouch, die dicht vor dem Fenster stand, waren die Bücher gelandet, die jemand in aller Eile aus den Regalen geworfen hatte.

»Ihr schaut euch das genauer an«, bat der Chefermittler seine beiden Kollegen und öffnete nacheinander auch die anderen Türen. Die Zimmer waren auf ähnliche Weise verwüstet und in einer kleinen Schreibecke deuteten zurückgebliebene

Kabel darauf hin, dass ein Gerät fehlte. Vermutlich ein Laptop, überlegte Häberle.

»Schaut euch nach irgendwelchen Speichermedien um«, empfahl er seinen Begleitern. »Und vielleicht findet ihr Hinweise auf Angehörige oder Kontaktadressen. Ich schick euch noch ein paar Leute vorbei.« Er fingerte sein Handy aus der Jeansjacke und verließ die Wohnung, vor der der Hausherr ungeduldig darauf wartete, Neues zu erfahren. »Wie lange wohnt Frau Rothfuß hier?«, erkundigte sich Häberle.

»Seit ziemlich genau drei Jahren. Juni 2006 ist sie eingezogen«, erwiderte der Mann.

»Hat sie irgendwelche Bekannte, Freunde, Verwandte?«

Der Hausherr – ein Endfünfziger, der so korrekt aussah, dass er Häberles Einschätzung zufolge zur Kategorie Sesselfurzer zählte, also irgendwelchen Verwaltungs- oder Buchhaltungskram erledigte, brauchte nicht lange nachzudenken. »Sie kriegt selten Besuch. Ob das Freunde oder Bekannte sind, kann ich Ihnen nicht sagen. Sie ist eine unauffällige Mieterin.«

Häberle nahm es zur Kenntnis. Eine ideale Mieterin also für einen schwäbischen Hausbesitzer: Ruhig, zurückhaltend, unauffällig.

»Wo kam sie denn her?«, fragte Häberle weiter. Seine Kollegen hatten sich inzwischen in der Wohnung über das Chaos hergemacht.

»Irgendwo aus dem Norden. Fragen Sie mich aber nicht, woher. Ich müsste nachsehen, ich hab das aufgeschrieben, als wir den Mietvertrag gemacht haben.«

»Und was hat die junge Dame ausgerechnet hierher verschlagen?«

»Damals muss es wohl die große Liebe gewesen sein.«

Häberle nickte und wechselte das Thema. »Welches Auto fährt Frau Rothfuß?«

Der Angesprochene runzelte die hohe Stirn. »So ein Cabrio, ein gelbes, von Volkswagen – mit so einem komischen Namen. Der fällt mir nicht ein.«

Häberle konnte sich zwar vorstellen, welcher Typ gemeint war, aber auch ihm wollte dessen Bezeichnung nicht einfallen. Er sah über Sträucher und Stauden zur Straße hinauf, ohne ein solches Fahrzeug ausfindig zu machen. »Wo parkt sie denn normalerweise?«

»Hier vor dem Haus«, deutete der Mann nach oben zur Vorderseite des Hauses.

»Das heißt, wenn ihr Auto nicht hier steht, ist sie auch nicht daheim.«

»Davon kann man ausgehen.«

»War sie denn heut Vormittag, als Sie und Ihre Frau zur Arbeit gingen, da?«

Der Mann zuckte mit den breiten Schultern. »Also, ich meine nein. Aber sie hat sehr oft zu unterschiedlichen Zeiten das Haus verlassen. Sie hat ihren eigenen Eingang hier hinten. Wir kriegen das nicht mit – und wir beobachten auch nicht, wann ihr Auto dasteht und wann sie wegfährt.«

»War sie gestern Abend hier?«

Wieder zuckte er mit den Schultern. »Wir sind erst kurz nach eins heute Morgen heimgekommen. Wir waren zu einer Geburtstagsfeier eingeladen.«

»Waren Sie denn zwischen Arbeitsschluss – ich nehme an, Ihre Frau ist berufstätig – und Ihrer Fahrt zu dieser Geburtstagsfeier noch zu Hause?«

»Nein, wir sind gleich nach der Arbeit losgefahren. Die Feier war in der Nähe von Reutlingen. Da fährt man ja ein Stück.«

»Wissen Sie, ob Frau Rothfuß ein Handy besitzt?«

»Ich denke schon, aber ich habe die Nummer nicht.«

»Okay, danke«, sagte Häberle. Er tippte in sein Mobiltelefon, das er noch immer in der Hand hielt, die Kurzwahl für die Sonderkommission ein, erklärte, was geschehen war und bat um Unterstützung für die Spurensicherung. Dann schlug er vor, eine Fahndung nach Silke Rothfuß einzuleiten. Vielleicht war ja irgendwo ein Foto von ihr aufzutreiben.

Er hatte gerade das Gespräch beendet, als einer der Spurensicherer über den gekiesten Weg auf ihn zukam und ein Buch schwenkte. »Schau mal, August, was wir bei den Büchern auf der Couch gefunden haben.«

Häberle wandte sich ihm zu, was auch die Neugier des Hausbesitzers erregte. Der Chefermittler erkannte sofort, weshalb seinem Kollegen die Entdeckung so wichtig erschien. Auf dem Cover war ein Nagetier abgebildet. Das Buch trug den Titel ›Die Invasion der Biber‹.

34

Wolfgang Taler hatte sich von Bodling die Erlaubnis eingeholt, ein paar offene Worte mit dem Kommissar zu reden, wie er sich ausdrückte. Häberle hatte nach seiner Rückkehr aus Kuchen mit dem Leitenden Oberstaatsanwalt telefoniert und ihn über die neueste Entwicklung informiert. Außerdem galt es, die Frage zu klären, ob Silke Rothfuß offiziell zur Fahndung ausgeschrieben werden sollte – schließlich war sie eine erwachsene Frau und konnte ihren Aufenthaltsort frei wählen. Andererseits lag der Verdacht nahe, dass sie einem Verbrechen zum Opfer gefallen war. Der Leiter der Ulmer Staatsanwalt entschied sich für eine Fahndung, legte aber Wert darauf, dass der Hinweis erfolgen müsse, sie werde dringend als wichtige Zeugin gesucht.

Häberle bedankte sich für die schnelle Erledigung und beendete das Gespräch. Im Büro nebenan wartete Taler, der einen hellen Anzug trug und sich als frei schaffender Energieberater vorstellte. In dieser Eigenschaft mache er sich gelegentlich auch fürs Albwerk nützlich und stehe dem Herrn Bodling in komplexen Angelegenheiten zur Seite.

Häberle musterte seinen Gesprächspartner und überlegte, ob er mit einem Wichtigtuer konfrontiert worden war, oder ob es sich tatsächlich um einen profunden Kenner des Energiesektors handelte. Er entschied sich für Letzteres, zumal ihm der Name Taler aus Zeitungsartikeln in positiver Erinnerung geblieben war.

»Wir haben einen Fehler gemacht«, räumte Taler ein und ließ es etwas zurückhaltender klingen. »Wir haben diese Drohbriefe nicht ernst genommen. Das lässt sich nicht mehr ändern – doch im Moment halten wir es für geboten, alles, was uns wichtig erscheint, voll und ganz aufzudecken.«

»Davon bin ich eigentlich bisher ausgegangen«, knurrte Häberle.

»Davon konnten Sie auch ausgehen«, entgegnete Taler schnell. »Aber jetzt, nachdem Frau Rothfuß verschwunden ist, sollten Sie vielleicht ein paar Dinge wissen, die möglicherweise nur peripher von Bedeutung sind. Vielleicht auch gar nicht.«

»Woher wissen Sie, dass Frau Rothfuß verschwunden ist?«, hakte der Chefermittler nach.

Taler stutzte. »Herr Bodling hat mich angerufen und es erzählt.«

Häberle nickte verständnisvoll. »Man hat ihre Wohnung verwüstet, vermutlich etwas gesucht.«

»Und auch gefunden, nehm ich an?«, fragte Taler vorsichtig nach.

»Das wissen wir noch nicht – vor allem wissen wir es deshalb nicht, weil wir keine Ahnung haben, wonach gesucht worden ist. Wissen Sie es?«

Taler zuckte mit den Schultern und fühlte sich auf dem hölzernen Besucherstuhl sichtlich unwohl. Er war wohl Besseres gewohnt. »Es fällt schwer, sich etwas vorzustellen. Frau Rothfuß ist in keine Entscheidungsprozesse eingebunden und nur eine Aushilfskraft, auch wenn sie relativ oft gerufen wird.«

»Sie ist Aushilfssekretärin«, stellte Häberle fest. »Zwar hat sie keine Entscheidungsbefugnis, das ist klar, aber sicherlich Einblicke in wichtige Geschäftsvorgänge.«

»Davon kann man ausgehen. Und mit den heutigen technischen Möglichkeiten lassen sich gigantische Datenmengen ruckzuck kopieren und auf einem winzigen Speicherstick im Tanga versteckt nach Hause tragen.« Er deutete ein Grinsen an. Häberle fragte sich, weshalb er vermutete, der Speicherstick könnte ausgerechnet in einem solchen Kleidungsstück aus dem Büro geschmuggelt worden sein.

»Was mir durch den Kopf gegangen ist, als ich erfahren habe, dass man sie gekidnappt hat ...«

»Gekidnappt?«, unterbrach ihn Häberle verwundert. »Wie kommen Sie denn darauf?«

»Nun ja«, gab sich Taler wie gewohnt locker. »Eine junge Frau verschwindet, man verwüstet ihre Wohnung, wie Sie sagen – da liegt es doch nahe, dass sie jemand gekidnappt hat.«

»Und Lösegeld fordert?«

»Nicht unbedingt. Man könnte statt Lösegeld etwas anderes fordern. Denken Sie an die Drohbriefe. Aber«, er wollte sich von seinen Überlegungen nicht abbringen lassen, »es könnte doch sein, dass Frau Rothfuß rein privat in etwas hineingeraten ist, das ihr jetzt zum Verhängnis geworden ist.«

»Sie meinen – Männer, Sex, Fremdgehen?« Häberle hatte bereits auf solche Theorien gewartet.

»Für Frau Rothfuß war Fremdgehen kein Thema, wenn ich das mal so formulieren darf. Sie war Single. Aber sie war hübsch, jung, charmant. Damit hatte sie alle Chancen.«

Häberle fragte dazwischen: »Was heißt da war? Wieso sprechen Sie in der Vergangenheitsform?«

Taler war für einen Moment verlegen, was selten vorkam,

hatte sich aber sofort wieder im Griff. »Dumm von mir. Sie haben recht. Ich wollte sagen, dass sie bei verheirateten Männern alle Chancen hat.«

»Und dabei vielleicht Dinge erfahren hat, die sie nicht wissen sollte«, ergänzte Häberle etwas lustlos. Es waren immer wieder dieselben Verschwörungstheorien, die genau dann ihre Runde machten, wenn den Spekulationen Tür und Tor geöffnet wurden. »Haben Sie denn einen Grund für solche Vermutungen?«

»Nicht unbedingt. Aber ich gehe davon aus, dass Sie den Computer in ihrem Büro überprüfen werden. Da gibt es ein Foto, das sie ihrer Kollegin als Bildschirmschoner aufgespielt hat. Es wurde irgendwo in Mecklenburg-Vorpommern aufgenommen, wo sie mit einem Bekannten gewesen ist.«

»Ach?« Häberles Interesse stieg wieder. »Woher wissen Sie das denn?«

»Hat sie mir selbst erzählt. Man muss nur mit den Leuten schwätzen.« Er fügte mit gewissem Stolz in der Stimme an: »Herr Bodling hat mich beauftragt, mich ein bisschen umzuhören. Wer was weiß und so weiter. Das hab ich getan. Und wie Sie sehen, erfolgreich getan.«

»Und wer war dieser Bekannte, mit dem sie unterwegs war?«, wollte Häberle wissen.

Taler zuckte mit den Schultern und runzelte die Stirn. »So weit bin ich mit meinen Fragen dann doch wieder nicht gegangen.«

»Keiner hätt's gedacht«, kommentierte der Kommissar süffisant und hakte nach: »Und warum glauben Sie, ist die Reise nach Mecklenburg-Vorpommern von Bedeutung?« Soweit er sich entsinnen konnte, war von der Leiche im Peetschsee und den möglichen Verflechtungen mit dem Toten aus dem Weiherwiesensee nirgendwo berichtet worden. Andererseits bestand durchaus die Möglichkeit, dass im Rahmen der intensiven Ermittlungen, die inzwischen liefen, tatsächlich etwas durchgesickert war. Immerhin hatte er ja Schweizer mit dem Namen Mariotti konfrontiert.

Taler blieb für einen Moment stumm. »Das sollte nur ein Hinweis sein«, sagte er schnell. »Ganz ohne jeglichen Hintergedanken. Gibt es denn einen Bezug dorthin?«

Häberle wich einer Antwort aus. »Wir wissen, dass Frau Rothfuß irgendwie einen Bezug zu Herrn Büttner hatte – oder ihm zumindest mal einen Gefallen getan hat.«

»Sie meinen diese Zählergeschichte. Das ist nicht von Belang, wir haben das gecheckt. Eine Gefälligkeit, und absolut ordentlich abgewickelt. Büttners Frau hat das Ding wohl für eine Mitarbeiterin besorgt.«

»Zähler und eine Schaltuhr, mit der man Explosionen zeitversetzt auslösen kann«, ließ sich Häberle zu einer spontanen Bemerkung hinreißen.

Taler staunte. »Das können Sie damit tun, ganz klar. Nur, so frage ich Sie, welcher Dilettant würde dazu heutzutage so ein sperriges Ding von anno dazumal benutzen, wenn's eine Schaltuhr mit allem Pipapo für 4,50 Euro im Baumarkt gibt? Da müssen Sie schon ein alter Bastler sein, der sich so einer Uhr bedient, bei der Sie mechanische Reiter setzen müssen und die Sie zudem nicht sekunden- oder minutengenau einstellen können.«

»Bastler gibt's viele!«

Taler nickte. »Will ich Ihnen nicht widersprechen. Es soll sogar Bastler geben, die Löcher in Steine bohren.« Er grinste.

»Aber das Albwerk ist ja bekanntermaßen ein Hightech-Betrieb«, spöttelte Häberle. »Ich gehe davon aus, dass man dort mit Speichersticks arbeitet. Diese USB-Dinger, die man in den Tanga stecken kann.«

Häberles Gegenüber hatte die Anspielung auf seine vorherige Bemerkung sofort bemerkt. »Entschuldigen Sie, aber ich verstehe Ihre Frage im Zusammenhang mit einem Bastler nicht.«

Häberles Vorhaben hatte seine Wirkung nicht verfehlt. Er verstand es trefflich, seine Gesprächspartner mit plötzlichen

Zwischenfragen zu irritieren. »Speicherstick«, wiederholte der Chefermittler, während er wieder seine Arme verschränkte. »Man verwendet sie ja nicht nur zum Datenklau, sondern in der Regel, um Datensicherung zu betreiben.«

»Natürlich. Damit hat man wichtige Daten immer bei sich. Macht das die Polizei nicht auch so?«

Er gab keine Antwort. Nicht auszudenken, würde er einen Stick mit Ermittlungsdaten mit sich herumtragen und irgendwo in einem zwielichtigen Etablissement verlieren.

»Mich würde nur interessieren«, fuhr er fort, »welche Art von Sticks im Albwerk verwendet werden. Wie viel Gigabyte, welche Form, Farbe und so weiter.«

Taler verkniff sich eine Nachfrage. »Wie immer, wenn man nach etwas Alltäglichem gefragt wird, steht man auf dem Schlauch. Herr Bodling hat mir vor ein paar Wochen zwei dieser Dinger gegeben.« Er griff in die Taschen seines Jacketts, klopfte beide Brustseiten ab, um sie in einer Innentasche zu ertasten, doch er spürte weder einen Stick noch sein Handy, das er offenbar daheim hatte liegen lassen. Er musste deshalb eingestehen: »Jetzt hab ich keinen einzigen dieser Sticks dabei. Meist hab ich einen davon zu Hause zur Datensicherung rumliegen und einen normalerweise immer dabei. Muss aber wohl im anderen Jackett sein. Ist das von Bedeutung?«

Häberle schüttelte den Kopf. »Peripher«, griff er ein Wort auf, das Taler eingangs gebraucht hatte. »Sagen Sie mal«, fuhr der Ermittler deshalb fort, »schreibt sich Frau Rothfuß eigentlich mit scharfem S oder mit zwei S?«

Taler stutzte erneut. »Keine Ahnung. Aber ich denke, dass man im Zeitalter der Globalisierung eher auf zwei S übergeht. Das scharfe S spielt doch so gut wie keine Rolle mehr, oder?«

»So würde ich das nicht sagen. Wenn man der neuen deutschen Rechtschreibung folgt, die allerdings, wie das hierzulande bei vielem so üblich ist, tausendmal wieder geändert und noch mal reformiert wurde, dann gibt es durchaus genügend Worte, bei denen ein scharfes S vorkommt.«

»Ich kann Ihnen zwar auch in diesem Fall nicht folgen«, erwiderte Taler zurückhaltend. »Aber ist das wichtig?«

»Zum Beispiel im Wort Straße. Mit zwei S ist das schlicht und einfach falsch.«

»Aber im internationalen Schriftverkehr wird man zwei S verwenden«, betonte Taler. »Wer ins globale Geschäft eingebunden ist, schreibt in der Absenderadresse ganz sicher Straße mit zwei S. Davon bin ich überzeugt.«

Häberle entschied, seinen selbstbewussten Gesprächspartner mit einer weiteren, völlig unerwarteten Frage vollends aus dem Konzept zu bringen: »Und Biber? Wie steht's damit?«

Talers Gesichtszüge veränderten sich. Aus einem stets angedeuteten optimistischen Grinsen wurde ein ernster Ausdruck. »Biber? Ob man die mit scharfem S …?« Er spürte, dass dies eine dümmliche Bemerkung war, weshalb er abbrach und nachfragte. »Was haben Biber mit der Sache zu tun?«

Häberle antwortete nichts, sondern lächelte nur und bedankte sich für das Gespräch.

*

Sie hatten gestern nach der seltsamen Begegnung mit dem jungen Mann, der auf Jobsuche war, noch das Tal von Olden erreicht, das sich südwärts dicht an das Gletschergebiet heranzog, wo sie an einem See bei Oldedalen einen schönen Campingplatz fanden. Die Nacht war beinahe zum Tag geworden – und so konnten sie ein halbes Dutzend deutsche Angler beobachten, die ein paar Schritte von ihnen entfernt kurz vor Mitternacht im Freien saßen und plauderten. Ihre Angelruten waren ins weiche Erdreich gesteckt, doch keine der Schnüre, die im Wasser verschwanden, ließ eine Bewegung erkennen.

Deutlich dunkler wurde es erst gegen halb eins – und dann

auch nur für knapp zweieinhalb Stunden. An diesem Mittwoch waren sie frühmorgens weitergefahren. Beim Verlassen des Campingplatzes fiel Sander lediglich ein älteres Wohnmobil mit Baden-Badener Kennzeichen auf. Mit ihm schien ein etwas angegrautes Pärchen unterwegs zu sein, das offenbar der alternativen Szene nachhing.

Am Ende des Tales, in den die Gletscherzunge des Briksdalsbreen fast bis zu den bunten Frühlingswiesen hinabreichte, waren hingegen alle Wohnmobile wieder versammelt gewesen. Sander war angespannt. Die vielen Menschen, die bereits in den Vormittagsstunden am Ende des Tales von Olden den Berg hinaufgepilgert waren, erweckten in ihm ein ungutes Gefühl. Seine Videokassette hatte er in eine der vielen mit Klettverschluss gesicherten Taschen seiner Wanderhose gesteckt. Er versuchte, die Wanderung in der Morgensonne zu genießen, die erst langsam über die noch mausgraue Gletscherfläche strich.

Zwei Stunden später, als sie zurückgekehrt waren, war der Parkplatz nahezu völlig mit Wohnmobilen gefüllt – und Sander war klar geworden, dass es keinen Sinn ergab, sich die vielen deutschen Kennzeichen einprägen zu wollen. Weshalb auch? Verdammt noch mal, weshalb auch?, versuchte er dieses geradezu zwanghafte Misstrauen zu bekämpfen. Doch es gelang ihm nicht.

Nur wenige Kilometer vor Geiranger, wo sie in eisiger Kälte und auf verschneiter Hochebene einige traumhafte Aussichtspunkte und einen langen Tunnel passiert hatten, bremste Sander plötzlich scharf ab. ›Dalsnibba‹, stand da zu lesen. Dalsnibba. Ein Freund hatte ihm empfohlen, diesen gigantischen Aussichtspunkt unter keinen Umständen auszulassen. Doris hatte zwar Zweifel, ob das Wohnmobil die steile Auffahrt auf unbefestigten Sand- und Schotterstraßen schaffen würde, aber nachdem sogar Reisebusse die schmale Serpentinenstraße hochkrochen, ließ sich Sander nicht mehr davon abbringen. Mit jedem Meter, den sie erklommen, taten sich neue Perspektiven in der Ferne auf. Und während sich am Himmel ein Schlechtwettereinbruch abzeichnete, den bereits ein kräftiger Wind ankündigte, hoffte Sander inständig, dass es bis zum Erreichen der Spitze trocken bleiben würde. Zweiter Gang, dann wieder erster Gang. Auf geschotterten Querrinnen schepperte das Geschirr im Schrank. Dann noch eine Biegung – und Georg und Doris trauten ihren Augen nicht: In einer Höhe von rund 2.200 Metern war ein Parkplatz angelegt, auf dem Reisebusse, Pkws und Wohnmobile standen, als sei's das Areal eines provinziellen Supermarkts. Doch bei dem flachen Gebäude direkt am Abgrund handelte es sich um den unvermeidlichen Souvenirshop. Sander manövrierte das Wohnmobil auf die einzig freie Fläche ganz vorn an der Begrenzungsmauer. Fast wie ein Platz in der ersten Reihe, dachte er – denn der Blick ging durch die Windschutzscheibe atemberaubend tief hinab zum Geirangerfjord, wo gerade ein Kreuzfahrtschiff die Anker lichtete.

»Schau mal da rüber«, deutete Doris unerwartet nach links. »Der aus Baden-Baden ist auch raufgefahren.«

Sander spürte, wie er bleich wurde. Er griff instinktiv zu der Tasche, in der sich die Videokassette befand.

35

Sie war durch einen neblig-tristen Juni-Abend über die Hochfläche der Alb gefahren. Von Ulm nach Heroldstatt brauchte sie knapp eine halbe Stunde. Gaby Büttner stellte ihren dunkelgrauen Ford Galaxy vor Hasso Schweizers Doppelhaushälfte ab und wurde von ihm freudig empfangen. Allerdings blieb es bei einem flüchtigen Küsschen, denn die verzauberte Atmosphäre, die beide seit Wochen spürten und genossen, hatte in den vergangenen beiden Tagen spürbar gelitten. Und seit ein paar Stunden schien es ihr so, als werde sie in eine nach unten gerichtete Spirale gezogen.

Als sie jetzt vor ihm stand, vergaß er seine Anspannung. Er hatte bereits eine Flasche Rotwein, den er aus der Toskana mitgebracht hatte, bereitgestellt – ganz so, wie sie es liebte. »Schön, dass du Zeit gefunden hast«, schmeichelte er und es klang, als falle ihm nichts Passenderes ein. Er füllte die beiden bauchigen Gläser bis zur Hälfte.

»Du weißt, ich würde mir am liebsten alle Zeit der Welt nehmen«, meinte sie strahlend. Mit ihrem Pagenschnitt kam sie ihm wie ein keckes Mädchen vor, obwohl sie 15 Jahre älter war als er.

Nachdem er die Flasche wieder verkorkt hatte, setzte er sich an Gabys Seite und prostete ihr zu. »Auf uns – egal, was kommen mag.«

Ihr Strahlen war bereits wieder aus ihrem Gesicht verschwunden. »Ich fühl mich einem Wechselbad der Gefühle ausgesetzt, Hasso. Entschuldige, aber so sehr ich dich mag, das weißt du, wir müssen ein paar wichtige Punkte bereden.« Sie lehnte sich zurück. Draußen trieb der Wind dicke Regentropfen gegen die Fensterscheiben. Das Wetter passte zu ihrer Gemütslage. »Dass Silke, ich meine Frau Rothfuß, verschwunden ist, ist ein ziemlicher Schock für mich«, begann sie und schloss für zwei Sekunden die Augen.

»Silke?«, staunte Hasso. Nie zuvor hatte er bemerkt, dass sie Bodlings Aushilfssekretärin duzte.

Gaby rechtfertigte sich sofort. »Silke ... ja, Silke und ich hatten gestern Kontakt. Dass wir uns kennen, weißt du doch. Beim Betriebsfest«, ein Lächeln huschte über ihr Gesicht, denn sie wussten beide, dass auch sie sich bei jener Veranstaltung nähergekommen waren, »da haben wir einige Worte gewechselt. Sie ist ein nettes Mädel.«

Hasso ließ sich nichts anmerken. Es wäre völlig unangebracht gewesen, diese Feststellung zu kommentieren. Aber zweifelsohne hatte Gaby recht. Frau Rothfuß war tatsächlich nett. »Wieso hast du mir nichts davon erzählt?«

»Hätte ich das sollen? Dass sie meinem Ex den Stromzähler besorgt hat, damit ich ihn dieser Speidel geben konnte. Ausgerechnet der, so ein Schwachsinn! Das weißt du doch alles. Irgendwie hat sie mich vielleicht auch sympathisch gefunden. Keine Ahnung. Gestern Vormittag hat sie mich plötzlich angerufen und gemeint, wir müssten Wichtiges miteinander besprechen.«

Er lehnte sich auch zurück, obwohl er Gaby viel lieber in den Arm genommen hätte. »Ihr beide? Etwas besprechen?«

»Ja, aber sie wollte das nicht am Telefon tun. Und deshalb haben wir uns ganz unverfänglich auf halber Strecke getroffen, in der Löwen-Post oder wie das heißt, in diesem netten schwäbischen Gasthaus in Luizhausen.«

Hasso rutschte unruhig auf der weißen Ledercouch hin und her. »Jetzt bin ich aber gespannt.«

»Ich war's auch, das kannst du dir vorstellen.« Gaby war so ernst, wie er sie noch nie erlebt hatte. »Aber ich sag dir, sie hat Dinge angedeutet, da graust es einem.«

»Angedeutet?« Hasso Schweizer wurde ungeduldig. Sein Blutdruck stieg, doch er wollte sich seine Aufregung nicht anmerken lassen. Deshalb griff er behutsam zum Glas und trank.

»Sie hat gesagt, sie müsse mir etwas anvertrauen, weil sie seit dem Tod meines Mannes in einen ganz großen Gewissenskonflikt geraten sei.« Gaby atmete tief durch. Sie wirkte blass und aufgewühlt. Er schwieg und ermunterte sie mit einem sanften Kopfnicken, weiterzureden. »Sie sei an Dokumente gekommen«, fuhr Gaby fort, »die von höchster Brisanz seien.« Sie dachte für ein paar Sekunden nach, doch hatte sie längst beschlossen, ihn zumindest teilweise einzuweihen. Deshalb sagte sie schnell: »Es geht um eure Strombörse und wie dort manipuliert wird.«

Hasso schluckte. Neu war ihm dieser Verdacht zwar nicht, aber dass es nun offenbar konkrete Hinweise gab, das verschlug ihm die Sprache.

»Frag mich aber bitte nicht, was genau Frau Rothfuß erfahren hat. Das wollte sie mir so deutlich nicht sagen. Zumindest noch nicht. Sie hat jemanden gesucht, der ihr aus dem Schlamassel helfen kann, wie sie sich ausgedrückt hat. Und jemanden, der mit den Dokumenten etwas anzufangen weiß. Vielleicht, so hat sie gemeint, würden sie mir in gewisser Weise sogar helfen, etwas herauszuschlagen.«

»Wie muss man das verstehen?«

»Dass man vielleicht nicht gleich die Polizei einschaltet.«

Sein Gesichtsausdruck verfinsterte sich. »Du willst da, also du willst doch nicht etwa auf eigene Faust …?«

Sie zuckte mit den Schultern und nahm einen Schluck Wein. »Ich weiß ja noch gar nicht, was da drin steht, in diesen Dokumenten.«

»Sie hat gar nichts angedeutet?«

»Nein. Sie hat wohl nur mal sehen wollen, wie ich darauf reagiere.«

»Wie hast du denn reagiert?«

»Offen. Offen für alles, Hasso. Es war ein Gespräch unter Frauen, das wir am Wochenende fortführen wollten, wieder in Luizhausen.«

»Und dann?«

»Sie wollte mir Kopien mitbringen, damit ich sie verwahre. Denn sie hatte Angst. Angst, dass mit den Dokumenten etwas passiert.« Gaby zögerte, ergänzte dann aber: »Und ihr auch.«

Hasso spürte das Verlangen, dies alles erst einmal in Ruhe überdenken zu können. Doch Gaby schreckte ihn mit einer sachlich formulierten Bemerkung auf: »Ich hab dich nun in die Sache eingeweiht, weil ich in großer Sorge bin, dass dir etwas zustößt.«

Er sah sie entgeistert an.

Doch es kam noch schlimmer: »Und ich sage es dir auch«, fuhr sie fort, »falls du selbst in die Sache verwickelt bist.« Ihre Stimme wurde kühl, ihr Blick misstrauisch. »Denn irgendjemand hat gewaltig Dreck am Stecken. Silke wollte mir am Samstagabend Namen nennen.«

Hasso rang nach Worten. Was hatte sie da gesagt? Irgendjemand? Meinte sie auch ihn? Natürlich. Sie meinte ihn. Oder Bodling, Wollek, Feucht – oder einen der anderen, deren Namen seit vorgestern kursierten.

»Ist das dein Ernst?«

»Die ganze Sache ist ernst, verdammt ernst. Man hat Silke daran gehindert, sich mit mir ein zweites Mal zu treffen, verstehst du?« Sie sah Hasso von der Seite kritisch an. »Aber eines muss derjenige wissen«, sagte sie leise, jedoch mit triumphierendem Unterton: »Ich hab zwar nichts Schriftliches, doch was ich weiß, würde ausreichen, um eine Bombe platzen zu lassen.«

*

»Was meint eigentlich der Wetterbericht?« Häberle hatte im Lehrsaal ein Fenster geöffnet und die feuchtkühle Luft eingesogen. Die Straßenlampen waren bereits an und er hätte sich jetzt nichts sehnlicher gewünscht, als mit Susanne zusammen ein Glas Rotwein zu trinken. Daheim im Garten oder in einem gemütlichen Lokal. Drei Tage waren bereits vergangen und noch immer fügte sich kein richtiges Bild zusammen. Zwei Morde, eine Vermisste – dazu zwei Brandanschläge. Oder, nahm man Mariottis Wohnung in Leipzig hinzu, sogar drei. Und das ganze Strickmuster, davon war Häberle zutiefst überzeugt, sah nicht nach einer Beziehungstat oder einer verschmähten Liebe aus.

»Die Rothfuß ist zur Fahndung ausgeschrieben, samt Fahrzeug«, erklärte Linkohr, der bemerkt hatte, dass der Chef ermattet und nachdenklich in die Dämmerung hinausstarrte.

»Was wissen wir über diesen Taler?«, fragte Häberle.

»Ein gut situierter Mensch, ohne Tadel – keine Frage«, gab Linkohr zurück. »Scheint ziemlich erfolgreich gewesen zu sein und hat sich nun für den sogenannten aktiven Ruhestand entschieden. Kommunalpolitik, Berater in Energiefragen; was man halt so macht, wenn man geistig und körperlich fit pensioniert wird.«

Häberle überlegte für einen Moment, was dies für ihn bedeuten würde. Jedenfalls nichts, was weiterhin mit dem Job zu tun haben würde. Man muss loslassen können, sagte er immer. Loslassen, einen Lebensabschnitt beenden und einen neuen anfangen. Alles zu seiner Zeit. Und man durfte keiner abgeschlossenen Sache nachweinen. Alles war gut und schön zu seiner Zeit. Morgen ist morgen – und ein neuer Abschnitt.

»Habt ihr denn im geschäftlichen Rechner der Rothfuß schon etwas aufgespürt?«, fragte er ruhig weiter, ohne sich seine Müdigkeit anmerken zu lassen.

»Nur oberflächlich erst mal«, erklärte Linkohr. »Ist ja eigentlich nicht wirklich ihr Rechner, sondern einer ihrer beiden Kolleginnen, den Chefsekretärinnen Kreutz und Hangerl. Aber das mit dem Bildschirmschonerfoto stimmt tatsächlich. Es gibt sogar weitere Fotos auf der Festplatte, allesamt aber nur Landschaftsbilder einer Seenlandschaft. Ohne Personen – und bei den abgebildeten Fahrzeugen sind keine Kennzeichen zu erkennen. Aber die Aufnahmedaten haben die Kollegen rausgekriegt. Herbst vergangenen Jahres. Anfang Oktober.«

»Dann müsste sie damals verreist gewesen sein«, sinnierte der Chefermittler.

»Das werden wir morgen checken können. Aber …« Linkohr ging ein paar Schritte zu seinem Schreibtisch und hob den schwarz-weißen Ausdruck eines Fotos hoch. »Das hier war auch bei den Urlaubsfotos.«

Häberle kniff die Augen zusammen, um es besser sehen zu können. Doch mehr als ein abfotografiertes Hinweisschild bot sich ihm nicht.

»Eine Tafel des Naturschutzes«, erläuterte Linkohr. »Da geht's um die Bedeutung der Wiederansiedlung von Bibern.«

36

Bodling war wieder viel zu spät heimgekommen. Die Kinder lagen bereits im Bett, seine Frau saß lesend im Wohnzimmer. Er fühlte sich abgespannt und ausgelaugt, als er Jackett und Krawatte ablegte, sich einen Strickpulli überzog und in Filzpantoffeln schlüpfte. Während er sich ein eiskaltes Pils einschenkte, beantwortete er bereits geduldig die Fragen seiner Frau, die brennend an der neuesten Entwicklung interessiert war.

»Am meisten macht mir zu schaffen, dass sich die Frau Rothfuß nicht meldet«, resümierte er schließlich, nachdem er seinen Tagesablauf geschildert und das Glas nahezu leer getrunken hatte. »Ich zermartere mir seit heut Morgen den Kopf, was sie mit der Sache zu tun haben könnte.«

»Vielleicht hat sie einen privaten Grund zu verschwinden«, gab seine Frau zu bedenken.

»Kann ich mir, ehrlich gesagt, nicht vorstellen. Sie ist absolut zuverlässig. Absolut.«

Sie plauderten noch eine halbe Stunde und entschieden dann, sich schlafen zu legen. Bodling sah kurz ins Kinderzimmer; dort herrschte bereits friedliche Stille.

Er selbst war eine Viertelstunde später in einen tiefen Schlaf gefallen, seine Frau nach zwölf Buchseiten ebenfalls.

Die Stille, die den im Landhausstil erbauten Wohnsitz der Bodlings auf der Albhochfläche in Türkheim umgab, war etwas, das sie sehr zu schätzen wussten. Kein Autolärm, keine grölenden Passanten in der Nacht. Das ländliche Idyll am Rande der Ortschaft war perfekt. Ein Rückzugsgebiet nach stressigen Tagen. Sie hatten sich derart an diese Stille gewöhnt, dass sie bereits eine Autotür, die zwei Straßen weiter zugeworfen wurde, aufschrecken konnte.

Doch die Stille in dieser Nacht sollte sich als trügerisch erweisen.

*

Es war gegen 3 Uhr, als der Mann in der Schaltzentrale des Albwerks durch einen Signalton aufgeschreckt wurde, der eine Störung andeutete. Er wandte sich von dem Computerbildschirm ab, an dem er seit Stunden die Zahlen für einen statistischen Bericht zur bevorstehenden Hauptversammlung der Genossenschaft zusammenfasste, brachte den Ton mit einem Knopfdruck zum Schweigen und ließ sich auf einem weiteren Monitor per Mausklick darstellen, wo es eine Störung gegeben hatte.

Mit einem Blick erkannte er, dass zwei Trafostationen im Stadtbezirk Türkheim einen Kurzschluss gemeldet hatten. Demnach waren mehrere Straßenzüge nun ohne Strom. Der automatische Versuch, die Versorgung sofort wieder in Gang zu setzen, hatte die vollständige Abschaltung zur Folge. Der Mann in der Schaltzentrale wusste, dass dies eine ernsthafte Störung bedeutete – und nicht nur von einem Gegenstand ausgelöst worden war, der die Leitung lediglich kurz berührt hatte, wie dies etwa bei einem abgebrochenen Ast der Fall gewesen wäre. Auch ein Blitzschlag kam in dieser Nacht wohl kaum infrage.

Der Verantwortliche wusste, was zu tun war: Er drückte

an seinem großen Schaltpult einige Tasten und bereits eine halbe Minute später rief einer der Bereitschaftsdienstler an, denen die unangenehme Aufgabe oblag, zu jeder Tages- und Nachtzeit, vor allem aber bei widrigen Witterungsbedingungen, eine gemeldete Schadensstelle anzufahren. Spätestens in 20 Minuten, da war sich der Mann in der Schaltzentrale sicher, würde Klarheit bestehen, wo das Problem lag. Vermutlich würden sich aber zwischenzeitlich bereits die ersten Kunden melden und über den Stromausfall klagen. Selbst mitten in der Nacht gab es sogar im ländlichen Bereich genügend Menschen, denen so etwas nicht entging. Viele saßen um diese Zeit noch vor Fernseher, Computer oder Laptop. Ohne Strom ging eben nichts mehr in dieser Welt. Selbst der mit Akku betriebene Laptop war mit der vernetzten Globalisierung nicht mehr verbunden, wenn das drahtlose Netzwerk im Haus stromlos wurde. Solche Gedanken befielen den Verantwortlichen in der Schaltzentrale, wenn die ersten Anrufe eingingen. Wie einfach es doch war, die ganze Welt lahm zu legen.

*

Bodling war von einem Geräusch wach geworden, das er nicht zuordnen konnte. Er lauschte in die Nacht, stellte zufrieden fest, dass seine Frau schlief und auch vom Kinderzimmer her nichts zu hören war, doch einfach umdrehen und weiterschlummern wollte er nicht. Das Geräusch war in seinen Traum eingeflossen – aber so intensiv, dass er davon erwacht war. Irgendetwas musste gewesen sein. Irgendetwas, das sein Unterbewusstsein Alarm schlagen ließ.

Er rang mit sich, ob er das Lämpchen auf dem Nachttisch anschalten sollte, womit dann vermutlich auch seine Frau wach werden würde. Je mehr er sich auf die Stille konzentrierte, umso mehr hatte er den Eindruck, dass es doch nicht so still war, wie er es gewohnt war. Sein Herzschlag beschleunigte sich.

Noch zwei, drei Minuten vergingen, während derer er mit sich kämpfte, ob er durchs Haus gehen sollte. Wäre jemand durch den Garten geschlichen, wären längst die Lampen des Bewegungsmelders angegangen. Durch die halb geöffneten Rollläden würde er den Lichtschein sehen. Er blieb regungslos liegen, um seine Frau nicht zu wecken und unnötig zu beunruhigen. Vor seinen offenen Augen begannen sich in der absoluten Finsternis Schleier und Schlieren zu bilden – alles Einbildungsgespinste, die ein rebellierendes Hirn zu projizieren vermochte. Stille, absolute Stille. Nicht einmal das Aggregat des Kühlschranks war zu hören, das gelegentlich von der Küche her dumpf vibrierend geringste Schallwellen in die Nacht schickte. Zum ersten Mal, seit sie hier wohnten, empfand er diese Stille als bedrohlich. Und zum ersten Mal überkam ihn der Gedanke, was zu tun wäre, stünde plötzlich jemand vor ihm. Aber vielleicht war dieser Unbekannte schon da. Womöglich schlich er bereits durchs Haus. Hatte die Kinder umgebracht und war wild entschlossen, sein Morden fortzusetzen.

Unfug, redete er seinem rebellierenden Gehirn gut zu. Absoluter Schwachsinn. Schließlich war er ein Mann der Realität und der Vernunft, einer, der tagsüber Entscheidungen von weitreichender Bedeutung fällen musste. Und jetzt lag er im Bett, der Körper von innerer Unruhe erfasst und von geradezu panischer Angst ergriffen. Einer Angst, die er nicht einordnen konnte. Doch dann war da ein Geräusch, das er sich nicht einbildete. Nur ein leises, metallenes Klicken, aber es war da – es kam von draußen, drang durchs gekippte Schlafzimmerfenster. Es klang vertraut. Jedoch mitten in der Nacht, wenn er nicht mal wusste, wie spät es war, hatte dieses Klicken etwas Bedrohliches an sich. Denn es signalisierte, dass jemand das Gartentürchen betätigt hatte. Ein kleines Geräusch nur, aber so verräterisch, wie es die Bilder einer Videokamera sein konnten. Kein Sturm war zu hören gewesen, der die Tür, wenn sie denn offen gestanden hätte, zugeschlagen haben konnte. Und für die kleinen Tiere, die am Ortsrand durch die Nacht strolchten, war es viel zu schwer, um es bewegen zu können.

Bodling löste sich aus der ängstlichen Starre, fingerte zum Kabelschalter der Nachttischlampe, bekam ihn erst beim zweiten Versuch zu fassen und drückte ihn.

Doch das Zimmer blieb finster. Er betätigte den Schalter ein weiteres Mal – und gleich noch ein drittes Mal. Die Finsternis blieb, als sei er im Schlaf erblindet. Es war ihm, als habe ihn ein elektrischer Schlag getroffen.

*

Als die beiden Servicetechniker des Albwerks in Türkheim eintrafen, hatten sie keine Mühe, das Neubaugebiet am Rande des ländlichen Dorfes zu finden. Sie kannten ihr Netzgebiet in- und auswendig, sodass sie sofort eine der beiden Trafostationen ansteuern konnten. Das viereckige, turmartige Häuschen stand am Ortsrand auf einer schmalen Wiesenfläche, die nur von den Scheinwerfern des Kombis erhellt wurde. Von einer Seite des Gebäudes zweigten vier Drähte ab, die sich in Richtung des etwa 200 Meter entfernten Neubaugebiets am Nachthimmel verloren. Rundum, so stellten die Techniker fest, war alles in tiefste Finsternis versunken.

Wenn der Verantwortliche in der Schaltzentrale seine Instrumente richtig gedeutet hatte, dann musste der Fehler zwischen dieser und der nächsten Trafostation liegen. In solchen Fällen galt es, zunächst die Freileitung zu überprüfen, die hier über die landwirtschaftlichen Flächen führte.

Die Männer kannten die Feld- und Wiesenwege, die es auch während der Vegetationszeit erlaubten, mit dem Fahrzeug möglichst dicht den Drähten zu folgen. Der Beifahrer schaltete einen starken Handscheinwerfer ein und richtete ihn auf die Leitung, die etwa 30 Meter vom Fahrweg entfernt verlief und in relativ kurzen Abständen von Holzmasten getragen wurde.

»Wohnt da nicht irgendwo der Chef?«, fragte der Fahrer, der ebenfalls den Scheinwerferkegel der Handlampe verfolgte.

»Da drüben, ja«, deutete sein Kollege mit dem Kopf nach vorn, wo die Scheinwerfer eines relativ schnell fahrenden Autos das einzige Licht waren, das es dort gab. Jemand schien es ziemlich eilig zu haben, der Finsternis zu entkommen, dachte der Techniker. »Was mich wundert«, fuhr er fort, »dass die hohen Herren, wenn sie von auswärts kommen und einen neuen Job anfangen, sofort ein Grundstück oder ein Haus in bester Lage ergattern.«

Sein Kollege hint8erm Lenkrad kam nicht mehr dazu, etwas zu bemerken, denn der Strahl des Handscheinwerfers traf auf etwas Merkwürdiges: Zwischen dem nächsten und übernächsten Masten schien ein Draht auf den Boden gefallen zu sein. Jedenfalls sah es aus der Distanz so aus, als sei die Leitung gerissen.

»Guck dir das an«, staunte der Ältere auf dem Beifahrersitz, zwängte sich mit dem fülligen Oberkörper durchs offene Seitenfenster, um den Scheinwerfer genauer ausrichten zu können. Der Mann hinterm Steuer besah sich den feuchten Wiesenbewuchs neben dem Feldweg und gelangte zu der Überzeugung, dass das nasse Erdreich den Kombi tragen würde. Er gab Gas und ließ den Wagen über die Grasnarbe holpern. Bereits beim Näherkommen wurde den Technikern klar, dass zwei Leitungsdrähte gerissen und zu Boden gefallen waren.

»Was soll denn das da?«, entfuhr es dem Fahrer, der den Kombi dicht an die Schadstelle heran steuerte und stoppte. Die Scheinwerfer ließ er brennen.

Die beiden stiegen aus und leuchteten mit der Handlampe die herabgefallenen Drähte ab, die nur noch vom jeweils nächsten Masten gehalten wurden. Von der Viererleitung waren lediglich zwei Seile, wie die Fachleute es ausdrückten, unbeschädigt geblieben.

»Wie kann denn so was passieren?«, fragte der junge Techniker, ohne vom anderen eine Antwort zu erwarten.

Der Kollege leuchtete auf den Wiesenboden. »Siehst du das?« Er deutete auf einen etwa drei Meter langen Draht, von dem ein Ende mit einer dünnen Kunststoffschnur verknotet war, die sich weit entfernt im Gras verlor. Er hielt sie hoch und zog sie Zug um Zug zu sich her, sodass er die Länge auf etwa zehn Meter schätzen konnte. Als sich das Ende näherte, verspürte er einen starken Widerstand. Offenbar war es mit einem schweren Wurfgegenstand verbunden – einem kleinen metallischen Kegel.

Die beiden Männer sahen sich fragend an. Dem erfahrenen Techniker wurde die Bedeutung sofort bewusst: »Da hat einer zuerst die Schnur über die Leitung geworfen, dann den Draht rübergezogen und einen Kurzschluss ausgelöst. Das hat die Seile zum Schmelzen gebracht.«

»Ziemlich waghalsige Sache, wenn ich das so sehe«, kommentierte der andere. »Wenn die Schnur so feucht war, wie sie es jetzt ist, kann so was übel enden.«

Sie sahen sich an. »Auf jeden Fall muss das der Polizei gemeldet werden, bevor wir hier etwas anfassen«, entschied der altgediente Mann, zog sein Handy aus dem Arbeitsanzug und berichtete dem Kollegen im Schaltraum, was vorgefallen war. Der Angerufene versprach, sofort die Polizei zu verständigen.

»Vielleicht sollten wir mal nach unserem Chef sehen«, meinte der Jüngere, nachdem sein Kollege das Telefongespräch beendet hatte. »Wer weiß – womöglich hat die Sache hier ihm gegolten?«

37

Bodling brauchte seine Frau nicht zu wecken. Sie war aufgeschreckt, nachdem er zum wiederholten Male versucht hatte, das Licht anzuknipsen und dabei schließlich die Lampe auf dem Nachttisch umfiel.

»Was ist denn?«, hörte er sie neben sich verängstigt sagen.

»Pst. Bleib ruhig. Wir haben Stromausfall.« Seine Stimme klang nicht gerade, als nehme er dies gelassen hin. Für einen Moment lauschte er noch einmal in die Nacht. Doch seine Frau, die nicht ahnen konnte, was ihn beunruhigte, fragte halblaut dazwischen: »Wo willst du überhaupt hin?«

Er schwieg und setzte sich auf die Bettkante. Wenn er nur diese kleine Taschenlampe neulich wieder in die Schublade des Nachttischchens geräumt hätte, durchzuckte es ihn. Jetzt hockte er in der Finsternis und musste damit rechnen, jede Sekunde angegriffen zu werden. Waren da Schritte? Seine Frau war offenbar auch aus dem Bett gekrochen.

»Bist du das?«, fragte er vorsichtig in die Nacht hinein.

»Wer denn sonst?«, gab sie unbekümmert zurück.

Bodling ersparte sich eine Antwort und wollte stattdessen mit gedämpfter Stimme wissen: »Was machst du?«

Er musste unbedingt verhindern, dass sie das Zimmer verließ. Wenn dies jemand tat, dann er. Und er musste es schnellstens tun, bevor den Kindern nebenan etwas zustieß oder sie in Panik gerieten, wenn sie merkten, dass sie kein Licht anknipsen konnten.

Noch aber war niemand im Haus, sagte er sich. Wie denn auch? Keine Scheibe hatte geklirrt, keine Tür war aufgebrochen worden. Nur draußen im Garten musste sich jemand bewegt haben.

»Die Taschenlampe«, hörte er seine Frau sagen, die sich offensichtlich am Bett entlang zum Kleiderschrank tastete.

»Hast du denn eine?«

»Die kleine Reiselampe«, sagte sie, während er das wohl vertraute Öffnen der Schranktür vernahm. Noch immer saß er auf der Bettkante. Seine Augen hatten sich inzwischen an die Dunkelheit gewöhnt, sodass er wenigstens die Umrisse des Fensters wahrnehmen konnte. Weil der Rollladen ein Stück hochgezogen war, drang minimalstes Streulicht ein, wie es selbst in den dunkelsten Nächten vorhanden war.

»Ich hab sie«, stellte seine Frau fest und gleichzeitig zerschnitt ein schmaler Lichtstrahl die Finsternis. Endlich. Bodling atmete tief durch und versuchte, sich die Unruhe nicht anmerken zu lassen. Eine tonnenschwere Last schien von ihm zu fallen.

»Schaust du mal nach den Kindern und den Sicherungen?« Seine Frau hatte nicht das Geringste von dem mitgekriegt, was ihn seit zehn Minuten beschäftigte. Und das war auch gut.

Er würde gleich nach den Kindern sehen, durchs Haus gehen und im Keller die Sicherungen überprüfen. Aber vermutlich lag die Ursache nicht innerhalb des Gebäudes, dachte er. Deshalb würde er die Schaltzentrale in der Firma anrufen. Gerade als ihm eine innere Stimme sagte, dass er dies bei einem Stromausfall nicht von der heimischen Telefonanlage mit ihren netzabhängigen Mobilteilen machen konnte, drang durch die Tür der elektronische Sound des Handys herein. Er hatte es, wie üblich, auf das Sideboard in der Diele gelegt.

Seine Frau richtete den Lichtstrahl auf den digitalen Wecker: 3.23 Uhr. Bodling ließ sich die Taschenlampe geben, öffnete zögernd die Tür zur Diele und leuchtete zum Handy hin, dessen Display ebenfalls erstrahlte, und eine Mobilfunknummer anzeigte. Während er die geschlossene Tür zum Kinderzimmer ableuchtete und wieder ins Schlafzimmer zurückging, meldete er sich mit einem knappen »Ja.«

»Entschuldigen Sie, Herr Bodling«, hörte er eine Männerstimme sagen. »Hier spricht Osswald vom Bereitschaftsdienst.«

Bodling hatte sofort ein Gesicht vor sich. Osswald war einer der Männer, die gerufen wurden, wenn es irgendwo im Netz eine Störung gab.

»Wir haben uns Sorgen um Sie gemacht«, erklärte Osswald. »An der Versorgungsleitung hier rüber hat jemand vorsätzlich einen Kurzschluss verursacht. Und weil deshalb auch Ihre Türklingel nicht geht, ruf ich Sie an. Es hätte ja sein können, dass dies nach all den Vorfällen ...«

»Schon gut«, unterbrach ihn Bodling und reichte seiner Frau die Taschenlampe. »Wo sind Sie denn?«

»Vor Ihrem Haus«, kam es zurück. »Bei Ihnen ist aber alles okay?«

Bodling zögerte. »Soweit ich das überblicken kann, ja.« Vom Fenster her glaubte er einen Lichtblitz wahrgenommen zu haben. »Sind Sie das mit dem Licht?«, fragte er zurück.

»Mein Kollege Plumstett ist das. Er ist gerade ums Haus gegangen.« Es entstand eine Pause, während dieser er sich mit dem anderen zu unterhalten schien. Bodling wartete geduldig, unterdessen warf sich seine Frau irritiert einen Morgenmantel über und legte einen für ihn aufs Bett.

»Herr Bodling, sind Sie noch da?«, meldete sich Osswald wieder.

»Ja, bin ich.«

»Mein Kollege hat festgestellt, dass die Fensterscheibe zu Ihrer Garage eingeschlagen wurde.«

Bodlings Blutdruck schoss in die Höhe. »Was? Eingeschlagen?«

Seine Frau sah ihn entsetzt an.

Die Stimme des Anrufers wurde hektisch. »Und es stinkt nach Spiritus oder Ähnlichem, sagt mein Kollege.« Wieder eine Pause.

Bodling spürte plötzlich wieder Angst. Panische Angst.

»Noch was«, machte Osswald deutlich aufgeregter weiter, nachdem ihm Plumstett etwas zugerufen hatte, was Bodling nicht verstand. »Da brennt eine Kerze. In Ihrer Garage.«

Kurze Zeit später zuckten am Rande des Wohngebietes Blaulichter. Feuerwehr, Polizei und vorsorglich ein Rotkreuzwagen waren ohne Martinshorn angefahren, um die Bevölkerung zu dieser frühen Morgenstunde nicht aus dem Schlaf zu reißen.

Bodling, seine Frau und die Kinder hatten, nur mit dem Nötigsten bekleidet, das Gebäude verlassen. Die Kinder saßen im Kombi, den einer der Servicetechniker etwa 50 Meter weggefahren und dort geparkt hatte.

Bodling und seine Frau standen neben einem Tanklöschfahrzeug, das auf der gegenüberliegenden Seite ihres Grundstücks in der Wiese abgestellt war. Funkgeräte rauschten und knackten, dazwischen gab es unverständliche Anweisungen, Dieselaggregate röhrten und starke Halogenscheinwerfer wurden auf den Garagentrakt des Gebäudes gerichtet. Aus dem nächstliegenden Nachbarhaus waren bereits drei Personen gekommen, um aus respektablem Abstand die Szenerie zu verfolgen.

»Wir müssen verhindern, dass es ein zündfähiges Gemisch gibt«, erklärte Feuerwehrkommandant Jörg Bergner, der sich um das Ehepaar Bodling kümmerte. »Wie lässt sich das Garagentor öffnen?«

Bodling überlegte. Tausend Gedanken schossen ihm durch den Kopf. »Eigentlich elektrisch. Aber es gibt da eine mechanische Vorrichtung von innen.«

Der Kommandant überlegte und gab diese Erkenntnis per Funk weiter. Dann wandte er sich wieder an Bodling: »Ihre Leute sagen, die Stromversorgung sei unterbrochen. Das gilt weiterhin?«

»Ja, ja«, presste Bodling fröstelnd heraus. »Nach Lage der Dinge wird das auch noch eine ganze Weile dauern. Und solange von hier aus kein grünes Licht erteilt wird, wird sowieso nichts unternommen.«

»Im Haus gibt es kein Stromaggregat oder Ähnliches, was sich plötzlich einschalten könnte?«

Bodling schüttelte den Kopf. Seine Frau starrte wortlos auf das angestrahlte Gebäude, wo jetzt vor dem Garagentrakt ein kräftiges Gebläse zu rauschen begann. Die Feuerwehr belüftete das Gebäude, um zu verhindern, dass ein zündfähiges Luft-Gas-Gemisch entstand. Erst wenn diese Gefahr gebannt war, konnten die Einsatzkräfte durchs Treppenhaus zur Garage vordringen.

Allmählich wurde Bodling bewusst, dass er vermutlich durch das Einschlagen der Scheibe wach geworden war. Was aber hatte der Unbekannte im Vorgarten getan? Auf dem Weg zu und von der Garage, die an der rechten Giebelseite angebaut war, hätte er die Hofeinfahrt benutzen können. Warum also das Gartentürchen öffnen und es unsanft zufallen lassen?

Während sich der Feuerwehrkommandant zu einer Gruppe Männer gesellte, ließ Bodling den Blick an seinem Haus entlangschweifen. Die Tür stand offen, eine Schlauchleitung war vorsorglich in die Diele gelegt worden. Bodling überfiel ein Schauer, als er daran dachte, welch verheerende Explosion ein zündfähiges Gasgemisch hätte auslösen können. Nicht nur sein BMW wäre zerfetzt worden, sondern vermutlich der gesamte Garagenanbau. Und welches Ausmaß das Feuer angenommen hätte, wollte er sich gleich gar nicht ausmalen. Vermutlich hätten sie sich ins Freie retten können, jedoch ohne jegliches Hab und Gut.

Seine Frau schwieg noch immer. Sie zitterte. Angst und Kälte hatten ihr in der vergangenen halben Stunde zugesetzt. Doch sie weigerte sich hartnäckig, sich zu den Kindern in den Kombi zu setzen. Bodling legte einen Arm um ihre Schulter. »Es ist bald ausgestanden«, sagte er, obwohl er selbst nicht wusste, ob er das glauben sollte. Ausgestanden war vielleicht der nächtliche Schock, nicht aber dieser Fall, der ihn zunehmend zermürbte. Seine Augen folgten instinktiv einem Atemschutzträger, der zur Haustür ging und dort an einem kleinen Messgerät hantierte, mit dem er vermutlich die Gaskonzentration im Gebäude ermitteln wollte. Während Bodling den Mann beobachtete, streifte sein Blick den Briefkasten, der neben der Haustür an der Wand montiert war. In ihm steckte ein weißes Papier, das zu einem Drittel aus dem Schlitz ragte. Möglicherweise war es im Laufe des Abends gebracht worden. Aber sicher nicht mit der Post, überlegte er, denn dann wäre es am frühen Nachmittag bereits da gewesen und seine Frau hätte es herausgeholt. Später musste es also jemand persönlich vorbeigebracht haben, wobei man heutzutage nicht mehr genau sagen konnte, welcher private Brief- und Paketdienst zu welchen Zeiten die Sendungen zustellte. Er jedenfalls war bei seiner Rückkehr gleich in die Garage gefahren und über den direkten Zugang ins Gebäude gelangt, ohne nach dem Briefkasten geschaut zu haben.

»Warte mal«, brummte er seiner Frau zu und bahnte sich einen Weg durch eine Gruppe von Feuerwehrleuten. Als er den Vorgarten erreichte, versuchte ihn ein Uniformierter zurückzuhalten, doch Bodling ließ sich nicht beirren und erklärte, er wolle nur dieses Papier aus dem Briefkasten holen.

Der Feuerwehrmann bat ihn, auf Distanz zu bleiben, und brachte ihm das zusammengefaltete Papier. Bodling eilte wieder zu seiner Frau zurück. Dabei überkam ihn ein unsicheres Gefühl. Er faltete das Papier vorsichtig auseinander, während seine Hände zitterten.

Seine Frau hielt die Arme fest um ihren Körper verschränkt, um sich selbst zu wärmen. »Was ist es denn?«, fragte sie.

Er hielt es schräg, um im Scheinwerfer eines Feuerwehrfahrzeugs etwas entziffern zu können.»Keine Ahnung«, erwiderte er abwesend. Er blickte auf große, gedruckte schwarze Buchstaben.

Seine Frau trat ganz nah an ihn heran, um es im Scheinwerferlicht ebenfalls sehen zu können. Schon bei den ersten Worten spürte Bodling seinen Pulsschlag wieder. ›Frau Rothfuss lässt grüssen. So wie ihr wird es auch Ihnen ergehen. Siehe Hütte 2551,8 an d…‹ Der Rest des Textes fehlte, weil die untere Ecke des Papiers abgerissen worden war.

Bodling las den Text noch einmal. Und auch seine Frau konnte die Augen nicht davon lösen.

38

Häberle war auf dem Weg nach Geislingen, während Linkohr, nachdem er von einem Kollegen informiert worden war, bereits die Albhochfläche ansteuerte, wo sich das erste Morgengrauen am Horizont andeutete. Vom Türkheimer Ortseingang aus sah er die starken Halogenscheinwerfer. Er kurvte durch das Wohngebiet, bog in einen Weg ein und brauchte jetzt nur den Lichtern zu folgen, die auf freiem Feld zwischen dem alten und neuen Baugebiet auf Strommasten und Leitungen gerichtet waren. Die Feuerwehr und das Technische Hilfswerk hatten Stromaggregate und Lichtmasten herbeigeschafft. Linkohr, der sich kaum die Zeit genommen hatte, die Haare zu kämmen, parkte seinen Wagen auf der Wiese zwischen den Einsatzfahrzeugen und ging auf die Uniformierten zu, die mit Albwerktechnikern diskutierten. Er begrüßte sie knapp und ließ sich schildern, was geschehen war. Auch der Chef der technischen Abteilung des Unternehmens, Müller, war erschienen, um mit seinem unüberhörbaren niederbayerischen Dialekt seine Feststellungen zu kommentieren: »Do ham's uns wieder wos ang'stellt. An Kurzschluss ham's provoziert.«

Linkohr konnte sich anhand der herabhängenden Drähte und der herumliegenden Schnur samt Metallkegel zunächst kein richtiges Bild verschaffen.

»Do hot oiner a Angelschnur über d'Leitung g'worf'n«, erklärte Müller, »dann diesen Droht hier drangebund'n und über die Leitung zog'n. Versteh'n's?« Er gestikulierte und Linkohr kapierte. »Dann hot's an Kurzschluss geb'n und die beid'n Leitungsdräht san g'schmolz'n.«

Der Kriminalist nickte verständnisvoll.

»Das san alles Verbröcher«, wetterte Müller. »Terroristen san das.«

Keiner der Umstehenden wollte widersprechen.

Einer der Uniformierten tippte Linkohr auf die Schulter und deutete hinüber zum Neubaugebiet, wo noch immer Bodlings Haus in gleißendes Licht gehüllt war. »Der Albwerkschef hat etwas gefunden, was euch interessieren könnte.«

Linkohr ließ sich davon überzeugen, dass er mit seinem Renault Twingo quer über die Wiese hinüberfahren konnte. Der Kleinwagen holperte über die unebene Grasnarbe und erreichte die Randstraße entlang des Neubaugebiets schon nach einer halben Minute. Er traf auf das Ehepaar Bodling, das inzwischen mit den beiden Kindern in einem größeren beheizten Kombi der Polizei Platz genommen hatte. Auf dem ausgeklappten Tisch lag das Stück Papier, das Bodling zum wiederholten Mal zur Hand nahm. Ein älterer Polizist, der daneben saß, deutete auf das abgerissene Eck. »Wir suchen bereits danach. Vielleicht wurde es beim Rausziehen aus dem Briefkasten abgerissen.«

Linkohr überflog den Text und spürte, wie mit einem Schlag der Schlaf verflogen war. »Was soll das heißen – siehe Hütte 2551,8?«

Bodling zuckte mit den Schultern. »Keine Ahnung. Aber es liest sich so, als ob sich dort die Frau Rothfuß aufhalten würde.«

Aufhalten, dachte Linkohr. Wenn sie sich denn dort aufhielt, war alles in Ordnung. Aber vielleicht war es nicht ihr Aufenthaltsort, sondern ihr Grab. Ihm blieb nicht die Zeit, länger darüber nachzudenken, denn an der Schiebetür erschien der Feuerwehrkommandant. Ihm war inzwischen Linkohr als Ansprechpartner der Kriminalpolizei genannt worden. »Die Explosionsgefahr ist vorbei, das Garagentor geöffnet und die Kerze gelöscht.«

Linkohr war bei der Anfahrt von der Einsatzzentrale über das Geschehen in Bodlings Haus informiert worden, sodass er sich die Details nicht mehr zu schildern lassen brauchte.

»Ich denke«, fuhr Kommandant Bergner fort, »da hat einer denselben Brandbeschleuniger benutzt wie vorgestern.«

»Und wie ist er reingekommen?«

»Eingeschlagene Scheibe in der Garage, nicht vergittert.«

»Und wozu dann das Theater mit dem Kurzschluss da draußen?«

Bergner sah ihn mit großen Augen an: »Ich bin hier nur fürs Feuer zuständig. Der Kriminalist sind Sie.«

Über Linkohrs Gesicht huschte ein gequältes Lächeln.

»Einschüchterung«, fuhr Bodling dazwischen. »Reine Einschüchterung. Und wahrscheinlich hat man dafür sorgen wollen, dass kein Bewegungsmelder und kein Telefon funktioniert.«

Linkohr wollte das nicht kommentieren, sondern bat einen der Uniformierten, das Blatt Papier in eine Klarsichthülle zu stecken und es sicher im Fahrzeug zu verwahren.

»Verzeihen Sie«, mischte sich Bodling ein, während seine Frau zwischen den beiden Kindern saß und ihre Arme um sie legte, »aber bei der ganzen Gewalt, die hier zutage tritt, hab ich große Sorge, dass noch mehr passiert.« Er versuchte so sachlich wie möglich zu bleiben und die Angst um seine Familie nicht direkt anzusprechen, doch verrieten seine Augen große Aufregung.

Seine Frau presste die Kinder noch fester an sich.

Linkohr sah sie alle vier an und versuchte, sie zu beruhigen: »Wir werden dafür sorgen, dass Ihnen nichts geschieht.« Er war allerdings froh, dass Bodling nicht nachfragte, wie dies zu bewerkstelligen sein würde.

Stattdessen erklärte der Unternehmenschef: »Ich möchte Sie inständig bitten, Estromag und alle, die damit zu tun haben oder damit zu tun gehabt haben, genau zu überprüfen.«

Nichts anderes würden sie tun, dachte Linkohr – und nichts anderes hatten sie bisher schon getan. Falls die Estromag dahintersteckte – oder gar die Firma in Leipzig –, dann hatten beide einen sehr langen Arm, der bis in die südliche Provinz reichte.

Häberle hatte an diesem tristen Junimorgen frische Brezeln von der Türkheimer Steinofenbäckerei mitgebracht und Kaffee machen lassen. Nach und nach trudelten die Kollegen der Sonderkommission ein, die erst jetzt erfuhren, was sich vor wenigen Stunden in Türkheim ereignet hatte.

Eigentlich hatte Häberle länger schlafen wollen, denn sein Koffer für die kurze Dienstreise in den Norden der Republik war bereits gepackt. Susanne hatte wie immer in solchen Fällen das Nötigste zusammengetragen. Für die maximal drei Nächte, die er in einem Hotelzimmer verbringen wollte, brauchte er nicht allzu viel. Und die Unterkünfte würden in solchen Fällen erfahrungsgemäß die Kollegen vor Ort besorgen, die am besten die günstigsten Hotels kannten.

»Kollegen«, begann er. »Die Direktion hat uns weiteres Personal zur Verfügung gestellt. Die Bereitschaftspolizei durchkämmt das Gelände in Türkheim und sucht vor allem den abgerissenen Teil dieses Zettels.« Er hob das Papier hoch, das in einer Klarsichthülle steckte. »Was hier auffällt, ist auch, dass der Name Rothfuß nicht mit scharfem S, sondern mit zwei S geschrieben wird. Außerdem hat der Schreiber dieselbe Schrift verwendet wie in den vorausgegangenen Drohbriefen, nämlich Comic Sans MS. Ich will wissen«, fuhr er jetzt etwas energischer fort, »wo man diese Schrift benutzt. Im Albwerk oder was weiß ich wo. Womit schreibt der Speidel oder die Frau Büttner oder der Braun?« Dann nahm er einen Schluck Kaffee und genoss diese aufmunternde Wärme im Magen. »Wer hat eine Idee, was diese Bezeichnung ›siehe Hütte 2551,8‹ bedeutet? Was sagt uns diese Zahl? Wenn wir davon ausgehen, dass die Frau Rothfuß dort untergebracht ist und hoffentlich noch lebt, dürfen wir keine Zeit verlieren.« Ratlosigkeit machte sich breit.

Eine junge Frau kam näher, besah sich den Zettel und wiederholte: »Zweitausendfünfhunderteinundfünfzig Komma acht. Er will uns jedenfalls einen Tipp geben, wo wir die Frau finden. Wenn ihr mich fragt: Wenn er sie umgebracht hätte, würde er uns nicht dort hinführen wollen.«

»Aber«, wandte ein anderer ein, »wenn sie noch lebt, kann sie ihren Entführer identifizieren.«

»Ihr Auto ist nirgendwo aufgetaucht?«, fragte ein Beamter dazwischen.

Häberle schüttelte den Kopf. »Soweit ich weiß, nein.«

»Wo kam eigentlich die Frau Rothfuß her, bevor sie hier den Aushilfsjob angenommen hat?«, wollte die junge Kollegin wissen und ging wieder an ihren Platz zurück.

»Sie kommt aus dem Norden«, erklärte Linkohr, als habe er sich ganz besonders dafür interessiert. »Aus der Gegend von Wolfsburg.«

Häberle entschied: »Höchste Priorität hat dieses Blatt hier. Wir schalten das LKA ein, die Schriftexperten – und alles, was dazu gehört. Und dann müssen wir wissen, woher der Draht stammt, der über diese Leitung gezogen wurde und was das für eine Kunststoffschnur war.«

»Eine Angelschnur war das«, wusste bereits jemand zu berichten. »Eine Angelschnur mit Senkblei als Wurfgeschoss.«

»Hm«, machte Häberle, »eine Angelschnur.« Er kratzte sich an einer Augenbraue, um dann die eher beiläufige Bemerkung fallenzulassen: »Wie stehen eigentlich Naturschützer zum Angeln?«

Niemand wusste eine Antwort darauf.

39

Bodling war an diesem Donnerstagmorgen nach einer ausgiebigen Dusche ins Büro gefahren, während Frau und Kinder daheim von einer Beamtin und einem Beamten betreut wurden, wie es offiziell hieß. In Wirklichkeit hatte Häberle die beiden mit dem persönlichen Schutz in die Wohnung abgeordnet und den Auftrag erteilt, etwaige anonyme Anrufe festzuhalten und sofort zurückverfolgen zu lassen. Unterdessen waren die Kollegen der Spurensicherung in der Garage zugange, um Hinweise auf den Täter zu finden. Eine Hundertschaft der Bereitschaftspolizei durchkämmte das Wiesengelände am Rande des Neubaugebiets, mehrere junge Beamte gingen von Haus zu Haus, um sich zu erkundigen, ob jemand in der vergangenen Nacht verdächtige Beobachtungen gemacht hatte.

Bodling mühte sich im Vorzimmer mit der modernen Kaffeemaschine ab, konnte sich aber beim Anblick der leeren Schreibtischstühle, die den Sekretärinnen gehörten, nicht auf die Gebrauchsanweisung konzentrieren. Schließlich gelang es ihm dennoch, dem Gerät eine Tasse heißen Kaffees zu entlocken. Er nahm sie ohne Untersetzer mit in sein Büro und ließ die Zwischentür offenstehen, als hoffe er, Frau Rothfuß würde jeden Moment kommen. Eigentlich war es sinnlos gewesen, nach dieser Nacht überhaupt zur Arbeit zu gehen. Aber er brauchte Ablenkung – und außerdem konnte er es nicht ertragen, daheim auf irgendwelche Anrufe zu warten. Er nahm einen Schluck Kaffee, lehnte sich zurück und besah sich mit Grausen die Akten, die vor ihm auf der Schreibtischplatte lagen. Es waren die Fakten und Daten, die er in drei Wochen bei der jährlichen Genossenschaftsversammlung vortragen musste. Aber was bedeuteten schon Bilanzen und Zahlen, wenn es um Leben und Tod ging? 2551,8 – immer wieder schoss ihm diese Zahl durch den Kopf. Was hatte der Attentäter von der vergangenen Nacht damit sagen wollen? War das ein Psychopath, der hier sein Unwesen trieb? Einer, der sich daran ergötzte, wenn er Angst und Schrecken verbreiten konnte? Oder wollte er zeigen, welches Gewaltpotenzial in ihm steckte? Dass er bereit war, buchstäblich über Leichen zu gehen? Und warum gerade die Rothfuß? Schlagartig kam ihm ein Gedanke. Er sprang auf, durchquerte das Vorzimmer und eilte in das Büro seines kaufmännischen Leiters. Feucht saß gerade in ein Aktenstudium vertieft hinter seinem Schreibtisch und war offensichtlich erschrocken. Dass der Chef einfach so hereinstürmte, hatte es nie zuvor gegeben. »Entschuldigen Sie, Herr Feucht«, kam Bodling zur Sache. »Besorgen Sie mir bitte die Personalakte von Frau Rothfuß. Aber möglichst dezent. Machen Sie kein Aufsehen, bitte.«

*

Linkohr war in den Nebenraum gegangen, in dem zwei Kollegen das in Büttners Wohnung entdeckte Filmmaterial sichteten. Es handelte sich, wie die beiden Beamten erklärten, um zwei Themenbereiche: Zum einen hatte Büttner offenbar Freude daran gehabt, halb nackte oder nackte Schönheiten in freier Natur zu filmen. Und zum anderen befasste er sich mit einer Dokumentation über die Strombranche. Alles, was sie auf Festplatten vorliegen hatten, war jedoch nur Rohmaterial. Einen richtigen Zusammenschnitt gab es nicht.

»Da hätt der Kerl noch eine Menge Arbeit gehabt«, stellte ein Kollege fest und ließ den Film auf dem Bildschirm rückwärts laufen. Eine attraktive Dame mittleren Alters war zu sehen, die an einem wuchtigen Schreibtisch saß und mit einem Füllfederhalter spielte.

»Das musst du dir mal anhören«, sagte der Kriminalist, zog einen Stuhl herbei, auf den sich Linkohr setzen konnte, und spulte zu der Stelle, die er ihm zeigen wollte.

Eine feste und entschlossene Frauenstimme drang aus dem Lautsprecher: »Es entspricht nicht den Tatsachen, dass die Energiewirtschaft von ein paar wenigen Großkonzernen beherrscht wird«, stellte die Dame fest. Ihre Gesichtszüge wirkten hart. »Auch wenn es den Anschein hat, dass es zu einer gewissen Konzentrationsbewegung gekommen ist, so darf ich doch daran erinnern, dass wir seit über zehn Jahren einen liberalisierten Markt haben, der es jedem Kunden überlässt, seinen Stromversorger frei zu wählen. Inzwischen sind sogar kleine Betriebe oder genossenschaftlich organisierte Versorger bundesweit tätig.«

Linkohr fragte dazwischen: »Wer ist'n die Tante?«

Einer der Kollegen hatte es notiert: »Verena Vogelsang-Klarsfeld, Vorstandsvorsitzende von Estromag, falls dir das was sagt.«

»Ach die«, staunte Linkohr. Da konnte sich der Chef freuen, diese Dame am späteren Nachmittag noch zu treffen.

Häberle war inzwischen nach Hause gefahren, um sich von seiner Frau zu verabschieden, die gepackten Koffer zu holen und sich dann auf den Weg nach Magdeburg zu machen. Er hatte bei Estromag angerufen und sich von der Sekretärin der großen Vorstandsvorsitzenden einen Termin geben lassen. »Man werde sich höchstens 20 Minuten Zeit nehmen können«, hatte die weibliche Stimme ins Telefon gesäuselt. Denn »die Frau Direktorin« sehe keinen Anlass für ein persönliches Gespräch. Alles, was sie zu sagen habe, könne am Telefon besprochen werden. Natürlich hatte sie recht. Normalerweise wäre auch Häberle davon überzeugt gewesen, aber wie immer wollte er sich von den Schlüsselfiguren ein eigenes Bild verschaffen. Manchmal sagten Bewegungen, Gesten oder beiläufige Bemerkungen mehr als tausend Worte.

»Wie lang geht'n das Blabla?«, fragte Linkohr und deutete auf den Bildschirm.

»Bisher haben wir achtzehneinhalb Minuten gesehen«, bekam er zur Antwort. »Und der Büttner hat tatsächlich einige kritische Fragen gestellt, doch die Dame hat nur aalglatt darauf reagiert.«

Und der zweite Beamte meinte: »So musst du sein, dann bringst du es zu was. Immer schön zum Ausdruck bringen, dass die anderen mit ihren Meinungen voll daneben liegen und du selbst die Weisheit mit Löffeln gefressen hast.« Der Kollege klickte auf Stopp und griff zu seinen Notizen. »Es gibt da etwas Interessantes, das wir zufällig entdeckt haben. Offenbar eines seiner Models, das sich gegen die Veröffentlichung im Internet gewehrt hat. Da gibt es einen Schriftverkehr ...« Der Kriminalist blätterte in seinen Unterlagen. »Eine Dame aus Leipzig verwahrte sich energisch dagegen, dass Bilder von ihr auf einschlägigen Internetseiten gezeigt werden. Wahrscheinlich hat Büttner die Aufnahmen weitergegeben oder sogar verkauft.« Der Kriminalist klickte ein paar Mal und auf dem Monitor erschien eine große und schlanke blonde Schönheit, die nackt in einer Fichtenschonung posierte – hinter Stämmen hervorlugte, auf bemoosten Baumstümpfen saß und in aufreizender Stellung Pilze sammelte.

»Habt ihr ihre Adresse?«, fragte Linkohr; etwas zu schnell, wie die Kollegen meinten.

»He, he«, frotzelte deshalb einer, »der Chef geht auf Tour – nicht du. Im Übrigen haben wir ihre Adresse schon in den Akten. Scheint sowohl Büttner als auch diesem Mariotti bekannt zu sein.«

»Ein beliebtes Objekt der Begierde«, spöttelte der andere.

»Freunde«, wurde Linkohr sachlich, »mir wäre viel lieber, wir würden die Rothfuß auftreiben, anstatt hier die Zeit zu vertrödeln.«

»Auch nicht schlecht«, entgegnete einer der beiden. »Zumindest auf dem Fahndungsfoto sieht sie nach heißer Katze aus.«

Linkohr ließ sich nicht provozieren. Er musste unweigerlich an seine derzeitige Bekanntschaft denken, die es zwar rein äußerlich mit diesem Model hätte aufnehmen können, davon war er fest überzeugt, aber ansonsten schien sie, was das Essen anbelangte, allen fleischlichen Genüssen abgeschworen zu haben.

»Zu dieser ominösen Zahl fällt euch nichts ein?«, lenkte er sich selbst ab. Er hatte sich vorgenommen, während Häberles Abwesenheit die verschwundene Frau aufzuspüren. Immerhin war die gesamte Kriminalpolizei des Landkreises seit gestern mit nichts anderem beschäftigt – unterstützt sogar von Kräften der Bereitschaftspolizei und der Landespolizeidirektion Stuttgart. Weil die Räumlichkeiten nicht ausreichten, war der benachbarte Lehrsaal der Feuerwehr in Beschlag genommen worden. Nicht auszudenken, was geschehen würde, käme es zu einem weiteren Verbrechen in dieser Gegend.

Linkohr wusste, dass Häberle mit sich gerungen hatte, ausgerechnet jetzt seinen Zuständigkeitsbereich zu verlassen. Doch gerade weil der Chef dies tat, waren für die nächsten Tage deutliche Fortschritte zu erwarten. Oft schon war es sinnvoll gewesen, über den Rand der Täler hinauszublicken, zumal in einer globalen Welt die Fäden überall gesponnen werden konnten. Und wer weiß, überlegte Linkohr, vielleicht waren ja manchen Kreisen die Aktivitäten des Albwerks in Norwegen ein Dorn im Auge. Wer nur auf Atomkraft schwor, dem konnte es schließlich nicht egal sein, dass regenerativen Energieformen ein immer größerer Stellenwert beigemessen wurde.

»Stimmt es eigentlich, dass sich dieser Sander in Norwegen rumtreibt?«, fragte Linkohr plötzlich zur Verwunderung seiner Kollegen. Sie hatten ja nicht ahnen können, welche Gedanken ihn gerade umtrieben.

»Häberles Lieblings-Journalist?«, fragte einer nach und ein anderer wusste zu berichten: »Der Ziegler soll sich bei der Pressekonferenz ziemlich abschätzig über ihn geäußert haben. ›Ein großer Fall in der Provinz und Sander nicht da‹ hat er gewitzelt, heißt es.«

Linkohr wollte nichts dazu sagen. Vielleicht war der Norden ja gerade in Mode geraten – der Norden und nicht das Morden?

*

Wolfgang Taler war glücklich. Nur so konnte man sein Lebensgefühl beschreiben, das ihn seit dem vorletzten Sonntag voll und ganz einnahm. Sein Plan war aufgegangen: Kaum hatte er den Chefposten des örtlichen Gasversorgungsunternehmens altershalber verlassen, war er auch schon in zwei kommunale Gremien gewählt worden. Bei der Wahl vorletzten Sonntag schaffte er auf Anhieb je einen Sitz im Gemeinderat der Kreisstadt Göppingen und im Kreistagsgremium des Landkreises. Getrübt wurde die Freude nur durch das Verschwinden der Albwerk-Sekretärin Rothfuß, bei der er erst vor Kurzem abgeblitzt war, was ihm aber andererseits imponiert hatte, denn dies forderte ihn zu einem neuen Anlauf heraus. Doch jetzt wollte er es genau wissen: Wie intensiv war die Beziehung zwischen Frau Rothfuß und Frau Büttner? Es gab, das hatte er mit seinem messerscharfen Verstand exakt festgestellt, einen einzigen gemeinsamen Nenner. Und das waren der Zähler und die alte Schaltuhr gewesen. Ein Mann wie er gab sich nicht einfach mit Erklärungen zufrieden, die so simpel klangen, dass sie kaum jemand für möglich hielt. Taler vermutete hinter allem tiefe Gründe. Nicht, dass er von einem stetigen Misstrauen getrieben wäre – nein, er war davon überzeugt, dass die Welt vielschichtiger und komplizierter war, als es der oberflächliche Betrachter für möglich hielt. Denn wer sich intensiv und mit wissenschaftlicher Akribie mit Natur und Umwelt befasste, der musste erkennen, dass nichts einfach nur zufällig da war. Hinter allem und jedem steckte eine Logik – und nur wer diese zu ergründen vermochte, war allen anderen ein Stück voraus. Das war wie ein Schachspiel. Wer zwei, drei Züge im Voraus denken konnte, war gegenüber jedem anderen im Vorteil, der immer nur in Abwehrstellung ging.

Taler hatte sich telefonisch angekündigt und war am späten Vormittag im Ulmer Büro von Frau Büttner eingetroffen. Er entschuldigte sich für den spontanen Besuch, verzog sein Gesicht zu einem breiten Grinsen und nahm Platz. Mit wenigen Worten erklärte er, dass er im Sinne des Albwerks das Umfeld von Mitarbeitern beleuchten wolle und dass dies nichts mit Spitzeleien zu tun habe, sondern dazu beitragen solle, Frau Rothfuß so schnell wie möglich zu finden. Er vermied absichtlich das Wort lebend. »Diese Zählergeschichte«, begann er, »das war nichts Verbotenes, aber es fällt halt auf, dass über den Weg Ihres ... Exmannes, darf ich so sagen?, dass also über ihn diese alten Kästen an eine Ihrer Mitarbeiterinnen und somit wiederum an deren Gatten gelangt sind.«

»Das fällt auf«, unterbrach sie ihn schnippisch. »Das Zeug wurde aber weder gestohlen noch anderweitig aus der Firma gebracht. Mein Mann hat es ganz offiziell über Frau Rothfuß gemacht.«

»Verstehen Sie mich recht«, erwiderte er lächelnd, obwohl er die Kälte spürte, die ihm entgegenschlug. »Ich sagte ja schon, da gibt es keinen Zweifel an der Rechtmäßigkeit dieser Aktion. Und ich bin davon überzeugt, dass der Herr Speidel, für den Sie das gemacht haben, nichts Unrechtes damit angestellt hat. Aber ich denke, Ihr Mann hätte das Zeug nicht bei der Aushilfssekretärin holen müssen. Kraft seines Amtes wäre er sicher befugt gewesen, dies direkt in der Zählerstelle zu tun.«

Sie begann, mit dem Kugelschreiber Kringel auf den weißen Rand einer Broschüre zu malen. Für Taler ein eindeutiges Zeichen von Unsicherheit oder Nervosität.

»Wenn das für Sie eine Rolle spielt, bitte schön.« Sie atmete tief durch. »Ich hab die Frau Rothfuß letztes Jahr bei einem Betriebsfest kennengelernt. Es war eine flüchtige Bekanntschaft, mehr nicht. Sie hatte es wohl auch kaum auf Gespräche mit einer älteren Dame abgesehen.«

Taler fühlte sich herausgefordert: »Ich geh mal davon aus, dass Sie dann durchaus noch als Gesprächspartnerin denkbar gewesen wären.«

Es sollte wie ein Kompliment klingen, doch sie tat so, als habe sie es überhört. »Ach was. Für diese jungen Dinger ist man mit meinem Jahrgang längst eine alte Schachtel. Die ist mit ihrem kurzen Rock rumgerannt und hat die Männer ihren zweiten oder dritten Frühling spüren lassen.«

»Männer lassen sich manchmal von Äußerem leiten, obwohl sie mit zunehmendem Alter wissen, dass ganz andere Werte zählen.«

»Fromme Sprüche, allein mir fehlt der Glaube.«

Er spürte, woher der Wind wehte: Sie war verbittert, weil ihr Mann sie vermutlich wegen einer Jüngeren verlassen hatte. Die Frau war tief gekränkt, daran bestand kein Zweifel. »Sie haben Frau Rothfuß nicht gerade gemocht?«, stellte er fest.

»So kann man das nicht ausdrücken. Sie sagten selbst, es gibt auch noch innere Werte – nicht nur das Äußere.«

Genial gekontert, dachte er und merkte, dass er irgendwie auf dem richtigen Weg war. »Und man hat sich dann nie wieder getroffen?«

Frau Büttner zögerte. »Ich weiß nicht so genau, was Sie das angeht.« Wieder diese Kühle.

»Im Grunde genommen nichts«, gestand er offen. »Sie können sagen: Bitte schön, Herr Taler, verlassen Sie den Raum – dann gehe ich. Und ich bin nicht einmal nachtragend. Das dürfen Sie mir glauben.«

Das saß. Er war sich ziemlich sicher, dass sie ihn nicht einfach rausschicken würde und deutete ein charmantes Lächeln an.

»Wenn Sie jetzt glauben, ich hätte Frau Rothfuß entführt, dann muss ich Ihnen sagen, Sie lesen zu viele Krimis.« Auf ihrem Gesicht zeichnete sich ein wärmeres Lächeln ab.

»Soll ich Ihnen sagen, was ich meine?«, ging Taler in die Offensive. Er hatte in seinem langen Berufsleben gelernt, dass Ehrlichkeit zur richtigen Zeit entwaffnend wirken konnte.

Sie zog ein erwartungsvolles Gesicht.

»Es könnte sein – Frau Rothfuß hatte gewisse Probleme, wie auch immer und womit auch immer.« Er überlegte. »Jedenfalls scheint es so zu sein, denn ihr plötzliches Verschwinden könnte in einem Zusammenhang mit den Vorgängen der letzten Tage stehen. Wenn dies so wäre«, er achtete darauf, im Konjunktiv zu sprechen, »dann könnte es doch sein, dass sie nach dem Tod Ihres Mannes den Kontakt zu Ihnen sucht. Auch wenn man sich beim Betriebsfest nicht gerade sympathisch war.« Taler umklammerte die Armlehne des Besuchersessels und beobachtete die Frau, die den Anschein erweckte, krampfhaft nach einer Antwort zu suchen. Deshalb fuhr er fort: »Frau Rothfuß hat vielleicht Hilfe gesucht – aus irgendeinem Grund nicht bei der Polizei, nicht bei ihrem Chef und auch nicht bei mir, sondern vielleicht bei einer ebenfalls betroffenen Person. In diesem Fall bei Ihnen.«

Frau Büttner schluckte. »Sie reimen sich da etwas zusammen, das ziemlich abenteuerlich klingt. Finden Sie nicht?«

Taler war etwas enttäuscht und überlegte, welchen neuerlichen Versuch er starten konnte. Einen letzten, einen etwas heftigeren. »Ich dachte mir nur so«, begann er und ließ es bedeutungslos klingen, »es hätte ja sein können, wir könnten beide Schlimmeres verhindern.« Er wartete ein paar Sekunden und ergänzte dann: »Schlimmeres. Bis hin zum Tod von Frau Rothfuß.«

Seine Gesprächspartnerin wurde bleich. Er ergänzte deshalb: »Aber vielleicht ist es schon zu spät.«

*

Auch Linkohr hatte sich an diesem Nachmittag einen Gesprächspartner ausgesucht, der nicht einfach sein würde. Es gab da ein paar offene Fragen, die er den Beteiligten stellen wollte. Der Versuch, Markus Wollek im Albwerk zu erreichen, schlug fehl, da er sich an diesem Donnerstagnachmittag frei genommen hatte, um seinen ehrenamtlichen Turmwächterdienst vorzubereiten. Seine Frau erklärte am Telefon, er sei bereits zum Ödenturm gefahren, dem mittelalterlichen Wahrzeichen Geislingens. Der Turm, der möglicherweise irgendwann im 12. oder 13. Jahrhundert mit den damals üblichen Buckelquadern erbaut worden war, thronte über der Altstadt direkt an der Albkante. Er war zwischen Mai und Oktober jeweils sonn- und feiertags geöffnet. Dazu stellten die Geislinger Albvereinsortsgruppen einen ehrenamtlichen Turmdienst, der nichts weiter zu tun hatte, als auf die Turmstube aufzupassen und den Besuchern Rede und Antwort zu stehen. Linkohr wusste, wie der Turm am besten mit dem Auto zu erreichen war: Über den Geislinger Stadtbezirk Weiler in

Richtung Hofstett am Steig, wo auf halber Strecke ein Forstweg abzweigte.

Sprühregen schlug dem Kriminalisten entgegen, als er den Wagen im Wald bei zwei anderen Autos parkte und die restlichen 50 Meter zu Fuß ging. Er hielt kurz inne und sah auf die Stadt hinab, deren Dächer sich regennass spiegelten. Kein schönes Wetter vor der Sommersonnenwende, die am Sonntag anstand, dachte er.

Linkohr wandte sich der schweren, bogenförmig abgerundeten hölzernen Eingangstür zu, die zwei Meter tief ins dicke Mauerwerk zurückversetzt war. Auf einem Schild stand zu lesen, wann Besucher den Turm betreten konnten. Die Tür war nur angelehnt. Er drückte sie auf und ihm schlug kühle Luft entgegen, die nach einem aggressiven Putzmittel roch. Er wartete, bis sich seine Augen an das diffuse Licht gewöhnt hatten, das durch die wenigen Fensterschlitze im Mauerwerk auf die massive hölzerne Treppenkonstruktion fiel.

Die offene Tür deutete darauf hin, dass sich jemand in der Turmstube aufhielt. Der junge durchtrainierte Kriminalist stieg die etwa 120 knarrenden Stufen hoch und näherte sich in weniger als einer Minute der Turmstube, aus der zwei Männerstimmen drangen. Er trat bewusst schwer und laut auf, um die Personen beim plötzlichen Eintreten nicht zu erschrecken. Kaum hatte er die letzte Stufe erreicht, wurde er bemerkt: Wollek stand vor ihm. Für einen Moment schien der Mann irritiert zu sein, hatte sich aber schnell gefangen und schüttelte ihm herzlich die Hand. »Willkommen im Turm, Herr Linkohr«, grinste er, während hinter ihm wie ein Schatten eine wohlbeleibte Gestalt stand, die gut und gern drei Zentner auf die Waage brachte, schätzte Linkohr.

Dieser Mann, der seine ganze Leibesfülle in eine dunkle XXL-Hose und ein ebensolches Hemd gezwängt hatte, strahlte übers ganze Gesicht und lachte schallend. Mit seiner kräftigen

Stimme erfüllte er den ganzen Turm. »Oje, ein Kriminalist, jetzt sind wir fällig«, spottete er und schüttelte Linkohr kräftig die Hand. Der wusste sofort, mit wem er es zu tun hatte. Peter Leichtle, stadt- und kreisbekannt, vermutlich sogar weit im Lande. Stimmenkönig bei der jüngsten Gemeinderatswahl, was allein schon über seinen Bekanntheitsgrad genügend aussagte. Ein echter Mann des Volkes. Engagierte sich in der Politik genauso wie ehrenamtlich beim Schwäbischen Albverein und war offenbar in dieser Eigenschaft mit Wollek zum Turm gekommen, um mit ihm die Vorbereitungen für den kommenden Sonntag zu treffen. »Wer von uns beiden wird abgeführt?«, fragte er, was Wollek für einen Moment sichtlich verwunderte. Denn derartigen Umgang mit Kriminalisten war er nicht gewohnt. Leichtle schaffte es jedoch mit seiner unnachahmlichen Art, auf alle Bevölkerungskreise einzugehen – mit seiner grundehrlichen Haltung, seinem Witz und seiner Selbstironie. Wenn auf jemanden der Ausspruch ›Ein Mann, ein Wort‹ zutraf, dann auf ihn. So hatte es Linkohr bereits mehrfach gehört und ihn am vorletzten Sonntag auch gewählt, obwohl er nicht gerade ein Anhänger von Leichtles konservativer Partei war.

»Wer macht einen Sekt auf?«, fragte der Schwergewichtige. »Wer unangemeldet auf den Turm kommt, muss einen ausgeben«, stellte er grinsend fest, um gleich anzufügen: »Nur schade, dass wir nichts da haben.«

»Ich will Sie auch nicht lange stören«, wurde Linkohr sachlich.

Er wollte weiterreden, doch Leichtle unterbrach ihn: »Sie stören überhaupt nicht. Sie können gleich mitarbeiten.« Er drückte ihm symbolisch einen Besen in die Hand, mit dem sie gerade die Turmstube gesäubert hatten. Linkohr wusste nicht so recht, wie er darauf reagieren sollte, nahm den Stiel aber trotzdem entgegen und stand etwas verlegen zwischen den beiden Männern.

»Endlich ein Kriminalist, den ich schaffen seh«, witzelte

Leichtle, während Wollek es vorzog, zu schweigen. »Und – habt ihr die Frau Rothfuß gefunden?«, wurde Leichtle plötzlich ernst.

»Leider nicht, nein«, musste Linkohr eingestehen, während Wollek einen Schritt zurückwich und sich zwischen zwei weit geöffneten Fenstern an die gerundete Außenwand lehnte.

Betretenes Schweigen trat ein, bis Leichtle wissen wollte: »Was verschafft uns hier oben die Ehre?«

»Ja, um ehrlich zu sein, ich wollte mich kurz mit Herrn Wollek unterhalten«, erwiderte Linkohr. »Ich dachte, er sei allein hier.«

Wolleks Gesichtszüge veränderten sich. »Mit mir? Ich denke, wir haben alles besprochen.« Es klang verunsichert und hilflos.

Leichtle wusste, was zu tun war: »Dann lass ich euch mal allein. Ich hab im Auto ein paar Piccolos. Was haltet ihr davon? Ich hol sie rauf und wir stoßen auf unser Treffen an.«

Bevor Linkohr abwehren konnte, weil er im Dienst keinen Alkohol trinken durfte, war das Schwergewicht erstaunlich schnell auf der Treppe nach unten verschwunden. Aber die Schwerkraft bringt ihn vermutlich schneller nach unten als wieder hoch, dachte der junge Kriminalist und wandte sich an Wollek, der noch immer an der Wand lehnte: »Es sind da noch ein paar Dinge aufgetaucht, die ich allen Beteiligten vorhalten muss.« Kaum hatte er es gesagt, war ihm diese Formulierung peinlich. »Was heißt vorhalten«, griff er sie deshalb noch einmal auf, »es sind einige Fragen, nichts weiter. Zum Beispiel, ob Sie den Herrn Mariotti kennen.«

Wollek zögerte. »Mariotti?«

»Ja, Mariotti, Henry Mariotti.«

»Mariotti, ja, natürlich«, fand Wollek wieder zu sich, »klar, Mariotti, im weitesten Sinne ein Kollege. Was ist mit ihm?«

Linkohr lehnte sich an die gegenüberliegende Innenwand, mit der die Turmstube vom Treppenaufgang abgegrenzt wurde, und sah seinem Gegenüber direkt ins Gesicht. »Sie kennen also Herrn Mariotti?«, hakte er nach, ohne auf Wolleks Frage einzugehen.

»Ja, wie ich sagte – ich kenne ihn.«

»Und wie sind die Beziehungen zu ihm?«

»Was heißt Beziehungen, Herr Linkohr ...?« Wollek zuckte verständnislos mit den Schultern. »Er ist an der Strombörse in Leipzig tätig – und, ja, das kann man ruhig sagen, er stammt aus der gleichen Stadt wie ich, aus Mirow, falls Ihnen das etwas sagt.«

Linkohr hätte am liebsten seinen Allerweltssatz gesagt, konnte ihn aber gerade noch unterdrücken, denn Wollek sollte nicht wissen, wie sehr ihn dies alles erstaunte. »Demnach haben Sie nicht nur geschäftlich miteinander zu tun, sondern auch privat?«

»Soll das ein Verhör sein?«

»Wenn Sie so wollen, kann das alles sein, aber Verhör klingt so formell«, lächelte Linkohr. »Wir Kriminalisten sind halt immer unterwegs, um Informationen zu sammeln. Betrachten Sie es deshalb als Informationsgespräch.«

Wollek gab sich damit zufrieden.

»Privat haben wir eigentlich keinen Kontakt. Das war früher anders, als wir zusammen studiert haben. Dann haben sich die Wege getrennt und erst später hat sich herausgestellt, dass wir hier beim Albwerk mehr oder weniger Kunde bei ihm sind.«

Linkohr nahm's schweigend zur Kenntnis.

»Und was«, unternahm Wollek einen vorsichtigen Vorstoß, »was ist mit Henry, mit Mariotti?«

Linkohr überlegte, was er sagen sollte, entschied sich dann aber für Offenheit. »Herr Mariotti ist tot. Umgebracht. Genau wie Herr Büttner.«

»Sie haben ihn, Sie haben ihn tot aufgefunden?«, fragte er zögernd.

»Genau wie Herrn Büttner. Erwürgt, Stein um den Hals und ins Wasser geworfen.«

Wolleks Gesichtszüge versteinerten sich. Für einen Moment schauten sich die beiden Männer wortlos an, bis sich Linkohr zu einer Bemerkung veranlasst sah: »Das tut mir jetzt aufrichtig leid, Herr Wollek. Aber es hat sich nicht vermeiden lassen, Sie zu befragen. Erlauben Sie bitte eine andere Frage. Sie kann nichts bedeuten: Haben Sie irgendetwas mit Bibern zu tun?«

Wolleks Verhalten veränderte sich mit einem Schlag. »Entschuldigen Sie, aber Sie konfrontieren mich mit Fragen, mit denen ich nichts anzufangen weiß. Biber?«

»Ja, Biber, diese Nagetiere.«

»Interessieren wäre zu viel gesagt, aber als Angler und Naturfreund interessiert man sich für alles. Wie darf ich diese Frage verstehen?«

Linkohr hatte sich darauf vorbereitet. »Nun ja, das Albwerk hat sich damit befasst, ob Biber auch hölzerne Strommasten anknabbern können.«

»Ach so«, gab sich Wollek erleichtert, »in der Tat, das wurde diskutiert, nachdem in den Weiherwiesen da draußen, aber auch an der Lone auf der Alb, diese Tiere aufgetaucht sind.«

»Dann hat man sich informiert?«

»Ja, das hat man getan«, bestätigte Wollek und runzelte die Stirn.

»Und bei wem hat man sich informiert?«

»Spielt das denn eine Rolle? Soweit ich weiß, hat sich damals Frau Rothfuß kundig gemacht. Sie war gerade als Aushilfe da und hat bei diesem Naturschutzbeauftragten nachgefragt, der jetzt auch eine Rolle spielt. Braun oder so ähnlich heißt er!«

»Sie persönlich hat das nicht interessiert?«

»Wie gesagt, mich interessiert vieles, was mit Natur zu tun hat, aber in die Frage, ob Biber Strommasten anknabbern, war ich nicht involviert. Ich hab das nur am Rande mitgekriegt.«

Linkohr nickte wieder »Und einer Ihrer Kollegen? Herr Schweizer oder Herr Feucht?«

Wollek überlegte. »Feucht ist der kaufmännische Verantwortliche – und Schweizer, na ja, ich weiß nicht ...«

Linkohr wollte noch etwas fragen, da fiel sein Blick auf einen Zettel, der auf einem schmalen Schrank lag. Aufschrift: ›Heute schliessen wir bereits um 16 Uhr‹. Schließen mit zwei S.

Bevor er etwas dazu sagen konnte, näherten sich die schweren Schritte Leichtles, die von seinem Atmen übertönt wurden. Als der Mann die Turmstube erreicht hatte, standen ihm Schweißperlen auf der blassen Stirn. »Schwerstarbeit leiste ich für euch«, dröhnte seine Stimme dumpf durch den Raum, während er drei in Kartons verpackte Piccolos hochhielt, sie auf den Zettel stellte und drei Sektgläser aus den Taschen seiner voluminösen Hose zauberte. »Man muss immer alles dabei haben«, lächelte er und zog die Fläschchen aus den Schachteln heraus. »Versorgung ist alles.« Damit spielte er wohl auf sein Hobby, das Kochen, an, das wie kein anderes Hobby zu seiner Leibesfülle zu passen schien.

Augenblicke später hatte er bereits eingeschenkt und Linkohr konnte nicht einmal etwas dagegen tun. »Nur einen kleinen Schluck«, wehrte er ab. Dann stießen die drei Männer auf die erfolgreiche Ermittlungsarbeit der Kriminalpolizei an. Linkohr versprach, am Sonntag vorbeizuschauen. Und Leichtle versicherte, dass er ebenfalls da sein werde, um seinen ›Freund Markus‹, wie er Wollek titulierte, zu unterstützen. Dabei nahm er ihn in einen festen Umarmungsgriff, als wolle er ihn erdrücken. »So eine halbe Portion wie der kann es doch mit dem Besucheransturm nicht allein aufnehmen.« Wieder lachte Leichtle schallend. »Und außerdem ist er ein Nordlicht und noch dazu eines von Ossiland.« Noch einmal das alles durchdringende Lachen. Das war typisch Leichtle – so konnte ihm keiner etwas verübeln.

»Ihr macht wohl am Sonntag schon um 17 Uhr Schluss?«, ließ Linkohr einfließen.

»Nein, nein«, entgegnete Wollek. »Sie meinen den Zettel«, er deutete auf das Papier, das Linkohr gelesen hatte, »der ist noch vom vorletzten Sonntag. Herr Leichtle, ich meine: Peter, hat da früher zugemacht.«

»Wegen der Wahl«, fügte Leichtle an und trank sein Glas leer. »Habe mir einen früheren Feierabend gegönnt.«

Linkohr nickte und stellte sein ebenfalls leeres Glas auf den Zettel zurück. Er verkniff sich die Frage, wer den Ausdruck fabriziert hatte.

»Nur noch abschließend«, wandte er sich an Wollek und lehnte sich an den Türrahmen. »Sie haben einen Bruder?«

Wollek, der gerade trinken wollte, nahm das Glas wieder vom Mund. »Ja«, bestätigte er kurz, während Leichtle die Flaschenkartons mit brachialer Gewalt zerknüllte.

»Uwe Wollek«, hakte Linkohr nach.

»Ja, Uwe. Aber der geht seine eigenen Wege. Er ist ein paar Jahre jünger. Ist das denn von Bedeutung?«

»Alles nur Fragen am Rande«, beruhigte Linkohr. »Er hatte wohl Kontakt zu Büttner und Mariotti.«

Wollek zögerte. »Hatte er das? Da wissen Sie mehr als ich. Aber auszuschließen sind solche Kontakte nicht. Wie gesagt, wir telefonieren vielleicht ein-, zweimal im Monat, aber das war es auch schon.«

»Kann man Ihren Bruder irgendwo erreichen?«

Wollek zögerte. »Derzeit wohl kaum. Er hat einen ziemlich lockeren Job und kurvt viel in der Gegend rum.«

»Was ist er denn von Beruf?«

»Ingenieur in der Chemiebranche, freischaffend. Hat übrigens ganz entscheidend an der Entwicklung des Osmosekraftwerks mitgearbeitet, falls Ihnen das etwas sagt.«

Linkohr nickte und wurde hellhörig. »In Norwegen?«

»In Norwegen, ja.«

40

Doris hatte darauf bestanden, den Geirangerfjord aufzusuchen, entlang dessen steiler Felswände die größten Kreuzfahrtschiffe weit ins Landesinnere hineinfahren konnten. Doch der hervorragende Ruf, den dieser Landstrich als Unesco-Weltkulturerbe genoss, stand in keinem Verhältnis zu der wenig gelungenen Gestaltung des Ortes. Das Hotel am Hafen, im Stil des Betonwahns der 60er-Jahre errichtet, verbreitete den herben Charme eines tristen Bürogebäudes. Und an den Anlegestellen, die wohl nur für Fähren und kleinere Schiffe gedacht waren, reihten sich Souvenirläden aneinander, in denen die norwegische Sagengestalt, der Troll, in all ihren knitzen, schelmischen oder potthässlichen Varianten zu haben war. Georg Sander hätte sogar 50 Euro investiert, um solch einen finster dreinblickenden Wicht mit nach Hause zu nehmen, doch Doris wehrte ab. Jeder Besucher würde künftig fragen: Was ist denn das?

Als sie heute früh bei eisigem Sturm und peitschendem Regen eine eineinhalbstündige Schiffsfahrt durch den engen Fjord unternommen hatten, waren gerade die Passagiere eines spanischen Kreuzfahrtschiffes ›ausgebootet‹ worden. Offenbar war das Hafenbecken für solch große Luxusdampfer nicht tief genug, sodass sie 100 Meter davon entfernt vor Anker gehen mussten. Jetzt, als Sander das Wohnmobil zur Weiterfahrt bereitmachte, war sogar noch ein zweites Schiff angekommen. Wie Fremdkörper lagen die beiden schwimmenden Hotels in dem Fjord, der bei dieser trüben Wetterlage irgendwie bedrohlich, aber dennoch imposant wirkte.

Sander steckte die Mini-Videokassette wieder unter den Bettrost, rollte das Stromkabel auf, mit dem das Wohnmobil auf Campingplätzen an die externe Versorgung angeschlossen wurde, und genoss es noch einmal, direkt am Ende dieses Fjords zu stehen.

Sein Blick streifte das Wasch- und Toilettengebäude, von dem ein Teil des Platzes durch einen einmündenden Fluss getrennt war. Der Mann, der dort gerade in Bermudashorts und einer bunten Tragetasche in der Männertoilette verschwand, kam ihm irgendwie bekannt vor. Sander verstaute das Anschlusskabel in einem Außenfach und ließ sich nichts anmerken. Falls ihn Doris durch die zugezogenen Vorhänge des Wohnmobils beobachtete, bemühte er sich, unbekümmert zu wirken. Sie durfte unter keinen Umständen beunruhigt werden. In diesem Moment meldete sein Handy, das er in der Brusttaste des Hemdes stecken hatte, eine eingehende SMS. Sander trat geschickt hinter das Wohnmobil, um von Doris nicht gesehen zu werden. Er zog das Gerät heraus und las: ›Hallo, Nordlandfahrer. Hier tobt das Verbrechen. Brandanschläge auf Umspannwerk Eybacher Tal und auf Bodling vom Albwerk. Er hat es überlebt. Und ausgerechnet jetzt treibst du dich in Norwegen rum.‹ Es war eine Nachricht von Michael Rahn.

Sander stand wie erstarrt hinter dem Wohnmobil. Seine Knie wurden weich. Er löschte die Nachricht und dachte intensiv an Häberle.

41

Der Chefermittler hatte die rund 550 Kilometer lange Fahrt nach Magdeburg trotz der vorausgegangenen arbeitsreichen Tage als wohltuend empfunden. Er war kein Raser, obwohl der Audi dazu hätte verleiten können. Doch wenn August

Häberle allein unterwegs war, dann hielt er sich ziemlich genau an die Richtgeschwindigkeit von 130 Stundenkilometer beachtete streng alle anderen Limits, und ließ im Geiste die Ereignisse der Woche an sich vorüberziehen. Nur der Verkehrswarnfunk, der die Lautstärke des dezent spielenden Radios verstärkte, konnte ihn aus seinen Überlegungen reißen. Zweimal hatte Linkohr angerufen, um ihn auf dem Laufenden zu halten. Häberle schätzte es besonders, stets über die neuesten Entwicklungen und Erkenntnisse informiert zu werden. Manches davon konnte ihm bei seinen Ermittlungsfahrten äußerst hilfreich sein.

Das private, mobile Navigationsgerät führte ihn problemlos zu dem Glaspalast von Estromag. Fast minutengenau, wie er zufrieden feststellte. Eigentlich war er sogar eine halbe Stunde zu früh gewesen, weshalb er auf einem Parkplatz pausiert hatte und die Gelegenheit wahrnahm, die belegten Brote zu essen, die ihm seine Frau Susanne mit auf den Weg gegeben hatte – wohl wissend, dass ihr August die Ausgaben für einen Rasthausbesuch scheuen würde.

Den telefonisch erhaltenen Beschreibungen und den Anweisungen seines Navigationsgeräts folgend, gelangte er in eine helle Tiefgarage, von der ihn ein sanft hochschwebender Aufzug in eine geradezu luxuriös ausgestaltete Eingangshalle brachte. Häberle prüfte im Vorbeigehen an einem Spiegel den Sitz seines dunkelblauen Jacketts und der hell gestreiften Krawatte, die er sich gerade noch umgebunden hatte, denn er wollte nicht wie der legendäre Fernsehkommissar Schimanski daherkommen. Er entschied sich für die Schwarzhaarige unter den drei Empfangsdamen, nannte seinen Namen und den Grund seiner Anwesenheit und wurde sogleich telefonisch angemeldet.

Es dauerte noch einmal fünf Minuten, bis ihn eine junge Dame abholte und mit ihren High Heels und ihrem knappen Sommerkleid vor ihm zum Aufzug stöckelte.

»Frau Vogelsang-Klarsfeld lässt bitten«, hatte sie nach dem Begrüßungshändedruck geflötet. Im Aufzug drückte sie den Knopf für die 14. Etage. Häberle überlegte, ob er in dieser begrenzten Zeit der Zweisamkeit eine Konversation beginnen sollte, beschränkte sich aber auf ein charmantes Lächeln. Oben angekommen ging es über einen mit dicken Teppichen ausgelegten Flur zum Allerheiligsten, wie der Ermittler es empfand. Immerhin musste er zwei Vorzimmer passieren, in denen Damen residierten, die jedem Modejournal zur Ehre gereicht hätten. Schließlich saß er bei Kaffee und Gebäck der obersten Chefin des Estromag-Konzerns in einem Besprechungszimmer gegenüber, das die Luxussuite eines Hotels hätte sein können. Nur die Frau, die ihn nicht aus den Augen ließ, war das Kontrastprogramm zu der charmanten Weiblichkeit, die er gerade auf dem Weg hierher angenehm zur Kenntnis genommen hatte. Die streng nach hinten gekämmten Haare unterstrichen die harten Gesichtszüge. Häberle schätzte sie auf Mitte 40 und sehr emanzipiert. Vermutlich hatte sie mit ihrem eigenen Strom noch nie gekocht, schoss es dem Ermittler durch den Kopf. Wahrscheinlich wusste sie nicht, wie man einen Schnellkochtopf bediente – und schon gar nicht, wie man Spätzle machte. Aber das war in dieser Position auch gar nicht nötig.

»Sie haben die lange Reise auf sich genommen, um mit mir zu reden«, meinte sie kühl, um keine langen persönlichen Vorreden aufkommen zu lassen. Ihr dunkler Hosenanzug betonte ihre weiblichen Formen nur ganz dezent. Eine dünne goldene Halskette war der einzige Schmuck, den Häberle ausfindig machte. Nicht mal einen Ring trug sie.

»Ich geh davon aus, dass Sie über die Vorgänge, deretwegen ich gekommen bin, informiert sind«, versuchte sich Häberle in einem gestelzten Deutsch, ohne jedoch den schwäbischen Dialekt verbergen zu wollen.

Sie nickte. »Unerfreuliche Vorgänge«, erwiderte sie. »Alles, was unsere Branche in Schlagzeilen bringt, ist von Übel. Es gibt gewisse Kreise, die tun so, als ob es verwerflich sei, den Energiehunger der Menschheit zu stillen.« In ihrer Stimme klang so etwas wie Abscheu. »Fortschritt ja, aber bitte in der heilen Welt des vorletzten Jahrhunderts.« Sie überlegte. »Als ob die Welt der letzten Jahrhunderte so heil gewesen wäre. Was haben uns denn erst die Annehmlichkeiten beschert, die heute jeder für sich in Anspruch nimmt – zumindest in der zivilisierten Welt? Es ist doch die Nutzung der Energie, egal ob in Form von Öl, Gas oder Elektrizität, die der Menschheit einen nie zuvor da gewesenen Schub beschert hat. Und irgendwoher muss diese Energie kommen.«

Häberle nickte. Er wollte sich jetzt aber auf keine Grundsatzdiskussion einlassen.

»Irgendwelche Träumer und Weltverbesserer«, fuhr sie fort, »wollen uns glauben machen, mit Fotovoltaik, Wind und Wasser ließe sich das Problem lösen. Das sind, wenn ich das so sagen darf, nur zaghafte und, verzeihen Sie, vergebliche Versuche, sich selbst ein gutes Gewissen zu verschaffen. Wer Verantwortung über die Versorgungssicherheit übernimmt – und glauben Sie mir, Estromag tut dies seit seiner Gründung –, der muss sich in erster Linie die Ressourcen sichern. Und das schafft man natürlich nicht, indem man sich irgendwelchen abenteuerlichen Experimenten hingibt. Ich sage nur: Osmose.«

Der Chefermittler gab sich sachkundig, wollte jedoch das Gespräch in eine andere Richtung lenken: »Sie setzen auf Kernkraft?«

»Ist das eine Schande?«, keifte sie zurück. »Es handelt sich um die einzige Energie, auf die wir zuverlässig zurückgreifen können.«

»Mit allen negativen Folgen einer ungeklärten Endlagerung der radioaktiven Stoffe«, warf Häberle ein. Ganz zurückhalten konnte er sich nicht.

»Ein Politikum, das wissen Sie«, entgegnete die Managerin kühl, um nicht weiter darauf einzugehen. »Aber haben Sie schon mal darüber nachgedacht, dass die kleinen Stromversorger, diese Klitschen vom Lande, verzeihen Sie diesen Ausdruck, zur Abdeckung ihrer gewaltigen Verbrauchsspitzen den Strom dort einkaufen, wo er nur deshalb in Hülle und Fülle vorhanden ist, weil diese angeblich so bösen Großkonzerne ihn laufend produzieren?«

»Oder sie kaufen sich Bezugsrechte in norwegischen Wasserkraftwerken«, warf Häberle ein, um ihre Reaktion zu testen. Diese aber fiel, wie kaum anders zu erwarten, emotionslos aus: »Ein schöner Werbegag für die Kundschaft, Herr Häberle.«

»Aber doch immerhin ein Weg, weniger Atomstrom im Verbundnetz zu haben«, konterte er.

»Das ist unbestritten. Nur mehr als ein Tropfen auf den heißen Stein sind die paar Bezugsrechte einiger kleiner Versorger nicht. Im Übrigen weiß ich, worauf Sie anspielen.«

»Ich geh mal davon aus, dass Sie sich mit der Situation auf der Schwäbischen Alb befasst haben.«

»Hab ich.« Sie wurde noch kühler. »Bei Ihnen im Süden tun manche gerade, als ginge die Welt unter, bloß weil dieses Albwerk es geschafft hat, am Bodensee sieben Gemeinden zur Gründung eines Regionalwerks zu bewegen.«

Der Kommissar hatte davon in der Zeitung gelesen. Ein großer Coup sollte das gewesen sein, weil diese Kommunen damit den vormaligen großen Platzhirsch geschlagen hatten. Zwar konnten die Bürger dort ihren Stromversorger weiterhin frei wählen, aber zentraler Anbieter war jetzt eben das neue Unternehmen.

»So etwas kann Schule machen«, gab Häberle zu bedenken. »Je deutlicher den Menschen die negativen Seiten der Globalisierung bewusst werden, desto mehr suchen sie Halt in regionalen Einrichtungen. Mal ganz davon abgesehen, dass dort die Chance größer ist, einen Menschen aus Fleisch und

Blut ans Telefon zu bekommen, als in irgendwelchen Callcentern, wo ihnen minutenlang gebührenpflichtig Musik ins Ohr gedudelt wird.« Endlich hatte er dies mal an kompetenter Stelle anbringen können.

Doch die Frau tat so, als ginge sie das gar nichts an. »Und dann taucht hier plötzlich dieser Herr Büttner auf – um den geht es ja wohl – und will von mir ein Statement für einen angeblichen Dokumentationsfilm.« Wieder ein abschätziges Lächeln. »Ein ziemlicher Dilettant, wenn ich das mal so sagen darf. Zunächst waren es ein paar oberflächliche Fragen zur Struktur des Leitungsnetzes, doch dann hat er mir, respektive unserer Gesellschaft, indirekt unterstellen wollen, wir würden über Tochter- und Beteiligungsgesellschaften durch fiktive Orders an der Strombörse den Preis in die Höhe treiben. Kompletter Unsinn.«

Häberle versuchte, sich jedes ihrer Worte zu merken. Seit der Finanzkrise traute er solchen Unschuldsbeteuerungen nicht mehr. Fiktive Orders und Geschäfte, die nur auf dem Papier standen, hatte es mehr als genug gegeben. Getätigt hatte man sie meist mit dem Geld anderer.

»Wollen Sie meine Einschätzung hören?«, fragte sie unvermittelt, wartete aber Häberles Antwort gar nicht ab, sondern erklärte: »Dieser Büttner war besessen davon, etwas aufzudecken, das es nur in seiner Fantasie gab. Ein Hirngespinst. Und dazu hat er den Hobbyjournalisten gemimt. Ich habe mich gleich gefragt, warum er sich nicht an Profis wendet, um seine Verschwörungstheorie loszuwerden. Aber vielleicht hat er es versucht und ist abgeblitzt.«

»Sie haben aber gute Miene zum bösen Spiel gemacht?«

»Hätte ich ihn rauswerfen sollen? Hinterher weiß ich, dass ich es hätte tun sollen.« Sie klang verärgert. »Inzwischen ist es sogar diesem Albwerk peinlich, ihn nicht zurückgepfiffen zu haben.«

Häberle verzichtete darauf, nachzuhaken, woher sie

diese Weisheit hatte. Stattdessen entschloss er sich zu einer konkreten Frage: »Sind Sie eigentlich telefonisch auf Ihrem Handy immer zu erreichen? Pardon ...« Er lächelte ironisch. »Sie haben vermutlich ein BlackBerry oder ein iPhone.« In gewissen Kreisen waren längst solche weiterentwickelten Handys als Statussymbol beliebt.

»Was soll diese Frage?«, zeigte sich Frau Vogelsang-Klarsfeld unbeeindruckt.

»Am Montagvormittag hat jemand versucht, Sie anzurufen, Sie aber nicht erreicht«, stellte Häberle fest. Büttners Handy war, soweit er sich entsann, in der Nähe von Berlin eingeloggt gewesen.

»Ein solches Schicksal ereilt viele«, gab sie süffisant zurück. »Ich habe das Gerät zwar tagsüber dabei, aber privat nicht immer. Wann soll das am Montag gewesen sein?«

Häberle ärgerte sich, dies nicht notiert zu haben. »Frühmorgens meine ich.«

»Wie ich sagte: Vor Arbeitsbeginn will ich nicht erreichbar sein. Ich schalte das Ding ab und aktiviere auch meine Mailbox nicht. Darf ich fragen, wer mich erreichen wollte?« Ihre Augen verrieten leichte Unsicherheit.

»Wenn ich das wüsste, würde ich Sie nicht danach fragen«, erwiderte Häberle ebenso kühl, um sie noch mehr zu verunsichern. Um ihr keine Gelegenheit zu einer weiteren Äußerung zu geben, setzte er nach: »Schweizer, Wollek, Feucht, Braun, Speidel – sind das Namen, mit denen Sie etwas verbinden?«

Verena Vogelsang-Klarsfeld lehnte sich in ihrem gewiss sündhaft teuren Bürosessel zurück. »Feucht, ja. Das ist der, der sich indirekt für das Verhalten dieses Büttners entschuldigt hat. Telefonisch.« Sie ließ sich Zeit. »Wollek, sagten Sie noch?«

Häberle nickte und wartete angespannt auf eine Antwort.

»Ich hab mal in Bremen, wo ich herkomme, einen Wollek getroffen. Marius, Marko – vielleicht auch Markus. Kann das sein?«

Häberle ließ sich seine Verwunderung nicht anmerken. »Markus«, beschied er knapp.

»Markus Wollek. Ja, dunkel erinnere ich mich. Was ist mit ihm?«

»Er ist in diesem Albwerk beschäftigt.«

Sie schien wenig beeindruckt davon zu sein, auf diese Weise auf den Namen zu stoßen. »Da sehen Sie mal, wie klein die Welt ist.«

Häberle sah auf die Armbanduhr. Er musste weiter.

»Übrigens ...« Er glaubte, ein verstohlenes Lächeln in ihrem Gesicht zu erkennen, doch es sah eher nach Überheblichkeit aus. »Falls Sie auch zu denen gehören, die die Energiepolitik für unmoralisch halten, sollten Sie sich gerade mal in Ihrem eigenen Bundesland umsehen. Ihnen dürfte bekannt sein, dass Ihre Landesregierung die Untertunnelung des Stuttgarter Bahnhofs und die Schnellbahntrasse nach Ulm vehement verteidigt. Dazu bedarf es mehrerer größerer Tunnel.« Sie sah ihn streng an. »Haben Sie kürzlich gelesen, wer der Aufsichtsratsvorsitzende eines Herstellers von großen Tunnelbohrmaschinen ist, der von so einem Projekt profitiert?«

Häberle hatte sich zwar bei seinem letzten großen Fall oberflächlich damit befasst, aber mit solchen Fragen nicht auseinandergesetzt. Er konnte sich aber leicht vorstellen, dass es Verflechtungen zur Politik gab.

»Lothar Späth ist der Aufsichtsratsvorsitzende«, entgegnete Verena Vogelsang-Klarsfeld triumphierend. »Ihr ehemaliger Ministerpräsident. Cleverle hat man, glaub ich, zu ihm gesagt. Und solcherlei Verstrickungen – um es vorsichtig zu formulieren – gibt es in diesem Lande zuhauf, Herr Häberle. Da soll keiner so tun, als lebten wir auf einer Insel der Glückseligen.«

Der Kommissar nickte. Irgendwie war ihm die Frau ein wenig sympathischer geworden. Er stand auf, verabschiedete sich und stellte ihr unter der Tür im Weggehen noch eine Frage, deren Beantwortung er nicht mehr abwartete: »Aber Herrn Mariotti haben Sie gekannt?«

Möglich, dass die Frau jetzt schlaflose Nächte bekam. Oft war es besser, den Gesprächspartner im Ungewissen zu lassen.

42

Feucht hatte die Personalakte von Silke Rothfuß gebracht. Doch mehr, als dass sie aus dem Norden gekommen war, wie Bodling es auch in Erinnerung hatte, konnte er den Dokumenten nicht entnehmen. Sie war 34 Jahre alt, stammte aus Wolfsburg und hatte sich vor drei Jahren beworben, nachdem das Albwerk in Fachzeitschriften eine Aushilfssekretärin mit Kenntnissen in der Energiewirtschaft, insbesondere in der Strombranche, gesucht hatte. Beste Zeugnisse hatte Silke Rothfuß vorgelegt. Bodling fühlte sich matt und abgekämpft, als er an seinem Schreibtisch in den Unterlagen blätterte. Er überflog die Schriftstücke, die aus mehreren Computerausdrucken bestanden. Die benutzte Schrifttype wies leicht abgerundete Buchstaben auf. Und dann fiel Bodlings Blick auf das Anschriftenfeld. Rothfuß hatte den Brief nicht nur an die Postfach-Adresse des Albwerks geschickt, sondern auch die vollständige Anschrift angegeben: ›Eybstrasse 100‹.

Bodlings Augen blieben für ein paar Sekunden daran hängen. Dann griff er zum Telefon, wählte die Nummer der

Polizei und wollte sich mit Häberle verbinden lassen. Man beschied ihm, dass der Kommissar unterwegs sei, weshalb sein Assistent Linkohr das Gespräch entgegennehmen werde. Dieser konnte nach Bodlings Schilderungen seinen Lieblingssatz mal wieder nur mühsam unterdrücken.

Fünf Minuten später saßen sich die beiden Männer bereits gegenüber. Linkohr besah sich die fraglichen Schriftstücke und resümierte: »Ihren eigenen Namen schreibt sie mit scharfem S, aber die Straße mit zwei.«

»Eben genau das ist mir auch sofort aufgefallen. Und dann die Schrifttype: Eindeutig Comic Sans.«

Der Jungkriminalist ließ sich die Dokumente in eine Klarsichthülle stecken und schob sie zusätzlich in ein großes Kuvert, das Bodling ihm aus einem Schrankfach geholt hatte.

»Was mich noch zusätzlich interessieren würde«, sagte er, griff in eine Tasche seiner Outdoor-Jacke und hielt seinem Gegenüber einen USB-Stick hin. »Kann es sein, dass solche Dinger im Albwerk verwendet werden?«

Bodling nahm den schwarzen Stift in die Hände und besah ihn sich. »Ja, das kann sein. Wobei ich nicht beschwören kann, ob es genau dieser Typ ist. Aber rein äußerlich würde ich sagen – ja.« Er verzichtete auf eine Rückfrage.

Linkohr steckte den Stick wieder ein. »Da sind Daten drauf, die sich mit Bibern befassen«, erklärte er. »War das mal ein Thema bei Ihnen?«

»Biber?« Über Bodlings Gesicht huschte ein Lächeln. »Sie meinen diese Nager, die kürzlich in die Schlagzeilen geraten sind?«

Auf Linkohrs Nicken hin fuhr der Firmenchef fort: »Zum Beispiel, ob Biber auch hölzerne Strommasten anknabbern?«

»Nicht, dass ich wüsste. Ich denke aber, dass sich Biber nur über frisches Gehölz hermachen, nicht aber über altes, getrocknetes.«

»Noch was anderes«, wechselte Linkohr das Thema, als sei

es ihm gar nicht so wichtig: »Aus den Daten von Frau Rothfuß' Computer geht hervor, dass sie den ganzen Oktober über nicht eingesetzt wurde. Es lässt sich sicher feststellen, ob zu diesem Zeitpunkt weitere Personen Urlaub hatten?«

Bodling stutzte für einen Moment und antwortete zögernd: »Zum Beispiel ich, Herr Linkohr. Darf ich erfahren, was diese Frage bedeuten soll?«

*

Häberle spürte, dass er an die Grenzen seiner psychischen und physischen Belastbarkeit gekommen war. Nach dem Gespräch mit Verena Vogelsang-Klarsfeld hatte er auf einem Autobahnparkplatz Krawatte und Jackett wieder ausgezogen, eines der mitgebrachten belegten Brote verschlungen und eine halbe Flasche Mineralwasser getrunken, um sich sofort auf den Weg Richtung Mecklenburg-Vorpommern nach Mirow zu machen. Ein am Handy sympathisch wirkender Kollege der zuständigen Dienststelle in Neustrelitz, der über seine Ermittlungsfahrt bereits informiert war, hatte sich bereiterklärt, ihm ein Zimmer zu besorgen und sich mit ihm am Abend zu treffen – auch wenn es spät werden würde. Dieser Beamte hatte ein interessantes Lokal vorgeschlagen, in dem man preisgünstig Fisch essen könne. Der Name Blaue Maus kam Häberle zwar etwas merkwürdig vor, doch als er in der Abenddämmerung gegen 22 Uhr das Ziel endlich erreichte, erschien ihm das Gebäude mit seiner dezent erleuchteten Fachwerkfassade auf den ersten Blick ansprechend: Es schmiegte sich in die Reihe der kleingliedrigen Bebauung entlang der kaum befahrenen Durchgangsstraße des kleinen am Mirower See gelegenen Städtchens ein. Hier wurde offenbar auf Tourismus gesetzt. Häberle hatte einige Hinweisschilder auf Schiffsrundfahrten gesehen. Unweigerlich kam ihm jener vom 2. Juni datierte Parkschein aus Mirow in den Sinn, den sie am Weiherwiesensee gefunden hatten. Dass er von Naturschützer Herbert Braun stammte, hielt Häberle seit geraumer Zeit für denkbar. Schließlich hatte Braun selbst bestätigt, hier seinen Urlaub verbracht zu haben. Die Frage war eben nur: Wieso hatte er den Parkschein ausgerechnet am Weiherwiesensee verloren? Weggeworfen hätte er ihn als Natur- und Umweltschützer sicher nicht, überlegte Häberle. Doch wenn dieser Braun nichts mit dem Fall zu tun hatte, war dann die Vermutung überhaupt gerechtfertigt, es könnten mehrere Spuren in das – aus süddeutscher Sicht gesehen – gottverlassene Nest in MeckPomm führen?

Häberle hatte den Audi eine Nebenstraße weiter abgestellt und genoss auf dem Weg zur Blauen Maus die kühl-feuchte Abendluft. Als er das Lokal betrat, umgab ihn die gemütliche Atmosphäre einer Seemannsgaststätte, die mit allerlei Ambiente aus der Schifffahrt ausgestattet war. An einigen kleinen Tischen saßen Paare, dann entdeckte Häberle im gedämpften Licht einen Herrn gesetzteren Alters, der allein in einer Nische vor seinem Bier saß. Der Chefermittler ging direkt auf ihn zu: »Sie können nur der Kollege Gaugel sein.«

Der andere bestätigte dies, erhob sich, schüttelte Häberle die Hand und bot ihm einen Platz an. »Gute Fahrt gehabt?«, fragte er knapp, wobei sein leicht sächsischer Dialekt herauszuhören war.

»Weit ist der Weg«, entgegnete Häberle und holte tief Luft. »Zuerst Magdeburg und jetzt die Beschaulichkeit eurer herrlichen Gegend.« Er bestellte beim Ober ein großes Bier und ließ sich die Speisekarte geben. »Nette Kneipe hier«, meinte er dann.

»Die hat eine interessante Geschichte«, erwiderte Gaugel stolz. »Heinz Rühmann hat hier viele Abende verbracht, als er drüben in Rechlin seinen Flugschein gemacht hat.«

Häberle nahm positiv zur Kenntnis, dass der Kriminalist, der offenbar seinem Jahrgang angehörte, Begeisterung an Traditionellem fand und sich vor allem mit der Heimat befasste. Sein fester Händedruck hatte diesen positiven Eindruck noch verstärkt.

»Blaue Maus – geht auf einen Jagdflieger aus dem Ersten Weltkrieg zurück«, fuhr sein Gegenüber fort. »Der Mann hat den Gasthof nach seinem Jagdflugzeug benannt, einer Albatros D III.« Gaugels Stimme verriet Begeisterung und Überzeugungskraft. Sein Äußeres ließ darauf schließen, dass er notfalls kräftig zupacken konnte. Und das dichte, grau melierte Haar erweckte den Eindruck, als sei er gerade in einen Sturm geraten.

Der Chefermittler zeigte sich interessiert und prostete mit dem frisch eingeschenkten Bier dem Kollegen zu. »Auf unser Arbeitsessen.« Anschließend bestellte er auf Empfehlung Gaugels, wofür sich auch dieser entschieden hatte: Gebratenes Dorschfilet, Petersilienkartoffeln, Kräutersoße und frische Salatbeilage.

»Dieser Propeller«, der Kriminalist aus Neustrelitz deutete zur Wand hinterm Stammtisch, »der ist historisch.« Er wischte sich mit dem Handrücken den Schaum vom Mund. Häberle hatte den hölzernen Propeller bereits beim Betreten des Lokals bemerkt. Daneben hing ein eingerahmter Spruch: ›Hier sitzen die, die immer hier sitzen.‹ Der Stammtisch also.

Häberle fühlte sich zum ersten Mal an diesem langen Tag richtig wohl. »Kollege«, grinste er sein Gegenüber an, »ich denk, wir können uns auch duzen. Ich bin der August.« Er reichte ihm die Hand über den Tisch.

»Ich der Armin«, bekam er zur Antwort.

Dann begann Häberle, die Ereignisse der vergangenen Tage und den Grund seiner Dienstreise zu erklären. »Euer Toter in diesem See, Peetschsee, glaub ich«, Gaugel bekräftigte dies mit einem Kopfnicken. »Dieser Tote ist in ein Geflecht eingebunden, das meines Erachtens anderswo geflochten wurde. Möglicherweise bei uns im Schwäbischen, doch wäre es denkbar, dass die Fäden bei euch oder in Leipzig zusammenlaufen.«

Armin Gaugel und seine Mordkommission waren per Mail über den Sachverhalt informiert worden.

»Habt ihr das Todesdatum eingrenzen können?«, fragte der Schwabe nach.

»Zwei bis drei Tage«, antwortete Gaugel. »So ganz genau will sich der Obduzent nicht festlegen. Kommt auf die Wassertemperatur an.«

»Hinweise auf ein Motiv?«

»Keine. Wir gingen zunächst davon aus, dass sie im persönlichen Bereich zu finden sind – aber nach Lage der Dinge scheint mehr dahinterzustecken. Die Parallelen zu deinem Fall lassen dies vermuten.«

»In seiner Wohnung habt ihr außer dem Filmmaterial nichts Brauchbares gefunden?« Häberle nahm noch einen kräftigen Schluck.

»Nichts. Mariotti war wohl ein Einzelgänger. Es gibt einige Verwandte in der Umgebung, zu denen hat er jedoch keinen großen Kontakt gepflegt.«

»Aber andererseits müssen seine Kontakte bis in die höchsten Ebenen eines Energiekonzerns gereicht haben.«

»Estromag«, griff Gaugel den Hinweis auf. »Mariotti und Frau Vogelsang-Klarsfeld sind hier bei uns aufgewachsen. Nach der Wende hat sie Karriere gemacht – und auch er hat nacheinander mehrere gute Jobs gekriegt.«

Häberle unterdrückte ein Gähnen. »Haben sich Hinweise gefunden, dass sie noch regen Austausch pflegten?«

»Sieht nicht so aus. Ich hab vorhin die Computerspezialisten befragt. Nur eines ist ihnen aufgefallen: Mariotti hat sich offenbar intensiv in sogenannten Chatrooms rumgetrieben.« Er sah seinen Kollegen so an, als befürchte er, dieser wisse nicht, worum es sich dabei handelte.

»Katimaus«, grinste Häberle und spielte damit auf Büttners Kontakte im Internet an.

Gaugel staunte. »Katimaus«, wiederholte er. »Du sagst es

überdeutlich, lieber August. Und zwar Katimaus eins, zwei, drei und vier.«

Jetzt war Häberle überrascht. »Wie darf ich das verstehen?«

»Es scheint jede Menge Katimäuse zu geben, und zwar Katimaus eins, zwei, drei und vier«, lächelte Gaugel. »Immer mit einer Zahl hinten dran. Katimaus 1 war wohl Ihr Büttner. Katimaus 2 nannte sich Mariotti und Katimaus 3 und 4 waren wohl tatsächlich Frauen.«

»Zwei Frauen?«, gab sich Häberle erstaunt.

»Die IP-Nummern ihrer Computer haben wir noch nicht rausgefunden.«

»Und was haben die vier ausgetauscht?«

»Mariotti hat nicht alles gespeichert – nur einige wenige Konversationen. Die Katimaus 4 hat mal von ihrem Urlaub hier in MeckPomm geschwärmt. Die Kollegen, die es gelesen haben, gehen davon aus, dass sie letzten Herbst hier gewesen sein muss.«

Bevor die Bedienung mit dem Essen erschien, hakte Häberle nach: »Nicht etwa zum Angeln?«

»Doch, das auch«, zeigte sich Gaugel verwundert. »Hat sie wohl kurz erwähnt.«

Häberle lächelte der hübschen Bedienung zu, besah sich erwartungsvoll die Speise und bedankte sich für den Service.

»Wie kommst du denn aufs Angeln?«, fragte Gaugel, während auch er zufrieden das köstlich zubereitete Dorschfilet musterte. »Weil wir hier ein paar Fischlein liegen haben?«

Der Schwabe nahm das Besteck zur Hand und drehte es verstohlen kurz, um das zu tun, woran man angeblich jeden Geislinger auf der ganzen Welt erkennt: Nachschauen, ob das Besteck ein WMF-Markenzeichen trägt, das Symbol für den heimischen Haushaltswarenhersteller. Häberle konnte es allerdings nicht sehen.

»Wir haben es mit Naturfreunden zu tun«, brummte er

gelassen. »Immerhin sind beide Leichen an idyllischen Orten versenkt worden.« Er sah sein Gegenüber augenzwinkernd an. »Mahlzeit.«

Der erste Bissen mundete vorzüglich.

»Da fällt mir ein«, berichtete Gaugel, »wir haben tatsächlich an der Stelle, an der der Täter die Leiche am Peetschsee ausgeladen hat, etwas gefunden, dem wir bislang keine große Bedeutung beigemessen haben. Aber jetzt, wo du es sagst ...«

Häberle blieb beinahe ein Stück im Hals stecken. »Und was, bitt schön, war das?«

»Ein Senkblei – so ein Gewicht, das Angelschnüre im Wasser nach unten zieht.«

Häberle unterdrückte sein Erstaunen, vor allem aber seine Verärgerung darüber, dass dies in den Berichten aus Neustrelitz nicht aufgetaucht war. Aber er wollte die gemütliche Atmosphäre nicht belasten. Er war es schließlich gewohnt, dass die Kontakte zwischen den Dienststellen nicht immer zufriedenstellend verliefen.

Häberle signalisierte der Bedienung, dass er ein weiteres Bier wolle. »Habt ihr sonst noch irgendwelche Erkenntnisse?«, fragte er vorsichtig.

»Nun ja«, gab sich Gaugel eher gelangweilt. »Das Übliche. Du weißt ja selbst, was so alles an Unfug kommt, wenn man einen Zeugenaufruf startet. Da melden sich schnell ein paar Wichtigtuer. Ein Autofahrer in Klein Trebbow, das ist ein Stück weit weg, hat am Montagmorgen einen Geländewagen gesehen und versucht, sich an das Kennzeichen zu erinnern. Es war ein MST, also Mecklenburg-Strelitz, eines von hier. Aber es ist auf einen Skoda Fabia zugelassen.«

»Aber an MST kann sich der Zeuge erinnern?«, gab sich Häberle interessiert. »Oder ist das zweifelhaft?«

»Nein. MST – da ist er sich hundertprozentig sicher – auch bei der Buchstabenkombination. Nur bei den Zahlen ist er im Zweifel. Er meint sich an Vierer und Siebener zu entsinnen, kann aber nicht mal sagen, ob drei- oder zweistellig.«

»Habt ihr etwas veranlasst?«

»Das Übliche in solchen Fällen. Aber du weißt ja, was dabei rauskommt. Wir haben mehrere Dutzend denkbare Kombinationsmöglichkeiten abgefragt – kein einziger Geländewagen ist dabei gewesen.« Er sprach langsam. »Allerdings ist bei den überprüften Möglichkeiten ein gestohlenes Kennzeichen dabei. Von einem Mercedes, der in der Nacht zum Samstag bei einem entlegenen Bauernhof bei Wesenberg abgestellt war.«

»Ein Zufallsfund?«

»Diese Frage haben wir uns auch gestellt.« Er zuckte vorsichtig mit den Schultern, um das Häppchen auf der Fischgabel nicht zum Absturz zu bringen. »Vielleicht war der Täter aus eurer Gegend und hat sich hierzulande mit einem einheimischen Kennzeichen getarnt, um nicht gleich aufzufallen. Wer mit einem exotischen GP auf so einem Weg am See rumkurvt, fällt auf.«

Der Kollege hat sicher recht, dachte Häberle. »An dieser Fundstelle am See«, griff er das Stichwort auf, »da hat man nichts Verwertbares sichergestellt?«

»Was du halt so findest, wenn ein Picknickplatz in der Nähe ist. Die Kollegen der Spurensicherung haben alles Mögliche zusammengetragen. Von der Plastikflasche bis zur Angelschnur.«

Häberle wurde hellhörig.

*

Dass man Büttners schwarzen Geländewagen der Marke Ford Kuga in einem Parkhaus beim Bahnhof Plochingen entdeckt hatte, war für die Sonderkommission wenigstens ein kleines Erfolgserlebnis. Doch die fieberhafte Suche nach Silke Rothfuß brachte dies nicht weiter. Das Fahrzeug, so hatte es die zuständige Polizeidirektion Esslingen gemeldet, sei ordnungsgemäß verschlossen und weise keinerlei Aufbruchspuren auf. Auch im Innern sei, soweit man dies überblicken könne, nichts Verdächtiges zu erkennen. Die Sonderkommission, die ab diesem Freitagvormittag während Häberles Abwesenheit von dem designierten neuen Chef der Kriminalpolizei der nahen Kreisstadt Göppingen, Thomas Kurz, geleitet wurde, schickte ein fünfköpfiges Team nach Plochingen, dem Eisenbahnknotenpunkt zwischen der Strecke Ulm–Stuttgart und der Verbindung nach Tübingen.

Linkohr, der ein paar Minuten verspätet eintraf, weil er sich von seiner neuen Freundin nicht hatte trennen können, hatte bereits ein ausführliches Telefonat mit Häberle geführt und dessen Erkenntnisse stichwortartig in die Protokolldatei eingetippt.

»Leute«, sagte der neue Kripo-Chef, der sein Amt offiziell erst zum 1. Juli antreten würde, ruhig und besonnen. »Unser vorrangigstes Ziel ist die Fahndung nach Frau Rothfuß. Sie ist seit fast zwei Tagen verschwunden.«

Um das zu sagen, hätte er nicht nach Geislingen zu fahren brauchen, dachte Linkohr, musste sich aber eingestehen, dass der Neue – ein Mittfünfziger mit langjähriger Erfahrung bei Landeskriminalamt und Verfassungsschutz – durchaus ein Häberle-Typ war, also einer, der offenbar Land und Leute kannte.

»Zwei Tage ohne Lebenszeichen«, wiederholte Kurz. »Wir müssen uns dessen bewusst sein, dass die Chance, sie lebend zu finden, mit jedem Tag sinkt. Sollte sie der Täter irgendwo eingesperrt haben, worauf diese komische Hütte hindeuten dürfte, dann kann man nur hoffen, dass sie genügend Nahrungsmittel und Wasser hat.«

Dies alles, so überlegte Linkohr, hätte Kurz wirklich nicht zu sagen brauchen. Sie alle verfolgten seit gestern früh jede noch so kleine Spur. Doch obwohl Zeitungen und regionale Fernsehsender das Foto der Frau veröffentlicht hatten, gab es verschwindend wenige Hinweise – und auch diese führten zu nichts. Sogar ihr auffällig gelbes Fahrzeug war wie vom Erdboden verschluckt. Die Kriminalisten sahen sich betreten an.

Erst als ein älterer Kollege an der offenen Tür erschien, war die peinliche Situation gerettet. »Was is'n hier los?«, fragte er augenzwinkernd. »Wohl eine Schweigeminute oder was?«

Kurz spürte, dass sein Einstieg zur falschen Zeit stattgefunden hatte.

»Entschuldigung«, fuhr der Ältere fort und sah in die Runde, »aber ich befürchte, ich muss eure Stimmung noch mehr dämpfen. Anruf der Kollegen aus Dillingen. An einem Kraftwerksrechen bei Lauingen an der Donau hat man Frauenkleider gesichtet.« Alle Augen waren auf ihn gerichtet. »Und so, wie die Kleider beschrieben werden«, fuhr er mit belegter Stimme fort, »handelt es sich um die von Frau Rothfuß.«

*

Sander und seine Partnerin waren an diesem Freitagmorgen wieder frühzeitig wach geworden. Sie hatten das Gefühl für die Zeit völlig verloren. Seit die Nacht keine Nacht mehr war, sondern nur ein Tagesabschnitt, in dem es maximal für zweieinhalb Stunden einigermaßen dämmerig wurde, taten sie sich mit dem Schlafen schwer. Nach ihrem gestrigen Aufenthalt am Geirangerfjord hatten sie wieder südlichen Kurs eingeschlagen. Angesichts der enormen Entfernungen und des engen Zeitkorsetts, das ihnen zur Verfügung stand, waren sie sich einig gewesen, auf Alesund und Kristiansund zu verzichten. Auch die angeblich weltberühmte Trollstigen, jene abenteuerliche Passstraße mit ihren elf engen Kurven, fiel dem neuen Zeitplan zum Opfer. Immerhin waren sie jetzt genau eine Woche unterwegs. Und Sander spürte die innere Anspannung, die ihm jegliche Urlaubsfreude nahm.

Bei der Abfahrt in Geiranger hatte er vorsichtig zum Toilettenhaus hinüber geschielt, doch da war niemand mehr gewesen, der ihm aufgefallen war. Er hatte das Wohnmobil aus dem Campingplatz hinausgesteuert, vorbei an den wenigen Häusern von Geiranger und wieder steil hinauf in jene Gebirgslandschaft, über die sie tags zuvor gekommen waren. Doch diesmal wirkte die Landschaft grau. Der Regen peitschte gegen das Fahrzeug und die Schneeflächen verloren sich in der Ferne in Nebel und Wolken.

Während er konzentriert dem Straßenverlauf folgte und gelegentlich einen prüfenden Blick in den Rückspiegel warf, überlegte Sander, wie er heimlich Häberle anrufen konnte. Er wollte seine Partnerin nicht beunruhigen. Denn würde sie das Gespräch mitbekommen – da war er sich ganz sicher –, könnte er ihr nicht mehr länger den Gelassenen vorspielen. Aber in dieser kühlen Weite gab es keine Möglichkeit, sich mit dem Handy zu entfernen. Auf der Fahrt südostwärts nach Lom, einem kleinen Ort, in dem sie im spitzen Winkel nach rechts abzweigen mussten, in eine gewiss grandiose Gebirgslandschaft, die jedoch im Regengrau untergegangen war, hatten sie sich für ein Mittagsschläfchen entschieden. Nichts konnte gemütlicher sein, als sich im Alkoven überm Fahrerhaus aneinanderzukuscheln und dem Trommeln des Regens zu lauschen.

Sander hatte sich vergewissert, dass die Türen fest verschlossen waren. Soweit er es im Nebel hatte überblicken können, war in dieser tristen Hochgebirgsebene kein Mensch zu Fuß unterwegs. Und auch sonst war ihm nichts verdächtig erschienen. Nur alle fünf Minuten, so schätzte er, war ein Fahrzeug vorbeigekommen.

Bei der Weiterfahrt über die höchsten Pässe Nordeuropas waren sie mitten ins Wintersportgebiet geraten, das jetzt zur Sommerzeit einen eher trostlosen Charme verbreitete. Auf den mit Schnee bedeckten Hängen beidseits der Straße, die auf etwa 1.500 Meter Höhe geklettert war, mühten sich einige Langläufer oder Abfahrtsläufer. Dann tauchte im undurchdringlichen Grau ein Hotelkomplex auf, der aus mehreren holzverkleideten kleineren Gebäuden bestand, und vor dem Dutzende Fahrzeuge parkten.

Sander reduzierte das Tempo. Beim Blick durch die Windschutzscheibe fröstelte ihn. Doris hatte die Heizung aufgedreht, als der Wind ihnen dicke nasse Schneeflocken entgegentrieb. Gleich würde sich auf der Straße eine glitschige Decke bilden, dachte Sander und beobachtete im Rückspiegel, wie sich die Scheinwerfer eines Pkws näherten, der dicht aufschloss.

Vermutlich einer, der sich bei dieser scheußlichen Witterung gerne an den Schlusslichtern eines Vordermannes orientierte, redete sich Sander ein und hoffte inständig, dass es keinen Schneematsch geben würde. Doris saß konzentriert auf dem Beifahrersitz, als müsse sie selbst die schwierige Situation bewältigen. Stilvoll drangen ein paar Takte der Schiwago-Melodie aus dem Lautsprecher. Allerdings viel zu leise, um den dröhnenden Motor übertönen zu können.

Erst als sich die Straße wieder senkte und der Schnee in den tieferen Regionen in Regen übergegangen war, hielt Sander an, angeblich, um ein paar Fotos zu knipsen. In Wirklichkeit hatte er sich vergewissern wollen, ob der alte Volvo hinter ihnen überholte. Nachdem dies geschehen war, aßen sie ein paar Kekse, um dann die Fahrt fortzusetzen – hinab zum traumhaften Lustrafjord, der die Tristheit der Hochgebirgswelt sofort vergessen ließ. Innerhalb weniger Kilometer hatten sie mindestens drei Klimazonen passiert. Sie waren aus dem Winter geradewegs in den Sommer hineingefahren: bunte Blumenstauden gab es nun, sattes Grün und sogar Obstbäume, die sie hier nicht erwartet hätten.

Tagesziel war Gaupne gewesen, ein relativ großes Städtchen an den südlichen Ausläufern des Jostedalsbreen-Nationalparks, in dem eine gewaltige Gletscherzunge talwärts strebt – jedoch 40 Kilometer vom Campingplatz entfernt.

An diesem Freitagmorgen jedenfalls lockten ein paar Sonnenstrahlen zu einem Abstecher in dieses Seitental. Sander hatte wieder schlecht geträumt und war schweißgebadet aufgewacht. Die Bilder waren so lebendig gewesen, als habe er sich mitten im Geschehen aufgehalten – als Gehetzter, hinter dem eine ganze Karawane niederländischer Wohnwagengespannfahrer her war. Kein Wunder, dachte Sander beim Blick aus dem Fenster des Wohnmobils. Seit Tagen sah er nur Autokennzeichen aus den Niederlanden. Noch im Laufe der Nacht, so stellte er fest, musste ein großes Wohnmobil gekommen und sich dicht neben sie gestellt haben. Viel zu dicht, wie er befand.

»Hast du die kommen hören?«, fragte er deshalb seine Partnerin.

»Ja, ich glaub, es war schon Morgen.« Sie lächelte. »Aber du hast ja geschnarcht.«

»Holländer?«, fragte er und rührte in seinem Kaffee.

»Weiß ich nicht«, gab sie zurück. »Die stehen zu dicht – man kann es nicht sehen.«

Sander beschloss, sich das Kennzeichen nachher genauer zu betrachten und zu merken.

Sie können von überall her sein, hämmerte es in seinem Gehirn. Die Gefahr war global. Und er musste unbedingt Häberle anrufen. Aber jetzt wollte Doris zum Gletscher. 40 Kilometer hin, 40 Kilometer zurück. Dort hinten hörte die Straße auf. Er fühlte sich wie in einer Falle.

43

Es war ein Schock. Wenn man an der Staufstufe bei Lauingen die Kleider von Silke Rothfuß gefunden hatte, verhieß dies nichts Gutes. Während sich vier Kollegen auf den Weg an die

Donau machten, war Linkohr wie gelähmt sitzen geblieben. Vor seinem geistigen Auge sah er eine nackte Frauenleiche flussabwärts treiben. Wie kaltblütig musste ein solcher Täter sein? Der Jungkriminalist hatte schon viele entsetzliche Verbrechen bearbeitet, nie zuvor aber war ein solches Gewaltpotenzial zutage getreten. Linkohr verkrümelte sich hinter seinem Monitor, während um ihn herum hektisch diskutiert wurde. Er rief Häberle an, der auf dem Weg in Richtung Quedlinburg war, um von den dortigen Kollegen Einzelheiten über Uwe Wollek zu erfahren, der offenbar auch regen Kontakt mit Mariotti gepflegt hatte.

Häberle spürte, wie ihm irgendetwas die Kehle zuschnürte. Er hatte Mühe, sich auf die Straße zu konzentrieren, als ihm Linkohr von dem Kleiderfund in der Donau berichtete.

»Machen Sie weiter wie besprochen«, sagte der Chefermittler schließlich und Linkohr wusste, was gemeint war. Häberle hatte ihm bereits nach dem gestrigen Telefonat empfohlen, das scharfe S nicht aus den Augen zu verlieren und alle am Fall beteiligten Personen dahin gehend zu überprüfen, wie sie das Wort Straße schrieben.

»Ich knöpfe mir heut Vormittag noch den Schweizer vor«, sagte Linkohr und brachte damit zum Ausdruck, dass er wusste, was gemeint war. Nachdem er bemerkt hatte, wie wortkarg Häberle geworden war, beendete er das Gespräch.

Eine halbe Stunde später saß er bereits Schweizer gegenüber. Er hatte ihn im Albwerk angerufen und erklärt, dass er ihn dringend sprechen müsse. Um einen gläsernen Tisch waren sechs dunkelblau bezogene Polsterstühle gruppiert, an den Wänden hingen bunte, abstrakte Gemälde. »Die Kripo geht bei uns ein und aus«, stellte Schweizer ironisch fest, doch es klang überhaupt nicht komisch.

»Nicht mehr lange, hoffe ich«, entgegnete Linkohr selbstbewusst, obwohl er sich schlapp fühlte. »Ich will Sie auch gar nicht über Gebühr strapazieren.« Er sah in unsichere Augen, erklärte, dass alles reine Routine sei und dass er herzlich darum bitte, nichts zu verheimlichen, was zur Klärung des Falles beitragen könnte.

»Ich weiß zwar nicht, weshalb Sie ausgerechnet zu mir kommen«, meinte Schweizer empört. »Dass ich, na ja, sagen wir es mal so, enge Beziehungen zu Frau Büttner habe, kann ja kein Kriterium sein.« Er hüstelte und lehnte sich zurück. »Sie wird aber bereits genug bedrängt, wenn ich das mal so sagen darf.«

»Bedrängt?« Linkohr staunte.

»Ja, dieser Taler spielt sich neuerdings auf, als sei er der Schnüffler vom Dienst. Eine Art Detektiv.« Schweizer sagte dies mit gedämpfter Stimme, als habe er Angst, jemand anderes außer Linkohr könnte es hören.

»Taler bedrängt Frau Büttner?«

»Nicht wie Sie jetzt vielleicht denken mögen – nein. Er war wohl bei ihr.« Es klang verlegen. »Er vermutet, sie könnte Kontakte zu Frau Rothfuß haben.«

»Und, hat sie?«

Schweizer zuckte mit den Schultern. »Fragen Sie sie doch selbst.«

Linkohr musste sich eingestehen, an solche Verbindungen bislang nicht gedacht zu haben.

Schweizer zögerte. »Gaby, ich meine, Frau Büttner, sie hatte tatsächlich Kontakt zu ihr. Oder besser gesagt: Es war umgekehrt. Aber sie will nicht, dass es öffentlich wird.«

»Wird es ganz bestimmt nicht«, versicherte Linkohr höchst interessiert. »Wann war das?«

»Am Dienstagabend«, erwiderte Schweizer und fügte an: »Vor der Nacht, in der sie verschwunden ist.«

»Und worum ging es dabei?«

»Sie sollten Frau Büttner selbst befragen. Aber sagen Sie ihr bitte nicht, dass ich Ihnen den Tipp gegeben habe.« Er schwitzte, obwohl es in dem Besprechungszimmer nicht warm war.

Linkohr wollte nicht weiter bohren, sondern zog einen Notizblock aus der Tasche, reichte einen Kugelschreiber nach und bat seinen Gesprächspartner: »Könnten Sie mir einen Gefallen tun?« Er wartete die Antwort nicht ab. »Schreiben Sie doch bitte das Wort Straße.«

Schweizer verzog das Gesicht zu einem verkrampften Lächeln. »Wie bitte? Straße?«, wiederholte er.

»Ja, Straße«, bekräftigte Linkohr.

Schweizer zögerte. »Mit scharfem S oder mit zweien?«

Linkohr wusste nicht, wie er diese Frage deuten sollte.

*

Häberle hatte den kürzesten Weg zurück über Magdeburg gewählt. Besser allerdings wäre die Route über den Großraum Berlin gewesen, doch ihm waren nach der langen Nacht mit dem sympathischen Kollegen die Bundesstraßen angenehmer erschienen als die Autobahnen. Die 330 Kilometer von Mirow bis Westerhausen zogen sich endlos dahin. Als er sich am frühen Nachmittag endlich über Quedlinburg dem kleinen Örtchen am Rande des Harzes näherte, schien die Sonne und Häberle wünschte sich, hier ein paar Tage verbringen zu können. Der bewaldete Höhenzug, in dessen Verlauf sich irgendwo der Brocken befinden musste, erinnerte ihn sofort an die heimische Schwäbische Alb. Doch viel Zeit, die Schönheit dieser Landschaft zu genießen, blieb ihm nicht. Seine Navigatorin führte ihn durch die schmalen Sträßchen des beschaulichen Orts zur Hessengasse, die sich ein Stück Dorfromantik über alle Zeiten hinweggerettet hatte. Eine Gasse wie aus Häberles Kindheitstagen: Zwischen den betonierten Fahrspuren wuchs Gras und von beiden Seiten ragten die Hecken über Mauern und Gartenzäune hinweg. Häberle überlegte, ob diese Gasse überhaupt für Autos geeignet war, doch nachdem er kein Verbotsschild gesehen hatte, lenkte er seinen Dienstwagen hinein. Der Hausnummer nach bewohnte Uwe Wollek ein schmales Gebäude, das wie alle anderen dicht an den Straßenraum heranreichte.

Häberle stoppte, wohl wissend, dass er mit seinem Göppinger Autokennzeichen schnell auffallen würde. Er stieg aus, sah an der brüchigen Fassade des einstöckigen Hauses hoch, das ihm nicht sonderlich bewohnt vorkam. Am Klingelknopf, der neben der hölzernen Eingangstür angebracht war, stand tatsächlich der Name Wollek. Häberle drückte drei-, viermal, doch er erwartete nicht, dass jemand öffnen würde. Denn schließlich hatte er im Laufe des Vormittags mehrmals die Telefonnummer angerufen, die sie ermittelt hatten.

»Sie wollen zu Herrn Wollek?«, hörte er plötzlich eine Männerstimme hinter sich. Er drehte sich erschrocken um. Vor ihm stand ein kräftiger Mann mit dünnen weißen Haaren und einem Lächeln. »Da werden Sie kein Glück haben.«

»Ist er denn nicht da?«, fragte Häberle freundlich zurück und ging auf ihn zu.

»Seit Tagen nicht, ne«, antwortete der Mann, der offenbar durch die Garagentür des Nachbarhauses gekommen war. »Er ist letzte Woche weggefahren, mit seinem Wohnmobil. Er wird erst wieder nach der Sonnenwende zurück sein.« Der Mann musterte den Ankömmling kritisch. »Kann ich Ihnen weiterhelfen?«

Häberle überlegte, ob er sich zu erkennen geben sollte. »Kriminalpolizei«, entschied er dann und kramte in seiner Freizeitjacke nach dem Ausweis. »Häberle. August Häberle.«

Der Mann wurde noch misstrauischer. »Ist denn etwas mit Herrn Wollek?«

Häberle zuckte mit den Schultern. Er ließ sich von dem Mann, der seinen Namen mit Veil angab, durch die ans Haus gebaute Garage in einen traumhaften, geradezu mediterranen Garten führen, wo prächtige Sommerblumen blühten und die Gemüsebeete auf eine liebevolle Pflege schließen ließen. Dazwischen entdeckte Häberle ein kleines Gewächshaus und eine Gerätehütte. Die beiden Männer ließen sich an einer Sitzgruppe nieder, die auf einer Terrasse unter alten Bäumen stand. Häberle entschied, den Grund seiner Reise zu nennen, zumal ihm sein Gegenüber als ein grundehrlicher Rentner erschien. »Und deshalb«, kam der Kommissar schließlich zur Sache, »würde mich interessieren, was Herr Wollek normalerweise so macht.«

Veil, der inzwischen Mineralwasser eingeschenkt hatte, holte tief Luft. »Herr Wollek ist vor drei, vier Jahren in das Häuschen eingezogen. Als Mieter. Fragen Sie mich aber bitte nicht, wer ihn besucht hat. Wir wohnen zwar dicht beieinander, aber wir halten uns meist hier hinten auf. Und dort drüben«, er deutete in Richtung des Nachbarhauses, wohin eine Mauer und dichter Bewuchs die Sicht versperrten, »da sehen wir nichts.«

»Und wenn Sie nachdenken: Was fällt Ihnen spontan zu Herrn Wollek ein?« Häberle entdeckte eine großflächige historische Glasmalerei, die in einen Mauervorsprung eingelassen war, der ein geschwungenes Vordach trug. Sie zeigte Musikerszenen aus dem vorletzten Jahrhundert.

»Wenn Sie mich so direkt fragen«, erwiderte Veil, »dann weiß ich nur, dass er Chemiker ist oder so etwas Ähnliches. Wir haben bisher nicht oft miteinander gesprochen. Er ist viel unterwegs, wegen seiner Arbeit. Er befasst sich wohl auch mit neuen Energieformen, wenn ich ihn richtig verstanden habe. Na ja, ob das Prahlerei war, kann ich natürlich nicht beurteilen – jedenfalls hat er gesagt, er habe Kontakte zu allen Großkonzernen.«

»Hat er dabei etwas Konkreteres erwähnt?«

»Nein«, schüttelte Veil den Kopf. »Nur einmal hat er beiläufig gesagt, er habe dank eines glücklichen Umstands die spätere Chefin von Estromag kennengelernt.«

Häberle schluckte. Sein Blutdruck stieg. »Estromag?«

»Ja, dieser Energiemulti«, erklärte Veil, ohne zu wissen, dass er dies nicht hätte tun müssen. »Die Wolleks, also Uwe, seine Eltern und wohl noch einige Geschwister, sind irgendwo in Mecklenburg-Vorpommern aufgewachsen und haben vor dem Mauerbau Anfang der 60er in den Westen rübergemacht. Weshalb gerade nach Bremen, das weiß ich nicht, hat er nicht gesagt.« Er überlegte. »Oder vielleicht doch. Meine Frau wüsste das vielleicht, aber sie kommt erst am späteren Nachmittag zurück.«

»Und von Bremen ist Herr Wollek wieder hierher zurück?«, ließ sich Häberle nicht ablenken.

»Wie das alles so war, kann ich Ihnen nicht sagen, Herr Häberle«, erklärte Veil.

Der Chefermittler gab sich damit zufrieden. »Nur noch eine Frage: Hat Herr Wollek gesagt, was er in Norwegen macht?«

»Angeln.«

*

»Sie angeln?«, fragte Linkohr, als auch er einen Garten betrat. Er hatte an diesem sonnigen Freitagnachmittag noch einmal den Naturschützer Braun aufgesucht, um ihm einige Routinefragen zu stellen. Linkohrs Gedanken kreisten aber um die Ermittlungen an der Donau, wo inzwischen Klarheit bestand, dass die aufgefundenen Kleidungsstücke von Silke Rothfuß stammten. Doch obwohl zahlreiche Berufstaucher eingesetzt waren, gab es keine Spur von der Frau, von der man befürchten musste, dass ihre nackte Leiche irgendwo in dem bei Lauingen aufgestauten Fluss lag. Die Donau hatte dort den sogenannten Faiminger Stausee gebildet, sodass die Strömungsgeschwindigkeit sehr langsam war. Wie weit unter diesen Bedingungen die Kleidungsstücke in den vergangenen Tagen abgetrieben werden konnten, blieb vorläufig rätselhaft. Natürlich bestand auch die Möglichkeit, dass sie der Täter im Auto stromab- oder gar stromaufwärts gefahren und dort beseitigt hatte. Außerdem, so überlegte Linkohr, bedeutete der Fundort der Kleider keinesfalls, dass die Frau in unmittelbarer Nähe festgehalten wurde oder – noch schlimmer – getötet worden war.

Braun drehte sich um. Er hatte den Kriminalisten nicht kommen hören. Doch weil das Gartentürchen offen und Braun von der Straße aus in seiner Gerätehütte zu sehen war, hatte Linkohr gleich den direkten Weg gewählt.

»Tut mir leid, wenn ich Sie erschreckt habe«, entschuldigte sich Linkohr, »aber ich habe eigentlich nur eine Bitte, mit der ich alle aus dem Umfeld des Falles konfrontieren muss.« Er zog wieder seinen Notizblock und den Kugelschreiber heraus, um beides auf eine zerschundene Werkbank zu legen, an der ein Schraubstock angebracht war und wo er eine schwenkbare Vorrichtung erkannte, in der eine Bohrmaschine fest verankert war. Damit ließen sich offenbar in Bretter oder Metallteile, die auf der Werkbank lagen, exakte Löcher bohren, dachte Linkohr, dem der Geruch nach vermodertem Holz in die Nase stieg.

Braun schob ein altes Röhrenradio beiseite, dessen Vorderseite er gerade abgeschraubt hatte, und sah den Ermittler verwundert an. »Ob ich angele, haben Sie gefragt?«, kam er auf die Frage Linkohrs zurück.

»Ich sehe die Angelruten hier«, erwiderte Linkohr und deutete auf die Utensilien, die an der Außenwand in der Sonne lehnten.

»Ich weiß«, grinste Braun, »Naturschutz und Angeln – manche haben da Probleme, beides miteinander zu verbinden. Aber nichts ist schlecht, wenn man es im Einklang mit der Natur macht. Der Mensch hat schon immer geangelt …«

»Dazu braucht man jede Menge Angelschnüre«, unterbrach ihn Linkohr und ließ sein Gegenüber nicht aus den Augen.

Brauns Gesicht verzog sich in dem diffusen Licht in der Hütte zu einem verkrampften Lächeln. »Jede Menge nicht, Herr Linkohr – wie kommen Sie denn darauf? Man hat zwar immer Ersatz dabei, aber ...«

»Schon gut«, wehrte der Polizeibeamte ab und deutete auf den Notizblock. »Nur ein Wort sollten Sie schreiben – Straße.«

»Wozu soll das gut sein?«

»Bitte – nur Straße«, wiederholte Linkohr ruhig und hatte Mühe, seine Unruhe zu verbergen.

Braun griff zum Kugelschreiber und begann zu schreiben: Stra – ein kurzes Überlegen, nur den Bruchteil einer Sekunde, wie Linkohr es empfand, dann schrieb Braun zügig weiter: ße. Er legte den Kugelschreiber auf die Werkbank und schob den Notizblock in Richtung Linkohr. »Was haben Sie eigentlich gedacht, was ich jetzt schreibe?«, fragte Braun spöttisch.

Linkohr sah sich herausgefordert. »Gegenfrage: Mit diesem Ding da«, er zeigte auf die Bohrvorrichtung, »kann man da auch Steine durchbohren?«

Braun schien zur Salzsäule zu erstarren.

Linkohr steckte Block und Kugelschreiber ein und verließ die Hütte ohne ein weiteres Wort.

44

Später Nachmittag in Leipzig. Häberle hatte sich bereits am vorigen Tag einen Termin bei einem Abteilungsleiter der Energiebörse geben lassen, der befugt war, Auskünfte zu erteilen. Nachdem er das Auto in einer Tiefgarage abgestellt hatte, saß er unerwartet schnell dem angekündigten Gesprächspartner gegenüber. Die beiden Männer wirkten ein wenig verloren in einem Konferenzraum, der Platz für ein Dutzend Personen geboten hätte. Häberle nahm am schmalen Ende des ovalen Tisches Platz, während sich ihm der Endzwanziger, wie er den Nadelstreifenträger mit den Stoppelhaaren und dem Dreitagebart einschätzte, schräg gegenübersetzte. Genau so hatte sich Häberle diese angeblich so jungen und dynamischen Emporkömmlinge an der Börse vorgestellt, wo spekuliert und geordert wurde, wo Termingeschäfte und womöglich allerlei sonstige risikoreiche Spielchen veranstaltet wurden. Was unterscheidet diese Einrichtung hier von einem Spielkasino, überlegte der Kriminalist, oder von den Bankern, die vergangenes Jahr die Weltwirtschaft vor enorme Probleme gestellt hatten? Hier ging es um ein wertvolles Gut, nämlich die Energie, nach der die Welt hungerte – doch das Wohl und Wehe der Kunden lag in den Händen von Spekulanten.

»Mich interessiert in erster Linie Herr Mariotti«, machte Häberle weiter, nachdem er seinem Gesprächspartner, auf dessen Visitenkarte ›Boris Feuerstein – Teammanager‹ stand, in wenigen Worten erklärt hatte, worum es ging. Mariottis gewaltsamer Tod und der Brand in seiner Einzimmerwohnung in Leipzig hatte sich hier längst herumgesprochen.

»Herr Mariotti war mit nichts Geheimem beauftragt, falls Sie das vermuten«, erklärte der aalglatte Jungmanager und zupfte sich ein imaginäres Staubkorn vom linken Jackenärmel. »Er gehörte zu meinem Team und hat die Orders entgegen genommen. Wie wir dies alle tun. Ein Job, Herr Häberle, der an den Nerven zehrt.«

Was hast du schon für eine Ahnung davon?, dachte Häberle, verzog sein Gesicht aber zu einem verbindlichen Lächeln. »Es soll schon Fälle gegeben haben, da wurde mit Manipulationen versucht, den Strompreis zu beeinflussen.«

Feuerstein lehnte sich selbstgefällig zurück. »Fälle? Sprechen

Sie von Fällen? Herr Häberle«, er runzelte abschätzig die braun gebrannte Stirn, »wenn es da einmal eine Sache gegeben hat, die – warum auch immer – den Anschein erweckt hat, es sei etwas nicht korrekt abgelaufen, dann sollten Sie sich etwas genauer informieren.«

Häberle ließ sich nicht beirren, von einem solchen Jungspund schon gar nicht. »Es soll ziemlichen Ärger um Dokumente gegeben haben, die jemand publik machen wollte.«

»Entschuldigen Sie, Herr Häberle, aber diese Medienkampagnen von wegen Spekulanten, die den Strompreis in die Höhe treiben wollen – das entbehrt jeglicher Grundlage. Nichts, was hier geschieht, ist illegal. Ganz im Gegenteil: Die European Energy Exchange wurde vor sieben Jahren gegründet – eine Fusion übrigens mit der seit 2000 bestehenden Energiebörse in Frankfurt am Main.«

Der Ermittler mimte den Lockeren. »Herr Feuerstein, machen wir uns nichts vor. Wo es um viel Geld geht, um Einfluss und um Spekulationen, da liegt bei manchen Herrschaften die Hemmschwelle sehr niedrig. Ich frage Sie deshalb: Hätte, wenn es denn so gewesen wäre, Mariotti Zugang zu Daten haben können, mit denen der Nachweis für derlei Versuche möglich wäre?«

»Wenn es jemand darauf anlegt, Verleumdungen in Umlauf zu bringen, wird er in jedem Unternehmen Material finden, das sich dazu verwenden lässt – auch wenn nichts dran ist an dem, was behauptet wird. Und in den heutigen Sensationsmedien wird irgendein Boulevardblatt oder ein Skandal-TV-Magazin anbeißen und Ihnen für eine angeblich authentische reißerische Story ein paar Mille auf den Tisch blättern.«

»Herr Mariotti hätte dies also tun können, wenn ich Sie richtig verstehe«, blieb Häberle hartnäckig.

»Ich glaube nicht, dass Sie Mariottis Mörder hier finden werden«, äußerte Feuerstein überheblich. »Herr Mariotti hat nicht immer den feinsten Umgang gepflegt, um es vorsichtig auszudrücken. Wir, also das Management, waren davon nicht sehr angetan.«

»Vielleicht könnten Sie mir dies etwas näher erklären.«

»Happy-Hour-House«, erwiderte Feuerstein gefährlich leise. »Exklusiv. Sehr exklusiv, aber gefährlich, wie man sagt.«

»Happy-Hour-House?«, wiederholte der Chefermittler, wohl ahnend, was damit gemeint sein könnte.

»Ein Edelbordell. Gehen Sie mal hin.« Wieder das Grinsen. »Wenn Sie ein bisschen Glück haben, treffen Sie viele wichtige Herrschaften. Manches Gesicht kennen Sie vielleicht, aus dem Fernsehen.«

*

Das Wohnmobil mit dem HZ-Kennzeichen war Sander sofort aufgefallen. Das Kennzeichen war ihm nicht geläufig gewesen, weshalb er sich bei der Rückkehr von der Wanderung zum Nigardsbreen-Gletscher zum Zulassungsstempel hinunter gebeugt hatte. Harz-Kreis, stand da zu lesen. Sicher eine Neuschöpfung der letzten Zeit, als in den neuen Bundesländern mit der Verwaltungsreform verschiedene Landkreise zusammengelegt worden waren.

Er hatte seine Mini-Videokassette in der Hosentasche bei sich getragen. Jetzt, zum Wohnmobil zurückgekehrt, verstaute er sie wieder unter dem Bettrost über der Fahrerkabine.

Die Gletscherzunge, an der sie waren, hatte gewaltige Ausmaße und ließ erahnen, welche ungeheuren Kräfte auf den Untergrund einwirkten und wie bei der unablässigen Talwanderung der Eismassen im Laufe von Jahrtausenden ganze Täler ausgeschliffen werden konnten, wenn Geröllmassen vorwärts geschoben wurden. Millimeter um Millimeter, aber eben unendliche Zeiten lang. Wenn Sander sich damit befasste, kamen ihm jedes Mal Zweifel auf, ob die Geologen mit ihren Theorien recht hatten. Aber vermutlich vermochte sich das menschliche Gehirn einfach nicht diese Zeitdimensionen vorzustellen.

Allein schon die Zufahrt ins Ende des Tales war bemerkenswert gewesen. Weil der Weg mautpflichtig ist, jedoch kein Kassierer am Eingang sitzt, wird der Geldbetrag im Selbstbedienungsverfahren entrichtet: Man steckt das Geld in ein bereitliegendes Tütchen, notiert darauf das Autokennzeichen und reißt einen nummerierten Schein als Beleg ab. Dieser wird hinter die Windschutzscheibe gelegt, das Tütchen in einen Behälter geworfen. Sander staunte über die Raffinessen der norwegischen Maut, hinter der mancherorts tatsächlich kein System zu erkennen war. Aber das mochte auch an seinem Missfallen liegen, dass er als sparsamer Schwabe solchen Abzock-Methoden nach Raubritterart, wie er es oft zu nennen pflegte, entgegenbrachte.

Doris schwieg, als sie die 40 Kilometer aus dem Tal zurückfuhren. Er spürte eine gewisse Erleichterung, nicht mehr in dieser gigantischen Sackgasse gefangen zu sein.

Aus der Welt aus Stein und Eis zurückgekehrt, empfing sie das frische Grün entlang des Lustrafjords. Während Doris von der Blüten- und Pflanzenpracht schwärmte, die sie hier in diesen nördlichen Breitengraden nicht erwartet hätte, hing Sander ganz anderen Gedanken nach. Wie konnte er Häberle erreichen? Seine Überlegungen drehten sich nur um diese Frage, als sie schweigend nebeneinandersaßen und draußen eine traumhafte Landschaft vorüberzog. In den tiefblauen Wasserflächen, an denen sie vorbeifuhren, spiegelten sich die Berge wie auf den Bildern der Ansichtskarten wider – die Straßen waren vom Feinsten und Tunnelröhren gab es viele. Einmal war sogar tief unterm Berg eine Abzweigung, jetzt endete der Tunnel direkt an einer Fähre, mit der sie am Zusammenfluss von Lærdalsfjord und Ardalsfjord die riesige Wasserfläche überqueren mussten. Während sie auf das Schiff warteten und die Fahrzeugschlange hinter ihnen immer länger wurde, studierten sie ihre weitere Route. Dabei stellte Doris mit Entsetzen fest, dass sie mit der geänderten Strecke durch den längsten Straßentunnel der Welt fahren mussten. 24,5 Kilometer – eine schreckliche Vorstellung angesichts der Bilder von Tunnel-Brandkatastrophen, die sich tief in ihr Bewusstsein gegraben hatten. Doch zu umfahren war der Tunnel nicht mehr, registrierte Sander. Wenig später hatte sie der Lærdalstunnel, wie es auf einem Hinweisschild zu lesen stand, bereits geschluckt. Noch kurz vor der Einfahrt erkundete Sander mit einem Blick in die beiden Außenrückspiegel die Situation hinter ihnen. Seit der letzten Fähre war ihm schon wieder ein Wohnmobil aufgefallen. Aber auch hier wimmelte es um diese Jahreszeit von Campern.

Der Tunnel war hell erleuchtet und gut belüftet, die Fahrspuren bestens zu erkennen. Fast so, als führe man bei Nacht auf einer mit Straßenlampen ausgestatteten Bundesstraße, dachte Sander. Nach etwa fünf Kilometern schien die Röhre weit in der Ferne in ein violett-oranges Licht getaucht zu sein. Für einen Moment riss ihn diese Beobachtung aus seinem tiefen Grübeln. Doris fragte leicht ängstlich, was das Licht zu bedeuten habe. Er zuckte wortlos mit den Schultern. Beim Näherkommen wurde deutlich, dass es sich um eine großzügig angelegte Haltebucht handelte, deren wohltuende Beleuchtung vermutlich eine positive Ausstrahlung haben sollte. So jedenfalls empfand es Sander, der spontan den Blinker nach rechts setzte und den Wagen stoppte.

»Will ich fotografieren«, informierte er knapp, während bereits das Wohnmobil hinter ihnen zum Überholen ansetzte.

Sander griff zu seinem digitalen Fotoapparat und schielte dem Fahrzeug hinterher. Ein Deutscher – Kennzeichen: HZ.

Er versuchte erneut, seine Aufregung zu verbergen.

*

Gaby Büttner war nur kurz in ihrem Ulmer Büro gewesen. Das gestrige Gespräch mit Taler hatte sie aufgewühlt. Sie konnte keinen klaren Gedanken mehr fassen. Und je mehr sie über ihr Treffen mit Silke Rothfuß vom Dienstagabend nachdachte, umso stärker meldete sich ihr Gewissen und hielt ihr vor, an deren Verschwinden oder – noch schlimmer – an deren Tod mitverantwortlich zu sein. Heute Mittag war sie mit Tochter Lea und Schwiegersohn Ingo zusammengesessen. Seither war sie davon überzeugt, dass ihr Mann zwischen mehrere Fronten geraten war. Und wenn die andere Seite selbst vor Morden und Entführungen nicht zurückschreckte – und so hatte es den Anschein –, dann waren Diskretion und Versprechungen über Stillschweigen fehl am Platze. Allerdings hatte Ingo im Hinblick auf seine Karriere gebeten, ihn vorläufig aus der Schusslinie zu halten.

Sie hatte sich telefonisch um ein Gespräch mit Kommissar Häberle bemüht, war jedoch an Linkohr verwiesen worden, der sie an diesem frühen Freitagabend in ein kleines Besprechungszimmer bat. Obwohl er inzwischen ziemlich erschöpft war und sich nur mit starkem Kaffee auf den Beinen halten konnte, versuchte er den Eindruck zu erwecken, dem Gespräch voll konzentriert folgen zu können.

Gaby Büttner hatte leicht gerötete Augen. Sie musste in den letzten Tagen und Stunden einiges durchgemacht haben. »Es tut mir leid, dass ich erst jetzt komme«, begann sie und legte ihre gepflegten Hände auf die Tischplatte. »Aber, ja, ich weiß nicht, wie ich es Ihnen erklären soll. Silke Rothfuß hat sich mir anvertraut – vor drei Tagen, am Dienstagabend.«

Linkohrs Müdigkeit war mit einem Schlag verflogen. Er erwiderte aber nichts, sondern wollte der Frau die Gelegenheit geben, ihr Gewissen zu erleichtern.

»Wir haben uns eigentlich nur flüchtig gekannt, von einem Betriebsfest, auf dem ich mit meinem Mann war. Das ist schon einige Zeit her. Seitdem haben wir nichts mehr voneinander gehört.« Ihre Stimme klang leise. Linkohr lauschte aufmerksam.

»Es gab«, machte sie schwer atmend weiter, »nur noch einen indirekten Kontakt, als mich vor einigen Monaten eine Mitarbeiterin von mir, die Frau Speidel, gebeten hatte, für ihren Mann einen alten Zähler und eine alte Schaltuhr zu beschaffen. Mein Mann hat das Zeug wohl über die Frau Rothfuß besorgt.« Sie überlegte kurz und spielte nervös mit ihren Fingern. »Na ja, und dann hat sie mich angerufen am Dienstagmorgen.« Ein gezwungenes Lächeln huschte über ihr Gesicht. »Übrigens just in dem Moment, als mich Ihr Herr Häberle im Büro aufgesucht hat. Ich frag mich bis heute, ob er dies zur Kenntnis genommen hat.«

Linkohr konnte sich nicht an eine entsprechende Äußerung des Chefs erinnern.

»Ja, dann ruft sie also an und bittet um ein Treffen am Abend in diesem schwäbischen Lokal in Luizhausen. Was sie berichtet hat, hat sich angehört wie eine Verschwörungsstory. Sie war davon überzeugt, dass Frank, mein Mann also, mundtot gemacht werden musste, weil er zusammen mit einem Mann aus Mecklenburg-Vorpommern den Spekulanten an der Leipziger Strombörse auf der Spur war.« Frau Büttner schien sich die Chronologie des Geschehens zu überlegen.

»Und dafür hatte sie Beweise?«, hakte Linkohr deshalb nach und machte sich Notizen.

»Sie hat gesagt, sie habe engen Kontakt zu einer Person, die tief in die Sache verstrickt und bereit sei, über Leichen zu gehen, falls etwas von dem, was die beiden Männer herausgefunden hätten, an die Öffentlichkeit gerate.« Sie stockte wieder und Linkohr bemerkte, dass sie zitterte. »Es muss sich um Daten und Dokumente gehandelt haben, mit denen zu beweisen wäre, wie Großkonzerne die Strompreise puschen. Woher die Daten stammen, wollte sie mir aber nicht verraten.«

Linkohr nutzte eine neuerliche Pause, um sachlich zu fragen: »Und Frau Rothfuß wollte sich Ihnen anvertrauen?«

»Sie hat jemanden gesucht, mit dem sie sich austauschen konnte. Wahrscheinlich stand ich ihr trotz allem am nächsten, schließlich hat Frank dies alles wohl mit dem Leben bezahlt.« Für einen Moment schloss sie die Augen.

»Wie sind Sie dann mit ihr verblieben – ich meine: Wäre es nicht angebracht gewesen, sich mit uns in Verbindung zu setzen?«

Frau Büttner zögerte. »Das hab ich ihr empfohlen, und ich hab mir seit zwei Tagen überlegt, ob ich es tun soll und darf. Aber weil nun zu befürchten ist, dass ihr etwas zugestoßen ist, kann ich mich nicht länger an mein Versprechen halten, niemandem etwas darüber zu sagen.« Noch einmal rang sie nach Worten. »Frau Rothfuß ist wohl in irgendeiner Weise selbst in die Sache verwickelt. Sie hat denen, die offenbar an den Spekulationen und Manipulationen beteiligt waren, zugearbeitet und Geschäftsunterlagen des Albwerks weitergegeben. Nachdem sie nun aber gemerkt hat, dass ihre, ja sagen wir mal, Auftraggeber vor einem Verbrechen nicht zurückschrecken, hat sie aussteigen wollen.« Frau Büttner sah Linkohr ins Gesicht: »Wären Sie da gleich zur Polizei gegangen?«

Der Jungkriminalist erwiderte nichts. »Wie ist man dann verblieben?«, wiederholte er seine Frage von vorhin.

»Wir wollten uns am Wochenende, morgen Abend, bei mir wieder treffen. Sie wollte mir einige Unterlagen mitbringen. Ich war fest entschlossen, das dürfen Sie mir glauben, anschließend die Polizei einzuschalten.«

Linkohr nickte verständnisvoll – genau so, wie er es von Häberle gelernt hatte. Er ließ ein paar Sekunden verstreichen, um dann die wichtigste Frage zu stellen, die ihm seit Minuten auf den Nägeln brannte: »Diese Person, von der Frau Rothfuß gesprochen hat – ist die Ihnen namentlich bekannt?«

Wieder glaubte er in Frau Büttners Verhalten ein Zögern zu erkennen. »Nein, Silke, also Frau Rothfuß, wollte ihn vorläufig für sich behalten. Sie hätte ihn mir aber sicher morgen Abend genannt.«

45

Häberle war in das Hotel gefahren, das ihm ein Leipziger Kollege empfohlen hatte. Er checkte ein, duschte, griff zu seinem herben Parfüm und zog ein leichtes helles Freizeitjackett und eine helle Hose an. Als er sich im Spiegel betrachtete, fühlte er sich passend zur Rolle gekleidet, die er heute Abend spielen wollte: der lockere Typ gesetzteren Alters. Das Wort Playboy verdrängte er. Um an den Bars oder wo auch immer besonders lässig wirken zu können, steckte er mehrere Zwanzigeuroscheine in die Brusttasche und vorsorglich noch einen Fünfziger in die rechte Jackentasche. In bestimmten Etablissements schickte es sich nicht, das Geld gut bürgerlich aus einem Portemonnaie zu fingern.

Das Happy-Hour-House, so hatten ihm die Kollegen am Telefon berichtet, galt als eine der ersten, aber auch teuersten Adressen für Freunde der erotischen Abenteuer.

Er stellte seinen Audi in einem Parkhaus ab, schaltete sein Handy aus und ging noch etwa 200 Meter zu Fuß. Vor besagtem Gebäude, an dessen Fassade rote und violette Lichter blinkten und der Schriftzug ›Happy-Hour‹ indirekt beleuchtet wurde, ließen die Fahrzeugtypen erkennen, welche Gesellschaft hier verkehrte. Hier ein Mercedes SLK, dort ein BMW der 7er-Reihe. Drüben ein Porsche mit Hamburger Kennzeichen, daneben ein Jaguar. Dass sie alle im absoluten Halteverbot parkten, wie Häberle feststellte, ließ vermuten, dass den Fahrern die Gesetze ziemlich egal waren.

Der Kriminalist versuchte vergeblich, die schwere weiße Alutür zu öffnen. Er hatte nichts anderes erwartet, denn derlei Clubs öffneten sich nur durch Klingeln und Gesichtskontrolle.

»Hey«, grüßte Häberle einen Kleiderschrank, der die Tür öffnete. »Habt ihr noch ein Plätzchen?«

»Schon mal hier jewesen?«, fragte der Aufpasser in bestem Berlinerisch.

»Nein«, erklärte Häberle. »Aber ziemlich einsam in Leipzig.« Obwohl er solche Situationen in seinem Berufsleben schon oft gemeistert hatte, war er jedes Mal aufs Neue aufgeregt.

Der bullige Kerl sah ihn von oben bis unten an und taxierte ihn offenbar nach der Einkommensklasse. »Wir sind 'n Club. 50 Euro«, sagte er knapp.

Häberle holte den Schein aus der Jackentasche und drückte ihn dem Kleiderschrank in die Hand. Der nickte daraufhin zufrieden, bat den Besucher herein und schloss die Tür wieder. Dumpf wummernde Diskomusik erfüllte den schummrig beleuchteten Vorraum, in dem eine Duftwolke aus Parfüm und Schweiß zu stehen schien.

»Danke«, sagte Häberle und ließ den Türsteher dort, wo er hingehörte.

Die Musik wies ihm den Weg in eine Glitzerwelt, in der es viele dunkle, vor allem plüschkuschelige Ecken gab, wie er auf den ersten Blick feststellte. Beherrscht wurde die Mitte des unüberschaubaren Raums von einer viereckigen Theke aus dunklem Holz, entlang derer prall mit Flaschen gefüllte Regale von der Decke hingen. Zwei dunkel gekleidete Kellner kümmerten sich um die Gäste, meist männlichen Geschlechts, die auf Barhockern eng beieinandersaßen und das Geschehen auf einer kleinen Bühne verfolgten, die an eine der Stirnseiten des Raumes gebaut war. Dort präsentierten zwei große blonde Schönheiten im ohrenbetäubenden Wummertakt der Musik viel Haut, wie Häberle erkannte, während er sich auf einem der wenigen freien Barhocker niederließ und ein Bier bestellte. Die beiden Mädels hatten bereits alle Hüllen abgelegt, sodass ihre üppigen Brüste mit jeder Tanzbewegung heftig mitschwangen. Überhaupt geizte auch das weibliche Servicepersonal, von dem es offenbar jede Menge gab, nicht gerade mit den weiblichen Reizen. Einige stöckelten mit High Heels, knappem Höschen und hauchdünner Bluse in die Nischen, andere trugen Minis in jeder Kürze. Häberle versuchte, einen gelangweilten Blick aufzusetzen und stellte fest, dass die männlichen Herrschaften allen Altersgruppen angehörten. Als ihm eine junge Frau das bestellte Pils über den Tresen schob und dafür acht Euro kassierte, zog Häberle einen Zwanzigeuroschein aus der Brusttasche und sagte: »Stimmt so, wenn ich Sie was fragen darf.«

Das gut gebaute Mädchen, das knapp 20 sein durfte, lächelte, umrundete die Tresenbegrenzung und kam mit einem provozierenden Lächeln auf ihn zu. »Ich bin die Nadine«, hauchte sie und lehnte sich dicht neben Häberle an den Tresen.

Als Kavalier alter Schule stand er auf und gab sich charmant: »Man nennt mich August«, antwortete er, worauf das Mädchen ein Grinsen nicht unterdrücken konnte.

»Einen August hab ich noch nie gehabt«, sagte sie und befeuchtete sich die Lippen. »Kann aber sicher ganz lustig sein.« Schneller als er gedacht hatte, kam sie zur Sache: »Kommst du mit? Du kannst dein Bier mitnehmen.« Sie deutete in jenen Bereich des Raumes, der sich im Dunkeln verlor.

Häberle erwiderte nichts, nahm sein Glas und folgte der Frau in die schummerigen Bereiche, wo sich im Restlicht mehrere Türen abzeichneten. Nadine führte ihren Gast in einen dick mit Teppichen ausgelegten Flur, der ihn an ein Hotel erinnerte. Nach zehn Schritten öffnete sie eine Tür auf der linken Seite und bat ihren Gast in das Zimmer, das in einen rötlichen Lichtschein getaucht war.

»Schön, nicht wahr?«, meinte sie stolz und deutete auf ein rundes, ganz in Orange gehaltenes, ordentlich gemachtes Bett. Dicke Vorhänge waren zugezogen, eine Schrankwand verlieh dem Raum den Charme eines Wohnzimmers. »Setz dich«, forderte sie Häberle auf.

Sie ließen sich auf zwei weichen Sesseln nieder, die an einem kleinen Glastisch standen. Der Kriminalist stellte sein Pilsglas ab und überlegte, wie er auf sein tatsächliches Anliegen zu sprechen kommen konnte. Nadine streckte ihm die langen Beine entgegen und beugte sich vor, sodass ihre Oberweite im dünnen Oberteil besonders aufreizend zur Geltung kam.

»250 Euro«, flüsterte sie. »Für alles, was du willst.«

Häberle musterte sie und musste sich eingestehen, dass es ein Moment war, wo es ihm schwer fiel, konsequent zu bleiben. Aber der Gedanke an 250 Euro, was immerhin 500 D-Mark waren, ein halber Tausender also, ließ seine erotischen Gefühle wieder abkühlen. »Nadine«, sagte er deshalb ruhig, »ich will Sie nicht enttäuschen, aber ich bin wirklich nur gekommen, um Sie etwas zu fragen.«

Sie wurde misstrauisch und klemmte die Knie züchtig zusammen, als säße sie vor der Chefin einer Klosterschule. »Fragen? Sind Sie etwa ein Bulle?«

Häberle blieb gelassen. »Spielt der Beruf hier eine Rolle?«

»Wenn du haben willst, was dir Spaß macht, dann nicht. Aber du willst gar nicht ins Bett, stimmt das?« Sie wurde zickig, was er verstehen konnte, denn vermutlich galt auch in ihrem Job, dass Zeit Geld ist. Sie muss sicher im Laufe der Nacht einen Tausender ›einspielen‹, dachte Häberle, weshalb er nicht lange drum herumreden wollte: »Ich suche eine Frau«, er griff in die Innentasche seines Jacketts und holte den Farbausdruck hervor, den die Kollegen von jenem Model gemacht hatten, das auf Büttners Filmen drauf war und von dem sie vermuteten, dass es in einem Zusammenhang mit jener Telefonnummer stand, die zum Happy-Hour-House gehörte.

»Kennst du diese Frau?«

»Also doch Bulle«, sagte sie, während sie den Ausdruck in die Hand nahm. »Was ist mit ihr?« Nadines Stimmung schien sich mit einem Schlag zu wandeln. Häberle glaubte sogar trotz des Rotlichts zu erkennen, dass die Farbe aus ihrem Gesicht entwich.

»Sie hat nichts angestellt – ich schwöre es«, fügte er deshalb an. »Sie hat sich gelegentlich fotografieren lassen, und es ist nur der Fotograf, der uns interessiert.«

Nadine schwieg und legte das Papier beiseite.

Häberle ließ sich Zeit und nahm einen Schluck Bier. Seine väterliche Art, wie er sprach und sich geduldig zeigte, verfehlte die Wirkung nicht.

Nadine holte tief Luft und sah ihn an: »Natascha ist tot.«

»Tot?« Häberle unterdrückte seine Überraschung.

»Selbstmord«, erwiderte Nadine. »Vergangenen Sonntag. Überdosis Schlaftabletten, drüben in ihrem Zimmer.«

»Ach«, entfuhr es dem Kriminalisten. »Das tut mir leid.«

»Sie hat das nicht mehr ausgehalten«, sprudelte es aus Nadine heraus. »Sie ist aus Polen gekommen, wie viele hier, aus Polen und Tschechien, der Slowakei und so weiter. Mit Versprechen, viel Geld im Gastronomiebereich zu verdienen, hergelockt und dann in die Schuldenfalle getrieben.«

Häberle nickte verständnisvoll. Er kannte dies zur Genüge: Den Mädchen wurden Unterkunft und Verpflegung angeboten, was sie sich beides teuer verdienen mussten. Reichten die Einnahmen nicht aus, was meistens der Fall war, häuften sich immer höhere Mietforderungen an. Er ließ ein paar Sekunden verstreichen, um dann vorsichtig nachzufragen, ob sie denn etwas über Nataschas Kunden wisse.

»Verrückte Fotofetischisten würde ich sie nennen.« Nadine zupfte verlegen am Saum ihres Rocks. »Erst kürzlich hat sie sich darüber empört, dass einer Fotos von ihr ins Internet gestellt hat.«

Häberles Interesse stieg weiter. »Hat sie gesagt, wie der Mann hieß?«

Sie schüttelte den Kopf. »Nur, dass er sich in den Chats Katimaus genannt hat.«

»Und sonst nichts?« Der Chefermittler hoffte auf ein paar weitere Details.

»Letzte Woche hat sie fast ein bisschen stolz erzählt, der Mann, den sie auch Franky-Boy nannte, habe ihr viel Geld geboten, wenn sie bereit wäre, sich an jemanden heranzumachen.«

Häberle hob eine Augenbraue. »Diesen Namen hat sie aber nicht genannt?«

»Nein, nur dass es irgendwo in Süddeutschland gewesen wäre, irgendwo bei Ulm oder so. Das war ja das Problem. Sie hätte den Club hier für einige Zeit verlassen müssen, doch das wäre nur möglich gewesen, wenn der Chef es genehmigt hätte und es über ihn abgerechnet worden wäre.«

»Sie hätte den Auftrag also gerne angenommen?«

»Ich denke schon.« Nadine strich sich mit den Handflächen über die schlanken Schenkel.

Irgendwie sieht das provozierend aus, dachte Häberle, wollte sich aber nicht ablenken lassen.

»Und wie hätte sie das Heranmachen bewerkstelligen sollen?«

»Was fragen Sie mich das? Bei irgendeiner Veranstaltung oder einer sonstigen Gelegenheit.« Sie war deutlich auf Distanz gegangen und grinste. »Eine gewisse Erfahrung dürfen Sie uns schon zugestehen.«

»Hat Natascha gesagt, wozu das Ganze gedacht war?« Häberle hatte das Gefühl, mitleidig angeschaut zu werden.

»Wozu das Ganze?«, äffte sie ihn nach. »Sind Sie so naiv oder tun Sie bloß so, Herr August? Wann werden denn Männer schwach und neigen dazu, alles auszuplaudern?«

Der Chefermittler ging nicht darauf ein. »Gab es ein Thema, das von Interesse war?«

»Wenn ich es richtig verstanden hab, ging es um eine große Sauerei von irgendwelchen Spekulanten. Wohl nichts Politisches, falls Sie das meinen. Nein, vermutlich eher in Richtung Wirtschaftskriminalität.« Sie sah auf ihre kleine Armbanduhr: »Aber jetzt müssen Sie mich entschuldigen. Wenn ich zu lange weg bin und keine Einnahmen habe …«

Häberle wusste Bescheid. Bevor er etwas sagen konnte, beugte sich das Mädchen zu ihm hin: »Wir könnten uns aber auch noch ein bisschen länger in aller Ruhe unterhalten.« Sie setzte ein spitzbübisch-provokantes Lächeln auf: »Oder hat der Herr August Angst, selbst schwach zu werden und etwas auszuplaudern?«

Wie viel hat sie gesagt?, durchzuckte es sein Gehirn. 250 Euro? Und dies ohne Spesenquittung. Für einen sparsamen Schwaben und Beamten völlig inakzeptabel.

*

Die Sonne war längst hinter dem Bergeskranz der Stadt Geislingen verschwunden. Doch hatte sich das Wetter an diesem Abend zunehmend gebessert, als Linkohr noch einmal zu Arthur Speidel gefahren war, der in seinem Vorgarten rauchend auf einer der kleinen Naturmauern saß, an der er seit Herbst letzten Jahres arbeitete. Er erhob sich, als er den jungen Kriminalisten näherkommen sah.

»Gibt es noch ein Problem?«, fragte er und schnippte die Zigarettenkippe weg.

Linkohr schüttelte ihm die Hand und bedeutete ihm, sitzen zu bleiben. Er selbst nahm ihm gegenüber auf einer anderen

Steinmauer Platz und spürte die Frische, die sich im abendlichen Schatten der Albberge breitmachte. »Probleme? Jede Menge«, seufzte er, ohne Details nennen zu wollen. »Aber auch jede Menge Routinearbeit – und deshalb bin ich noch mal hier.«

»Falls Sie Probleme mit dem Stromzähler und dieser Schaltuhr haben: Dazu hab ich doch bereits alles gesagt.« Es klang nicht gerade freundlich.

»Das ist inzwischen abgehakt, nein, ich hab eine andere Bitte, die wir an alle richten, die wir seit Montag kennengelernt haben.« Er lächelte und legte Notizblock und Kugelschreiber neben Speidel auf einen Stein. »Es wäre nett, wenn Sie mir das Wort Straße aufschreiben könnten.«

»Wie bitte?«

»Einfach nur Straße aufschreiben«, wiederholte Linkohr gelassen. »Reine Routine.«

Speidel zögerte, strich sich übers unrasierte Kinn und sah Linkohr ein paar weitere Sekunden an. Dann jedoch nahm er den Kugelschreiber in seine zerfurchte Handwerkerhand und legte den Notizblock aufs Knie. »Mit zwei S oder mit scharfem?«, fragte er.

Linkohr zuckte mit den Schultern. Speidel schrieb in Großbuchstaben und sichtlich ungeübt: STRASSE. Als er den Block zurückgeben wollte, wehrte Linkohr ab: »Bei Großbuchstaben gibt es kein scharfes S. Wie würden Sie's denn in Kleinbuchstaben schreiben?«

Speidels Gesicht verzog sich zu einem Lächeln. »Mit scharfem S natürlich. Was haben Sie denn gedacht?«

Linkohr steckte Kugelschreiber und Notizblock wieder ein und lenkte ab. »Schön haben Sie das hier gemacht«, sagte er und deutete auf die Naturmauern, die aus jeweils zwei aufeinander geschichteten Blöcken bestanden und in geschwungenen Bögen die Böschung vor dem Haus abstützten.

»Knochenarbeit, kann ich Ihnen sagen«, gab sich Speidel jetzt auskunftsfreudiger und stand auf. »Sie müssen schauen, dass die einzelnen Steinblöcke zueinanderpassen. Hier die Kante oder dort das Eck.«

Linkohr zeigte sich interessiert. »Und wenn es nicht zusammenpasst, wird ein Stück abgeschlagen oder abgesägt?«

»Nein, nein, das sind Natursteine, die sollen so bleiben, wie sie sind.«

Linkohr balancierte über einen schmalen Weg, der an einer der Mauern entlangführte. In einigen Pflanzenbeeten hatten sich Sommerstauden entwickelt. »Wirklich toll hier, richtig idyllisch«, schwärmte der Kriminalist und besah sich die umliegende Bebauung, die sich hier am Stadtrand ziemlich verschachtelt um den Wasserfall der Rohrach gruppierte. Das unablässige Rauschen des Wasserfalls vermischte sich mit dem Verkehrslärm der nahen B 10.

Der Wasserfall brachte Linkohr auf eine Idee. »Das Rauschen stört Sie nicht?«

»Vom Wasserfall? Nein, daran gewöhnt man sich, ist doch Natur, oder?«

»Die Wassermenge ist das ganze Jahr über ziemlich konstant«, stellte Linkohr fest. Er hatte dies mal gelesen.

»Ja, abgesehen natürlich von der Schneeschmelze, dann donnern da drüben gewaltige Mengen runter.«

»Und Fische gibt es auch reichlich«, ließ Linkohr beiläufig einfließen.

»Fische?« Speidel war inzwischen aufgestanden und dem Kriminalisten durch den Vorgarten gefolgt.

»Fische, zum Angeln«, erwiderte Linkohr und ging zur Straße zurück.

»Angeln, Herr Linkohr, das habe ich lange nicht mehr getan.«

Der Ermittler wunderte sich für einen Augenblick über diese Antwort auf eine Frage, die er gar nicht gestellt hatte.

*

Am Freitagabend war Sander noch durch Tunnels und über Steilstrecken nach Geilo gefahren, wo der anvisierte Campingplatz jedoch zwölf Kilometer weiter östlich bei Sundre lag – ein etwas ungeordnetes, leicht abschüssiges Wiesengelände. In der Rezeption, die gleichzeitig Kneipe war, wurde Sander erneut bewusst, in welch teurem Land sie sich bewegten. Er las das Angebot für einen Hamburger mit Pommes frites: 110 Norwegische Kronen. Flüchtig umgerechnet wohl um die 14 Euro. Ein Glück, dass sie genügend Proviant mitgenommen hatten und sich mit Frischem aus Supermärkten versorgen konnten. Auch fürs abendliche Bierchen hatte Sander vorgesorgt, denn alkoholische Getränke, das war ihm klar gewesen, kosteten in Norwegen enorm viel Geld. Deshalb hatte er daheim sämtliche noch verbliebene Leerräume mit günstigem Bier in Plastikflaschen vollgestopft. Das leichte, pfandpflichtige Leergut war für den Rücktransport einfacher zu verstauen als die klobigen Glasflaschen.

Das Wohnmobil mit dem HZ-Kennzeichen war ihm nicht mehr aufgefallen. Er hatte es weder am Straßenrand stehen sehen noch sonst wo bemerkt. Aber bei der Streckenführung, die kaum eine Möglichkeit zum Abbiegen bot, hätte ein Verfolger durchaus auch ein Stück vorausfahren können. Und ob in Geilo, wo Sander die Haupttouristenroute verlassen hatte, um den Campingplatz anzusteuern, irgendwo jemand versteckt an einer Abzweigung stand, war nicht zu überblicken gewesen. Gewiss hätte ein Verfolger anschließend unauffällig beobachten können, dass sie in Sundre nächtigen würden. Oder es waren mehrere, die sich gegenseitig per Handy verständigten.

Sander hatte trotz der anstrengenden Fahrt, bei der inzwischen der 3.000. Kilometer erreicht war, eine ziemlich schlaflose Nacht hinter sich.

Als Doris an diesem Samstagmorgen ankündigte, sie werde im Wasch- und Toilettenhaus ihre Haare waschen und fönen, was jedes Mal knapp eine halbe Stunde in Anspruch nahm, sah Sander die Gelegenheit gekommen, mit Häberle Kontakt aufzunehmen. Ein Glück, dass er dessen Nummer im Adressbuch des Handys programmiert hatte, jedoch ohne die deutsche Landesvorwahl, wie er nach dem ersten Wählversuch feststellen musste.

Endlich. Häberles Stimme klang müde und rauer als sonst. Sander sah instinktiv auf seine Armbanduhr, doch es war bereits 9.15 Uhr.

»Ach, der Herr Sander«, kam es zurück. »Mann, wo treiben Sie sich denn herum? Daheim tobt das Verbrechen und Sie machen Lustreisen. Norwegen, sagt man. Ausgerechnet Norwegen – auch das noch!«

Sander griff den Hinweis sofort auf, erklärte, dass er tatsächlich nur auf Urlaubsreise sei, dabei jedoch eine Gefälligkeit erledigt habe und sich seither verfolgt fühle. Seit den Kurznachrichten, mit denen ihn Kollege Rahn auf dem Laufenden halte, sei er zutiefst beunruhigt und habe deshalb mehrfach versucht, sich zu melden.

Häberle hatte seinen Ausführungen gelauscht, ohne zu unterbrechen. Erst als Sander, unruhig geworden und das Waschhaus im Auge behaltend, zu Ende gekommen war, hakte der Kriminalist nach: »Und Sie waren tatsächlich bei Frederiksen?«

»Ja, das hab ich diesem Büttner versprochen gehabt. Vielleicht bilde ich mir das alles nur ein – aber nach allem, was der Frederiksen erzählt hat, über Spekulanten und Machenschaften, könnte es durchaus sein, dass man mir das Video abknöpfen will.«

Häberle atmete schwer und ließ sich stichwortartig berichten, was Frederiksen gesagt hatte. Sander versuchte, es kurz zusammenzufassen: »Es gebe an der Energiebörse in Leipzig eine Gruppe, die im Interesse von Estromag fiktive Orders erteilt, auf diese Weise den Strompreis in die Höhe treibe und damit eine Verknappung des Angebots auslöse. Fragen Sie mich bitte nicht, wie das im Einzelnen funktioniert, aber Estromag will wohl damit erreichen, dass die kleinen Stromanbieter immer höhere Preise zahlen müssen und früher oder später nicht mehr wettbewerbsfähig sind. Frederiksen will sogar wissen, dass Estromag seit mindestens acht Jahren versucht, Einfluss auf die Geschäftspolitik der Kleinen zu nehmen – und zwar indem sich Estromag-Leute bewerben, sobald solche Unternehmen eine Stelle neu besetzen.«

Wieder der schwere Atem Häberles. Er schien nachzudenken. Sander wartete vergeblich auf eine Meinungsäußerung. Nach einigen Sekunden drang Häberles Stimme an sein Ohr: »Okay.« Es klang sachlich. »Wir werden uns den Frederiksen zur Brust nehmen. Und Sie passen auf sich auf, ja? Und wenn Sie großen Schiss haben, bringen Sie die Kassette auf irgendeine Polizeistation.«

46

Rupert Bodling war blass und übernächtigt. Auf seinem Schreibtisch hatte sich inzwischen ein hoher Aktenberg angehäuft. Seit dem Verschwinden von Frau Rothfuß konnte er sich auf nichts anderes mehr konzentrieren – und dies in den Wochen vor der Generalversammlung seiner Genossenschaft. Seit gestern bekannt geworden war, dass man in der Donau die Kleidungsstücke gefunden hatte, war die Stimmung im Betrieb so getrübt wie niemals zuvor.

Bodling war an diesem Samstagvormittag ins Büro gekommen, um den wichtigsten Schriftverkehr zu sichten. Doch er bemerkte, dass er das Gelesene überhaupt nicht wahrnahm. Wie heute morgen, als er im Morgengrauen zur Schlafzimmerdecke gestarrt hatte, drehten sich seine Gedanken nur um Frau Rothfuß und diesen geheimnisvollen Hinweis auf eine Hütte, der nicht vollständig zu entziffern war. Er konnte an nichts anderes mehr denken. Natürlich. Ein Hinweis auf eine Hütte war das gewesen – und jetzt lagen die Kleider in der Donau. Diese Zahl, natürlich – diese Zahl! Diese Zahl, hinter der ein Stück des Zettels fehlte.

Bodling sprang auf, als müsse er seine Idee in die Welt hinausschreien.

Er griff zu einem Zettel, den er sich unter die Schreibtischunterlage geklemmt hatte. Es war die Handynummer von Häberle.

*

Wolfgang Taler hatte sich auf Bitten Bodlings in den vergangenen Tagen zurückgehalten und keine weiteren Recherchen mehr angestellt. »Wir sollten das jetzt der Polizei überlassen«, hatte Bodling empfohlen. Auch Taler wurde von Selbstzweifeln geplagt. Möglicherweise, so meldete sich sein Gewissen immer öfter, hatten seine Nachforschungen in irgendeiner Weise dazu beigetragen, dass Frau Rothfuß in Gefahr geraten war. Stundenlang hatte er darüber nachgegrübelt, welche Querverbindungen es zwischen den einzelnen Personen geben könnte. Er rief sich das Gespräch mit der jungen Frau in Erinnerung, bei dem sie ihn hatte abblitzen lassen. Allzu gerne hätte er sich mit ihr näher befasst – nicht nur, weil sie ihm überaus sympathisch erschien, sondern er den Eindruck hatte, dass sie mehr wusste, als sie sagen wollte. Deshalb hatte er ihr seine Visitenkarte gegeben. Damit hätte sie jederzeit seine Handynummer parat gehabt.

Hätte. Verdammt, überfiel Taler schockartig ein entsetzlicher Gedanke. Hätte.

Auf der Visitenkarte stand seine bisherige Handynummer. Seit vergangenem Montag, als er das phänomenale neue iPhone von T-Mobile erhalten hatte – ein herrliches Spielzeug für alle, die Freude daran hatten, die global vernetzte Welt komplett in der Hosentasche zu tragen –, da lag sein altes Gerät in irgendeiner Schublade. Er wollte es als Ersatz benutzen und hatte die bisherige Vodafone-Nummer nicht portieren lassen können, weil sein Vertrag mit dem Netzbetreiber noch ein halbes Jahr lief.

Frau Rothfuß hatte ihn also gar nicht erreichen können.

Er zog eine Schublade seines Schreibtisches auf und griff zu dem alten Handy, dessen erloschenes Display darauf hindeutete, dass der Akku leer war. Taler stöpselte es ans Ladegerät, gab den PIN-Code ein und wartete, bis es hochgefahren war. Augenblicke später wurde ihm signalisiert, dass es Nachrichten auf der Mailbox gebe, die er sich sofort vorspielen ließ. Bei den ersten beiden, die im Laufe des Dienstags eingegangen waren, handelte es sich um Glückwünsche zur gewonnenen Wahl, doch dann mit Uhrzeit 00.48 Uhr am frühen Mittwochmorgen eine aufgeregte Frauenstimme: »Hallo«, Pause, dann wieder: »Hallo, Hilfe.« Wieder eine Unterbrechung, dann noch emotionaler und verzweifelt: »Ich werd verfolgt!« Taler starrte auf das Display, als könne er sehen, wovon die Stimme sprach. Dann der letzte Satz: »Und geblitzt wurde ich auch.« Ende des Gesprächs.

Für ihn bestand keinerlei Zweifel, wer die Anruferin war: Silke Rothfuß.

Für eine Schocksekunde lang blieb Taler sitzen. Als er sich wieder gefangen hatte, notierte er die Uhrzeit: 00.48, Mittwoch. Das war über drei Tage her.

Er musste sofort Häberle verständigen.

*

Häberle hatte eine lange und vor allem teure Nacht hinter sich. Auch ohne die 250 Euro war er letztendlich mehr losgeworden, als er von seiner Verwaltung ohne immensen Formularkrieg jemals wieder zurückerstattet bekommen würde. Jetzt, auf der Fahrt zum letzten Ziel seiner Dienstreise – über Dresden nach Pirna – hatte er sich in seinem Audi hinter einen Sattelzug geklemmt, der einer der wenigen Lastzüge war, die an diesem Samstag auf der Autobahn dahinkrochen. Dann rief er Linkohr an und unterrichtete ihn über den Inhalt des Handygesprächs mit Sander. Er erfuhr, dass sich Frederiksen weiterhin in Geislingen aufhielt. Der Jungkriminalist versprach, sich sofort um ihn zu kümmern und ihn mit diesen Hinweisen zu konfrontieren.

»Wir haben aber noch etwas anderes«, beeilte sich Linkohr zu sagen und erweckte den Eindruck, außer Atem zu sein: »Die Ereignisse überschlagen sich. Ich bin mir ziemlich sicher, dass wir die Sache mit der Hütte und dieser seltsamen Zahl rausgekriegt haben. Bodling hat uns drauf gebracht. Es könnte ein Flusskilometer an der Donau sein.«

Häberle bemühte sich, den Abstand zum Lastzug zu vergrößern. Flusskilometer, überlegte er. Alle großen Flüsse waren akribisch genau ausgeschildert. Alle 200 Meter, so hatte er es einmal an der Iller südlich von Ulm gesehen, waren an den flussbegleitenden Uferwegen entsprechende Schilder angebracht. In der Regel wurde von der Quelle stromabwärts gezählt. Einzige Ausnahme bildete die Donau, bei der die Kilometrierung mit der Zahl 0 an der Mündung ins Schwarze Meer begann und sich zur Quelle hin aufaddierte.

»Zweitausendwieviel war's?«, hakte er schließlich nach.

»Zweitausendfünfhunderteinundfünfzig Komma acht.«

»Das kann nicht weit von Ulm sein.«

»Wir sind schon auf dem Weg dorthin – samt SEK.«

Das Spezialeinsatzkommando, davon war Häberle überzeugt, würde die Angelegenheit schon regeln. Endlich kam Bewegung in die Sache. Immerhin hegte er einen kleinen Funken Hoffnung, Frau Rothfuß doch noch lebend irgendwo aufzufinden.

»Ich werd heute Abend wieder zurück sein«, kündigte er an, aber Linkohr wollte das Gespräch jetzt nicht beenden.

»Außerdem scheint es so, als hätten wir ein Foto vom Täter.«

Häberle verschlug es die Sprache und er hatte Mühe, sich auf den Verkehr zu konzentrieren. »Ihr habt was?«

»Sobald wir wissen, wo am Dienstagabend bei Tempokontrollen geblitzt wurde, kriegen wir vielleicht ein Foto vom Täter.«

*

Die grünen Schilder mit den Kilometerangaben bis zur Donaumündung in das Schwarze Meer waren, stromabwärts gesehen, entlang des linken Ufers aufgestellt. Kilometer 2551,8, das hatten die Kriminalisten aus Dillingen rasch herausgefunden, war nicht weit von der Fundstelle der Kleidungsstücke entfernt – und zwar stromaufwärts an der nächsten Staustufe, in Sichtweite zum Kernkraftwerk Gundremmingen. An ihr verließ der Uferweg den Damm und führte, vorbei an einem kleinen Umspannwerk, in ein Waldstück. Ortsunkundige Radler, die der offiziellen Beschilderung des Donau-Radwanderwegs folgten, kamen hier aber nicht vorbei. Weshalb ihnen der Umweg übers abseits der Donau gelegene Gundelfingen zugemutet wurde, war nicht ersichtlich. Möglicherweise sollte ihnen der Anblick der albtraummäßigen Kühltürme des Kernkraftwerks erspart bleiben.

Doch einen Uferweg gab es trotzdem. Zwar beschrieb er nach der Staustufe des EW Gundelfingen einen kurzen Bogen, um einen kleinen Seitenbach zu überqueren, der hier, dicht bewaldet, in die Donau mündete, folgte aber dann dem weiteren Verlauf des mächtigen Flusses.

Die grüne Tafel mit der Kilometrierung war direkt an dieser Mündung angebracht, wo die andere Seite des Bachufers in ein kleines, verwachsenes Wiesengrundstück überging. Dort stand eine Tafel mit den üblichen Gefahrenhinweisen an Ober- und Unterwassern einer Staustufe: ›Kraftwerksareal, Lebensgefahr. Sperrgebiet für Schwimmer und alle Wasserfahrzeuge.‹

Auf den ersten Blick war von einer Hütte nichts zu sehen. Die als Waldarbeiter getarnten Beamten des Spezialeinsatzkommandos, die über den Fahrweg gekommen waren, der von Peterswörth und Gundelfingen zur Staustufe führte, hatten ihren dunkelblauen Golf in respektabler Entfernung stehen lassen. Mit ihren Handsägen und Äxten, die sie trugen, würde niemand auf die Idee kommen, dass sie Polizisten waren. Sollte es irgendwo einen geheimen Beobachtungsposten geben, hätte dieser niemals Verdacht geschöpft.

Sie näherten sich dem kleinen Bachlauf, an dessen rechter Uferseite eine verwachsene Zufahrt auf ein verwildertes Grundstück führte. Eng aneinanderstehende hohe Bäume dämpften das Tageslicht. Erst beim Näherkommen zeichnete sich das Wellblechdach einer Holzhütte ab, deren Außenwände mit Efeu bewachsen waren. Ein Fenster war mit Brettern vernagelt, aus einer Dachseite ragte ein Blechkamin heraus. Das Gebäude schien vermodert und seit Jahren ungepflegt zu sein. Offensichtlich war die Natur längst dabei, es für sich zu vereinnahmen.

Die beiden Männer spielten ihre Rolle als Waldarbeiter weiter. Sie deuteten auf diesen oder jenen Baum und gingen an der Hütte entlang zu dem schmalen Wiesengrundstück, von dem es eine zweifelhaft schöne Aussicht zu den dampfenden Kühltürmen von Gundremmingen gab.

Dorthin war auch die Eingangstür ausgerichtet, an der den Männern ein neues Vorhängeschloss auffiel, das mit seinem blanken Metall gar nicht zu den vermoosten Brettern passen wollte. Die getarnten Ermittler blieben an der Tafel mit den

Gefahrenhinweisen stehen. Einer von ihnen fingerte unauffällig ein kleines Mikrofon aus der Brusttasche, das mit einem Funkgerät im Arbeitskittel verbunden war. Er führt es dicht an den Mund: »Keine Personen erkennbar«, flüsterte er und steckte es wieder weg.

Für ihre Kollegen, die etwa 100 Metern entfernt auf dieses Zeichen gewartet hatten, bedeutete dies Zugriff. Unterdessen folgten zwei junge Radler dem geschwungenen Weg zum Donauufer.

*

Linkohr hatte bei den Kollegen der Verkehrspolizei sowohl in Göppingen als auch in den umliegenden Kreisen Alb-Donau, Heidenheim, Aalen, Rems-Murr und Esslingen nachfragen lassen, wo es in der Nacht zum Mittwoch polizeiliche Geschwindigkeitskontrollen gegeben hatte. Er wurde in seiner Einschätzung bestätigt: nirgendwo. Vermutlich hatte eine Kommune ein privates Institut losgeschickt – weniger wohl, um die Verkehrsmoral der Bürger zu verbessern, wie Linkohr mutmaßte, sondern um das Soll der jährlich im Etat ausgewiesenen Bußgelder tatsächlich zu erreichen. Weshalb sonst, so war ihm erst kürzlich fragwürdig erschienen, wurden samstags in aller Frühe Kontrollen in einer 20-km/h-Zone gemacht oder vor Schulen auch in Ferienzeiten Blitzkästen oder Videokameras positioniert? Ein Polizeipraktikant, der zur Verstärkung der Sonderkommission von der Bereitschaftspolizei zugeteilt worden war, hatte an diesem Samstagvormittag mehrere Telefonate geführt und sogar den Leiter des Ordnungsamts privat angerufen. Jetzt konnte der junge Beamte sagen: »Es hat wohl in der näheren Umgebung nur eine einzige Kontrolle gegeben – in Geislingen auf der Karlstraße. Dort gilt Tempo 20.«

»Na also«, gab sich Linkohr zufrieden. »Und wie schnell kommen wir an die Fotos?«

»Normalerweise dauert die Auswertung drei bis vier Wochen«, erklärte der Praktikant. »Aber sie könnten es notfalls bis morgen Mittag schaffen. Vorausgesetzt«, er grinste. »Vorausgesetzt, wir übernehmen die Kosten.«

Linkohr zögerte. »Sagen Sie dem Chef Bescheid, der soll das entscheiden. Vielleicht halten sich unsere Täter dann künftig an die Dienstzeiten der örtlichen Behörden.«

Anschließend verließ Linkohr das Polizeigebäude, um sich mit Ingo Frederiksen im Hotel Krone zu treffen. Nachdem die Beerdigung seines Schwiegervaters noch nicht terminiert werden konnte, weil dies von der Freigabe der Leiche durch die Staatsanwaltschaft abhing, zog sich der Aufenthalt des Paares aus Norwegen unerwartet in die Länge.

Linkohr hatte um ein Vieraugengespräch gebeten, das in einer Ecke des Gastraumes geführt werden konnte, in dem sich zu dieser Zeit ohnehin noch niemand aufhielt. Er bestellte für sich und Frederiksen Kaffee und spürte bereits das schlechte Gewissen seines Gegenübers.

»Ich hätte Ihnen gleich alles sagen sollen«, begann der Däne deshalb rasch. »Lea, meine Frau, hat mir große Vorwürfe gemacht. Aber verstehen Sie bitte, dass ich meinen Job nicht aufs Spiel setzen möchte. Wenn das alles publik wird, ist meine Karriere beendet.«

Linkohr leerte den Inhalt des Zuckertütchens in seine Tasse. »Man sollte nicht gleich so schwarz sehen«, blieb er gelassen. »Sie stehen auf der Seite des Gesetzes, von Recht und Ordnung.«

»Was ist das schon, Recht und Ordnung? Recht ist das, was dem Kapitalismus dient – und nicht der Umwelt. Ich bin zur Wasserkraft gegangen, sagt man das so?, weil ich darin die Zukunft sehe. Aber anstatt diese Energie günstiger zu machen, wird sie in den Sog der Manipulationen und Spekulationen an der Börse reingezogen. Wäre das nicht so, Herr Linkohr, müsste der Strom bei Ihnen billiger sein – denn ein Teil wird über zertifizierte Mengen rein theoretisch bei uns in Kongsberg ins Verbundnetz gespeist. Das mindert zwar die Atomstrommenge, aber billiger wird gar nichts.«

»Sie haben Einblick in diese Strukturen?« Linkohr wollte sich auf keine Grundsatzdiskussion einlassen.

»Beziehungen und Einblick. So kann man es formulieren. Mein Schwiegervater hat sich in den Kopf gesetzt, die Machenschaften aufzudecken.«

»Warum eigentlich er selbst? Er hätte genauso gut den Medien einen Tipp geben können.«

»Das hab ich ihm geraten, aber er war der Meinung, dass vielen Journalisten heutzutage bei komplexen Themen der Durchblick verloren gegangen ist. Sie wollen nur die schnelle Sensation, ohne wirklich fundiert zu recherchieren. Nein, Frank wollte sein Hobby, die Filmerei, dazu nutzen, einen fundierten Dokumentarfilm zu erstellen und den dann als Grundlage, sozusagen als Beweis für die Richtigkeit seiner Theorien, seriösen Medienorganen vorlegen.«

»Und Sie, Mariotti und eventuell Schweizer, Wollek und Bodling haben die Hintergrundinformation geliefert?«

»Wer das alles war, weiß ich wirklich nicht«, versicherte Frederiksen und nahm einen Schluck Kaffee. »Ich weiß nur so viel«, fuhr er fort, »dass ein Angriff auf die kleinen Versorgungsunternehmen geplant war. Estromag wird nachgesagt, sie hätten nach und nach versucht, Ihresgleichen ins erste Management einzuschleusen.«

»Womöglich bis in die Vorstandschaft?«

Frederiksen schwieg.

47

Ein strahlender Morgen. Häberle war auf der Autobahn zügig vorangekommen. Der Campingplatz von Pirna-Copitz lag am Stadtrand, direkt an der Umgehungsstraße. Die Stadt erstreckte sich beidseits der Elbe, die sich hier ein sanftes Tal gegraben hatte und Dresden entgegenstrebte.

Häberle stellte seinen Audi auf dem Parkplatz an der Zufahrt zum Campingplatz ab und ging zu Fuß zur Rezeption, wo gerade ein niederländischer Gast umständlich seinen viertägigen Aufenthalt bezahlte. Der Chefkriminalist, den es nach Hause drängte, weil er dort die Lösung des Falles greifbar wähnte, studierte derweil die Fremdenverkehrsprospekte, die in großer Zahl angeboten wurden.

Als ihn die freundliche Dame im feinsten sächsischen Dialekt nach seinen Wünschen fragte, setzte er ein Lächeln auf und gab sich als Ermittler zu erkennen. »Ich hätte gerne eine Auskunft über einen Gast, der vorige Woche hier gewesen sein müsste.«

Sie sah ihn zweifelnd an. »So? Hat er denn etwas ausgefressen?« Es war diese direkte Art, die Häberle schon oft überrascht hatte, wenn er es mit Menschen aus den neuen Bundesländern zu tun hatte. Vielleicht lag es daran, so sinnierte er, dass sie ihrem jahrelang unter der DDR-Herrschaft aufgestauten Bedürfnis nach freier Meinungsäußerung endlich freien Lauf lassen wollten. Jedenfalls war dies sicher nicht böse gemeint.

»Um das festzustellen, bin ich hier«, entgegnete er und nannte den Namen des Gesuchten: »Wollek, Markus. Aus Breitingen, Alb-Donau-Kreis.«

»Haben Sie die Postleitzahl?«, fragte sie schnippisch zurück, während sie zu ihrem Computer ging.

»Tut mir leid, nein.«

»Wollek, sagten Sie, mit ck oder nur mit k?«

»Nur k«, glaubte sich der Kriminalist zu entsinnen.
»War da«, kam es zurück. »Vom 10. bis 15. Juni. Das war ...«, sie blätterte in einem Wochenkalender, »von Mittwoch bis vergangenen Montag.«

Häberle bedankte sich und ließ sich die Standplatznummer geben.

»Ach ja«, fügte die Frau an, während sie anfing, Akten zu sortieren. »Eines fällt mir noch ein. Herr Wollek ist nicht, wie das üblich ist, gleich Montagvormittag gefahren, sondern erst um die Mittagszeit.«

»Gab es da einen Grund?«

»Er hat wohl etwas in der Stadt zu tun gehabt. Denn soweit ich es von hier aus gesehen hab, ist er mit dem Taxi gekommen. Ich war nämlich gerade draußen, Blumen gießen.«

Häberle nickte zufrieden, verabschiedete sich und schlenderte über den gepflegten Platz, der jedem einzelnen Camper sehr viel Freiraum bot. Wolleks Stellfläche, ein Eckplatz, war nicht belegt, dafür der Platz daneben. Ein älteres Rentnerehepaar aus dem Rhein-Neckar-Kreis saß im Vorzelt vor dem Wohnwagen und las Zeitung.

Der Ermittler näherte sich ihnen lächelnd, wünschte einen guten Morgen und stellte sich vor. »Keine Panik«, ergänzte er, nachdem die Frau ziemlich entsetzt ihre Zeitung auf den Tisch gelegt hatte. »Ich komme nicht Ihretwegen, sondern wegen eines Nachbarn.« Er deutete auf die freie Wiesenfläche neben ihnen. »Wie lange sind Sie denn schon hier?«

Der Mann faltete seine Zeitung zusammen. »Seit eineinhalb Wochen. Sie kommen wegen dem Mann, der allein unterwegs ist?«

»Es passiert nämlich nicht oft, dass man auf dem Campingplatz Alleinreisende trifft, die lange da bleiben«, gab die Frau zu bedenken. »Und wenn, dann sind es meist Einzelgänger, die eine Rundreise machen und am nächsten Tag wieder weg sind.«

»War er denn den ganzen Tag über da – oder ist er geradelt?« Häberle besah sich die mit Sträuchern umgebenen Parzellen, während über ihnen ein tief fliegendes Sportflugzeug vermutlich in einen Landeanflug überging. Es gab also einen Flugplatz in der Nähe.

»Wir sind nicht immer am Platz«, warf der Mann mit badischem Dialekt ein. »Und außerdem beobachten wir die Nachbarn nicht. Manche sind tageweise unterwegs, wenn sie von hier aus einen Ausflug machen.«

»Diesen Herrn aus UL«, unterbrach ihn seine Frau, »also aus Ulm, den haben wir ein paar Tage nicht gesehen. Muss aber nichts zu bedeuten haben. Vielleicht hat er sich ein Fahrrad gemietet und ist die Elbe rauf- und runtergefahren.«

In der Tat, dachte Häberle – es gab viele Möglichkeiten.

*

Nichts hatte darauf hingedeutet, dass sich in der Hütte jemand befand. Das SEK war immer näher herangerückt – ganz so, wie sie es schon oft geübt hatten. Niemand, der das gesehen hätte, wäre auf die Idee gekommen, dass ein Großeinsatz unmittelbar bevorstand. Selbst eine radelnde Familie, die mit zwei Kindern wieder dem Uferweg entgegenstrebte, hatte nichts bemerkt.

Ein Beobachtungsposten hatte das Donauufer von der anderen Seite im Visier und war in Funkkontakt mit dem Einsatzleiter, der in einem Zivilfahrzeug saß, an dessen Windschutzscheibe zur Tarnung das Schild ›Forst‹ angebracht war. Als er per Funk den letztendlichen Befehl zum Eingreifen gab, ging alles gleichzeitig und so schnell, dass Außenstehende wie gelähmt gewesen wären.

Mehrere Männer, die olivgrüne Einsatzoveralls trugen, überwanden den Bachlauf, andere griffen vom Weg her an, gingen hinter den dicken Bäumen in Deckung, zogen ihre

Maschinenpistolen und rannten nahezu lautlos an die Gebäudeecken. Eine weitere Gruppe war durchs dichte Gestrüpp aus Richtung Staustufe zur Eingangstür gestürmt, woraufhin sofort einer der Männer mit einem Spezialwerkzeug das Vorhängeschloss aufhebelte. Weil eine weitere Schließvorrichtung vorhanden war, steckten sie ein Brecheisen in den schmalen Spalt zwischen Türblatt und Rahmen und innerhalb weniger Sekunden krachte und splitterte das weiche Holz. Unterdessen sicherten weitere Kräfte die Szenerie mit vorgehaltenen Maschinenpistolen ab. Noch immer wurde kein Wort gesprochen.

Die Männer wuchteten die aus den Fugen geratene Eingangstür vollends auf. Holzstücke brachen ab, das Metall des herausgesprungenen Schlosses schepperte. Tageslicht fiel in einen finstren Raum. Strenger Geruch nach Urin und Kot schlug ihnen entgegen.

Einer der Männer ließ eine handliche Halogenlampe aufleuchten, während die anderen mit ihren Maschinenpistolen links und rechts der Tür Position bezogen. Weitere Einsatzkräfte drangen in den Raum vor, der nur wenige Quadratmeter maß und leer war.

»Hilfe!« Eine schwache Stimme war zu vernehmen, zitternd, ängstlich – die Stimme einer Frau. Die Männer verharrten für den Bruchteil einer Sekunde, lauschten und sofort wurde ihnen klar, woher die Stimme kam. »Hilfe!«, hörten sie ein zweites Mal das Rufen. Es kam aus dem angrenzenden Raum, in den eine geschlossene Tür führte. Die Männer wussten, was zu tun war. Sie postierten sich links und rechts davon, die Waffen im Anschlag. Jetzt zeigte sich, wie gut ihr Team funktionierte: Der Wortführer zog sein kleines Funkgerät aus dem Overall und übermittelte den Kollegen draußen, dass der Zeitpunkt zum Aufbrechen des Fensterladens gekommen sei. Er zählte leise auf drei, sodass es sowohl durchs Funkgerät als auch für die Männer neben ihm hörbar war. Falls sich in dem Raum ein Täter aufhielt, würde er durch das zeitgleiche Vorgehen überrascht und kaum zu einem klaren Handeln fähig sein. Effekte dieser Art waren schon vielen Verbrechern zum Verhängnis geworden. Und wenn es sein musste, konnte das SEK eine ganze Palette von unliebsamen Schockmitteln aufweisen. Bis hin zu Blendgranaten und vorgetäuschten Explosionen.

Hier jedoch, wo sich kein Täter bemerkbar gemacht hatte, schienen einfachere Methoden ausreichend zu sein. Aber rein vorsorglich hatte sich der Einsatzleiter trotzdem für einen Überraschungsmoment entschieden.

Bei drei krachte und splitterte es dumpf, die Tür zum Nachbarraum sprang berstend aus dem Rahmen; auf der rechten Seite wurde ein Fensterladen abgerissen und nahezu gleichzeitig die Scheibe eingeschlagen.

Maschinengewehrläufe zeigten schlagartig in den Innenraum.

Für einen Augenblick waren die Männer sprachlos. Das spärliche Licht fiel auf eine völlig entkräftete Gestalt, die mit einer knapp drei Meter langen Kette am linken Handgelenk an einen Holzpfosten gebunden war, der das Verließ in der Mitte abstützte.

Es dauerte noch ein paar Sekunden, bis die SEK-Kräfte ihre Waffen sinken ließen. Vor ihnen brach eine nackte Frau zusammen. So erschütternd ihr Anblick auch war, wie sie zwischen einigen Packungen Lebensmittelvorräten und Mineralwasserflaschen einerseits sowie drei abgedeckten Eimern ihrer Notdurft andererseits zu Boden sank, so machte sich doch Erleichterung breit. Die Gesuchte lebte.

48

Georg Sander hatte am gestrigen Samstagabend während der langen Fahrt von Geilo nach Jorpeland, ganz im Südwesten, unweit von Stavanger gelegen, unablässig darüber nachgedacht, ob er die Videokassette einer Polizeistation anvertrauen sollte. Andererseits gehörte Norwegen nicht der Europäischen Union an, was sicher bei der Übermittlung des Beweismittels an bundesdeutsche Behörden wieder großen bürokratischen Aufwand bedeuten würde, dachte er. Doris hatte sich in den vergangenen Tagen bereits mehrfach darüber beklagt, dass er stundenlang schweigsam hinter dem Lenkrad saß. Aber was hätte er auch auf der langen Strecke erzählen sollen? Wenn der Motor so laut dröhnte, dass man beinahe das eigene Wort nicht verstand?

Auf der Fähre, die sie am Abend in Nesvik über Garsund- und Jøsenfjord hatten benutzen müssen, war es ziemlich unübersichtlich gewesen. Jede Menge Wohnmobile standen in Zweierreihen dicht hintereinander. Sander war im Fahrzeug sitzen geblieben. Ein paar Wohnmobile waren ihm bekannt vorgekommen. Eines aus Baden-Baden, ein anderes aus München. Aber eines mit Kennzeichen HZ war, soweit er es von seinem Sitz aus hatte überblicken können, nicht dabei. Bei der jenseitigen Ankunft war Hektik aufgekommen: Ein Pärchen hatte den Schlüssel im abgeschlossenen Wohnmobil stecken lassen. Sander und alle anderen hatten beim Verlassen der Fähre mühsam an dem Fahrzeug vorbeirangieren müssen.

Der Campingplatz, den sie bei Jorpeland anvisiert hatten, lag direkt an der Straße zum Preikestolen, diesem Felsplateau, das 602 Meter senkrecht aus dem Lysefjord herausragt. Die Rezeption war um 22 Uhr nicht mehr besetzt gewesen, obwohl noch die Sonne geschienen hatte. Wie auf vielen Campingplätzen wurden die Spätankömmlinge mit einem Zettel darauf hingewiesen, dass sie sich einen Stellplatz suchen und sich morgen anmelden sollten.

Einfach war es nicht, noch ein freies Plätzchen zu finden. Der Touristenandrang an diesem markanten Ort war groß. Nach ihnen waren sogar weitere ›Wohnmobilisten‹ eingetroffen, wie Sander am nächsten Tag, einem herrlichen Sonntagvormittag, feststellte.

Der strahlend blaue Himmel war dazu angetan, seine Gemütslage zu verbessern. Außerdem konnte er sich jetzt doch den Wunsch erfüllen, diesen Felsen zu besteigen, den sie vor einer Woche angesichts der gewaltigen Entfernungen eigentlich hatten aussparen wollen. So aber hatte ihnen die Fahrt zu den Gletschern und über das riesige Hochland Hardangervidda hinab in den Südwesten noch einige beschauliche Fjordumrundungen beschert.

Seine gute Laune bekam jedoch einen Dämpfer, als er sich im Waschhaus, direkt vor den Duschen, einem Gesicht gegenüber sah, das ihn elektrisierte. Stoppelbärtig, schwarze Haare, mittleres Alter. Irgendwo hatte er es schon einmal gesehen? In Geiranger? War das der Mann, der ihm dort aufgefallen war? Der Unbekannte, der sich vom Waschbecken gewandt hatte, als Sander in eine der Duschkabinen gehen wollte, grinste: »Schöner Tag heute, was?«

Smalltalk im Toilettenhaus, dachte Sander und wusste nicht so recht, was er antworten sollte. »Ideal für den Preikestolen«, entfuhr es ihm mehr aus Verlegenheit als aus Gesprächsbereitschaft.

Zwei weitere Männer betraten die Räumlichkeiten und trugen ihre Toilettenutensilien bei sich.

»Rauffahren oder von hier aus wandern?«, erkundigte sich der Mann, der nach einem herben Parfüm roch.

»Wandern, von hier«, gab sich Sander einsilbig und hätte sich ohrfeigen können. Natürlich war es normal, dass sich Camper beim Waschen oder Duschen unterhielten und Erfahrungen austauschten – aber hatte der Kerl womöglich ganz anderes vor?

Sander lächelte und heuchelte Interesse: »Und Sie? Waren Sie schon oben?«

»Nein, aber ich mach das auf die bequeme Tour. Ich fahr zum Parkplatz rauf«, erzählte der Mann freimütig. »Es soll dort oben genügend Parkplätze geben, wenn man zeitig genug hinaufkommt.« Er strebte dem Ausgang zu und sah Sander von der Seite an: »Egal, ob Sie das Auto hier auf dem Campingplatz lassen oder dort oben abstellen – geklaut kann Ihnen überall etwas werden. Am besten, man nimmt sein Zeug immer mit.« Er hatte jetzt die Tür geöffnet. »Schönen Tag noch.«

Sander fühlte sich wie ein begossener Pudel. Er verschwand in der Duschkabine und versuchte sich einzureden, dass es nichts weiter als Geplauder war. Er litt wahrscheinlich schon unter Verfolgungswahn. Die stundenlangen Fahrten der letzten Tage hatten ihm zugesetzt. Er konnte sich einfach nicht erholen oder entspannen.

*

Häberle war in Richtung Heimat gefahren und hatte unterwegs lange Handygespräche geführt. Er nutzte jede Gelegenheit, hinter einem PS-schwachen Fahrzeug auf der rechten Autobahnspur herzukriechen, um in Ruhe nachdenken zu können. Dass Silke Rothfuß lebte, war ihm wie ein Befreiungsschlag erschienen. Zwar war sie, wie Linkohr es geschildert hatte, völlig entkräftet und stand unter Schock, doch das würden die Ärzte in den Griff bekommen. Allerdings hätte ihn natürlich interessiert, unter welchen Umständen und vor allem von wem sie in diese Hütte gesperrt worden war. Doch mehr, als dass sie im Auto verfolgt und dann wohl betäubt worden sei, hatte sie den Kollegen im Krankenwagen nicht gesagt. Immerhin hatte der Kidnapper dafür gesorgt, dass sie die drei Tage überleben und gefunden werden konnte. Wäre der Zettel, der in Bodlings Briefkasten gesteckt worden war, nicht an entscheidender Stelle zerrissen worden, hätte das Martyrium nur wenige Stunden gedauert. Vermutlich hatte es also eine Einschüchterungsaktion sein sollen. Eine Aktion vielleicht, um der Frau eine Abreibung zu verpassen und um möglicherweise andere Beteiligte abzuschrecken – wovor auch immer. Und natürlich, daran hatte Häberle inzwischen keinen Zweifel mehr, sollte Bodling klein beigeben und angesichts der Drohungen, die sich gegen ihn und sein Unternehmen richteten, jegliche Recherchen gegen die Energiemultis unterbinden.

So musste es gewesen sein. Die Frage war nur, wer ein falsches Spiel spielte. Wieso war Frederiksen so zurückhaltend gewesen und hatte nicht gleich bei der ersten Vernehmung die Karten auf den Tisch gelegt? Wie waren Schweizer, Wollek, Feucht und sogar Bodling in die Sache verstrickt? Was hatte der Naturschützer ausgerechnet vor wenigen Wochen in Mirow zu suchen gehabt? Und weshalb, verdammt noch mal, trieb sich Sander in Norwegen herum? Beinahe hätte Häberle die Bremslichter des Vordermannes übersehen, der plötzlich in die Raststätte Ellwanger Berge abbog. Der Chefermittler war in die Realität zurückgeholt worden. Kaum hatte er sich von dem Schreck erholt, klingelte sein Handy.

Es war Linkohr, der ihm Neuigkeiten berichten wollte: »Die Stadtverwaltung hat es tatsächlich geschafft und uns die Fotos der Überwachungskamera geschickt. Man sollte es nicht glauben, aber die messen tatsächlich um Mitternacht. Das heißt, sie lassen messen, von einer Privatfirma. Muss ganz schön was einspielen, wenn sie den Leuten sogar Nachtzuschlag bezahlen.«

»Abzocke«, stellte Häberle fest. »Ist die Frau Rothfuß drauf?«

»Ja, eindeutig. Sie am Steuer, das Kennzeichen rausvergrößert. Mit 69 km/h in der 20er-Zone. Da wird sie ein paar Wochen zu Fuß gehen müssen.«

»Und der hinter ihr – der muss doch, wenn er sie verfolgt hat, genauso schnell gewesen sein?«, drängte Häberle auf Eile.

»67 km/h, steht auf dem Bild. Aber in der Windschutzscheibe ist ein Lichtreflex. Vermutlich ein Mann drauf. Mitsubishi, Kennzeichen gehört zu einer Hamburger Mietwagenfirma.«

»Ach«, meinte Häberle enttäuscht. »Europcar, nehme ich an. Habt ihr schon nachgefragt, wer den Wagen gemietet hat?«

»Ist am Sonntagvormittag nicht so einfach«, erklärte Linkohr. »Aber denken Sie nicht auch, dass wir es mit Profis zu tun haben? Wer besorgt sich schon einen Mietwagen, bevor er ein Ding dreht?«

Häberle hatte eine Idee.

*

Der Ödenturm war an Sonntagen wie diesem ein beliebtes Ausflugsziel. Markus Wollek hatte sich auf den Dienst gefreut, denn dort oben konnte er nach den stressigen Tagen ausspannen und sich mit Leuten unterhalten, die ihn seinen Job für ein paar Stunden vergessen ließen. Als einer der Ersten war am späten Vormittag Herbert Braun gekommen. Er hatte in den vergangenen Tagen erfahren, dass einer vom Albwerk sogar Turmdienst mache – und sich als Zugezogener für seine neue Heimat ehrenamtlich engagiere. Braun war deshalb hochgestiegen, um ihm dafür Anerkennung zu zollen. Außerdem, so mutmaßte er, dürfte sich nach der Befreiung von Frau Rothfuß unter allen Albwerklern eine gewisse Erleichterung breit gemacht haben. Auch jetzt stand dieses Thema schnell im Mittelpunkt des Gesprächs.

»Brutalität und Gewalt«, sinnierte Braun und sah aus einem offenen Fenster in die Stadt hinab, »das nimmt immer schlimmere Formen an. Unglaublich, wie die Gesellschaft verroht.«

Wollek nickte nachdenklich. »Wundert Sie das? Bei Verherrlichung von Gewalt, wie sie überall stattfindet? Im Fernsehen, im Kino, in Videos – wo Sie auch hinschauen.« Er brach kurz ab. »Und sind wir doch mal ehrlich, auch im Berufsleben wird mit allen Bandagen gekämpft.«

Braun drehte sich um. »Ein steigender Aktienkurs ist mehr wert als ein Menschenleben.«

»Ganz so drastisch würd ich's allerdings nicht sehen«, erwiderte Wollek ruhig. »Aber was unsere Väter unter Moral verstanden haben, wird heutzutage nur noch belächelt. Dabei waren es doch Moral, Anstand und gute Sitten, die die Welt zusammengehalten haben. Auch im Osten, wenn ich das mal so sagen darf.«

»Wer gegen die Naturgesetze lebt, wer missachtet, was uns die Götter lehren, Herr Wollek, der wird von diesen Göttern, oder nennen wir es Universum, langsam aber sicher eliminiert.« Er nickte seinem Gegenüber aufmunternd zu und wandte sich zur Tür. »Daran sollten Sie denken.«

Braun hatte Schritte näher kommen hören, weshalb er es vorzog, die stickige Turmstube zu verlassen. Offenbar war eine kleine Wandergruppe im Anmarsch. Sie betraten nacheinander den Raum, bis sich etwa ein gutes Dutzend Personen, darunter auch Kinder, um Wollek gruppiert hatte. Er hieß sie als Turmwächter willkommen und gab ein paar knappe Erläuterungen zu dem historischen Gebäude. Besonders die Kinder wies er auf einige Fundstücke hin, die bei Grabungen auf der nahen Burg Helfenstein entdeckt worden waren. Dann jedoch unterbrach ihn die Melodie seines Handys. Er entschuldigte sich, ging mit dem Gerät entlang der Mauerrundung zur anderen Ecke. »Hallo«, sagte er im Flüsterton und lauschte dem Anrufer.

Mehr als ein paar knappe »hm«, »äh« und die energische, abwehrende Äußerung »Ach was, lass mich doch in Ruhe« gab er nicht von sich. Dabei achtete er darauf, dass die Besuchergruppe auf sein Gespräch nicht aufmerksam wurde. Er beendete es wortlos und steckte das Handy in die Innentasche seiner Freizeitjacke.

Markus Wollek hatte Mühe, sich auf die Erläuterungen zu konzentrieren, die er den Besuchern geben wollte. Die Kinder stellten die obligatorische Frage, ob denn noch irgendwo eine Kanonenkugel im Gemäuer stecke, was er verneinte.

Noch während die Gruppe im Aufbruch war, tauchte unter der Tür ein schwergewichtiger Mann auf, der mit seiner kräftigen Stimme den Raum zum Dröhnen bringen konnte: »Guten Morgen, die Herrschaften, willkommen auf dem Ödenturm.« Leichtle war außer Atem und stellte eine Stofftragetasche in die hintere Ecke. »Sie brauchen meinetwegen nicht schon wieder zu gehen«, rief er der Besuchergruppe hinterher, von der die Ersten bereits abwärts stiegen.

Leichtle schlug Wollek so kräftig auf die Schulter, dass dieser beinahe in die Knie ging. »Mensch, Markus, eure Sekretärin haben se befreit.«

Wollek nickte und versuchte ein Lächeln. »Glücklicherweise, ja.«

»Darauf müssen wir einen trinken«, schlug Leichtle vor und zauberte eine Flasche Sekt und zwei Gläser hervor. »Pass auf, gleich knallt's.«

Wollek sah ihn irritiert an. Leichtle hatte bereits damit begonnen, die Silberfolie vom Korken zu ziehen und ihn mit der kräftigen Rechten zu lockern. Er hielt die Sektflasche mit dem Hals voraus aus dem hinteren Fenster, von dem aus das Waldgebiet entlang der Albkante zu überblicken war, und versuchte, den Korken mit einem Daumen vollends herauszudrücken. Gleich würde er mit einem lauten Knall in die umstehenden Bäume fliegen. Wollek stand seitlich hinter ihm, um das Spektakel aus der Nähe sehen zu können, das gleich losbrechen würde, sobald die Flasche entkorkt war und sich der warme und geschüttelte Sekt wie ein Geysir in die Turmstube ergoss.

In diesem Augenblick glaubte Wollek zwischen den hohen Bäumen hinterm Turm etwas zu erkennen, was dort nicht hingehörte. Normalerweise fuhren am Sonntagmittag auf dem dortigen Forstweg keine Fahrzeuge. Und wenn, dann kamen sie zum Turm. Doch die, die er zu sehen glaubte, hatten im Schutze der Bäume gestoppt.

Leichtle ließ den Sektkorken im hohen Bogen aus dem Fenster krachen, sodass es sich anhörte, als sei ein Schuss gefallen. Nahezu gleichzeitig sprudelte und spritzte der Sekt, der sich auch nicht bändigen ließ, als Leichtle seine flache Hand gegen die Öffnung presste. Wollek fühlte sich für einen Moment an die Siegerehrung bei der Formel 1 erinnert, wo Sekt meist in Strömen fließt.

Noch während Leichtle mit der Flasche kämpfte, hatte Wollek mit ein paar Schritten und dem knappen Hinweis »Ich bin gleich wieder da« die Turmstube verlassen, um über die Holztreppe abwärts zu hetzen. Ein Glück, dass ihm keine Besucher entgegenkamen, dachte er.

49

Georg Sander und seine Partnerin hatten beschlossen, nicht mit dem Linienbus zum Wanderparkplatz unterhalb des Preikestolens zu fahren, sondern den beschwerlichen Weg vom Campingplatz aus zu nehmen und vermutlich 500 Höhenmeter zu überwinden. Der Weg führte an einem Golfplatz vorbei – und geradewegs in eine wilde, ziemlich verwachsene Schlucht hinein, wo jeder Schritt im feucht-weichen Untergrund ein mooriges Schmatzen auslöste. Sander hatte die Videokassette in eine der vielen Taschen seiner Wanderjacke gesteckt.

Je weiter sie in diese Wildnis vordrangen, desto unheimlicher kam sie ihm vor. Spinnweben deuteten darauf hin, dass hier heute noch niemand gegangen war. Schon hatten sie Zweifel, den richtigen Weg eingeschlagen zu haben, da tauchte ein rustikales Schild auf, das links zu einem steil den Hang aufwärts führenden Pfad wies.

Hier würde ihnen keiner folgen, dachte Sander, der inzwischen einen unerbittlichen Kampf mit seiner inneren Stimme führte. Wer sollte ihm denn nachspüren? Wenn da tatsächlich jemand war, der ihm die Kassette abnehmen wollte, hätte dieser schon tausend Gelegenheiten gehabt. In einem Tunnel, nachts auf einem Campingplatz, wo er Gas hätte ins Wohnmobil blasen können – oder irgendwo auf einsamen Picknickplätzen. Warum also sollte ihm jemand ins Gelände folgen, wenn nicht mal klar war, wo er die Kassette aufbewahrte?

Dein Verhalten wird überwacht, hämmerte die Stimme wieder. Man will wissen, wohin du gehst und ob du in Norwegen weitere Kontaktadressen aufsuchst. Kein Mensch glaubt, dass du Urlaub hast und nur ein einziges Mal journalistisch tätig geworden bist. Nein, kämpfte Sander mit seinem Innersten. Nein. Ich sehe Gespenster, ich bin überarbeitet, überdreht, im Urlaubsstress, verwirrt vom vielen Fahren. Ich möchte mich einfach hinlegen, auf einen Liegestuhl, die Seele baumeln lassen und ausspannen. Dann würde die Welt wieder anders aussehen. Anders und harmloser.

Sie erklommen schweigend den bewaldeten Hang, an dem die Luft feuchtwarm stand, als seien sie irgendwo in mediterranen Gefilden.

Unversehens drehte sich der Blondschopf vor ihm um. Doris war stehen geblieben. »Hast du das eigentlich bemerkt?«, fragte sie ihn, während er näherkam. »Man trifft immer wieder dieselben Leute hier. Auch das Wohnmobil vom Gletscher stand heut auf dem Campingplatz.«

»Wie?« Sander war erschrocken. »Welches Wohnmobil?«

»Das mit HZ. Hast du das denn nicht gesehen?«

Sander spürte, wie sein Blutdruck stieg.

*

Häberle hatte bereits von unterwegs mit dem neuen Leiter der Polizeidirektion das weitere Vorgehen besprochen. Der Chefermittler war abgekämpft und verschwitzt, als er den Dienstwagen im Hof des Geislinger Polizeireviers abstellte. Seine viertägige Reise hatte in seinem unrasierten Gesicht deutliche Spuren hinterlassen.

Obwohl er sich in der Schwüle dieses Sonntags, es war der 21. Juni, gerne unter eine kühlende Dusche gestellt hätte, war er fest entschlossen, mit Linkohr und einem halben Dutzend uniformierter Kollegen den Fall zu Ende zu bringen.

Alle Indizien deuteten darauf hin, dass nur ein Mann für alles verantwortlich war – eben jener, den er jetzt im Ödenturm vermutete. Dieser war dort aufgewachsen, wo auch Mariotti und diese Vogelsang-Klarsfeld herkamen. Während der langen Autofahrt hatte Häberles Mosaikbild deutliche Konturen angenommen: Der Mann war mit dem Wohnmobil nach Pirna gefahren, hatte zwar tatsächlich seine alte Tante besucht, sich dann aber einen Geländewagen gemietet, um in Mirow seinen Kontrahenten Mariotti zu beseitigen und später dessen kleine Wohnung in Leipzig abzufackeln. Damit er unterwegs als Fremdling nicht auffiel, hatte er das Kennzeichen des Mietwagens gegen ein gestohlenes aus dem örtlichen Kreis Mecklenburg-Strelitz ausgetauscht. Und um keine elektronischen Spuren zu hinterlassen – oder vielleicht eine falsche Fährte zu legen –, war er auf die Idee gekommen, das Handy von Büttner zu benutzen, den er schon einige Tage zuvor in den Weiherwiesen beseitigt hatte. Aus zwei Gesprächsverbindungen, die jedoch nicht zustande gekommen waren, ließen sich Kontakte zu Estromag nachweisen.

Bei seinen stundenlangen Grübeleien auf der Autobahn hatte Häberle aber noch weitere Erkenntnisse gewonnen: Dieser Mann war nach allem, was inzwischen in den Akten stand, ein Naturfreund – und keinesfalls nur an historischen Gebäuden interessiert, wie er es vor einigen Tagen gegenüber Linkohr behauptet hatte. Vermutlich war er sogar Angler, worauf das Stück Angelschnur hindeuten konnte, das den Kollegen am Tatort Peetschsee aufgefallen war. Diese Naturliebe würde auch sein Interesse an den Bibern erklären, die sowohl am Weiherwiesensee als auch in Mecklenburg-Vorpommern längst wieder aufgetaucht sind. Vermutlich hatte ihm Frau Rothfuß die wissenschaftlichen Abhandlungen darüber auf den verlorenen USB-Stick gezogen. Denn dass die Frau ausgerechnet von der Seenplatte einige Fotos besaß, von denen sie eines als Bildschirmschoner nutzte, hatte den Chefermittler zu weiteren Gedankenspielen animiert: Immerhin hatte sie gegenüber diesem Taler, dessen Rechercheergebnisse inzwischen in die Akten eingeflossen waren, mehr oder weniger kleinlaut zugegeben, mit einem Bekannten im Oktober an der Mecklenburger Seenplatte gewesen zu sein. Vermutlich war sie sogar die Katimaus 4 und Verfasserin der dubiosen Briefe. Ein scharfes S, so hatte es doch Bodling festgestellt, benutzte sie nur beim Schreiben ihres eigenen Namens, nicht aber beim Wort Straße. Und weil im Oktober nach Angaben Bodlings nur eine einzige Person in den gehobenen Positionen des Albwerks Urlaub hatte, erschien Häberle klar, auf wen er sich ab sofort konzentrieren musste: Markus Wollek.

Diesen Mann wollten sie jetzt mit all den Erkenntnissen der letzten Tage konfrontieren. Linkohr hatte deshalb vorsorglich die private Telefonnummer Wolleks angerufen, unter der sich allerdings nur dessen Frau meldete und erklärte, ihr Mann sei beim Turmdienst.

Häberle überließ seinem Assistenten das Steuer des Audis, der knapp eine Viertelstunde später über einen Forstweg in die Nähe des Turmes rollte, gefolgt von zwei zivilen Kleinbussen. Linkohr stoppte den Wagen etwa 50 Meter vom Ziel entfernt, um im Schutze des Blätterdachs weit ausragender Buchen zu bleiben.

Sollte jemand aus den Turmfenstern schauen, durften die Fahrzeuge nicht sofort erkennbar sein. Häberle vereinbarte mit den Uniformierten, sich bereitzuhalten, falls er per Funk um Verstärkung bitten musste.

Dann folgten er und sein junger Kollege ohne Eile dem Weg, der zur Rückseite des hoch aufragenden Buckelquader-Bauwerks führte. An der dortigen Picknickecke saß eine Familie mit drei Kindern und hatte auf dem rustikalen Holztisch ihr Vesper ausgebreitet. Nicht gerade günstig, dachte Häberle, als er im Vorbeigehen grüßte.

Die beiden Kriminalisten entschieden sich, rechts am Turm vorbei zur Vorderseite zu gehen, wo der steil abfallende Albtrauf dicht an ihn heranreichte und einen atemberaubenden Blick auf die Stadt bot. Auf einem kleinen, betonierten Aussichtsplateau, das an den Fels gebaut war, erklärten sich offenbar zwei gestikulierende Männer gegenseitig, was es unten im Tal zu sehen gab. Abseits des Ödenturms flatterte die schwarz-weiße Stadtfahne mit der Rose in der Mitte im sanften Sommerwind.

Häberle hatte mit wenigen Schritten die Eingangstür erreicht, die im dicken Gemäuer des Turmes zurückversetzt angebracht war. Dass sie nicht offen stand, wie dies Häberle von seinem letzten sonntäglichen Besuch in Erinnerung hatte, verwunderte ihn. Als er dann jedoch die Türklinke niederdrückte und öffnen wollte, war er vollends irritiert. »Geschlossen«, stellte er so laut fest, dass Linkohr es hören konnte. Während er ein zweites und drittes Mal mit aller Kraft an ihr zerrte und drückte, meldete sich sein Handy. Er trat einen Schritt aus dem schwülen Eingangsbereich heraus und zog das Gerät aus der Jackentasche. Am Display erkannte er die Rufnummer der Sonderkommission. »Ja?«, fragte er ungeduldig.

»Wo sind Sie?«

»Vorm verschlossenen Ödenturm – was ist?«

»Anonymer Anrufer. Hat gesagt, er sei in der Turmstube des Ödenturms und man solle ihm ja nicht zu nahe kommen. Er habe zwei Geiseln.«

Häberle spürte seine weichen Knie. Linkohr sah ihn gespannt an.

»Er hat – was?«

»Zwei Geiseln. Eine bei sich im Turm und eine in Norwegen.«

50

Der Weg war weit, verdammt weit. Sander hatte die Entfernung und die Topografie unterschätzt. Sie hatten einen Hang erklommen und geglaubt, dem Preikestolen bereits nahe zu sein. Doch in Wirklichkeit standen sie vor einer dünn mit Nadelhölzern bewachsenen Senke, auf deren schiefer Ebene der felsige Untergrund flache Steinplatten ausbildete. Keiner der umliegenden Höhenzüge ließ auch nur annähernd ein Plateau erkennen, das jenen Fotos glich, auf denen im Reiseführer dieser markante Berg zu sehen war. Dafür kam der Parkplatz in Sicht, der sich zwar in das Gelände einschmiegte, jedoch große Ausmaße zu haben schien. Dominiert wurde er von der Preikestolen-Hütte, wie das mit viel Holz kaschierte große Rasthaus schmeichelhaft genannt wurde. Sander sah bereits aus der Ferne, dass der Andrang auf die Sitzplätze im Freien enorm war. Mehrere Omnibusse ließen erahnen, welcher Touristenrummel auf dem weiteren Weg herrschen würde. Im Reiseführer hatte Sander gelesen, dass sich viele, die nie zuvor eine Hochgebirgstour unternommen hätten, den Anstieg zumuteten. Entsprechend war die Quote derer, die unterwegs zwangsläufig schlappmachten.

Die Sonne knallte herab und rechts in dieser Hochebene spiegelte sich das Blau des Himmels in einer regungslosen Seefläche. Sie orientierten sich an den Wegemarkierungen und erreichten schließlich die Hütte. Gegenüber drängten sich Touristen, die soeben mit einem Bus gekommen waren, in einem Souvenirladen.

Sander sah sich um, doch in dem Ansturm erschien es ihm sinnlos, nach einzelnen Gesichtern Ausschau zu halten. Er schlug vor, sofort den Ausgangspunkt für die Tour zum Felsplateau zu suchen. Dies bedurfte keiner großen Überlegung, denn jenseits der Parkplatzzufahrt formierten sich unablässig Menschen wie zu einer Prozession, die im bewaldeten Hang verschwand. Während sich Sander und seine Partnerin aus dem Gewühle vor dem Souvenirladen entfernten, klingelte irgendwo ein Handy. Er drehte sich unwillkürlich um, doch er konnte niemanden sehen, der telefonierte.

*

Innerhalb weniger Sekunden war das SEK bei der Bereitschaftspolizei im 20 Kilometer entfernten Göppingen alarmiert und ein Hubschrauber der Landespolizeidirektion unterwegs, um einige der Einsatzkräfte in die Nähe des Ödenturms zu bringen.

Häberle, der diese Anweisungen sofort per Handy erteilt hatte, war mit Linkohr bis zur kleinen Aussichtsplattform gegangen, um am Turm zu den Fenstern hochblicken zu können. Keines davon war offen.

Sein Handy übertönte das scheppernde Rauschen eines Güterzugs, der unterhalb des Berges an der Stadt vorbeifuhr. Der Kriminalist meldete sich, ohne die Turmspitze aus den Augen zu lassen, über der eine mächtige Kumuluswolke stand.

»Ich bin es«, sagte die Stimme des Kollegen der Sonderkommission. »Er hat angerufen und Ihre Handynummer gewollt. Er will Sie anrufen, nur damit Sie Bescheid wissen.«

Häberle brummte etwas und erteilte Anweisung: »Sagen Sie der fliegenden Truppe, sie sollen Stand-by gehen, außer Sicht- und Hörweite. Sind die anderen unterwegs?«

»Sind unterwegs. SEK wird in spätestens 20 Minuten oben eintreffen. Ich habe gesagt, sie müssen sich außer Sichtweite zum Turm postieren.«

»Okay.« Häberle beendete das Gespräch. Linkohr versuchte unterdessen, fünf Wanderer zum Weitergehen zu bewegen. Sie zeigten sich einigermaßen mürrisch, doch als ihnen der Kriminalist seinen Dienstausweis vorhielt, kamen sie seiner Forderung nach.

Der Chefermittler war sich ziemlich sicher zu wissen, wer sich in der Turmstube verschanzt hatte. All seine Erkenntnisse der letzten Tage deuteten nur auf diesen einen Mann hin. Die Frage war nur, hatte er tatsächlich eine Geisel genommen – und wenn ja, was würde er für eine Forderung stellen?

Wieder das Handy. Häberle hielt es noch in der Hand, weshalb er sich schnell melden konnte.

»Guten Tag, Herr Kommissar«, krächzte die Stimme spöttisch. »Ich freue mich, dass Sie zu meinem Turmdienst gekommen sind. Allerdings werden Sie tun müssen, was ich will.«

»Und das wäre?« Häberle blieb ruhig. Linkohr war ganz dicht an ihn herangetreten, um mithören zu können.

»Sie werden dafür sorgen, dass ich unbehelligt diese schöne Gegend verlassen kann. Und zwar ich mit meinem Freund, der mich chauffieren wird. Ersparen Sie sich also den Versuch, uns daran zu hindern.«

Häberle kannte die Stimme. Allein schon ihr Klang bestätigte ihn in seiner Vermutung. »Egal, was Sie sich ausgedacht haben, Wollek«, sagte er und blickte noch immer zum Turm, in der Hoffnung, dass sich sein Gesprächspartner am Fenster zeigen würde. »Egal, was Sie sich ausgedacht haben – ich glaube kaum, dass es sich realisieren lassen wird.«

»Was haben Sie denn schon für eine Ahnung, Herr Häberle? Die Welt ist größer als Ihre fünf Täler da unten.« Wieder ein Lachen, dann im Hintergrund eine kräftige Männerstimme: »Mensch, tun Sie was, ich glaub, der meint es wirklich ernst.«

Sofort meldete sich wieder der andere: »Haben Sie gehört, was unser Freund gesagt hat? Im Übrigen sollten Sie nicht unterschätzen, dass sehr einflussreiche Kreise Interesse daran haben, mich hier rauszuholen.«

Aha, daher wehte der Wind, dachte Häberle. Er hätte am liebsten ironisch geantwortet: Was, wohl ein Freund des Innenministers? Doch der Chefermittler war erfahren genug, um in solchen Situationen keine unnötige Schärfe hineinzubringen. »Geben Sie mir mal Ihren«, er suchte nach einer passenden Bezeichnung, »Ihren Freund.«

Wortlos wurde das Handy übergeben. »Hier spricht Leichtle«, sagte die kräftige Stimme und Häberle wusste, mit wem er es zu tun hatte. Mit dem Kommunalpolitiker Peter Leichtle, einem Mietwagenunternehmer und weithin bekannten Chauffeur prominenter Persönlichkeiten aus Wirtschaft und Showbusiness. Außerdem Leichenbestatter.

»Bitte passen Sie auf, ich denke, es ist besser wir tun, was er sagt«, erklärte Leichtle schwer atmend und verunsichert.

Seine Stimme verlor an Selbstbewusstsein. »Ich will nicht hier oben sterben, Herr Häberle.«

Der Chefermittler wollte etwas erwidern, doch dann war wieder Wollek am Handy: »Haben Sie gehört? Herr Leichtle will noch nicht sterben.« Wieder das hämische Lachen.

»Jetzt passen Sie mal auf«, blieb Häberle unbeeindruckt. »Sie lassen mich sofort rein und dann reden wir miteinander.« Dass dies nichts mehr als der in Deeskalationskursen gelehrte Versuch sein würde, beruhigend auf den Täter einzuwirken, war ihm natürlich klar.

»Rein kommt hier überhaupt keiner«, bläffte der Mann zurück. »Nur raus – und zwar wir. Herr Leichtle hat bereits seine Frau angerufen. Sie wird in einer Dreiviertelstunde mit einem vollgetankten Fahrzeug aus seinem Fuhrpark hier auftauchen. Daimler S-Klasse, vollgetankt und mit Leichtles Kreditkarte. Für unterwegs. Dann fährt mich mein Freund Leichtle höchstpersönlich – ha …«, ein überhebliches Lachen, »er ist schließlich Prominentenkutscher – nach Portofino.«

Häberle überlegt ein paar Augenblicke. »Wohin bitte? Portofino?«

»Ja, Portofino. Italien. Ligurische Küste. Für meinen Freund Leichtle kein Problem.«

»Entschuldigen Sie«, unterbrach ihn Häberle höflich. »Aber wie wollen Sie unbehelligt durch zwei Länder kommen?«

»Wie?«, kam es energisch zurück. »Indem Sie uns den Weg frei machen, Herr Häberle. Haben Ihnen Ihre Schnüfflerkollegen nicht berichtet, dass wir eine zweite Schachfigur aus dem Spiel genommen haben?«

»In Norwegen«, zeigte sich Häberle informiert. »Was heißt eigentlich wir?«

»Ja, wir – richtig. Und ich kann Ihnen auch sagen, welche Figur wir aus dem Spiel genommen haben.«

Häberle antwortete nicht.

»Es ist kein Bauer, kein König, kein Springer, sondern ein Journalist«, verkündete der Mann aus dem Turm triumphierend.

Häberle hatte dies befürchtet. Es musste sofort versucht werden, mit Sander Kontakt aufzunehmen. Deshalb wollte er das Gespräch beenden. »Sie sollten sich nicht überschätzen«, sagte er. »Was wollen Sie eigentlich in Portofino?«

»Ich sagte doch – ich hab einflussreiche Freunde, die auf mich warten, um mich abzuholen.«

»Mit einer Jacht?«

»Wenn ich einen Flieger gewollt hätte, hätten wir es ja wohl nach Echterdingen näher. Aber denken Sie dran, Herr Kommissar – versuchen Sie nicht, mich auszutricksen. Herr Leichtle möchte noch ein paar Jahre leben. Und der Journalist vielleicht auch. Lassen Sie also den Wagen von Frau Leichtle passieren.« Er legte eine kleine Pause ein und fügte mit drohendem Unterton hinzu: »Und kommen Sie nicht auf die Idee, mein Handy abstellen zu lassen. Ich hab noch zwei andere dabei. Bloß, dass Sie das wissen.« Dann beendete er das Gespräch.

Der Chefermittler drückte einige Tasten am Handy, um die angenommenen Anrufe zu checken. Aber weder das jetzige Gespräch noch das gestrige von Sander hatte eine Rufnummer übertragen.

Er gab den Kollegen in der Sonderkommission Bescheid: »Versucht, die Nummer von dem anonymen Anrufer bei euch rauszukriegen – und außerdem müsst ihr sofort diesen Journalisten an die Strippe kriegen, diesen Georg Sander. Irgendjemand bei der Zeitung wird seine Nummer ja griffbereit haben. Ruft ihn an und sagt ihm, er soll sich sofort, egal wo er ist, sofort mit einer Polizeistation in Verbindung setzen und sich in Sicherheit bringen.«

*

Der Hubschrauber mit einem halben Dutzend SEK-Beamten war von Göppingen aus an der Autobahn entlang in Richtung Ulm geflogen, um dann auf dem Sportflugplatz Berneck, oberhalb Bad Ditzenbachs, zwischenzulanden. Von dort aus war der Ödenturm, wenn es schnell gehen musste, in fünf Flugminuten zu erreichen. Die Mannschaftstransportwagen waren von dem kleinen Geislinger Stadtbezirk Weiler aus über einen schmalen Feldweg direkt zum Waldrand gefahren, wo sie weder vom Turm noch von jenem Forstweg gesehen werden konnten, der von der Straße herführte.

Eine Mannschaft sollte sich durchs Unterholz so nah wie möglich an den Turm heranpirschen. Der Einsatzleiter, ein braungebrannter Mann mittleren Alters, scharte die Männer mit ihren Einsatzoveralls um sich. Einige von ihnen mussten Wanderer und Radfahrer anweisen, den Bereich weiträumig zu umgehen.

»Zielperson in der Turmstube«, erklärte der Einsatzleiter. »Der Zugriff soll dort oben erfolgen, weil die Kommunikation mit dem Täter in einer halben Stunde unterbrochen wird.«

»Unterbrochen?«, fragte einer dazwischen. »Wollen Sie einen Störsender fürs Handy herbeischaffen?«

Der Einsatzleiter schüttelte den Kopf und hob eine Augenbraue: »Die schalten die Handynetze rundum komplett ab.«

*

Die Hitze war so drückend, dass Sander mutmaßte, es könnte Südnorwegens heißester Tag des Jahres sein. Der Aufstieg gestaltete sich als äußerst schweißtreibend und nervend, weil sich auf dem engen, steinigen und steilen Pfaden ganze Heerscharen von hektischen Touristen aufwärts kämpften, sich gegenseitig unterhielten, dann wieder schwitzend, keuchend und erschöpft stehen blieben, während Nachfolgende Mühe hatten, an ihnen vorbeizukommen.

Alles andere als eine beschauliche Bergtour, dachte Sander und auch Doris schüttelte mehrmals empört den Kopf über das rücksichtslose Verhalten militanter Wanderer, wie sie sich ausdrückte. Beinahe schien es so, als gehe die Angst um, auf dem Plateau keinen Platz mehr zu ergattern.

Hier in dieser Welt aus Stein und Fels und spärlichem Bewuchs, hoch über dem stillen Wasser eines Fjords, fernab der Zivilisation, aber inmitten von Hunderten von Menschen, die sich prozessionsartig aufwärts bewegten, hatte er zum ersten Mal nach Tagen wieder das Gefühl, geborgen zu sein. Selbst wenn sich unter den vielen Personen jemand befand, der ihn observieren wollte, würde es wohl kaum zu einem Übergriff kommen.

Der mit Farbe gekennzeichnete Pfad führte über ein schräges Plateau, vorbei an schroff aufragenden Wänden, um einen riesigen Felskoloss herum. Atemberaubend lag vor ihnen der Lysefjord in dieser majestätischen Gebirgswelt. Die Menschenschlange kroch den Anstieg hinauf, wo sich der Pfad schmal und abenteuerlich, aber ungefährlich, vollends dem Postkartenmotiv näherte. Nicht einmal ein halbes Fußballfeld maß das Felsplateau des Preikestolens, der an drei Seiten wie abgespalten wirkte und ohne Geländer rund 600 Meter in die Tiefe stürzte. Sander hatte seine Partnerin bereits beim Aufstieg mehrmals gebeten, diesem höllischen Abgrund nicht zu nahe zu treten. Und was auf Fotos zu sehen gewesen war, präsentierte sich hier in der Realität: Touristen robbten an den Abgrund, um auf diese Weise wenigstens einen kurzen Gruselblick in die Tiefe werfen zu können. Doch es gab auch jene Verrückten, wie Sander es empfand, die sich am äußersten Eck auf die Kante setzten und die Beine baumeln ließen. Das beliebte Fotomotiv für alle, die absolut schwindelfrei waren. Sander schätzte die Zahl der Touristen, die sich hier oben tummelten oder auf hartem Fels in die Sonne gelegt hatten, auf mindestens 200. Irgendwie erinnerte ihn dies an ein Stück Strand. Nur dass das Wasser 600 Meter tiefer lag. Zweimal stockte ihm der Atem, als kleine Kinder beim Herumtollen dem Abgrund zu nahe kamen. Waren denn die Eltern von allen guten Geistern verlassen?

Er nahm seine Partnerin am Arm und strebte der sicheren Felsrückwand zu, die hinter ihnen etwa 50 Meter höher aufragte. An ihr gab es auf zwei Steinblöcken noch Plätze zum Sitzen. Sie nahmen ihre Rucksäcke ab, um erst mal einen kräftigen Schluck Mineralwasser zu trinken. In diesem Augenblick wurden sie von den elektronischen Tönen des Handys aufgeschreckt. Tatsächlich, dachte Sander, der Hinweis im Reiseführer, dass es in Norwegen selbst in den entlegensten Gebieten ein Funknetz gebe, schien zu stimmen. Aber wer rief ausgerechnet jetzt an?

51

Häberle und Linkohr hatten inzwischen den Aussichtspunkt vor dem Ödenturm verlassen, um über den Waldweg und durch eine Fichtenschonung zum Standort der SEK-Fahrzeuge zu gehen. »Sie glauben wirklich, wir können die Handynetze lahmlegen?«, fragte Linkohr zweifelnd und sprang über einen quer liegenden Baum.

»Wir haben keine andere Wahl. Wenn es stimmt, dass der Kerl mehrere Geräte hat, deren Nummern wir so schnell nicht rauskriegen, bleibt uns nur dieses übrig«, antwortete Häberle, der sich vor dem Jungkriminalisten seinen Weg durch die Nadelbäume bahnte. »Das LKA wird das hinkriegen«, gab er sich zuversichtlich. Immerhin hatte er während seiner langen Berufslaufbahn mithilfe des Landeskriminalamts schon einiges bewegt. Aber, das musste er sich eingestehen, an einem Sonntagmittag waren die Wege durch das Gestrüpp der Bürokratie sicher nicht gerade einfach. Nachdem der Leitende Oberstaatsanwalt in Ulm, Dr. Wolfgang Ziegler, es jedoch für dringend geboten hielt, dem Geiselnehmer im Ödenturm den Kontakt zur Außenwelt abzustellen, war die Chance groß, dass es klappte. Immerhin hatte Ziegler kraft seines Amtes, aber auch dank seiner Fußballleidenschaft, genügend Beziehungen in die höchsten Ebenen des Justiz- und Innenministeriums.

»Es muss möglich sein, zwei, drei Funkzellen abzuschalten, damit der Kerl kein Netz mehr hat«, sagte Häberle wie zu sich selbst und eilte außer Atem auf die dunkelgrünen Fahrzeuge der Bereitschaftspolizei zu. »Wenn das mit Norwegen stimmt, braucht er einen Kontakt dorthin. Und der muss verhindert werden, bevor es hier zur Sache geht.«

Häberle begrüßte die Männer des SEK mit Handschlag, Linkohr tat es ihm nach.

»Männer«, erklärte der Chefermittler, »uns bleibt keine Zeit zum Verhandeln.« Gemeint war ein psychologisches Gespräch mit dem Geiselnehmer. »Wir schlagen los, sobald das Handynetz weg ist. Dann hat er keine Möglichkeit mehr, seine etwaigen Komplizen zu informieren. Es muss aber Schlag auf Schlag gehen, weil er auch zu uns keinen Kontakt mehr aufnehmen kann.«

»Und wo ist Frau Leichtle?«, fragte Linkohr plötzlich.

Der Einsatzleiter, der über die Vorgeschichte informiert war, gab die Antwort: »Sie steht mit dem Wagen drüben in Weiler. Zwei Kollegen sind bei ihr, auch ein Arzt – vorsorglich.«

Häberle ließ sich zwei Funkgeräte geben. »Nehmen Sie eins«, sagte er zu Linkohr. »Wenn die Funknetze weg sind, brauchen wir das.«

*

Im Lehrsaal des Polizeireviers waren alle Fenster geöffnet. Mehrere Beamte führten hektische Telefonate, andere mühten sich mit dem Versenden von Mails ab. Staatsanwaltschaft, Landespolizeidirektion, Landeskriminalamt, Justizministerium und Innenministerium – sie alle wollten informiert werden. Ein Glück nur, dachte der herbeigeeilte Pressesprecher Uli Stock, dass die Medien von den Ereignissen auf dem Ödenturm keinen Wind bekommen hatten. Das würde noch früh genug geschehen. Vor allem, das stand zu befürchten, würde Sander, sofern er dies alles überlebte, sogar vom fernen Norwegen aus seine Kollegen informieren. Wahrscheinlich war alles nur eine Sache von Minuten, bis das Medienspektakel losbrach. Spätestens wenn bekannt wurde, dass dieser vermeintliche Mord in der Provinz beinahe globale Dimensionen annahm, war ein Medienansturm ohnegleichen zu erwarten. Mit Grausen dachte Stock an den letzten vergleichbar großen Fall, als in Geislingen der Ex-Fußballbundestrainer entführt worden war. Stock, ein großer hagerer Mann, der oft auf einem schmalen Grat ging, wenn er einerseits die Journalisten informieren, andererseits aber nicht allzu viel von den Ermittlungsergebnissen preisgeben sollte, wurde aus seinen Gedanken gerissen, als ein Kollege neben ihm den Telefonhörer in die Halterung knallte und rief: »Leute, die Sache mit den Handynetzen ist nicht so einfach. Selbst wenn rundum die Sender vom Netz gehen, kann es passieren, dass sich das Handy dort oben im Turm in ein entfernt gelegenes einloggt. Sagen jedenfalls die von T-Mobile.«

»Dann schaltet halt alle ab, verdammt noch mal«, sagte ein Kriminalist zwei Schreibtische weiter. »Ist das denn so schwierig?«

»Ist es«, gab der andere zurück. »Zwei, drei Sender können sie vom Netz nehmen, aber nicht im Umkreis von 30 Kilometer gleich alle.«

»Müssen wir denn alle Anbieter vom Netz nehmen?«

»Der Anruf kam aus dem T-Mobile-Netz«, gab der Beamte neben Stock zurück. »Aber wir wissen nicht, wie viele Geräte der Kerl tatsächlich hat – und für welche Netze.«

Stock seufzte in sich hinein. Die Technologie wurde immer undurchsichtiger und komplizierter.

»Außerdem ist Leichtles Handy bei Vodafone registriert«, gab ein anderer zu bedenken. »Wir müssen dafür sorgen, dass auch damit nicht telefoniert werden kann.«

Der neue Leiter der Polizeidirektion, Hans Baldachin, der ebenfalls gekommen war, hatte mit dem gleichfalls neuen Leiter der Kriminalpolizei, Thomas Kurz, einige Worte gewechselt, um dann zu entscheiden: »Die sollen alles vom Netz nehmen, was möglich ist. Ein Restrisiko bleibt.«

Ein Restrisiko, dachte Stock, das im schlimmsten Fall Sander das Leben kosten konnte.

*

Sander hatte widerwillig zum Handy gegriffen und den Klingelton so schnell wie möglich zum Verstummen gebracht. »Ja?«, meldete er sich, während sein Blick über die Höhenzüge der sonnigen Fjordlandschaft strich. Er lauschte dem Anrufer, äußerte ein paar Mal knapp »mhm« und »ja« und spürte, wie das Blut aus allen Teilen seines Körpers wich. »Okay, alles klar.« Er mied es, irgendetwas zu sagen, woraus Doris schließen konnte, worum es ging. Doch sein Gesicht war aschfahl geworden.

»Darf ich wissen, was passiert ist?«, drängte Doris, als er sein Gerät abschaltete.

»Sie haben ihn, den Täter vom Weiherwiesensee«, versuchte Sander, ruhig zu wirken. »Aber sie meinen, es gebe noch einen zweiten.« Er schluckte trocken und spürte ein Kratzen im Hals. »Ich soll mich hier irgendwo bei der Polizei melden.«

»Du? Wieso denn du? Und wieso hier?« Doris sah ihn zweifelnd an. Seine Wortkargheit hatte ihr die ganzen Tage über schon schwer zugesetzt.

»Reine Vorsichtsmaßnahme, meinen sie.«

Der Appetit auf ihr Rucksackvesper war ihnen gründlich vergangen – und auch der grandiose Ausblick auf den dunkelblau zwischen den Steilhängen liegenden Fjord hatte seinen Reiz verloren. Plötzlich erschienen Sander die vielen Menschen, die sich vor ihnen auf dem Plateau sonnten, sehr bedrohlich. Und zwar jeder Einzelne von ihnen.

52

Häberle hatte das Signal gegeben. Nachdem die Funkzellen der Handynetze im näheren Umkreis abgeschaltet waren, wie es die Sonderkommission mitgeteilt bekommen hatte, pirschten sich die SEK-Männer im Schutze des Blätterdachs durch den Wald an den Turm heran. Weitere Einsatzkräfte waren durchs Unterholz gerobbt und lagen in ihren Verstecken – das Präzisionsgewehr auf den Turmhelm ausgerichtet. Lautlos, wie Raubkatzen auf Beutezug, verließen die anderen ihre Deckung und huschten auf das runde Gebäude zu, das im gleißenden Sonnenlicht in den Himmel ragte. Die Sandstein-Buckelquader, aus denen der Turm bestand, warfen mit ihren Wölbungen bizarre Schatten aufeinander. Die Männer drückten sich an die Wand, um nicht bemerkt zu werden, falls oben jemand aus dem Fenster sah. Sie glitten rechts am Turm entlang, um zur talseitigen Fassade zu gelangen.

Mithilfe einer Skizze hatte Häberle den Männern die Anordnung von Treppe und Turmstube geschildert. Demnach gab es dort oben nur zwei Fenster, die seitlich in Richtung Stadt zeigten. Es müsse also davon ausgegangen werden, dass sich Geiselnehmer und Opfer eher an den gegenüberliegenden Fenstern aufhielten, von denen die Hochfläche mit ihren Zufahrtswegen überblickt werden könne, erklärte der Ermittler.

Die Männer, die sich über ihre Einsatzoveralls Klettergeschirr gestreift hatten, deuteten wortlos an der Fassade hinauf, entrollten einige Kletterseile und waren sich über die Vorgehensweise einig. Als Freeclimber waren sie in der Freizeit schon ganz andere Wände hochgeklettert. Dieser Turm bot hingegen mit seinen Buckelquadern geradezu ideale Verhältnisse, diese Art des Kletterns anzuwenden. Außerdem gab es einen Blitzableiter und Fensterläden, an denen sie sich mit Seilen sichern konnten. Einer aus der Gruppe hatte sich bereits seit Jahren gewünscht, den Ödenturm einmal von außen besteigen zu können.

»Aktion startet«, meldete einer in sein umgehängtes Funkgerät.

Rund 300 Meter entfernt lauschte Häberle vor einem Mannschaftswagen höchst angespannt auf die Stimme im Lautsprecher. Jetzt gab es kein Zurück mehr. Sobald die Männer die Hälfte des Turmes erklommen hatten, sollten sie sich melden – denn dann musste der geplante Überraschungseffekt eingeleitet werden. Doch während der Chefermittler noch einmal alles in Gedanken durchspielte, schreckte ihn die Stimme im Funkgerät auf, die seinen Namen rief. Er drückte eine Taste, meldete sich und lauschte der Meldung, die von der Einsatzzentrale kam: »Anruf des Geiselnehmers. Er fragt, für wie dumm wir ihn halten und ob wir so naiv seien zu glauben, er wisse nicht, was vor sich gehe. Er behauptet, das E-Plus-Netz funktioniere – was wohl stimmt, denn sonst könnte er nicht telefonieren.«

Sie waren also gescheitert. Der Kerl hatte sich tatsächlich in ein entferntes Handynetz einloggen können. Nun durfte wirklich nichts mehr schiefgehen.

»Und – hat er noch etwas gesagt?«, nutzte Häberle eine kurze Pause, um die Sprechtaste zu betätigen.

»Hat er«, kam es zögernd zurück. »Er hat gesagt, wenn nicht in fünf Minuten der Mercedes mit Leichtles Frau auftauche, sterbe einer. Und zwar zuerst der in Norwegen und dann der Herr Leichtle. Ob uns dies klar sei, wollte er wissen – und hat hinzugefügt, wir sollen alles abblasen, dann will er mit Leichtle runterkommen und verschwinden. Wir sollen auf keinen Fall vergessen, dass er noch eine zweite Geisel hat.«

Häberle drückte wieder eine Taste. »Wie viel Zeit gibt er uns?«

»Fünf Minuten«, krächzte es aus dem Gerät.

*

Sie hatten ihre Vesperutensilien wieder zusammengepackt. Sander knipste mit zitternden Händen ein paar Fotos von dem Felsplateau und sah auf dem Display seiner Digitalkamera, wie gefährlich nahe manche Menschen am Abgrund standen. Je näher, desto lieber, so schien es ihm. Andere hingegen berichteten offenbar per Handy ihren Gesprächspartnern irgendwo auf der Welt, wo sie sich gerade aufhielten. Sander musste für einen Moment darüber nachdenken, welch fantastische Möglichkeiten die Technologie eröffnete. Man konnte sich mit dem Handy fotografieren lassen und das Foto augenblicklich nach Australien schicken. Wie dankbar kann man doch sein, dies alles erleben zu dürfen, dachte er. Vorausgesetzt, die Segnungen der Technik wurden nicht, wie es in der Vergangenheit meistens geschehen ist, für böse und zweifelhafte Dinge missbraucht.

Dann traf der Zoom einen Mann, dessen Gesicht ihn an irgendjemanden erinnerte. Sander durchzuckte es wie ein Blitz, der seine Nerven traf: Es war der Kerl, der in Bergen aus der Toilette gekommen war. Der Journalist blinzelte über seine Kamera hinweg, um den angezoomten Mann in der Menge ausfindig zu machen. Sekunden später hatte er ihn entdeckt.

Er stand nur drei, vier Meter von dem am weitesten hinausragenden Eck des Felsplateaus entfernt zwischen einigen sitzenden Personen. Wild mit einer Hand gestikulierend und mit der anderen das Handy ans Ohr haltend, drehte er sich während seines Gesprächs immer wieder um. Ganz so, als suche er auch nach jemandem.

Doris zupfte Georg an der Hose. »Wir müssen los.«

Sander reagierte nicht. Er konzentrierte sich wieder auf das Display, fuhr den Zoom ganz aus und peilte den Mann an. Dann drückte er viermal auf den Auslöser, doch jedes Mal erbrachte das Bild auf dem Display nicht die gewünschte Schärfe.

Da – plötzlich kam Bewegung in die Menge. Sander nahm es nur im Augenwinkel wahr, denn er hatte sich auf das dargestellte Bild konzentriert. Doris hatte es ebenfalls bemerkt, wollte etwas sagen, doch ihr Mund konnte keine Worte formen. Sander fühlte sich wie gelähmt – genauso unfähig, etwas zu sagen. Auch die meisten Menschen auf dem Plateau schienen für den Bruchteil einer Sekunde fassungslos zu sein. Als ob die Zeit stehen geblieben wäre.

53

Häberle war nach dem Funkgespräch für ein paar Sekunden schweigend neben dem Polizeifahrzeug stehen geblieben. Die Männer am Turm hatten inzwischen mehr als die Hälfte ihres Aufstiegs hinter sich. Noch war Wollek nicht auf sie aufmerksam geworden. Häberle hoffte inständig, dass das Klettermanöver keine Schaulustigen anlocken würde. Vorsorglich hatte er von uniformierten Beamten die Wanderwege weiträumig absperren lassen.

Für einen Moment musste Häberle an Sander denken, dem die Aktion gewiss längst aufgefallen wäre.

Er sah auf seine Armbanduhr, nahm Blickkontakt mit dem SEK-Leiter auf und drückte die Taste des Funkgeräts: »Bussard ... Starten Sie. Stand-by-Position an der Turmvorderseite.« Seine Stimme verriet innere Unruhe. Schweißtropfen rannen von der Stirn, sein Hemd klebte am Rücken und spannte am Bauch.

»Die machen das schon«, beruhigte der Einsatzleiter aus dem Kombi heraus und deutete mit einer Handbewegung an, dass er jetzt in Sichtweite zum Turm gehen wolle. Häberle nickte zustimmend. Die beiden Männer stapften durchs hohe Gras entlang des Waldrands, um im Schutze der Baumwipfel zu bleiben. Schon lag weit entfernt das Knattern eines Hubschrauberrotors in der Luft. Sie waren also bereits im Anflug.

Häberle nickte einigen SEK-Männern zu, die er im Vorübergehen hinter dicken Bäumen und im dichten Gebüsch bemerkte. Sie hatten lautlos ihre Positionen eingenommen – und nichts schien das Idyll zu stören. Vögel zwitscherten, Hummeln kreisten um Sommerblüten. Doch das Motorengeräusch schwoll langsam an.

Der SEK-Mann vor Häberle stoppte abrupt und deutete durch den letzten Wipfel, der ihnen Deckung bot, nach oben. Sie konnten die geschlossenen Fenster der Turmstube erkennen, die in grelles Sonnenlicht getaucht waren. Hinter einem glaubte Häberle eine Person zu erkennen. Gleichzeitig knackte es leise in den Funkgeräten, die beide Männer umgehängt hatten.

»Position erreicht«, meldete eine Männerstimme. Sie gehörte einem der Kletterer. Zwei Sekunden später hob ein gewaltiges Dröhnen und Knattern an. Eine orkanartige Böe fegte über den Wald, dünne Zweige brachen ab, Laub wirbelte durch die Luft. Der Hubschrauber, der offenbar unterhalb der Hangkante kurz in Warteposition gewesen war, schoss wie ein angriffslustiger Riesenvogel über den Baumwipfeln hervor, stieg senkrecht hoch und überflog den Turmhelm. Auf jeder der beiden Kufen stand ein SEK-Beamter. Sie trugen furchterregende Schutzmasken und hatten über ihre Einsatzoveralls ein Klettergeschirr gestreift. Noch klammerten sie sich an einer Strebe fest, doch bevor der Helikopter in der Luft zum Stillstand kam, lösten sie sich von den Kufen und ließen sich an Seilen abwärts gleiten, um zwischen den beiden rückwärtigen Fenstern auf Buckelquadern einen Stand zu finden.

Sie blieben nur eine einzige Sekunde in dieser Position. Sofort streckten sie sich, am Seil gesichert, zum nächsten Fenster, umklammerten den Sims und zerschmetterten ohne zu zögern mit einem metallenen Gegenstand die Scheiben. Noch während Glasscherben durch die Luft geschleudert wurden und feine Splitter an den Buckelquadern entlang nach unten rieselten, zuckte ein gewaltiger Lichtblitz auf, begleitet von einem ohrenbetäubenden Schlag. Wäre es eine echte Explosion gewesen, hätte sich die Turmspitze in ihre Bestandteile aufgelöst. Doch außer Licht, Lärm und Qualm, der aus den Fenstern stieg, war nichts festzustellen.

Die beiden Männer zögerten keine Sekunde. Sie stießen sich mit den Füßen an der Mauer ab, brachten sich, am Seil hängend, zum Schwingen, und landeten mit einem gezielten Sprung durchs Fenster in der vernebelten Turmstube. Elegant wie Raubtiere rollten sie sich ab, blieben auf dem Holzboden liegen und zogen ihre Waffen. Mithilfe der Schutzmasken konnten sie trotz der eingetrübten Luft etwas erkennen und frei atmen.

Die Kletterer, die an der Vorderfront eingedrungen waren, als der Hubschrauber im rückwärtigen Bereich die Aufmerksamkeit auf sich gezogen hatte, hatten ihre Blendgranaten zum richtigen Zeitpunkt gezündet. Doch wo waren der Täter und die Geisel? Die Männer standen schussbereit im Nebel, der sich langsam verzog. Über ihnen dröhnte noch immer der

Rotor des Helikopters, als sich innerhalb des Raumes langsam wieder Konturen abzeichneten.

»Hände hoch, keine Bewegung!«, bellte eine Männerstimme und übertönte den Hubschrauberlärm. Doch die korpulente Gestalt, die abseits eines Fensters zusammengesunken am Boden kauerte, schien kaum in der Lage zu sein, Widerstand zu leisten. Die Polizisten erkannten augenblicklich, dass es sich um die Geisel handeln musste. Immerhin – der Mann, der trotz seiner Körperfülle wie ein Häufchen Elend vor ihnen lag, gab Lebenszeichen von sich. Er begann plötzlich laut zu lachen, immer wieder und immer heftiger.

Schock, dachte einer der Beamten, der sich als Erster erhob und mit vorgehaltener Waffe die halb offene Tür zum Treppenabgang vollends aufstieß. »Geben Sie auf!«, brüllte er, völlig außer Atem. »Polizei, geben Sie auf.« Seine Stimme verlor sich im Inneren des Turmes, den die rustikale hölzerne Treppenkonstruktion ausfüllte. Und über ihm dröhnte noch immer der Helikopter.

»Große Klappe und dann Schiss«, stellte Linkohr fest, nachdem sich Wollek widerstandslos hatte festnehmen lassen. Noch während die SEK-Kräfte ihn im oberen Teil des Turmes vermutet hatten, war er freiwillig aus der Eingangstür gekommen. Der geballte Einsatz des Spezialeinsatzkommandos hatte ihn offenbar derart beeindruckt, dass er die Sinnlosigkeit eines Fluchtversuches einsah. Damit war er nicht der Erste, der angesichts des massiven Auftretens einer Spezialeinheit aufgab.

»Die Jungs und Mädels sind klasse«, stellte Häberle fest, während er mit seinem Assistenten in der Hitze des Sommeranfangs talabwärts zur Sonderkommission fuhr.

»Wann ist Ihnen eigentlich klar geworden, dass wir's mit Wollek zu tun haben?«, wollte Linkohr ungeduldig wissen.

»Jetzt, unterwegs«, gab sich Häberle einsilbig. »Wollek hat

sich ganz gezielt für einen Job bei dem relativ kleinen Stromversorger hier beworben – sozusagen, um ihn von innen aufzumischen, wie man so schön sagt. Moderne Kriegsführung, inzwischen auch in der Wirtschaft üblich.« Häberles Grinsen wirkte gequält. Er schaltete zurück, um auf der Gefällstrecke eine Haarnadelkurve zu durchfahren.

»Er hat demnach versucht, seinen eigenen Arbeitgeber einzuschüchtern«, stellte Linkohr fest, obwohl er spürte, dass der Chef nach der Ermittlungsreise nicht in der Verfassung war, lange Erklärungen abzugeben.

»Er hat natürlich genau gewusst, wie er so ein relativ kleines Versorgungsunternehmen in Bedrängnis bringen kann. Indem er es nämlich zu Strompreiserhöhungen zwingt. Mit legalen Mitteln ist ihm dies nicht gelungen, also hat er mit anonymen Drohungen Angst und Schrecken verbreitet.«

»Was aber wohl nicht von Erfolg gekrönt war«, wandte Linkohr ein.

»Hm«, machte Häberle. »Zumindest ist es nicht so weit gekommen. Denn mittlerweile sind ihm sein Kollege Büttner und Mariotti auf die Spur gekommen. Büttner muss richtig Blut geleckt haben, so wie der rangegangen ist mit seiner Filmerei.«

»Und dann ist Wollek durchgeknallt«, stellte Linkohr fest.

»Eine Art Kurzschlussreaktion«, bestätigte Häberle, der am Geislinger Ortsschild auf 50 Stundenkilometer abbremste. »Er hat Büttner und Mariotti ausgeschaltet und mit den Anschlägen aufs Stromnetz seinen Chef in die Knie zwingen wollen, um der Forderung nach einer Preiserhöhung Nachdruck zu verleihen.«

»Aber der Büttner war mit seinen Recherchen bereits weiter, als es sich Wollek vorgestellt hat.«

Häberle holte tief Luft. »Na ja – und dann ist seinem Betthäschen, dieser Rothfuß, die Sache zu heiß geworden – vor allem wohl auch, seit sie nach dem Mord an Büttner damit rechnen musste, früher oder später mit Wollek in Verbindung gebracht zu werden.«

»Sie meinen, sie hat mitgemischt?«

»Nicht direkt, aber sicher indirekt. Er hat sie vermutlich schon länger gekannt, aus Norddeutschland, und sie geschickt nachgeholt – oder besser gesagt, eingeschleust, als das Albwerk eine Aushilfskraft fürs Sekretariat gesucht hat. Und ich bin mir sicher, sie war eine unserer Katimäuse.«

»Und wer hat sie dann gekidnappt und in diese Hütte gesperrt?«

Häberle musste vor geparkten Autos den Gegenverkehr abwarten. »Na, wer wohl – derselbe, der überall Angst und Schrecken verbreitet hat.«

»Wollek?«

»Er hat ihr eine Abreibung verpassen wollen, einen Denkzettel. Aber sie nicht wirklich umbringen wollen.«

»Er musste doch damit rechnen, dass sie ihn als Kidnapper anzeigen würde«, warf Linkohr ein.

»In der Tat, das musste er. Doch warten Sie es ab, junger Kollege. Sobald sie ihren Schockzustand überwunden hat, wird sie uns etwas darüber sagen können.«

»Und die Sache in Norwegen – nur ein Bluff?«, fragte Linkohr, während sie durch die Bahnunterführung beim Bahnhof fuhren.

Häberle zuckte mit den Schultern. »Hat man Sander erreicht?«

»Nur die Mailbox«, erwiderte Linkohr knapp. Er wollte gar nicht darüber nachdenken, was dies bedeuten konnte.

54

Die Menschenmenge war aufgesprungen. Ein mehrfacher Schrei des Entsetzens, dann betroffene Stille. Totenstille. Einige Personen standen dicht am Abgrund und sahen mit leicht nach vorn gebeugtem Oberkörper hinab auf die dunkelblaue Wasserfläche.

Doris war kreidebleich geworden, unfähig, etwas zu sagen. Da war ein Mensch ganz plötzlich losgerannt, vorbei an den vielen anderen, die friedlich auf dem Felsplateau gelegen und sich gesonnt hatten – einfach losgerannt war er, dachte Sander, der diesen Menschen noch vor wenigen Sekunden im Visier seiner Digitalkamera gehabt hatte. Mit sieben, acht schnellen Schritten, vielleicht noch mit dem Handy am Ohr, so hatte er sich auf die Felskante zubewegt, ohne dort zu stoppen. Ohne diesen grandiosen Ausblick auf den sonnenbeschienenen Fjord zu genießen. Und dann war er wie ausgeblendet, wie wegretuschiert. Nur noch der Horizont der gegenüberliegenden Seite, nur noch Hintergrund, kein Mensch mehr als Vordergrund.

Sander durchzuckte ein einziger, völlig unpassender Gedanke: Wie lange dauert es, bis man aus 600 Metern Höhe unten aufschlägt?

Er hasste diesen Gedanken und versuchte, ihn zu verdrängen. Sander zitterte am ganzen Leib und legte seinen rechten Arm um Doris' Schulter. Noch immer war Stille um sie herum. Die Fröhlichkeit, das Lachen, das Kreischen der Kinder, die Sommerstimmung – alles vorbei. Die Menschen auf dem Preikestolen waren im Schockzustand.

Sander rätselte, ob er Häberle anrufen musste – doch auch diese Überlegung war völlig überflüssig. Der Akku des Handys hatte nach dem letzten Gespräch seinen Geist aufgegeben.

Wieder ein irrer Gedanke. Hab ich eindeutig gesehen, dass der Mann aus freien Stücken in den Tod gesprungen ist?, fragte ihn etwas in seinem Kopf. Oder war da noch jemand, der ihn dazu gedrängt hat – der ihn gestoßen hat? Schwachsinn, kämpfte Sander dagegen an. Da war niemand, ganz bestimmt nicht. Und wenn doch?, meldete sich seine innere Stimme wieder. Wenn doch? Wenn hier jemand war, der anderen nach dem Leben trachtete? Wenn all seine Ängste der vergangenen Tage keine Hirngespinste waren? Sander sah wie in Trance auf die Menschen vor ihm, die sich langsam wieder aus der Schockstarre lösten und zu reden begannen. Bin ich der Nächste?, hämmerte es in seinem Kopf. Sie mussten so schnell wie möglich weg – runter von diesem Berg. Er entschied, dass sie sich unauffällig einer Gruppe anschließen sollten.

*

Inzwischen saß Wollek in einer Zelle des Geislinger Polizeireviers. Häberle hatte sich zwar sofort mit ihm unterhalten wollen, doch war von den Klinikärzten die Information gekommen, dass Silke Rothfuß für eine halbe Stunde vernehmungsfähig sei. Der Chefermittler, der seit dem Vormittag gegen heftige Kopfschmerzen und Darmkrämpfe ankämpfte, spielte für einen Moment mit dem Gedanken, sich in ärztliche Behandlung zu begeben. Dann jedoch gewann sein kriminalistischer Ehrgeiz die Oberhand. Er ließ sich von dem Chefarzt in das Einzelzimmer der Frau führen. Sie wirkte erschöpft, ihre langen blonden Haare lagen wirr auf dem Kissen, ein Infusionsschlauch führte von der Halterung zu ihrem linken Arm.

Er grüßte freundlich, zog den Besucherstuhl ans Bett und setzte sich. »Entschuldigen Sie, wenn ich Sie in dieser Situation belästige. Aber wir sind auf Ihre Hilfe angewiesen.«

»Schon gut«, sagte sie apathisch.

»Man hat Sie entführt«, stellte Häberle einfühlsam fest und überlegte. »Was uns natürlich interessiert: Kennen Sie die Person?«

Sie schloss die Augen und schwieg.

»Es ist jemand, den Sie kennen?«, fragte der Kommissar leise und väterlich.

Silke Rothfuß sah ihn hilflos an. »Ich weiß es nicht«, erwiderte sie mit belegter Stimme. »Ich kann mich nur ungenau erinnern. Das Auto hat mich überholt ... ich hab noch versucht, ihn abzuhängen. Aber draußen im Roggental hat er mich ausgebremst.« Sie holte tief Luft und sah zur Decke. »Maskiert, ja, er war maskiert – mit Wollmütze, ja, so eine Mütze, wie sie Bankräuber übers Gesicht ziehen.«

»Und dann?«

»Dann hat er die Tür aufgerissen und mir ein Tuch oder so etwas Ähnliches ins Gesicht gedrückt. Ich saß ja hinter dem Steuer.« Wieder schloss sie für ein paar Sekunden die Augen, als könne sie damit das Entsetzliche ausblenden. Doch es blieb vermutlich ihr ganzes Leben lang ins Gehirn gebrannt. »Dann weiß ich nur noch, dass es ätzend gerochen hat, ja, ätzend und irgendwie beißend. Bis ich dann wieder zu mir gekommen bin, in dieser Hütte. Nackt.«

»Sie waren gefesselt?« Er sprach langsam und beschränkte sich bewusst auf einfache Fragen.

»Hier«, sie zeigte auf ihr geschwollenes linkes Handgelenk. »Mit einer Kette. Ich hab geschrien, aber dort draußen hört Sie niemand. Außerdem konnte ich nicht aus dem Fenster sehen. Ich hab nicht mal gewusst, wo ich bin.« Sie kämpfte mit den Tränen. »Und gefroren hab ich in der Nacht auch.« Sie schloss wieder die Augen. »Und selbst wenn ich mich hätte befreien können – was hätte ich denn tun sollen, nackt?«

»Sie haben gesagt, er habe Ihnen ein Tuch ins Gesicht gedrückt. Er. War es denn ein Mann?«

Silke Rothfuß wischte sich mit dem Zeigefinger eine Träne aus dem Gesicht. Sie deutete ein Nicken an. »Ganz sicher«, stieß sie hervor. »Da gibt es keinen Zweifel.«

»Jemand hat Sie einschüchtern, aber vermutlich nicht umbringen wollen«, resümierte Häberle.

»Lange hätt ich das nicht mehr ausgehalten.«

»Könnte es sein«, fuhr der Chefermittler mit sonorer Stimme fort, »dass der Täter davon ausgehen konnte, dass Sie ihn gar nicht anzeigen würden – selbst, wenn Sie ihn erkannt hätten – weil Sie selbst ... ja, selbst etwas zu verbergen haben?«

Das Gesicht der Frau wurde fast so weiß wie das Kissen, auf dem sie lag. Weil sie keine Antwort gab, erklärte Häberle: »Sie brauchen nichts zu sagen, womit Sie sich selbst belasten würden.«

*

Der Leitende Oberstaatsanwalt Dr. Wolfgang Ziegler war aus Ulm herbeigeeilt und hatte sich darüber echauffiert, dass er nicht rechtzeitig zur Geiselbefreiung am Ödenturm gerufen worden war. Inzwischen waren die Medien auf die Aktion aufmerksam geworden, nachdem ein Journalist der Geislinger Zeitung wegen des weithin seh- und hörbar gewesenen Hubschrauberflugs damit begonnen hatte, Nachforschungen anzustellen. Der regionale Fernsehsender verlangte ein Statement vor der Kamera und weitere Medienvertreter waren im Anmarsch. Polizei-Pressesprecher Uli Stock hatte bereits per E-Mail eine kurze Verlautbarung verbreitet, die jedoch von Ziegler erst nach der dritten Korrektur freigegeben worden war.

An der Pressekonferenz, die auf 18 Uhr terminiert wurde, wollte Häberle nicht teilnehmen. »Ich hock mich doch nicht verschwitzt zu den Herren«, beschied er und orderte für die Soko-Mannschaften den Pizzaservice. »Und ein Bierchen gönnen wir uns auch.« Dann wurde er wieder ernst: »Weiß eigentlich jemand was von Sander?«

Allgemeines Schulterzucken. »Wir haben es mehrfach versucht. Er meldet sich nicht mehr. Nur Mailbox«, sagte einer aus der Runde.

Als die Pizzen verteilt waren und das Bier in den Gläsern schäumte, prostete Häberle seinen Kollegen zu und wünschte ihnen einen guten Appetit.

»Eines würd mich interessieren«, durchbrach eine Kollegin die entstandene Stille. »Wie war das nun mit Katimaus und dem Happy-Hour-House?«

Linkohr stutzte. »Dass ausgerechnet du das fragst, verwundert mich aber.«

Häberle hätte sich beinahe verschluckt. »Die Katimäuse – wir hatten es ja mit vieren zu tun –, das waren die Chatnamen von Büttner, Mariotti, der Rothfuß und dieser unglückseligen Natascha aus dem Sexclub. Ihr habt ja inzwischen selbst rausgekriegt, dass eine dieser IP-Nummern auf Nataschas Computer hindeutet.«

»Deren Tod ein Suizid war?«, zweifelte ein Ermittler aus den hinteren Reihen.

Häberle zuckte mit den Schultern. »Ein armes Schwein, wenn du mich fragst. Mariotti und Büttner hatten sie auf Wollek ansetzen wollen, um noch mehr aus ihm rauszukriegen. Die Kollegen in Leipzig werden die Todesumstände genau eruieren müssen.«

»Und die Filme von dieser scharfen Katze?«

»Wahrscheinlich ein Nebenprodukt«, vermutete Häberle. »Vielleicht haben die beiden Herren gedacht: Wenn wir schon so eine heiße Mieze aufgerissen haben, können wir sie gleich gewinnbringend vermarkten.«

»Vermittelt von Frau Büttner?«

»Nein, das glaub ich nicht. Die hat ihre polnischen und tschechischen Zeitarbeiterinnen vermutlich wirklich nur als moderne Sklavinnen missbraucht. Aber nicht zu dem, was ihr jetzt denkt.«

Ein Raunen ging durch den Raum, bis die junge Frau erneut

eifrig nachhakte: »Aber merkwürdig erscheint doch, dass sie sich zu den Sexfilmen ihres Ex sehr zurückgehalten hat.«

»Na ja«, brummte Häberle, »wer weiß – vielleicht hat er sich des einen oder anderen Mäuschens bedient. Und sie hatte Grund, dies angesichts hinterzogener Sozialabgaben tunlichst gar nicht ins Gespräch zu bringen.«

»Und wie war das mit Estromag?«, fragte die Kollegin weiter, »was machen wir mit Frau Klarsvogel-Dingsbums?«

Häberle nahm einen Schluck Bier. »Das werden die Juristen zu prüfen haben. Ich gehe mal davon aus, dass Wollek schweigen wird. Fakt ist aber, dass er die Verena seit Langem kennt – aus gemeinsamen Zeiten in Bremen. Dort ist er im Übrigen zwar aufgewachsen, wie er dem Kollegen Linkohr gesagt hat, aber stammen tut er in Wirklichkeit aus Mirow. Gleich nach dem Mauerfall ist die Familie in den Westen übergesiedelt.« Häberle sah in staunende Gesichter. »Hat mir ein netter Rentner in der Gegend von Quedlinburg geflüstert. Man muss nur auf Reisen gehen, dann erfährt man was.«

»Dann hatte Wollek beste Connections für seinen Job«, resümierte Linkohr. »Er kennt den Mariotti aus gemeinsamen Kindheitstagen in Mirow – und hat beste Beziehungen zu dieser Verena Dingsbums. Aber diese Art von Wirtschaftsspionage ist wohl gründlich in die Hose gegangen.«

»Wenn er tatsächlich im Auftrag von irgendjemandem gehandelt hat – wofür zwar vieles spricht, es aber keine Beweise gibt –, dann wird derjenige dafür sorgen, dass Herr Wollek, wenn er denn jemals wieder aus dem Knast rauskommt, nicht Not leiden muss.«

»Die Freunde, die ihn in Portofino erwartet hätten?«

Häberle nickte. »Wer jemals dort unten war, weiß, welche Jachten da vor Anker liegen. Arabische Emirate, Saudi-Arabien – und was weiß ich noch alles. Glaubt ihr nicht, dass es für so einen profunden Stromkenner, wie der Herr Wollek es ist, dort unten hoch dotierte Jobs gibt? Jetzt, wo es den Emiren und Scheichs langsam dämmert, dass nach dem Öl der Strom kommt? Ich sag nur: Beteiligung an Porsche und Daimler. Elektroantriebe sind die Zukunft.« Er nahm das letzte Stück Pizza in den Mund.

»Und ...«, der Chefermittler wartete, bis er es verspeist hatte, »und dass die Araber über Daimler an den amerikanischen Elektroautobauer Tesla gekommen sind, ist kein Geheimnis. Wisst ihr eigentlich, was sich hinter dem Namen Tesla verbirgt?«

Ein junger Kriminalist nickte eifrig. »Nikola Tesla, aus dem heutigen Kroatien. Gilt als Erfinder des Wechselstroms.«

»Und soll«, unterbrach ihn Häberle, »vor über 70 Jahren einen Energiekonverter gebaut haben, der Strom sozusagen aus dem Nichts, aus der Umgebung bezogen hat.«

»Und dann hat die Energielobby das Ding verhindert«, höhnte ein anderer. »Reine Verschwörungstheorie, August, glaube mir.«

Der Chefermittler grinste. »Natürlich weiß ich genauso gut wie du, dass man schnell einem Trugschluss unterliegen kann.« Alle wussten, was gemeint war: Einer der großen Fälle Häberles aus jüngster Vergangenheit.

»Was mich viel mehr interessieren würde«, meldete sich die junge Frau wieder zu Wort. »Was ist eigentlich mit Sander?«

*

Häberle hatte lange geschlafen. Allerdings war er mehrfach schweißgebadet aufgewacht. Die Ereignisse der vergangenen Woche hatten ihn schwer mitgenommen. Manches steckte er als Mittfünfziger längst nicht mehr so locker weg wie noch vor zehn Jahren.

Susanne hatte ihm an diesem Montagvormittag ein Frühstück zubereitet. Sie saßen vor dem offenen Fenster des Esszimmers und genossen die Sonnenstrahlen.

»Und was sagt Wollek?«, fragte Susanne, nachdem er ihr knapp den Ablauf des gestrigen Nachmittags geschildert hatte.

»Nichts sagt der«, erwiderte Häberle und strich sich Butter auf die frische Brezel, die ihm Susanne vom Bäcker geholt hatte. »Schweigt. Macht von seinem Aussageverweigerungsrecht Gebrauch.«

»Aber du bist dir ganz sicher, dass er es war?« Susanne wollte nach Abschluss eines Falles möglichst viele Details erfahren. Darüber war er dankbar, weil sie als Außenstehende oftmals Fragen aufwarf, die sich den Ermittlern aufgrund ihrer gesammelten Erkenntnisse gar nicht mehr stellten.

»Alles spricht für ihn – bis hin zu den Steinen übrigens, mit denen er seine Opfer im See versenkt hat. Würzburger Muschelkalk. Linkohr hat ganz in der Nähe von Wolleks Haus den Lagerplatz eines Gartenbaubetriebs gesehen, wo Steine dieser Art zuhauf rumliegen. Für ihn spricht auch die Angelschnur, mithilfe derer in Türkheim der Draht über die Stromleitung gezogen wurde.« Er beeilte sich, seine Argumente schnell aufzuzählen.

»Und wie erklärt sich Büttners Auto, das ihr in Plochingen gefunden habt?«

»Ganz einfach, er hat sich mit Büttner irgendwo getroffen, ihn erwürgt – was übrigens allein schon bestialisch genug ist –, ihn mit dessen Geländewagen an den Weiherwiesensee gefahren, dort die Leiche versenkt, und hat dann den Wagen in Plochingen ins Parkhaus beim Bahnhof gestellt. Von dort aus ist er mit dem Zug wieder nach Geislingen zurückgekehrt. Filstaltakt, sagt man zu dieser Bahnverbindung.«

»Das erklärt die Geländewagen-Spuren am See«, fasste Susanne zusammen. »Und was ist mit dem VW Eos von der Frau Rothfuß?«

»Haben wir in der Zufahrt zu einer Teichanlage im Roggental gefunden, von der Straße aus nicht einsehbar.«

Susanne nickte verständnisvoll mit dem Kopf. »Passt alles zusammen, aber ...«, sie warf ihrem August einen provokanten Seitenblick zu, »was machst du, wenn alles doch anders war?«

»Ich bitte dich. Nur so, wie ich's dir erzählt hab, kann's

gewesen sein. Denk doch an die Nitroverdünnung. Wolleks Bruder war Chemiker oder so was Ähnliches. Der kann ihm sowohl dieses Zeug besorgen, als auch etwas, um die Rothfuß ruckzuck am Steuer ihres Autos zu betäuben.« Er zögerte kurz und fügte dann hinzu: »Und ich bin mir ziemlich sicher, dass er zweimal unter falschem Namen Autos gemietet hat – einmal einen Geländewagen in Pirna, um nach Mirow zu fahren, und dann hier bei uns, um die Frau Rothfuß zu verfolgen.«

»Dass aber der Braun, dieser Naturschützer, auch in Mirow gewesen sein muss, so hast du mir das doch erzählt, wegen des Parkscheins, das ist ein reiner Zufall?«

Häberle holte tief Luft. Das hatte er sich selbst bereits viele Male gefragt. Aber es gab sie wirklich, diese irren Zufälle, die schon manchen Beteiligten eines Falles in Bedrängnis gebracht hatten. Jedenfalls trieb sich Braun oft genug an diesem Weihersee herum und konnte deshalb durchaus einen Parkschein verloren haben, der möglicherweise in seiner Freizeitjacke gesteckt hatte. Häberle nahm einen Schluck Kaffee und sah zu den Albhängen hinüber.

»Und dieser Wollek-Bruder – den habt ihr aber nicht aufgegriffen?«

Susanne hatte heute ein seltsames Talent, die bohrendsten Fragen zu stellen. Fehlte bloß noch, dass sie sich nach Sander erkundigte.

55

Als Häberle kurz vor 12 Uhr die Räume der Sonderkommission betrat, herrschte bereits große Aufregung. Linkohr hatte versucht, ihn zu erreichen, doch war inzwischen der Akku des Handys leer.

»Er ist tot«, kam ihm Linkohr an der Tür entgegen. Häberle blieb abrupt stehen und sah in die schweigende Runde.

»Tot?«, fragte er zurück. Er dachte sofort an Sander. »Darf ich erfahren, wer damit gemeint ist?«

»Wolleks Bruder«, erklärte Linkohr knapp.

Häberle war irgendwie erleichtert und ging mit seinem jungen Kollegen in den Lehrsaal hinein, blieb aber mit verschränkten Armen am Türrahmen stehen. »Ihr meint Uwe Wollek?«

»Ja, heute früh hat Sander angerufen und berichtet, dass er sich seit Tagen verfolgt fühlte und gestern Nachmittag ein Mann wohl Selbstmord verübt habe – an diesem Felsen mit dem unaussprechbaren Namen, irgendwo im Süden Norwegens.«

»Und woher weiß er, dass …«, wandte Häberle ein, wurde aber sogleich von Linkohr unterbrochen, »dass es Wolleks Bruder war? Er hat das natürlich nicht gewusst. Aber wir haben inzwischen Himmel und Hölle in Bewegung gesetzt, um was rauszukriegen.« Er grinste. »Wir haben es ja von Ihnen gelernt.« Dann fuhr er fort: »Über die Botschaft und so weiter. Taucher haben gestern die Leiche aus dem Fjord geborgen und Dokumente gefunden, die auf Uwe Wollek schließen lassen.«

»Dann hat er also …«, überlegte Häberle und wiederholte. »Dann hat er also die Ausweglosigkeit erkannt. Anstatt den Sander zu kidnappen, wie es wohl geplant war, um die Flucht nach Portofino zu erzwingen, hat er sich vom Felsen gestürzt.«

»Weil ihm sein Bruder vom Ödenturm aus die chancenlose Lage geschildert hat, nehme ich an«, fasste Linkohr zusammen, während die anderen betreten lauschten.

»Und was ist mit Sander?«, wollte Häberle ungeduldig wissen.

»Lebt, wie Sie sich denken können«, entgegnete Linkohr. »Sonst hätte er nicht anrufen können. Er ist aber ziemlich fertig.«

»Und das Video?«

»Will er der Staatsanwaltschaft übergeben. Er verzichtet darauf, Kapital daraus zu schlagen.«

»Ach«, staunte Häberle. Was war in Sander gefahren? Stand er unter Schock? Brisantes Filmmaterial an die Staatsanwaltschaft? Häberle kamen all die vielen Korruptions- und sonstigen Politikerfälle in den Sinn, an deren Aufklärung man, je nach politischer Couleur, ganz unterschiedliches Interesse zeigte, wie er oft gemutmaßt hatte. Welches Kaliber der Wollek-Bruder in den Augen einflussreicher Politiker gewesen war, vermochte er allerdings nicht zu sagen. Denn kennengelernt hatte er ihn schließlich nicht.

Und doch verspürte er ein fahles Gefühl. Wie verzweifelt musste jemand sein, der sich selbst das Leben nahm? Dies alles legte die Vermutung nahe, dass Uwe Wollek tiefer in die Angelegenheit verstrickt gewesen war, als man es vermutlich jemals würde ergründen können.

Häberle wollte nichts mehr sagen. Dazu war er viel zu müde. Er sah jetzt aber die Gelegenheit gekommen, seiner Mannschaft für die einwöchige Zusammenarbeit zu danken. »Jeder von euch hat dazu beigetragen, dass wir in so kurzer Zeit so viele Details aufgespürt haben«, lobte er und wischte sich mit dem Handrücken Schweiß von der Stirn. »Es hat sich wieder mal gezeigt: Je mehr man weiß, desto größer die Chance, dass immer ein Stück Wahrheit dabei ist.« Es war ein Hinweis an die jungen Kollegen. »Leute«, fügte er an, »was draußen in der freien Wirtschaft keiner mehr wirklich weiß, das ist unser Erfolg: Nur gemeinsam ist man stark. Der Teamgeist ist entscheidend, der gemeinsame Wille – nicht der Druck von oben.«

ENDE

Mein Dank gilt allen, die mir bei der Recherche zu diesem Roman behilflich waren, insbesondere dem Alb-Elektrizitätswerk Geislingen/Steige mit seinem Vorstandsvorsitzenden Hubert Rinklin sowie verschiedenen Pressesprechern von Polizei und Justiz, aber auch dem Gerichtsmediziner Dr. Frank J. Reuther und all den vielen hilfsbereiten Menschen, die mir immer wieder aufs Neue mit Tipps zur Seite stehen, damit ich meine Geschichten so realitätsnah wie möglich schreiben kann.

Auch die meisten Orte und Routen (einschließlich jener in Norwegen) entsprechen den tatsächlichen Gegebenheiten.

Ein ganz besonderer Dank gilt dem inzwischen pensionierten und weithin bekannten Kriminalbeamten Gerhard Seele, der das leibhaftige Vorbild meines Kommissars August Häberle darstellt, sowie allen Häberle-Fans, die es durch ihre Treue möglich gemacht haben, dass mein Ermittler bereits seinen zehnten Fall lösen durfte.

*Weitere Krimis finden Sie auf den
folgenden Seiten und im Internet:
www.gmeiner-verlag.de*

MANFRED BOMM
Glasklar
....

471 Seiten, Paperback.
ISBN 978-3-89977-795-6.

OFFENE RECHNUNGEN Der Wasserberg am Rande der Schwäbischen Alb. Nach einer privaten Sonnwendfeier einer Gruppe ehemaliger Schulkameraden findet man einen der Gäste, Werner Heidenreich, tot auf. Erstochen – mit dem Brotmesser, das den Abend über am Lagerfeuer benutzt worden war.

In den Verdacht geraten sowohl die früheren Mitschüler und der alte Lehrer des Ermordeten als auch deren Angehörige. Doch Hauptkommissar August Häberle findet heraus, dass in jener Sommernacht noch viele andere Menschen im Gelände unterwegs waren, die eine gemeinsame Vergangenheit mit dem Opfer haben. Zudem hatte Heidenreich als ehemaliger Polizeibeamter und Mitarbeiter der Steuerfahndung zu Lebzeiten etliche Feinde …

MANFRED BOMM
Notbremse
....

421 Seiten, Paperback.
ISBN 978-3-89977-755-0.

HÄBERLE UNTER ZUGZWANG Mord im ICE auf der Bahnlinie Ulm-Stuttgart. Abrupt kommt der Zug an der Geislinger Steige zum Stehen. Ein Mann flieht panikartig und verschwindet im Steilhang der Schwäbischen Alb.

Kommissar August Häberle tappt im Dunkeln: Er weiß weder, wer der Erschossene ist, noch ob der Flüchtende ihn ermordet hat. Sein einziger Anhaltspunkt ist das Notizbuch des Toten. Doch führen die darin enthaltenen Adressen von Ärzten und Apothekern wirklich zum Täter? Häberle läuft die Zeit weg, denn bereits in der folgenden Nacht findet er eine weitere Leiche.

GMEINER

Wir machen's spannend

MANFRED BOMM
Schattennetz

....

466 Seiten, Paperback.
ISBN 978-3-89977-731-4.

GEFANGEN IM SCHATTENNETZ 16 Jahre nach der politischen Wende werden in der schwäbischen Kleinstadt Geislingen zwei Männer von ihrer DDR-Vergangenheit eingeholt. Nach langer »Waffenruhe« scheinen plötzlich alte Rivalitäten wieder auszubrechen. Kurz vor dem jährlichen Stadtfest wird einer der Kontrahenten tot im Turm der Stadtkirche aufgefunden.

Kommissar August Häberle erkennt schnell, dass er es mit einem raffiniert eingefädelten Verbrechen zu tun hat. Und der Mörder scheint sein grausiges Werk noch nicht vollendet zu haben, denn weitere Menschen müssen im Kirchturm ihr Leben lassen.

MANFRED BOMM
Beweislast

....

468 Seiten, Paperback.
ISBN 978-3-89977-705-5.

IN DEN MÜHLEN DER JUSTIZ Kommissar Häberles neuer Fall scheint klar: Der in einem abgeschiedenen Tal am Rande der Schwäbischen Alb tot aufgefundene Berater der Agentur für Arbeit wurde von einem seiner »Kunden« ermordet. Eine ganze Reihe von Indizien, aber auch DNA-Spuren am Tatort, weisen zweifelsfrei auf Gerhard Ketschmar hin. Der 55-jährige Bauingenieur ist nach über einem Jahr erfolgloser Stellensuche psychisch und physisch am Ende und voller Hass, weil man ihn auf das Abstellgleis Hartz IV zu schieben droht. Doch während sein Prozess vor der Schwurgerichtskammer des Ulmer Landgerichts vorbereitet wird, kommen August Häberle erhebliche Zweifel. Wird möglicherweise ein Unschuldiger zu einer lebenslänglichen Haftstrafe verurteilt?

GMEINER
Wir machen's spannend

MANFRED BOMM
Schusslinie
....

229 Seiten, Paperback.
ISBN 978-3-89977-664-5.

BUNDESTRAINER JÜRGEN KLINSMANN IN GEFAHR? Deutschland muss 2006 im eigenen Land Fußballweltmeister werden! Dass man dies nicht dem Zufall überlassen darf, darüber sind sich einige Wirtschaftsbosse und Politiker in Berlin längst einig und im Hintergrund werden Fäden gesponnen, die bis in die schwäbische Provinz reichen. So findet sich auch Kriminalkommissar August Häberle bei seinen Ermittlungen um einen mysteriösen Mordfall in einem Geflecht aus Erpressung und Intrigen wieder ...

MANFRED BOMM
Mordloch
....

373 Seiten, Paperback.
ISBN 978-3-89977-646-1.

KOMMISSAR HÄBERLE STINKT'S Ein neuer Fall für Kommissar Häberle: In einem Dorf auf der Schwäbischen Alb gibt es erheblichen Ärger. Ausgerechnet der Ortsvorsteher will einen riesigen Schweinestall bauen und zieht sich damit den Unmut der Einwohnerschaft zu. Massive wirtschaftliche Interessen prallen aufeinander: Bauern bangen um ihre Zukunft, andere streben nach mehr Tourismus und die Betreiber von Windkraftanlagen versprechen sich zudem reichlich Rendite.

Als eines Tages in einer nahen Höhle – dem so genannten »Mordloch« – die Leiche eines Dorfbewohners gefunden wird, muss Kommissar August Häberle erkennen, dass die Welt in der kleinen Gemeinde alles andere als in Ordnung ist ...

GMEINER

Wir machen's spannend

MANFRED BOMM
Trugschluss
....

419 Seiten, Paperback.
ISBN 978-3-89977-632-4.

Dem ›Brummton‹ AUF DER SPUR
Eine verkohlte Leiche kann weder identifiziert werden noch gibt es Anhaltspunkte, wer sie ausgerechnet neben einer militärischen Funkanlage auf der Hochfläche der Schwäbischen Alb abgelegt hat. Für Kommissar August Häberle beginnt ein Fall, der äußerst mysteriös erscheint und bis in die höchsten Ebenen der Politik hinein reicht.

Während er fast schon befürchtet, das Verbrechen ungelöst zu den Akten legen zu müssen, spielen sich in Florida und Lugano seltsame Dinge ab. Als dann auch noch in der Schwäbischen Alb in die Wohnung einer Frau eingestiegen wird, die seit Jahren über das Brummton-Phänomen klagt, bekommt der Fall eine neue Wende.

Alle Spuren führen nach Ulm, deren Stadtväter sich auf den 125. Geburtstag des dort geborenen Albert Einstein vorbereiten ...

MANFRED BOMM
Irrflug
....

422 Seiten, Paperback.
ISBN 978-3-89977-621-8.

Mord in DER FLIEGERSZENE
Ein Sommermorgen auf dem Sportflugplatz Hahnweide bei Kirchheim/Teck. Als die Sekretärin der Motorflugschule zu ihrem Büro fährt, packt sie das Entsetzen: Vor einer Flugzeughalle liegt eine tote Frau, eine zweisitzige Cessna ist im Laufe der Nacht spurlos verschwunden.

Die Ermittlungen der Kriminalpolizei führen in die Umgebung des nahen Göppingen, wo einige der Hobby-Piloten wohnen. Dort übernimmt der in knifflige Fällen erfahrene Kriminalist August Häberle den Fall – ein Praktiker, kein Schwätzer, einer, der Land und Leute und deren Mentalität kennt. Stück für Stück puzzelt er aus einer Vielzahl von Merkwürdigkeiten die wahren Hintergründe des Falls zusammen.

Die Spur führt nach Ulm ...

GMEINER

Wir machen's spannend

Das neue KrimiJournal ist da!

**2 x jährlich das Neueste
aus der Gmeiner-Krimi-Bibliothek**

In jeder Ausgabe:

- Vorstellung der Neuerscheinungen
- Hintergrundinfos zu den Themen der Krimis
- Interviews mit den Autoren und Porträts
- Allgemeine Krimi-Infos
- Großes Gewinnspiel mit ›spannenden‹ Buchpreisen

ISBN 978-3-89977-950-9
kostenlos erhältlich in jeder Buchhandlung

KrimiNewsletter
Neues aus der Welt des Krimis

Haben Sie schon unseren KrimiNewsletter abonniert?
Alle zwei Monate erhalten Sie per E-Mail aktuelle Informationen aus der Welt des Krimis: Buchtipps, Berichte über Krimiautoren und ihre Arbeit, Veranstaltungshinweise, neue Krimiseiten im Internet, interessante Neuigkeiten zum Krimi im Allgemeinen.
Die Anmeldung zum KrimiNewsletter ist ganz einfach. Direkt auf der Homepage des Gmeiner-Verlags (www.gmeiner-verlag.de) finden Sie das entsprechende Anmeldeformular.

Ihre Meinung ist gefragt!
Mitmachen und gewinnen

Wir möchten Ihnen mit unseren Krimis immer beste Unterhaltung bieten. Sie können uns dabei unterstützen, indem Sie uns Ihre Meinung zu den Gmeiner-Krimis sagen! Senden Sie eine E-Mail an gewinnspiel@gmeiner-verlag.de und teilen Sie uns mit, welches Buch Sie gelesen haben und wie es Ihnen gefallen hat. Alle Einsendungen nehmen automatisch am großen Jahresgewinnspiel mit ›spannenden‹ Buchpreisen teil.

GMEINER

Wir machen's spannend

Alle Gmeiner-Autoren und ihre Krimis auf einen Blick

ANTHOLOGIEN: Mords-Sachsen 4 • Sterbenslust (2010) • Tödliche Wasser • Gefährliche Nachbarn • Mords-Sachsen 3 • Tatort Ammersee (2009) • Campusmord (2008) • Mords-Sachsen 2 (2008) • Tod am Bodensee • Mords-Sachsen (2007) • Grenzfälle (2005) • Spekulatius (2003) **ARTMEIER, HILDEGUND:** Feuerross (2006) • Drachenfrau (2004) **BAUER, HERMANN:** Verschwörungsmelange (2010) • Karambolage (2009) • Fernwehträume (2008) **BAUM, BEATE:** Ruchlos (2009) • Häuserkampf (2008) **BECK, SINJE:** Totenklang (2008) • Duftspur (2006) • Einzelkämpfer (2005) **BECKMANN, HERBERT:** Mark Twain unter den Linden (2010) • Die indiskreten Briefe des Giacomo Casanova (2009) **BEINSSEN, JAN:** Feuerfrauen (2010) **BLATTER, ULRIKE:** Vogelfrau (2008) **BODE-HOFFMANN, GRIT / HOFFMANN, MATTHIAS:** Infantizid (2007) **BOMM, MANFRED:** Kurzschluss (2010) • Glasklar (2009) • Notbremse (2008) • Schattennetz • Beweislast (2007) • Schusslinie (2006) • Mordloch • Trugschluss (2005) • Irrflug • Himmelsfelsen (2004) **BONN, SUSANNE:** Der Jahrmarkt zu Jakobi (2008) **BODENMANN, MONA:** Mondmilchgubel (2010) **BOSETZKY, HORST [-KY]:** Unterm Kirschbaum (2009) **BOENKE, MICHAEL:** Gott'sacker (2010) **BÖCKER, BÄRBEL:** Henkersmahl (2010) **BUTTLER, MONIKA:** Dunkelzeit (2006) • Abendfrieden (2005) • Herzraub (2004) **BÜRKL, ANNI:** Schwarztee (2009) **CLAUSEN, ANKE:** Dinnerparty (2009) • Ostseegrab (2007) **DANZ, ELLA:** Rosenwahn (2010) • Kochwut (2009) • Nebelschleier (2008) • Steilufer (2007) • Osterfeuer (2006) **DETERING, MONIKA:** Puppenmann • Herzfrauen (2007) **DIECHLER, GABRIELE:** Engpass (2010) **DÜNSCHEDE, SANDRA:** Todeswatt (2010) • Friesenrache (2009) • Solomord (2008) • Nordmord (2007) • Deichgrab (2006) **EMME, PIERRE:** Pizza Letale (2010) • Pasta Mortale • Schneenockerleklat (2009) • Florentinerpakt • Ballsaison (2008) • Tortenkomplott • Killerspiele (2007) • Würstelmassaker • Heurigenpassion (2006) • Schnitzelfarce • Pastetenlust (2005) **ENDERLE, MANFRED:** Nachtwanderer (2006) **ERFMEYER, KLAUS:** Tribunal (2010) • Geldmarie (2008) • Todeserklärung (2007) • Karrieresprung (2006) **ERWIN, BIRGIT / BUCHHORN, ULRICH:** Die Gauklerin von Buchhorn (2010) • Die Herren von Buchhorn (2008) **FOHL, DAGMAR:** Das Mädchen und sein Henker (2009) **FRANZINGER, BERND:** Leidenstour (2009) • Kindspech (2008) • Jammerhalde (2007) • Bombenstimmung (2006) • Wolfsfalle • Dinotod (2005) • Ohnmacht • Goldrausch (2004) • Pilzsaison (2003) **GARDEIN, UWE:** Die Stunde des Königs (2009) • Die letzte Hexe – Maria Anna Schwegelin (2008) **GARDENER, EVA B.:** Lebenshunger (2005) **GIBERT, MATTHIAS P.:** Bullenhitze (2010) • Eiszeit • Zirkusluft (2009) • Kammerflimmern (2008) • Nervenflattern (2007) **GRAF, EDI:** Bombenspiel (2010) • Leopardenjagd (2008) • Elefantengold (2006) • Löwenriss • Nashornfieber (2005) **GUDE, CHRISTIAN:** Homunculus (2009) • Binärcode (2008) • Mosquito (2007) **HAENNI, STEFAN:** Brahmsrösi (2010) • Narrentod (2009) **HAUG, GUNTER:** Gössenjagd (2004) • Hüttenzauber (2003) • Tauberschwarz (2002) • Höllenfahrt (2001) • Sturmwarnung (2000) • Riffhaie (1999) • Tiefenrausch (1998) **HEIM, UTA-MARIA:** Totenkuss (2010) • Wespennest (2009) • Das Rattenprinzip (2008) • Totschweigen (2007) • Dreckskind (2006) **HUNOLD-REIME, SIGRID:** Schattenmorellen (2009) • Frühstückspension (2008) **IMBSWEILER, MARCUS:** Altstadtfest (2009) • Schlussakt (2008) • Bergfriedhof (2007) **KARNANI, FRITJOF:** Notlandung (2008) • Turnaround (2007) • Takeover (2006) **KEISER, GABRIELE:** Gartenschläfer (2008) • Apollofalter (2006) **KEISER, GABRIELE / POLIFKA,**

GMEINER

Wir machen's spannend

Alle Gmeiner-Autoren und ihre Krimis auf einen Blick

WOLFGANG: Puppenjäger (2006) **KLAUSNER, UWE:** Odessa-Komplott (2010) • Pilger des Zorns • Walhalla-Code (2009) • Die Kiliansverschwörung (2008) • Die Pforten der Hölle (2007) **KLEWE, SABINE:** Die schwarzseidene Dame (2009) • Blutsonne (2008) • Wintermärchen (2007) • Kinderspiel (2005) • Schattenriss (2004) **KLÖSEL, MATTHIAS:** Tourneekoller (2008) **KLUGMANN, NORBERT:** Die Adler von Lübeck (2009) • Die Nacht des Narren (2008) • Die Tochter des Salzhändlers (2007) • Kabinettstück (2006) • Schlüsselgewalt (2004) • Rebenblut (2003) **KOHL, ERWIN:** Flatline (2007) • Grabtanz • Zugzwang (2006) **KOPPITZ, RAINER C.:** Machtrausch (2005) **KÖHLER, MANFRED:** Tiefpunkt • Schreckensgletscher (2007) **KÖSTERING, BERND:** Goetheruh (2010) **KRAMER, VERONIKA:** Todesgeheimnis (2006) • Rachesommer (2005) **KRONENBERG, SUSANNE:** Kunstgriff (2010) • Rheingrund (2009) • Weinrache (2007) • Kultopfer (2006) • Flammenpferd (2005) **KURELLA, FRANK:** Der Kodex des Bösen (2009) • Das Pergament des Todes (2007) **LASCAUX, PAUL:** Feuerwasser (2009) • Wursthimmel • Salztränen (2008) **LEBEK, HANS:** Karteileichen (2006) • Todesschläger (2005) **LEHMKUHL, KURT:** Nürburghölle (2009) • Raffgier (2008) **LEIX, BERND:** Fächertraum (2009) • Waldstadt (2007) • Hackschnitzel (2006) • Zuckerblut • Bucheckern (2005) **LOIBELSBERGER, GERHARD:** Die Naschmarkt-Morde (2009) **MADER, RAIMUND A.:** Glasberg (2008) **MAINKA, MARTINA:** Satanszeichen (2005) **MISKO, MONA:** Winzertochter • Kindsblut (2005) **MORF, ISABEL:** Schrottreif (2009) **MOTHWURF, ONO:** Werbevoodoo (2010) • Taubendreck (2009) **MUCHA, MARTIN:** Papierkrieg (2010) **NEEB, URSULA:** Madame empfängt (2010) **OTT, PAUL:** Bodensee-Blues (2007) **PELTE, REINHARD:** Inselkoller (2009) **PUHLFÜRST, CLAUDIA:** Rachegöttin (2007) • Dunkelhaft (2006) • Eiseskälte • Leichenstarre (2005) **PUNDT, HARDY:** Deichbruch (2008) **PUSCHMANN, DOROTHEA:** Zwickmühle (2009) **RUSCH, HANS-JÜRGEN:** Gegenwende (2010) **SCHAEWEN, OLIVER VON:** Schillerhöhe (2009) **SCHMITZ, INGRID:** Mordsdeal (2007) • Sündenfälle (2006) **SCHMÖE, FRIEDERIKE:** Bisduvergisst (2010) • Fliehganzleis • Schweigfeinstill (2009) • Spinnefeind • Pfeilgift (2008) • Januskopf • Schockstarre (2007) • Käfersterben • Fratzenmond (2006) • Kirchweihmord • Maskenspiel (2005) **SCHNEIDER, HARALD:** Wassergeld (2010) • Erfindergeist • Schwarzkittel (2009) • Ernteopfer (2008) **SCHRÖDER, ANGELIKA:** Mordsgier (2006) • Mordswut (2005) • Mordsliebe (2004) **SCHUKER, KLAUS:** Brudernacht (2007) **SCHULZE, GINA:** Sintflut (2007) **SCHÜTZ, ERICH:** Judengold (2009) **SCHWAB, ELKE:** Angstfalle (2006) • Großeinsatz (2005) **SCHWARZ, MAREN:** Zwiespalt (2007) • Maienfrost • Dämonenspiel (2005) • Grabeskälte (2004) **SENF, JOCHEN:** Kindswut (2010) • Knochenspiel (2008) • Nichtwisser (2007) **SEYERLE, GUIDO:** Schweinekrieg (2007) **SPATZ, WILLIBALD:** Alpenlust (2010) • Alpendöner (2009) **STEINHAUER, FRANZISKA:** Wortlos (2009) • Menschenfänger (2008) • Narrenspiel (2007) • Seelenqual • Racheakt (2006) **SZRAMA, BETTINA:** Die Konkubine des Mörders (2010) • Die Giftmischerin (2009) **THÖMMES, GÜNTHER:** Das Erbe des Bierzauberers (2009) • Der Bierzauberer (2008) **THADEWALDT, ASTRID / BAUER, CARSTEN:** Blutblume (2007) • Kreuzkönig (2006) **VALDORF, LEO:** Großstadtsumpf (2009) **VERTACNIK, HANS-PETER:** Ultimo (2008) • Abfangjäger (2007) **WARK, PETER:** Epizentrum (2006) • Ballonglühen (2003) • Albtraum (2001) **WICKENHÄUSER, RUBEN PHILLIP:** Die Seele des Wolfes (2010) **WILKENLOH, WIMMER:** Poppenspäl (2009) • Feuermal (2006) • Hätschelkind (2005) **WYSS, VERENA:** Todesformel (2008) **ZANDER, WOLFGANG:** Hundeleben (2008)

GMEINER

Wir machen's spannend